LA HISTORIA DE EDGAR SAWTELLE

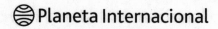 Planeta Internacional

David Wroblewski

LA HISTORIA
DE EDGAR SAWTELLE

Traducción de Claudia Conde

Planeta

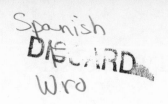

Obra editada en colaboración con Editorial Planeta – España

Título original: *The Story of Edgar Sawtelle*

© 2008, David Wroblewski
© 2010, Claudia Conde, por la traducción
© 2010, Editorial Planeta, S. A. – Barcelona, España

© 2010, Editorial Planeta Mexicana, S.A. de C.V.
Bajo el sello editorial PLANETA M.R.
Avenida Presidente Masarik núm. 111, 2o. piso
Colonia Chapultepec Morales
C.P. 11570 México, D.F.
www.editorialplaneta.com.mx

Primera edición impresa en España: septiembre de 2010
ISBN 978-84-08-09534-7
ISBN 978-0-06-137422-7, editor Ecco Books, una división de HarperCollins

Primera edición impresa en México: octubre de 2010
ISBN: 978-607-07-0532-8

Impreso en los talleres de Litográfica Ingramex, S.A. de C.V.
Centeno núm. 162, colonia Granjas Esmeralda, México, D.F.
Impreso en México – *Printed in Mexico*

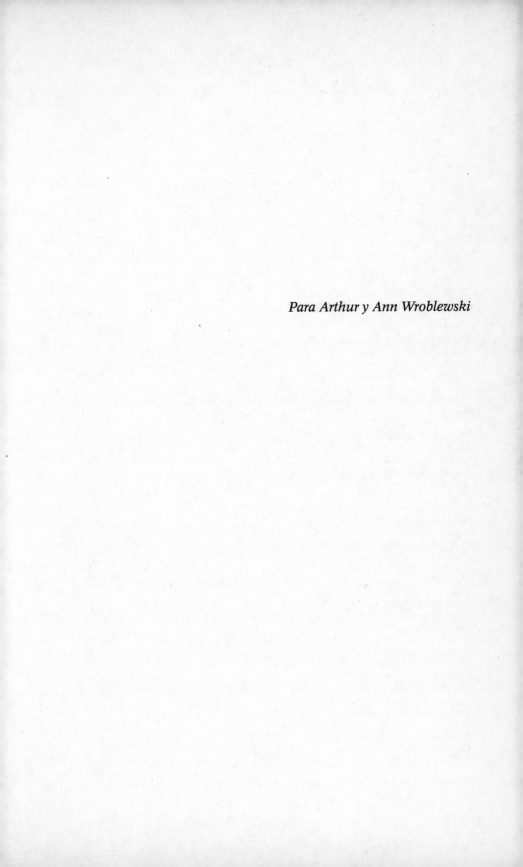

Para Arthur y Ann Wroblewski

Hay grandeza en esta concepción de la vida, con sus diferentes fuerzas, insuflada originalmente en unas pocas formas o en una sola; y que, mientras este planeta ha ido girando según la constante ley de la gravitación, se han desarrollado y se están desarrollando, a partir de un comienzo tan sencillo, infinidad de formas cada vez más bellas y maravillosas.

CHARLES DARWIN, *El origen de las especies*

Prólogo

Pusán, Corea del Sur, 1952

Cuando anocheció, empezó otra vez a caer la lluvia, pero él ya había decidido salir y, de todos modos, hacía semanas que llovía. Rechazó con un gesto a los conductores de *rickshaw* que se arracimaban junto al muelle e hizo el camino a pie, desde la base naval, siguiendo las pocas orientaciones que le habían dado, a través de la multitud de la plaza del mercado de Kweng Li, junto a puestos que vendían gallos en toscas cajas de ratán, cabezas de cerdo y boquiabiertos peces de aspecto venenoso, azules y destripados sobre unas rejas, y junto a pulpos grises en frascos de vidrio y viejas que pregonaban *kimchi* y *bulgoki*, hasta cruzar el Tong Gang por el puente de las Penas, el último punto de referencia que conocía.

En el distrito de los bares, el agua de los charcos resplandecía roja y verde bajo estandartes tendidos de tejado a tejado. No había otros soldados, ni tampoco agentes de la policía militar, y anduvo mucho tiempo buscando un rótulo con una tortuga y dos serpientes. Las calles no acababan nunca, no veía ningún cartel como ése, ninguna esquina era recta y, al cabo de un rato, la lluvia se convirtió en neblina deshilachada. Aun así, siguió andando, girando metódicamente dos veces a la derecha y dos a la izquierda, perseverando en su búsqueda incluso después de perderse en varias ocasiones. Era más de medianoche cuando se rindió. Estaba volviendo sobre sus pasos, por una calle que ya había atravesado un par de veces, cuando finalmente vio el rótulo: pequeño, amarillo y montado muy alto, en la esquina de un bar. Una de las serpientes se enroscaba hacia atrás para morderle la cola a la tortuga, como Pak le había dicho.

Le habían indicado que buscara un callejón justo frente al rótulo, y allí estaba: estrecho, mojado, a medio empedrar, bajando hacia el puerto e iluminado solamente por los rótulos de la acera de enfrente y por el resplandor de las ventanas dispersas en toda su longitud. Se apartó de la calle principal, con su sombra por delante. Ahora tenía que ver una puerta con un farolillo, un farol rojo. La tienda de un herborista. Miró hacia lo alto de las casas y vio las nubes iluminadas desde abajo que corrían sobre los tejados. Por la ventana de una casa de baños de aspecto sórdido, se oyó un chillido femenino y la risa de un hombre. La aguja cayó sobre un disco y la voz de Doris Day empezó a gorjear en el callejón:

> *I'm wild again, beguiled again,*
> *a simpering, whimpering child again.*
> *Bewitched, bothered, and bewildered am I.*

Más adelante, el callejón torcía a la derecha. Después del recodo distinguió el farolillo: una calabaza de vidrio color rubí envuelta en alambre negro; la llama en su interior era una rosa que saltaba y lamía la garganta del cristal, proyectando un sesgado costillar de sombras sobre la puerta. A través de la única y pálida ventana, no vio más que una cortina de seda manchada de humo, bordada con dibujos de animales que atravesaban un río a bordo de una chalupa. Miró hasta el final de la calle y volvió la vista atrás. Después llamó a la puerta con los nudillos y esperó, levantándose el cuello del gabán y golpeando el suelo con los pies como si estuviera helando, aunque el tiempo no era frío, sino sólo húmedo.

Se abrió la puerta y salió un viejo vestido con pantalones de algodón crudo y una sencilla túnica hecha de alguna tela tosca, apenas menos áspera que la arpillera. Tenía la cara curtida y morena, y los ojos incrustados entre unos pliegues de piel que parecían de origami. Dentro de la tienda, hilera tras hilera de lechosas raíces de ginseng colgadas de trozos de bramante oscilaban pendularmente, como si acabaran de acariciarlas.

El hombre del gabán miró al viejo.

—Pak ha dicho que sabe usted inglés.

—Un poco. Hable despacio.

El viejo cerró la puerta tras de sí. La niebla se había vuelto a convertir en lluvia. No estaba claro cuándo había sucedido, pero para entonces hacía días, semanas que llovía, y el sonido del agua cayendo formaba parte del mundo hasta el punto de que el hombre ya no lo oía. Estar seco era temporal; el mundo era un lugar que rezumaba agua.

–¿Tiene medicina? –preguntó el viejo–. Tengo dinero para pagar.

–No busco dinero. Pak se lo ha dicho, ¿verdad?

El viejo suspiró y meneó la cabeza con impaciencia.

–Quizá no debía decir. Dígame qué quiere.

Detrás del hombre del gabán, un perro vagabundo bajaba con dificultad por el callejón, avanzando valerosamente con tres patas, mientras los miraba. Su pelaje mojado brillaba como el de una foca.

–Suponga que tenemos ratas –dijo el hombre–. De las difíciles.

–Su marina puede matar ratas. Un pobre capitán de junco mata ratas todos los días. Use arsénico.

–No. Yo..., nosotros... queremos un método. Lo que ha descrito Pak. Algo que haga efecto en seguida. Sin dolor de estómago para la rata. Ni dolor de cabeza. De modo que las otras ratas crean que se ha quedado dormida y no se ha despertado.

–Como si Dios viene y se la lleva al instante.

–Exacto. De manera que las otras ratas crean que lo sucedido a esa rata ha sido natural.

El viejo negó con la cabeza.

–Muchos desean eso. Pero lo que usted pide, si existe..., hace al que lo tenga sólo un poco menos que Dios.

–¿Qué quiere decir?

–Dios da la vida y la muerte, ¿no? El que manda a alguien con Dios en un instante tiene la mitad de su poder.

–No. Todos tenemos ese poder; sólo el método es diferente.

–Cuando el método parece auténtica llamada de Dios, entonces es otra cosa –dijo el herborista–. Más que un método. Esas cosas deben ser brutales y evidentes. Por eso vivimos todos juntos y en paz.

El viejo levantó la mano y señaló el callejón, detrás del visitante.

–¿Perro suyo?

–Nunca lo había visto.

El herborista se metió en la tienda, dejando la puerta abierta. Más allá del ginseng había una enmarañada pila de cornamentas, debajo de una estantería llena de botellas. El viejo volvió con un cuenco pequeño de barro en una mano y una cajita de bambú todavía más pequeña en la otra. Puso el cuenco sobre las piedras de la calle y sacó de la caja un frasco que por su forma podía estar hecho para contener perfume o tal vez tinta. El vidrio del frasco, de tosca factura, parecía combado. La boca estaba taponada, con los bordes irregulares sellados con cera. En el interior se veía un líquido claro como el agua de lluvia, pero denso y aceitoso. El herborista rascó la cera con la uña y pellizcó el tapón entre el pulgar y el índice, mientras sacaba de algún sitio una caña larga y delgada con el extremo cortado oblicuamente y afilado como la punta de una aguja. Metió la caña en el frasco. Cuando la sacó, una diminuta cantidad de líquido la había empapado y una gota relucía en la punta. El herborista se volvió hacia el callejón y silbó con fuerza. Al no conseguir nada, hizo un ruido como de besar el aire que al hombre del gabán le puso la carne de gallina. El perro de tres patas fue entonces hacia ellos, cojeando bajo la lluvia y meneando la cola; olisqueó el cuenco de barro y se puso a lamerlo.

—Esto no es necesario —dijo el hombre.

—¿Cómo sabrá de otro modo lo que tiene? —dijo el herborista en un tono que no era amable.

El viejo bajó la punta afilada de la caña, hasta dejarla a un palmo de la cruz del perro, y entonces ejecutó un delicado movimiento descendente con la muñeca. La punta de la caña cayó, perforó la piel del animal y volvió a levantarse. El perro no pareció notar nada al principio.

—He dicho que no era necesario. Por el amor de Dios.

El herborista no respondió. Después, no hubo nada que hacer excepto quedarse mirando mientras caía la lluvia, invisible en todas partes salvo allí donde el viento la plegaba sobre sí misma.

Cuando el perro se quedó quieto, el herborista volvió a colocar el tapón en la botella y lo enroscó con fuerza. Por primera vez, el hombre advirtió la pequeña cinta verde que rodeaba el cuello del frasco, y en ella, una línea escrita en alfabeto hangul. El hombre no sabía leer hangul, pero eso no importaba. Sabía lo que decía.

El herborista metió el frasco en la cajita de bambú, arrojó la caña al callejón y apartó el cuenco de una patada. El recipiente se hizo trizas contra el empedrado y la lluvia empezó a lavar su contenido.

—Nadie debe comer ahí. Riesgo pequeño, pero riesgo. Mejor romper que llevar a casa. ¿Entiende?

—Sí.

—Por la noche lavo las manos con lejía. ¿Entiende esto?

El hombre asintió con la cabeza y sacó un frasco del bolsillo.

—Penicilina —dijo—. No es una cura. No le garantizo nada.

El herborista se lo quitó de las manos y lo miró a la luz sangrienta del farolillo, haciendo sonar su contenido.

—¡Tan pequeño! —dijo.

—Una píldora cada cuatro horas. Su nieto tiene que tomárselas todas, aunque se ponga mejor antes de que se acaben. ¿Lo entiende? Todas.

El viejo asintió.

—No le garantizo nada.

—Funcionará. No creo mucho en la suerte. Creo que aquí cambiamos una vida por una vida.

El herborista le tendió la cajita de bambú. La perlesía le hacía temblar la mano, o quizá fuera el nerviosismo. Con la caña había tenido el pulso firme.

El hombre deslizó la caja de bambú en el bolsillo de su gabán. No se molestó en despedirse, sino que simplemente se dio media vuelta y subió por el callejón, pasando junto a la casa de baños donde la voz de Doris Day rezumaba hacia la noche. Por costumbre, metió la mano en el bolsillo del abrigo y, aunque sabía que no debía, dejó que los dedos repasaran los contornos de la caja.

Cuando llegó a la calle principal, se detuvo y parpadeó, deslumbrado por el resplandor festivo de los rótulos de los bares. Después miró por última vez por encima del hombro. A lo lejos, el viejo herborista seguía bajo la lluvia: una figura encorvada que arrastraba los pies por los adoquines y la tierra del callejón a medio empedrar. Había agarrado al perro por las patas traseras y lo estaba arrastrando hacia algún lugar que él ignoraba.

Primera parte
LOS HIJOS DE *FORTE*

Un montoncito de hojas

En el año 1919, el abuelo de Edgar, que había nacido con una ración extra de impulsividad, compró sus tierras y todas las construcciones que había en ellas a un hombre que no había visto en su vida, un tal Schultz, que a su vez se había marchado de un aserradero media década antes, después de ver soltarse las cadenas de un carro cargado de troncos. Veinte toneladas de madera de arce en rotación sepultaron a un hombre en el lugar exacto donde Schultz había estado un momento antes. Mientras ayudaba a apartar los troncos para recuperar los restos del desgraciado, Schultz recordó una bonita parcela que había visto al noroeste de Mellen. La mañana que firmó los papeles, fue con uno de sus ponis por una senda de leñadores hasta su nueva propiedad; eligió un lugar en un claro, al pie de una colina, y por la noche ya se levantaba en ese terreno una cuadra aceptable. Al día siguiente fue a buscar al otro poni, llenó un carro de provisiones y volvieron los tres a su precaria morada: Schultz a pie, con las riendas en la mano, y los ponis detrás, uncidos al carro, arrastrándolo y oyendo crujir los ejes. Los primeros meses, los ponis y él durmieron juntos en la cuadra, y con frecuencia, en sueños, Schultz volvió a oír el chasquido de las cadenas de la carga de arce al romperse.

Hizo lo posible por ganarse la vida con la granja lechera. En los cinco años que trabajó la tierra desbrozó diez hectáreas de terreno y drenó otro tanto, y usó la madera de los árboles talados para construir un retrete, un establo y una casa, por ese orden. Para no tener que salir fuera a buscar agua, cavó el pozo en el agujero que iba a convertirse en los cimientos de su casa. Ayudó a construir establos en toda la zona desde Tannery Town hasta Park Falls, para contar con mucha ayuda cuando llegara el momento de levantar el suyo.

Y día y noche arrancaba tocones. Ese primer año rastrilló y allanó una docena de veces el campo del sur, hasta que incluso los ponis parecieron cansados de hacerlo. Apiló piedras en los bordes de las parcelas, formando largos montones jorobados, y quemó los tocones en hogueras que podían verse desde Popcorn Corners (el pueblo más cercano, si es que podía llamarse pueblo), e incluso desde Mellen. Consiguió construir un pequeño granero de piedra y hormigón más alto que el establo, pero nunca llegó a techarlo. Mezcló leche, aceite de linaza, herrumbre y sangre, y usó el mejunje para pintar de rojo el establo y el retrete. En el campo del sur, plantó heno, y en el del oeste, maíz, porque el del oeste era más húmedo y allí el maíz crecería más de prisa. Durante su último verano en la granja, llegó a contratar a dos hombres del pueblo. Pero cuando el otoño ya estaba en el horizonte, pasó algo (nadie supo muy bien qué) y Schultz recogió una magra cosecha temprana, subastó los animales y los aperos de labranza, y se marchó, todo ello en el plazo de unas pocas semanas.

Por esa época, John Sawtelle estaba recorriendo el norte, sin ningún pensamiento ni intención de comprar una granja. De hecho, había cargado en el Kissel los avíos de pesca y le había dicho a Mary, su mujer, que iba a llevarle un cachorro a un hombre que había conocido en su último viaje. Y hasta ahí era cierto. Lo que no le había dicho era que llevaba un collar de más en el bolsillo.

Esa primavera, la perra de ambos, *Violeta*, que era buena pero fogosa, había cavado un agujero bajo la valla cuando estaba en celo, y se había marchado a recorrer las calles con ganas de romance. Habían acabado persiguiendo por el jardín a una camada de siete. Él podría haber regalado todos los cachorros a extraños, y aunque sospechaba que al final tendría que hacerlo, en el fondo le gustaba tenerlos en casa. Le gustaba de una manera primigenia y obsesiva. *Violeta* era la primera perra que había tenido en su vida, y los cachorros eran los primeros con los que había convivido, y le ladraban, le mordisqueaban los cordones de los zapatos y lo miraban a los ojos. Por la noche pasaba el rato sentado en la hierba detrás de la casa, escuchando discos y enseñando a los cachorros trucos que olvidaban en seguida, mientras Mary y él conversaban. Estaban recién casados, o casi. Permanecían horas allí sentados y, para él, eran los mejores momentos que había conocido en su vida. En esas noches sentía una conexión con algo ancestral e importante que no habría sabido nombrar.

Pero no le gustaba la idea de que un extraño descuidara a uno de los cachorros de *Vi*. Lo mejor habría sido colocarlos a todos con los vecinos, para tenerlos vigilados y verlos crecer, aunque fuera de lejos. Seguramente debía de haber media docena de niños en los alrededores que quisieran un perro. Puede que la gente se extrañara si pedía ver de vez en cuando a los cachorros, pero nadie le diría que no.

Uno de esos días, fue en su coche con un amigo a Chequamegon, que estaba muy lejos, pero merecía la pena por la pesca. Además, la Liga Antialcohol aún no había llegado a los bosques del norte, ni era probable que llegara, lo que constituía una razón más para admirar la región. Hicieron un alto en la taberna The Hollow, en Mellen, y pidieron una cerveza. Mientras hablaban, entró un hombre seguido de un perro, un animal grande, blanco y gris, con manchas marrones, mezcla de husky con pastor o algo por el estilo, una bestia de pecho poderoso, porte principesco y aspecto alegre y garboso. Todos los del bar parecían conocer al perro, que se dio una vuelta por el local, saludando a los parroquianos.

—Bonito animal —observó John Sawtelle, viendo cómo engatusaba a los clientes de la taberna para que le dieran cacahuetes o un trozo de cecina.

Invitó al dueño del animal a una cerveza por el mero placer de que se lo presentara.

—Se llama *Capitán* —dijo el hombre mientras indicaba con un gesto al tabernero que aceptaba la invitación.

Con la cerveza en la mano, silbó por lo bajo y el perro fue trotando hacia él.

—Ven, saluda a este hombre, *Capi*.

Capitán levantó la vista y le tendió una pata para que se la estrechara.

El tamaño del perro fue lo primero que impresionó al abuelo de Edgar Sawtelle. Lo segundo fue algo menos tangible: quizá sus ojos, la manera que tenía el perro de devolverle la mirada. Mientras estrechaba la pata a *Capitán*, John Sawtelle concibió una idea. Tuvo una visión. En los últimos días había pasado mucho tiempo con cachorros, por lo que imaginó cómo habría sido *Capitán* de cachorro. Después pensó en *Vi* (que era el mejor perro que había conocido hasta entonces), y en *Capitán* y *Vi* combinados en un solo animal, en un cachorro, lo que no era un pensamiento muy sensato, porque en ese momento ya tenía demasiados perros entre manos. Soltó la pata de *Capitán* y el perro se alejó trotando; entonces él volvió a la barra e intentó borrar esa visión preguntando dónde podían encontrar lucios. No habían tenido suerte en el lago Clam, y había muchos lagos pequeños en los alrededores.

Al día siguiente volvieron al pueblo para desayunar. El restaurante estaba frente al ayuntamiento de Mellen, un edificio grande y más bien cuadrado con una cúpula de aspecto improbable orientada a la carretera. Delante había una fuente de agua potable, blanca y en tres niveles, con un cuenco a la altura de las personas, otro más bajo para los caballos y uno pequeño, cerca del suelo, cuyo propósito no resultaba inmediatamente evidente. Estaban a punto de entrar en la fonda cuando un perro dobló la esquina y pasó a su lado con despreocupada indiferencia. Era *Capitán*. Se movía con extraña ligereza para un animal de constitución tan sólida; levantaba y bajaba las patas como si estuvieran suspendidas de alambres invisibles, como si sólo tuviera que remar para mantener la dirección. El abuelo de Edgar se detuvo en la puerta de la fonda y se quedó mirando. Cuando *Capitán* llegó a la fachada del ayuntamiento, viró hacia la fuente y se puso a beber a lengüetazos del cuenco más bajo.

—Vamos —dijo su compañero—. Me muero de hambre.

Del callejón que había junto al ayuntamiento salió otro animal, con media docena de cachorros detrás. La perra y *Capitán* interpretaron una complicada cuadrilla, olisqueándose los traseros y apretando el hocico contra el cuello del otro mientras los cachorros se tambaleaban entre sus patas. *Capitán* se inclinó hacia los pequeños, les metió el hocico bajo la barriga y, uno por uno, los fue haciendo rodar por el suelo. Después echó a correr calle abajo, se volvió y ladró. Los cachorros salieron torpemente tras él. En pocos minutos, los llevó de vuelta a la fuente, corriendo en círculos con los pequeños en ardorosa persecución, mientras la madre los miraba tumbada en el suelo, estirada y jadeando.

Una mujer con delantal salió por la puerta del restaurante, pasó entre los dos hombres y miró a la calle.

—Ahí está *Capitán* con su novia —dijo—. Llevan toda la semana encontrándose ahí cada mañana con los cachorros. Desde que los hijos de *Violeta* tienen edad para salir a pasear...

—¿Los hijos de quién?

–De *Violeta*, ¿de quién si no? –La mujer lo miró como si fuera imbécil–. La madre. Esa perra de ahí.

–Mi perra también se llama *Violeta* –dijo él–, y ahora mismo tiene una camada más o menos de esa edad, en casa.

–¡Vaya, mire qué bien! –replicó la mujer sin la menor nota de interés.

–¿No le parece una coincidencia que me encuentre con una perra que se llama igual que la mía y que tiene una camada de la misma edad?

–No sabría decírselo. Quizá es una de esas cosas que pasan todo el tiempo.

–Hay una coincidencia que se repite todas las mañanas –intervino su amigo–. Me despierto, tengo hambre y desayuno. Increíble.

–Entra tú –dijo John Sawtelle–. Yo ya no tengo tanta hambre.

Y diciendo esto, bajó a la calle polvorienta y cruzó al ayuntamiento.

Cuando finalmente se sentó a desayunar con su amigo, la camarera se acercó a su mesa con el café.

–Si le interesan tanto esos cachorros, quizá Billy le venda uno –dijo–. Le cuesta mucho colocarlos. Hay muchos perros por aquí.

–¿Quién es Billy?

La camarera se volvió e hizo un gesto en dirección a la barra. En uno de los taburetes estaba sentado el amo de *Capitán*, bebiendo un café y leyendo el *Centinela*. El abuelo de Edgar lo invitó a sentarse con ellos. Cuando el hombre aceptó, le preguntó si los cachorros de verdad eran suyos.

–Algunos –dijo Billy–. *Capi* dejó preñada a la vieja *Violeta*. Tengo que colocar a la mitad de la camada. Pero creo que me los quedaré. *Capi* se ha encariñado con ellos, y desde que mi *Scout* se escapó el verano pasado, es el único perro que tengo. Se siente solo.

El abuelo de Edgar le habló de su camada, de *Vi* y de sus cualidades, y después le ofreció cambiarle un cachorro por uno de los suyos. Le dijo a Billy que le daría a elegir el perro que quisiera de la camada de *Vi*, y que también podría elegir el cachorro de la camada de *Capitán* por el que se lo cambiaría, aunque, si le daba igual, él prefería un macho. Después de pensarlo un momento, modificó la propuesta: se llevaría el cachorro *más listo* que Billy estuviera dispuesto a darle, sin importarle que fuera macho o hembra.

–Pero ¿la idea no era reducir la cantidad de perros que tienes en casa? –intervino su amigo.

—Lo que dije fue que encontraría un hogar para los cachorros. No es exactamente lo mismo.

—No creo que Mary lo vea de ese modo. Pero es sólo una suposición.

Billy bebió un sorbo de café y respondió que, si bien le interesaba la oferta, tenía sus reservas respecto a viajar hasta el otro extremo de Wisconsin solamente para elegir un cachorro. La mesa estaba cerca del gran ventanal delantero y, desde allí, John Sawtelle veía a *Capitán* y a su prole retozando en la hierba. Los estuvo mirando un rato, luego se volvió hacia Billy y le prometió que elegiría al mejor cachorro de la camada de *Vi* y se lo llevaría: hembra o macho, lo que Billy quisiera. Y si a Billy no le gustaba el perro, entonces no habría trato y no se hablaría más.

Así fue como John Sawtelle se encontró conduciendo en dirección a Mellen, aquel septiembre, con un cachorro en una caja y una caña de pescar en el asiento trasero, silbando la canción *Sigue brillando, luna de verano*. Ya había decidido llamar *Gus* al cachorro nuevo, si el nombre le sentaba bien.

Billy y *Capitán* quedaron encantados con el hijo de *Vi* nada más verlo. Después, los dos hombres pasaron al jardín trasero de la casa de Billy para analizar los méritos de cada uno de los cachorros de la camada de *Capitán*; al cabo de un rato, uno de ellos se les acercó tambaleándose y eso decidió las cosas. John Sawtelle le puso el collar extra y pasaron la tarde aparcados junto al lago, pescando desde la orilla. *Gus* comió trocitos de perca asados al fuego en la punta de un palo y durmieron allí mismo, junto a la hoguera, con el collar atado al cinturón por un cordel.

Al día siguiente, antes de volver a casa, el abuelo de Edgar decidió recorrer los alrededores en coche. El área presentaba una mezcla interesante: las partes taladas eran feas como el pecado, pero las partes bonitas eran especialmente bonitas. Las cascadas, por ejemplo. También algunas granjas del oeste. Y, sobre todo, las colinas boscosas al norte del pueblo. Además, había pocas cosas que le gustaran más que conducir el Kissel por aquellas viejas carreteras secundarias.

A última hora de la mañana se encontró medio perdido en un camino de tierra lleno de rodadas. Las copas de los árboles se confundían por encima de su cabeza. A la izquierda y a la derecha, densos matorrales tapaban todo lo que estuviera en el bosque a más de veinte metros. Cuando finalmente el camino desembocó en un claro, se abrió ante sus ojos un panorama de los montes Penokee que se perdían hacia el oeste y un bosque que se extendía indefinidamente hacia el norte, sin ninguna interrupción, por lo que parecía, hasta el mismo borde de granito del lago Superior. Al pie de la colina había una casita blanca y un enorme establo rojo. Junto a la puerta del establo se acurrucaba una caseta para guardar la leche; detrás había un granero de piedra sin techar. Al borde del camino, un cartel toscamente escrito decía: «En venta.»

Entró en el sendero lleno de baches. Estacionó el coche, bajó y se puso a espiar por las ventanas del cuarto de estar. No había nadie. Por dentro, la casa parecía sin terminar. Estuvo paseando por el campo con *Gus* en brazos y, cuando volvió, se dejó caer pesadamente sobre el estribo del Kissel y se puso a mirar las nubes otoñales que pasaban en lo alto.

John Sawtelle era un tremendo lector y escritor de cartas. Lo que más le gustaba era leer periódicos de ciudades lejanas. Poco tiempo antes había caído en sus manos un artículo que hablaba de un hombre llamado Gregor Mendel (un monje checoslovaco, nada menos), que había hecho unos experimentos muy curiosos con plantas de guisantes. Para empezar, había demostrado que era capaz de predecir el aspecto de la descendencia de sus plantas: el color de las flores y esas cosas. Lo llamaban mendelismo: el estudio científico de la herencia. El artículo insistía en las magníficas implicaciones para la ganadería. El abuelo de Edgar quedó tan fascinado que fue a la biblioteca, localizó un libro sobre Mendel y lo leyó de cabo a rabo. Lo aprendido ocupaba sus pensamientos en los ratos perdidos. Volvió a pensar en la visión (si es que podía llamarla así) que había tenido mientras estrechaba la pata a *Capitán* en The Hollow. Era uno de esos raros días en que todo en la vida de una persona parece relacionado. Tenía veinticinco años, pero en el transcurso del último año el pelo se le había vuelto de un gris acerado. A su abuelo le había pasado lo mismo, pero su padre rondaba los setenta con una mata de pelo negro azabache. Ninguno de sus dos hermanos mayores había encanecido, aunque uno de ellos era calvo como un huevo. En esos días, cuando John Sawtelle se miraba al espejo, él mismo se sentía un poco como un guisante mendeliano.

Sentado al sol, vio cómo *Gus*, con sus gruesas patas torpes, atrapaba de un manotazo a un saltamontes, lo probaba con la boca y sacudía la cabeza con disgusto para después relamerse. Había empezado a sofocar al insecto con un costado del cuello cuando de pronto advirtió que el abuelo de Edgar lo estaba mirando, sentado en el suelo del sendero polvoriento, con los talones apoyados en la tierra y los dedos de los pies mirando al cielo. El cachorro dio un respingo de falsa sorpresa, como si nunca hubiera visto a ese hombre en su vida, y fue hacia él con paso tambaleante, para investigar, cayendo dos veces de bruces en el proceso.

Era un rinconcito encantador, pensó John Sawtelle.

Explicarle a su mujer lo de *Gus* iba a ser la menor de sus preocupaciones.

En realidad, el alboroto no tardó mucho en apaciguarse. Cuando quería, el abuelo de Edgar podía irradiar un entusiasmo encantador, y ésa era una de las razones por las que Mary se había sentido atraída por él desde el principio. Sabía presentar el futuro bajo una luz muy favorable. Además, llevaban más de un año viviendo en casa de los padres de Mary, y ella tenía tantas ganas como él de irse a vivir solos. Completaron la compra de la finca por correo y telégrafo.

El pequeño Edgar llegó a enterarse de esos detalles porque sus padres guardaban los documentos más importantes en una caja de municiones, al fondo del armario de su dormitorio. La caja, de color gris militar y con cerrojo grande a un costado, era metálica y por tanto a prueba de ratones. Cuando sus padres no estaban, Edgar la sacaba subrepticiamente del armario y curioseaba su contenido. Allí estaban las partidas de nacimiento de todos ellos, junto con un certificado de matrimonio y los títulos de propiedad de la finca. Pero lo que más despertaba su interés era el telegrama: una hoja gruesa y amarillenta con la leyenda de la Western Union en la cabecera y un mensaje consistente en sólo seis palabras, en tiras de papel pegadas a la hoja: OFERTA ACEPTADA VER ADAMSKI POR PAPELES. Adamski era el abogado del señor Schultz; su firma aparecía en varios de los documentos de la caja. La cola usada para pegar las palabras a la hoja se había secado con el paso de los años, y cada vez que Edgar sacaba el documento se caía una palabra más. La primera había sido PAPELES, seguida de POR y más adelante de VER. Finalmente, Edgar dejó de sacar el telegrama por miedo a que, en el instante en que la palabra ACEPTADA cayera flotando sobre su regazo, los derechos de su familia sobre la tierra caducaran.

No sabía qué hacer con las palabras sueltas. Le parecía mal tirarlas, de modo que las metía otra vez en la caja de municiones con la esperanza de que nadie lo notara.

Lo poco que sabían de Schultz les venía de vivir en los edificios que él había construido. Por ejemplo, como los Sawtelle habían hecho muchas reformas, sabían que Schultz trabajaba sin nivel ni escuadra, y que no conocía la vieja regla de «tres-cuatro-cinco» de los carpinteros para cuadrar las esquinas. Sabían que, cuando cortaba madera, lo hacía una sola vez, y que se las arreglaba con calces y tornillos si las tablas eran demasiado cortas, o las colocaba en ángulo si eran demasiado largas. Sabían que era tacaño porque completó con piedras las paredes del sótano para ahorrar en el coste del hormigón, y todas las primaveras el agua se filtraba por las grietas e inundaba el sótano hasta la altura de las rodillas. Por eso sabían —solía decir el padre de Edgar— que aquéllos eran los primeros cimientos que Schultz había asentado en su vida.

También sabían que Schultz admiraba la economía (tenía que admirarla para sobrevivir en el bosque), porque la casa que construyó era una versión en miniatura del establo, con todas las dimensiones divididas por tres. Para apreciar la semejanza, lo mejor era mirar desde el campo del sur, cerca del bosquecillo de abedules donde estaba la pequeña cruz blanca. Con un poco de imaginación, sustrayendo los cambios que habían hecho los Sawtelle (la ampliación de la cocina, el dormitorio añadido y el porche trasero que ocupaba todo el ancho de la fachada occidental), se notaba que la casa tenía la misma empinada cubierta de mansarda que tan bien desprendía la nieve en invierno, y que las ventanas estaban exactamente en el mismo sitio que las puertas de doble batiente del establo. El tejado incluso tenía un saliente en pico sobre el sendero de la entrada, idéntico al pequeño alero que tenía el establo para la polea del montacargas; quedaba simpático, pero era inútil. Las construcciones tenían aspecto achaparrado, amigable y sencillo, como una vaca y un ternero echados en un prado. A Edgar le gustaba mirar de lejos el patio; era la vista que Schultz debía de haber contemplado todos los días cuando trabajaba en el campo recogiendo piedras, arrancando tocones y reuniendo a las vacas al anochecer.

Los datos de que disponían dejaban innumerables preguntas sin respuesta. ¿Había tenido Schultz un perro para pastorear a las vacas? De ser así, habría sido el primero que había tenido su hogar allí, y a Edgar le habría gustado conocer su nombre. ¿Qué debía de hacer Schultz por la noche sin radio ni televisión? ¿Habría enseñado a su perro a apagar las velas? ¿Condimentaría con pólvora los huevos del desayuno como hacían los tramperos de siglos anteriores? ¿Criaría gallinas y patos? ¿Se sentaría por la noche con una escopeta sobre las rodillas para disparar a los zorros? Y en medio del invierno, ¿bajaría corriendo y aullando por el camino del pueblo, borracho, aburrido y trastornado por el incesante acorde armónico que el viento tocaba en el bastidor de la ventana? Una fotografía de Schultz habría sido demasiado pedir; pero el niño, secretamente, lo imaginaba saliendo otra vez del bosque como si no hubiera pasado el tiempo, listo para darle una última oportunidad a la granja: un hombre compacto y solemne, con bigote de puntas engomadas, cejas espesas y ojos castaños de mirada triste. Caminaría con un leve balanceo, por las muchas horas pasadas a lomos de los ponis, y tendría cierta elegancia. Cuando se parara a reflexionar sobre algo, apoyaría las manos en las caderas y golpearía el suelo con un pie, silbando por lo bajo.

Más datos sobre Schultz. Al abrir una pared para desmontar una ventana y reemplazar la madera podrida, habían encontrado sobre una viga, escrito a lápiz:

$$25 \, \tfrac{1}{4} + 3 \, \tfrac{1}{4} = 28 \, \tfrac{1}{2}$$

Y en otra, una lista garabateada:

> manteca
> harina
> alquitrán 5 galones
> cerillas
> café
> 2 libras de clavos

A Edgar le impresionó mucho encontrar dentro de los muros de su casa palabras escritas por un hombre que nadie había visto nunca. Habría querido desnudar cada pared y ver lo que podía haber escrito a lo largo de los bordes del techo, debajo de las escaleras y encima de las puertas. Al cabo del tiempo, sólo con el pensamiento, Edgar construyó una imagen tan detallada de Schultz que ni siquiera tenía que entornar los ojos para verlo. Lo más importante de todo fue que comprendió por qué había abandonado tan misteriosamente la granja: se sentía solo. Después del cuarto invierno, no pudo soportarlo más, aislado allí, con los ponis y las vacas, sin nadie con quien hablar, sin nadie que viera lo que había hecho ni escuchara lo que había pasado, sin nadie que fuera testigo de su vida. En la época de Schultz, como en la de Edgar, no había ningún vecino a la vista. Las noches debían de haber sido escalofriantes.

Por eso Schultz se marchó, quizá al sur, a Milwaukee, o al oeste, a Saint Paul, con la esperanza de encontrar una mujer que se aviniera a volver con él y lo ayudara a desbrozar el resto de la finca y a formar una familia. Pero algo le impidió regresar. Quizá su novia aborrecía la vida en el campo. O tal vez alguien enfermó. Era imposible saberlo, pero Edgar estaba convencido de que Schultz había aceptado con muchas prevenciones la oferta de su abuelo. E imaginaba que ésa era la verdadera razón de que las palabras no dejaran de desprenderse del telegrama.

No obstante, no había ningún motivo para preocuparse, y Edgar también lo sabía. Todo eso había pasado cuarenta años antes de que él naciera. Sus abuelos se habían mudado sin incidentes y, para la época de Edgar, era como si la granja hubiera sido siempre la casa de los Sawtelle. John Sawtelle consiguió trabajo en la fábrica de madera contrachapada del pueblo y dio en arriendo los campos que Schultz había desbrozado. Cuando encontraba un perro que le gustaba, se agachaba y lo miraba a los ojos. A veces llegaba a un acuerdo con el dueño. Convirtió el establo gigantesco en perrera. Allí, el abuelo de Edgar desarrolló su talento para la cría de perros, unos perros tan diferentes de los pastores, los sabuesos, los canes de caza y los perros de trineo que le habían servido para fundar la estirpe, que la gente llegó a conocerlos simplemente como perros sawtelle.

Y John y Mary Sawtelle criaron dos hijos tan diferentes entre sí como el día de la noche. Uno de ellos se quedó en la finca cuando el abuelo de Edgar, ya viudo, se retiró y se fue a vivir al pueblo; el otro se marchó, aparentemente para siempre.

El que se quedó fue el padre de Edgar, Gar Sawtelle.

Sus padres se casaron bastante mayores. Gar tenía más de treinta años; Trudy, unos pocos menos, y la versión de cómo se habían conocido cambiaba según la persona a quien se lo preguntara Edgar y los oídos que pudiera haber cerca.

—Fue amor a primera vista —le contaba su madre, alzando la voz—. No podía quitarme los ojos de encima. Llegó a ser embarazoso, créeme. Me casé con él por pura piedad.

—No la creas —gritaba su padre desde otra habitación—. ¡Me persiguió como una loca! Se arrojaba a mis pies siempre que podía. Los médicos dijeron que podía hacer una locura si no me casaba con ella.

A propósito de ese tema, Edgar nunca oía dos veces la misma historia. Una vez le dijeron que se habían conocido en un baile en Park Falls. Otra, que ella se había parado para ayudarlo a cambiar una rueda de la camioneta.

—No, de verdad... —había suplicado Edgar.

La verdad era que habían sido amigos por correspondencia durante mucho tiempo. O que habían coincidido en la consulta de un médico, llenos de granos de sarampión. O que se habían conocido en unos grandes almacenes, en Navidad, peleando por el último juguete de la estantería. O que se habían visto por primera vez en Wausau, mientras Gar iba a entregar un perro. Siempre rivalizaban en sus explicaciones, hasta convertir la historia en una aventura fantástica, en la que escapaban del peligro a balazos, en una fuga hacia el escondrijo de Dillinger en los bosques del norte. Edgar sabía que su madre se había criado al otro lado del lago Superior, en Minnesota, con una sucesión de familias adoptivas, pero prácticamente nada más. No tenía hermanos, ni los visitaba nunca nadie por parte de su familia. A veces llegaban cartas a su nombre, pero no se daba prisa en abrirlas.

En una de las paredes del cuarto de estar había una fotografía de sus padres, tomada el día en que un juez de Ashland los casó: Gar, con traje gris, y Trudy, con vestido blanco hasta las rodillas. Entre los dos sujetaban un ramillete de flores y sus expresiones eran tan solemnes que a Edgar le costaba reconocerlos. Su padre pidió al veterinario, el doctor Papineau, que cuidara de los perros, mientras Trudy y él pasaban la luna de miel en el condado de Door. Edgar había visto instantáneas de la pareja sentada en un muelle, con el lago Michigan al fondo, tomadas con la Brownie de su padre. No había más. Ahí estaban todas las pruebas: un certificado de matrimonio en la caja de municiones y unas cuantas fotos de bordes ondulados.

Cuando volvieron, Trudy empezó a ayudar con los perros. Gar se concentró en la selección de reproductores, los partos y la colocación de los cachorros, mientras Trudy se hacía cargo del adiestramiento, algo para lo que tenía particular talento, independientemente de cómo se hubieran conocido. El padre de Edgar reconocía sin problemas sus limitaciones como adiestrador. Era demasiado benévolo, demasiado propenso a dejar que los perros cumplieran a medias las órdenes y no acabaran de hacerlo bien. Los perros que él entrenaba nunca aprendían la diferencia entre «sentado», «echado» y «quieto»; más o menos entendían que debían quedarse donde estaban, pero se tumbaban en el suelo, o daban unos pasos y después se sentaban, o se sentaban cuando tenían que echarse, o se sentaban cuando sólo se les pedía que se quedaran quietos. En todo caso, el padre de Edgar estaba más interesado en observar lo que los perros hacían por su propia iniciativa, predilección que había heredado de su padre.

Trudy cambió todo eso. Como entrenadora, era implacable y precisa, y se movía con la misma economía de movimientos que Edgar había observado en maestras y enfermeras. Además, tenía unos reflejos increíbles; era capaz de corregir con tanta rapidez a un perro atado con correa que hasta daba risa. Levantaba las manos y las dejaba caer otra vez sobre la cintura en un simple destello, y el collar del perro se estrechaba con un ruidito metálico y volvía a soltarse, igual de rápido, como en un truco de magia. El perro se quedaba con cara de sorpresa, sin la menor idea de quién había podido tirar de la correa. En invierno usaban el frente del cavernoso altillo del heno para el adiestramiento, con los fardos de paja dispuestos como barreras, y hacían trabajar a los perros en un mundo cerrado, limitado por la paja suelta del suelo bajo sus patas y la rústica viga maestra sobre sus cabezas, con los nudosos tablones del techo formando una bóveda oscura atravesada por clavos y horadada por puntitos minúsculos de luz de día, con un entramado de tirantes y traviesas a media altura, y la mitad trasera del henil completamente ocupada por amarillos fardos de paja amontonados en diez, once o doce pisos. Y aún era enorme el espacio libre que quedaba. Trabajando allí con los perros, Trudy alcanzaba sus momentos más carismáticos e imperiosos. Edgar la había visto atravesar corriendo todo el henil, agarrar el collar de un perro que se negaba a obedecer la orden de echarse y obligarlo a tumbarse en el suelo, todo en un solo movimiento de coreográfica elegancia. Hasta el perro quedó impresionado. Se puso a dar saltos y a lamerle la cara, como si Trudy hubiera obrado un milagro sólo para él.

Aunque los padres de Edgar contestaban con jocosas evasivas a las indagaciones sobre el modo en que se habían conocido, respondían directamente a otras preguntas. A veces volvían a las historias sobre el propio Edgar: su nacimiento, lo mucho que les había preocupado su voz, y cómo *Almondine* y él ya jugaban juntos cuando el pequeño aún no había

29

salido de la cuna. Como trabajaba con ellos todos los días en la perrera (cepillando a los perros, poniéndoles nombres y ocupándose de ellos mientras esperaban turno para el adiestramiento), tenía muchas ocasiones de hacerles preguntas con signos, esperar y escuchar. En los momentos más tranquilos incluso hablaban de las cosas tristes que habían pasado. La más triste de todas era la historia de la cruz que había bajo los abedules del campo del sur.

Querían tener un bebé. Era el otoño de 1954 y llevaban tres años casados. Convirtieron uno de los dormitorios de arriba en habitación infantil; compraron una mecedora, una cómoda y una cuna con un móvil encima, todo pintado de blanco, y trasladaron su propio dormitorio a la planta alta, a la habitación de enfrente. Esa primavera, Trudy se quedó embarazada. A los tres meses sufrió un aborto. Cuando llegó el invierno volvió a quedarse en estado, pero abortó otra vez a los tres meses. Fueron a ver a un médico en Marshfield, que les preguntó qué comían, qué medicinas tomaban y cuánto fumaban y bebían. Le hizo un análisis de sangre a la madre de Edgar y la encontró perfectamente saludable. Dijo que algunas mujeres eran propensas. Les aconsejó que esperaran un año y, a ella, que no se cansara demasiado.

A finales de 1957, Trudy se quedó embarazada por tercera vez. Esperó hasta estar segura, e incluso un poco más, para anunciar la noticia el día de Navidad. Calculaba que el bebé nacería para el mes de julio.

Pensando en el consejo del médico, cambiaron la rutina de la perrera. La madre de Edgar siguió ocupándose de los cachorros, pero cuando había que trabajar con los perros mayores, rebeldes y suficientemente fuertes para hacerle perder el equilibrio y derribarla, su padre subía al henil. No fue fácil para ninguno de los dos. De pronto, ella tenía que adiestrar a los perros a través de Gar, y él era un mal sucedáneo de la correa. Trudy se sentaba en un fardo de paja y gritaba «¡Ahora, ahora!» cada vez que él omitía una corrección, lo que sucedía bastante a menudo. Al final, los perros atendían con un oído a Trudy, incluso cuando Gar llevaba la voz cantante. Los padres de Edgar aprendieron a trabajar con los perros de tres en tres: dos de ellos se quedaban con Trudy, mientras Gar le ponía la correa al tercero y le hacía repetir los ejercicios con las vallas, las búsquedas y los trabajos de inmovilidad y equilibrio. Sin nada más que hacer, Trudy empezó a enseñar a los perros que esperaban turno trucos sencillos para que sostuvieran cosas con la boca. En días como ésos, salía del henil tan cansada como si hubiera trabajado sola. Su padre se quedaba con los perros, ocupándose de las tareas nocturnas. Aquel invierno fue especialmente frío y a veces tardaban más tiempo en abrigarse que en hacer el camino desde el establo hasta la casa.

Por la noche fregaban los platos. Ella los lavaba y él los secaba. A veces él se echaba el paño sobre el hombro, la abrazaba por detrás y le apoyaba las manos sobre el vientre para ver si sentía al bebé.

—Basta —decía Trudy con un plato humeante en la mano—. Deja de molestar—. Pero reflejada en la ventana llena de escarcha, sobre la pila, él la veía sonreír.

Una noche de febrero, Gar notó un tirón bajo la palma de la mano: un mensaje de otro mundo. Esa noche eligieron un nombre de niño y otro de niña, calculando mentalmente y pensando que habían superado el umbral de los tres meses, pero sin atreverse a decirlo en voz alta.

En abril, grises cortinas de lluvia barrieron el campo. La nieve se descompuso y se disolvió en el transcurso de un solo día, y un vapor de olores vegetales llenó el aire. Por todas partes se oía el plop-plop del agua cayendo de los aleros. Llegó una noche en que el padre de Edgar se despertó y sintió las mantas caídas y la cama empapada en el lugar donde había estado su mujer. A la luz de la lámpara, descubrió una mancha púrpura en las sábanas.

Encontró a Trudy en el baño, acurrucada dentro de la bañera con patas de león. Tenía en los brazos un niñito perfectamente formado, con la piel como de cera azul. Lo que pasó, fuera lo que fuese, pasó de prisa, con muy poco dolor, y aunque ella se sacudía como si estuviera llorando, lloraba sin hacer ruido. Sólo se oía la seca succión que hacía su piel sobre la loza blanca de la bañera. Gar se arrodilló a su lado e intentó abrazarla, pero ella se estremeció y lo apartó, por lo que él se quedó sentado tan cerca como pudo y esperó a que ella acabara de sollozar o empezara a llorar de verdad. En lugar de eso, la madre de Edgar tendió la mano, abrió los grifos y mantuvo los dedos bajo el agua hasta que ésta estuvo suficientemente caliente. Sentada en la bañera, lavó al bebé. La mancha roja del camisón empezó a teñir el agua. Le pidió a Gar que fuera a la habitación del niño a buscar una manta, envolvió el cuerpecito inmóvil con ella y se lo tendió a él. Cuando Gar ya se disponía a salir del baño, ella le apoyó una mano sobre el hombro. Entonces él se quedó esperando, mirándola cuando creía que debía hacerlo y apartando la vista cuando pensaba que no, y lo que vio fue su lenta recomposición, partícula a partícula, hasta que por fin ella pudo volverse hacia él con una mirada que significaba que había sobrevivido.

Pero ¡a qué secreto precio! Aunque su infancia de hija adoptiva la había sensibilizado a las pérdidas familiares, la necesidad de mantener unida a su familia formaba parte de su naturaleza desde el principio. Recurrir a cualquier acontecimiento concreto para explicar lo sucedido más tarde sería negar la predisposición o el poder del mundo para configurar las cosas. En su pensamiento, donde el bebé ya había vivido y respirado (o al menos las esperanzas y los sueños que para ella formaban el bebé), quedó un lugar que no iba a desvanecerse simplemente porque el niño hubiera muerto. No podía dejarlo vacío, ni clausurarlo, ni darle la espalda como si nunca hubiera existido. Por eso, ese lugar se quedó ahí: una oscuridad diminuta, una semilla negra, un hueco en el que alguien podría haberse hundido para siempre. Ése fue el precio, pero sólo Trudy lo sabía, y ni siquiera ella sabía lo que significaba, ni lo que en definitiva llegaría a significar.

Se quedó en el salón con el bebé mientras Gar iba al taller seguido de *Almondine*. Por todo el pasillo, arriba y abajo, los perros estaban en sus cubículos. El padre de Edgar encendió la luz e intentó hacer un bosquejo en una hoja de papel, pero le temblaban las manos y las dimensiones no acababan de cuadrar. Se cortó con la sierra y se peló la piel de dos nudillos; se hizo un vendaje con lo que encontró en el botiquín del establo, para no tener que volver a la casa. Le llevó hasta media mañana construir una caja y una cruz. No los pintó, porque con el tiempo húmedo la pintura habría tardado días en secarse. Cargó con una pala a través del campo del sur hasta el bosquecillo de abedules, cuya corteza primaveral brillaba con un blanco resplandeciente, y allí cavó la fosa.

En la casa, pusieron dos mantas en el fondo del ataúd y acomodaron dentro al bebé amortajado. Sólo entonces Gar cayó en la cuenta de que tenía que cerrar la caja. Miró a Trudy.

—Tengo que clavar la tapa —dijo—. Deja que me la lleve al establo.

—No —replicó ella—. Hazlo aquí.

Fue al establo, cogió un martillo y ocho clavos y durante todo el camino de vuelta a la casa meditó sobre lo que estaba a punto de hacer. Colocaron el ataúd en medio del cuarto de estar y él se arrodilló delante. Le había quedado parecido a un cajón de fruta, aunque lo había hecho lo mejor que había podido. Hundió un clavo en cada esquina, y estaba a punto de clavar otro en el centro de cada lado de la caja cuando de repente se sintió incapaz de hacerlo. Se disculpó por la violencia de la situación y apoyó la frente sobre la basta madera de la caja. Trudy le acarició la espalda sin decir nada.

El padre de Edgar levantó el ataúd, lo llevó al bosquecillo de abedules y entre los dos lo bajaron a la tumba y le echaron tierra con la pala. *Almondine*, que entonces era una cachorrita, permaneció con ellos bajo la lluvia. Gar hincó la pala en la tierra y, en la media luna abierta por la hoja, plantó la cruz en el suelo para después hundirla con el lado plano del martillo. Cuando levantó la vista, Trudy yacía inconsciente sobre la hierba recién reverdecida.

Volvió en sí mientras recorrían a toda velocidad la carretera asfaltada del norte de Mellen. Al otro lado de la ventana de la camioneta, el viento azotaba la lluvia y la modelaba en formas inconclusas que temblaban y se retorcían sobre las zanjas. Cerró los ojos, incapaz de mirar sin marearse. Esa noche permaneció ingresada en el hospital de Ashland y, a la tarde siguiente, cuando regresaron, llovía aún y las formas seguían danzando.

Resultó ser que la línea que marcaba el fondo de su finca coincidía exactamente con un riachuelo que fluía hacia el sur, a través del bosque de Chequamegon. La mayor parte del año, el arroyo no alcanzaba el metro de ancho y era tan poco profundo que se podía sacar un guijarro del fondo sin mojarse las muñecas. Por eso, cuando Schultz había colocado la valla de alambre de espino, situó los postes justo en el centro de la corriente.

Edgar y su padre se acercaban a veces hasta allí en invierno, cuando sólo las puntas de los postes asomaban entre los montones de nieve y el agua hacía un ruido de gorgoteo, como de canicas entrechocándose, porque aunque el riachuelo no era lo suficientemente ancho ni lo bastante impetuoso para fundir el manto de nieve que lo cubría, tampoco se congelaba. Una vez, *Almondine* inclinó la cabeza, asombrada por el sonido, lo localizó y se puso a escarbar en la nieve hasta meter las patas en el agua gélida. Cuando Edgar se echó a reír, incluso con su risa silenciosa, la perra dejó caer las orejas. Levantó primero una pata y después la otra para que él se las frotara y se las secara con la gorra y los guantes, y después volvieron los dos a casa, con las patas y las manos igual de frías.

Durante varias semanas, todas las primaveras, el riachuelo se transformaba en un río lodoso de aguas mansas, que barría el suelo del bosque a unos tres metros a cada lado de los postes de la alambrada. En época de crecida, podía pasar flotando cualquier cosa: latas de sopa, cromos de béisbol, lápices... Sus orígenes eran un misterio, porque no había nada más que bosque río arriba. Los palos y los trozos de madera podrida que Edgar arrojaba a la corriente turbia se quedaban un momento subiendo y bajando, y después se alejaban flotando hasta el Mississippi (o al menos así lo esperaba él), mientras su padre contemplaba la línea de postes recostado en un árbol.

Una vez vieron una nutria flotando panza arriba en el agua de la crecida, con las patas en dirección a la corriente y arreglándose los pelos del pecho: una canoa contenida en un animalito de ojos redondos, negro y aceitoso. El río lo arrastró, mientras sus miradas quedaban trabadas en mutua sorpresa.

Cuando volvió del hospital, Trudy estuvo varios días en cama, observando las gotas de lluvia que trazaban dibujos en la ventana. Gar cocinaba y le llevaba la comida. Ella hablaba lo suficiente para que él no se alarmara, y después volvía a mirar por la ventana. A los tres días dejó de llover, pero unas nubes grises cubrieron el mundo. Ni el sol ni la luna habían salido desde el nacimiento del niño muerto. Por la noche, Gar la abrazaba y le hablaba en susurros, hasta quedarse dormido de cansancio y decepción.

Una mañana, Trudy se levantó de la cama, bajó la escalera, se lavó y se sentó a tomar el desayuno en la cocina. Estaba pálida, pero no del todo consumida. El tiempo empezaba a mejorar y, después del desayuno, Gar la convenció para que se sentara en un sillón grande y mullido que sacó al porche. Le llevó una manta y café, y ella le dijo, con toda la amabilidad que pudo, que la dejara tranquila, que estaba bien y que quería estar sola. Entonces Gar le ordenó a *Almondine* que se quedara allí mientras él iba a la perrera.

Después de las tareas matinales, llevó hasta los abedules un pincel y una lata de pintura blanca. Cuando terminó de pintar la cruz, se puso a volver con las manos los terrones donde habían caído gotas de pintura. Las lentas pinceladas sobre la madera le habían hecho bien, pero el contacto con la tierra lo llenó de tristeza. No quería que Trudy lo viera así. Por eso, en lugar de volver a la perrera, siguió la línea de la valla del sur a través del bosque. Los largos días de lluvia habían hecho subir el nivel del riachuelo hasta por encima del segundo hilo del alambre de espino. Encontró un árbol donde recostarse y, sin pensarlo, se puso a contar los remolinos que se formaban detrás de los postes de la valla. La visión le aportó cierto consuelo, aunque no habría sabido decir por qué. Al cabo de un rato divisó algo que le pareció un montoncito de hojas girando con la corriente, una mancha marrón sobre el agua parda. Después, con un pequeño sobresalto, advirtió que no era hojarasca, sino un animal que se debatía y escupía agua. Arrastrado hasta un remolino, se hundió en la corriente y, cuando volvió a salir a la superficie, Gar oyó un chillido débil pero inconfundible.

Cuando el padre de Edgar alcanzó la valla, el agua del riachuelo le llegaba por encima de las rodillas; estaba menos fría de lo que esperaba, pero le sorprendió sobre todo la fuerza de la corriente. Tuvo que agarrarse a uno de los postes para no perder el equilibrio. Cuando la cosa peluda pasó a su lado, tendió un brazo, la sacó del agua y la sostuvo en alto para verla bien. Después se la puso dentro del abrigo, dejándole la mano encima para calentarla, y fue directamente hacia la casa a través del bosque y del campo que había detrás.

Sentada en el porche, Trudy lo vio emerger del bosque. Cuando atravesó el bosquecillo de álamos nuevos, pareció como si su imagen titilara entre los troncos como un espectro, con la mano recogida sobre el pecho. Al principio, Trudy pensó que se habría hecho daño, pero no tenía fuerzas para levantarse y salir a su encuentro, de modo que se quedó esperando y mirando.

En el porche, Gar se arrodilló y le enseñó lo que traía. Sabía que aún vivía, porque durante la larga caminata a través del campo no había dejado ni un momento de mordisquearle débilmente los dedos. Lo que tenía en la mano era un cachorro de algo, quizá de lobo, aunque hacía años que nadie veía ninguno por los alrededores. Estaba mojado y temblando; era del color de la hojarasca y apenas más grande que la palma de su mano. Se había repuesto lo suficiente como para tener miedo. Arqueó el lomo, aulló, gruñó y empujó con la patas traseras las manos encallecidas de Gar. *Almondine* apretó el hocico contra su brazo, loca por ver lo que había traído, pero Trudy le ordenó severamente que se echara. Después, cogió al cachorro, lo levantó un momento para mirarlo bien y luego se lo apoyó contra el cuello.

—Tranquilo —dijo—. Quieto ahora.

Y le dio el dedo meñique para que lo chupara.

El cachorro era un macho y debía de tener unas tres semanas, aunque ellos no sabían mucho de lobos y sólo podían calcular la edad que tendría si fuera un perro. Gar trató de explicar lo sucedido, pero, antes de que terminara, el cachorro empezó a sufrir convulsiones. Lo llevaron adentro, lo secaron con una toalla y después se quedó tumbado, mirándolos. Le prepararon una cama en una caja de cartón y pusieron la caja cerca de la rejilla de la calefacción. *Almondine* metió el hocico por un costado. Todavía no había cumplido un año; todavía era torpe y a veces hacía tonterías. Tenían miedo de que pisara al cachorro o lo apretara con el hocico y le diera un susto de muerte; por eso, al cabo de un momento, pusieron la caja sobre la mesa de la cocina.

Trudy intentó darle leche en polvo para bebés, pero el cachorro probó una gota y apartó el biberón con unas patitas que no eran mucho más grandes que su dedo pulgar. Después lo intentó con leche de vaca, y luego con agua y miel, dejando caer las gotas desde la punta de los dedos. Se puso un delantal con un ancho bolsillo delantero y llevó en él al cachorro por la casa, pensando que quizá se incorporaría y miraría hacia afuera; pero el pequeño se quedó echado boca arriba, observándola con expresión grave. Viéndolo, no pudo por menos que sonreír. Cuando le pasó un dedo por la piel del vientre, el cachorro se retorció para no perder de vista sus ojos.

Durante la cena hablaron sobre lo que podían hacer. Habían visto a madres rechazar cachorros recién nacidos, incluso cuando todo parecía perfecto. Pero a veces —dijo Gar— las madres recién paridas aceptaban a un huérfano. Nada más decirlo, dejaron los platos donde estaban y llevaron al cachorro a la perrera. Una de las madres gruñó al sentir su olor. Otra lo apartó y le echó paja encima con el hocico, a lo que el cachorro reaccionó quedándose absolutamente inmóvil. No servía de nada enfadarse, pero Trudy no pudo evitarlo. Se fue a grandes zancadas a la casa, con el cachorro apretado entre las manos. Formó una bolita de queso y la masajeó entre los dedos hasta que estuvo blanda y caliente. Separó una pequeña tira del rosbif que tenía en el plato. El cachorro lo rechazó todo.

Cerca de medianoche, agotados, llevaron al huérfano al piso de arriba y lo pusieron en la cuna, con leche en polvo para bebés en un platillo. *Almondine* apoyó el hocico en los barrotes y aspiró. El cachorro se arrastró hacia el sonido, cerró los ojos y se echó con las patas traseras estiradas y las almohadillas hacia arriba, mientras las campanitas del móvil tintineaban.

Trudy se despertó por la noche y encontró a *Almondine* que iba y venía por la habitación. El cachorro yacía en la cuna, con los ojos vidriosos y sin fuerzas para levantar la cabeza. La madre de Edgar empujó la mecedora hasta la ventana y puso al cachorro en su regazo. Las nubes habían pasado y, a la luz de la luna creciente, la piel del animalito tenía puntas de plata. *Almondine* deslizó el morro a lo largo del muslo de Trudy, olisqueó durante mucho tiempo al cachorro y después se echó en el suelo, con la sombra de la mecedora oscilando sobre su cabeza.

En la hora final del cachorro, Trudy le habló en susurros de la semilla negra que llevaba dentro, como si de algún modo pudiera entender lo que decía. Le acarició el pelo suave del pecho mientras él la miraba a los ojos y allí, en la oscuridad, hicieron un pacto. Uno de ellos se iría y el otro se quedaría.

Cuando Gar despertó, en seguida supo dónde encontrar a Trudy. Esta vez fue él quien lloró. Enterraron al cachorro bajo los abedules, cerca de la tumba del bebé (sin nombre las dos, pero esta última sin ninguna marca que la señalara), y en esta ocasión, en lugar de lluvia, el sol les envió el escaso consuelo que podía ofrecerles. Cuando terminaron, los padres de Edgar volvieron a la perrera y a su trabajo, el trabajo que no acababa nunca, porque los perros tenían hambre, una de las madres estaba enferma y sus cachorros tenían que alimentarse con biberón, y los perros mayores, rebeldes y obstinados, necesitaban adiestramiento urgentemente.

Edgar no se enteró de toda la historia de una vez, sino que fue recomponiéndola trozo a trozo, signando en cada ocasión una pregunta y colocando una pieza más en el mosaico. A veces le decían que no les apetecía hablar de eso justo en ese momento, o cambiaban de tema, quizá intentando protegerlo del hecho de que algunas historias no tienen un final feliz. Pero tampoco querían mentirle.

Entonces llegó un día (un día terrible) en que le contaron la historia casi completa, en que su madre decidió revelárselo todo, de principio a fin, repitiendo incluso las partes que ya sabía y omitiendo únicamente lo que ella misma había olvidado. A Edgar lo impresionó mucho la injusticia de todo pero ocultó su reacción, por miedo a que le endulzaran la verdad cuando hiciera otras preguntas. Hasta ese momento creía haber entendido algo acerca de aquellos acontecimientos y acerca del mundo en general; pensaba que habría cierto equilibrio en la historia, que de algún modo tenía que haber algún tipo de compensación por la muerte del bebé. Cuando su madre le contó que el cachorro había muerto aquella primera noche, pensó que le había entendido mal y se lo hizo repetir. Más tarde llegó a pensar que tal vez había habido cierta compensación, aunque fuera áspera y sólo durara un día.

Su madre volvió a quedarse en estado y esa vez el embarazo llegó a término. El bebé era él, nacido el 13 de mayo de 1958, a las seis de la mañana. Le pusieron de nombre Edgar, como su padre. Y si bien la gestación transcurrió sin complicaciones, surgió un problema la primera vez que el bebé tomó aliento para llorar.

Estuvo cinco días en el hospital, antes de que lo llevaran finalmente a casa.

Almondine

Al final, comprendió que la casa le ocultaba un secreto.

Todo ese invierno y durante toda la primavera, *Almondine* supo que iba a pasar algo; pero por mucho que investigara, no lograba descubrir qué era. A veces, cuando entraba en una habitación, tenía la sensación de que esa cosa que estaba a punto de suceder acababa de estar allí, y entonces se quedaba parada, jadeaba y miraba a su alrededor, mientras la sensación se disolvía tan misteriosamente como había aparecido. Podían pasar semanas sin un solo signo, y de pronto, una noche, mientras yacía acurrucada con el hocico pegado a la cola, volvía a sentirlo en la casa, y entonces se ponía a menear la cola sobre las tablas del suelo en un largo barrido pensativo, recogía las patas debajo del cuerpo y esperaba. Cuando al cabo de media hora no había pasado nada, gruñía, suspiraba y se daba media vuelta, para ver si no estaría en algún lugar de sus sueños.

Empezó a indagar en lugares insólitos: detrás del frigorífico, donde antiguos estratos de polvo volvían frenéticamente a la vida bajo su aliento; entre la maraña que formaban las patas de las sillas y las piernas humanas bajo la mesa de la cocina, o dentro de las botas y los zapatos que se doblegaban en fila junto a la puerta trasera, sin suerte en todos los casos, aunque detrás de los electrodomésticos empezaron a aparecer trampas para ratones con el cebo recién puesto, fuera del alcance de su delicado e inquisitivo hocico.

Una vez, cuando los padres de Edgar dejaron abierta la puerta del cuarto ropero, estuvo toda una mañana agazapada en el suelo del dormitorio, segura de que finalmente acorralaría a la cosa entre el revoltijo de zapatos y trapos. Al rato perdió la paciencia y se acercó a la puerta mientras olfateaba la mohosa oscuridad. Habría empezado a buscar en serio, pero Trudy la llamó desde el patio y tuvo que salir. Cuando volvió a recordar el ropero, horas más tarde, la cosa ya se había marchado y no había manera de saber adónde podría haber ido.

A veces, después de buscar sin éxito lo que estaba a punto de suceder, se situaba junto al padre o la madre de Edgar y esperaba a que ellos lo hicieran manifestarse. Pero ellos lo habían olvidado todo al respecto, o más probablemente, nunca habían sabido nada. Había cosas así −averiguó−, cosas evidentes que ellos no veían. Sus caricias en los costados y su forma de rascarla a lo largo de la columna la consolaban, pero lo cierto es que *Almondine* necesitaba hacer algo. Para entonces llevaba en la casa casi un año, lejos de sus hermanos de camada y de los sonidos y los olores de la perrera, sin nada más que el adiestramiento diario para ocupar sus días. Últimamente, también eso se había vuelto rutinario, y ella no era el tipo de perro que puede pasar mucho tiempo ocioso sin sentirse infeliz. Si ellos no sabían nada de lo que iba a pasar, era doblemente importante que ella lo descubriera y se lo mostrara.

En abril empezó a despertarse en medio de la noche y a recorrer la casa, deteniéndose junto al sofá vacío y las rejillas de la calefacción para preguntarles qué sabían, pero nunca contestaban. Quizá lo supieran, pero no podían decírselo. Siempre, al final de esos merodeos a la luz de la luna, acababa en la habitación de la cuna (donde de vez en cuando encontraba a Trudy arreglando los cajones de la cómoda o pasando la mano por el móvil suspendido en el aire). Desde la puerta, su mirada se iba hacia la mecedora, bañada en la pálida luz de la noche que se filtraba a través de las cortinas. Recordó que una vez había dormido junto a esa mecedora mientras Trudy se balanceaba en la oscuridad. Se acercó, metió el hocico bajo el asiento y lo levantó unos centímetros para animarlo a que recordara y le dijera si sabía algo más, pero lo único que éste hizo fue balancearse adelante y atrás en silencio.

Estaba claro que la cama conocía el secreto pero se negaba a contárselo, por muchas veces que se lo preguntara. Una noche, los padres de Edgar se despertaron cuando ella intentaba arrancar las mantas por puro rencor. Por las mañanas apoyaba el hocico en la camioneta («la viajera», como ella la llamaba en sus pensamientos), que esperaba petrificada en el sendero, pero ella también guardaba todos sus secretos y no le respondía.

Así, al final de aquella época, sólo podía compadecerse de Trudy, que para entonces parecía anhelar tanto como *Almondine* encontrar esa misma cosa y que por alguna razón llevaba cierto tiempo confinada en la cama, en lugar de ir a la perrera. Le pareció que la mejor estrategia sería renunciar completamente a la búsqueda y dejar que la propia casa le revelara el secreto.

Entonces, una mañana se despertaron cuando aún no había amanecido, y Gar se puso a ir y venir a toda prisa por la casa, deteniéndose únicamente para hacer un par de rápidas llamadas telefónicas. Guardó un par de cosas, llevó la maleta a la camioneta y después la llevó de vuelta a casa para guardar unas cuantas cosas más; todo el tiempo, mientras lo hacía, *Almondine* vio que Trudy se vestía lentamente y con cuidado. Cuando terminó de vestirse, se sentó al borde de la cama y dijo:

—Tranquilízate, Gar; tenemos mucho tiempo.

Bajaron juntos la escalera y *Almondine* los acompañó hasta la camioneta. Cuando Trudy estuvo sentada en la cabina, *Almondine* se fue a la cola del vehículo, esperando a que se abriera la puerta trasera; pero en lugar de eso, Gar la llevó a la perrera y le abrió la puerta de un cubículo vacío.

La perra se quedó en el pasillo, mirándolo incrédula.

—Anda, entra —le dijo él.

Almondine consideró por un momento la tentación de la puerta del establo. La luz de la mañana se derramaba a espaldas de Gar, proyectando su sombra sobre el seco suelo de hormigón polvoriento y sobre la perra. Al final, dejó que la agarrara por el collar y la condujera a su cubículo, y fue lo mejor que pudo hacer. Después se oyó el ruido de la camioneta arrancando y de los neumáticos sobre la grava. Algunos perros ladraron al ruido por costumbre, pero *Almondine* estaba demasiado asombrada para hacer cualquier cosa que no fuera quedarse de pie, quieta sobre la paja, esperando a que la camioneta volviera y Gar corriera a la perrera para soltarla. Cuando finalmente se echó en el suelo, lo hizo tan cerca de la puerta que le sobresalían mechones del pelo entre la malla de alambre.

El doctor Papineau llegó esa tarde, repartió comida y agua, y estuvo examinando a los cachorros. A la mañana siguiente, el padre de Edgar regresó, pero se ocupó apresuradamente de sus tareas, dejando a *Almondine* en el cubículo. Esa tarde volvió a visitarlos Papineau. Cuando cayó la noche, la perra salió al corral exterior desde su cubículo y se quedó escuchando el inicio de la cacofonía primaveral de las ranas y el aleteo de los murciélagos sobre su cabeza mientras contemplaba la circular ventana helada de la luna. Hacía justo el frío suficiente para que se iluminara su aliento, y durante mucho tiempo se quedó quieta, jadeando e intentando imaginar lo que estaba sucediendo. Varios de los otros perros salieron también y se quedaron de pie junto a ella. El viejo granero de piedra se cernía sobre sus figuras. Al cabo de un rato, *Almondine* se dio por vencida, volvió a entrar y se acurrucó en un rincón con la mirada fija en las puertas inmóviles del establo.

Pasó un día y luego pasaron dos más. Por la mañana oyó el ruido de la camioneta que entraba en el patio, seguida de un coche. Cuando le llegó la voz de Trudy, apoyó las patas en la puerta del cubículo y se sumó a los ladridos, por primera vez desde que estaba en la perrera. Gar entró en el establo y le abrió la puerta. Ella se lanzó al pasillo como un remolino y echó a correr hacia la escalera del porche trasero, donde esperó jadeando a que Gar la alcanzara.

Trudy estaba sentada en su sillón del cuarto de estar, con una manta blanca entre los brazos. En el sofá estaba el doctor Papineau, con el sombrero apoyado en las rodillas. *Almondine* se acercó, temblando de curiosidad. Deslizó con cuidado el hocico a lo largo del hombro de Trudy y se detuvo a tan sólo unos centímetros de la manta; entonces entornó los ojos e hizo una docena de breves inhalaciones. Tenues resoplidos emanaban de la tela, y una delicada manita rosa se levantó en el aire. Los cinco dedos se estiraron y se relajaron en seguida, consiguiendo expresar así un bostezo. Fue la primera vez que *Almondine* vio la mano de Edgar y, en cierto modo, también la primera vez que lo vio hacer un signo.

La minúscula mano estaba tan húmeda y era tan rosada e interesante que la tentación se hizo casi irresistible. Avanzó el hocico otra fracción de centímetro.

—Nada de lametazos —le susurró Trudy al oído.

Almondine empezó a menear la cola, primero lentamente y después cada vez más de prisa, como si algo que durante mucho tiempo había estado inmóvil en su interior hubiera adquirido suficiente impulso para liberarse. El movimiento de la cola le hacía balancear el pecho y los hombros como contrapeso. Retiró el hocico del brazo de Trudy y se puso a lamer el aire, y con esa pequeña broma perdió toda cautela y empezó a hacer reverencias y a ladrar por lo bajo.

El doctor Papineau estuvo con ellos una hora, más o menos. Su charla sonaba grave y seria. Por alguna causa, *Almondine* llegó a la conclusión de que estaban preocupados por el bebé: había algún problema. Sin embargo, ella veía claramente que el bebé estaba bien: se movía, respiraba y dormía.

Cuando el doctor Papineau se despidió, el padre de Edgar se fue al establo para hacer debidamente las tareas por primera vez en cuatro días, y su madre, agotada, se puso a mirar por la ventana mientras el niño dormía. Era media tarde de un día de primavera, brillante, verde y fresco. La casa se encorvaba silenciosamente sobre ellos. Entonces, sentada en el sillón, la madre de Edgar se quedó dormida.

Almondine se echó en el suelo sin dejar de mirar, desconcertada por una cosa: en cuanto Gar abrió la puerta de la perrera, supo sin más que la casa iba a revelarle su secreto, que ahora sí sabría qué era eso que estaba a punto de suceder. Cuando vio la manta y olió al bebé, pensó que quizá estuviera ahí. Pero después le pareció que no. Fuera cual fuese el secreto, tenía que ver con el bebé, pero no era el simple hecho de su presencia.

Mientras reflexionaba al respecto, llegó a sus oídos un sonido, un áspero ronquido que incluso para ella era casi inaudible. Al principio no consiguió entenderlo. Nada más entrar en la habitación había oído los resoplidos que salían de la manta y que prácticamente coincidían con la respiración de la madre; pero tardó un rato en comprender que, en ese nuevo sonido, estaba oyendo angustia, y en darse cuenta de que eso tan parecido al silencio era el sonido de un llanto. Esperó a que el ruido cesara, pero siguió y siguió, tan callado como el susurro de las hojas nuevas de los manzanos.

Comprendió que ése era el motivo de la preocupación.

El niño no tenía voz. No era capaz de emitir ningún sonido.

Almondine empezó a jadear. Cambió el peso de una cadera a otra y, mientras seguía mirando —y veía que la madre seguía durmiendo—, finalmente lo comprendió: eso tan importante que iba a pasar era que el tiempo de su adiestramiento había terminado y ahora, finalmente, tendría un trabajo.

Entonces *Almondine* recogió las patas bajo el cuerpo y desobedeció la orden de estarse quieta.

Atravesó la habitación, se detuvo junto al sillón y en ese instante se convirtió en lo que nunca dejaría de ser: un animal cauto, porque de pronto le pareció muy importante no equivocarse y, mirándolos a los dos —uno que chillaba en silencio y la otra sumida en el plácido sueño del agotamiento—, sintió que en su interior se desplegaba una certeza, como cuando la luz de la mañana inunda una habitación orientada al norte.

Tocó con la lengua la cara de la madre, sólo una vez y con mucho cuidado, y después retrocedió. Trudy se despertó sobresaltada y, al cabo de un momento, desplazó las mantas y su contenido, se levantó la blusa y, de inmediato, los ásperos susurros del bebé fueron reemplazados por otros sonidos que *Almondine* reconoció. Eran igual de silenciosos, pero sin la menor nota de aflicción.

Almondine volvió al lugar donde le habían ordenado que se quedara. Todo había pasado en cuestión de segundos, porque bajo las almohadillas de las patas aún pudo sentir el calor que su cuerpo había dejado en la alfombra. Se quedó un buen rato de pie, mirándolos a los dos. Después se tumbó, deslizó la nariz bajo la punta de la cola y se quedó dormida.

Signos

.

¿Qué se podía hacer con un niño como ése, excepto preocuparse? Gar y Trudy se preocupaban pensando que nunca tendría voz. Los médicos se preocupaban porque no tosía. Y *Almondine* simplemente se preocupaba cada vez que lo perdía de vista, aunque nunca era por mucho tiempo.

Muy pronto comprendieron que nadie entendía un caso como el de Edgar. Niños como él sólo aparecían en los libros de medicina, e incluso esos casos eran diferentes en un sinfín de detalles del de ese niño, que movía los labios cuando quería mamar y agitaba las manos en el aire cuando le cambiaban los pañales, que olía vagamente a harina fresca y tenía el sabor del mar, que se dormía en los brazos de sus padres y después, al despertarse, comparaba con asombro sus caras con el éter de algún mundo distante. Un niño silencioso en la alegría y silencioso en la aflicción.

Los médicos lo iluminaban con sus focos y formulaban suposiciones. Pero ¿quién vivía con él mañana y noche? ¿Quién ponía el despertador para ir a verlo a la luz de la luna? ¿Quién entraba en su habitación todas las mañanas y veía un bebé diminuto y de ojos grandes que miraba desde la cuna, con la tez translúcida como piel de cebolla? Los médicos formulaban suposiciones, pero Trudy y Gar veían pruebas de normalidad y de rareza todos los días y sacaban sus propias conclusiones. Además, todos los bebés necesitan las mismas cosas sencillas, ya sean niños o cachorros, chillones o mudos. Se aferraron a esa certeza: por un tiempo, al menos, no importaba lo que hubiera en él de especial o de corriente. Estaba vivo. Lo que importaba era que abría los ojos todas las mañanas. Comparado con eso, el silencio no era nada.

En septiembre, Trudy ya estaba harta de salas de espera, gráficos y pruebas, por no mencionar los gastos y el tiempo robado a la perrera. Durante todo el verano se dijo que había que esperar, que en cualquier momento su pequeño empezaría a llorar y balbucir como los otros niños. Pero las perspectivas eran cada vez más sombrías. Algunas noches casi no podía dormir de tanto pensar. Y si la medicina no podía darle una respuesta, quizá hubiera otras formas de saber. Una tarde le dijo a Gar que la leche en polvo estaba a punto de acabarse, envolvió a Edgar en una manta, lo puso en la camioneta y se lo llevó a Popcorn Corners. Las hojas de los árboles tenían todos los matices de rojo y amarillo, y las que ya habían caído, marrones y arrugadas, cubrían el polvo de la carretera de Town Line y formaban remolinos al paso del vehículo.

Aparcó delante del desvencijado supermercado y se quedó sentada, mirando el anaranjado fulgor del rótulo de neón que anunciaba ABIERTO en el escaparate delantero. El interior estaba muy iluminado pero vacío, salvo por una anciana de pelo gris, aspecto de grulla y semblante ancestral sentada detrás del mostrador. Era Ida Paine, la dueña. Dentro, una radio sonaba a muy poco volumen. La melodía de violines apenas se distinguía por encima del susurro de las hojas en la brisa nocturna. Trudy había aparcado la camioneta justo delante del gran escaparate que ocupaba todo el frente de la tienda; Ida Paine debía de haberla visto, pero siguió sentada como si formara parte del mobiliario, con las manos entrelazadas sobre el regazo y un cigarrillo humeando en algún sitio, fuera de la vista. Si Trudy no hubiera temido que viniera alguien, habría esperado muchísimo tiempo más en la furgoneta; pero hizo una inspiración, cogió a Edgar en brazos y entró en la tienda. Después, ya no supo muy bien qué hacer. Ida Paine la miró desde su asiento. Llevaba unas gafas enormes que le ampliaban los ojos y, detrás de las lentes, no dejaba de parpadear. Trudy miró a Edgar, acurrucado en sus brazos, y pensó que habría sido mejor no entrar. Cuando ya se disponía a marcharse, Ida Paine rompió el silencio.

—Déjame ver —dijo.

Ida no tendió las manos, ni salió a su encuentro al otro lado del mostrador, ni le habló con el tono amable de una abuela. Si algo hubiese podido decirse de su tono de voz, es que era indiferente y cansado, aunque benévolo. Trudy dio un paso adelante y depositó a Edgar sobre el mostrador, entre las dos, en un lugar donde la superficie de la madera había adquirido el tacto gastado del terciopelo por la eterna caricia de las latas de conservas y los frascos de encurtidos. Cuando lo soltó, Edgar se puso a patalear y a aferrar cosas invisibles, como si el aire estuviera hecho de una materia elástica que nadie más pudiera tocar. Ida se inclinó hacia delante y lo examinó con ojos dilatados. Dos grises serpentinas de humo de cigarrillo salieron silbando de su nariz. Entonces levantó una mano marcada con venas azules, extendió un meñique que a Trudy le recordó la punta del ala de una gallina desplumada y apretó con él la carne del muslo de Edgar. Los ojos del bebé se ensancharon y se llenaron de lágrimas. De su boca salió un tenue resoplido.

Trudy había visto a docenas de médicos examinar a su hijo sin sentir ni un estremecimiento, pero eso no pudo soportarlo. Extendió los brazos, dispuesta a reclamar a su bebé.

—Espera —dijo Ida mientras se inclinaba un poco más, agachaba la cabeza y apretaba el gallináceo meñique contra la palma del pequeño.

Los diminutos deditos se cerraron en un espasmo sobre el meñique de la vieja. Ida Paine se quedó así durante un tiempo que a Trudy le parecieron horas. La madre de Edgar contuvo el aliento. Después, dejó ir una exhalación, recogió a Edgar en sus brazos y se apartó del mostrador.

Fuera, en la encrucijada, aparecieron unos faros. Ni Trudy ni Ida se movieron. El rótulo de ABIERTO se oscureció y, segundos después, los fluorescentes del techo se apagaron. En la oscuridad, Trudy distinguió la flaca figura de la vieja con la mano levantada, mirándose el meñique. Los faros resultaron ser los de una furgoneta que entró en el aparcamiento de tierra, hizo una pausa y volvió a arrancar en dirección al asfalto.

—No —gruñó Ida Paine, con algo irrevocable en la voz.

—¿Nunca?

—Puede usar las manos.

Para entonces, el chirrido de los neumáticos se había desvanecido en la noche. Anaranjados gusanos de plasma empezaron a fluir y reptar por los tubos del rótulo de ABIERTO. Sobre sus cabezas, los cebadores zumbaron y los fluorescentes parpadearon y se encendieron. Trudy esperó un momento a que Ida le explicara algo más, pero pronto comprendió que estaba ante un oráculo particularmente lacónico.

—¿Era eso? —fue todo cuanto Ida Paine añadió—. ¿Nada más?

Un mes después fue a visitarlos una mujer. Trudy estaba en la cocina, preparando el almuerzo más tarde que de costumbre, mientras Gar atendía una camada recién nacida en la perrera. Cuando llamaron a la puerta, Trudy salió al porche, donde esperaba una mujer corpulenta con falda de flores, blusa blanca y el acerado pelo gris peinado en apretada permanente. La mujer agarró con fuerza el bolso de mano mientras se volvía para echar una mirada al alboroto de la perrera.

—Hola —dijo la mujer con una sonrisa indecisa—. Me temo que esto le parecerá muy poco corriente. A sus perros se lo parece. —Se alisó la parte delantera de la falda—. Me llamo Louisa Wilkes —prosiguió—, y verá..., lo cierto es que no sé exactamente por qué he venido.

Trudy la invitó a pasar, si no le importaba la presencia de *Almondine*. Louisa Wilkes aseguró que no le molestaban los perros, al menos de uno en uno, o de dos en dos. Se sentó en el sofá mientras *Almondine* se acurrucaba delante del moisés donde dormía Edgar. Algo en la manera altanera de andar y de entrelazar las manos que tenía la mujer le hizo pensar a Trudy que debía de ser del sur, aunque hablaba sin ningún acento distinguible.

—¿En qué puedo ayudarla? —preguntó.

—Bueno, como ya le he dicho, no estoy muy segura. Estoy de visita en casa de mi sobrino y su esposa: John y Eleanor Wilkes.

—Ah, sí, claro —dijo Trudy. El apellido le sonaba, pero no habría sabido situarlo—. De vez en cuando vemos a Eleanor en el pueblo. John y ella tienen a uno de nuestros perros.

—Así es. Fue lo primero en lo que me fijé: estos perros suyos. Su *Ben* es un animal maravilloso. Tiene una mirada muy inteligente, lo mismo que éste —dijo señalando a *Almondine*—, la misma mirada atenta. Pues bien, esta mañana les pedí que me dejaran el coche para dar una vuelta por el campo. Ya sé que puede parecer extraño, pero me gusta el silencio de un coche cuando voy conduciendo sola. Un poco antes de llegar aquí encontré un pequeño supermercado, prácticamente en medio de la nada. Pensé que quizá vendieran bocadillos allí, pero no, de modo que compré unas galletas y un refresco. La señora de la caja es rarísima.

—Se refiere usted a Popcorn Corners —dijo Trudy—, a la tienda de Ida Paine. A veces Ida puede parecer un poco tenebrosa.

—Sí, tuve ocasión de comprobarlo. Cuando ya había pagado, la señora me dijo que me convenía seguir un poco más por la carretera y coger después este desvío hasta llegar donde los perros. Fue muy raro. Yo no le había preguntado nada. Y no me dijo que «podía» o que «debería», sino que «me convenía» seguir este camino. Me lo dijo a través de la ventana, mientras yo me dirigía al coche. Le pregunté qué había querido decir, pero no respondió. Al principio pensé en dar media vuelta y regresar por donde había venido, pero sentí curiosidad. Encontré el desvío justo donde dijo que estaría. Cuando vi los perros... –Se interrumpió–. Bien, eso es todo. Aparqué en el sendero y aquí estoy, sintiéndome un poco lunática por haber venido.

Louisa Wilkes recorrió con la vista el cuarto de estar mientras jugueteaba con su bolso.

–Así y todo, tengo la sensación de que deberíamos hablar un poco más. Veo que acaba de ser madre.

Se acercó al moisés y Trudy se puso a su lado.

–Se llama Edgar.

El bebé estaba completamente despierto. Arrugó la frente ante la desagradable visión de una mujer que no era su madre inclinada sobre él, abrió mucho la boca y de sus labios sólo salió silencio. La mujer frunció el ceño y miró a Trudy.

–Sí, así es. No usa la voz. Aparentemente todo está en orden, pero cuando llora no produce ningún sonido. No sabemos por qué.

Al oírlo, Louisa Wilkes enderezó la espalda.

–¿Qué tiempo tiene?

–Casi seis meses.

–¿Hay alguna posibilidad de que sea sordo? Hay una manera muy sencilla de averiguarlo, incluso con los bebés. Simplemente...

–...hay que aplaudir una vez y observar si se sobresaltan. Sí, desde el principio sabemos que oye bien. Cuando está en el moisés y empiezo a hablar, me busca con la mirada. ¿Por qué lo pregunta? ¿Conoce algún otro caso como el suyo?

–Le aseguro que no, señora Sawtelle. Nunca había oído nada parecido. Pero yo no sé mucho de esto. No soy enfermera, ni mucho menos médico.

–Me alegro de oírlo, porque ya he perdido la paciencia con los médicos. Lo único que nos han dicho es lo que a Edgar le funciona bien, que es todo menos la voz. Han comprobado la velocidad de dilatación de sus pupilas. Le han analizado la saliva. Le han sacado sangre. Hasta le han hecho un electrocardiograma. Es asombrosa la cantidad de enfermedades que se pueden descartar en un recién nacido, pero al final tuve que decir basta. No podía permitir que mi bebé pasara sus primeros meses atormentado. Además, sólo hay que estar con él un par de minutos para darse cuenta de que es un niño perfectamente normal.

Almondine se había levantado y olía con igual preocupación el moisés y a la visitante. La señora Wilkes la miró.

—*Benny* es un animal extraordinario —dijo—. Nunca había visto un perro tan atento a las conversaciones. Juraría que se vuelve y me mira cuando cree que me toca hablar a mí.

—Sí —replicó Trudy—. Entienden más de lo que creemos.

—No, es algo más que eso. He conocido muchos perros: algunos se te quedan dormidos en el regazo, otros ladran a cada desconocido que pasa, otros se tumban en el suelo y se te quedan mirando como si fueras el amor de su vida... Pero nunca había visto a un perro que se comportara así.

Louisa Wilkes miró a Edgar en el moisés. Después se volvió, levantó las manos y empezó a moverlas en el aire, mirando fijamente a Trudy. Sus movimientos eran fluidos, expresivos y completamente silenciosos. Hizo una pausa lo bastante larga para que Trudy entendiera lo que había visto, aunque no pudiera comprender su significado.

—Lo que acabo de decirle es: «Soy hija de padre y madre sordos profundos.»

Repitió el grácil movimiento de las manos.

—Yo no soy sorda, pero enseño lengua de signos en una escuela para sordos. Y me pregunto, señora Sawtelle, qué pasará si su hijo carece solamente de la capacidad de hablar, y de nada más.

Trudy advirtió la habilidad de Louisa Wilkes para formular las preguntas, una agudeza acerada y casi feroz que se manifestó desde el momento mismo en que empezó a hablar con signos. Le gustaba su manera de hablar. Louisa Wilkes iba directa al grano. Además, la madre de Edgar difícilmente podía haber olvidado lo que Ida Paine le había dicho aquella noche de otoño: «Puede usar las manos.» En aquel momento había interpretado sus palabras en el sentido de que Edgar *sólo* podría usar las manos, es decir, que estaba destinado a hacer trabajos manuales, y ella sabía que eso no era cierto. El episodio la había enfurecido y al final lo había achacado todo a su propia tontería. Nunca le había mencionado el incidente a Gar. Ahora empezaba a sospechar que había entendido mal a Ida Paine.

—Saldrá adelante, señora Wilkes. Estoy convencida de que Edgar no es diferente del resto de los niños en ningún otro aspecto. Quizá recupere la voz cuando crezca. Como no sabemos por qué la ha perdido, no podemos saber si será algo temporal.

—¿Nunca ha emitido ningún sonido? ¿Ni uno solo?

—No, nunca.

—¿Y qué le han dicho los médicos que haga mientras espera a saber si su hijo tendrá voz algún día?

—Eso ha sido lo más desalentador. Me han dado los consejos más evidentes. Me han dicho que le hable, y yo lo hago. Dicen que, si puede hacerlo, intentará imitarme.

—¿Le han sugerido algún ejercicio? ¿Algo que pueda hacer con él?

—No, nada concreto. Han especulado sobre lo que podremos hacer de aquí a unos años, si todo sigue igual; pero hasta ahora no han hecho más que observarlo. Cuando algo cambie, si es que cambia, partiremos de ahí.

Al oír su respuesta, la cautela de la señora Wilkes, en rápido retroceso desde que la conversación se había adentrado en el tema de la sordera, desapareció por completo.

—Señora Sawtelle, escúcheme bien. No quiero suponer nada; quizá ya haya leído u oído lo que voy a decirle, pero tengo la impresión de que los médicos que ha consultado han dado muestras de una ignorancia deplorable, lo que no me sorprendería en lo más mínimo. Nunca es demasiado pronto para llevar la luz del lenguaje a los niños cuya capacidad de captarlo puede ser precaria. Nadie sabe con certeza en qué momento empiezan los niños a aprender a hablar; es decir, no sabemos en qué momento temprano de su vida entienden por primera vez que *pueden* hablar y que *deben* hacerlo, porque a través del lenguaje tendrán una vida plena. Sin embargo, tenemos pruebas de que en torno a la edad de un año el don del lenguaje empieza a desvanecerse si no se alimenta como es debido. Les ha pasado a los niños sordos a lo largo de la historia, y es algo terrible: niños considerados retrasados y abandonados a su suerte. Estoy hablando de niños perfectamente inteligentes y capaces, desatendidos solamente porque no sabían que existían los sonidos. ¿Cómo iban a saberlo? Cuando los demás se daban cuenta de que sólo les faltaba el oído, ya estaban incapacitados para siempre.

—Pero lo que usted dice está bien para los niños que no oyen, no para los que no pueden emitir sonidos. Y está claro que Edgar oye bien.

—¿Y el habla? Una persona se comunica dando y recibiendo, expresando lo que tiene dentro. Los niños lo aprenden con el llanto: aprenden que cuando atraen la atención de los demás, incluso de la manera más primitiva, reciben calor, alimento y compañía. Su niño me preocupa, señora Sawtelle. Me pregunto cómo aprenderá esas cosas. Déjeme que le hable un momento de mí. Cuando nací, mis padres se enfrentaron a un dilema: cómo enseñarme a hablar. Ellos habían empezado a aprender cuando ya era demasiado tarde (siendo ya adolescentes), y lo habían aprendido todo menos a articular un lenguaje hablado inteligible. Pero ahora tenían una hija y querían más que nada en el mundo que fuera capaz de hablar normalmente.

—¿Qué hicieron?

—Supusieron que yo estaba aprendiendo, aunque pareciera que no hacía nada. Me ponían discos con conversaciones que ellos no podían oír. Compraron una radio y pidieron a sus amigos oyentes que les recomendaran qué estaciones sintonizar y a qué horas. Me observaban la boca para ver si emitía sonidos. Se ocuparon de llevarme a pasar algunos ratos con personas que jugaban conmigo y me hablaban. En pocas palabras, señora Sawtelle, se aseguraron de que el lenguaje hablado estuviera a mi alcance de todas las maneras que pudieron imaginar.

—Pero debió de haber algo más que eso. ¿Cómo respondieron a sus primeras palabras? ¿Cómo la alentaron para que siguiera hablando si no podían oírla?

La señora Wilkes habló entonces de la propensión de los niños a aprender a hablar y de la imposibilidad de impedírselo, a menos que no tengan ejemplos que imitar. Habló del lenguaje particular que a veces inventan los hermanos gemelos. Tenía mucho que decir. Había trabajado con niños sordos y con hijos oyentes de padres sordos, y el principio era sencillo: el niño *quería* comunicarse y aprendería cualquier cosa que le sirviera para hacerlo, ya fuera inglés, francés, alemán, chino o lengua de signos. De pequeña, ella había aprendido a signar al mismo tiempo que a hablar, casi sin esfuerzo. Ese último aspecto —dijo— era especialmente importante para el niño de los Sawtelle.

—Pero ¿cómo voy a enseñarle a hablar por signos —dijo Trudy—, si yo no sé hacerlo?

—Aprenderá con él —repuso la señora Wilkes—. Al principio, sólo necesitará saber lo más básico para decirle a Edgar las cosas más sencillas.

—¿Como por ejemplo?

–Como por ejemplo que lo quiere usted mucho. O que aquí tiene su comida. O el nombre de las cosas: perro, pajarito, papá, mamá, cielo, nube..., lo que enseñaría a cualquier niño. Enséñele a pedir lo que quiere formando con las manos el signo correspondiente. Enséñele a pedir *más* de cualquier cosa que quiera –y al decirlo, juntó las puntas de los dedos de ambas manos para demostrárselo–; más adelante, cuando llegue el momento de construir frases, usted también habrá aprendido a formarlas.

La conversación se prolongó hasta después del anochecer. Cuando Gar volvió de la perrera, la señora Wilkes empezó a enseñarles a ambos los rudimentos de la lengua de signos. Les dijo que en una noche podía explicarles unos cuantos signos y las normas básicas de la sintaxis, y empezó con palabras simples y frases sencillas. Les enseñó una frase con la estructura básica sujeto-verbo-complemento: «Trudy quiere a Gar.» Les explicó la milagrosa manera de usar los pronombres y les enseñó un ejemplo de adjetivo.

Trudy estaba fascinada; imitaba los signos con atención y asimilaba todas las correcciones de la señora Wilkes. Gar también lo intentó, pero carecía de la coordinación y la gracia de Trudy. Era casi medianoche cuando la visitante se marchó, mucho más tarde de la hora en que acostumbraban a irse a dormir. Edgar se había despertado varias veces durante la velada y, cuando lo sacaron de la cuna, la señora Wilkes les enseñó a sus padres a decir «comida» y a mover a la vez las manos de Edgar. Eso les resultó más difícil, porque había que formar el signo al revés. Pero no era imposible, y Trudy descubrió la enorme ventaja que la práctica confiere a una buena entrenadora.

Edgar

Éste será el primero de sus recuerdos.

Rojiza luz matinal. El techo alto inclinado sobre su cabeza. El perezoso clic-clic de unas uñas sobre la madera. Entre los barrotes color miel de la cuna se desliza un hocico hasta que los belfos quedan estirados hacia atrás, dejando al descubierto una fila de delicados incisivos que forman una sonrisa ridícula.

La nariz tiembla. Se forman hoyuelos en el morro aterciopelado.

Toda la casa está en silencio. Quieta.

Fina piel negra del hocico. Nariz negra, arrugados pliegues de encaje en la piel, y las fosas nasales en forma de comas flexionándose con cada respiración. Una brisa sube siseando por el campo y hace que las cortinas se abolsen hacia adentro. El manzano junto a la ventana de la cocina acaricia la casa con un repiqueteo de ramitas. Él exhala el aire tan lentamente como puede, fingiéndose dormido pero, a su pesar, la respiración le sale un poco entrecortada. El hocico descubre de inmediato que está despierto. Suelta un ronquido. Se inclina a izquierda y a derecha. Se retira. Fuera de la cuna aparecen los cuartos delanteros de *Almondine*, que tiene la cabeza echada hacia atrás y las orejas atentas.

Un ojo con una mancha color cereza le devuelve la mirada.

Meneo de la cola.

Quieta. Quédate quieta.

El hocico acude otra vez en su busca y hace un túnel por debajo de la manta, por debajo de los granjeros, de los cerdos, los pollitos y las vacas pintados de ese mundo de algodón. Su mano se levanta sobre los dedos y camina como una araña entre los asombrados habitantes de la granja, para desafiar al intruso, y se convierte en un pájaro que planea delante de sus ojos. El pulgar y el índice aprietan la nariz negra y arrugada. La lengua rosada se lanza como un dardo, pero el pájaro huye volando antes de que *Almondine* pueda lamerlo. Ahora mueve la cola con más fuerza. Todo el cuerpo del animal se balancea y su aliento lo envuelve. Tira del pelo más negro de la barbilla y esta vez la lengua le roza con delicadeza la palma de la mano. Rueda hacia un lado, pasa la mano por la manta y le echa a *Almondine* el aliento en la cara. Ella baja las orejas y golpea el suelo con una pata. Él vuelve a soplar y ella retrocede, hace una reverencia juguetona y suelta un ladrido breve, grave y profundo, eco del incontenible palpitar de su corazón. Al oírlo, él olvida el juego y apoya la cara contra los barrotes para verla, para verla entera, para abarcarla con la vista, y antes de que pueda reaccionar, ¡ella le da un lengüetazo en la nariz y la frente! Él se lleva la mano a la cara, pero ya es tarde, porque ella ya se ha apartado y está dando vueltas sobre sí misma, tratando de atraparse la cola, bailando en el polvoriento haz de luz que se filtra por la ventana.

Va dando botes sobre la cadera de su madre mientras ella avanza por el pasillo de la perrera. Los perros corren a su encuentro a través de las portezuelas de lona de la pared del establo, lo miran y lo olfatean. La voz de su madre cobra un acento cantarín cuando lo llama.

Su padre, sentado a la mesa de la cocina, con muchos papeles delante. Fotos de perros. La voz de su padre, serena en sus oídos, hablando de una combinación de linajes. Tiene entre los dedos la esquina de una hoja de pedigrí.

Va corriendo por el patio, pasa junto a la caseta de la leche y cierra de un golpe el portón de la valla antes de que *Almondine* lo atrape. Se agacha entre las hierbas altas y observa. A la perra le encanta saltar; su marcha se acelera y salva la valla como llevada por el viento. Al cabo de un instante la tiene a su lado, jadeando. Él le enseña el puño y finge un gesto de enfado. Cuando ella mira para otro lado, él vuelve a huir corriendo. Las hierbas se cierran tras él y en un momento llega al huerto y se pone a trepar como un mono por una rama, el único lugar adonde ella no puede seguirlo. Deja colgar una mano para burlarse de la perra y, de pronto, el mundo entero se vuelve del revés. Cuando aterriza en el suelo, un golpe seco le suena en el pecho. Empieza a llorar, pero el único sonido son los ladridos de *Almondine* y, al cabo de un momento, los de los perros del establo.

En el manzano más lejano hay un neumático colgando de una rama, con la cuerda deshilachada y como comida por las polillas. Le han dicho que no se acerque, pero no recuerda por qué. Con movimientos de gusano, mete los hombros entre los dos círculos del borde de goma, se retuerce y se impulsa con las piernas. Los manzanos se inclinan alocadamente a su alrededor. Aún no ha pasado un minuto cuando las abejas empiezan a condensarse entre las sombras y la luz del sol, y él está atrapado en el neumático que no deja de dar bandazos, y le pican una vez en el cuello y otra en el brazo. Puntos calientes de luz. *Almondine* muerde el aire, gimotea, se pasa una pata por la cara. Después, los dos corren a la casa. La puerta del porche se cierra con un golpe tras ellos. Esperan un momento para ver si las abejas los persiguen y se agolpan en la tela metálica de la puerta. Por un momento, Edgar casi llega a creer que las abejas no han existido nunca. Después, las picaduras empiezan a hincharse.

Pasea por la perrera con un libro en la mano: *Winnie the Pooh*. Abre el corral paridero y se sienta. Aparecen los cachorros entre los matorrales de paja suelta, levantando una fina niebla de polvo blanco mientras se acercan. Los atrapa entre las piernas y les lee, moviendo las manos delante de sus hocicos levantados. La madre se acerca y ellos pían como pollitos al verla. Uno por uno, los lleva de vuelta a la caja; negros y en forma de judía, cuelgan de su boca. Cuando ha terminado, se queda de pie sobre los pequeños, mirando a Edgar con gesto de reproche.

Él le dice por signos que ellos querían oír, pero ella se niega a echarse entre sus hijos mientras él no se vaya.

Winnie the Pooh es un cuento fantástico para los cachorros.

Ojalá ella le dejara contárselo.

Su padre, leyéndole un cuento a la hora de irse a la cama, con voz calmada y el fulgor amarillo de la lámpara reflejado en las gafas. La historia es *El libro de la selva*. Edgar quiere dormirse pensando en Mowgli y *Bagheera*, para que la historia cruce de la lámpara a sus sueños. La voz de su padre se detiene. Él se incorpora en la cama.

«Más», signa él juntando las yemas de los dedos.

Su padre empieza la página siguiente. Él vuelve a acostarse y mueve las manos en el aire al son de la voz de su padre. Piensa en las palabras. En la forma de las palabras.

Está sentado en el cojín gris de polipiel del banco del médico, con la boca bien abierta. Tiene muy cerca la cara del doctor, que lo mira.

Después, el médico pone sobre la mesa fichas con las letras del alfabeto y le indica que escriba «manzana», pero hay una sola ene y no puede hacerlo bien. Cuando él intenta sustituir la ene por una u puesta al revés, el médico se vuelve hacia una libreta y anota algo.

—Me gustaría que se quedara unos días —dice el doctor.

Su madre niega con la cabeza y frunce el ceño.

El médico le apoya en la garganta una cosa zumbona con forma de linterna.

—Exhala —le dice—. Echa los labios hacia atrás. Tócate con la lengua el paladar. Haz un círculo con los labios.

Edgar sigue las instrucciones y una palabra sale flotando de su boca:

—Elúúú...

Pero el sonido es horrible y se estrella contra un cristal.

«No hagas eso.»

Al principio, el médico no lo entiende. Edgar usa las fichas con letras y se lo explica lentamente. En el camino de vuelta, paran en un Dog'n'Suds para tomar un vaso de agua de cebada con helado de vainilla. En la cara de su madre, una expresión: ¿pena?, ¿enfado?

Sentado en el corral paridero, mirando una nueva camada de movedizos cachorros. Con cinco días, todavía son pequeños para tener nombre, pero ahora el trabajo de ponérselo es suyo.

Uno de los cachorros está intentando trepar sobre los otros y apartarlos para mamar. Es un bravucón. Edgar decide llamarlo *Héctor*. No es fácil elegir nombres. Por la noche, habla al respecto con sus padres. Es muy pequeño y hace poco que ha empezado a usar el diccionario para encontrar nombres y anotarlos en los márgenes.

El médico acude con un desconocido, un hombre con barba y pelo negro largo hasta los hombros. El hombre le signa un saludo, apartando rápidamente la mano de la frente, y después le pregunta algo, signando con una rapidez que Edgar no ha visto nunca y que hace que cada signo se confunda con el siguiente.

Demasiado a prisa.

Edgar agarra al hombre por la muñeca y le pide que lo repita.

El hombre se vuelve hacia el médico, dice un par de cosas y el médico asiente con la cabeza.

«Tu voz suena rara», signa Edgar. El hombre se echa a reír y también su risa es rara.

«¿De verdad? –le responde por signos–. Soy sordo. Nunca he oído mi voz.»

Edgar se lo queda mirando, como si no supiera que una persona sorda se parece a cualquier otra. Por detrás del hombre, su madre frunce el ceño y sacude la cabeza.

«¿Cuántos años tienes?», signa el hombre.

«Casi cuatro», dice él. Levanta cuatro dedos, con el pulgar recogido y se golpea dos veces el pecho con la mano que indica «yo».

«Eres muy bueno. Yo no sabía signar como tú cuando tenía cuatro años.»

«Pero yo tengo ventaja. Oigo bien.»

«Sí. Es bueno que los dos sepamos signar.»

«¿Les signas a tus perros? Los míos a veces no entienden.»

«Mi perro *nunca* entiende», responde el hombre con una sonrisa.

«*Almondine* me entiende cuando le digo *esto*.» Entonces Edgar signa algo que sólo *Almondine* y él saben. La perra se acerca.

El hombre hace una pausa y mira al médico.

De pie en el pasillo del establo. Su padre está sentado en uno de los corrales con una perra madre, acariciándole las orejas. Es tan vieja, que hasta en la cola tiene pelos grises. Está echada de lado, jadeando. El padre de Edgar señala las vigas del techo, que se cruzan sobre el pasillo principal, y le dice que son de los árboles que taló Schultz en el bosque detrás del establo.

—La primera primavera les salieron hojas a esas vigas —dice su padre, y Edgar ve por primera vez los nudos y las cicatrices, ve el árbol escondido en cada viga, y ve también a Schultz y a sus ponis subiéndolos por el campo. Una hilera de bombillas desnudas cuelga a lo largo del pasillo, una de cada viga.

—Aguanta, bonita —le dice su padre a la perra.

Cuando llega el doctor Papineau, Edgar lo acompaña al establo.

—Por aquí, Page —dice el padre de Edgar.

El doctor Papineau entra en el corral y se arrodilla. Pasa la mano por el vientre de la madre y apoya el diafragma del estetoscopio sobre su pecho. Después vuelve al coche a buscar un maletín.

El padre de Edgar se vuelve hacia él.

—Ahora vete a casa —le dice.

Del maletín, el doctor Papineau saca un frasco y una jeringuilla.

Dos suaves colinas ocupan el campo del sur, una cerca del patio de su casa y la otra más lejos. En medio hay un montón de piedras, un bosquecillo de abedules y una cruz. Olas de heno se mueven con la brisa de agosto. Edgar se hunde en el campo, tratando de despistar a *Almondine*. El juego de siempre. Elude las piedras, se agazapa bajo un abedul y se queda tan inmóvil como puede. Ve la cruz blanca, solitaria y erguida entre él y la casa, y se pregunta qué querrá decir. Es sencilla, firme, cuadrada, y en algún momento, no hace mucho, ha recibido una nueva mano de pintura blanca y brillante.

Después, los tallos de heno se apartan y *Almondine* llega trotando. Se deja caer a su lado y le apoya una pata en el pecho, como diciendo: «No vuelvas a hacerlo; hace demasiado calor para esta clase de juegos.» Pero él se levanta de un salto y se marcha corriendo, y ella va con él, a su lado, con la boca abierta en una sonrisa.

Con frecuencia, ella lo adelanta.

A menudo la encuentra esperándolo cuando llega.

Una tarde de finales de primavera. Edgar y su madre están sentados en el sofá del cuarto de estar. En el televisor hay niebla gris y los altavoces sisean. Todas las cortinas están cerradas. Nubes como cardenales se deslizan sobre el campo. Fuera, un destello. Se oye un chisporroteo en la cocina mientras saltan chispas de las tomas de corriente. Cuenta uno, dos, tres, hasta que llega el estruendo del trueno desde las colinas.

—Es el hierro del subsuelo, que atrae los rayos —ha dicho antes su padre—. ¿Habéis visto lo roja que es la tierra? Aquí es donde empiezan los montes de Hierro.

Las ramas de los pinos se sacuden con las rachas de viento. Edgar se acerca a la ventana para ver cómo las cúspides de los árboles atraviesan las nubes. Un jirón de vapor blanco pasa a través de las copas desgarradas, navegando contra el movimiento de la tormenta.

—Apártate de la ventana —dice su madre.

Salpicaduras de lluvia golpean el cristal. Fuera, un instante de luz resplandeciente, y vuelven a saltar chispas de los enchufes de la cocina. El trueno no llega, y el largo silencio es fantasmagórico.

«¿Habrá sido una centella?»

—Probablemente.

Ella le ha dicho que hay rayos verdaderos y centellas. Sólo los rayos verdaderos producen truenos. La diferencia es importante: si a una persona la alcanza un rayo verdadero, se queda frita allí mismo; pero si la alcanza una centella, se va tan tranquila, sin una sola marca.

Su madre está sentada en el sillón, mirando las nubes.

—Ojalá tu padre entrara de una vez.

«Voy a buscarlo.»

—Ni pensarlo. Tú te quedas aquí conmigo.

Lo mira de una manera que no admite réplica.

«No me des órdenes, que soy más alto que tú», signa él para hacerla reír. Últimamente ha empezado a hacerle bromas, por ser la más bajita de la familia. Pero ella le sonríe con los labios apretados y vuelve a mirar la televisión. Él no sabe muy bien lo que esperan, pero sabe que resultará inequívoco cuando aparezca. En un artículo del *Reader's Digest*, ella ha leído acerca del método de Weller y ahora lo están aplicando. La televisión está sintonizada en el canal 2, con la pantalla oscurecida hasta volver casi negra la niebla.

—Tenemos que seguir mirando —explica ella—. Si se acerca un tornado, la pantalla se volverá blanca, por el campo eléctrico.

Dividen la atención entre la imagen temblorosa de la pantalla y el avance del frente nuboso. Su madre tiene una reserva interminable de anécdotas meteorológicas: rayos globulares, tornados, huracanes... Pero hoy, como en las peores tormentas, una expresión angustiada le invade la cara, y él sabe que todas esas historias bullen en su interior como las nubes en el cielo. El televisor sisea y crepita. Aun así, ella resiste hasta que *Almondine* se le acerca y apoya su cuerpo contra el suyo para tranquilizarse.

—Ya está bien —dice—. Vamos al sótano.

La escalera del sótano está en el porche trasero. A través de la tela metálica de la puerta, ven a su padre de pie en la entrada del establo, con el pelo agitado por el viento. Está apoyado contra la jamba, despreocupado, con la cara vuelta hacia el cielo.

—¡Gar! —grita su madre—. Ven. Vamos al sótano.

—Me quedo aquí —responde él también a gritos. El viento vuelve metálica y pequeña su voz—. Éste es de los salvajes. Bajad vosotros.

Ella menea la cabeza y se los lleva al sótano.

—Vamos, vamos —dice—. ¡Abajo!

Almondine baja resueltamente por la escalera delante de ellos. Al pie hay una puerta cerrada con pasador y ella los espera con el hocico apretado contra el resquicio, olfateando. Una vez dentro, fuerzan la vista para ver las nubes a través de las polvorientas ventanas en lo alto de las paredes del sótano. No llueve; sólo se ven goterones de agua que se desplazan horizontalmente por el aire.

—¿Qué cree que va a conseguir ahí fuera? —dice ella, indignada—. Lo único que quiere es ver la tormenta.

«Es cierto. No hace otra cosa más que permanecer ahí, en la puerta.»

—Los perros pueden cuidarse solos. Lo que los pone nerviosos es verlo ahí fuera. ¡Como si pudiera proteger el establo! ¡Es ridículo!

Cae un rayo en el campo cercano. El trueno sacude la casa.

—¡Dios mío! —dice su madre.

Ese último golpe también le ha acelerado el corazón a Edgar, que sube corriendo la escalera de hormigón para echar un vistazo. Cuando llega arriba hay un destello blanco azulado, de un brillo enceguecedor, acompañado de un bombazo, y él vuelve a bajar volando la escalera, no sin antes ver a su padre, de pie, agarrado con una mano a la puerta del establo, como desafiando a la tormenta a que se atreva a tocarlo.

Está claro que hasta ese momento todo ha sido un preludio. El viento ya no sopla en rachas, sino con un aullido sostenido que hace que Edgar se pregunte cuánto aguantarán las ventanas antes de romperse con la presión. *Almondine* gime y él le acaricia el dorso y la grupa. La madera gruñe en el interior de las paredes. Su madre los ha reunido en la esquina suroccidental del sótano, un poco más segura si un tornado arranca la casa de los cimientos al estilo de *El mago de Oz*. El viento sopla durante mucho tiempo, tanto que acaba por dar risa. Curiosamente, cuando la tormenta alcanza su fuerza máxima, un torrente de luz entra por las ventanas del sótano. Es el primer signo de que el mal tiempo pasará. Sólo más adelante empieza a descender por octavas el rugido sólido del viento, que acaba convertido en irónica brisa estival.

—No te muevas —dice su madre.

Edgar ve en su cara que está pensando en el ojo del huracán, pero la voz de su padre resuena a través del patio:

—¡Sí que ha sido raro!

Fuera, es imposible no mirar primero al cielo, donde un campo de cúmulos veraniegos, blancos e inocuos se extiende hacia el oeste. Los nubarrones de tormenta se ciernen sobre las copas de los árboles, al otro lado de la carretera. La casa y el establo parecen intactos. Los pinos se yerguen serenos y enteros; los manzanos parecen intactos a primera vista, hasta que uno se da cuenta de que el viento les ha arrancado hasta el último pétalo de cada flor. Casi no ha caído ni una gota de lluvia y el aire es polvoriento y sofocante. Edgar y *Almondine* circulan por la casa enchufando la cocina, la tostadora, la secadora y el aire acondicionado de la ventana del cuarto de estar. El cartero para un momento el coche delante del buzón, saluda con la mano y se va. Edgar corre por el sendero para ver lo que ha dejado: una sola carta, con el nombre de su padre escrito a mano. El matasellos es de Portsmouth, Virginia.

Alarga la mano hacia el picaporte de la puerta del porche, cuando el grito de su padre estalla detrás del establo.

Los cuatro están entre la hierba, detrás del establo, mirando hacia arriba. Un trozo destartalado de la cubierta asfáltica, grande como el suelo del cuarto de estar, pende del alero como un colgajo de piel costrosa lleno de clavos. Un tercio del tejado yace levantado, gris y desnudo. El establo se ha convertido ante sus ojos en el casco castigado e invertido de un barco.

Pero lo que más los asombra, lo que los deja boquiabiertos, es que, cerca del remate del tejado, una docena de tablas se han despegado de las vigas y se han rizado sobre sí mismas, en grandes aros de aspecto demencial que prácticamente forman un círculo. Es un espectacular tirabuzón en ascenso, como si una mano gigantesca hubiera bajado del cielo y hubiera rizado las tablas con los dedos. En los puntos donde se han soltado las tablas, se ven las traviesas del establo, unidas y cajeadas toscamente por Schultz hace mucho tiempo. La brisa sacude las tablas del tejado y les arranca un sonido de huesos. Un fino alfabeto de polvo dorado de paja escapa del altillo y vuela sobre la larga viga maestra del establo.

Al cabo de un rato, Edgar recuerda la carta.

La levanta con gesto ausente.

Se la da a su padre.

Rincones y recovecos

A primera hora de la mañana, una semana después de que la tormenta causara su peculiar destrozo en el tejado del establo, Edgar y *Almondine* estaban en lo alto de la escalera del dormitorio, contemplando los dos —niño y perra— los doce peldaños descendentes de superficie encrespada por nudos alisados a fuerza de lija y recorridos por grietas gruesas como el canto de una moneda. Schultz les había aplicado tantas capas de barniz que toda la escalera, excepto los centros desgastados de los escalones, brillaba con un fulgor castaño. Unos peldaños traicioneros para las personas en calcetines y endiablados para los cuadrúpedos. Lo que más impresionaba a Edgar no era su aspecto, sino su don para la vocalización: toda clase de ruidos, desde gruñidos hasta quejidos, combinados con diferentes murmullos novedosos, según el día de la semana, la humedad, o el libro que uno llevara en las manos. El reto, esa mañana, era bajar en silencio, y no sólo Edgar, sino Edgar con *Almondine*.

Se sabía de memoria la posición de los puntos silenciosos: a la derecha, en los peldaños duodécimo y undécimo; el décimo y el noveno no hacían ruido; el octavo, mejor por la izquierda; el sexto y el quinto eran mudos por el centro; después venía una complicada maniobra desde el extremo derecho del cuarto hasta un punto ligeramente a la izquierda del centro en el tercero, y así hasta abajo. Pero el séptimo peldaño nunca los había dejado pasar sin un gruñido o un chasquido como de disparo de escopeta. Hacía tiempo que Edgar había perdido el interés por el enigma, pero la visión de las enloquecidas tablas del tejado le había recordado que la madera en todas sus formas puede ser misteriosa, y había decidido volver a intentarlo.

Bajó los primeros cuatro escalones, dio media vuelta y se puso a signar, señalándole a *Almondine* un punto del peldaño: «Aquí, aquí.» Ella apoyaba cada vez la ancha pata almohadillada allí donde los dedos de Edgar tocaban la madera, y el resultado era el silencio. Después, el niño se paró en el octavo peldaño, la frontera, mientras *Almondine* le tocaba la espalda con el hocico y esperaba.

Entonces aventuró el pie en dirección al séptimo peldaño, como un zahorí en busca de agua. Sabía que por la derecha crujía. En el centro, soltaba un ruido semejante al de una bisagra herrumbrosa. El pie se mantuvo en el aire, desplazándose sobre la madera. Finalmente se detuvo sobre un nudo en forma de ojo de búho, cerca de la pared, a la izquierda. Con mucho cuidado, Edgar apoyó su peso en el peldaño.

Silencio.

Rápidamente, bajó el sexto y el quinto, se volvió, le cogió la pata a *Almondine* y se la acarició.

Señaló el ojo de búho. «Aquí.»

Ella bajó.

«Sí, muy bien. Buena chica.»

Al final, llegaron juntos al pie de la escalera sin hacer un solo ruido. Un silencioso momento de exaltación estalló entre ellos y se dirigieron a la cocina. No pensaba contarle a nadie que había descubierto la manera de bajar en silencio. Eran una familia pequeña, en una granja pequeña, sin vecinos y casi sin tiempo ni espacio para sí mismos. Si se las arreglaba para compartir un secreto con su padre, otro diferente con su madre y un tercero con *Almondine*, el mundo le parecería mucho más grande.

No le dijeron adónde iba su padre, únicamente que tendría que conducir todo el día, antes de volver con Claude. Era finales de mayo y todavía había clase en la escuela, aunque no muchas horas, y cuando preguntó si también podía ir, ya sabía que le dirían que no. Esa mañana, *Almondine*, su madre y él vieron cómo la camioneta coronaba la cuesta de la carretera de Town Line y volvieron al establo para hacer las tareas matinales. Una pila de elepés de segunda mano y un antiguo tocadiscos de maletín ocupaban uno de los estantes más bajos del taller. El brazo de la aguja tenía pegadas con cinta adhesiva dos monedas de centavo, que tapaban la zeta en forma de rayo de Zenith, la marca del aparato grabada en el metal. A través de la rejilla del altavoz se distinguían los filamentos, que adquirían un ígneo fulgor anaranjado en las válvulas plateadas en forma de pezón. Su madre sacó de la funda uno de sus discos preferidos y lo puso en el plato. Edgar limpió la perrera al son de la voz de Patsy Cline. Cuando terminó, encontró a su madre en el corral paridero. Estaba sujetando en alto a un cachorro y lo examinaba mientras canturreaba por lo bajo que estaba loca por intentarlo, loca de tanto llorar, loca por tanto amarlo.

La camioneta aún no había vuelto cuando esa tarde bajó del autobús escolar. Su madre le pidió que la ayudara a retirar las sábanas del tendedero.

—¿Verdad que huelen de maravilla? —le dijo, llevándose la tela a la cara—. ¡Es tan agradable ponerlas otra vez!

Subieron la escalera hasta el trastero, situado justo enfrente del dormitorio de Edgar. Hasta esa mañana había estado ocupado por pilas de revistas de *El mundo del perro* y *Campo y río*, y por todo un bestiario de muebles descartados, electrodomésticos averiados y otros muchos trastos de la familia. Había una cama plegable con colchón de rayas, cerrada como una almeja; un juego de sillas de tijera rotas; dos lámparas de pie de latón, en equilibrio como aves zancudas, y, sobre todo, innumerables cajas de cartón, que él pasaba tardes enteras investigando, con la esperanza de desenterrar un viejo álbum de fotos. Tenían fotografías de todos los perros que habían criado, pero ninguna de ellos mismos. Edgar pensaba que quizá alguna de esas cajas guardara una imagen desvaída que le revelara cómo se habían conocido sus padres.

Su madre abrió la puerta con gesto teatral.

—¿Qué te parece? —le preguntó—. Te daré una pista. Ni yo misma me lo creo.

Tenía razón. La habitación estaba transformada. Las cajas habían desaparecido. El cristal de la ventana estaba resplandeciente. El suelo de madera había sido barrido y fregado, y la cama plegable estaba abierta y tenía al lado una mesa pequeña que Edgar no había visto nunca, colocada a modo de mesilla de noche. Una brisa cálida abolsó hacia adentro las cortinas recién lavadas y luego volvió a arrastrarlas hacia afuera. Por alguna razón, toda la habitación olía como un huerto de limoneros.

«Fabuloso —signó Edgar—. Nunca había estado tan bonita.»

—¡Claro que no! Estaba llena de trastos. ¿Y sabes lo mejor? Dice tu padre que ésta era la habitación de Claude cuando era pequeño. ¿Te lo imaginas? Ven, ponte de ese lado...

Desplegó una sábana sobre el colchón y los dos la fueron remetiendo, de los pies a la cabeza de la cama. Después, cada uno metió una almohada en su funda. Su madre no dejaba de mirarlo mientras trabajaban. Finalmente se detuvo y enderezó la espalda.

–¿Te preocupa algo?

«Nada. No sé. –Hizo una pausa y miró a su alrededor–. ¿Qué has hecho con todas las cosas?»

–Les he encontrado sitio en distintos rincones y recovecos. Algunas han ido a parar al sótano. También he pensado que tu padre y tú podríais llevar las sillas viejas al vertedero este fin de semana, con la carretilla.

Después, ella se pasó a la lengua de signos, que producía sin prisas y con gran precisión.

«¿Querías preguntarme algo acerca de Claude?»

«¿Lo he visto alguna vez? ¿Cuando era pequeño?»

«No. Yo misma lo he visto en una sola ocasión. Se enroló en la marina un año antes de que tu padre y yo nos conociéramos y desde entonces sólo ha vuelto una vez, para el funeral de tu abuelo.»

«¿Por qué se enroló en la marina?»

«No lo sé. A veces la gente se enrola para ver mundo. Tu padre dice que Claude no siempre se llevaba bien con tu abuelo. Ésa pudo ser otra razón para enrolarse. O quizá no fue ninguna de las dos.»

«¿Cuánto tiempo se quedará?»

«Una temporada. Hasta que encuentre casa propia. Ha estado fuera mucho tiempo. Quizá no se quede. Puede que este lugar le resulte demasiado pequeño.»

«¿Sabe de perros?»

Ella se echó a reír.

«Creció aquí. Probablemente no sabe tanto como tu padre, después de tanto tiempo. Le vendió a tu padre su parte del criadero cuando tu abuelo murió.»

Edgar asintió. Cuando terminaron, esperó a que su madre estuviera ocupada en otra cosa y entonces subió las lámparas del sótano a su dormitorio. Colocó una a cada lado de la librería, y *Almondine* y él pasaron la tarde sacando libros de los estantes y hojeándolos.

Hacía mucho que había anochecido cuando los faros de la camioneta barrieron las paredes del cuarto de estar. Edgar, su madre y *Almondine* esperaron en el porche trasero, mientras su padre rodeaba el establo. Las luces del porche parpadearon en el cristal del parabrisas y la camioneta se detuvo. Su padre se apeó del vehículo con expresión grave e incluso contrariada, que se suavizó cuando los vio. Saludó con un breve gesto silencioso y fue a la parte trasera de la camioneta, donde abrió el compartimento superior y sacó una única maleta. Al principio, Claude se quedó dentro de la cabina, visible solamente como una silueta. Se notaba que estiraba el cuello para mirar a su alrededor. Después, se abrió la puerta del lado del pasajero y Claude se apeó del vehículo. El padre de Edgar se acercó y se situó a su lado.

Era imposible no hacer comparaciones. El hermano de su padre vestía un traje de sarga que no parecía suyo y que le daba un aspecto incómodo y deslucidamente formal. Por la caída de la americana, era el más delgado de los dos. Tenía el pelo negro, mientras que el padre de Edgar lo tenía entrecano. Su postura era ligeramente encorvada, quizá por el largo viaje, por lo que era difícil saber cuál de los dos sería el más alto. Además, Claude no llevaba gafas. En conjunto, la primera impresión de Edgar fue la de estar ante una persona bastante diferente de su padre; pero entonces Claude se volvió para mirar el establo y así, de perfil, las semejanzas saltaron a la vista, en las líneas de la nariz, la barbilla y la frente. Cuando se dirigieron al patio lateral, su forma de andar era idéntica, como si sus cuerpos se plegaran exactamente por los mismos goznes. De pronto, a Edgar se le ocurrió un pensamiento extraño: «De modo que esto es tener un hermano.»

—Todo está más o menos igual —estaba diciendo Claude. Su voz era más grave que la del padre de Edgar, y áspera—. Supongo que esperaba que hubiera cambiado algo.

—Está más cambiado de lo que crees —dijo su padre. Edgar percibió la irritación en el tono de su voz desde el otro extremo del patio—. Pintamos hace un par de años, pero mantuvimos el blanco. A las dos ventanas delanteras se les habían podrido los marcos, así que las cambiamos por el ventanal que verás cuando entremos. Y hemos cambiado gran parte de la instalación eléctrica y de las tuberías, pero ésas son cosas que no se ven.

—Eso es nuevo —dijo Claude señalando con la cabeza la bombona verde pálido de propano, junto a la casa.

—Nos deshicimos de la cocina de carbón hace casi diez años —respondió su padre.

Después apoyó suavemente la mano sobre la espalda de su hermano y su voz volvió a parecer jovial.

–Ven, entremos. Podemos dar una vuelta más tarde.

Lo condujo hasta el porche. Cuando llegaron a los peldaños, Claude fue el primero en subirlos. La madre de Edgar sostenía la puerta abierta y Claude entró y se volvió hacia ella.

–Hola, Trudy –dijo.

–Hola, Claude –respondió ella–. Bienvenido a casa. Me alegro de que estés aquí.

Le dio un breve abrazo, apretando los hombros en un gesto que era a la vez amistoso y ligeramente formal. Después se apartó y Edgar sintió que le apoyaba una mano sobre el hombro.

–Claude, te presento a Edgar –dijo.

Claude dejó de mirar a Trudy y le tendió la mano. Edgar se la estrechó, pero con torpeza. Le sorprendió lo fuerte que le apretó la mano Claude, la forma en que le hizo sentir sus propios huesos y lo encallecida que tenía la palma. Le pareció como si estuviera estrechando una mano de madera. Claude lo miró de arriba abajo.

–Bastante crecidito, ¿eh?

No era exactamente lo que Edgar esperaba oír; pero antes de que pudiera responder, la mirada de Claude volvió a desplazarse, esta vez hacia *Almondine*, que aguardaba de pie, meneando ansiosamente la cola.

–¿Y ésta?

–*Almondine*.

Claude se arrodilló y en seguida quedó claro que tenía mucha experiencia con los perros. En lugar de acariciar a *Almondine* o de rascarle el cuello, le tendió la mano, con los nudillos por delante, para que se la olfateara. Después frunció los labios y se puso a silbar una suave melodía modulada, que era a la vez grave y aguda. *Almondine* se irguió e inclinó la cabeza, a la izquierda y a la derecha. A continuación dio un paso adelante y olisqueó a Claude tanto como quiso. Cuando Edgar levantó la mirada, vio en la cara de su padre una expresión de asombrada reminiscencia.

–Hola, muchacha –dijo Claude–. ¡Qué belleza!

Sólo cuando *Almondine* hubo terminado de olfatearlo, Claude la tocó. Le acarició la base del cuello, le rascó el pecho por detrás del codo y le pasó la mano por el vientre. Ella cerró la boca y arqueó la espalda en un gesto de tolerante satisfacción.

–¡Caray, cuánto tiempo...! –Claude parecía haberse quedado sin palabras mientras seguía acariciando el pelaje de *Almondine*. Tragó saliva,

hizo una inspiración y se levantó–. Se me había olvidado cómo eran
–dijo–. Hace mucho que no acariciaba a un perro.

Se hizo un silencio raro y entonces el padre de Edgar condujo a Claude al resucitado cuarto de invitados. Faltaba poco para la cena. Edgar puso la mesa, mientras su madre sacaba jamón del frigorífico y cortaba unas patatas sobrantes para freírlas. Trabajaban en silencio, escuchando la conversación. Como para rectificar su comentario anterior, Claude señalaba las diferencias, pequeñas y grandes, entre las cosas tal como eran y tal como él las recordaba. Cuando bajaron la escalera, los dos hombres se detuvieron un momento en el amplio vestíbulo entre la cocina y el cuarto de estar.

–¿Os apetece cenar? –preguntó la madre de Edgar.

–Estaría bien –dijo Claude.

Su tío parecía repentinamente pálido, como alterado por algo que hubiera visto o por algún recuerdo que hubiera resurgido, y no precisamente feliz. Nadie habló durante un rato. La madre de Edgar los miró.

–¡Un momento! –dijo–. Quedaos donde estáis. Y tú, Edgar, ve y ponte al lado de tu padre. ¡Vamos, hazlo!

Edgar fue hasta la puerta. Ella dejó la sartén donde crepitaban las patatas, se apoyó las manos en las caderas y entornó los ojos como si estuviera observando una camada de cachorros para descubrir al alborotador.

–¡Dios santo! Todos los Sawtelle sois iguales –dijo meneando la cabeza–. Los tres estáis hechos con el mismo molde.

Como era de esperar, recibió tres sonrisas cohibidas por respuesta que la hicieron estallar en carcajadas. Por primera vez desde la llegada de Claude, el ambiente empezó a relajarse.

Cuando la cena estuvo lista, la expresión atormentada de Claude se había suavizado. En dos ocasiones, salió al porche, encendió un cigarrillo y echó fuera el humo a través del tejido metálico. Sentado a la mesa, Edgar escuchó la conversación hasta bien entrada la noche: sobre el criadero, sobre la casa e incluso sobre él mismo. Le enseñó a Claude un par de signos, que su tío olvidó en seguida. *Almondine* empezó a apoyar su peso contra el recién llegado cada vez que éste le rascaba el cuello, y Edgar se alegró de verlo. Sabía lo mucho que ese gesto tranquilizaba a la gente. Se quedó mucho tiempo escuchando, hasta que su madre le puso la mano en la frente y le dijo que se había quedado dormido.

Después venía un vago recuerdo de subir a trompicones la escalera. En sus sueños, esa noche, se había quedado en la mesa. Claude hablaba en voz grave y baja, con la cara dividida por una línea temblorosa de humo de cigarrillo. Sus palabras eran un batiburrillo sin sentido. Sin embargo, cuando Edgar bajó la vista, descubrió que estaba en el corral paridero, rodeado por una docena de cachorros que luchaban y se mordían entre sí; entonces, poco antes de sumirse en un sueño más profundo y sin imágenes, todos los cachorros llegaron a la orilla del riachuelo y uno de ellos se internó en el agua y fue arrastrado por la corriente.

Edgar abrió los ojos en la oscuridad. Vio la figura de *Almondine* al contraluz de la ventana. La perra hacía inspiraciones profundas que revelaban concentración en algo fascinante o alarmante. Edgar bajó de la cama, se arrodilló junto a ella y cruzó los brazos sobre el antepecho de la ventana. *Almondine* barrió el suelo con la cola, lo tocó con el hocico y volvió a concentrarse en lo que estaba mirando.

Al principio él no vio nada fuera de lo común. El arce estaba cubierto de hojas nuevas, un poco más allá del porche, y su follaje parecía negro al resplandor amarillento de la luz del patio. Ningún alboroto había estallado en la perrera; los perros no estaban ladrando en los corrales. Edgar casi esperaba ver un ciervo que hubiera entrado para comerse los brotes nuevos, una invasión corriente en verano, que a *Almondine* le parecía motivo suficiente para despertarlo. Sólo cuando Claude se movió, Edgar comprendió que su tío llevaba cierto tiempo recostado contra el tronco del arce. Tenía puestos unos vaqueros y una camisa de franela del padre de Edgar, y en sus manos relucía una botella. Se la llevó a los labios y tragó. La forma en que la sostuvo después delante de la cara sugería un contenido tan valioso como escaso.

Después, Claude se acercó a la doble puerta del establo. Una pesada barra de metal la mantenía cerrada, como era costumbre en la granja cuando había amenaza de tormenta. Claude contempló por un momento el dispositivo pero, en lugar de abrir la puerta, rodeó el granero y desapareció de la vista. De los corrales del fondo se levantó una salva de ladridos que en seguida se acalló. Un instante después, Claude apareció en el extremo sur del establo, agachado junto al más alejado de los corrales. Su silbido modulado flotaba en la noche. Una de las perras pasó entre dos portezuelas de lona y fue trotando a su encuentro. Claude le rascó el cuello a través de la malla de alambre. Siguió por toda la fila de corrales hasta que hubo visitado a todos los perros y, después, volvió a la fachada del establo, retiró la barra metálica y abrió la doble puerta. Si hubiera entrado directamente, como un desconocido, los perros habrían montado un alboroto; pero de ese modo, cuando las luces de la perrera se encendieron, sólo se oyeron unos pocos ladridos quejumbrosos y después nada, silencio. La puerta se cerró, y Edgar y *Almondine* se quedaron mirando un patio despojado de todo, menos de sombras.

La pequeña ventana del taller se iluminó. Al cabo de un momento empezó a sonar dentro la voz de Patsy Cline. Tras los primeros compases, la melodía vaciló y se detuvo. Roger Miller atacó *King of the road*, pero cuando no había hecho más que empezar a contar lo que podía pagar con dos horas de trabajo con la escoba, también se cortó. Le siguió una oleada de música de orquesta y, después, la grabación de una banda de jazz. La sucesión continuó de ese modo, con unos pocos compases de cada canción que daban el tiempo justo para reconocerla antes de que se interrumpiera. Finalmente, la música se detuvo.

Almondine lanzó un resoplido en el silencio.

Edgar se puso los vaqueros y recogió las zapatillas. La lámpara del cuarto de invitados proyectaba un tenue resplandor en el pasillo. Empujó la puerta y miró. Las sábanas que habían secado en el tendedero estaban firmemente ajustadas bajo el colchón. Las almohadas yacían perfectamente ahuecadas en la cabecera de la cama plegable. Los únicos signos de que Claude había estado allí eran su maltrecha maleta, abierta en el suelo, y su traje, abandonado al lado, en un montón informe. Dentro de la maleta no había casi nada.

Bajaron la escalera. Edgar tuvo que adivinar en la oscuridad la posición del ojo de búho, pero llegaron al pie en absoluto silencio. Se deslizaron por la puerta del porche trasero y corrieron al establo. Edgar apoyó un ojo en la hendidura entre los dos batientes de la puerta. Al no ver ningún movimiento, abrió el pasador y entró sin hacer ruido, con *Almondine* siguiéndolo de cerca.

Algunos perros estaban de pie en sus cubículos. La mayoría yacían acurrucados en la paja del suelo. Todos miraban. La puerta del taller estaba abierta. Al otro lado de la perrera, las luces del cuarto de las medicinas estaban encendidas. Era como si Claude lo hubiera inspeccionado todo y se hubiera marchado. Edgar fue al paridero, entreabrió la puerta y miró dentro. Después, también en silencio, subió con *Almondine* la escalera de la pared del fondo del taller. Arriba había un vestíbulo de contrachapado sin iluminación, con una puerta que bloqueaba el paso de las corrientes frías en invierno. Se quedaron quietos en la oscuridad, mirando hacia el altillo del heno. Cuatro bombillas desnudas brillaban en sus casquillos, entre las vigas. La pila enorme de fardos de paja de la parte trasera del altillo (justo debajo del agujero del tejado) estaba cubierta con lonas enceradas, por si llovía. En el suelo había paja suelta y varios fardos amarillos dispersos. De unas abrazaderas de la pared del frente, a través de unas poleas fijas a las vigas, colgaban unas cuerdas acabadas en ganchos que pendían a poco más de un metro del suelo.

Claude yacía en medio de todo eso, en una cama rápidamente improvisada con fardos de paja, con una mano colgando casi hasta el suelo, la palma hacia arriba y los dedos medio cerrados sobre una botella de licor. Entre cada una de sus respiraciones, mediaba una larga pausa.

Edgar estuvo a punto de dar media vuelta y llevarse otra vez a *Almondine* por la escalera, pero en ese momento Claude soltó un ronquido grave, y el niño, viendo que su tío dormía, decidió acercarse a la pared del frente para verlo mejor. Empezaron a aproximarse y Edgar se sentó en un fardo de paja. El pecho de Claude subía y bajaba. El hombre soltó otro ronquido, se rascó la nariz y masculló algo. Edgar y *Almondine* se trasladaron a un fardo más cercano. Otro ronquido, suficientemente potente para arrancar ecos al espacio cavernoso. Para entonces, Edgar y *Almondine* estaban al lado de Claude.

El pelo negro. La cara con arrugas profundamente marcadas.

Edgar estaba reflexionando una vez más sobre las diferencias entre su padre y su tío cuando, sin abrir los ojos, Claude habló.

—¿Habíais visto el agujero que tenéis aquí en el tejado? —dijo.

Edgar no sabía si le había sorprendido más que Claude estuviera despierto o que empezara a sonreír aun antes de abrir los ojos. *Almondine* marcó su sobresalto con un ladrido grave. Edgar retrocedió, chocó con un fardo de paja y cayó sentado.

Claude bostezó y se incorporó. Cuando apoyó los pies en el suelo del altillo, reparó en la botella de licor. Una expresión de agradable sorpresa le recorrió las facciones. La recogió, miró a Edgar y a *Almondine* y se encogió de hombros.

—Regalo de despedida de unos amigos —dijo—. No me preguntéis cómo la consiguieron; se suponía que era imposible.

Se la llevó a los labios y echó un trago largo y lánguido. No parecía tener prisa por decir nada más, y Edgar se quedó donde estaba, tratando de no mirarlo con excesiva fijeza. Después de un rato, Claude se volvió hacia él.

—Es bastante tarde. ¿Tus padres saben que estás aquí?

Edgar negó con la cabeza.

—Ya me lo parecía. Por otro lado, lo entiendo. Un tipo raro se presenta en tu casa y se mete en tu perrera en medio de la noche; es lógico que quieras ir a ver qué está pasando. Yo habría hecho lo mismo. De hecho, tu padre y yo solíamos ser bastante buenos escapando de la casa sin que nadie se enterara. Un par de Houdinis.

Claude se quedó pensativo un instante.

—Volver solía ser mucho más difícil. ¿Saliste por la ventana o a través de...? ¡Ah, ya veo que no! —dijo cuando desplazó la mirada hacia *Almondine*—. Supongo que saliste por detrás. El camino más viejo y seguro. ¿Ya has encontrado el modo de salir por el tejado del porche?

«No.»

—¿Tu padre no te lo ha enseñado?

«No.»

—Pues debería. Ya lo encontrarás tú solo. Y cuando lo hagas, recuerda que tu viejo y yo fuimos pioneros en esa senda.

Claude miró a su alrededor.

—Puede que otras cosas hayan cambiado, pero este establo sigue exactamente como lo recordaba. Tu padre y yo conocíamos todos los rincones y recovecos de este lugar. Escondíamos cigarrillos aquí arriba, e incluso alcohol; solíamos escabullirnos hasta aquí para echar un trago, en los días de verano. El viejo sabía que lo teníamos por aquí, en alguna parte, pero era demasiado orgulloso para ponerse a buscar. Apuesto que podría encontrar ahora mismo media docena de tablas sueltas si lo intentara.

Algunas personas se sentían incómodas cuando hablaban con Edgar porque pensaban que tenían que decirlo todo en forma de preguntas que él pudiera contestar negando con la cabeza, asintiendo o encogiéndose de hombros. Esa misma gente solía ponerse nerviosa por la fijeza de la mirada de Edgar. En cambio, a Claude no parecía importarle lo más mínimo.

—¿Querías preguntarme algo? —dijo—. ¿O estás puramente en misión de espionaje?

Edgar se acercó al banco de carpintero que había en la parte delantera del altillo y volvió con un trozo de papel y un lápiz.

«¿Qué haces aquí arriba?», escribió.

Claude miró el papel y lo dejó caer al suelo.

—No estoy seguro de poder explicarlo. O mejor dicho, sé que puedo explicarlo, pero no estoy seguro de poder explicártelo a ti. No sé si me entiendes.

Edgar debió de mirar a Claude con cara de no entender.

—Verás, tu padre me pidió que no contara nada con muchos detalles, pero... bueno, digamos que estuve mucho tiempo sin salir. Llegué a estar realmente harto de estar dentro. Poco espacio, poco sol, ya sabes... Por eso, cuando entré en esa habitación esta noche, por muy bonita y arreglada que la haya dejado tu madre, me puse a pensar que no era mucho más grande que el sitio donde había estado. Y no me pareció la mejor manera de pasar mi primera... —Una expresión de desconcierto cruzó por su cara—. Mi primera noche en casa. Pensé que sería mejor dormir en la hierba, o incluso en la plataforma de carga de la camioneta, ver amanecer... Pero luego resultó que el exterior era tremendamente grande. ¿Te lo imaginas? Pasas un montón de tiempo encerrado, sales y al principio casi te pones enfermo...

Edgar asintió. Apoyó dos dedos sobre la palma de una mano y se los pasó por encima de la cabeza.

—Así es. ¡Caray! —Claude también se pasó la mano por encima de la cabeza—. ¿Sabes lo que es el whisky? —preguntó.

Edgar señaló la botella.

—Buen chico. La mayor parte de la gente se interesa por el alcohol tarde o temprano; algunos lo prueban solos y otros...

La botella se inclinó hacia él, como invitándolo. Edgar negó con la cabeza.

—No estás interesado, ¿eh? Buen chico, también. No creas que iba a dejarte beber mucho. Sólo quería ver si sentías curiosidad.

Claude desenroscó el tapón de la botella, bebió un sorbo y miró a Edgar a los ojos.

—Aun así, me harás un gran favor si no cuentas nada de esto. Aquí arriba no hago mal a nadie, ¿verdad? Solamente descanso, pienso y disfruto del lugar. Tus padres acabarían preocupándose sin ningún motivo. De este modo, no se enteran de que tú te escabulles por la noche, ni de que yo salí a dar una vuelta.

La sonrisa de Claude —pensó Edgar— se parecía sólo un poco a la de su padre.

—Será mejor que vuelvas a casa ahora. Si no conozco mal a tu padre, estoy seguro de que despertará a todo el mundo al alba para empezar a trabajar.

Edgar asintió con la cabeza y se levantó. Estaba a punto de llamar a *Almondine* cuando se dio cuenta de que ya lo estaba esperando en el vestíbulo, mirando hacia el pie de la escalera. Se reunió con ella.

—Voy a enseñarte un truco que puede servirte —le dijo Claude cuando ya estaba de espaldas—. Hay un peldaño que cruje, ¿verdad? Más o menos por la mitad de la escalera. Prueba por la izquierda. Hay un punto silencioso; no es fácil encontrarlo pero está ahí. Si cierras la puerta sin hacer ruido, nadie oirá que has vuelto.

Edgar se volvió y miró hacia el altillo.

«Ya conozco ese punto —le signó a su tío—. Lo encontramos esta mañana.»

Pero Claude no lo vio. Había vuelto a acostarse en el fardo de paja, con las manos entrelazadas detrás de la cabeza, y estaba mirando el cielo nocturno a través del hueco abierto entre las tablas del tejado. No parecía borracho, sino más bien perdido en sus pensamientos. Edgar pensó de pronto que Claude no había estado dormido mientras ellos se le acercaban poco a poco, para mirarlo mejor. Les estaba tomando el pelo, o quizá poniéndolos a prueba, aunque Edgar no imaginaba por qué causa.

A la mañana siguiente, cuando bajó a la cocina, encontró a su tío sentado a la mesa, con los ojos enrojecidos y la voz ronca. Claude no mencionó su encuentro nocturno; en lugar de eso, le pidió a Edgar que le enseñara el signo para decir «café». Edgar hizo girar un puño encima del otro, como si accionara la manivela de un molinillo. Después, su padre salió al porche y Claude fue tras él. Hablaron del tejado del establo.

—Puedo empezar por ahí —dijo Claude.

—¿Alguna vez has techado un establo?

—No, ni tampoco una casa. ¿Será muy difícil?

—No lo sé. Por eso pregunto.

—Ya lo averiguaré.

Esa tarde, el padre de Edgar y Claude volvieron de la tienda de suministros para la construcción que había en Park Falls con una escalera nueva atada al techo de la camioneta y la plataforma llena de tablas de pino, cartón alquitranado y largas cajas planas de tejas asfálticas. Apilaron los materiales en la hierba, detrás de los corrales traseros, y los taparon con un trozo nuevo de lona encerada marrón.

El vagabundo

Por las mañanas, Claude bebía café de pie en el porche, con el plato del desayuno en equilibrio sobre la palma de la mano. Después de cenar se sentaba en los peldaños y fumaba. A veces desenvolvía una pastilla de jabón, le daba vueltas entre las manos y, al cabo de un momento, empezaba a quitarle rizos con una navaja. Una mañana, cuando Claude acababa de mudarse con ellos, Edgar fue a coger el jabón del baño y descubrió la cabeza de una tortuga asomando por una punta.

Desde hacía mucho tiempo, él y su padre tenían una especie de ritual que consistía en recorrer andando la línea de la alambrada después de las primeras tareas matinales, antes de que el sol evaporara el agua de la hierba y el aire se espesara con el polvo y el polen. *Almondine* los acompañaba a veces; pero se estaba haciendo vieja y, en muchas ocasiones, cuando Edgar le anunciaba que ya salían, ella se echaba en el suelo panza arriba y juntaba las patas sobre el esternón, como suplicándole que la dejara en paz. Su padre nunca invitaba a Claude, ni siquiera esas primeras semanas de verano, antes de que las discusiones empezaran a eclipsar todo lo demás.

Su camino empezaba detrás del huerto, donde la alambrada llegaba casi hasta la linde del bosque. Después, seguían el riachuelo con los postes hincados en el centro, hasta el extremo más alejado de la finca, donde se erguía un viejo roble moribundo, de ramas tan gruesas y macizas que bastaba el ramaje desnudo para sumir en la sombra todo el suelo atestado de raíces. Un pequeño claro rodeaba el árbol, como si el bosque hubiera retrocedido para dejarle espacio donde morir. Desde ahí, seguían hacia el este, subiendo una cuesta entre zumaques, moras silvestres y alfombras de heno de color verde lima. Los últimos cuatrocientos metros los hacían por la carretera. No era raro que el padre de Edgar recorriera todo el camino en silencio y, cuando callaba, cada paso se convertía en el paso de alguna caminata anterior (salpicaduras de agua desde unas ramas de laurel; el olor mohoso de la hojarasca levantándose de sus huellas; cuervos y carpinteros increpándose mutuamente a través del campo), hasta que Edgar conseguía rescatar el recuerdo –quizá una invención– de ir en brazos de su padre por el riachuelo siendo un bebé, con *Almondine* atada delante: hombre, niño y perro recorriendo los bosques como tramperos.

Fue una mañana oscura, ese verano, en uno de esos paseos, cuando vieron por primera vez al vagabundo. Por la noche, una marea blanca se había tragado el mundo. Al amanecer, la esquina más próxima de la caseta de la leche asomaba entre la niebla, pero el establo y el granero habían desaparecido, y el bosque se había convertido en el país de lo cercano, donde las cosas que Edgar veía se distinguían con inusual nitidez, mientras que el resto había dejado de existir. El riachuelo corría de la nada a la nada. Las ramas del roble moribundo colgaban como sombras sobre sus cabezas. En el cielo, el sol se reducía a un minúsculo disco gris.

Ya casi habían llegado a la casa, andando por la carretera, cuando Edgar captó algo con la vista. Se detuvo cerca del bosquecillo estrecho que se alargaba hacia el campo del sur, en lo alto de la colina. Había allí un afloramiento de granito gris, angosto e incrustado de musgo, que surgía del suelo entre los árboles y se hundía cerca de la carretera, como si la joroba de una ballena hubiera atravesado la superficie de la tierra. Mientras su padre pasaba junto a la roca, Edgar se acercó entre la mostaza silvestre y el sorgo, esperando que la tierra se ondulara y cerrara el paso de la criatura. Pero en lugar de eso, una sombra entró flotando en su campo visual, en el extremo más alejado del afloramiento. Después, la sombra se convirtió en perro, con el hocico pegado al musgoso dorso del leviatán, como olfateando un viejo rastro. Cuando el perro llegó a lo más alto de la roca, levantó la vista, con la pata delantera suspendida en el aire, y congeló el movimiento.

Se quedaron mirándose mutuamente. El animal dio un paso adelante para mirar mejor, como si esperara reconocerlo. Al principio, Edgar pensó que sería uno de sus perros, que disfrutaba de una cacería clandestina. Era del tamaño adecuado; la línea del lomo le resultaba familiar, y el pecho rubio, el hocico oscuro y el manto negro no eran inusuales en un perro sawtelle. Pero las orejas eran demasiado largas y la cola demasiado arqueada, y había algo más: las proporciones no eran del todo correctas, con líneas más angulosas de lo que Edgar estaba acostumbrado a ver. Y si hubiese sido uno de los suyos, incluso el más rebelde, se habría apresurado a salir a su encuentro.

Su padre casi había desaparecido por la carretera pero, por casualidad, volvió la vista atrás y Edgar levantó el brazo para señalar. La aparición de Edgar no había asustado al animal, pero el movimiento de su brazo lo intimidó. El perro dio media vuelta y se marchó por el campo, volviéndose más gris y espectral con cada paso, hasta que por fin la niebla se cerró a su alrededor y lo hizo desaparecer.

Edgar corrió por la carretera hasta donde estaba su padre.

«Había un perro ahí detrás», signó.

En el criadero, cada perro estaba minuciosamente registrado. Cortaron camino a través del campo, hasta el estrecho bosquecillo, con la esperanza de verlo de nuevo. Estaban en medio de la carretera, donde Edgar lo había visto por primera vez, cuando su padre reparó en sus heces.

—Mira esto —dijo tocando con un palo el escuálido montón, del mismo color anaranjado herrumbroso de la carretera.

Sólo entonces comprendió Edgar por qué le habían parecido erróneas las proporciones del animal mientras recorría el dorso de la roca ballena. Nunca hasta entonces había visto a un perro famélico.

Le contó a su madre que habían visto a un perro vagabundo que estaba comiendo tierra. Ella se limitó a menear la cabeza. No le sorprendía en absoluto. Mucha gente llegaba hasta su puerta esperando que los Sawtelle adoptaran a los cachorros que alborotaban en el asiento trasero de sus coches, y quizá incluso que los adiestraran junto a sus perros. El padre de Edgar les explicaba que no trabajaban de ese modo, pero al menos una vez al año un coche frenaba junto al huerto y una caja de cartón caía a la grava. Con mayor frecuencia, la gente abandonaba a los cachorros fuera de la vista, al otro lado de la colina, y a ésos los encontraban por la mañana, acurrucados contra la puerta del establo, exhaustos y atemorizados, pero agitando las colitas romas. Su padre nunca los dejaba acercarse a los otros perros. Los encerraba en el patio y, después de hacer sus tareas, los llevaba al refugio de Park Falls, de donde volvía sombrío y taciturno. Edgar había aprendido hacía mucho tiempo que en esas ocasiones había que dejarlo tranquilo.

Esperaban, por tanto, que el vagabundo se presentara en el patio en cualquier momento, quizá incluso esa misma mañana. En realidad, no apareció durante días y aun entonces apenas se dejó ver. *Almondine*, Edgar y su padre estaban recorriendo la línea de la alambrada. Cuando llegaron al viejo roble, algo oscuro salió de entre los zumaques, salvó de un salto el riachuelo y se perdió entre los matorrales. Edgar tuvo que agarrar a *Almondine* con los dos brazos para que no saliera en su persecución. Fue como tratar de detener a un tornado. El aliento le rugía en el pecho y se debatía entre sus brazos. Esa noche, la perra ladró y se retorció en sueños.

El padre de Edgar hizo varias llamadas. No había nadie que buscara a un perro perdido, al menos que el doctor Papineau supiera. Lo mismo le dijeron los del refugio de animales, George Geary, el empleado de la oficina de correos, y las operadoras telefónicas. Los días siguientes dejaron a *Almondine* en casa durante sus paseos, con la esperanza de traerse consigo al vagabundo. Cuando llegaban al viejo roble, el padre de Edgar sacaba una bolsa de plástico y dejaba caer los restos de la cena cerca de las nudosas raíces del árbol.

Al cuarto día, el animal los estaba esperando cerca del roble. El padre de Edgar fue el primero en verlo. Apoyó la mano en el hombro de su hijo y éste levantó la vista. Edgar reconoció en seguida el pecho claro y la cara oscura, el manto negro y la cola recurvada. Sobre todo, reconoció el físico huesudo. Las patas traseras del animal temblaban de miedo, o quizá de debilidad, o de ambas cosas. Al cabo de un momento, se giró de lado, aplastó las orejas contra el cráneo, bajó la cabeza y retrocedió hasta el tronco del árbol.

El padre de Edgar sacó un resto de carne del bolsillo. Balanceó la mano y arrojó la carne al suelo, entre ellos. El perro dio un paso atrás sobresaltado, pero luego se quedó parado mirando el regalo.

—Retrocede —dijo en voz baja el padre de Edgar—. Tres pasos.

Retrocedieron lentamente. El perro levantó el hocico y se estremeció, quizá por el olor de la carne, o quizá por el de la gente, Edgar no podía saberlo. Sintió que sus propias rodillas empezaban a temblar. El perro se adelantó trotando, como si fuera a aceptar la carne, pero en el último minuto se dio media vuelta y se alejó, volviendo de vez en cuando la vista atrás. A mayor distancia, se paró y se quedó mirándolos.

—Bosteza —susurró el padre de Edgar.

El niño levantó las manos para signar lo más lentamente que pudo.

«¿Qué?»

–Bosteza. Un bostezo exagerado –dijo su padre–. Como si te aburrieras. No mires la comida.

Así pues, los dos bostezaron con la boca muy abierta mientras miraban ostensiblemente a los gorriones que saltaban de rama en rama, en la copa del roble moribundo. Al cabo de un rato, el vagabundo se sentó, se rascó detrás de una oreja y bostezó también. Cada vez que miraba la carne, Edgar y su padre volvían a quedar fascinados por el ir y venir de los gorriones. Finalmente, el vagabundo se puso de pie, se acercó por el sendero y en el último instante aceleró la marcha, agarró la carne y desapareció entre la maleza.

Edgar y su padre dejaron escapar el aliento.

–Es un pastor alemán de pura raza –dijo su padre.

Edgar asintió.

–¿Qué edad crees que tiene?

«Un año.»

–Yo diría que menos.

«No, tiene un año cumplido. Mírale el pecho.»

Su padre asintió con la cabeza y después se acercó al pie del árbol, donde dejó el resto de las sobras de la cena. Miró hacia los matorrales, al otro lado del riachuelo.

–Buena osamenta –dijo en tono meditativo–, y no parece tonto.

«Y muy bonito», signó Edgar con un amplio gesto de las dos manos.

–Sí –dijo su padre–, si come lo suficiente, también será bonito.

Claude había empezado a reparar los destrozos de la tormenta en la vertiente trasera del tejado del establo. En el bosque resonaban los martillazos, el chirrido de los clavos arrancados de la madera vieja y también algún gruñido, cuando él mismo se hacía daño.

–Se caen solas –dijo durante la cena, juntando dos dedos a modo de pinza y levantando del plato una imaginaria teja asfáltica. Tenía la cara quemada por el sol y una mano vendada, donde se le había clavado una astilla del tamaño de un mondadientes–. Algunas de las tablas del tejado están en buen estado, teniendo en cuenta que las tejas han dejado pasar una gran cantidad de agua. Pero hay mucha madera podrida.

Claude los llevó al altillo del heno y les enseñó las tablas ennegrecidas; después subió por la escalera de mano, en la penumbra, y tiró unas cuantas tejas. Si no cambiaban la cubierta asfáltica de todo el tejado, tendrían que cambiarlo entero, con toda la estructura de madera, al cabo de un par de años. Y se mirara como se mirase, el trabajo iba a llevarle a Claude buena parte del verano. Cerraron la perrera y volvieron a la casa. Cuando Edgar entró, sus padres se quedaron en el patio con Claude. Sus voces, deliberadamente bajas, se filtraban por el tejido metálico del porche mientras hablaban. Edgar se quedó escuchando en la cocina, con cuidado para que no lo vieran.

—No es bueno que ande por ahí —estaba diciendo Claude—. Se meterá en el patio una de estas noches y acabará en el establo peleando con uno de los perros.

—Ya vendrá él solo.

—¿Con todo el tiempo que lleva suelto? El que lo abandonó probablemente le pegaba. El animal debe de estar loco. Si hubiese querido venir, a estas alturas ya habría corrido hacia ti, meándose encima.

—Dale tiempo.

—En el bosque se mueren de hambre. No saben cazar y sería todavía peor si supieran. Lo mejor es pegarle un tiro.

Silencio. Entonces intervino la madre de Edgar, con voz serena.

—Claude tiene razón, Gar. Tenemos tres perras que entrarán en celo el mes próximo.

—Sabes muy bien que no voy a hacerlo.

—Todos lo sabemos —dijo Claude—. Nunca ha habido nadie tan tozudo como Gar Sawtelle. Estricnina, entonces.

Claude levantó la vista hacia el porche. Su expresión disimulaba una sonrisa que no acababa de ocultar, y lo que dijo a continuación sonó a pulla, aunque Edgar no entendió lo que quiso decir.

—Ya lo has hecho antes, Gar. Ya lo has hecho con un perro vagabundo.

Hubo una pausa, y duró tanto que Edgar se atrevió a asomarse por la ventana y mirar. Aunque su padre estaba de perfil, con la cara medio vuelta hacia el campo, Edgar distinguió la expresión de rabia. Sin embargo, cuando habló, su voz sonó tranquila y controlada.

—Eso me han dicho —respondió, y después añadió con determinación—: Lo llevaremos a Park Falls.

Subió los peldaños del porche y entró en la cocina con la cara enrojecida. Cogió una pila de registros genealógicos de lo alto del congelador, los puso sobre la mesa y estuvo trabajando allí el resto de la velada. Claude deambuló hasta el cuarto de estar y se puso a hojear una revista; después subió la escalera, y, durante todo ese tiempo, la casa estuvo ocupada por un silencio tan profundo que, cuando a su padre se le rompió la mina del lápiz, Edgar lo oyó maldecir entre dientes y arrojarla al otro lado de la habitación.

Después, durante días, no hubo signos del vagabundo. *Almondine* se paraba junto al riachuelo y se quedaba mirando, pero ni Edgar ni su padre veían nada, y al cabo de un momento la llamaban para que los siguiera. A Edgar le gustaba pensar que había captado el olor del perro abandonado, pero *Almondine* solía pararse a menudo a mirar fijamente los matorrales atraída por olores extraños, desconocidos para las personas.

Una noche, Edgar se despertó con el ruido de un aullido que resonó a través del campo, un largo «auu-uu-uuu» solitario, acabado en un castañeteo agudo. Se sentó en la oscuridad y prestó atención, preguntándose si no lo habría oído en sueños. Hubo un largo silencio y se oyó otro aullido, esta vez más alejado.

«¿Qué pasará si viene?», le preguntó a su padre a la mañana siguiente.

−Se ha ido, Edgar. Si hubiese querido venir, ya lo habría hecho.

«Pero yo lo oí anoche. Estaba aullando.»

−Si viene, lo llevaremos a Park Falls −dijo su padre, y después, al ver la expresión de Edgar, añadió−: Probablemente.

Esa tarde, Edgar sacó a dos de los perros mayores al pasillo de la perrera para cepillarlos. Cuando terminó, el sol bañaba con una luz carmesí el fondo de la casa. Claude estaba en el porche, fumando. Mientras Edgar subía los peldaños, Claude se llevó el cigarrillo a la boca, dio una calada y señaló con el extremo incandescente un lugar en el campo.

−Mira allí −dijo.

Edgar se volvió. Cerca de la linde del bosque, tres ciervos atravesaban el campo con saltos parabólicos. Detrás, en tenaz persecución, iba la figura pequeña y terrenal del perro vagabundo. Cuando los ciervos desaparecieron entre los álamos, el perro se detuvo sin aliento, o quizá confuso. Después se perdió también entre los árboles. Claude aplastó el cigarrillo en un cenicero mientras el sol se escondía detrás del horizonte.

−Así sobrevive −dijo.

La luz se había vuelto gris a su alrededor y Claude se volvió y entró en la cocina.

Esa noche, tarde, hubo una discusión. Edgar entendió solamente una parte desde su dormitorio. Claude dijo que ya no había otra opción. Ya no acudiría por su propia voluntad, ahora que había empezado a cazar ciervos. Su padre respondió que él no iba a dispararle si podía evitarlo. No habían visto ningún ciervo muerto. Después dijeron otras cosas que Edgar no entendió.

—¿Qué pasará si se mete en la finca de otro? —dijo su madre—. Nos culparán a nosotros, aunque no sea uno de nuestros perros. Lo sabes bien.

Siguieron así un rato, sus voces se oían apagadas y sibilantes a través de las tablas del suelo. Después, silencio sin llegar a un acuerdo. El muelle de la puerta del porche chirrió. Pasos por el sendero. La doble puerta del establo vibró sobre sus viejas bisagras.

Por la mañana, su padre le dio a Edgar un cuenco de acero inoxidable con un orificio perforado en el borde y una cadena fina. Puso en el cuenco dos puñados de pienso. Pasaron la cadena alrededor del tronco del roble y la aseguraron. Al día siguiente, el cuenco estaba vacío. Lo trasladaron a veinte metros de distancia por la senda, volvieron a llenarlo y lo encadenaron a un abedul.

La reparación del tejado del establo resultó ser el trabajo perfecto para Claude. No hizo falta mucho tiempo para descubrir lo ferozmente solitario que era aquel hombre. Después de pasar todo el día sólo, subiendo y bajando por la escalera de mano para desmontar las tejas asfálticas del antiguo tejado, se lo veía alegre y silbando. A veces se quedaba en equilibrio sobre el eje longitudinal del remate del establo y los miraba mientras ellos trabajaban con los perros. Puede que se estuviera ganando el pan, pero además el tejado del establo era un punto muy conveniente de vigilancia, un lugar desde el que se divisaba todo su pequeño reino insular. Una y otra vez, siempre que Edgar levantaba la vista, se encontraba a Claude disponiéndose a volver al trabajo.

Sin embargo, en cuanto la situación le exigió trabajar con el padre de Edgar, surgieron las discusiones, enigmáticas y desconcertantes. Aunque los detalles diferían en cada ocasión, Edgar llegó a la conclusión de que Claude y su padre se habían instalado sin saberlo en un ritmo irresistible de pullas y réplicas, con alusiones demasiado sutiles o demasiado personales para que él pudiera descifrarlas. Fuera cual fuese la dinámica, no era ésa la única aversión de Claude. Las conversaciones en grupo parecían aburrirlo o acorralarlo. Siempre encontraba excusas para eludir la cena, y cuando cenaba con ellos, apartaba el cuerpo de la mesa, como dispuesto a salir huyendo en cuanto la situación adquiriera un cariz desagradable. Sin embargo, nunca llegaba a irse. Sencillamente se quedaba allí, respondiendo a las preguntas con monosílabos o gestos, mirando y escuchando.

No era que le disgustara hablar, sino que prefería las conversaciones entre dos, y también contar historias sobre casos extraños que había presenciado, aunque él casi nunca fuera el protagonista. Una tarde, después de que Edgar convenció a una madre recién parida para salir del corral y dejarse cepillar el pelo, Claude se deslizó por la puerta del establo y fue a su encuentro. Se arrodilló a su lado y se puso a acariciarle una oreja a la perra, entre el índice y el pulgar.

—Tu padre tenía un perro —dijo—. Se llamaba *Forte*. ¿Alguna vez te lo contó?

Edgar negó con la cabeza.

—Hacía poco que habíamos terminado la escuela, poco antes de que yo me enrolara en la marina. El nombre se le ocurrió a tu abuelo, por el tamaño del animal. También era un vagabundo y nunca llegó a ser del todo doméstico, por el tiempo que había pasado en el bosque. Pero ¡qué perro! Más listo que ninguno. Buena planta, buenos huesos. Llegó a pesar cincuenta y cinco o sesenta kilos en cuanto estuvo bien alimentado. Tu abuelo no tuvo ningún reparo en usarlo como reproductor cuando vio la pasta de que estaba hecho.

Claude habló de la resistencia de *Forte*, de su rapidez, de que su único defecto era lo mucho que le gustaba pelear, y dijo que el abuelo lo había puesto bajo la responsabilidad del padre de Edgar.

—Por lo mucho que el perro se parecía a Gar —explicó.

Este último comentario hizo que Edgar lo mirara sorprendido.

—Oh, sí. En sus tiempos, tu padre era un camorrista. Volvía a casa borracho, o directamente no volvía. Esos dos estaban hechos el uno para el otro. Tu padre le enseñó un truco: él silbaba y el perro se le subía a los brazos, con todo el peso de sus sesenta kilos. Iban a Park Falls y tu padre lo dejaba luchar con otros perros. Siempre ganaba *Forte*, claro, y muchas veces estallaba una discusión con el otro tipo, y allí los tenías, al hombre y al perro luchando uno al lado del otro. Volvían a casa ensangrentados y a la mañana siguiente dormían hasta tan tarde que tu abuelo se enfurecía y los sacaba a patadas de la cama.

Edgar nunca había visto a su padre enfadarse ni levantarle la mano a nadie, ni siquiera a un perro. No podía imaginar que permitiera una lucha entre dos animales. Pero Claude sonrió y meneó la cabeza, como si le estuviera leyendo el pensamiento.

—Es difícil de creer, ¿verdad? Como tampoco imaginarías, viéndome a mí, que yo era el que iba detrás intentando arreglar las cosas. Pero así era. En cualquier caso, aunque no atendía a consejos, tu padre estaba loco por ese perro. Una noche, nos agarra a *Forte* y a mí y nos vamos a la taberna The Hollow. Se bebe unas cuantas cervezas y al poco aparece un tipo y dice que ha oído hablar de *Forte*. Antes de darnos cuenta, estamos dando tumbos por una carretera secundaria, con el tipo en la camioneta. Tu padre va al volante, haciendo eses, pero da igual, porque estamos en medio del bosque y no hay nadie más por la carretera.

»Se para en el sendero junto a la casa del hombre, que resulta ser poco menos que una choza. No tiene luz. Tu padre deja los faros encendidos y, mientras nosotros miramos, el tipo va hasta un cobertizo y al cabo de un minuto vuelve con el mastín más grande y negro que yo haya visto en mi vida. La bestia pone las patas delanteras encima del capó de la camioneta y nos mira, babeando como un oso. Tu padre abre la puerta del acompañante, pero *Forte* ha visto al monstruo y sabe que no tiene ninguna posibilidad, de modo que se sienta sobre las rodillas de tu padre. El mastín se baja del capó, da un rodeo y entra por la puerta abierta. Yo soy el que está más cerca de ese lado e intento cerrar la puerta, pero la cabeza del animal se interpone entre mi mano y el tirador. Lo siguiente que recuerdo es que caigo hacia atrás y que de repente ya no estoy en la camioneta, sino arrastrado de una bota por la hierba. Me queda un pie libre, pero tengo miedo de que el animal me muerda si lo pateo, así que lo único que puedo hacer es pedir auxilio a gritos a tu padre.

»Mientras tanto, el amo del perro está de pie delante de los faros. Tiene una escopeta echada al hombro y está doblado de risa. Tu padre intenta salir de la camioneta pero está demasiado borracho para moverse con rapidez, y además tiene un perro enorme acurrucado sobre las rodillas. Empuja a *Forte* y lo arroja fuera de la camioneta. En cuanto toca el suelo, el perro vuelve a la camioneta y empieza todo de nuevo. Mientras tanto, el mastín me arrastra hacia su cobertizo y me sigue mordisqueando durante un buen rato.

»Finalmente, tu padre deja de forcejear con *Forte* y se cae por la puerta del lado del conductor, lo que habría tenido su gracia en cualquier otra situación, pero justo en ese momento yo estoy pidiendo socorro a gritos. Tu padre se pone de pie, le arrebata la escopeta al tipo y corre hacia mí. Le hinca el cañón entre las costillas al mastín, pero la bestia ni se inmuta. Entonces vuelve a pincharlo con el cañón de la escopeta. Por fin, el animal repara en él y me suelta la pierna. Cuando consigo ponerme de pie, tiene acorralado a tu padre contra el costado de la choza. «¿Qué hay que hacer para que me deje ir? ¿Qué hay que decirle?», grita tu padre. El hombre sigue riéndose. «¡No tengo ni idea!», dice. Entonces hay una embestida y la escopeta se dispara y, antes de que ninguno de nosotros nos demos cuenta, el mastín está tendido en el suelo.

Edgar llevó de vuelta al corral paridero a la perra que estaba cepillando. Cuando volvió, Claude lo estaba esperando.

—Para entonces, el tipo está hecho una furia —prosiguió—. Le quita la escopeta a tu padre y le dice: «Saca a tu perro de la camioneta o lo mato ahí dentro», y no hay duda de que lo dice en serio. Tu padre va a la camioneta y saca a *Forte* a rastras. Tienes que entender que estaba indignado con *Forte* por haberse comportado como un cobarde. El hombre levanta la escopeta y tu padre le dice: «Un momento.» Y aquí viene lo raro: le arrebata la escopeta al tipo, con toda la facilidad del mundo. Los dos están muy borrachos, ¿entiendes?, y se tambalean a la luz de los faros. Pero en lugar de darle un puñetazo al tipo y arrojar la escopeta entre la maleza, tu padre llama a *Forte* y él mismo le dispara... Le dispara a su propio perro. Y sólo entonces arroja lejos la escopeta y deja tumbado al tipo de un puñetazo.

«No —signó Edgar—, no te creo.»

—Subí a *Forte* a la plataforma de la camioneta, me puse al volante y nos largamos de allí. Lo enterré en el bosque, al otro lado de la carretera, por ahí. Después le dije a tu abuelo que el perro se había escapado, porque tu padre tenía demasiada resaca para bajar, y mucho menos para explicar lo sucedido. Además, ni siquiera se acordaba. Se lo tuve que contar yo. Al principio hizo algunas preguntas: por qué no había hecho esto o aquello y cosas así, pero creo que finalmente lo recordó. Entonces se dio media vuelta en la cama y no dijo nada más. Se quedó ahí por lo menos tres días, hasta que pudo bajar y mirar a la cara a la gente.

Edgar negó con la cabeza y apartó a Claude para pasar.

—Lo entiendes, ¿no? —le dijo Claude cuando ya estaba de espaldas—. Ahora que hay que hacerlo, no puede.

Almondine siguió a Edgar hasta su habitación y los dos se echaron en el suelo, donde estuvieron un rato dándose manotazos con las patas y las manos. Edgar intentó quitarse de la cabeza la historia de Claude. Era mentira, aunque no podría haber dicho por qué lo sabía, ni por qué le habría contado Claude algo semejante. Cuando *Almondine* se cansó del juego, Edgar se puso a mirar por la ventana. Claude estaba sentado en los peldaños del porche, fumando su cigarrillo y mirando las estrellas.

Consiguieron que el perro vagabundo se acercara cada vez más por el sendero, llenando cada día el cuenco y aproximándolo más al patio en cada ocasión, primero unos cuantos metros y después, a medida que pasaban los días, distancias mayores. O al menos creían que era al perro vagabundo al que estaban atrayendo, porque el cuenco siempre aparecía vacío. Finalmente lo colocaron tan cerca de la casa que Edgar podía ver el brillo del metal detrás del huerto; pero a la mañana siguiente, por primera vez, el pienso apareció intacto. A la hora de la cena, Edgar sugirió añadir una porción generosa del estofado que estaban comiendo, pero su madre dijo que ya no iban a tirar más comida buena y que había llegado el momento de poner fin a las dádivas.

Por la mañana encontró media docena de ardillas de dedos negros sentadas alrededor del cuenco, haciendo girar trozos de pienso entre las patas. Las ahuyentó y se fue al taller, llevándose consigo la comida profanada. Su padre estaba al lado de los archivadores, ordenando unos registros genealógicos que había llevado a la casa.

«Las ardillas se están comiendo el pienso», signó con expresión indignada.

Su padre se ajustó las gafas en la nariz y miró el cuenco.

—Me preguntaba cuándo empezarían —dijo—. Ya no tiene sentido dejarlo fuera. Ahora que lo han descubierto, regresarán.

La idea volvió loco de frustración a Edgar.

«¿No hay ninguna otra forma de atraparlo? —signó—. ¿No podemos engañarlo para que entre en un corral? Estará bien cuando hayamos trabajado con él, estoy seguro. Yo podría hacerlo.»

Su padre se quedó mirándolo un buen rato.

—Supongo que podríamos, sí. Pero si lo engañamos, se escapará, ya lo sabes. —Suspiró y le acarició el pelo—. Cada vez que pienso en ese perro, recuerdo algo que solía decir tu abuelo. Detestaba vender a los cachorros, no podía soportarlo. Por eso empezó a quedárselos hasta que cumplían un año. Decía que la mayor parte de la gente no sabe tratarlos. Los estropea antes de que cumplan seis meses. Recuerdo que una vez sacó la camioneta en plena noche cuando se enteró de que uno de sus últimos clientes dejaba sin comer a un cachorro para castigarlo. A la mañana siguiente, el cachorro estaba otra vez en el establo.

«¿No intentaron impedírselo?»

Su padre sonrió.

—Pensaron que el perro se había escapado. Y tampoco fue el primero que llevó de vuelta a casa. Si se preocupaban lo suficiente como para llamar, les decía que el perro había aparecido en el establo, les leía la cartilla y a veces los dejaba que se lo llevaran. Por lo general les enviaba un cheque y les aconsejaba que se compraran un sabueso. En cualquier caso, detestaba tener que elegir adónde iban los perros. No le gustaba hacer conjeturas. «Sólo estaremos seguros de hacerlo bien cuando sean ellos los que elijan», solía decir.

«Pero eso no tiene sentido.»

—Yo pensaba lo mismo. Varias veces le pregunté qué quería decir, pero él solamente se encogía de hombros. Creo que ni él mismo lo sabía. Pero no dejo de pensar que ese perro vagabundo está haciendo quizá el tipo de elección de que él hablaba. Estamos hablando de un perro adulto, un perro que lleva mucho tiempo en el bosque, tratando de decidir si puede confiar en nosotros o no, intentando saber si éste es su sitio. Y es muy importante para él. Está dispuesto a morirse de hambre antes que tomar una mala decisión.

«Tiene miedo y nada más.»

—Sin duda. Pero es lo bastante listo para superarlo, si quiere.

«¿Qué pasará si viene?»

—Bueno, si él decide venir, entonces quizá tengamos con nosotros a un perro que merecerá la pena conservar, y quizá incluso cruzar con los nuestros.

«¿Lo cruzarías con nuestras perras si viene?»

—No lo sé. Antes tendríamos mucho trabajo que hacer. Comprender su temperamento. Ver cómo se adapta al adiestramiento. Conocerlo.

«Pero no es uno de nuestros perros.»

—¿Cómo crees que nuestros perros llegaron a ser «nuestros perros», Edgar? —dijo su padre con una sonrisa maliciosa—. A tu abuelo no le preocupaba el pedigrí. Nunca dejaba de pensar que debía de haber un perro mejor en alguna parte. El único sitio donde estaba seguro de que no iba a encontrarlo era en las exposiciones, por eso pasó la mayor parte de su vida hablando con la gente de sus perros. Cuando encontraba uno que le gustaba (y daba igual que fuera un perro que veía todos los días o uno del que había oído hablar y que estaba en la otra punta del estado), hacía un trato para cruzarlo con una de nuestras perras a cambio de un cachorro de la camada. Tampoco le importaba hacer alguna pequeña trampa de vez en cuando.

«¿Una trampa? ¿Como cuál?»

En lugar de responder, su padre se volvió hacia los archivadores y empezó a pasar las carpetas con los registros.

—Ya te lo contaré en otra ocasión. Tu abuelo había dejado de hacer ese tipo de cosas cuando yo era pequeño, aunque recuerdo uno o dos perros nuevos. Lo que intento decirte es que tenemos que ser pacientes. Ese perro tendrá que decidir por sí mismo lo que quiere.

Edgar asintió como si estuviera de acuerdo, pero algo que había dicho su padre le había dado una idea.

Esa noche llevó un saco de dormir al porche junto con una linterna y un libro. Había desatado y desplegado el saco de dormir delante de la puerta de tejido metálico y se estaba instalando para leer cuando *Almondine* se interpuso en el estrecho espacio entre él y la puerta y se tumbó allí, como si conociera su plan y lo desaprobara. Edgar le hincó los dedos en un costado, donde sabía que tenía cosquillas, y ella se puso de pie con un gruñido, pasó por encima de él y volvió a tumbarse, apoyándole esta vez la cola encima de la cara.

«Muy bien, ya te he entendido», signó él, exasperado pero sonriente. La hizo ponerse de pie, esta vez más suavemente, poniéndole la mano bajo el vientre, y volvió a arreglar el saco de dormir. Cuando hubo terminado, había espacio suficiente para que los dos pudieran mirar a través del tejido metálico, aunque Edgar tenía que alargar el cuello para ver el lugar al otro lado del huerto donde estaba el cuenco con el pienso. *Almondine* se echó, con la cabeza entre las patas, jadeando satisfecha y contemplando a Edgar con sus moteados ojos pardos. Él le pasó los dedos por la piel suave de las orejas y la melena, y pronto la perra cerró los ojos y su respiración se volvió más profunda. Edgar la miró y meneó la cabeza. Era increíble lo vehemente que llegaba a ser a veces y, sin embargo, cuando todo estaba como ella quería, era dulce, amable e irradiaba la certeza de que el mundo entero estaba en orden. Al cabo de un momento, el niño se levantó sobre los codos y, a la luz de la linterna, empezó a pasar las hojas de *El libro de la selva* hasta encontrar el fragmento que le había venido a la mente una y otra vez a lo largo de ese día.

Mowgli levantó la mano fuerte y morena, y justo debajo de la sedosa barbilla de *Bagheera*, donde el lustroso pelaje ocultaba los músculos enormes y encrespados, encontró una pequeña calva.

—Nadie en la selva sabe que yo, *Bagheera*, llevo esta marca, la marca del collar. Sin embargo, hermanito, nací entre los hombres, y entre los hombres murió mi madre, en las jaulas del palacio real de Oodeypore. Por eso pagué por ti al Consejo, cuando eras un cachorro desnudo. Sí, yo también nací entre los hombres. Nunca había visto la selva. Me daban de comer entre rejas, en un cuenco de hierro, hasta que una noche comprendí que yo era *Bagheera*, la Pantera, y no un juguete de los hombres, y rompí el estúpido cerrojo de un zarpazo y me escapé, y como había aprendido de los hombres su forma de ser, me volví más temible en la selva que el propio *Shere Khan*, ¿no es así?

—Sí —dijo Mowgli—, todos en la selva temen a *Bagheera*; todos, menos Mowgli.

Apagó la linterna y apoyó la cabeza junto a la de *Almondine*. Se preguntó si de algún modo habría sucedido así con el perro vagabundo, si el animal habría decidido en algún momento terrible que él no era un juguete, o si lo habría empujado una combinación de miedo y locura, como decía Claude. Cuando se hizo tarde, la televisión calló. Claude subió al dormitorio. Su madre se asomó a la puerta.

—Buenas noches, Edgar —dijo.

«Buenas noches», signó él con cara de dormido, al menos en apariencia. Se daba cuenta de que ella sospechaba algo raro.

—¿Qué estás tramando?

«Hace calor arriba. Queremos dormir donde sople un poco de aire.»

Cuando la casa estuvo en silencio tanto tiempo como él pudo soportarlo, se sentó, abrió el pasador y se escabulló al exterior. *Almondine* intentó seguirlo, pero él cerró la puerta entre ellos. A veces ella conseguía abrirla colocando las patas debajo, pero él le pidió que se quedara quieta, sosteniéndole la mirada hasta que la perra entendió. Después fue hasta el macizo de flores bajo la ventana de la cocina; sacó una bolsa de lona de entre las verdes varas de los lirios y llenó el cuenco con el pienso que había guardado en la parte superior de la bolsa. Entonces se sentó en los peldaños del porche, se recostó contra las barras transversales de la puerta y esperó. Al final, su mirada se perdió en las estrellas.

Se despertó al oír a *Almondine* detrás del tejido metálico, respirando pesadamente sobre su hombro. El patio estaba inundado de luz de luna. No recordó de inmediato qué hacía sentado allí. Siguió con la vista la cuerda de tender la ropa, que caía en suave curva desde la casa hasta perderse en la sombra del arce. El cascabeleo del pienso contra el acero del cuenco lo sacó bruscamente de su ensoñación. Se sentó sobresaltado. Al otro lado de la extensión de tutores y plantas nuevas estaba el perro vagabundo, comiendo con avidez y contemplando a Edgar, con el pecho plateado a la luz de la luna.

Lentamente, se puso de pie; llevó la bolsa, pesada y fría, hasta la sombra del arce y allí se arrodilló. El olor ferruginoso de la sangre se expandió en el aire cuando abrió la bolsa: era carne picada, robada esa misma tarde del congelador. Hizo una bola con un trozo y lanzó un silbido suave. El perro levantó la cabeza y miró a Edgar. Después volvió al cuenco para lamer las últimas motas de pienso. Se quedó parado sobre tres patas y se puso a rascarse el pecho con la cuarta.

Edgar arrojó el trozo de carne casi sin mover la mano, como había visto hacer a su padre en el sendero. Los claros espejos de los ojos del perro relucieron. Salió de entre la maleza y hundió el hocico en el aire de la noche. Otro trozo de carne picada salió de la mano de Edgar y aterrizó con un golpeteo entre las hojas de una tomatera. El animal se abrió paso entre las hileras de plantas trepadoras, entre los brotes y los tallos de maíz, y se detuvo primero ante un regalo y después ante el otro.

Edgar dividió el resto de la carne en dos trozos grasientos. Uno de ellos aterrizó entre los dos, a no más de diez metros de distancia. El perro se acercó, lo olisqueó y se tragó la carne de una sola vez; después levantó la cabeza y se pasó la lengua por los belfos. El otro trozo estaba en la mano de Edgar. Durante mucho tiempo, ninguno de los dos se movió. Edgar se inclinó y depositó la carne sobre la hierba. El perro avanzó unos pasos, cogió la carne, la tragó y se lo quedó mirando, jadeando. Un línea de pelo apelmazado le cruzaba la frente y tenía un montón de abrojos pegados al cuerpo. Cuando Edgar le tendió la mano, el perro se acercó un poco más y finalmente le lamió la sangre y la grasa de los dedos. Edgar le pasó la mano libre por el cuello. Entonces supo que era posible hacerle recorrer el resto del camino. Quizá no sucediera esa noche, pero podía pasar. El animal no estaba loco. Tampoco había perdido toda su confianza. Estaba indeciso y nada más. Los había estado observando y lo que había visto no había sido suficiente para hacer que se quedara o se marchara. Tal como había pensado su padre.

Edgar estaba tratando de decidir qué hacer a continuación cuando *Almondine* empezó a gemir y a arañar la puerta del porche. Con cuatro saltos, el vagabundo atravesó el huerto y desapareció. Cuando Edgar llegó al porche, uno de los perros del criadero había salido al corral exterior y estaba aullando, y no tardó en unírsele otro. Edgar calmó a *Almondine* y fue hacia el establo.

«Silencio», signó.

Los perros se callaron y empezaron a bostezar, pero pasaron casi diez minutos antes de que cesaran en sus idas y venidas y volvieran a tumbarse.

Cuando abrió los ojos a la mañana siguiente, un círculo arrugado de color blanco sucio yacía un poco más allá de los peldaños del porche. Se sentó en el saco de dormir y se frotó los ojos. Lo que vio parecía un filtro de cafetera, un filtro de café usado, con manchas marrones. Cuando salió para investigar, *Almondine* se le adelantó y, para su asombro, orinó sobre el objeto tirado en el suelo. Después, dobló la esquina de la casa con la nariz pegada al suelo.

En el patio delantero había una bolsa negra de basura, abierta a mordiscos, con su contenido diseminado en un amplio radio: latas de sopa vacías, una caja de cereales, trozos de envases, periódicos y una caja de leche. Cuando Edgar se agachó para ver uno de los periódicos, reconoció su letra en uno de los crucigramas. La fecha del periódico era de tres días antes. Lo habían llevado al vertedero la víspera.

Durante el desayuno, se pusieron a especular sobre el modo en que la bolsa de basura había llegado hasta allí. Claude opinaba que sería una broma de una pandilla de chicos que habrían estado bebiendo. La madre de Edgar fue la primera en pensar en el perro vagabundo. El vertedero estaba a medio kilómetro de distancia por la carretera de Town Line, subiendo por un estrecho camino de tierra que acababa en un semicírculo de desperdicios sembrado de cadáveres de cocinas y frigoríficos.

–¿Por qué iba a arrastrar basura desde el vertedero hasta aquí? ¡Por el amor de Dios! –dijo Claude.

La madre de Edgar parecía pensativa.

—Quizá esté cobrando una pieza —repuso.

—¿Cobrando una pieza? ¿Para qué?

—No lo sé —respondió ella—. ¿Agradecido quizá por la comida? «Mirad, esto es vuestro, lo habéis perdido, quizá os guste recuperarlo», o algo así.

Tenía razón. Edgar lo supo en seguida, pero él era el único que entendía todo el significado del trabajo que se había tomado el perro. Pensó en contarles lo que había sucedido la noche anterior, pero eso significaba explicar también cómo había desaparecido medio kilo de carne picada.

A la mañana siguiente, unos vaqueros suyos, desechados mucho tiempo antes, aparecieron pulcramente desplegados en el patio delantero, como si el niño que los llevaba se hubiera evaporado de su interior. A la otra mañana apareció una solitaria zapatilla de deporte, gastada y gris. El padre de Edgar se echó a reír, pero Claude estaba furioso y se fue a grandes zancadas a completar su trabajo en el tejado.

—Imagina que ese perro hubiera desperdigado basura por el cuarto de estar —le dijo a Edgar su madre cuando le preguntó al respecto—. Así se siente Claude. Para él, el perro es un intruso.

Después, sintiendo quizá que su esfuerzo no se apreciaba lo suficiente, el perro dejó de llevar regalos; pero para entonces Claude había iniciado su campaña. Estallaron enconadas discusiones en las que Claude insistía en matar al perro de un tiro y el padre de Edgar se negaba de plano a hacerlo. Su madre intentó restablecer la paz, pero ella también pensaba que era preciso acabar con el vagabundo. Dos noches después hubo un alboroto en la perrera que los hizo salir a los cuatro en pijama para tratar de calmar a los perros. No encontraron nada fuera de lo común. Lo que había pasado era evidente, según Claude. El vagabundo había intentado meterse en uno de los corrales. Ante la idea, una forma sumamente pura de ansiedad se apoderó de Edgar. No quería que atraparan al perro, si eso significaba cargarlo en la camioneta y llevárselo. Sin embargo, si era verdad que se estaba volviendo más osado, tarde o temprano acabaría pasando algo malo.

El problema era que había empezado a pensar en nombres. Era su trabajo y no podía evitarlo, aunque sabía que no era buena idea. Y sólo un nombre le parecía adecuado. Era como si el *Forte* original hubiera regresado.

El sábado, sus padres llevaron un trío de ejemplares de un año a Phillips, al festival de la Edad del Hielo, para ver cómo se comportaban entre la muchedumbre. Al principio, Claude tenía pensado acompañarlos, pero al final decidió quedarse a trabajar en el granero para aprovechar el buen tiempo.

Edgar y *Almondine* pasaron la mañana con una camada de cachorros de tres meses. Después de un poco de ejercicio haciéndolos caminar sin tirar de la correa, para enseñarles que la gente es impredecible y es preciso prestarle atención, Edgar les ordenó quedarse quietos y se puso a lanzarle bolas de tenis a *Almondine* delante de ellos. La perra tenía mucha experiencia creando distracciones durante el adiestramiento, por lo que atrapaba sus trofeos con feroz entusiasmo, sacudiendo la cabeza de lado a lado en cada ocasión. Cuando los cachorros conseguían mantener la postura hasta la cuenta de diez, Edgar les hacía un gesto para que la abandonaran y entonces se precipitaban en tumulto hacia él. De vez en cuando, Claude se encaramaba a la viga maestra del establo y se sentaba, con los hombros morenos y lustrosos de sudor.

Después de comer, Edgar se quedó dormido en el sofá, mientras miraba la televisión y leía. Como a lo lejos, oyó que Claude entraba en la casa y volvía a salir, pero no le prestó atención. Cuando despertó, los manzanos se agitaban al viento. Fuera encontró a *Almondine* de pie junto al granero, con la cola baja y mirando fijamente en dirección al campo del oeste.

Dos venados y un cervatillo estaban paciendo en el heno: tres sombrías figuras en la distancia. A favor del viento respecto de los ciervos estaba agachado *Forte*, completamente inmóvil, y Claude, a su vez, se encontraba a sotavento del perro, cerca de la línea de los árboles azotada por la brisa. En sus brazos acunaba flojamente la negra forma alargada de una escopeta.

Los ciervos sacudieron inquietos la cola y echaron a correr hacia la linde del bosque. En cuanto se movieron, *Forte* se lanzó hacia adelante, con la cadera pegada al suelo, pero en lugar de atacar a los ciervos, se hundió en el bosque y desapareció. Cuando los ciervos empezaron a pacer, Claude también se retiró hacia los árboles, tan lentamente que Edgar casi no distinguía su movimiento.

El niño dio media vuelta, llevó a *Almondine* al porche, cerró la puerta y salió corriendo hacia el sendero que se perdía tras el huerto. Junto al montón de piedras, a mitad del camino, el sendero daba un rodeo en torno a una mancha de cornejos, y allí encontró a Claude, de pie en un pequeño claro, apuntando con la escopeta levantada. A unos treinta metros de distancia, justo al otro lado de la linde del bosque, estaba *Forte*. Edgar no lo había visto a la luz del día desde la vez que había aparecido ante ellos junto al viejo roble. Las costillas se le marcaban bajo la piel y la curva del vientre trazaba un arco profundo que casi le llegaba al espinazo. Tenía las orejas echadas hacia adelante y hacía inspiraciones rápidas y profundas.

Cuando llegó junto a Claude, Edgar apoyó la mano sobre el cañón de la escopeta. Su tío le apartó la mano de un golpe.

—Vete de aquí —murmuró—. Vuelve a la casa.

«Ha estado a punto de venir dos veces», signó, sabiendo que Claude, en el mejor de los casos, sólo captaría el sentido general de su frase. Era incapaz de entenderlo, al menos por sí solo.

Intentó agarrar de nuevo el cañón del arma. Esta vez, Claude se volvió, lo cogió por el pecho de la camisa y Edgar se encontró tumbado entre la hojarasca y la maleza, tras un vano intento de conservar el equilibrio. Esperaba haber hecho suficiente ruido para atraer la atención de *Forte*, pero el viento agitaba las copas de los árboles y el perro estaba absorto en los movimientos del cervatillo.

Edgar no oyó llegar a *Almondine*. De pronto sintió unos resoplidos a su lado y allí estaba ella, jadeando furiosamente, con la mirada clavada en el animal vagabundo.

Edgar le pasó la mano abierta por delante de la cara.

«Quieta.»

Sabiendo que iba a recibir esa orden, ella intentó girar la vista, pero él volvió a llamar su atención y la repitió. La perra se sentó. Cuando Edgar se volvió, Claude se había apoyado la escopeta en el hombro. El niño vio que su tío tensaba el dedo sobre el gatillo, pero no hubo ningún chasquido ni se oyó ninguna explosión. Claude se puso a manosear el arma, buscando el seguro.

Desde cachorros, los perros sawtelle aprendían que la orden de «quietos» no significaba únicamente quedarse inmóviles, sino en silencio, que gemir y ladrar eran una forma de moverse. Y *Almondine* estaba manteniendo la posición de «quieta».

Edgar se volvió hacia ella y se tocó la sien.

«Mírame.»

La cabezota de la perra giró para mirarlo.

«Muévete.»

Tenía pensado atraparla antes de que se moviera, pero los cuartos traseros de la perra se separaron del suelo antes incluso de que él terminara de formar el signo. Lo único que pudo hacer fue lanzarse hacia delante y atraparle con los dedos el jarrete de una de las patas traseras. La perra cayó en el sendero con un ladrido agudo.

Fue suficiente para que Claude desviara la vista de la mirilla del fusil. Para entonces, *Almondine* había vuelto a levantarse e intentaba seguir adelante, llevando consigo a Edgar medio a rastras por el sendero. Finalmente, el niño se puso delante de ella, le rodeó el hocico con una mano y la obligó a mirarlo a los ojos.

«Habla», signó.

Entonces *Almondine* empezó a ulular.

Esta vez, *Forte* no pudo confundir con el viento los sonidos que oía tras él. Se volvió, los vio y se alejó de un salto en un único movimiento. Claude siguió con el cañón del arma la huida del animal, pero no quedaba nada que pudiera encañonar, excepto unas ramas oscilantes.

Edgar no notó que había soltado el collar de *Almondine* hasta que la perra estuvo lejos, corriendo por el sendero. *Almondine* se cruzó por delante de Claude. Por un momento, el cañón de la escopeta bajó y la siguió; después, sin interrupción, Claude se volvió hacia el campo y disparó al más pequeño de los ciervos adultos en el instante en que estiraba el cuello con los ojos muy abiertos, disponiéndose a huir. El otro ciervo chilló, ejecutó tres saltos como impulsado por un muelle y desapareció en el bosque, con el cervatillo siguiéndolo de cerca.

Edgar corrió al campo. La cierva yacía en el suelo, moviendo convulsivamente las patas. La sangre describía una curva desde la herida en el cuello. El ojo del animal giró para mirarlo. Claude llegó andando hasta donde estaba Edgar, bajó el cañón del arma hasta el pecho de la cierva y apretó el gatillo. Antes incluso de que las colinas devolvieran el eco del disparo, Claude ya había dado media vuelta y se dirigía hacia la casa con el arma colgando flojamente junto a la pierna, como un trozo de leña.

Durante mucho tiempo, Edgar se quedó mirando a la cierva: el pelaje castaño, las orejas de puntas negras... De sus heridas fluía una sangre carmesí, que al poco rato dejó de manar. *Almondine* apareció al borde del campo, jadeando. Fue trotando hacia ellos, pero de pronto congeló el movimiento y se fue aproximando paso a paso al animal abatido. En la mente de Edgar no dejaba de repetirse el instante en que *Almondine* había pasado delante del cañón del fusil.

«Vamos —signó—. Aléjate de ahí.»

Se encontraron con Claude, que regresaba al campo con un cuchillo de caza y una pala.

—Espera un segundo —dijo.

Edgar se detuvo, pero en seguida echó a andar de nuevo.

—Muy bien, pero dentro de poco vas a tener que tomar una decisión —le habló Claude a su espalda—. Podemos ayudarnos mutuamente, si queremos.

Edgar pasó la tarde en el establo, con *Almondine* a su lado, cepillando a los perros hasta que le dolieron las manos. Claude se le acercó una vez, pero Edgar le giró la cara. El sol se había puesto y ya empezaban a verse las estrellas cuando la camioneta se detuvo en el sendero.

El cadáver de la cierva, atado por una de las patas traseras, colgaba de una rama baja del arce. El padre de Edgar ya estaba haciendo preguntas antes de apearse del vehículo. Claude fue a su encuentro. Dijo que, finalmente, *Forte* había cobrado un venado. Lo había visto desde el tejado del establo; pero cuando había sacado la escopeta, la cierva ya estaba abatida y el perro estaba sobre ella. Le había disparado para ahuyentarlo.

—La cierva todavía estaba viva, pero bastante maltrecha. No me quedó más opción que rematarla. No quería dejarla ahí, de modo que la recogí, le corté la pata que el perro había empezado a morderle y la traje —dijo.

La mentira no sorprendió a Edgar, pero en cambio le resultó asombroso lo que Claude dijo a continuación. Esperaba que su tío volviera a la vieja discusión e insistiera en atraer a *Forte* para dispararle o envenenarlo. Era una discusión que para entonces probablemente habría ganado, pero en lugar de eso sugirió olvidarse del animal.

—En cuanto al perro —dijo—, no creo haberlo herido, pero estoy seguro de haberle dado el susto de su vida. Huyó tan velozmente que no tuve tiempo de dispararle por segunda vez. Nunca más volveremos a verlo.

Miraba a Edgar mientras hablaba y, al principio, el niño no entendió. Su madre reparó en la mirada de Claude y se volvió para mirar a Edgar.

—¿Dónde estabas tú mientras tanto? —preguntó.

Iluminadas por la luz del porche, las moscas dibujaban el trazo de su sombra sobre el cadáver de la cierva. El padre de Edgar también se había vuelto para mirarlo. Claude estaba detrás, entre los dos, y la expresión resuelta de su cara se desvaneció. Las comisuras de su boca se plegaron en una sonrisa.

Claude le estaba proponiendo a Edgar una elección. Lo vio con claridad. Toda la charla sobre el susto que se había llevado *Forte* había establecido los términos del trato. Le estaba ofreciendo olvidarse del perro vagabundo y dejar que el animal viniera o se fuera, a cambio de su silencio. Edgar miró el cadáver de la cierva y después a sus padres.

«Yo estaba durmiendo en el cuarto de estar —signó—. No vi nada.»

Si Claude y él habían hecho un pacto esa noche, había sido un pacto silencioso. Claude no volvió a proponer que buscaran o mataran a *Forte*, y Edgar no les contó nunca a sus padres la verdad sobre la cierva. Cada vez que podía actuar sin que lo vieran, Edgar llenaba de pienso el cuenco de acero inoxidable y lo dejaba detrás del huerto. Por la mañana lo encontraba vacío, aunque no podría haber dicho si era *Forte* quien lo limpiaba o si robaban el pienso las ardillas.

Una noche, mientras atravesaba el patio, en ese dilatado momento posterior al crepúsculo en que el cielo acapara toda la luz, vio a *Forte* que lo miraba desde el otro lado del huerto y entonces se detuvo, con la esperanza de que el perro finalmente entrara en el patio. En lugar de eso, retrocedió. Edgar volvió al establo. Llenó el cuenco con pienso y recorrió las hileras de plantas de guisantes, maíz y meloneras, cuidadosamente limpias de malas hierbas, hasta situarse a un paso de distancia del animal. Ni siquiera entonces avanzó el perro. Fue Edgar quien dio el último paso, fuera del huerto, hacia la maleza que crecía en la línea de los árboles. Allí, temblando, *Forte* comió el pienso de la mano de Edgar. Después dejó que le apoyara una mano sobre el lomo. Así empezó un ritual que duraría todo el verano y parte del otoño. A veces pasaba una semana entera antes de que el vagabundo volviera a aparecer. Entonces Edgar le llevaba comida y el perro comía, mientras el niño le quitaba los abrojos que tenía enredados en el pelo. Siempre, antes de que Edgar terminara, *Forte* empezaba a jadear y entonces se daba media vuelta, se marchaba y se echaba en el suelo, en la linde del bosque, con las luces de la casa reflejadas en los ojos. Si en ese momento Edgar se le acercaba, el perro se levantaba y echaba a trotar en dirección al bosque, sin una sola pausa para mirar atrás, ni un solo sonido.

La camada

Ese día se despertó en el dormitorio vacío con la lejana sensación de que *Almondine* había saltado de la cama a la luz gris del alba. Habría querido seguirla, pero se acomodó otra vez en la cama y, cuando volvió a abrir los ojos, el sol brillaba y las cortinas se abolsaban hacia adentro de la habitación, trayendo consigo una salva de martillazos duplicada por el eco. Claude estaba trabajando en el lado del tejado del establo orientado al campo. Apartó la manta con los pies, se vistió y bajó la escalera con las zapatillas de deporte en la mano. *Almondine* estaba tumbada en un paralelogramo de sol que había en el porche. Sus padres estaban en la mesa de la cocina, compartiendo las páginas del *Mellen Weekly Record*. Las tareas matinales estaban terminadas y los dos perros del criadero que habían pasado la noche en la casa, según el turno rotativo, estaban de vuelta en sus cubículos.

Edgar comió una tostada en el porche mirando el campo. *Almondine* rodó hasta quedar tumbada de espaldas, despatarrada como un cocodrilo, con la vista fija en su plato. El niño la miró y sonrió.

«Lo siento», signó sin dejar de masticar.

Almondine se pasó la lengua por los belfos y tragó.

—Edgar, ¿cuándo termina la escuela? —le preguntó su padre desde la cocina.

Edgar inspeccionó los últimos centímetros cuadrados de tostada, con mantequilla en los bordes y un montón de mermelada de frambuesa en el centro. Mordisqueó la corteza e hizo chasquear los labios. *Almondine* flexionó el espinazo para verlo mejor. Finalmente, él le tendió el trocito de tostada sujeto entre el pulgar y el índice hasta rozarle los bigotes con la palma de la mano. Una vieja costumbre. La perra se puso de pie perezosamente y olisqueó su regalo, fingiendo no estar segura de que le conviniera, y por último se llevó el trozo de tostada, delicadamente cogido entre sus pequeños incisivos.

Edgar entró en la cocina y dejó el plato sobre la mesa.

«El viernes es el último día», signó.

—He visto a *Iris* esta mañana. Ya le han bajado bastante los cachorros —dijo su padre.

Edgar vio que lo estaba mirando con expresión solemne. ¿Cuál sería el problema? ¿Sería demasiado pronto para *Iris*? Intentó recordar si había cepillado a la perra la víspera, o si la había tocado siquiera.

—¿Te gustaría que esa camada fuera tuya?

Le llevó un segundo digerir lo que estaba diciendo su padre. Parpadeó y miró en dirección al establo. Las líneas del revestimiento rojo exterior pulsaban en una onda del cristal de la ventana del porche.

—Te ocuparás del parto. Yo estaré presente, pero la responsabilidad será tuya. Y cuidarás a los cachorros —dijo su padre—. Todos los días. Si uno de ellos enferma, tú lo atenderás, por mucho que prefieras hacer otras cosas. Y también te ocuparás del adiestramiento, hasta que los coloquemos con familias, incluso cuando vuelva a empezar la escuela.

Edgar asintió. Estaba sonriendo con expresión estúpida, pero no podía evitarlo.

—Con mi ayuda —dijo su madre—, si la quieres.

Su madre rió un poco, le tocó el brazo y se recostó en la silla. Su padre tenía el periódico plegado sobre las rodillas. ¡Parecían tan satisfechos en ese momento! De pronto, Edgar comprendió que llevaban mucho tiempo hablando al respecto, observándolo e intentando determinar qué camada sería la mejor. Él no lo había pedido. Normalmente, su padre se ocupaba de los partos y los cachorros, y a partir de cierta edad los perritos pasaban a ser responsabilidad de su madre. Mientras ella los adiestraba, su padre les buscaba colocación. Edgar ya tenía un sinfín de tareas en el criadero, divididas entre los dos. Daba de comer a los perros, les limpiaba los cubículos y —su especialidad— les cepillaba el pelo. También ayudaba con el adiestramiento: les enseñaba a caminar sin tirar de la correa, a seguir la mirada del amo y a crear distracciones cuando su madre quería ponerlos a prueba. Pero esto era diferente. Querían que Edgar se ocupara de toda una camada, desde el nacimiento hasta su colocación.

—Con un poco de suerte, el parto se retrasará hasta que haya terminado la escuela —dijo su padre—. Pero tenemos que vigilar a *Iris*. Uno nunca sabe. —Cogió el periódico, lo plegó por el centro y le echó una mirada a Edgar—. ¡Menuda cara! Se diría que eres tú el que va a tener cachorros —dijo.

Entonces el niño se echó a reír. *Almondine* entró desde el porche para ver qué estaba pasando, con las orejas aplastadas sobre la cabeza y abanicando el aire con la cola. Dio una vuelta alrededor de la mesa apretando el hocico contra las manos de todos.

«Gracias», signó Edgar. Bajó las manos, volvió a levantarlas y las dejó caer nuevamente cuando no encontró nada más que decir. Fue hasta el frigorífico, se sirvió más leche en el vaso y la bebió sin cerrar la puerta. En el fondo del frigorífico encontró una caja de quesitos. Se comió uno a la vista, disimuló el resto en la palma de la mano y salió a la luz deslumbrante del verano.

El corral paridero, situado cerca del fondo del establo y rodeado de gruesos tabiques de madera, era más cálido, oscuro y tranquilo que cualquier otro lugar del criadero. Los tablones de las paredes estaban impregnados de los olores del parto: sangre, placenta, leche y sudor. Los cubículos eran de tamaño medio, sin salida al exterior, para mantener estable la temperatura. El padre de Edgar tenía que inclinarse bajo el techo abuhardillado. Las bombillas de pocos vatios emitían una luz desvaída que hacía brillar tenuemente los ojos de los cachorros, y en cada cubículo había un anticuado termómetro de pared, uno de ellos montado sobre el dibujo de una botella de Pepsi, y el otro, sobre un logotipo azul y blanco de Valvoline, ambos marcados con una gruesa línea negra a la altura de los veintiséis grados centígrados. En el pasillo, un reloj de pared con segundero, que funcionaba con pilas, marcaba tranquilamente el paso del tiempo con su tictac.

Una madre y su camada de un mes ocupaban el primer cubículo. Los cachorros tenían apenas la edad suficiente para escapar de la caja donde habían nacido. Se caían unos encima de otros, apretaban los negros hociquitos romos contra la malla metálica para mordisquear los dedos de Edgar, y después, sin razón aparente, se asustaban y huían torpemente.

En el cubículo más alejado, *Iris* yacía en silencio, jadeando, de espaldas a la caja que había en un rincón. Edgar se arrodilló a su lado mientras ella le lamía el dorso de la muñeca. Le apoyó una mano sobre la seda caliente del vientre y le mostró con la otra un quesito. *Iris* se lo quitó de la palma de la mano con la lengua y después se olisqueó la barriga, donde él se la había tocado.

«Pronto tendrás que trabajar mucho –signó Edgar–. Lo sabes, ¿verdad?» *Iris* tragó y lo miró con ojos húmedos a la luz cavernosa. El niño se metió una mano en el bolsillo y sacó otro quesito.

Soñaba que iba corriendo, con los pies golpeando bajo el cuerpo y el aliento convertido en jadeo. Siempre llegaba tarde. La tercera noche se despertó con un ataque de ansiedad, y ya estaba en la puerta de la cocina, de camino para ir a ver a *Iris*, cuando cambió de idea. En el desayuno, peló un huevo cocido y fue con su padre al establo. Estaba ensayando mentalmente el argumento para saltarse la escuela, pero antes incluso de tocar a *Iris*, su padre dijo:

–No será hoy.

Edgar se agachó y le acarició la cara a la perra. Partió el huevo en trocitos y empezó a dárselo, mientras su padre intentaba explicarle cómo lo sabía.

–Mírale los ojos –dijo–. ¿Los ves llorosos? ¿La ves que camine en círculos?

Su padre palpó la curva del vientre enorme de *Iris* y las patas traseras, le miró las encías y le tomó la temperatura. Siempre tenía una explicación, pero la verdad –según sospechaba Edgar– era que él simplemente *sabía*, aunque no pudiera decir por qué. Repasaron la historia de *Iris* como reproductora: había parido a los sesenta y dos días de gestación su primera camada de seis, y a los sesenta y cuatro días su segunda camada de cinco. El viernes sería el día sesenta y dos.

Cuando terminaron, Edgar le puso el collar a *Iris*, le enganchó la correa y la llevó a pasear a donde ella quisiera. La perra se dirigió primero a las hierbas altas detrás del establo y después a los manzanos Wolf River del huerto. Las patas traseras parecían remar a los lados del cuerpo cuando caminaba. Cuando *Almondine* se le acercó, grave y respetuosa, *Iris* se prestó a su inspección.

Edgar subió preocupado al autobús escolar. Diez mil horas más tarde, el autobús volvió a detenerse en el sendero de su casa y él se sintió ligero y aliviado mientras abría la puerta del corral. *Iris* estaba durmiendo, solitaria y enorme. Cuando pasó el viernes, Edgar casi no notó que la escuela había terminado. Era sólo un día más, durante el cual *Iris* seguramente pariría mientras él estaba fuera.

Cuando fue a mirar, el sábado por la mañana, el relleno de la caja apareció amontonado en una pila. En lugar de yacer estirada en su habitual postura gestante, *Iris* jadeaba y daba vueltas por el cubículo, y se le acercó con su paso pesado. Una vez fuera, se dirigió hacia el campo de heno y el bosquecillo de avellanos.

—Parece interesante —dijo su padre, sin pronunciarse, cuando Edgar lo encontró en el taller.

Fueron juntos al corral paridero. *Iris* había vuelto a instalarse en la caja preparada para el parto.

—¿Cómo va todo, muchacha? ¿Es hoy el día?

Ella lo miró y respondió con un golpeteo de la cola sobre las tablas del suelo. El padre de Edgar se metió las manos en los bolsillos, se recostó contra la pared y la observó.

—No será ahora mismo —dijo al cabo de un momento—, pero será a lo largo del día. Quiero que vengas a verla cada media hora a partir de este momento. Pero no te quedes dentro del cubículo. Sólo queremos saber si está durmiendo, caminando o qué.

«Me quedaré y esperaré.»

—No, no pases aquí más tiempo del necesario. Cuando entres, hazlo todo lentamente y sin ruido. Ahora está preocupada y sólo piensa en proteger a sus cachorros. Si la molestamos demasiado, podría dejarse llevar por el pánico. ¿Lo entiendes? Podría tratar de comerse a los cachorros para protegerlos.

«De acuerdo», signó Edgar.

No era lo que quería oír, pero entendió el razonamiento.

—Ahora tenemos que prestar atención al momento en que empiece a lamerse o a dar vueltas en la caja. Cuando empiece, tendremos trabajo.

Entonces el tiempo se espesó como cemento húmedo. Edgar sacó de la cómoda un reloj de bolsillo que le habían regalado hacía años para Navidad, le dio cuerda, lo puso en hora y lo sacudió para asegurarse de que funcionaba.

Salió con *Almondine* por la senda del riachuelo, pero antes de recorrer la mitad del camino dio media vuelta y regresó corriendo, golpeando los helechos con las manos. Llegaron con cinco minutos de adelanto respecto a la hora de la siguiente comprobación. Edgar se sentó con la espalda apoyada en una de las estrechas ruedas delanteras del tractor mientras *Almondine* dormitaba en la hierba fresca, enojosamente tranquila y relajada. Cuando pasó el tiempo, el niño encontró a *Iris* echada en la caja, con el hocico apoyado sobre las patas delanteras flexionadas; al verlo, la perra levantó la cabeza. En el otro cubículo, los cachorros se precipitaron contra la puerta y trataron de morderle la goma de la zapatilla de deporte cuando él la acercó a la malla metálica. Volvió a la casa, miró el reloj y lo comparó con la hora que marcaba el de la pared de la cocina. Sacó de la librería el *Nuevo diccionario enciclopédico Webster de la lengua inglesa* y lo abrió al azar. Los ojos le temblaron ante las palabras. *Intacto. Intangible. Integral.* Pasó un grueso bloque de páginas. *Pericial. Perímetro. Periplo.* Nombres ridículos e imposibles para perros. Los dedos de los pies se le agitaban nerviosamente y los talones le golpeaban el suelo. Cerró de un golpe el diccionario y se arrodilló delante del televisor, moviendo la perilla para sintonizar sucesivamente los canales locales de Wausau, Eau Claire y Ashland.

Su padre le encargó pequeñas tareas distribuidas a lo largo de las horas, más para aliviarle la espera que por necesidad, según sospechaba Edgar: apilar periódicos en la puerta del cubículo; colocar toallas sobre los periódicos; alisar el relleno de la caja del paridero; lavar el cazo de acero inoxidable del taller, llenarlo de agua y ponerlo al fuego; meter las tijeras y las pinzas hemostáticas en el cazo y hervir el agua; poner un frasco de hexaclorofeno encima de las toallas; preparar hilo y tintura de yodo, e ir a buscar una correa corta.

Después de la cena, cuando hubo pasado la media hora siguiente, pidió permiso para levantarse de la mesa y fue al establo. Su padre solía decir que siempre se ponían de parto a la hora de la cena. De pie en sus cubículos, los perros siguieron su avance por el pasillo con un lento movimiento de los hocicos.

Sólo tuvo que echar un vistazo. Como no quería montar un alboroto, se obligó a recorrer andando toda la longitud del establo, pero en cuanto el cielo de la noche se abrió sobre su cabeza, sus piernas decidieron por sí solas y salió corriendo hacia la casa.

—¿Recuerdas lo que dije acerca de no ponerla nerviosa? Estará tranquila si sabe que nosotros estamos tranquilos. Muévete lentamente. Ella ya tiene experiencia en esto. Nuestro trabajo es mirar y ayudar un poco, nada más. *Iris* lo hará todo. Nosotros solamente le haremos compañía.

Edgar caminaba como un pato al lado de su padre, con una palangana de agua tibia balanceándose entre las manos.

«De acuerdo», asintió. Hizo una inspiración y soltó el aire. El sol poniente proyectaba sobre el sendero la sombra de su padre.

—Y ahora —dijo Gar—, vamos a ver cómo está.

Iris estaba en su caja, con la cabeza gacha, excavando frenéticamente. Hizo una breve pausa al verlos entrar en el corral paridero, los miró y volvió a su trabajo.

—Adelante —dijo su padre señalando la puerta con un gesto.

Edgar entró en el cubículo con el cazo en la mano y lo dejó en un rincón. Su padre le dio los periódicos, las toallas y todo el material que había reunido a lo largo de la tarde. *Iris* dejó de escarbar y fue hacia la puerta. Su padre se agachó y le acarició la cara y el pecho; le pasó la punta del dedo por la línea de las encías y le apoyó la palma de la mano sobre el vientre hinchado; para devolverle el gesto, ella se adelantó hasta tener una de las patas fuera del umbral de la puerta del cubículo. El padre de Edgar le apoyó las manos sobre los hombros y la hizo retroceder. Le dijo a Edgar que cerrara la puerta del cubículo por dentro y la perra volvió a su caja, donde se echó.

«¿Y ahora qué?», signó Edgar.

—Ahora, a esperar.

Al cabo de unos veinte minutos, *Iris* se levantó y empezó a moverse en círculos dentro de la caja. Gimió, jadeó y se sentó. Transcurridos unos minutos más, volvió a levantarse. Se estremeció, giró la cabeza hasta los cuartos traseros y se lamió la pelvis. Después, volvió a estremecerse.

«¿No debería echarse?», signó Edgar.

—Tú quédate sentado donde estás —dijo su padre—. Lo está haciendo muy bien.

Iris se agachó casi hasta el suelo con las caderas suspendidas sobre el relleno de la caja. Un espasmo le recorrió el cuerpo. Soltó un gemido suave, gruñó, levantó la pelvis y después se volvió para mirar lo que tenía detrás. Un cachorro recién nacido, oscuro y brillante en su saco amniótico, yacía sobre el relleno gris.

—Lávate las manos —dijo el padre de Edgar. Tenía los ojos cerrados y la cabeza apoyada en la pared—. Usa el hexaclorofeno.

Mientras se frotaba las manos bajo el agua, Edgar oyó un chillido en la caja. *Iris* ya había desgarrado las membranas amnióticas, había puesto al cachorro panza arriba y le estaba lamiendo la cabeza, el vientre y las patas traseras. El pequeño tenía el pelo brillante y sacudía las patitas traseras sin dejar de chillar.

—¿Le ha cortado el cordón? —preguntó el padre de Edgar.

El niño asintió.

—Moja una de las toallas pequeñas y coge también una seca y un par de hojas de periódico. Arrodíllate al lado de la caja. Hazlo lentamente. Con la toalla mojada, limpia al cachorro. No lo alejes, para que *Iris* vea lo que estás haciendo. Muy bien. *Iris* te está vigilando; no pasa nada si el cachorro chilla un poco. Fíjate que tenga la nariz y la boca despejadas. Sujétalo con la mano izquierda, coge la toalla seca con la otra mano y sécalo. Puedes frotarlo un poco. Adelante, hazlo. Muy bien. Sécalo tanto como puedas. Ahora pónselo delante a la madre.

Edgar actuó siguiendo las instrucciones. Su padre estaba sentado con la espalda apoyada en la pared, los ojos cerrados y la voz baja y serena, como describiendo un sueño en el que nacieran cachorros. Cuando Edgar depositó al cachorro en la caja, su madre empezó a lamerlo de nuevo. El niño hizo una inspiración profunda y prestó atención a la voz de su padre, que lo guió a través del proceso de atar el cordón umbilical con un hilo y aplicarle tintura de yodo.

—Ahora mira si ha salido la placenta. ¿La ves? ¿Le ha salido entera? Sigue el cordón umbilical para encontrarla. Envuélvela en una hoja de periódico y ponla junto a la puerta. No hagas movimientos bruscos. Ahora vuelve a donde está el cachorro. Levántalo. Con las dos manos. Recuerda elogiar a *Iris* cuando hayas terminado. Se está portando muy bien y está siendo muy amable contigo. No te asustes si te coge la mano; sólo querrá decir que aún no está preparada para dejar que toques a su cachorro. Mientras lo manipulas, ella te estará mirando; intenta no llevártelo fuera de su alcance, y nunca fuera de su vista. Obsérvalo bien. ¿Parece normal? Mírale la cara. ¿Está bien? Perfecto. Ahora déjalo en la caja, con la cabeza cerca de una teta. Muy bien. Quédate mirando un momento. ¿Se agarra a la teta? Acércalo un poco más. ¿Y ahora? ¿Se agarra? Bien.

Iris estaba tumbada, con el cuello apoyado de plano sobre el relleno de la caja. Respiraciones como suspiros le levantaban el pecho. Edgar descubrió que podía distinguir el tenue ruido de succión del cachorro entre la estruendosa palpitación de sus oídos. Retrocedió hasta apoyar la espalda contra la pared. Hizo una larga inspiración temblorosa y miró a su padre.

—Se te ha olvidado elogiar a *Iris* —dijo él en voz tan baja que Edgar casi no lo oyó. Cuando volvió a abrir los ojos, estaba sonriendo—. Pero ahora espera un poco. Quiere descansar.

Los cachorros llegaron más o menos con media hora de intervalo entre uno y otro. Mientras el tercero estaba mamando, el padre de Edgar recogió los periódicos apilados junto a la puerta y salió del corral paridero. Volvió con un cazo lleno de leche tibia. Edgar lo sujetó mientras *Iris* lo lamía; después, pasó los dedos por el fondo del cazo y la dejó que lamiera las últimas gotas, y en seguida le dio el cuenco del agua. *Iris* se volvió hacia sus cachorros, los hizo rodar y los lamió hasta que chillaron y, después, satisfecha, apoyó el hocico en el suelo de la caja.

El cuarto cachorro parecía normal en todos los aspectos, pero se doblegó bajo su propio peso cuando Edgar lo levantó. Su padre se llevó al oído el cuerpecito inerte y contuvo la respiración. Después lanzó al cachorro hacia el techo y lo hizo bajar hasta el suelo, volvió a escuchar y repitió la operación. Finalmente meneó la cabeza y dejó a un lado al perrito muerto.

«¿He hecho algo mal?», dijo Edgar.

—No —respondió su padre—. Algunos cachorros no tienen suficiente fuerza para resistir el parto. No quiere decir que hayas hecho algo mal, ni que haya algún problema con el resto de la camada. Pero ahora sería un buen momento para sacarla a pasear; se relajará para lo que queda de parto.

Edgar asintió, cogió la correa corta y se dio un golpecito suave en el muslo para que *Iris* saliera de la caja. Ella inclinó la cabeza hacia sus cachorros y los apartó a lametazos. Los pequeños se pusieron a piar como pollitos. *Iris* dejó que Edgar la llevara hasta el patio. La noche era despejada y *Almondine* los observaba desde el porche, gimoteando en voz baja.

«Todavía no —le signó—. Pronto.»

Iris se dirigió hacia el huerto, orinó y después tiró con fuerza de la correa para volver al establo. Mientras Edgar cerraba la doble puerta de la perrera y la franja de luz amarilla se estrechaba sobre el fondo del bosque, vio el destello de una mirada: dos pálidos discos verdes que se desvanecieron y volvieron a aparecer. «*Forte*», pensó. Le habría gustado tener tiempo para salir y comprobarlo, pero en lugar de eso se volvió y llevó a *Iris* al corral paridero. La puerta estaba abierta. Su padre se había ido y se había llevado al cachorro muerto. *Iris* se situó sobre los cachorros, los lamió metódicamente y después se tumbó y los empujó con la cabeza hasta el círculo de sus patas.

Esa noche nacieron otros cuatro cachorros. Edgar los lavó y los inspeccionó a todos, y ofreció a *Iris* agua y comida cada vez que creyó que las aceptaría. Su padre pasó todo el tiempo junto a la pared, con los codos apoyados en las rodillas, observando. Después del octavo cachorro, su padre palpó el vientre de *Iris*. Probablemente no había más –dijo–, pero tenían que esperar. Edgar le lavó a *Iris* el pelo de las patas y de los cuartos traseros, y la secó con una toalla limpia. Después se la llevó a dar otro paseo en la noche cálida. Cuando volvieron, la perra fue directamente a la caja y dio de mamar a los cachorros, como había hecho antes.

«Es una buena madre», signó Edgar.

–Sí que lo es –dijo su padre mientras se llevaba al niño del corral paridero.

Las potentes luces de la perrera dibujaban ojeras en la cara de su padre, y Edgar se preguntó si también él tendría esa misma cara de cansancio.

–Esta noche quiero que te quedes en el establo; pero no entres en su cubículo, a menos que tenga problemas. Sin embargo, antes vas a venir conmigo a casa, para lavarte.

Entraron juntos en la cocina oscura. El reloj marcaba las dos y veinticinco. *Almondine* estaba echada cerca de la puerta del porche. Fue hacia Edgar lentamente, con cara de sueño, le olisqueó las piernas y las manos y después se recostó contra su rodilla. La madre de Edgar apareció en la puerta del dormitorio, con un albornoz.

–¿Y bien? –dijo.

«Tres hembras y cuatro machos», signó él, y después añadió un amplio gesto de barrido que significaba «preciosos».

Su madre sonrió, rodeó la mesa y le dio un abrazo.

–Edgar –murmuró.

Él se preparó un sándwich de jamón mientras se lo contaba todo. Algunas cosas ya se le habían mezclado en la memoria; no recordaba, por ejemplo, si el cachorro nacido muerto había sido el cuarto o el quinto. Después, repentinamente, se quedó sin nada más que decir.

«¿Puedo volver ahora?»

—Sí —dijo ella—. Ve.

Su padre se puso de pie, le apoyó una mano en el hombro y lo miró. Al cabo de un momento, Edgar bajó la vista, cohibido.

«Gracias», signó.

Su padre se llevó a la boca la punta de los dedos, exhaló el aire y movió las manos hacia afuera: «De nada.»

Almondine se coló por el hueco de la puerta del porche antes que él y bajó precipitadamente los peldaños. No había nubes que oscurecieran las estrellas sobre sus cabezas ni ocultaran la luna creciente reclinada sobre el horizonte. Cuanto más miraba, más estrellas veía. No tenían fin. Pensó en Claude y en lo mucho que lo había abrumado el cielo la primera noche que había pasado en la casa.

«¡Caray!», había dicho su tío, como si una persona pudiera perderse en algo tan enorme.

En el establo, se detuvo para recoger una toalla limpia del cuarto de las medicinas y el *Nuevo diccionario enciclopédico Webster de la lengua inglesa* de su sitio encima de los archivadores, y fue al corral paridero. *Iris* estaba tumbada de lado en la caja, dando de mamar a los cachorros, que gorjeaban y gruñían mientras chupaban.

Edgar iba a necesitar nombres, y tendrían que ser nombres particularmente buenos. Se acostó en el suelo del pasillo, con la toalla por almohada, y abrió el diccionario. *Almondine* olfateó el aire y se asomó al cubículo con la cola baja. *Iris* abrió los ojos y levantó la cabeza. Después, *Almondine* fue hacia Edgar y se echó a su lado. Él la apretó contra su costado y ella movió las patas en el aire mientras dejaba escapar una pequeña exhalación. Después se pusieron a mirar juntos a través de la malla metálica del cubículo. La pared baja de la caja ocultaba a los cachorros, pero cuando Edgar cerró los ojos siguió viéndolos, como relucientes medias lunas negras, acurrucadas contra la suavidad del vientre de su madre.

Esencia

Octubre. Las hojas secas cuchicheaban bajo los manzanos. Por tres noches seguidas, perlas de nieve se materializaron en torno a Edgar y *Almondine*, mientras iban de la perrera a la casa. *Almondine* metió el hocico en la aparición de su propio aliento, mientras Edgar contemplaba un copo de nieve disolverse en mitad del aire, primero uno y después otro. Los que conseguían llegar al suelo se quedaban tiritando sobre las briznas de hierba y después languidecían convertidos en gotas de tinta. En el porche, se volvieron para contemplar sus huellas: un par de rastros oscuros a través del patio.

Los cuatro jugaban intrincadas partidas de canasta hasta bien entrada la noche. Edgar hacía pareja con su madre; a los dos les gustaba congelar el pozo, ralentizar el juego y dejar que aumentara la tensión, con la altura creciente del montón de naipes descartados. Antes de que pasara mucho tiempo, quedaba claro qué cartas necesitaba cada uno y cuáles conservaba. De vez en cuando, uno de ellos se veía obligado a hacer una elección imposible. Su padre acaparaba las cartas bajas y ponía sobre la mesa un juego tras otro. Claude prefería reservarse sus cartas, disponerlas en abanico, reorganizarlas y repasarlas con los dedos, hasta que de pronto, sin previo aviso, completaba dos o tres canastas y salía. Mientras jugaban, se picaban unos a otros.

—Te toca, Claude —dijo el padre de Edgar.

—Espera. Estoy preparando una revolución.

—¡Eh, nada de dar indicaciones a la pareja!

—No estoy dándole indicaciones; sólo intento que me deje en paz.

—Pues a Edgar y a mí no nos gusta. ¡A saber cuántas señales tendréis entre vosotros!

—Mira, aquí tienes una carta para ti. Seguro que te sirve.

—Puaj. ¿No se acabará nunca la basura? Aquí va una para mi maridito querido.

El padre de Edgar miró el naipe descartado y se puso a repasar cuidadosamente los juegos que había bajado.

—¡Demonios, Gar! Juegas como un granjero.

—¿Y qué hay de malo en eso? Deberías agradecérmelo. También es tu cosecha.

—¿Cómo va la puntuación?

—Tres mil doscientos treinta a dos mil ochocientos sesenta. Vais por detrás.

—A una canasta pura de distancia.

—¡Eso sí que ha sido dar indicaciones!

—Sólo digo la verdad. Cada vez que Edgar se rasca la oreja, probablemente te está soplando todas las cartas que tiene en la mano. ¡Mira qué expresión taimada! ¿Qué quiere decir cuando bosteza? ¿«Tengo comodines y pienso salir en la próxima ronda»?

—Ya te gustaría. Estamos condenados a seguir hasta el amargo final.

—¡Pero si has sido tú la que ha congelado el pozo! ¡Vamos, Edgar! ¿Te decides?

«Espera», signó él con una sola mano.

—¿Lo veis? ¿Qué ha querido decir con eso?

—Ha dicho que no sabe cuál descartar.

Edgar se puso a pensar. Se dio una palmada en el muslo y *Almondine* se le acercó. El niño le tendió dos cartas, boca abajo.

«Podría ser cualquiera de estas dos», signó.

La perra olió una, después la otra, y finalmente señaló la primera con el hocico.

Edgar echó un diez de corazones al pozo.

—Muy bien, fantástico. Tienes a la perra inspeccionando las cartas. Recuérdame que baje las mías cuando se me ponga detrás. Pásame las palomitas. Necesito pensar.

Claude masticó un grano de maíz y miró al padre de Edgar a través de la mesa. En la pared, el teléfono se puso a zumbar suavemente, como un moscardón en la malla metálica de la ventana.

—¿Qué ha sido eso? —preguntó Claude.

—Ah, eso. Yo ya no lo oigo. Desde que nos quitaron la línea compartida, el teléfono suena a medias de vez en cuando; pero cuando lo coges se oye solamente el tono de marcado. Llamamos, nos dicen que lo han arreglado, pero vuelve a sonar.

—Hum. ¿Vais a poner teléfono en el establo?

—No. Juega ya, anda.

Claude se puso a contar sus cartas.

—Dios mío, ya estamos otra vez —dijo la madre de Edgar.

—Para la próxima partida quiero cambiar de pareja. A mi hermano se le ha agotado la suerte. No hace más que bajar juegos sin valor. Además, con Edgar de mi parte, tendré dos compañeros en lugar de uno.

—Ni hablar. Edgar siempre hace pareja conmigo. ¿Otro tres negro? ¿Cuántos tienes?

—Ya lo averiguarás. Las cosas buenas acaban llegando para los que saben esperar. Edgar, hazle caso a tu viejo tío Claude. En la vida conseguirás todo lo que quieras si estás dispuesto a actuar con suficiente lentitud. Recuérdalo. Te habla la voz de la experiencia.

—¿Acabas de decir que hay que ser lerdo?

—Lerdo, pero listo.

El padre de Edgar descartó una reina de tréboles y miró a Edgar por encima de las gafas.

—Si eres el buen hijo que he procurado educar, no vas a recoger esa carta.

Edgar tenía dos naipes y ninguno era una reina. Sonrió, sacó otra reina del mazo y la dejó en el pozo de descarte. Claude robó una carta del mazo, la golpeó sobre la mesa y después la hizo desaparecer entre la masa de naipes que se abrían en abanico en su mano. Miró al padre de Edgar.

—Si soy tan lerdo, ¿cómo puedo saber entonces que ésa es la sexta reina que va a parar al pozo? Precisamente por eso puedo descartar esta preciosa dama y romperle el corazón a Trudy.

Echó otra reina al pozo y sonrió.

La madre de Edgar descubrió un par de reinas y las colocó sobre la mesa.

—¡Mierda! —exclamó Claude.

—En esta casa no usamos ese tipo de lenguaje —replicó ella con burlón refinamiento mientras se llevaba todo el pozo.

—Ha sido con motivo. Creo que me irá bien salir un poco y estirar las piernas.

Ella se puso a organizar el botín, cerrando dos de sus juegos y entregando a Edgar el resto de las cartas.

—¿Me dejas que salga, compañero? —dijo ella.

—¡Mira eso! ¡Te lo ha hecho tu propia esposa!

—¿Verdad que era innecesario? —replicó su padre, sonriendo.

La mirada de su madre pasaba alternativamente de uno a otro.

—Todo está permitido en el amor y en la canasta —dijo.

Claude contó sus cartas.

—¿Tenías doscientos veinte puntos en la mano? —dijo su padre.

—Así es.

—No parece que haya sido rentable, ¿no?

—Tú sigue jugando a tu manera de granjero, que yo me encargaré de poner un poco de estilo en la mesa.

—Buena proposición, si no fueras mi pareja.

—Ya te compensaré por el inconveniente. ¿Acaso no lo he hecho siempre?

El padre de Edgar no respondió. Contó las cartas de sus juegos, para contrarrestar las pérdidas de Claude, y después cogió el bloc y apuntó los resultados. El teléfono volvió a zumbar. Claude meneó la cabeza, recogió todos los naipes y empezó a mezclarlos.

Edgar se llevó a *Almondine* a la perrera. Con cuatro meses de edad, sus cachorros eran bestezuelas torpes y felices, con las patas demasiado largas y el pecho angosto. Tenían las orejas caídas, excepto cuando observaban algo con atención. Edgar había tardado casi dos semanas en elegirles nombre en el diccionario, probando y rechazando posibilidades, y durmiéndose con las palabras escogidas en la cabeza. Aun así, a la mañana siguiente de decidirse se despertaba lleno de remordimientos. Pero al final sintió como si los cachorros hubieran nacido con los nombres ya asignados y él no hubiera hecho nada más que investigar para descubrirlos.

babú m. Título de respeto hindú, equivalente a señor o caballero.

tesis f. 1. Conclusión, proposición que se mantiene con razonamientos. 2. Disertación escrita que presenta a la universidad el aspirante al título de doctor en una facultad.

pinzón m. Ave paseriforme, del tamaño de un gorrión, con plumaje de color rojo oscuro en la cara, pecho y abdomen, ceniciento en lo alto de la cabeza y del cuello, pardo rojizo en el lomo, verde amarillento en la rabadilla, negro en la frente, pardo con dos franjas transversales, una blanca y otra amarilla, en las alas, y negro con manchas blancas en la cola.

puchero m. 1. Vasija de barro o de otros materiales. 2. Gesto o movimiento que precede al llanto verdadero o fingido. *Empezó a hacer pucheros.*

ágata f. Cuarzo lapídeo, duro, translúcido y con franjas o capas de uno u otro color.

candil m. Utensilio para alumbrar, dotado de un recipiente de aceite y una varilla con gancho para colgarlo.

umbra f. 1. Zona más oscura de la Tierra o de la Luna durante un eclipse, o cono oscuro proyectado por un planeta o satélite sobre la cara opuesta del Sol. 2. Región central y más oscura de una mancha solar.

Después de decidir, volvía a la voz correspondiente del *Nuevo diccionario enciclopédico Webster de la lengua inglesa* y escribía en el margen, con lápiz, el número del perro y de la camada, así como la fecha de nacimiento:

P 111 4

C 171

3/6/1972

Como los márgenes eran estrechos y estaban llenos de anotaciones, tenía que escribir con mucho cuidado, y a veces de lado, si la palabra aparecía en la columna central de las tres que había con definiciones. Cuando terminaba, devolvía el diccionario a su sitio, encima de los archivadores, junto al libro maestro de registro.

Babú era el más grande de la camada. Podía apoyar fácilmente las patas delanteras sobre los hombros de Edgar y lamerle la cara. *Tesis*, la más rebelde, era la líder y solía hacer travesuras. *Candil* se echaba contra cualquiera de sus hermanos que encontraba durmiendo y gruñía hasta enzarzarse en un combate; sólo *Ágata* conseguía acorralarlo en una esquina. *Puchero* era pensativo, sobrio y prudente, y *Pinzón*, un compendio de grave impulsividad. *Umbra*, negra de la cabeza a las patas, era una observadora nata y prefería quedarse mirando en un rincón. Todos eran terriblemente indisciplinados y olvidadizos, pero tenían buena madera y eran muy bonitos. Además, al menos por breves momentos, disfrutaban con el adiestramiento.

El tejado del establo estaba terminado desde hacía tiempo, y había nacido una nueva camada, cuyos cachorros ya tenían nombre. Como parte de su trabajo como curandero del criadero (como empezó a llamarlo Trudy), Claude tomó bajo su responsabilidad las últimas camadas de cachorros. El padre de Edgar aprovechó el tiempo que le quedaba libre para encontrar colocación a los perros mayores y planificar los cruces, para lo cual pasaba días enteros hablando por teléfono, escribiendo cartas y repasando los registros. Pero apenas habían tenido tiempo de disfrutar de la comodidad de la nueva situación cuando estallaron discusiones entre su padre y Claude.

—Yo no soy un jodido perro vagabundo que te hayas traído a casa con engaños —dijo Claude durante un altercado particularmente áspero, motivado por su escaso respeto a los horarios de los cachorros.

—Claro que no —replicó el padre de Edgar—. Ya me conoces; si lo fueras, te mataría de un tiro.

Cuando las cosas eran más fáciles entre ellos, era gracias a la intervención de la madre de Edgar, que se burlaba de sus discusiones, los imitaba riendo o se interponía entre ambos y flirteaba. Cuando una conversación amenazaba con pasar de ferviente a colérica, ella le apoyaba a su marido una mano sobre la muñeca y entonces él la miraba sobresaltado, como si acabara de recordar algo. Después venían días de amistosos chascarrillos, visitas del doctor Papineau y noches viendo la televisión. Pero a Edgar le bastaba entrar por la puerta para saber que se había producido otro enfrentamiento. Encontraba a su padre sentado a la mesa de la cocina, con la espalda encorvada, mirando fijamente sus papeles. Si uno de ellos entraba en una habitación, el otro encontraba una excusa para marcharse, y la madre de Edgar suspiraba con expresión desesperada. Sin embargo, dos días después, volvían a hablar durante el desayuno y todo estaba olvidado.

Una mañana su padre anunció que había llegado el momento de recoger leña antes de que cuajara la primera nevada. Era un trabajo que hacían todos los otoños. Cortaban los troncos de álamo y abedul que habían apilado en primavera, junto a la vieja senda de leñadores que atravesaba sus bosques.

«¿Puedo conducir yo?», preguntó Edgar.

Se refería a *Alice*, el viejo tractor Allis-Chalmers C, con los guardabarros curvos y la barra de tracción en forma de medialuna. En lugar de asiento anatómico, *Alice* tenía un banco plano almohadillado donde podían sentarse dos personas, aunque el pasajero tenía que agarrarse al conductor y a uno de los montantes. A lo largo de los años, Edgar había pasado de accionar la palanca del acelerador a dirigir el vehículo, con la mano de su padre apoyada en el volante; después, había aprendido a hacer los cambios de marchas y, en los últimos tiempos, a embragar y frenar.

Se reunió con su padre detrás del establo y fueron juntos hacia donde estaba *Alice*. Mientras Edgar se sentaba al volante, su padre se fue al frente con la manivela, la insertó en el orificio bajo la rejilla del radiador y le dio una vuelta. Se oyó una explosión amortiguada dentro del motor y el tubo de escape soltó un eructo de humo cargado de hollín, pero después, nada. El padre de Edgar lo intentó de nuevo. Después, fue a la caseta de la leche y volvió con un bote de líquido de encender barbacoas; levantó una placa articulada del carburador de *Alice* y aplicó dentro una buena rociadura de líquido. Volvió entonces al frente del tractor, se tocó la visera de la gorra, se frotó las manos e hizo girar nuevamente la manivela. Se oyó entonces una explosión como de escopeta y la manivela retrocedió con fuerza por sí sola.

—¡Ajá! —exclamó el padre de Edgar—. Hemos conseguido que nos preste atención. Dale otro empujoncito.

Edgar asintió con la cabeza y subió un poco más la palanca del acelerador. Esta vez, *Alice* lanzó un rugido y soltó una nube negra por el tubo de escape.

No hacía frío. Un techo de nubes grises se extendía de un extremo a otro del horizonte y la luz que se filtraba no proyectaba sombras sobre el suelo. Edgar hizo retroceder el tractor hasta el antiguo carro de ruedas de hierro estacionado al borde del campo del sur. Su padre hizo balancear la barra del remolque hasta ponerla en su sitio, le colocó el seguro y se situó en el asiento, junto a Edgar. Fueron traqueteando hasta el frente del establo, donde Claude cargó en el carro la sierra mecánica y la gasolina, y se montó en la barra del remolque.

—¡Adelante! —gritó, y se pusieron en marcha.

Al pie de la cuesta, detrás del establo, su padre estiró la mano y levantó otras tres muescas la palanca del acelerador. Edgar tragó saliva, se agarró con fuerza al volante y pasó como una exhalación delante de las ardillas, que estaban de pie sobre el montón de piedras, con las manitas unidas en una especie de plegaria sobre las gordas barrigas. Su padre inclinó la gorra delante de cada animal, al tiempo que les gritaba:

—¡Buenos días, señora! ¡Señorita! ¡Estimadas damas!

Entonces Claude enganchó al paso un terrón suelto y se lo arrojó a las matronas, que se dispersaron y huyeron hacia las grietas en las rocas.

Atravesaron el campo. Dos tremendos abedules señalaban en la linde del bosque el comienzo de la senda de leñadores. Sus hojas tapizaban el suelo de amarillo y castaño, y sus troncos blancos parecían adornados con rizos de papel moteado. Edgar aminoró la marcha, dispuesto a pasarle la conducción a su padre, pero éste le indicó con un gesto que siguiera adelante. Claude se asomó por detrás del asiento y contempló la senda. Cuando vio lo que se avecinaba, saltó de la barra del remolque y siguió a pie. Edgar redujo aún más la velocidad y condujo a *Alice* a través de las manchas de helechos marrones que caían en cascada sobre la senda. Cuando intentó dar marcha atrás para situar el carro junto al primer montón de troncos de casi tres metros de altura, sólo consiguió que el remolque se cerrara en tijera sobre el tractor. Después, tratando de enderezar el convoy, ahogó el motor.

«Hazlo tú», signó.

—Inténtalo de nuevo —dijo su padre, antes de dirigirse al frente de *Alice* y devolverle la vida con la manivela.

Edgar metió la marcha atrás y comenzó a sudar mientras escuchaba a su padre y a Claude gritar instrucciones.

—¡Izquierda! Ve a la izquierda y se enderezará.

—¡A la izquierda, no! ¡A la derecha!

—A su izquierda, no a la mía.

—Ya está, no sigas. Para. ¡Para ahí!

—Perfecto, un poco más. Para. Un poco más. Para. Muy bien.

Edgar pulsó el interruptor para apagar el motor y se bajó del vehículo de un salto. Claude sacó del carro la sierra mecánica y el bidón rojo de gasolina. Empezaron a trabajar con la pila de troncos. El trabajo era monótono pero agradable. Edgar sujetaba un tronco, Claude cortaba un leño del tamaño de la chimenea y Edgar hacía avanzar un poco más el tronco. El serrín endulzaba el aire. Como en una ensoñación, el niño miraba a su alrededor y se preguntaba si Schultz habría cortado alguna vez madera en esa zona del bosque y qué parte de la casa o del establo habría construido con ella. Cada vez que la leña cortada formaba un buen montón, Claude se quedaba esperando con la sierra, mientras Edgar y su padre cargaban los leños en el carro.

A mitad de la primera pila de troncos empezó a lloviznar, aunque al principio no fue más que un cosquilleo en la nuca. Como no paraba, el padre de Edgar le gritó a Claude, que levantó la cabeza y en seguida volvió al trabajo, mientras Edgar hacía avanzar el tronco. Cuando terminó, el aire estaba cargado de una fina niebla fría, cuajada de gotas de condensación caídas de las ramas más altas.

—Lo mejor será que carguemos y volvamos —dijo el padre de Edgar mientras echaba los leños en el carro, donde caían con gran estruendo.

Edgar y Claude se le unieron, pero cuando terminaron de cargar toda la madera, Claude levantó la vista, miró a través de las copas de los árboles y se secó la cara con la manga de la camisa.

—Está escampando —dijo—. No hace falta que paremos.

Repentinamente, la alegría desenfadada que los había hecho bromear y saludar a las ardillas se esfumó. El padre de Edgar tenía las mandíbulas apretadas. Cuando habló, fue como si ya hubiesen tenido una áspera discusión, con la postura de cada uno bien delimitada y el resultado final de estancamiento, todo ello en alguna esfera invisible para Edgar.

—El bosque está húmedo y resbaladizo —dijo su padre—, y también esa sierra. Podemos volver mañana, cuando esté seco, y no tendremos que preocuparnos porque alguien se haga daño.

Por un momento, los tres se quedaron mirando los troncos apilados, brillantes de humedad. Claude se encogió de hombros.

—Haz lo que quieras —dijo mientras colocaba la sierra mecánica contra un tronco y tiraba de la correa para ponerla en marcha.

El motor petardeó un momento y arrancó.

El padre de Edgar le gritó algo a Claude, que formó la palabra «¿qué?» con los labios y después aceleró la sierra mecánica hasta que le fue imposible oír la respuesta de su hermano. A continuación, volvió a gritar:

—¿Qué has dicho?

Cuando el padre de Edgar se disponía a contestarle, Claude volvió a acelerar el motor, hasta que la sierra se puso a aullar en sus manos. Su hermano palideció de ira. Una sonrisa se extendió por la cara de Claude, que les dio la espalda y bajó la hoja de la sierra sobre un tronco, dispersando por el suelo una lluvia de serrín mojado.

El padre de Edgar se acercó al niño y le gritó al oído, para que lo oyera:

—¡Súbete al tractor!

Edgar se encaramó al asiento del vehículo y accionó el interruptor de ignición. Su padre hizo girar la manivela de arranque, montó en el asiento al lado del conductor, hizo rugir el motor y los dos salieron del bosque traqueteando, con los leños dando tumbos y cayendo por la parte trasera del carro. Una vez en la casa, apilaron la leña en el rincón interior del porche, mientras el quejido de la sierra mecánica horadaba la llovizna, reducido por la distancia a un zumbido de insecto. Cuando terminaron, Edgar aparcó a *Alice* junto al establo. *Almondine* le dio la bienvenida en la puerta y lo acompañó al piso de arriba. Mientras se cambiaba la ropa mojada, Edgar oyó hablar a sus padres.

—¿Qué más da si quiere cortar leña bajo la lluvia? —dijo ella—. Déjalo.

—¿Y si se corta una pierna con la sierra? Entonces, ¿qué? ¿Y si la sierra se oxida en invierno por guardarla mojada?

—Tienes razón, Gar. Pero no puedes darle órdenes de esa manera. Es un hombre hecho y derecho.

—Ahí está el problema. *No* es un hombre hecho y derecho. ¡No tiene más juicio ahora que hace veinte años! Cuando se le mete algo en la cabeza, diga lo que diga yo, hace justo lo contrario.

—Es un hombre hecho y derecho —repitió su madre—. No puedes decidir por él. No podías antes, y tampoco puedes ahora.

Se oyeron pasos y el chasquido de la tapa de la cafetera. Cuando Edgar y *Almondine* entraron en la cocina, la madre de Edgar estaba de pie detrás de su padre, rodeándole el cuello con los brazos. Su padre bebió el café, le dio a ella la taza y se puso a mirar el bosque por la ventana.

—Tú no lo viste allá abajo, acelerando el motor de la sierra cada vez que yo intentaba hablarle. Fue una niñería —dijo—. Y fue peligroso.

La madre de Edgar no respondió. Le frotó los hombros a su marido y dijo que tenían que ir a comprar algunas cosas a la tienda. Cuando volvieron, Claude había traído toda la leña del bosque, había limpiado y engrasado la sierra, y estaba durmiendo en su habitación.

Una semana antes del día de Acción de Gracias, Claude fue al pueblo con la camioneta. Cuando regresó, tarde en la noche, ni siquiera la ráfaga de aire frío que entró en la casa tras él pudo disimular el olor a humo de cigarrillo y a cerveza. Dejó sobre la mesa la bolsa de la compra y miró al padre de Edgar.

—¡Dios santo! ¡Su eminencia está muy disgustado! —Se tambaleó con paso de borracho hasta el cuarto de estar y después se volvió—. ¡Contemplad sus obras, oh, poderosos, y desesperad! —exclamó con voz potente, con los brazos extendidos y haciendo una profunda reverencia que casi le hizo perder el equilibrio.

Cuando hacía buen tiempo, Edgar se mantenía alejado de la casa, recorriendo el bosque con *Almondine,* en busca de setas y puntas de flecha. También buscaba señales de *Forte,* que no había vuelto a aparecer desde finales de septiembre. Cualquier día de ésos encontrarían sus huesos, pensaba con tristeza. Iban andando hasta la roca con forma de ballena y se sentaban al borde de la península boscosa para contemplar desde allí el humo que salía en un rizo por la chimenea. *Almondine* se quedaba medio dormida. Hojas marrones bajaban planeando de los árboles y el pelaje se le sacudía cuando le caían encima. Después de la cena, Edgar se escabullía para enseñarle a *Candil* a obedecer la orden de «quieto», aunque el perro sólo ansiaba correr y saltar.

El niño cerraba por dentro la doble puerta del establo y dejaba que los cachorros corrieran a gusto por el pasillo del criadero, mientras él se sentaba en un fardo de paja, con *Babú* a su lado. *Tesis* empezaba a buscar pelea desde el principio. Los pequeños se echaban de espaldas en el suelo y daban manotazos con las patas a *Almondine,* que primero los estudiaba y después decidía que no merecía la pena hacerles caso. Edgar cogía media docena de bolas de tenis del taller y las arrojaba contra las puertas, hasta que el pasillo se convertía en una masa de animales alborotados y felices. Cuando se cansaban, se los llevaba al altillo del heno y les leía un libro, signando bajo la nova amarilla de las bombillas colgadas de las vigas.

Ese otoño, Edgar oyó hablar por primera vez de la colonia del Hijo de las Estrellas y de Alexandra Honeywell, cuyo pelo largo y liso era realmente del color de la miel. Los informativos de la televisión traían noticias de la comuna, situada del lado canadiense del lago Superior, cerca de la ciudad de Thunder Bay. Los reporteros aparecían de pie junto a Alexandra Honeywell, al borde de un claro del bosque, con una casa detrás, fuera de cuadro, y las hojas de otoño de un amarillo brillante. Algunas veces, ella respondía sin rodeos a las preguntas de los periodistas; otras, miraba directamente a la cámara e instaba a la gente a ir a echarles una mano.

—¡Éste es un lugar de paz! ¡Venid al Hijo de las Estrellas! ¡Necesitamos gente que sepa hacer cosas, gente con ganas de trabajar! Nos da igual que seas estudiante, músico o soldado. ¡Déjalo atrás! ¡Necesitamos brazos fuertes y corazones valientes!

Alexandra Honeywell era preciosa. Edgar sabía que por eso salía con tanta frecuencia por televisión. Si estaba en su habitación y oía mencionar al Hijo de las Estrellas en la presentación de las noticias, bajaba y se sentaba en el cuarto de estar para verla, mientras sus padres intercambiaban miraditas. Claude lanzaba un silbido por lo bajo cada vez que la veía.

El día de Acción de Gracias llegó y pasó. A Edgar lo despertó una noche un ruido que le pareció un disparo de escopeta, aunque nada más apartar las mantas se dio cuenta de que había sido la puerta del porche, que había golpeado contra la pared trasera de la casa. *Almondine* se levantó del rincón junto a la puerta donde dormía y, juntos, se asomaron a la ventana. La luz del porche estaba encendida. Una fina alfombra de nieve tapizaba el suelo y el viento arrastraba grises copos plateados delante del cristal. Al pie de los peldaños del porche, Edgar vio a su padre y a Claude. Cada uno tenía al otro enganchado por el cuello, como dos luchadores, y sus sombras negras y alargadas se proyectaban sobre el campo. Claude forcejeaba con el puño cerrado del padre de Edgar, como si quisiera abrirlo, y los dos gruñían y se empujaban sin decir palabra, contrarrestando cada uno la fuerza del otro y temblando por el esfuerzo mientras la nieve se posaba sobre sus hombros y su pelo.

La llave de lucha se rompió y los dos hermanos se separaron, exhalando el aliento gris en el aire frío. El padre de Edgar levantó una mano y señaló a Claude, pero antes de que pudiera hablar, Claude cargó contra él y los dos cayeron al suelo. Por el aire brillaron las gafas del padre de Edgar, que descargó las dos manos sobre la espalda de Claude y, con mayor fuerza, sobre una de sus sienes. Claude lo soltó y el padre de Edgar se puso de pie. Claude salió tras él, pero resbaló, volvió a caer y, antes de que pudiera levantarse, su hermano estaba ahí, con el pie listo para propinarle una patada. El tío de Edgar se tapó la cara con los brazos, convulsivamente, y un grito llenó el patio.

Durante un tiempo, los dos hombres permanecieron absolutamente inmóviles. Hasta la nieve congeló su movimiento en el aire. Después, el padre de Edgar hizo una inspiración y bajó el pie. Con gesto desdeñoso, arrojó a la nieve lo que tenía apretado en el puño. Eran las llaves de la camioneta. Entonces dio media vuelta y se dirigió hacia la casa. La luz del porche se apagó.

Edgar y *Almondine* respiraban agitadamente al unísono, y el aliento de ambos se condensaba en la ventana. *Almondine* llevaba cierto tiempo lanzando gruñidos graves y profundos, pero sólo entonces Edgar la oyó, le tendió una mano y le alisó el pelo erizado del cuello. Después abrió un hueco acuoso en la niebla del cristal. En el patio, Claude se puso de pie con dificultad y, cojeando, fue a recoger las llaves del vehículo. La tenue luz de la cabina brilló brevemente sobre su cabeza mientras abría la puerta de la camioneta, entraba, se sentaba y cerraba de un golpe. El motor de arranque gruñó. Las luces traseras se encendieron una y otra vez, como si Claude estuviera pisando el pedal del freno. La camioneta quedó envuelta en una nube de gases de escape. Por último, rodó hacia el establo y lo rodeó dando marcha atrás. Los faros delanteros barrieron el patio donde Claude y el padre de Edgar habían estado peleando, en un combate desarrollado sobre una nieve que primero había sido blanca, después roja y finalmente había vuelto a oscurecerse, cuando la camioneta pasó rugiendo junto a la casa y se perdió en la carretera de Town Line.

Un tenue suspiro

Se arrodilló junto a la ventana y dejó que las imágenes se reprodujeran en su cabeza. Una nieve amarillenta se extendía bajo la luz del patio y a la sombra negra como el carbón de la casa, sólo interrumpida por un único rectángulo inclinado que brillaba en el centro: la luz de la ventana de la cocina. Allí quedaban atrapados los copos de nieve, que derivaban hacia el suelo como ceniza. A través de la chimenea de la cocina, resonaba la voz de su padre, metálica y fracturada. Edgar se sentó en su cama y dio una palmada en el colchón, para que *Almondine* se subiera, pero ella prefirió quedarse junto a la puerta. Al final, él arrastró su manta hasta donde estaba la perra y se acomodó a su lado, sobre las tablas del suelo. *Almondine* rodó sobre un costado y le apoyó encima las patas estiradas.

Después, todas las voces callaron. La luz al pie de la escalera se volvió más tenue. Se quedaron juntos, acostados en el suelo que olía a polvo, escuchando la madera de la casa quejarse y gruñir. La luz informe se puso a bullir cuando Edgar cerró los ojos. Estaba despierto. Metió la mano bajo el vientre de *Almondine*, que se puso de pie, estiró las patas hacia adelante e inclinó el espinazo hasta dejar escapar un gemido agudo. Bajaron sigilosamente la escalera, orientándose en la oscuridad. En el cuarto de estar, la luz del diminuto velador apenas era suficiente para marcar el contorno de las sillas.

Pensó que encontraría la cocina hecha un caos, pero la mesa estaba en pie, con todas las sillas perfectamente dispuestas en su sitio. Todo eran sombras y contornos. Rodeó la mesa tocando las sillas de una en una, como los puntos cardinales. El compresor del congelador hizo un ruido de tictac y se puso en marcha con un grave murmullo eléctrico, y el ventilador le sopló aire caliente en los calcetines, cuando pasó junto a la chimenea. Una perla plateada de agua floreció en el extremo del grifo y cayó al vacío. Edgar lo apretó un poco más.

Su madre le susurró desde la puerta de su dormitorio.

—¿Qué buscas, Edgar?

Él se volvió y le respondió con signos, pero en la oscuridad ella no pudo distinguirlos. Entonces Edgar fue hacia el cuarto de estar y se situó junto al velador mientras ella lo seguía, ajustándose el cinturón de la bata. La madre de Edgar se sentó al borde de su sillón y lo miró. *Almondine* permaneció de pie a su lado hasta que ella le acarició los flancos con las manos, y sólo entonces se echó en el suelo entre ambos. Sus sombras se movían gigantescas a través de las paredes y las ventanas del cuarto de estar, mientras signaban.

«¿Está bien?»

«Tiene un corte en el labio y ha perdido las gafas. Se siente avergonzado.»

«¿Qué ha pasado?»

«Es... —Ella lo pensó un momento y empezó de nuevo—: Es difícil de decir.»

«¿Volverá?»

La madre de Edgar negó con la cabeza.

«¡Claro que no! Después de lo que ha pasado...»

«¿Y la camioneta?»

«No lo sé.»

Edgar se puso de pie e indicó la puerta.

«Yo vi dónde cayeron sus gafas. Iba a recogerlas.»

«¿Lo sabrás todavía por la mañana?»

«Supongo que sí.»

«Pues espera hasta entonces. Se despertará si oye la puerta.»

«De acuerdo.»

Edgar fue hacia la escalera.

—¿Edgar? —susurró su madre.

Él se volvió y la miró.

—Lo que hay entre tu padre y Claude es viejo, es de cuando eran niños. Creo que ni siquiera ellos lo entienden. Yo no lo entiendo, desde luego. Lo único que debemos recordar es que ya pasó. Intentamos ayudar a Claude, pero no funcionó.

Él asintió.

—Y otra cosa, Edgar...

El niño se volvió y la miró. «¿Qué?»

—No creo que tu padre quiera responder a muchas preguntas sobre lo que ha pasado.

Sonrió un poco y eso le hizo sonreír a él también. Edgar sintió una ternura indecible hacia su padre mientras hablaban de él de ese modo en la oscuridad. La risa le brotó de dentro, como un hipo. Asintió, se dio una palmada en el muslo y subió con *Almondine* la escalera. La planta alta volvía a ser de ellos solos. Esa noche soñó con un mundo revuelto, de colores y sonidos sin sustancia; pero en su sueño todo encajaba a la perfección, como piezas de un mosaico conectadas en una danza majestuosa y exquisita.

Al día siguiente, el doctor Papineau les llevó de vuelta la camioneta. El padre de Edgar cargó en el vehículo las pertenencias de Claude, que prácticamente se reducían a la maleta con la que había llegado: una caja de revistas, sus camisas y sus pantalones, un par de botas de trabajo y un gabán de la marina bastante gastado. Después se enteraron de que Claude tenía un trabajo de media jornada en el aserradero, además de las chapuzas que le iban surgiendo. De hecho, hacía algún trabajo para el doctor Papineau. Más adelante, cargaron en la camioneta la cama plegable, junto con la mesilla de noche y la lámpara, y las llevaron también al pueblo.

Ese año no nevó hasta diciembre, pero cuando empezó, pareció como si no fuera a parar nunca. Edgar y su padre despejaban el sendero con la pala mientras los copos les cubrían las gorras. El padre de Edgar conocía un truco para recoger solamente la nieve, sin tocar la grava.

—Deja un poco en el sendero, ¿de acuerdo? —decía, y le recordaba a su hijo que en la primera siega las piedrecillas de la grava salían disparadas como balazos cuando estaban entre la hierba.

Edgar sacaba a la nieve a los perros de su camada, de dos en dos, o de tres en tres: *Candil, Tesis* y *Pinzón*; después, *Puchero* y *Babú*, y finalmente, *Umbra* y *Ágata*. Se perseguían, resbalaban con las patas delanteras, giraban, daban marcha atrás y corrían con el hocico pegado al suelo, dibujando líneas pálidas en la nieve y parando únicamente para estornudar. Las primeras nevadas no cuajaron. Cuando Edgar conseguía formar una bola, se la lanzaba a *Candil*. El proyectil se desintegraba en la boca del perro, que se lamía los belfos y después buscaba desconcertado la bola en el suelo.

El sábado antes de Navidad, tenían pensado ir de compras a Ashland, pero nevaba con tanta fuerza que la madre de Edgar pensó que no iban a poder regresar. Se quedaron en casa y vieron a los astronautas paseando por la Luna en su vehículo lunar. Según su padre, parecía como si se estuvieran preparando para plantar maíz. Todas las semanas, el noticiario emitía un reportaje sobre Alexandra Honeywell y la colonia del Hijo de las Estrellas. Hacía frío y la gente se marchaba —admitía ella—, pero otros más inspirados ocuparían el lugar de los que se iban. De pie en la nieve, leía poesía ante la cámara y hablaba de los tramperos de otras épocas. A menudo emitían sus reportajes después del informe del tiempo. Por eso Edgar siempre estaba en el cuarto de estar cuando anunciaban la previsión meteorológica.

En Nochevieja, su madre preparó pato asado. Cuando faltaba poco para la medianoche, sirvieron tres copas de champán y brindaron. La televisión contó los segundos hasta las doce y, cuando empezó a sonar el *Auld Lang Syne*, la típica canción de esas fechas, la madre de Edgar se puso de pie de un salto, le tendió la mano al niño y lo invitó a bailar.

«¡Pero si no sé!», signó él.

—Ya es hora de que aprendas —replicó ella, obligándolo a levantarse del sofá.

Aunque no iban a salir, ella se había puesto un vestido blanco y negro, unos zapatos negros con los talones descubiertos y unas medias de nailon. Le enseñó a Edgar a rodearle la cintura con el brazo y a sujetar con la otra mano la suya.

—Así te mirarán las chicas cuando bailes con ellas —le dijo, mirándolo a los ojos hasta hacerlo sonrojar.

Edgar no sabía mover los pies y ni siquiera podía explicar el problema porque tenía las manos ocupadas, pero ella ya lo sabía.

—Así, como un cuadrado —dijo.

Se detuvo y le hizo extender las manos, con las palmas hacia abajo, y las movió para enseñarle lo que tenía que hacer con los pies. Después, volvió a ponerse en posición de baile. La habitación estaba oscura y las luces del árbol de Navidad se reflejaban en las ventanas. Cuando ella le apoyó la cabeza sobre el hombro, el aire se volvió cálido. Edgar tenía en la boca el dulce sabor afrutado del champán, mezclado con el perfume de su madre, e incluso en ese momento supo que la sensación lo acompañaría el resto de su vida.

Cuando la canción terminó, su madre susurró:

—Feliz Año Nuevo.

Su padre, que había estado apoyado contra la puerta de la cocina, se acercó cuando la orquesta empezó a tocar otra vez, y dijo:

—Perdón, ¿me concede este baile?

La madre de Edgar se deslizó de los brazos del niño a los de su padre. Edgar estuvo mirando cómo bailaban, con la música resonando en toda la casa, y después abrió el frigorífico, cogió una caja de quesitos y se puso los zapatos y el abrigo. Intentó decirles adónde iba. Aunque la canción había terminado, ellos seguían ahí, balanceándose, convertidos en dos siluetas con las luces del árbol de Navidad de fondo.

Almondine y él corrieron por la noche negra y orlada de frío cortante. En el establo, Edgar encendió las luces e hizo sonar el viejo tocadiscos, con Patti Page cantando *El vals de Tennessee*. Después, agotó los quesitos repartiéndolos entre los perros, incluso entre los cachorros, mientras por signos les deseaba a todos, uno a uno, un feliz Año Nuevo.

Veranillo de enero. La ceniza que esparcieron por el sendero fundió la nieve en charcos grises que por la mañana aparecían escarchados de hielo. Edgar se sentaba en el cuarto de estar con el abrigo y las botas puestas, esperando a que la oruga amarilla del autobús escolar apareciera entre los árboles desnudos. Por la tarde, el sol permanecía en el cielo justo el tiempo suficiente para sacar a los cachorros al patio, antes de la cena, y enseñarles a obedecer las órdenes de «ven» y «quieto» en la nieve. Para entonces, aprendían rápidamente. Los llevaba de tres en tres hasta los abedules del campo del sur y él volvía corriendo al patio; después, les indicaba que ya podían moverse, con un amplio gesto que ellos distinguían contra el cielo, y se lanzaban a la carrera a través del campo, como un trío de lobos, con los cuerpos extendidos sobre los blancos montones de nieve.

Él también estaba mejorando. Trabajando con los perros de uno en uno, era capaz de corregirlos con la correa con tanta habilidad como su madre, sorprendiéndolos cuando todavía no habían completado el primer paso para abandonar la posición de «quietos» y aún no habían tenido tiempo de desobedecer. Cuando lo hacía bien, los perros volvían a adoptar la posición, antes incluso de levantar el trasero del suelo. Pero él no lo hacía parecer tan fácil como ella. Tenía que concentrarse al máximo. Aprendió a lanzarles un trozo de collar metálico a la grupa cuando no atendían a las llamadas con la cuerda larga, aunque la precisión seguía siendo un problema para él. Además, movía tanto el brazo que los perros le adivinaban la intención. Para mejorar, practicaba lanzando el collar contra un fardo de paja. A su madre le bastaba un ligero golpe de la muñeca para atinarle a un perro que estuviera holgazaneando al otro lado del altillo del heno. Cuando Edgar no se lo esperaba, se lo arrojaba a él contra el trasero. La sorpresa, el tintineo y el golpe le hacían dar un respingo.

—¿Qué te ha parecido eso? —decía su madre, sonriendo—. Funciona, ¿eh?

Mientras tanto, sus perros se volvían cada vez más listos; se familiarizaban con las correcciones y encontraban maneras de eludirlas. Estaban a punto de cumplir siete meses y tenían el pelaje brillante y espeso por el invierno. Habían alcanzado la altura de adultos, pero el padre de Edgar decía que el pecho aún se les seguiría ensanchando hasta el verano.

El doctor Papineau, cuando los visitaba, nunca sabía cuál era cuál; pero para Edgar eran tan diferentes que le costaba creer que fueran todos de la misma camada. Podía diferenciarlos solamente por la forma de moverse y por el sonido de sus pasos. *Tesis* siempre estaba probando sus límites y esperando a que él mirara para otro lado para hacer de las suyas. *Candil*, el más pendenciero, era capaz de desobedecer la orden de estarse quieto sólo porque uno de sus hermanos lo había mirado con cierto destello en los ojos. *Babú* era todo lo contrario: podía respetar la orden de «quieto» indefinidamente. Compensaba su demora para acudir a las llamadas con su entusiasmo por cobrar piezas. Volvía una y otra vez trotando, llevándole a Edgar la pieza cobrada en la boca, con su contoneo sin artificios.

Todos ellos eran fantásticos, frustrantes, tozudos y presuntuosos. Y Edgar podría haber pasado el día entero viéndolos moverse, sólo moverse.

Granos de hielo secos y blancos caían de unas nubes bajas con aspecto de franela. El viento reunía y barría el granizo a través del patio, como una ola. Cuando Edgar abrió la puerta del establo, un zarcillo de nieve avanzó por el suelo de hormigón y se dispersó entre las patas de *Almondine*. El padre de Edgar estaba de rodillas en el extremo más alejado del corral paridero, con un cachorro que se retorcía y gemía sobre el plato plateado de la báscula. Las orejas replegadas le conferían aspecto de nutria. Bajo la mirada de Edgar, su padre levantó al cachorro, lo acunó entre las manos y lo devolvió con su madre.

—Son enormes —dijo mientras anotaba algo en la hoja de registro—, e irascibles. Todavía no habían abierto los ojos y ya se estaban peleando entre sí. Deberías dar gracias por que no te haya tocado esta camada.

«Me llevo a la mía arriba», signó Edgar.

Su padre asintió con la cabeza y se volvió hacia el cachorro.

—Quiero sacar esos cubos del taller antes de que tu madre vuelva del pueblo. Cuando hayas terminado, ven a buscarme, ¿de acuerdo?

«De acuerdo», signó Edgar.

Sabía a qué cubos se refería su padre. Había una fila entera debajo de la escalera del taller, todos de diferentes tamaños. Algunos ni siquiera eran cubos, sino viejas lecheras de latón que habían perdido la tapa, llenas hasta el borde de restos de metal, clavos, bisagras, tornillos y tuercas. Su padre llevaba amenazando con clasificar su contenido o meter todos los cubos en el granero desde hacía tanto tiempo como podía recordar.

Edgar sacó a *Pinzón* y a *Tesis* de sus cubículos para practicar la orden de «acostados» impartida desde lejos. Los perros atravesaron el taller de un salto, subieron la escalera y se pusieron a pelear y a gruñir entre la paja, mientas *Almondine* y él los seguían. En el henil, su aliento se condensaba en el aire. Edgar cerró la puerta del vestíbulo. Como *Almondine* no tenía nada que hacer, buscó un rincón confortable desde el que contemplar los ejercicios. Edgar ordenó a uno de los perros que se estuviera quieto mientras ataba una cuerda larga al collar del otro y le indicaba que mantuviera la posición de pie. A cada intento, levantaba la mano por encima de la cabeza para indicarles que se acostaran y los recompensaba con una caricia, o los corregía con un tirón seco de la cuerda, que había pasado por una argolla del suelo para dirigir la fuerza hacia abajo y no hacia delante. En cuanto dominaban una distancia, Edgar retrocedía un paso más.

Tesis comprendió en seguida el ejercicio y también la manera de confundirlo todo. Esperaba a que Edgar estuviera caminando hacia ella (cuando era más difícil hacer una corrección) y entonces se ponía de pie, jadeando alegremente, antes de recibir la orden de abandonar la posición. O se acostaba, pero en seguida rodaba y se ponía panza arriba. En dos ocasiones, cuando supuestamente tenía que estar esperando su turno, se puso a curiosear entre los fardos de paja y a estudiar la manera de encaramarse a uno de ellos. *Pinzón*, por su parte, nunca apartaba la vista de Edgar. El problema era que simplemente se quedaba ahí, mirando, cuando Edgar le indicaba que se echara. A la tercera vez que Edgar repitió la orden, el perro empezó a parecer preocupado. Edgar se reprendió a sí mismo por repetir las órdenes y se dirigió hacia el animal, pero la visión de su amo yendo hacia él fue suficiente para encender la llama de inspiración en el perro, que se deslizó hacia el suelo.

Para descansar, Edgar les estuvo tirando pelotas de tenis y tapas de frascos de café a los rincones más apartados del henil para que fueran a buscarlas. El ruido de sus carreras por el suelo de madera del altillo provocó un coro de sofocados ladridos entre el resto de los perros del criadero, en el piso de abajo. Cuando ya había pasado a los ejercicios de sostener en la boca durante uno o dos segundos los objetos cobrados, Edgar se dio cuenta de que los perros del criadero seguían ladrando. Era extraño, porque para entonces sus dos perros estaban sentados sin hacer ruido. Abrió la puerta del vestíbulo, prestó atención y bajó la escalera. Con las uñas repiqueteando sobre los escalones de madera, *Pinzón* y *Tesis* lo adelantaron.

«Tengo que corregirles eso», pensó.

Casi estaba pisando el peldaño más bajo cuando vio a su padre, tendido en el suelo e inmóvil, junto a la entrada del taller. Llevaba puesto el abrigo, como si se dispusiera a salir, y yacía boca abajo.

Por un momento, Edgar se quedó paralizado. Después terminó de bajar la escalera de un salto y se arrodilló junto a su padre, mientras *Tesis* y *Pinzón* se arremolinaban a su alrededor. Sacudió a su padre, hundió los dedos en la gruesa tela del abrigo y le dio la vuelta para verle la cara.

«¿Qué ha pasado? ¿Qué ha pasado?»

Tras los cristales de las gafas, su padre parpadeó. Con desesperante lentitud, sus ojos siguieron las manos de Edgar. Se esforzó por levantar la cabeza, pero sólo consiguió separarla un par de centímetros del suelo. Se detuvo e hizo una inspiración. Edgar le deslizó una mano bajo la cabeza antes de que volviera a caer sobre el suelo de hormigón.

Después actuó frenéticamente. Retiró la mano tan suavemente como pudo y se miró los dedos por si tenía sangre, pero no vio nada. Se quitó el jersey de un tirón, hizo con él una bola y se lo colocó a modo de almohada.

La boca de su padre se había abierto.

«¿Puedes verme?», signó él.

Le bajó la cremallera del abrigo y observó la camisa de cuadros que llevaba debajo. Le palpó el tórax, desde la garganta hasta el cinturón. No había sangre, ni heridas.

«¿Qué ha pasado? ¿Te caíste? ¿Puedes verme?»

Su padre no respondió. Tampoco le devolvió la mirada.

Entonces, Edgar corrió a través del frío, con la casa subiendo y bajando en su campo visual. Espirales de nieve formaban volutas en torno a los peldaños del porche. El niño irrumpió en la cocina y descolgó bruscamente el auricular del teléfono de su soporte. Se detuvo un momento, sin saber muy bien qué hacer. Arrastró el cero por toda la circunferencia del disco y esperó. *Almondine* estaba a su lado en la cocina, aunque no recordaba que hubiera corrido con él a la casa, y ni siquiera recordaba haberla visto bajar del altillo del heno.

Tras un segundo tono de llamada, se oyó una voz femenina:

—Operadora.

Él ya estaba tratando de formar las palabras. Movió los labios. De su boca salió un suspiro tenue y seco.

—Le habla la operadora. ¿En qué puedo ayudarle?

El corazón le latía desbocadamente en el pecho. Intentó obligarse a producir sonidos con la boca, pero lo único que se oía era el resoplido de su aliento. Balanceó ampliamente la mano y se golpeó el pecho con todas sus fuerzas mientras formaba las palabras con los labios.

—¿Es una emergencia? —dijo la operadora.

Edgar se golpeó otra vez el pecho. Y otra vez más. Cada golpe arrancaba una nota solitaria de su cuerpo.

—A-a-a-a.

—¿Puede decirme dónde está? —preguntó la operadora.

Almondine retrocedió un paso e inició una sucesión de ladridos graves y roncos mientras daba golpes con la cola e iba y venía del teléfono a la puerta.

—No le entiendo. ¿Puede decirme dónde está?

Edgar se quedó un momento jadeando; después golpeó el auricular contra la encimera hasta hacerlo pedazos, lo dejó colgando y salió corriendo por la puerta y por el sendero, hasta la carretera, con la esperanza de ver llegar a su madre con la camioneta, o de que pasara un coche, cualquier coche. *Almondine* estaba a su lado. El bosque se perdía entre la nevada, y los manzanos estaban completamente blancos. Más allá de cien metros de distancia, todo se esfumaba en una blancura informe, tan brillante que hacía daño a la vista. Ningún coche pasaría en medio de esa tormenta. Cuando Edgar volvió la vista al establo, *Tesis* y *Pinzón* iban hacia él, a través del patio. Los cuatro se quedaron esperando, mientras él miraba a ambos lados de la carretera. Después, el niño volvió corriendo a la casa. Una voz salía del auricular destrozado.

–...quédese donde está. Voy a...

Los perros fueron brincando delante de él cuando se dirigió al establo. Había dejado la puerta abierta y durante todo ese tiempo había penetrado el aire frío. Cerró la puerta de un golpe, corrió el pasador y se arrodilló junto a su padre.

«¿Estás bien, estás bien, estás bien?»

Él no lo miraba.

No lo miraba.

Corrió al cuarto de las medicinas, en el fondo del establo, y se hizo heridas en las manos rebuscando en las estanterías. Vendas de gasa y píldoras se desparramaron a sus pies mientras inspeccionaba las existencias. Volvió con las manos vacías. Pensó que sólo podía mantenerlo abrigado. Descolgó un abrigo de un gancho de la pared del taller y lo extendió sobre el pecho de su padre.

Un acceso de temblores se apoderó de Edgar. *Almondine* se acercó, apoyó el hocico sobre la mejilla de su padre y un estremecimiento le recorrió las patas traseras, como si hubiera olido algo extraño y terrible. Edgar se enfadó al verla, recuperó el control de las piernas y corrió hacia ella para echarla del lado de su padre. La perra se retiró al extremo más alejado del establo y se quedó mirando mientras él volvía tambaleándose al taller. El niño se arrodilló, miró la cara de su padre y apoyó las manos sobre su pecho. Supuso que sentiría el movimiento de vaivén de la respiración, pero en lugar de eso percibió solamente una larga exhalación. Por la boca abierta de su padre salió un gruñido, mecánico y sin expresión, en tono descendente. Después, nada, ni un movimiento, ni una inspiración, ni un leve temblor en un párpado. Solamente ese colapso, como una figura de cera fundiéndose.

Edgar corrió a lo largo de los cubículos golpeando la malla metálica. Los perros se irguieron sobre las patas traseras y se pusieron a gemir y a aullar, en un rugido que sonaba como un himno. Aun así, a través del alboroto, Edgar oía el susurro de la nieve colándose por debajo de la doble puerta del establo y avanzando por el suelo hacia el lugar donde su padre yacía inmóvil sobre el hormigón, mirando a ninguna parte y sin respirar. El suelo retumbó como si algo hubiera golpeado la tierra. Edgar se dio cuenta de que estaba sentado. Consiguió ponerse de pie, impulsándose cuadro a cuadro a lo largo de la malla metálica de la puerta de un corral. Al poco, estaba de nuevo junto a su padre y los perros guardaban silencio. *Almondine* se le acercó sigilosamente, le olfateó la mano y se sentó a su lado. Los otros perros se quedaron escondidos en el extremo más apartado de la perrera, jadeando y mirando.

Y así, esperaron.

Tormenta

Cuando cerró los ojos, algo horrendo floreció en su interior, una figura de pétalos negros que bullía interminablemente hacia el exterior. Su cuerpo se quedó junto a su padre, pero su mente se puso en pie y salió por la puerta del establo. Fuera, era un anochecer de verano, con el sol desaparecido tras el horizonte y la tierra oscura. Cruzó el patio, entró en la casa y, una vez dentro, descolgó el auricular intacto del teléfono y habló. Nadie le respondió. Volvió a salir. Empezó a caer una lluvia sin viento que trajo consigo la noche. Fue hasta la carretera, con la ropa empapada y colgando, y todo estaba en silencio. Caminó así durante horas.

Oyó un sonido: el crujido amortiguado de unos neumáticos sobre el sendero helado. Los perros empezaron a ladrar. Algunos se arrojaron contra las puertas cerradas que daban acceso a los corrales exteriores. Oyó a un hombre que gritaba. La puerta del porche se cerró de un portazo. Los sonidos lo hicieron regresar, hasta que se encontró una vez más sentado junto a su padre.

Intentó ponerse de pie pero no lo consiguió. Al final, echó todo su peso a un lado y se arrastró por el suelo del establo para no tocar a su padre. Se quedó un momento acostado, jadeando. *Almondine* salió de la nada (o de algún lugar cercano a los archivadores) y le empujó la mano con el hocico hasta que lo obligó a levantarse. Edgar fue hasta la doble puerta del establo y la abrió de par en par. Nieve azul. Sombras más azules aún. Ya casi estaba en la casa cuando el doctor Papineau apareció por la puerta del porche trasero.

—Edgar, la puerta había quedado abierta... —empezó a decir, pero en seguida se interrumpió.

Su mirada se desvió hacia el establo.

—¿Qué ha pasado? —preguntó—. ¿Dónde están tus padres?

Lo único que pudo hacer Edgar fue quedarse de pie delante del viejo, temblando. Los dientes le castañeteaban y los músculos de la cara se le empezaron a contraer descontroladamente. Después, una pierna se le aflojó y se hundió en la nieve. Lo último que vio fue al doctor Papineau corriendo hacia él.

Despertó en la habitación de sus padres. Estaba tumbado de costado, mirando hacia la puerta, con *Almondine* a su lado. El doctor Papineau estaba apoyado contra los armarios de la cocina, de espaldas a Edgar, hablando por el teléfono destrozado.

—...sí —estaba diciendo—, claro que sí. ¡Por Dios santo, Leen! Gar Sawtelle está tendido en el suelo del establo y su hijo se encuentra en estado de choque. No... No, no lo sé. Tiene cortes y golpes en las manos. Sí... De acuerdo, sí... Sí, debió de ser él. Estaba roto y colgando del soporte cuando llegué. Es sorprendente que todavía funcione.

Hubo una pausa.

—En la fábrica de pienso —dijo—. O quizá en el supermercado. A menos que ya esté de camino hacia aquí. Trata de encontrarla antes de que... Va en la camioneta. Es una... Chevy marrón, con cubierta. Ajá. Eso mismo.

»No —dijo después, y en la palabra había algo de irrevocable.

Cuando colgó el teléfono se pasó las manos por el pelo blanco, enderezó la espalda, se volvió y se dirigió al dormitorio.

—Muchacho —dijo—, Edgar...

Edgar lo miró e intentó sentarse. El viejo le apoyó una mano sobre el hombro.

—Quédate acostado —dijo—. ¿Sabes qué está pasando aquí?

«No debería haberlo dejado solo. Ahí fuera pasará frío.»

—Edgar, no te entiendo cuando hablas por signos. —El doctor Papineau se levantó y se dirigió a la cocina—. Te traeré lápiz y papel.

En cuanto salió de la habitación, Edgar se levantó y corrió a la cocina, pero le falló el sentido del equilibrio. Se golpeó contra la mesa y cayó al suelo. Cuando logró incorporarse y llegar a la puerta del porche, el doctor Papineau ya lo había agarrado por el brazo. Durante unos segundos, el niño quedó suspendido a media zancada, sobre los peldaños superiores.

Entonces el doctor ya no pudo sujetarlo más y Edgar cayó en la nieve, justo al pie de la escalera. Antes de que pudiera moverse, el doctor Papineau estaba encima de él.

—Espera —le dijo—. No quiero que vayas ahí fuera. Ya no puedes hacer nada, y verlo así no hará más que empeorar las cosas más adelante. Entra a la casa y espera conmigo, ¿de acuerdo?

Para ser un anciano, el doctor Papineau tenía una fuerza sorprendente. Levantó a Edgar de la nieve por los faldones de la camisa. El niño sintió que los botones de la delantera se tensaban casi hasta desprenderse mientras se ponía de pie.

—¿Puedes caminar?

Edgar asintió. La nieve donde había caído estaba manchada de rojo, por los cortes y heridas que tenía en las manos. Volvieron juntos a la casa, con la mano de Papineau firmemente apoyada sobre su hombro. El niño se sentó a la mesa y estuvo mirando al veterinario hasta que el hombre desvió la vista. Después, el viejo se incorporó y se puso a preparar café. Edgar fue hasta un rincón de la cocina y se sentó en el suelo, junto a la rejilla de la calefacción, dejando que el aire le soplara en los pies. Llamó a *Almondine* con una palmada y la perra se le acercó y se sentó con el cuerpo apoyado contra él, respirando ruidosamente. Los cortes que se había hecho en la mano le escocían como si estuvieran en llamas.

—Ya está el café —dijo al cabo de un momento el doctor Papineau.

Al no recibir respuesta, el veterinario sacó una taza de la alacena, la llenó y volvió a sentarse a la mesa. Su mirada iba del teléfono al reloj y del reloj al niño.

—Lo siento mucho, Edgar —dijo finalmente—, pero si una cosa he aprendido en todos estos años como veterinario es que hay que ocuparse de los vivos. Tu padre está ahí fuera y, por mucho que me duela, no podemos hacer nada por él, ni tampoco le haría ningún bien a nadie que tú fueras allí, a desesperarte. Ya sé que es difícil, pero con el tiempo me darás la razón. Todos hemos perdido a alguien. ¿Lo entiendes? Es terrible. Es una tragedia para un niño como tú tener que hacer frente a esto, pero no hay nada que tú, ni yo, ni nadie más podamos hacer, excepto esperar a que lleguen las personas que saben manejar estas situaciones.

La voz del doctor Papineau era serena, pero uno de sus pulgares se sacudía sobre la mesa, golpeándola. El veterinario tuvo que poner la otra mano encima para que dejara de moverse. Edgar cerró los ojos y dejó que la figura de pétalos negros girara ante él. Al cabo de un momento estaba andando otra vez por la carretera oscura. Estaba lloviendo, y cuanto más caminaba, más estrecha e inundada de vegetación se volvía la carretera, hasta que finalmente casi fue un consuelo.

Cuando *Almondine* levantó la cabeza, oyó la sirena, primero tenue y después cada vez más fuerte, a medida que subía la cuesta. Edgar se miró las manos. Tenía un vendaje de gasas blancas enrollado sobre cada palma, pulcramente sujeto con esparadrapo. Debía de habérselo aplicado el doctor Papineau, pero él no lo recordaba. Fue al cuarto de estar y encontró al veterinario junto a la ventana. Vieron la ambulancia, que subía por el sendero de la casa. Después entró la camioneta. La madre de Edgar iba sentada del lado del acompañante; se volvió para mirar hacia la ventana cuando la camioneta pasó junto a la casa. Parecía demudada por la impresión.

Edgar fue a la cocina y volvió a sentarse junto a la rejilla de la calefacción. El doctor Papineau abrió la puerta y salió al exterior. Edgar oyó voces de hombres. Al cabo de unos instantes, su madre estaba arrodillada a su lado.

—Mírame —dijo con voz ronca.

Él se volvió, pero pasó mucho tiempo antes de que pudiera devolverle la mirada.

—Edgar —dijo ella—, ¿cuánto tiempo estuviste ahí fuera?

Al no obtener respuesta, prosiguió:

—La operadora recibió una llamada sobre las dos, pero nadie le respondió. ¿Eras tú?

El niño asintió. La miró a la cara, para ver si ya había adivinado que la culpa había sido suya, pero ella inclinó la cabeza hacia él y lo envolvió con sus brazos. El contacto con su madre encendió en su interior una llama que lo devoró y que, cuando se apagó, lo dejó abandonado y vacío entre sus brazos.

—Ya sé lo que estás pensando, Edgar —susurró ella—. Mírame. No ha sido culpa tuya. No sé lo que ha sucedido, pero tendrás que contármelo, aunque haya sido muy malo. ¿Lo entiendes? Esperaré toda la noche, si tú quieres, sin hacer nada más que estar aquí sentados, juntos; pero antes de irnos a dormir, tendrás que contarme lo que ha pasado.

Sólo cuando levantó la cabeza advirtió que Edgar había cruzado los brazos por encima de la nuca. El niño sentía las manos de ella, calientes en las mejillas. Quería contárselo todo en ese mismo instante, y quería no tener que contarle nunca nada. Levantó las manos para signar, pero se dio cuenta de que no sabía qué decir. Lo intentó de nuevo.

«No será verdad si no lo digo.»

Ella miró sus manos vendadas y las cogió entre las suyas.

—Pero sabes que eso no es cierto, ¿no es así? No podemos hacer nada para traerlo de vuelta.

Cuando lo dijo, su rostro se contrajo y se echó a llorar. El niño la abrazó y la apretó con fuerza.

Entonces apareció un hombre por la puerta, un hombre enormemente corpulento, un gigante, que parecía además una versión joven del doctor Papineau. Era Glen Papineau, el sheriff de Mellen. La madre de Edgar se levantó del suelo. Glen le apoyó la mano sobre un brazo, la llevó hasta la mesa y sacó una silla para ella.

—Siéntate, por favor —dijo.

Glen Papineau sacó otra silla para él y se sentó. La parka que llevaba puesta susurraba cuando se movía, y la silla crujió bajo su peso.

—Por lo visto, Trudy, estaba cargando algo pesado cuando sucedió: un cubo lleno de chatarra —dijo Glen—. Es posible que sufriera un infarto.

Se hizo un largo silencio.

—¿Quieres que llame a alguien?

Antes de que ella respondiera, el doctor Papineau intervino:

—Yo pasaré la noche aquí, Glen. Si hay que llamar a alguien, ya lo haré yo.

La mirada del sheriff se desplazó de la cara grave y envejecida de su padre a la de Trudy, que asintió con aire ausente.

—Voy a tener que hablar..., ejem..., con tu hijo, Trudy. En algún momento. Para el informe. Ya sé que éste no es el mejor momento, pero tendrá que ser pronto. Lo mejor sería ahora.

—No —dijo ella—, hoy no.

—De acuerdo. Mañana, a más tardar. Supongo que también te necesitaré a ti. Él sólo habla por signos, ¿no?

—Por supuesto. Pero eso ya lo sabes.

—Lo que quiero decir es que, si tú no te ves con fuerzas, puedo pedir un intérprete —dijo Glen.

Parecía sorprendido por el tono de la madre de Edgar, que era una mezcla de cansancio, tristeza e impaciencia.

—Tendré que ser yo.

—¿Por qué?

—La lengua de signos de Edgar es una especie de..., es medio inventada. Yo la entiendo y Gar también la entiende... La entendía. Alguien que use la lengua de signos convencional no le encontraría mucho sentido. Edgar podría escribir, o podría usar su vieja pizarra de letras adhesivas, pero eso llevaría demasiado tiempo. Además, no permitiría que interrogases a mi hijo sin estar yo presente.

—Bien, de acuerdo —dijo Glen—. Sólo pensé que de ese modo podía facilitarte las cosas. Cuando sientas que puedes hacerlo, por la mañana, llama a mi oficina.

Se volvió y salió al porche. El doctor Papineau lo siguió. Se quedaron hablando fuera, en voz baja. De pronto, la madre de Edgar se levantó de la silla y fue a grandes zancadas hasta la puerta.

—¡Maldita sea, Glen! —exclamó, en voz tan alta que Edgar distinguió su eco en el costado del establo—. Si hay algo que hacer, tienes que hablarlo conmigo, ¿me entiendes? ¡Conmigo! Page, te agradezco mucho que estés aquí, pero no voy a permitir que tu hijo y tú toméis decisiones por nosotros. Ésta es nuestra casa. Tienes que hablar conmigo, Glen.

—Verás, Trudy —dijo Glen—, le estaba diciendo..., ejem..., aquí, a mi padre, que les he pedido a John y a Al que lleven a Gar donde Brentson, y que él o tú..., alguien... tendría que llamar y hacer con Burt los arreglos necesarios. Si quieres que sean otros los que se encarguen de todo, él también puede ayudarte en eso. Eso es todo. No estábamos tratando de ocultarte nada. Sólo intentábamos facilitarte las cosas.

—Sé muy bien que estáis haciendo lo que os parece correcto, pero yo no estoy desvalida. Ya sé que esto no será fácil y que necesitaré ayuda, pero todas las decisiones que sea preciso tomar las tomaré yo y nadie más. ¿Lo habéis entendido? Cuando necesite ayuda, os la pediré. Respecto a lo que has dicho, Brentson está bien. Si me haces el favor, Glen, de telefonear al señor Brentson y decirle que lo llamaré por la mañana, te lo agradeceré mucho. A ti también te llamaré por la mañana. Y tú, Page, entra en la casa, antes de que pilles una neumonía.

Se hizo un silencio y después los tres intercambiaron breves palabras de despedida. El doctor Papineau entró y la madre de Edgar fue al cuarto de estar, desde donde vio la ambulancia y al coche patrulla, que maniobraban por el sendero y se perdían al otro lado de la cuesta cubierta de nieve, en dirección a Mellen.

Cuando las luces traseras de los coches desaparecieron, Trudy entró en la cocina.

—Page, ¿te importaría preparar algo de cena? Lo que quieras. Tenemos que ir a la perrera y...

—Un segundo —dijo con suavidad el doctor Papineau—. ¿Seguro que no prefieres que yo me ocupe de los perros? De ese modo, Edgar y tú podríais pasar un rato juntos, hablando.

—No. Necesitamos cenar y, en este momento, preparar la cena sería demasiado tranquilo para cualquiera de nosotros. Edgar vendrá conmigo al establo y, cuando volvamos, nos gustaría que hubiera algo de cenar... si es que podemos comer algo.

Se volvió hacia Edgar.

—Edgar, ¿puedes venir conmigo a la perrera y ayudarme con las tareas?

Aunque la sola idea de ir al establo le hacía sentir mareos, Edgar se puso de pie. Su abrigo estaba tirado en el suelo del dormitorio. Cuando salió por la puerta, con *Almondine* a su lado, el doctor Papineau había sacado del frigorífico un paquete de carne picada, con el envoltorio blanco del carnicero, y estaba mirando en la alacena.

Fuera, Trudy se detuvo, cogió a Edgar por los hombros y lo estrechó en un abrazo. Después le susurró al oído:

—Edgar, si queremos conservar esta granja, tenemos que demostrar desde el principio que somos capaces de llevarla. No sé si debería pedirte esto, pero lo haré de todos modos. Escúchame, cariño, ¿te sientes capaz de entrar otra vez conmigo en ese establo? Lo haremos juntos. Sé que será difícil, y si no te ves capaz, no lo haremos, ¿de acuerdo? Pero créeme, cuanto antes entres en ese lugar, mejor será.

Se apartó y lo miró. Él asintió con la cabeza.

—¿Seguro?

«No.»

Él sonrió un poco, ella también, y sus ojos se humedecieron repentinamente.

«Sin ti no podría. De eso estoy seguro.»

—Nunca tendrás que entrar sin mí, mientras necesites que esté a tu lado.

Cuando llegaron al establo, ella desatrancó las puertas sin hacer ninguna pausa y las abrió de par en par. Las luces del pasillo, tan tenues durante el día, se abrieron en abanico sobre la nieve y proyectaron las sombras de Edgar y de su madre sobre los montículos blancos. *Almondine* entró trotando delante de ellos. Sin pensarlo dos veces, Edgar la siguió, se volvió y cerró la doble puerta, concentrándose en la luz que menguaba sobre los árboles de enfrente mientras los dos batientes se unían.

Entonces los tres se detuvieron en el pasillo del criadero. Los perros estaban tan callados que Edgar oía su respiración y también la de su madre. La puerta del taller estaba abierta. Dentro, lo primero que vio fue la tiznada lechera de latón volcada en el suelo y un despliegue de tuercas, pernos, bisagras, arandelas y clavos desperdigados, todos ellos manchados con el polvillo naranja de la herrumbre. Tenía sólo una vaguísima idea de haber visto antes la lechera. Su madre agarró el recipiente por la boca y se echó hacia atrás. Él la ayudó y, entre los dos, lo pusieron de pie. Después recogieron la chatarra con las manos y volvieron a meterla en la lechera. El óxido dejó manchas anaranjadas en los vendajes de las manos de Edgar. Cuando terminaron de recoger, barrieron el polvo, lo echaron en el interior de la lechera y, juntos, forcejearon para devolver el recipiente a su sitio, bajo la escalera del altillo del heno. Edgar pensó que habían barrido algo innombrable y lo habían metido en esa lechera, y entre ellos quedó entendido que nunca más volverían a moverla, ni a vaciarla, ni a tocarla siquiera.

Dieron de comer y de beber a los perros, les limpiaron los cubículos y les cambiaron la paja. Edgar cogió una lata de café, la llenó con la cal viva que había en un saco junto a la puerta trasera y se llevó el estiércol en una carretilla. Después de arrojarlo fuera, lo cubrió con la cal viva. Cuando volvió, encontró a su madre en uno de los cubículos del corral paridero. Uno de los cachorros recién nacidos había muerto, quizá de miedo, a causa del alboroto. Tal vez la perra, presa del pánico, lo había aplastado. Trudy lo acarició con dos dedos. Edgar y ella lo llevaron al cuarto de las medicinas y lo metieron en una de las bolsas de plástico grueso que guardaban allí. Edgar lo tomó de manos de su madre y lo llevó fuera, a la nieve. El cuerpo del cachorro seguía caliente a través del plástico, como si la perra hubiera seguido tumbada a su lado incluso después de muerto.

Cuando volvió a entrar, su madre lo estaba esperando. Le temblaba la voz y le puso las manos sobre los brazos para que no pudiera marcharse.

—Quiero que me cuentes qué pasó —dijo—. Ahora, si puedes. Antes de volver.

Edgar empezó a signar. Le contó casi todo: cómo había encontrado a su padre tendido en el suelo, y cómo había marcado el número de la operadora y había dejado el auricular colgando. Pero no le contó que casi se había matado a golpes, intentando sacarse una voz del pecho. No le dijo nada de la figura que bullía y giraba cuando cerraba los ojos, ni de la carretera que había recorrido, ni de la lluvia. Cuando terminó, ella lloraba en silencio. Se levantaron, rodeándose mutuamente con los brazos, y finalmente se pusieron los abrigos y apagaron las luces. La nieve había dejado de caer, pero el viento azotaba con fuerza el establo y convertía los copos de nieve seca en frígidas galaxias. Las nubes colgaban bajas, apenas más altas que los árboles, y el cielo gris parecía ocultarse tras una barricada.

Cruzaron el patio hasta la casa, con *Almondine* resoplando a su lado. Por la translúcida ventana empañada de la cocina vieron al doctor Papineau aparecer un momento junto al fregadero y desaparecer después de la vista. Cuando llegaron al porche hicieron un alto para sacudirse la nieve de las botas, subieron los peldaños y entraron.

Segunda parte
TRES DESGRACIAS

Funeral

El doctor Papineau estaba sentado a la mesa de la cocina; volvía a ser el anciano de pelo blanco y hombros estrechos que Edgar conocía de toda la vida. Parecía tan impresionado y agotado como él. Costaba creer que ese hombre tan frágil hubiera podido levantarlo de la nieve por los faldones de la camisa. Pero lo cierto era que casi todo lo que había pasado esa tarde era muy difícil de creer.

Dos cazos hervían al fuego, con las tapas golpeteando y dejando escapar penachos de vapor. Edgar se quitó el abrigo. Su madre le apoyó una mano en el hombro, para no perder el equilibrio, y se desató las botas. Después se quedaron allí, mirándose. Finalmente, el doctor Papineau rompió el silencio.

—Es poca cosa —dijo indicando con un gesto de la mano los platos y los cuencos que ocupaban la mesa—. Sopa y patatas. No soy muy buen cocinero, pero sé abrir latas y poner agua a hervir.

La madre de Edgar atravesó la habitación y le dio un abrazo.

—Está muy bien, Page —dijo—. Es todo cuanto necesitamos esta noche.

Edgar sacó una silla y se sentó. *Almondine* se situó entre sus rodillas y le apretó el vientre con la cabeza. Él se inclinó, apoyó la cabeza sobre las manos e inhaló el olor polvoriento del pelaje de la perra. Durante mucho tiempo, la habitación pareció cerrarse sobre ellos. Cuando Edgar levantó la cabeza, un plato de sopa humeaba en su sitio y el doctor Papineau estaba sacando del horno una bandeja de patatas peladas y cortadas en cuartos. Las repartió en platos por la mesa y se sentó.

Edgar miró la comida.

«Si puedes comer, deberías hacerlo», signó Trudy.

«De acuerdo. Pero no me parece correcto tener hambre.»

«¿Tú tienes?»

«Sí. No lo sé. Siento como si fuera otra persona la que tiene hambre.»

Su madre le miró los vendajes de las manos.

Las palmas le escocían y el pulgar izquierdo le palpitaba, pero no conseguía recordar cómo se lo había torcido. Cosas demasiado triviales para repetirlas.

«Tómate una aspirina.»

«Ya lo sé. Lo haré.»

La madre de Edgar metió la cuchara en la sopa, se la llevó a la boca, tragó y volvió a mirarlo. El niño notó la determinación que había en su gesto y, por solidaridad, puso un trozo de patata en su sopa y empezó a partirlo.

El doctor Papineau se aclaró la garganta.

—Dejaré cerrado el despacho por la mañana.

La madre de Edgar asintió con la cabeza.

—Puedes dormir en el cuarto de invitados. Las sábanas están en el baño. Te haré la cama después de cenar.

—Me la haré yo mismo. No te preocupes por eso.

Después, silencio. Sólo el tintineo de la vajilla. Al cabo de un momento, Edgar había vaciado el plato, aunque no podría haber dicho si la sopa sabía bien o mal. Su madre había renunciado a toda apariencia de comer.

—Estas cosas son un golpe muy grande —dijo el doctor Papineau. Lo dijo sin que viniera a cuento, y nadie tuvo nada más que añadir—. Cuando Rose murió, yo creía que me encontraba bien. Destrozado, pero bien. Sin embargo, los primeros días hacía las cosas sin saber lo que hacía. Debéis tener mucho cuidado vosotros dos, ¿me oís? Casi incendio la casa, aquella primera noche. Puse la cafetera eléctrica encima de la cocina y encendí el fuego.

—Es cierto lo que dices, Page. Gracias por recordárnoslo.

El veterinario miró primero a Edgar y después a su madre. Su expresión era grave.

—Hay algunas cosas sobre las que deberíamos hablar esta noche.

Su voz disminuyó de volumen hasta apagarse del todo.

—Adelante, Page —dijo la madre de Edgar—. Edgar forma parte de todo lo que suceda a partir de ahora, nos guste o no. No es necesario que te andes con rodeos.

—Iba a ofrecerme para hacer algunas llamadas. Edgar tendrá que faltar unos días a la escuela. También me preguntaba si querrás hablar con Claude para contarle lo sucedido, y si habrá otras personas a las que quieras llamar, parientes o lo que sea. Podría ayudarte a hacer una lista.

La madre de Edgar miró al doctor Papineau y asintió con la cabeza.

—Sí, pero prefiero hacer yo misma las llamadas. ¿Podéis recoger la mesa, vosotros dos?

Todos se levantaron de sus sitios. El doctor Papineau guardó las sobras en el frigorífico y Edgar apiló los platos en el fregadero, aliviado por poder moverse. Dejó correr el agua y vio formarse la espuma sobre los platos. El doctor Papineau le dio un paño de cocina y le dijo que sería mejor que se ocupara de secar, teniendo en cuenta el estado de sus manos.

La madre de Edgar abrió la guía telefónica que estaba sobre la encimera y anotó varios teléfonos en un trozo de papel. Miró un momento el auricular destrozado que colgaba de la horquilla con el extremo del cable hacia arriba, como un pájaro con el cuello roto, y después colocó el aparato sobre la encimera y marcó un número. Con el auricular sujeto con las dos manos, preguntó si hablaba con el director del colegio. Le dijo que el padre de Edgar había muerto.

—Gracias —dijo—. No, pero se lo agradezco. Sí, gracias. Adiós.

Dejó el auricular sobre la encimera, bajó las dos manos y respiró. El altavoz dentro del aparato empezó a gemir por estar descolgado; entonces ella apretó la horquilla para que parara, y marcó otro número.

—¿Claude? —dijo—. Tengo algo que decirte. He pensado que debías saberlo. Es sobre Gar. Estaba trabajando en la perrera esta tarde y tuvo..., tuvo un problema. Una especie de ataque... Se... No, no. No lo sabemos. Sí. Sí, sí.

Hubo un largo silencio.

—Lo siento, Claude. No me parece que sea lo mejor en este momento. No hay nada... Sí. Page está aquí con nosotros. Sí. Es una suerte tenerlo. Muy bien. De acuerdo. Adiós.

Después marcó un tercer número y preguntó por Glen, con voz monocorde. Acordó ir a verlo a su oficina a la mañana siguiente y después se quedó callada, mientras Glen hablaba. Edgar sólo distinguía el zumbido de su voz dentro del auricular roto, no las palabras. Pero su madre empezó a derrumbarse sobre la encimera, como cera ablandada por el sol, hasta casi tocar los papeles con la frente.

–¿Es absolutamente necesario? –murmuró–. ¿No hay otra...? Sí. Sí, claro, ya lo sé. Pero...

Más zumbidos.

–Muy bien –dijo.

Algo en el tono de su voz hizo que a Edgar se le aflojaran las piernas. El doctor Papineau le preguntó algo. Él negó con la cabeza, sin entender. El veterinario cruzó la habitación hacia su madre y le apoyó una mano sobre el hombro. Ella volvió a enderezar la espalda.

–Basta ya –dijo el veterinario cuando ella terminó de hablar. Le quitó el auricular de las manos y lo colgó de la horquilla, cabeza abajo–. Ya ha sido suficiente por una noche.

La madre de Edgar le devolvió la mirada al viejo con las comisuras de los labios apretadas y los ojos brillantes.

–Está bien –dijo–. Ha sido... más difícil de lo que esperaba.

Rodeó la mesa hasta donde estaba sentado Edgar y le pasó los brazos sobre los hombros, para signar con las manos delante de su cara.

«¿Estás bien?»

El niño intentó responder, pero se dio cuenta de que no podía.

«Ahora quiero que te vayas a dormir.»

«¿Y tú?»

«Yo voy a quedarme un minuto aquí sentada. Ve. No hay nada más que hacer.»

Tenía razón y él lo sabía. Su madre era una mujer pragmática, quizá por los muchos años que había pasado adiestrando a los perros. O tal vez era así de nacimiento. Le apretó los antebrazos hasta sentir su sangre latiendo bajo las yemas de los dedos y después levantó una mano para despedirse del doctor Papineau, en silencioso gesto de buenas noches.

Como si lo hubieran acordado de antemano, aunque no había sido así, Trudy y él durmieron en el cuarto de estar. Edgar bajó de la habitación una manta y una almohada, y cuando se sentó en el sofá, sintió que la capacidad de subir otra vez para ponerse el pijama lo había abandonado. Subió el borde de la manta hasta los hombros, recogió las rodillas y cerró los ojos. Empezó a sonarle en los oídos un tintineo que quizá había estado acechando todo el tiempo pero que sólo se manifestó cuando el peso de la manta le embotó los sentidos. Se quedó medio dormido. Su madre y el doctor Papineau apagaron las luces, se hizo el silencio y entonces una sucesión de imágenes pasó al frente, resucitada por una parte de su mente que observaba con ojos de cuervo y no estaba dormida ni despierta. Emociones fragmentarias se apoderaban de él y lo abandonaban, como prendas de ropa que él sacara de un armario y fuera desechando una tras otra. Debajo de todo ese caos de imágenes y recuerdos, yacía algo tan poderosamente suprimido que apenas lo recordaba: la idea de que todo lo que había sido cierto en el mundo era cosa del pasado, y de que un millar de posibilidades nuevas se habían perdido. Y, después de eso, una ola de vergüenza abrumadora.

En algún momento, más tarde, abrió los ojos. Su madre se había arropado con una manta en su sillón; estaba acurrucada en una esquina. Edgar recordaba vagamente que ella se había arrodillado a su lado y le había pasado la mano cálida y suave por la frente, con la palma tocándole el entrecejo y los dedos enredados en el pelo. Él no había abierto los ojos en ese momento. El contacto había liberado otra diminuta medida del veneno que tenía dentro y que maduraría en los días siguientes, convirtiéndose en dolor. Y después de pensar todo eso, ya no pudo recordar si ella de verdad lo había acariciado, o si él se había inventado la caricia, por pura necesidad.

El sueño que vino después fue negro, sin ningún contenido. Cada roce de la nieve contra las ventanas lo hacía incorporarse sobre los codos, para luego derrumbarse otra vez en el sueño, yendo y viniendo como un serrucho entre un mundo y otro. Papineau roncaba en el piso de arriba, en la habitación que una vez habían preparado para Claude. El sonido atravesaba el techo del cuarto de estar, como mugidos de vacas a lo lejos: «¡Muu, muu!» Volvió a despertarse cuando sintió que *Almondine* se apartaba de su lado. En la oscuridad, la vio apretar el hocico contra la manta que envolvía a su madre y olfatearla con tanto detenimiento como debía de haber hecho con él un momento antes. Se quedó quieta un instante, jadeando suavemente, y después volvió al centro de la habitación. Describió unos círculos sobre sí misma y se echó, y en ese momento sus miradas se cruzaron. *Almondine* irguió las orejas. Al rato, sus ojos se entornaron, después se abrieron del todo y finalmente volvieron a cerrarse mientras su brillo líquido aparecía y desaparecía en la oscuridad. Por fin, suspiró y se quedó dormida.

Cuando llegara la mañana, el recuerdo de Edgar sería el de una noche transcurrida observándolos y cuidando de todos. Y cada uno de ellos —la perra y el niño, la madre y el viejo— sentiría lo mismo.

Fueron al establo con la primera luz del alba. Hacía un frío espantoso y el cielo sobre sus cabezas, de aspecto desvaído, estaba sembrado de estrellas. En la perrera, Edgar observó que hacía falta más paja, por lo que se dirigió al taller, subió la escalera hasta el altillo del heno y encendió la luz. El muro de fardos de paja se erguía escalonado como un zigurat. El invierno no había hecho más que empezar y todavía quedaban algunos fardos que tocaban las vigas del techo. Un gancho rojo para el heno colgaba de un clavo en la pared delantera. Edgar arrastró dos fardos hasta el centro del henil, levantó una trampilla del suelo, tirando de un aro, y miró. En el piso de abajo estaba Trudy, esperando.

—Adelante —dijo.

Edgar empujó los fardos por la trampilla y los vio caer dando media vuelta en el aire y estrellarse contra el suelo de hormigón polvoriento.

Después, limpió los cubículos con una horca y una carretilla y esparció abanicos de cal viva sobre los suelos desnudos. Cuando cortó los cordeles, los fardos de paja se abrieron en doradas gavillas. Sacó una carda del bolsillo trasero y cepilló apresuradamente a los perros. El doctor Papineau entró en el establo mientras él estaba trabajando, dijo que convenía echar un vistazo a los cachorros y desapareció por la puerta del corral paridero. Edgar fue a ver a su camada. *Pinzón* y *Babú*, los menos excitables, se apoyaron contra él desde lados opuestos. *Tesis* intentó subírsele por delante. Él los tranquilizó, apoyándoles la mano en la barriga y el hocico, y pidiéndoles que se sentaran y que obedecieran otras órdenes menores, en lugar de hacer una verdadera sesión de adiestramiento.

Cuando terminaron, Edgar, Trudy y el veterinario subieron juntos por el sendero que entraba en la casa desde la carretera. El doctor Papineau prometió llamar más tarde, siguió andando hasta su coche y se marchó. Cuando Edgar bajó de su habitación, después de ponerse ropa limpia, su madre estaba de pie junto a la encimera de la cocina, con el auricular roto en las manos. El niño esperó en el cuarto de estar mientras ella hablaba con alguien de la compañía telefónica acerca de la reparación del aparato. Cuando terminó de hablar, entró también en el cuarto de estar.

—No es necesario que vengas —le dijo a Edgar—. Llamaré a Glen y le diré que no estás preparado.

«No puedes ir sola donde Brentson.»

—Page puede acompañarme.

«No.»

Ella abrió la boca para responder, pero finalmente asintió. *Almondine* se quedó junto a la puerta de la cocina mientras Edgar se ponía el abrigo y después bajó trotando los peldaños y lo esperó junto a la camioneta. Parecía como si dentro de la cabina hiciera incluso más frío. Los asientos de vinilo se doblaban como si fueran de hojalata. Trudy puso en marcha el vehículo y subió la larga cuesta del sendero. Hicieron el trayecto sin decir nada, prestando atención al crujido del hielo bajo los neumáticos. El mundo brillaba con un azul translúcido. Los postes del teléfono corrían hacia ellos y se perdían a sus espaldas, con olas de cables que subían y bajaban en los intervalos. En Mellen, Trudy aparcó la camioneta frente a la cúpula del edificio del ayuntamiento y los tres siguieron las flechas pintadas en el vestíbulo hasta llegar a la oficina del sheriff. Incluso dentro, su aliento formaba nubecillas de vapor. Un olor a pelo quemado impregnaba el edificio. Una chica rubia platino estaba sentada ante un escritorio, vestida con abrigo de invierno y manoplas. En el centro de su mesa había un micrófono sobre un soporte. Los miró, se puso de pie y echó un vistazo a *Almondine* por encima del mostrador.

—Avisaré a Glen. Os aconsejo que no os quitéis los abrigos —dijo—. Se ha averiado la calefacción. Estamos esperando al servicio de reparaciones, que viene de Ashland.

La chica fue hasta la puerta del despacho que había detrás de su mesa y llamó con los nudillos. Un momento después emergió Glen Papineau, con su chaqueta y su gorra azul de uniforme, haciendo que la habitación pareciera instantáneamente más pequeña. Sus manos, incluso sin guantes, eran grandes como platos. Edgar se preguntó fugazmente si el doctor Papineau habría sido alguna vez igual de grande, pero en seguida desechó la idea. Sabía que los viejos menguan con la edad, pero nadie podía encoger tanto.

—Trudy, Edgar, pasad, por favor. Siento que haga tanto frío. Tenemos problemas con la caldera; no es necesario que os cuente los detalles. Estoy aquí desde las seis. Es un milagro que no hayan estallado las tuberías. ¿Café? ¿Chocolate caliente?

Trudy miró a Edgar, que negó con la cabeza.

—Estamos bien así, Glen.

—Bueno, tráelos de todas formas, Annie. Quizá calienten un poco la oficina. Con nata y azúcar, el mío.

Los hizo pasar a un despacho que parecía a la vez desnudo y atestado de cosas. Sobre la mesa de escritorio se apilaban varias montañas de papeles y libretas, pero en las paredes no había nada, excepto un certificado enmarcado y una fotografía de un Glen más joven, con el uniforme de lucha libre del instituto de secundaria de Mellen, inmovilizando en posición fetal a un coloso desconocido. En la foto, Glen estaba apoyado sobre los dedos de los pies, con el cuerpo rígido como un tronco, casi paralelo al suelo, y los gruesos muslos tensos y nervudos, semejantes a los de un caballo de tiro. El brazo del árbitro era un borrón esfumado mientras golpeaba el suelo del cuadrilátero.

Glen había dispuesto tres sillas plegables delante de su mesa. Indicó a Trudy y a Edgar que tomaran asiento, y él se sentó también a su vez. *Almondine* se acercó y le olfateó la rodilla y la bota.

—Hola, muchacha —dijo—. Ah, muy bien —añadió después, cuando vio que entraba Annie con tres vasos de papel.

Despejó con el antebrazo una franja de la mesa y, por el otro lado, una pila de papeles cayó al suelo. Glen esbozó una sonrisa irónica.

—Mi propósito de Año Nuevo. Todos los años.

—Esto de aquí es chocolate —dijo Annie.

Colocó los vasos en el espacio despejado y, con expresión desesperada, volvió a apilar sobre la mesa los papeles caídos.

—Aquí están, si os apetecen —dijo Glen indicando con un gesto los vasos humeantes.

Después abrió teatralmente una libreta y apretó el extremo del bolígrafo retráctil.

—Muy bien —dijo—. Lo que tenemos que hacer ahora es dejar constancia de lo sucedido. Es pura rutina. Hay que hacerlo cuanto antes, para que a nadie se le empiecen a olvidar las cosas. Lo siento mucho. Ya sé que no será agradable. Esta mañana vino papá y me estuvo echando la bronca.

Hizo una pausa, como si de pronto le hubiera resultado violento —pensó Edgar— haber llamado «papá» a su padre.

—No te preocupes —repuso Trudy—. Pregunta lo que necesites. Edgar me signará las respuestas.

—Perfecto. ¿A qué hora fuiste al pueblo, Trudy?

—Serían las once y media cuando salí.

Glen garabateó algo en la libreta.

—Y tú, Edgar, ¿estuviste todo el día en casa?

El niño asintió.

—¿Cuándo notaste por primera vez que algo iba mal?

Edgar signó la respuesta.

—Estaba trabajando en el henil y advirtió que los perros ladraban —dijo su madre—. Cuando bajó la escalera, Gar estaba... tendido en el suelo.

—¿Estabas en el henil?

—Adiestramos a los perros en el altillo del heno cuando hace frío —replicó Trudy con impaciencia, antes de que Edgar pudiera responder—. Ya lo sabes. Tú mismo has estado allí.

—Sí, es cierto. Pregunto solamente para tener una declaración completa. ¿Estabas arriba con los perros?

«Sí, con dos perros de mi camada.»

—¿Los perros que ladraban estaban abajo?

«Así es.»

—¿Cuánto tiempo llevabas en el henil?

«Una hora. Quizá más.»

—¿Usas reloj?

«Tengo uno de bolsillo, pero no lo llevaba en ese momento.»

—¿Hay reloj en el henil?

«Sí.»

—¿Recuerdas más o menos a qué hora sucedió?

—Eso debéis de saberlo vosotros, por la operadora del teléfono —intervino Trudy.

—Sí, está registrado. Pero ya que estamos tomando declaración, creo que sería bueno dejar constancia de todo.

«No estaba prestando atención. Lo único que sé es que era pasada la una.»

—¿Qué tipo de cosas estabas haciendo con los perros?

«Les estaba enseñando "ven aquí", "quieto" y "no vengas". Había instalado una valla.»

—¿Hacen mucho ruido esas cosas?

«No, no mucho.»

—Lo que quiero decir es si crees que tu padre debía de oírte desde el piso de abajo.

«Debía de oír a los perros corriendo, y también mis pasos.»

—Y tú, ¿lo habrías oído a él?

«¿Qué quieres decir?»

—Si hubiese gritado algo, ¿lo habrías oído?

—Un grito, sí. Lo habría oído —intervino de nuevo Trudy—. Siempre nos llamamos desde abajo. Si la puerta está cerrada hay que intentarlo más de una vez, pero si está abierta se oye todo claramente.

Glen miró a Edgar.

—¿La puerta estaba cerrada?

«Sí.»

—¿Habrías oído a alguien hablando en tono normal?

—Con la puerta cerrada, no —dijo Trudy—. Con la puerta abierta se oye si hay alguien hablando en el taller.

—Pero ¿tú no oíste gritos ni nada? ¿Sólo a los perros?

Edgar hizo una pausa y después asintió con la cabeza.

Glen tomó nota y pasó la página.

—Muy bien. Ahora voy a hacerte una pregunta difícil, pero es importante que me cuentes todo lo que recuerdes. Estabas trabajando en el henil con los perros. Oíste ladridos, abriste la puerta, bajaste la escalera, y ¿qué viste?

Edgar lo pensó un momento.

«No me acuerdo», signó.

Su madre lo miró.

«¿No te acuerdas?»

«No.»

«Pero anoche me lo contaste.»

«Yo sé que lo encontré tendido en el suelo cuando bajé la escalera, pero no lo recuerdo. Sé que estaba tirado allí. Pero lo sé como si me lo hubiera contado alguien y no como si lo hubiera visto con mis propios ojos.»

Trudy se volvió hacia el sheriff.

—No recuerda gran cosa, Glen. Sólo que Gar estaba tendido en el suelo.

—Bueno, no importa. A veces pasa. ¿Qué es lo primero que recuerdas?

«Volver corriendo a casa.»

—¿Fue entonces cuando llamaste a la operadora?

«Sí.»

—Pero no sirvió de nada.

«No.»

—¿Qué pasó después?

«Volví corriendo al establo. No, espera. Corrí hasta la carretera. Pensé que quizá pasara un coche con alguien que pudiera hablar por teléfono. Pero no pasó ninguno.»

Su madre repitió sus palabras.

—¿Eso fue después de entrar en la casa?

«Creo que sí.»

—¿No estás seguro?

«No. Pero creo que volví a entrar en la casa.»

—¿Cómo se rompió el teléfono?

Edgar hizo otra pausa.

«No me acuerdo.»

—Dice mi padre que el auricular estaba colgando, hecho pedazos, cuando él llegó.

«Sí. Creo que yo lo rompí, pero no recuerdo cuándo.»

—Muy bien. Tenías a la operadora al otro lado de la línea pero no pudiste decirle lo que pasaba. Trudy, ¿habíais hablado alguna vez con Edgar de algún plan para que pidiera ayuda, en caso de necesidad?

—No, a decir verdad, no. Suponíamos que siempre estaríamos Gar o yo con él. Lo que más nos preocupaba era que se hiciera daño en uno de sus paseos por el campo o por el bosque. Pero siempre iba con *Almondine*, y ella lo cuida desde que nació. Así que... no, no. —Los ojos le empezaron a brillar y bajó la vista—. Pensamos en muchas posibilidades. En cuanto pudimos, le enseñamos a escribir su nombre, su dirección y su número de teléfono, por si se perdía. Siempre nos preocupábamos por... Siempre pensábamos: «¿Y si...?»

Bajó la cabeza y cerró los ojos. Glen sacó una caja de pañuelos de papel y ella arrugó uno con la mano e hizo una inspiración profunda.

—Nos preocupaba separarnos de Edgar, sobre todo cuando era pequeño. Pero eso no sucedió nunca. ¡Era tan listo! Estamos hablando de un niño que aprendió a leer a los tres años. En este último par de años, ni siquiera nos inquietaba lo que pudiera pasar. Se las arregla bien con gente que no conoce sus signos, e incluso bastante más que bien: la mitad de los niños de su clase lo entienden. Se ha pasado la vida enseñando a la gente. Lo hace muy bien. Es verdaderamente bueno enseñando. Además, si alguna vez tenía un problema, podía escribir lo que quería. Nunca se nos ocurrió que fuera a pasar algo así.

Se interrumpió y se rodeó con sus propios brazos. Al verla encogerse de ese modo, Edgar se estremeció. Casi podía verla intentando poner orden en su interior y recogiendo los trozos rotos. *Almondine* se levantó y apoyó la nariz contra la mano de Trudy, que le acarició el lomo.

—Lo siento —dijo Glen con expresión consternada—. No he querido decir que os hayáis equivocado en algo. Lo único que intento es averiguar lo sucedido tal como lo vio Edgar. Dentro de un par de minutos habremos terminado, y ya no volveremos a tocar el tema. Te lo prometo. Créeme que preferiría no tener que hablar de esto, pero no tengo más remedio. ¿Estás bien, Edgar?

El chico asintió.

Glen se recostó en la silla y dejó caer las manazas sobre sus anchas rodillas.

—Muy bien. Ahora os haré una pregunta a los dos. ¿Mencionó Gar algo que pudiera haberos hecho pensar que estaba enfermo? ¿Dolor de cabeza? ¿Cansancio? ¿Cualquier cosa fuera de lo común?

—No, nada —dijo la madre de Edgar, y el chico asintió para mostrar su acuerdo—. Anoche estuve pensando mucho en eso. Si no se sentía bien, no dijo nada.

—¿Habría sido normal que dijera algo?

—Quizá no. Detestaba ir al médico. Dice... —Trudy se interrumpió un segundo, para corregirse—. Decía que los médicos nunca arreglan nada, que sólo te hacen sentir peor.

—¿Quién es vuestro médico?

—Jim Frost. El mismo que atiende a todos los de por aquí, supongo.

—¿Podrá informarme acerca de la historia médica de Gar?

—Eso creo. No hay mucho que decir. Lo único remotamente parecido a un problema médico fue cuando tuvo que empezar a usar gafas.

—Ajá. Muy bien.

Eso también lo anotó Glen.

—Perfecto. Ahora, Edgar, voy a pedirte que me cuentes todo lo que recuerdes de tu padre cuando volviste a entrar en el establo. Quiero saber si estaba consciente, si hablaste con él, o qué pasó.

«Cuando volví, estaba despierto.»

—¿Hablaste con él?

«No, pero respiraba.»

—¿Podía hablar?

«No.»

—¿Qué pensaste que había pasado?

«No lo sé. Él quería limpiar los cubos de chatarra que había debajo de la escalera. Cuando bajé, estaba tirado en medio del taller. Pensé que se habría dado un golpe en la cabeza, pero no era eso. Le abrí el abrigo, pero no vi nada malo.»

—¿Qué pasó entonces?

«Dejó de respirar.»

Se hizo un silencio en la oficina. Glen miró a Edgar y carraspeó compasivamente.

—¿Eso es todo?

«Sí.»

—Entonces llegó mi padre.

«Supongo que sí.»

—¿No te acuerdas?

«No.»

—¿Qué es lo siguiente que recuerdas?

«Que desperté en casa y el doctor Papineau estaba hablando por teléfono.»

—¿No recuerdas haber vuelto a casa?

«No.»

—¿Recuerdas haber hecho algo después de volver al establo, aparte de estar con tu padre?

«No.»

—Tienes las manos heridas. ¿Te lo hiciste cuando se rompió el teléfono?

«No. Me puse a golpear las puertas de los corrales para que los perros ladraran.»

—¿Por qué?

«Para hacer ruido.»

—¿Por si pasaba algún coche?

«Si venía una ambulancia, sabrían que tenían que ir a la perrera.»

—Muy bien. —Glen estuvo un momento escribiendo en la libreta—. Muy listo. Por si quieres saberlo, cuando hiciste eso, la operadora seguía escuchando al otro lado de la línea. Dijo que oyó algo que le parecieron ladridos de perro.

En ese momento sonaron unos golpes en la puerta y se oyó la voz amortiguada de Annie.

—Glen, han venido los técnicos de la caldera.

—Muy bien —dijo el sheriff alzando la voz—. Llévalos al sótano, por favor. Yo bajaré dentro de unos minutos.

Se volvió hacia ellos.

—Entre mis importantes funciones figura el mantenimiento del edificio —explicó con una sonrisa—. Pero todavía no me han pedido que friegue los platos.

Garabateó algunas notas más y levantó la cabeza.

—Bueno, ya sé que vosotros dos tenéis muchas cosas en que pensar. Quedan solamente unas pocas formalidades y habremos acabado. Trudy, me gustaría hablar contigo un momento, a solas, antes de terminar.

Ella miró a Edgar.

—¿No te importa esperar fuera?

Él negó con la cabeza y salió con *Almondine* al vestíbulo vacío. De las entrañas del edificio ascendía un ruido de martillazos sobre tuberías y el largo chillido de unas llaves de rosca oxidadas que alguien hacía girar. Edgar se puso a mirar la mesa pulcramente ordenada de Annie —el micrófono, la planta, el vaso de los lápices y la bandeja con carpetas—, pero cada vez que intentaba concentrarse en algo, la mirada se le iba a otra cosa.

Almondine salió al pasillo, en dirección a la puerta de entrada, y él la siguió. En la calle, aparcada detrás de su camioneta, había una furgoneta con un rótulo que decía: «LaForge. Instalaciones y reparaciones de calefacción. Ashland, Wisconsin.» Ya no hacía tanto frío y la calle estaba llena de nieve enfangada. Pálidos carámbanos dejaban caer una procesión de gotas de agua desde el alero de la posada. Edgar abrió la puerta de la camioneta y se subió, con *Almondine*.

El doctor Frost dobló la esquina y entró en el ayuntamiento por la misma puerta por la que ellos acababan de salir. Edgar echó atrás la cabeza, cerró los ojos y se quitó los guantes para que las manos doloridas se le entumecieran de frío.

Su madre montó en la camioneta, arrancó el vehículo y allí se quedaron, con el motor en marcha. Un camión articulado pasó por la calle principal, levantando a su paso una estela de nieve fangosa. Un poco más allá, la grácil aguja blanca del campanario de la iglesia presbiteriana se erguía sobre el cielo azul. La madre de Edgar apoyó las manos sobre el volante y estiró los codos.

—El doctor Frost... —empezó a decir, pero en seguida se interrumpió e hizo una inspiración entrecortada.

«Dímelo.»

—Cuando alguien muere inesperadamente, la ley obliga a hacerle una autopsia para averiguar qué ha pasado. Tú sabes lo que es una autopsia, ¿verdad?

Edgar asintió. Casi todas las noches le hacían una autopsia a alguien en las series de detectives.

Su madre suspiró y el niño comprendió que había temido tener que explicárselo.

—Lo más importante es que ahora sabemos que tu padre no sufrió. El doctor Frost dice que no sintió dolor. Al parecer, hay un lugar en la cabeza que se llama polígono de Willis. Está muy dentro del cerebro. Tu padre tuvo un aneurisma ahí dentro, lo que significa que uno de sus vasos sanguíneos estaba muy débil y simplemente se rompió. Y ese lugar donde tenía esa debilidad era tan importante que..., que después de eso ya no pudo seguir viviendo.

Edgar volvió a asentir. No sabía qué otra cosa decir. Todo era tan definitivo... Incluso tenía nombre el lugar donde se había producido el fallo: polígono de Willis.

—El doctor Frost dijo que todo el mundo nace con pequeños defectos en las arterias y las venas. Puntos débiles. La mayoría de la gente vive toda la vida sin enterarse, porque tienen los fallos en sitios sin importancia, como los brazos o las piernas. Pero en unos pocos casos, en personas que tienen uno de esos fallos en un mal sitio, el punto débil se rompe y algunas de esas personas mueren. No se sabe por qué les sucede a algunos y a otros no.

Su madre se quedó un momento en silencio, mirando a través del parabrisas. Apoyó la mano sobre el cuello de *Almondine* y le alisó el pelo; después la deslizó hasta el hombro de Edgar.

«Gracias por contármelo», signó él.

Ella se volvió y lo miró, concentrándose realmente en él por primera vez desde que habían salido de la casa.

—Lo siento muchísimo —dijo. No parecía a punto de llorar, sino únicamente desfallecida y agotada, pero firme—. Creo que es mejor saber lo que pasó que no saberlo —añadió—. ¿No crees?

«Sí.»

—Y no significa que nada de eso vaya a pasarnos a ti o a mí. Nosotros también tenemos esos defectos, como todo el mundo, pero no están en sitios importantes.

Lo dijo como una verdad incuestionable.

«Claro.»

—Ahora tengo que ir a ver a Brentson. ¿Estás seguro de que quieres acompañarme?

Edgar ya le había dicho que sí, y era cierto. No lo asustaban los preparativos para el funeral. Lo que le daba miedo era quedarse solo en casa, sabiendo que no tendría las fuerzas ni la concentración necesaria para hacer cualquier cosa que no fuera mirar por la ventana y pensar. No quería volver a ver aquella cosa floreciendo delante de él. También le daba miedo dejar que su madre se ocupara de todo sola. Estaba convencido de que tenían que hacerlo todo juntos, al menos por un tiempo, por muy malo que fuera. Pensaba que quizá más adelante, en algún momento, podrían intentar separarse. Pero no dijo nada de eso; sólo asintió, y Trudy puso en movimiento la camioneta, en dirección a la funeraria de Brentson, y allí estuvo él, sentado a su lado, escuchando mientras ella explicaba lo que quería.

En la penumbra, su madre le apoyó la mano sobre el hombro.

—El desayuno —dijo.

Él se levantó del sofá y se frotó los ojos.

«¿Cuánto has dormido?», signó.

—Un poco. Ven.

Almondine se levantó, se desperezó y siguió a la cocina a la madre de Edgar. El niño subió a su habitación, se vistió y miró por la ventana a *Almondine*, que recorría el patio en busca de un lugar donde orinar. Bajó la escalera, salió en calcetines al porche gélido y empujó la puerta para abrirla. Sobre su cabeza se extendía una bóveda de azul acuoso, con Venus y la estrella polar atrapadas dentro. *Almondine* recogió una pata cubierta de nieve en polvo y se quedó mirándolo, erguida sobre tres patas, con la mandíbula colgando en actitud jovial.

«Ven, entra —signó él—. Hace demasiado frío.»

La perra miró a su alrededor, mientras él temblaba, y finalmente subió los peldaños de madera.

El niño le dejó caer la mano sobre el lomo mientras la perra pasaba. En la cocina, *Almondine* se sacudió el frío del pelo y se dedicó a beber agua ruidosamente. El termostato hizo un chasquido y la rejilla empezó a escupir aire caliente.

Edgar cogió una taza de la alacena y fue hasta la cafetera que había junto a la cocina. Llenó la taza hasta la mitad y se la llevó a la boca. Debió de hacer una mueca de disgusto.

—Ponle leche hasta el borde —dijo Trudy— y, al principio, ponle mucho azúcar.

«De acuerdo.»

Se sentó y esperaron a que el sol se levantara un poco más. Al cabo de un rato, Trudy preparó huevos revueltos y tostadas.

—¿Cortarás la alambrada esta mañana? —preguntó por encima del hombro—. ¿Por el sitio donde dijimos? Necesitamos un sendero hasta los abedules, para que sepan por dónde pasar. Hazlo cuanto antes. No sé cuándo vendrán.

En el taller, Edgar probó los alicates con un clavo, apretando los mangos hasta que las dos mitades cayeron al suelo con un tintineo. Se enganchó a los dedos enguantados un collar de adiestramiento y sacó a *Candil* del cubículo. Le pasó el lazo por la cabeza y lo sacó al exterior, espolvoreado de nieve recién caída, tan ingrávida que se levantaba bajo sus pies.

Habían despejado de nieve la carretera por la noche. No había ningún coche. Lo habrían visto u oído desde lejos, pero nunca pasaba ninguno. Al llegar a lo alto de la colina, Edgar se detuvo y le dio a *Candil* la oportunidad de sentarse por su propia iniciativa. Sin embargo, como el perro siguió avanzando, absorto en algo que veía a lo lejos, el niño volvió sobre sus pasos. Tuvo que repetirlo dos veces más, hasta que *Candil* se sentó junto a su pierna. Entonces lo soltó y los dos bajaron hasta la alambrada. Sacó los alicates del bolsillo y cortó el alambre de espino. Enrolló los extremos cortados sobre la propia alambrada y, en compañía del perro, abrió un sendero a través de la nieve, alta hasta las pantorrillas. La costra de hielo sobre la nieve amontonada por el viento se agrietaba bajo sus botas. En el camino de vuelta hasta la carretera, *Candil* se tumbó en el suelo, se puso a patalear y hundió el hocico bajo la nieve, mirando a Edgar con cara de tonto.

«¿Qué os pasa a todos con este tiempo? —signó él—. Os estáis volviendo locos.»

Al final, tuvo que arrodillarse, poner la boca contra la oreja del perro y formar palabras con los labios para que *Candil* se dejara guiar hasta ponerse de pie. Una vez arriba, el perro reculó y se puso a hacer una especie de trotecillo sin moverse del lugar, mientras mordía la correa y sacudía la cabeza. Edgar suspiró y esperó. Diez pasos más allá, *Candil* volvió a hacerlo todo de nuevo. Esta vez, el chico se dio por vencido, le soltó la correa y, a regañadientes, se puso a lanzarle trozos de nieve para que los atrapara en el aire mientras el perro describía ochos a toda velocidad por el campo, con las orejas aplastadas contra el cráneo y la cola recta detrás del cuerpo, en unos giros tan cerrados que la grupa le tocaba el suelo a cada vuelta.

Después de agotar toda su locura con las carreras, volvió trotando junto a Edgar. Cuando llegaron al establo, *Candil* iba andando juiciosamente junto a su amo, y cuando Edgar se detuvo delante de la puerta de doble batiente, el perro se sentó de manera impecable junto a su pierna.

Una camioneta con cadenas para la nieve pasó de largo por delante de su casa, se detuvo, retrocedió y entró por el sendero. En la cabina había dos hombres con gorras de lana y los cuellos de los abrigos levantados. El conductor sacó medio cuerpo del vehículo y se apoyó en la parte superior de la puerta de la camioneta, mientras Trudy le explicaba lo que quería.

—¡Cierra la puerta, por todos los demonios! —exclamó el hombre que viajaba en el asiento del acompañante. Era mucho mayor que el conductor, que agitó la mano como para ahuyentar algo y siguió hablando. El viejo se inclinó, apartó al conductor de un empujón y cerró la puerta de un golpe.

Después, salieron con la camioneta marcha atrás, haciendo rechinar la caja de cambios. El viejo no dejaba de dar instrucciones, para contrariedad del otro. Cuando llegaron a la carretera, Edgar y Trudy se subieron a la plataforma de carga. Al llegar al lugar donde el chico había cortado la alambrada, Trudy golpeó el cristal trasero de la cabina. El conductor aparcó el vehículo a un lado de la carretera y los dos hombres sacaron un par de palas para despejar el montículo formado por los quitanieves. Entonces pasaron con la camioneta a través de la alambrada cortada, dejando al descubierto una franja de hierba seca del color de la miel.

El vehículo rodeó los abedules y volvió a subir por la colina. A mitad de camino hacia la carretera, los neumáticos perdieron agarre, pese a llevar puestas las cadenas. Los hombres retrocedieron y volvieron a intentarlo. Al tercer intento, detuvieron el vehículo, se bajaron y estuvieron golpeando el suelo con los pies y dando palmadas mientras la madre de Edgar les explicaba lo que tenían que hacer.

Los dos hombres trabajaron esa mañana con picos y palas. Sus discusiones resonaban por todo el campo como los graznidos de los gansos. Por la tarde, la camioneta volvió a entrar traqueteando en el sendero de la casa y los hombres se presentaron en el porche, discutiendo entre sí con broncos susurros. Trudy abrió la puerta y los hizo pasar a la cocina.

—Hay un problema, señora —dijo el viejo.

—¿Cuál?

—Que la tierra está tan dura que parece hormigón. No hemos podido cavar con las herramientas que tenemos.

—Claro que está dura —dijo la madre de Edgar—. Estamos en pleno invierno. Está helada. Cuando hablamos, me dijeron que ya lo habían hecho antes.

—En invierno, no. Con el suelo helado como ahora, nunca.

—¿No lo han hecho nunca en invierno?

—A decir verdad, lo que hacemos normalmente es quitar nieve. De vez en cuando nos sale algún que otro trabajillo, pero más que nada quitamos nieve. Hemos hecho muy pocos..., ejem..., entierros caseros..., y sólo en verano.

—Entonces ¿por qué diantre dijeron que podían hacerlo?

El viejo asintió con la cabeza, como si eso fuera exactamente lo que él se preguntaba.

—Yo no. El que dijo que podíamos fue el idiota de mi hijo. —Miró con expresión de odio al hombre más joven, que se limitó a levantar las manos sin decir palabra—. Le aseguro que lo siento mucho. Yo habría querido llamarla en cuanto me enteré, pero él me convenció de que lo intentáramos. Dijo que podíamos atravesar la capa helada, y yo cometí la imbecilidad de hacerle caso. Pero es como cavar en una placa de hierro.

—¿Qué hacemos entonces?

Los dos hombres se la quedaron mirando.

—Mañana es el entierro —dijo ella. Edgar se percató de que estaba montando en cólera—. ¡Vamos a enterrar a mi marido! No es un problema que me apetezca tener que resolver. ¿Lo entienden? ¿Alguno de los dos se detuvo a pensar por un momento lo que pasaría si no eran capaces de hacer lo que prometieron?

El viejo negó con la cabeza y dijo:

—Ya sé que no hay excusas suficientes, señora, pero sea cual sea el equipo necesario para romper ese suelo, nosotros no lo tenemos.

Se quedaron un rato en silencio. Edgar estaba de pie detrás de los hombres y podía ver la cara de su madre, tal como ellos la veían, temible y majestuosa al mismo tiempo.

«¿Y si encendemos una hoguera?», signó.

Ella frunció el ceño y volvió a mirar a los hombres.

—Entonces, no pueden hacerlo.

—No, señora. Los que trabajan en el cementerio deben de tener algo. Quizá ellos puedan ayudar.

—Muy bien —dijo Trudy—. Síganme.

Descolgó el abrigo del gancho, salió por la puerta y, a la luz del atardecer, los llevó hasta la pila de leña que había a un costado de la casa.

—Aquí está —dijo—. Quiero que carguen esto en su camioneta y lo lleven al campo. Hasta el último palo. Edgar les enseñará dónde está la carretilla. Después quiero que vayan al pueblo, adonde Gordy Howe, y consigan otro cargamento de leña. Ahora mismo lo llamo.

El viejo se rascó la cabeza y la miró.

—¿Será suficiente? —dijo ella.

—Sí, señora. Creo que sí. Puede que lleve un poco de tiempo, pero creo que será suficiente.

—¿Y ustedes ayudarán?

El viejo sonrió y asintió.

—Sí, claro que ayudaremos. Nos quedaremos hasta que la tierra se descongele. —Se volvió hacia el hombre joven—. ¿Verdad que sí? —dijo—. ¿Verdad que sí, hijo?

El fuego ardió toda la noche en el campo nevado. Se levantaban serpentinas de chispas cada vez que los hombres echaban otro tronco a la hoguera. Los abedules se erguían sobre la escena con un fulgor naranja. Hasta el establo parecía pintado por la luz. Edgar y su madre miraban desde el cuarto de estar. El niño pensaba en las hogueras que Schultz debía de haber encendido para quemar montones de broza, tocones y raíces.

En dos ocasiones les llevaron comida y café a los hombres. Su madre tuvo que golpear en la ventana empañada de la camioneta para llamar su atención. Rechazaron la invitación de entrar en calor dentro de la casa, pero aceptaron la comida. En el segundo viaje les llevaron mantas y almohadas. La leña estaba apilada detrás de la camioneta y el fuego ocupaba un rectángulo al pie de los abedules. Alrededor de las llamas, había hierba mojada al descubierto. La madre de Edgar se acercó al fuego y se puso a mirar fijamente las ascuas. El niño fue tras ella y el calor le abrasó la cara. Cuando el humo los envolvió, su madre tosió, pero no retrocedió. Edgar aspiró el humo sin sentir picor alguno en la garganta.

Prepararon las camas en el cuarto de estar por tercera noche consecutiva y estuvieron mirando el resplandor en el campo. Ninguno de los dos pudo dormir. Hablaban entre largas pausas.

«Esta noche duermo yo en el sillón. Acuéstate tú en el sofá.»

—No, prefiero quedarme aquí.

«¿Qué estabas buscando ahí fuera?»

—¿Dónde?

«En la hoguera. Parecía como si buscaras algo.»

—No lo sé. No estaba buscando nada.

Dejó de hablar y empezó a signar: «¿Puedo preguntarte algo?»

«Sí.»

«¿Tienes miedo?»

«¿Por el funeral?»

«Por todo.»

«No. No tengo miedo. Pero no imaginaba que iba a ser así.»

«Yo tampoco.»

Se quedaron mirando el resplandor anaranjado, que jugaba entre las ramas del manzano.

«¿Crees que funcionará?»

«Sí.»

«Me gusta la idea de que la tierra vaya a estar caliente.»

Ella lo miró.

«Estoy muy orgullosa de ti, ¿sabes?»

«¿No piensas decirme que todo va a salir bien?»

Ella se rió por lo bajo.

«¿Quieres que te lo diga?»

«No. No sé si te creería si me lo dijeras.»

«Mucha gente lo dirá. Yo también lo diré si tú quieres.»

«No. No lo digas.»

Se quedaron en silencio, solamente mirando por las ventanas.

«¿Recuerdas algo de tu padre? De tu verdadero padre», signó Edgar.

«No, no mucho. No pasaba mucho tiempo en casa. —Trudy hizo una pausa y se volvió en el sillón para mirarlo de frente—. ¿En qué piensas? No te preocupa ir a parar a una familia adoptiva, ¿no?»

«No.»

«Haces bien, porque eso no va a suceder. A mí no va a pasarme nada, ni tampoco a ti.»

«Puede pasar cualquier cosa.»

«Es cierto, puede pasar. Pero, por lo general, pasan cosas normales y la gente vive tranquila y feliz.»

«¿Tú eras feliz antes de conocerlo a él?»

La madre de Edgar se quedó un momento pensativa.

«No lo sé. A veces era feliz. En cuanto lo conocí, supe que sin él sería desgraciada.»

«¿Vas a contarme cómo lo conociste?»

Ella sonrió.

«De una manera muy buena, pero te decepcionarían los detalles.»

«No vas a contármelo nunca, ¿verdad?»

«Te lo contaré, si te parece necesario saberlo.»

Edgar pensó entonces en todas las historias que sus padres se habían inventado, en lo mucho que su padre, habitualmente tan serio, disfrutaba con el juego, y en lo mucho que a él también le gustaba. Saber que una de las historias era más cierta que las otras le habría hecho sentir como si aquellos momentos no hubieran existido nunca. Además, quizá era mejor pensar que se habían conocido muchas veces, en muchas circunstancias diferentes.

«No —signó al cabo de un momento—, no me lo cuentes. —Señaló el fulgor anaranjado en el campo—. ¿Les llevamos algo más?»

«Creo que ya tienen bastante.»

«Entonces, buenas noches.»

—Buenas noches —susurró su madre.

Después guardaron silencio.

En la capilla, el ataúd estaba al frente de todo. A partir del momento en que lo vio, los recuerdos de Edgar se volvieron desordenados. El zumbido del sermón del pastor. Los cirios encendidos. El doctor Papineau, sentado junto a ellos en la primera fila. En un momento, Edgar se volvió para ver a los asistentes a la ceremonia: unos treinta o cuarenta, distribuidos por los bancos de la iglesia. Claude no estaba entre las caras que reconoció. Después subieron al coche del doctor Papineau y siguieron al vehículo fúnebre por la calle principal, hasta la carretera C del condado, donde tomaron el desvío de la carretera de Town Line, cubierto por las copas de los árboles. Pararon en el lugar donde Edgar había cortado la alambrada. Glen Papineau fue uno de los portadores del féretro, y también uno de los hombres de la fábrica de pienso. Fueron una docena en total, que atravesaron el campo con el ataúd. Junto a la tumba, el hombre de la funeraria empezó a hablar. La pared del establo devolvía el eco de algunos fragmentos de su discurso, como si sólo estuviera de acuerdo con una fracción de las palabras.

Después, un par de faros titilaron entre los árboles desnudos. Un coche se detuvo y Claude apareció en la cabecera de la senda. Más coches y camionetas empezaron a aparecer en una larga fila. La ceremonia se interrumpió y todos se volvieron. Se oyeron las puertas de los vehículos, abriéndose y cerrándose de un golpe; las voces sonaban metálicas en el aire frío. Claude le hizo señas a alguien para que pasara. Era un hombre con un perro: Art Granger y *Yonder*, ambos cojeando por culpa de la artritis. Después apareció el matrimonio McCullogh, que traía consigo a *Niebla*, el tercero de los perros sawtelle de la familia. Más atrás, la señora Santone, con *Cari*, y detrás de ella, una mujer sola que conducía a su perro sin tensar la correa. Después, una pareja joven con un niño y un perro. El aliento de los animales formaba penachos blancos sobre sus cabezas mientras bajaban por el campo. Durante mucho tiempo siguió apareciendo gente en la cabecera de la senda (adiestradores que habían adoptado animales de un año, hombres cuyas voces habían sonado en el teléfono mientras conversaban con el padre de Edgar), y Claude los dirigía a todos. Edgar reconoció a un hombre de Wyoming y a otro de Chicago, pero la mayoría eran de los alrededores, de familias que tenían perros sawtelle en casa. Claude se quedó en la carretera, enseñándoles por dónde pasar, hasta que el último atravesó la alambrada y estuvieron todos reunidos alrededor de los abedules, dispuestos en varias filas curvas.

Edgar miró a los perros y después volvió la vista hacia la casa, a través del campo. Trudy lo rodeó con sus brazos y le susurró: «No, por favor, quédate», como si pensara que su impulso era huir de todo. Pero lo había entendido mal y él no podía explicárselo. Se retorció para soltarse del abrazo de su madre y salió corriendo a través de los montones de nieve acumulados por el viento, en dirección a la casa. No oía nada, excepto un rugido en sus oídos. Dos veces cayó y volvió a levantarse sin mirar atrás.

Cuando abrió de un golpe la puerta de la cocina, *Almondine* estaba de pie, esperándolo. Edgar se arrodilló y dejó que el pecho de la perra le llenara una y otra vez el círculo de los brazos, y juntos regresaron a los abedules, *Almondine* pisando la senda que él había abierto a través de la nieve incrustada. Cuando llegaron a la aglomeración de gente y de perros, *Almondine* se abrió paso a través de las filas hasta situarse de pie junto a la tumba. Entonces Edgar avanzó entre todos, abrazó a su madre y ambos cedieron por fin ante los embates del viento ultraterreno que aullaba sobre ellos y únicamente sobre ellos. *Almondine* sentó sus sabias posaderas en el suelo, bajo los abedules, y juntos vieron descender el féretro a la tumba.

La gente había traído pasteles y cazuelas, queso en lonchas y jamón, cuencos con encurtidos y aceitunas verdes y negras, rebanadas de pan en miniatura, dispuestas como abanicos de naipes junto a platillos de mostaza y mayonesa. Se arremolinaron alrededor de Edgar y Trudy, para murmurar palabras de consuelo y apoyarles una mano en el hombro. *Almondine* pasaba entre todos, presentándose silenciosamente. Muchos de los dueños de perros se quedaron fuera de la casa con sus animales. Claude y el doctor Papineau sujetaban las correas, para que los amos pudieran entrar a llenar la taza de café y hablar con Trudy. A los que habían venido de lejos, la madre de Edgar les ofrecía una habitación para pasar la noche, pero ninguno aceptó. Cogían las tazas de café con las manos enguantadas y volvían a salir, parándose un momento para arreglarse las gorras antes de abrir la puerta. A los que querían, Claude los llevaba al establo para que vieran la perrera.

Los maridos empezaron a advertir a sus esposas de que ya habían puesto el motor en marcha. Las últimas mujeres fregaron y secaron los platos mientras los coches trazaban la curva del sendero, barriendo con los faros las paredes del cuarto de estar. Alguien entró a preguntar si tenían unas pinzas de arranque. Las mujeres se secaron las manos con paños de cocina y fueron a buscar sus abrigos en el montón apilado en la cama. Al final sólo quedaron tres visitas: el doctor Papineau, Glen y Claude, de pie en el porche trasero, a la luz azulada del anochecer. El doctor Papineau abrió la puerta de la cocina.

—Ya nos ocuparemos nosotros de los perros —dijo—. No discutas. Ve a acostarte.

Trudy asintió.

—Cuando hayas terminado, ven y llévate algo de comida —dijo—. Ha sobrado mucho.

Pero después, los tres subieron andando por el sendero. Dos pares de faros se encendieron. Edgar vio alejarse los coches. Subió la escalera, se quitó la ropa y se derrumbó en la cama, casi sin fuerzas para llamar a *Almondine* con un par de golpecitos en el colchón. En cuanto ella se tendió a su lado, se quedó dormido.

Las cartas de Fortunate Fields

Después hubo, para cada uno de ellos, días buenos y malos, y con frecuencia los mejores momentos de Edgar coincidían con los peores de su madre. Trudy podía estar alegre, resuelta y desbordante de energía durante días, hasta que de pronto, una mañana, Edgar bajaba la escalera y se la encontraba acurrucada junto a la mesa de la cocina, pálida y con los ojos enrojecidos. Cuando caía, no había nada que pudiera levantarla. A él le pasaba lo mismo. Cada vez que parecía casi posible volver a llevar una vida normal, cada vez que el mundo parecía albergar cierta medida de orden, sentido e incluso belleza (la prismática salpicadura de la luz a través de un carámbano o la quietud de un amanecer), entonces surgía alguna nimiedad que quebraba el encanto, y entonces el velo de optimismo se desgarraba, dejando al descubierto un mundo inhóspito. De alguna manera, aprendieron a esperar que esas épocas pasaran solas, porque no tenían cura, ni respuesta, ni reparación posible.

Un día de marzo, al volver de la escuela, Edgar encontró a su madre muy atareada en su dormitorio, con el pelo recogido y sudoroso y el aliento transformado en ronco jadeo. Ya había cerrado todas las cajas de cartón de una pila, y estaba doblando unos pantalones de su padre para meterlos en otra. Su mirada apenas se detuvo un instante en Edgar, cuando el chico entró en la habitación. Más tarde, Edgar fue a inspeccionar para ver qué había desaparecido. El cajón que antes guardaba los cinturones y las corbatas de su padre estaba ahora lleno de guantes y pañuelos de su madre. Sobre la cómoda, sólo quedaba la modesta colección de joyas de su madre y el reloj despertador. Trudy había guardado incluso su fotografía con el padre de Edgar, recién casados, sentados en el muelle del condado de Door.

Edgar despertó una mañana obsesionado por una idea: si lograba sorprender a los árboles del huerto inmóviles durante un segundo –¡al menos medio segundo!–, si se quedaban completamente quietos durante el más breve de los instantes, entonces no habría pasado nada de todo lo sucedido. La puerta de la cocina se abriría de golpe y entraría su padre, con la cara sonrojada, dando una palmada y exclamando algo acerca de un cachorro recién nacido. Era una niñería y Edgar lo sabía, pero no le importaba. El truco consistía en no concentrarse en ninguna parte concreta de un árbol, sino mirar a través de la totalidad, hacia un punto en el aire. ¡Pero qué pacto tan difícil había hecho! Incluso en los momentos de mayor quietud, un mínimo movimiento estropeaba el conjunto.

¿Cuántas tardes transcurrieron de ese modo? ¿Cuántas noches, de pie en el cuarto de invitados, mirando temblar los árboles a la luz de la luna? Aun así, seguía observando, fascinado. Después, ruborizado porque era una tontería inútil, se obligaba a dejarlo.

En cuanto parpadeaba, creía adivinar una imagen de quietud perfecta.

¡Ojalá la hubiese visto cuando estaba mirando!

Daba la vuelta antes de llegar a la puerta. A través del cristal de la ventana, una docena de árboles se agitaban bajo el viento invernal como esqueletos bailando en parejas, con los dedos levantados hacia el cielo.

«Déjalo –se decía–, déjalo ya.»

Y miraba un poco más.

El trabajo por hacer era abrumador.

Lo más sencillo era el mantenimiento de la perrera: limpiar los cubículos, dar agua y comida a los perros, despejar la nieve de los corrales y ocuparse de infinidad de pequeñas reparaciones en los aspectos mecánicos de la perrera. A continuación venían las labores del paritorio: comprobar el estado de las perras preñadas, lavar las tetas de las que estaban amamantando y de las que acababan de destetar a los cachorros, y tomar la temperatura y pesar a los recién nacidos. Para los más pequeños, sordos y ciegos, había un plan de experiencias táctiles y olfativas, pulcramente escrito a lápiz por Gar en un papel amarillo fijado con chinchetas en la pared del corral paritorio. Para los que acababan de abrir los ojos había otro programa, que iba desde hacerles oír el tintineo de unas llaves hasta la presentación de una vieja bocina de bicicleta, que podían olfatear hasta que Edgar apretaba la pera de goma y cronometraba el tiempo que tardaban en volver arrastrándose cautelosamente. Un trozo de alfombra sobre el cual caminar. Un tubo. Un bloque. Papel de lija. Hielo. Y una vez por semana, sujetarlos tumbados en el suelo hasta que empezaban a patalear y a gemir, con un ojo puesto en el segundero del reloj. Sesiones con los tíos y las tías, aprendiendo buenos modales, mientras la madre descansaba. Para todo había una entrada en el cuaderno de registro: hitos importantes, reacciones observadas, tablas actualizadas y, en general, la historia resumida de cada una de sus vidas. También había fotografías con cuatro, seis, ocho y doce semanas, y después con seis, nueve, doce y dieciocho meses: de frente, de perfil y de espaldas, así como de la dentadura, en película Tri-X, con los perros delante de la cuadrícula de calibración pintada en la pared del cuarto de las medicinas. Por la noche había que respetar los turnos de estancia en la casa, de dos en dos o de tres en tres, además de hacer las investigaciones de pedigrí, planificar las visitas de los machos reproductores, hacer el seguimiento del celo de las hembras, llevar el registro de las colocaciones a prueba y negociar con potenciales compradores.

Pero el adiestramiento era lo que llevaba más tiempo. Los cachorros tenían que aprender las cosas más sencillas, como mirar, escuchar, observar y esperar. Los perros de dieciocho meses estaban pendientes de los últimos retoques de su adiestramiento y de la evaluación. Y los adolescentes (esos ladrones, saqueadores, atracadores y abusones que comprendían exactamente lo que quería el adiestrador pero se obstinaban en hacer lo contrario) reclamaban todo el tiempo del mundo e incluso más.

Una tarde, después de volver de la perrera, Trudy le pidió a Edgar que se sentara a la mesa. Había dibujado un calendario en una hoja, con sus nombres en dos columnas.

—Tenemos que dividirnos el trabajo —dijo—. Ahora mismo, los dos hacemos de todo. No me inquieta particularmente el paritorio. *Pearl* tiene experiencia con los cachorros y no necesitará mucha vigilancia. Pero me preocupa la colocación. Tu padre pasaba mucho tiempo al teléfono. Voy muy retrasada.

Hizo una pausa e inspiró profundamente.

—Y todo eso nos quitará tiempo para el adiestramiento. El único aspecto positivo es que la camada mayor ya está completamente colocada, lo que nos deja unos meses de respiro. La siguiente camada que habrá que colocar será la tuya. No creo que haya habido ninguna negociación.

Miró a Edgar para confirmarlo. Él asintió. Su padre no había sacado el tema de colocar su camada, y Edgar no había tenido ninguna prisa por mencionarlo.

—Entonces tenemos unos meses. Tengo que repasar los contactos. Por lo que sé, Gar tenía acuerdos verbales con algunas personas. Espero no tener que viajar, porque no sé cómo nos las arreglaríamos.

Estaba pensando en voz alta. Edgar la dejó que continuara, sin decir nada. De pronto, ella se interrumpió bruscamente y se volvió hacia él.

—Hay otra posibilidad, Edgar, y tenemos que hablar al respecto. Podemos vender los reproductores y cerrar el criadero. Cuando hayamos colocado estas camadas, habremos terminado. Probablemente podríamos tener a todos los perros colocados para finales del verano si quisiéramos. Tendríamos que mudarnos al pueblo. Estoy segura de que podría...

Pero Edgar ya estaba negando con la cabeza.

—No, escúchame. Tenemos que considerarlo. Tendremos que trabajar tanto que no habrá tiempo para nada más. ¿Has pensado en cómo será? Dentro de uno o dos años querrás ir a la pista de atletismo o a jugar al fútbol. Quizá ahora creas que no, pero cuando los otros chicos lo estén haciendo, te molestará tener que quedarte en casa ocupándote de los perros día y noche. Lo que más me preocupa es que llegue el día en que detestes tener que coger el autobús para volver a casa. Y cuando eso pase, yo lo notaré.

«No pasará —signó él—. No quiero vivir en ningún otro sitio.»

—Ésa es otra cosa. No siempre vivirás aquí, Edgar. Dentro de cuatro años terminarás la escuela. Yo no puedo ocuparme sola del criadero y, aunque pudiera, no voy a quedarme a vivir sola aquí, tan lejos. Ahora o dentro de cinco años. No hay mucha diferencia.

«Para mí, sí. Además, ¿cómo sabes que me iré?»

—No seas ridículo. Vas a ir a la universidad.

«Nada de eso. Ni siquiera he pensado en la universidad.»

—Pues ahora lo pensarás —dijo su madre—. Necesitas entender que hay alternativas. Te estás cerrando mentalmente. Quizá quedarte aquí para trabajar con los perros sea lo más difícil, y no lo más fácil, ni lo mejor. Como adiestrador, no eres nada extraordinario, Edgar. Dormir con ellos en el henil no sirve de mucho, por muy bonito que parezca.

El niño sintió que se le sonrojaban las mejillas.

—No es difícil adivinar qué pasa cuando no se oye nada allí arriba durante horas y al final bajas andando pesadamente, con briznas de paja en el pelo. Ya sé que es muy tentador. Yo misma lo he hecho.

«¿Tú has dormido en el henil?»

Trudy se encogió de hombros, decidida a no desviarse del tema de la conversación.

—Lo que quiero decir es que quizá no esté ahí tu talento —dijo—. ¡Sí, claro que eres bueno con los perros! ¡Deja de poner esa cara de ofendido! Tu peor cualidad como adiestrador es el orgullo, Edgar. Si vamos a tratar de sacar adelante este criadero, tendrás que aprender muchas cosas más. Y tendrás que tomártelo muy en serio. De momento, sólo sabes lo más básico. Has estado adiestrando a los cachorros y ayudando a tu padre. Adiestrar a los perros mayores es mucho más difícil. Yo no puedo ocuparme de ellos y hacer todo lo demás. Es imposible.

«¡Pero yo quiero aprender! Puedo ayudarte.»

—¿Y si te dijera que no estoy segura de poder enseñarte todo lo que necesitas saber?

«Puedes, estoy seguro de que puedes. Llevo toda la vida observándote.»

—Así es. Entonces, ¿por qué, a la edad de nueve meses, *Candil* se escapa a la menor oportunidad?

«¡Eso no es justo!»

—¿Quién ha dicho que sea justo?

La voz de su madre se quebró un poco al pronunciar la última palabra. Edgar adivinaba lo que estaba pensando: ¿cómo decir que cualquier aspecto de la situación que estaban viviendo pudiera ser «justo»? Además, lo que había dicho acerca de sus dotes como adiestrador era cierto. Era perezoso e indulgente; lo que le gustaba era estar con los cachorros, no el adiestramiento. No trabajaba de manera coherente. Les hacía practicar habilidades que ya conocían y evitaba los ejercicios más difíciles. Peor aún. Sabía que había otras cosas que debería haber hecho con los perros pero no tenía idea de cuáles eran, y eso hacía que se avergonzara.

—Tienes que comprender que esto es un negocio, como un supermercado o una gasolinera. Descubrirás que hay que tener la cabeza tremendamente fría para llevar un negocio. Tú estás pidiendo ser socio. Para eso, tendrás que ver este criadero ante todo como un negocio, y sólo en segundo lugar, como un parque donde puedes jugar con perros.

«Me estás hablando como si fuera un niño pequeño. Ya sé lo que hacemos.»

—¿Lo sabes? ¿Qué crees que vendemos?

Edgar debió de mirarla como si creyera que estaba loca.

«¡Perros! ¡Perros, por supuesto!»

—Te equivocas. ¿Lo ves, Edgar? No es tan evidente como piensas. Cualquiera puede vender perros. La gente los regala. ¿Sabes cuánto cobramos por cada uno?

Edgar no lo sabía. Su padre se ocupaba de esas cosas y no hablaba mucho al respecto.

—Mil quinientos dólares por un perro adiestrado de dieciocho meses.

«¡¿Mil quinientos dólares?!»

—Sí —dijo ella—. Tu camada podría valer entre nueve y diez mil dólares.

«¿Y cómo es que no somos ricos?»

Ella se rió.

—Porque la mayor parte del dinero se va en pagar el pienso, las medicinas y otros gastos. Además, pagamos a la gente que se hace cargo de los perros viejos. Si conseguimos colocar unos veinte perros al año, que es más o menos el promedio, tenemos lo justo para ir tirando. Y no es fácil encontrar a veinte personas dispuestas a pagar un precio tan alto por un perro adulto. La mayoría quiere cachorros, como ya sabes.

Él asintió.

«¿Los otros perros también son tan caros?»

—Algunos. Unos pocos son incluso más caros: los hijos de los campeones premiados en las exposiciones. —Trudy levantó los ojos al cielo cuando dijo esa palabra, ya que su actitud hacia las modas de las razas caninas era poco menos que de desprecio absoluto—. Pero la mayoría son más baratos, mucho más.

«¿Cómo podemos cobrar tanto?»

—Eso es exactamente lo que necesitas aprender, Edgar. Cuando conozcas la respuesta a esa pregunta, sabrás por qué hay gente interesada en nuestros perros. Y sabrás por qué podemos cobrar esos precios. También entenderás qué es lo que vendemos.

«¿Podrías decírmelo?»

—Podría intentarlo, pero algunas cosas no se pueden explicar con palabras. Te haré una pregunta, Edgar. Has visto muchos perros en el pueblo. ¿Crees que son como los nuestros? ¿De diferente color y diferente raza pero iguales que los nuestros?

«No del todo.»

—Un poco atolondrados, ¿no?

«Sí, pero la mayoría no están adiestrados.»

—¿Crees que ésa es la única diferencia? Nuestros perros maduran más lentamente, ¿lo entiendes? No tienen el primer celo hasta los dos años. Y cuando son pequeños... ya sabes el trabajo que dan. Piensa en *Tesis*. Todavía estábamos haciendo ejercicios de obediencia con ella a los seis meses, cuando cualquier chucho ya se los habría aprendido de memoria. ¡Pero intenta enseñar a uno de esos perros del pueblo a seguir la dirección de tu mirada y verás lo que pasa!

«¡Pero si eso es muy fácil!»

Ella se echó a reír, se puso de pie, sintonizó la radio en la emisora de música country que le gustaba y los dos empezaron a recoger la mesa. Trudy canturreaba entre dientes mientras fregaba los platos, pero lo hacía sin alegría, como si cantara para ayudarse a no pensar en otra cosa. Antes de que Edgar se fuera a la cama, su madre le dijo algo más.

—Edgar, piensa en lo que hemos estado hablando. Al menos, piénsalo. Después tendremos que hacer un par de cosas. O bien nos quedamos y hacemos funcionar este criadero (y para eso tendrás que aprender a adiestrar a los perros mayores), o empezamos a desmantelar la perrera. No tiene sentido quedarnos a medio camino.

Él asintió. Todo parecía muy racional y las alternativas eran muy claras. Desde el momento en que su madre le había hecho la pregunta, él supo lo que quería, y también supo lo que su madre quería que quisiera, pese a su esfuerzo por ser objetiva. Para ellos era inconcebible una vida diferente. Les llevaría mucho tiempo comprender que se habían dejado seducir esa noche, que ellos mismos se habían convencido de que conocían todos los costes y las consecuencias de lo que querían, de que les era imposible cometer un error que pudiera compararse siquiera con lo que ya había sucedido, y de que su tranquilidad no era simplemente un barniz.

Ya que estaban en el pueblo, Trudy decidió almorzar en el restaurante de Mellen. En cuanto se sentaron, el doctor Papineau los saludó desde el otro lado de la sala y Trudy se levantó y fue a hablar con él. Edgar se quedó escuchando la cháchara de las mesas y mirando por la ventana. En el reservado del rincón, una niñita lo miraba fijamente. Un momento después, pasó a su lado, canturreando en voz baja, y entró en los lavabos.

Cuando Edgar volvió la vista de la ventana, la encontró de pie junto a su reservado.

—Hola —dijo la niña.

Tenía unos cinco años y vestía un mono azul, con un elefante con los colores del arco iris en el peto. El pelo rubio era una maraña de rizos. Se inclinó hacia él como para hacerle una confidencia.

—Mamá dice que no puedes hablar —ceceó—. ¿Es cierto?

Él la miró y asintió.

—¿Ni siquiera un susurro?

Edgar negó con la cabeza.

La niña retrocedió un paso, dedicándole una mirada admirativa.

—¿Cómo es eso? —preguntó.

Él meneó la cabeza y se encogió de hombros. La pequeña se volvió para mirar a su familia (que no había notado su ausencia) y entornó los ojos.

—Mamá dice que debería aprender un poco de ti, pero no puedo. Lo he intentado, pero las palabras me salen solas. Le he dicho que si una persona puede hablar, entonces tiene que hablar. ¿No te parece?

Él asintió.

—Mi abuela es como yo. ¿Sabes lo que dice mi abuela?

Edgar estaba seguro de no conocer a la niña, ni tampoco a su madre o a su abuela. Sin embargo, cuanto más la miraba, más familiar le resultaba su cara, como si la hubiera visto a menudo, pero desde lejos. Volvió a mirar el reservado del rincón. La familia de la pequeña no tenía a uno de sus perros; de ser así, los habría reconocido.

—¿Quieres saberlo o no? —insistió la niña, golpeando con el pie el linóleo del suelo.

Él volvió a encogerse de hombros.

«Sí, claro.»

—Dice que, antes de que tú nacieras, Dios te contó un secreto que no quería que nadie más supiera.

Él la miró. Había poco que responder a una cosa así. Consideró la posibilidad de garabatearle una nota a la niñita: «Podría escribirlo.» Pero pensó que no era eso lo que quería decir la pequeña; además, era probable que aún no supiera leer. Le habría gustado decirle, sobre todo, que no era preciso que le hablara en susurros. La gente solía cometer ese tipo de errores: hablaba demasiado alto o se ponía nerviosa. Pero la niña no estaba nada nerviosa. Actuaba como si lo conociera de toda la vida.

Le indicó con el dedo que se acercara a ella. Él se inclinó y ella le puso una manita alrededor de la oreja.

—Podrías contarme a mí el secreto —susurró—. No se lo diré a nadie, te lo prometo. A veces es más fácil cuando solamente una persona más lo sabe.

Al principio la niña se quedó tranquila, con los ojos muy abiertos. Él se recostó en la silla y la miró. Poco a poco, los ojitos de la pequeña se fueron convirtiendo en dos hendiduras y sus labios se cerraron en un pequeño círculo airado.

—No te acuerdas, ¿verdad? —le soltó con desprecio; para entonces, había dejado de susurrar—. ¡Se te ha olvidado!

Al otro lado de la sala, la madre de Edgar dejó de hablar con el doctor Papineau y se volvió.

«A mí no me mires —signó Edgar—. Ni siquiera sé quién es.»

Bruscamente, la niñita se volvió y se marchó como una tromba. No había dado cinco o seis pasos cuando se volvió como un remolino para mirarlo otra vez. Era una niña tremendamente teatral y Edgar pudo imaginar cómo sería en su casa. Probablemente montaría todo el tiempo ese tipo de escenas, a propósito de cosas como comerse la verdura o ver la televisión.

Arrugó el gesto como si le estuviera danto vueltas a un problema peliagudo.

—¿Me lo contarás si lo recuerdas? —preguntó finalmente.

«Sí.»

La expresión se le iluminó con una sonrisa. Su cara le seguía resultando extrañamente familiar a Edgar, aunque seguía sin poder situarla.

—¡Ah! —dijo ella—. ¡Muy bien!

Entonces se fue. Antes de llegar al reservado del rincón, le llamó la atención un bebé sentado en una silla alta, y se paró para tocarlo y hacer preguntas cuando el pequeño empezó a llorar.

—¿Qué quería? —dijo Trudy mientras se deslizaba entre la mesa y un banco del reservado.

«No lo sé.»

—Quizá tengas una admiradora —dijo.

Y por tercera vez desde que habían entrado en el restaurante, Edgar no encontró mejor respuesta que encogerse de hombros.

Se esforzaban cuanto podían para distraerse mutuamente, cada vez que intuían que la desolación iba a descender una vez más sobre ellos. Edgar arrastraba a Trudy a la mesa de la cocina para jugar a las damas y comer palomitas. Una noche, ella hizo entrar furtivamente a todos los perros de su camada en la casa, sin despertarlo. Por la mañana, cuando el niño abrió los ojos, ocho perros levantaron la cabeza para mirarlo.

Edgar abrió *El libro de la selva* y descubrió que, por primera vez desde el funeral, era capaz de concentrarse lo suficiente para leer. Leer lo consolaba más que ninguna otra cosa. «La caza de *Kaa*», «Los cuentos de los banderlogs», daba igual. La lectura lo remitía a la vida anterior, a la de antes. Buscaba en la televisión noticias de Alexandra Honeywell y de la colonia del Hijo de las Estrellas, y eso también lo consolaba. Pero, por las mañanas, el esternón le dolía como si alguien le hubiera dejado caer un yunque sobre el pecho por la noche.

Los cubículos del corral paridero lo consolaban. También el taller, a pesar de lo que había sucedido allí. Pero donde encontraba mayor consuelo era en la fila de archivadores con la pintura desportillada, que se erguían como centinelas contra la pared del fondo del taller. Encima de los archivadores había una pequeña biblioteca de referencia: *Perros de trabajo*, de Humphrey, Warner y Brooks; *La genética y su relación con la agricultura*, de Babcock y Clausen; *Técnicas veterinarias para la granja*, de Wilson y Bobrow; *Genética y conducta social del perro*, de Scott y Fuller, y, naturalmente, el *Nuevo diccionario enciclopédico Webster de la lengua inglesa*. También estaba allí el libro de registro de las camadas: fila tras fila de nombres y números, una línea por cada perro sawtelle, hasta llegar a la época de su abuelo. Miles de veces había visto a su padre recorrer una página con un dedo y sacar después de un cajón una carpeta rebosante de papeles. Varias generaciones de perros llenaban los cajones metálicos. Si alguna vez se perdía una carpeta, su padre decía que era como haber perdido al perro de carne y hueso, y entonces buscaba y rebuscaba, y decía: «Estos registros son la clave de todo. Sin ellos, no sabríamos cómo planificar la próxima camada. No sabríamos lo que significa cada perro.»

Los cajones inferiores de los archivadores más viejos contenían una variada colección de artículos de periódicos y cartas, la mayoría dirigidas al abuelo de Edgar. Había una carta de un hombre de Ohio cuyo perro lo había salvado de ahogarse. Otra, de una mujer del estado de Washington, contaba cómo habían intervenido sus perros cuando la había atacado un puma. Algunas cartas estaban unidas con clips a artículos de periódicos de ciudades lejanas, como el *Boston Globe*, el *New York Times* e incluso el *Times* de Londres. La pauta resultaba evidente. Su abuelo escribía a las personas cuyos perros se habían distinguido por algún hecho notable, que los había hecho aparecer en los periódicos.

Una carta en concreto llamó la atención de Edgar. Había sido franqueada en Nueva Jersey, y el nombre del remitente, Brooks, le resultó familiar. Nada más leer las primeras líneas, se puso de pie, fue a comprobar el nombre que aparecía en el lomo de *Perros de trabajo* y volvió a leer:

2 de mayo de 1934
Morristown, Nueva Jersey

Muy señor mío:

Le agradezco su interés por nuestra labor. Me alegra saber que Perros de trabajo tiene alguna utilidad y no es apenas un vano esfuerzo documental. Por desgracia, no entra en mis planes viajar a Wisconsin en un futuro próximo, ya que nuestro trabajo exige mi presencia aquí. Siendo usted una persona que trabaja con perros, espero que lo comprenda.

En primer lugar, responderé a sus preguntas. Nosotros no intentamos enseñar a nuestros perros a tomar decisiones complejas entre diferentes objetivos del adiestramiento. Lógicamente, los perros deben tomar decisiones sustanciales varias veces al día, tanto en el adiestramiento como en el desempeño de sus tareas, pero el propósito de una orden es siempre inequívocamente claro. Por ejemplo, cuando lo llamamos, el perro siempre debe venir. Cuando le decimos que guarde la posición, debe guardarla. No imagino qué beneficio podría reportarnos enseñarle que debe venir, «si es posible», cuando lo llamamos. Para seguir rastros, el animal debe tomar decisiones a un nivel bastante alto, pero no del tipo al que usted se refiere. Somos eminentemente prácticos en ese aspecto. Nuestro objetivo es producir los mejores perros de trabajo y, en consecuencia, nos interesa por encima de todo que sean previsibles. No me gustaría arriesgar suposiciones acerca de si esa capacidad de decisión de la que usted habla se puede enseñar o medir con cierta precisión, o de si es hereditaria o no. Tampoco se me ocurren instrumentos de prueba más eficaces que los que usted sugiere. Este asunto de la elección entre diferentes objeti-

vos ha ocupado mis reflexiones a lo largo de las últimas noches, e incluso he llegado a tratarlo con mis colegas. El consenso parece ser que, incluso si fuera posible, sería una capacidad sin demasiada utilidad para un perro de trabajo.

En segundo lugar, por razones que seguramente entenderá, no podemos acceder a un intercambio de perros. Las seis estirpes que componen el programa reproductor de Fortunate Fields han sido exhaustivamente investigadas. Para seleccionar al grupo fundador de apenas veintiún animales, examinamos los datos de pedigrí de cientos de candidatos, así como sus antecedentes tanto en exposiciones como en el trabajo. Como resultado, todos nuestros perros descienden fehacientemente de ancestros que han producido ejemplares de excelente planta y de gran éxito en el trabajo. Introducir a un desconocido en su linaje está fuera de toda consideración.

Me gustaría hacerle también dos observaciones. La primera es que, al iniciar su programa reproductor con perros que le resultan «excelentes por su temperamento y estructura» pero carecen de pedigrí registrado, se ha puesto mucho más difícil la consecución de su objetivo (aunque he de reconocer que no lo comprendo del todo). Si bien es cierto que nuestra elección del pastor alemán fue esencialmente accidental, la decisión de partir de un linaje bien documentado no lo fue en absoluto. Sabemos, por ejemplo, que nuestros perros no han presentado defectos estructurales al menos durante cinco generaciones. Cuando se plantean dudas acerca del carácter hereditario de determinado rasgo, podemos consultar con los propietarios de los abuelos y a veces de los bisabuelos del ejemplar en cuestión. A efectos de producir un perro de trabajo desarrollado científicamente, esta posibilidad es invalorable. Sin esa información, lo más probable es que la primera docena de generaciones presentara una variabilidad extrema. Para poner orden en el caos, habría que practicar la endogamia, lo que no sólo amplificaría los rasgos deseados, sino también los no deseados.

También me veo obligado a decirle que me parece increíblemente ingenuo su planteamiento de crear una raza nueva de perros. Hacerlo mediante la selección arbitraria y el cruce de aquellos ejemplares que usted considere extraordinarios (porque casualmente han llamado su atención) sólo producirá una mezcolanza desordenada, y quizá desemboque en una descendencia poco saludable e incluso inviable. Permítame aconsejarle que no siga ese camino. Veo que conoce usted los principios de la herencia y por eso mismo me sorprende lo que estima que puede conse-

guir. Tanto usted como la raza canina y toda nuestra sociedad saldrán más beneficiados si se aviene a aceptar las realidades de la cría de animales. La suya es una vanidad corriente, en la que todos los criadores han caído en algún momento de debilidad. Pero los mejores apartan esas ideas y se preguntan qué es lo mejor para sus perros. Espero que usted también lo haga en breve. Lo que usted intenta, esencialmente, es lo contrario de lo que buscamos nosotros, y no puedo recomendárselo.

Había un espacio en blanco en la hoja y después la carta continuaba.

Señor Sawtelle:

Después de escribir los párrafos anteriores aparté esta carta durante unos días, pues me sentía demasiado alterado para terminarla. Sentía que debía reescribirla en un tono más atento o sencillamente no enviarla. Aunque mi posición no ha variado ni un ápice, en el ínterin he descubierto que voy a viajar a Minneapolis. Es algo inusual e inesperado, pero si he interpretado bien el mapa, creo que tendré tiempo de hacer un breve desvío en mi viaje de regreso, con el fin de convencerlo a usted personalmente de lo insensato de su propósito. Además, como científico, me siento en la obligación de examinar a sus animales, por la remota eventualidad de que nos fueran de alguna utilidad. Saldré de viaje dentro de unas seis semanas y terminaré mis gestiones en Minneapolis en torno al 15 de junio.

Atentamente,

A. B.

La carta era una curiosidad. Edgar había leído *Perros de trabajo* hacía años y sabía que Brooks era uno de los criadores originales del proyecto Fortunate Fields. La improvisada biblioteca que había encima de los archivadores contenía varios libros sobre el tema, así como artículos que hablaban de la perra *Buddy*, la más famosa de su criadero. Fortunate Fields se había puesto en marcha gracias a la generosidad de una benefactora llamada Dorothy Eustice, que se proponía criar perros para ayudar a las personas, y muy particularmente a los ciegos, como lazarillos. La fundación Ojos que Ven se había constituido precisamente para hacer realidad ese propósito.

Fortunate Fields era un proyecto interesante porque los perros lazarillos debían tener un temperamento especial: imperturbables, fáciles de adiestrar y amantes del trabajo. Quedaban descartados, por tanto, los perros que se pusieran nerviosos en situaciones nuevas o que no tuvieran paciencia para trabajar con asiduidad. Según la leyenda familiar de los Sawtelle (o el mito, como siempre había supuesto Edgar), el abuelo había consultado a los criadores de Fortunate Fields en los primeros tiempos, y uno de ellos se había tomado el trabajo de darle consejos sobre crianza y adiestramiento. Contaba la leyenda que los perros sawtelle incluso llevaban unas gotas de la sangre de *Buddy*.

Edgar siguió mirando las cartas. Había varias más de Brooks. La siguiente estaba fechada dos meses después.

2 de julio de 1934
Morristown, Nueva Jersey

Señor Sawtelle:

Espero que acepte mis disculpas por mi precipitada marcha. Su hospitalidad fue más de lo que podría haber esperado, e incluso más de lo que debería haber aceptado. Después de ver a sus perros, comprendo su entusiasmo. Sin embargo, insisto en que no hay ninguna posibilidad de que podamos usarlos como reproductores en Fortunate Fields.

Tras ver sus registros, comprendo que la diferencia entre nuestros enfoques es una cuestión de filosofía, y no de técnica. A su manera, usted es tan selectivo como nosotros en Fortunate Fields. (Si estoy repitiendo lo que ya le dije durante mi visita, le ruego que me disculpe, ya que parte de lo que hablamos entonces no me resulta demasiado claro.) No creo que tenga muchas probabilidades de éxito, aunque su definición de éxito es menos precisa que la nuestra. Puede que sea más sensata, como usted señaló, pero no científica, y en la ciencia, el progreso es necesariamente lento.

Tampoco puedo aceptar que nos envíe una hembra para que la sirva uno de nuestros perros. Aunque en ese sentido estoy de su parte, mis colegas no se han dejado convencer.

Sin embargo, le diré en confianza que un caballero llamado Conrad McCalister, que vive en las afueras de Minneapolis, tiene desde hace dos años a Amos, uno de nuestros perros. Amos es hermano de Buddy y es, en todos los sentidos, tan buen perro como ella. Lo consideramos uno de nuestros mayores éxitos, aunque Buddy se lleva toda la publicidad. Con

mi recomendación, creo que Conrad accederá a que Amos engendre una
camada con la perra que usted elija. Podría hacerle llegar a usted toda
nuestra documentación sobre Amos, ya que de ese modo estará en condi-
ciones de apreciar lo que significa contar con un registro tan exhaustivo.

Por último querría mencionar un asunto personal, con la esperanza
de que nunca más vuelva a ser preciso hablar al respecto. Nuestra noche
en The Hollow (pues creo que así se llamaba el establecimiento) terminó
con un incidente bastante desafortunado y más bien tonto. La señorita
que usted me presentó me ha enviado desde entonces varias cartas a mi
dirección privada, en las que se niega a contemplar aquellos sucesos en
la debida perspectiva. Pero no se preocupe. He llegado a la conclusión de
que se trata únicamente de un caso de afecto mal dirigido y no de un
trastorno de naturaleza médica. Creo que usted la conoce, si mi memoria
de aquella noche no ha quedado completamente destruida por el conte-
nido de aquellos vasos, fuera cual fuese. (Nunca más podré oír el nombre
de Leinenkugel sin sentir cierto grado de náuseas. Me alegro de que el
brebaje no esté a la venta por estos contornos.)

En cualquier caso, le he sugerido a la joven que lo mejor será guardar
un discreto recuerdo de lo sucedido, en la forma de un cachorro empa-
rentado con la famosa Buddy, que podrá adquirir en su criadero. Le ex-
pliqué que se tratará de un sobrino de Buddy por línea paterna, pero
como usted bien sabe, los que no crían animales no suelen estar interesa-
dos en las relaciones exactas de parentesco, ni son capaces de apreciar su
importancia. Así pues, si le parece bien mi oferta, me complacerá enviar
una carta a Conrad recomendándole el cruce. Y usted tendrá mi más pro-
funda gratitud.

Creo que ha emprendido usted un proyecto particularmente intere-
sante, señor Sawtelle. Si mi carta anterior le pareció demasiado ruda, le
ruego que acepte mis disculpas.

A la espera de su ansiada respuesta, lo saluda atentamente,

ALVIN BROOKS

P. D. En cuanto al nombre, no veo ninguna razón para llamarlos de
otra manera que no sea «perros sawtelle», o incluso sencillamente
«sawtelles». Después de todo, si alguna vez llegan a ser algo, aparte de
chuchos bien adiestrados, habrán sido el fruto de su visión.

Había una tercera carta, franqueada casi cinco años después.

John:

No comparto ese deseo de filosofar sobre la naturaleza de los hombres y los perros, porque conduce a debates que en el mejor de los casos no son científicos y, en el peor, son una pérdida de tiempo y de esfuerzo intelectual. Tu discurso no es científico, sino religioso.

Sin embargo, una parte de tu carta ha despertado mi curiosidad, aquella en la que hablas de Canis posterus, el «perro próximo», como lo llamas. Conozco la teoría del lobo gigante, el enorme antepasado de los lobos que habitó la tierra en épocas prehistóricas. Como tú, creo que nuestros perros modernos descienden de aquellos antiguos lobos, que vivieron hace quizá cien mil años. Como dices, eso nos ofrece tres puntos (más que suficientes para trazar una trayectoria), siempre y cuando los tres pertenezcan a la misma rama evolutiva de las especies. Lo que quiero decir es que el lobo gigante podría haber sido algo completamente diferente de Canis lupus, una forma alternativa que la selección natural consideró y después desechó.

Debo aclarar una cosa antes de dejarte seguir adelante. Hablas de selección natural y evolución como si las dos fueran lo mismo; sin embargo, la selección natural (la supervivencia no dirigida de uno o más individuos) es uno de los mecanismos de la evolución, pero no el único. La mutación, por ejemplo, es otro, una forma de incorporar novedades. Como sabes, la cría concienzuda cumple la misma función en los animales domésticos que la selección natural en los salvajes.

Aun así, en geometría, si tenemos dos puntos, podemos trazar una línea recta. Quizá valga lo mismo en biología. Supongamos que esos dos puntos son el lobo y el perro doméstico. Necesariamente tendrá que haber algo más adelante, siguiendo la misma línea: el «perro próximo», como tú lo llamas.

Pero aquí es donde empieza a fallar tu razonamiento, porque a lo largo de cualquiera de esas líneas biológicas, los puntos posteriores no son más avanzados que los anteriores, sino únicamente mejor adaptados. Eso significa que la evolución no siempre tiende hacia formas más avanzadas y complejas. Así pues, tu interminable especulación sobre la naturaleza de Canis posterus y el siguiente cambio mínimo que hará de él mejor trabajador (mi sueño) o mejor compañero (el tuyo) es una pérdida *de tiempo, ya que las fuerzas de la selección tendrían que saber de ante-mano cuál es ese cambio mínimo deseable, o ser capaces de reconocerlo cuando se produzca de forma puramente accidental. Esta última posibili-dad no es realista, porque las mutaciones se producen a un ritmo extrema-damente lento en cualquier población y, en consecuencia, las probabilida-des de que aparezca una mutación específica que mejore la adaptación del perro como animal de compañía, aun sin ser nulas, son estadísticamente muy remotas.*

Todo esto te deja en la incómoda situación de especular acerca de un cambio que no puede producirse a menos que sepas cómo debe ser (o a menos que tengas a tu disposición la cantidad de tiempo de que dispone la selección natural). Ahí reside la dificultad que tienen los legos para comprender la evolución, que actúa en una escala temporal totalmente fuera del alcance de la experiencia personal. Hay que habituarse a pensar en eras geológicas y no en décadas. Aquí, en Fortunate Fields, tenemos criterios objetivos meticulosamente definidos y conocidos de antemano *que nos permiten medir el grado de adaptación de nuestros animales. Sabemos exactamente qué conductas queremos seleccionar. Por tanto, aunque nuestros progresos sean lentos, también confiamos en que sean constantes.*

Sin embargo, como insistes en especular, te diré algo más. Existen lí-mites para lo que puede lograr incluso el programa de cría más meticulo-so, límites que no sólo dependen del grupo fundador y de los límites de precisión de nuestras mediciones, sino de nosotros mismos. En otras pa-labras, son los límites de nuestra imaginación y de nuestra propia natu-raleza de seres humanos conscientes. En definitiva, para crear perros me-jores, tendremos que ser mejores personas.

Y ésa es la última especulación al respecto que oirás de mi boca.

La carta seguía con un intercambio acerca de técnicas de cría y una serie de aclaraciones sobre lo dicho en cartas anteriores. Lo que más inte-resó a Edgar fue la forma en que Alvin Brooks la firmaba. Para que un hombre formal como él pasara de la primera misiva airada a otra en que se despedía «afectuosamente», debieron de intercambiarse docenas o quizá cientos de cartas. ¿Por qué sólo esas tres, entre todas, se habían conservado? Probablemente por azar, ya lo sabía. Aun así, volvió a bus-car en los archivadores tratando de encontrar algo, abriendo una carta tras otra y apartándolas después de leerlas.

Todo eso le hizo pensar en los registros. El papeleo de cada perro no terminaba cuando éste salía del criadero. A petición de su padre, los nuevos propietarios enviaban cartas cada pocos meses en las que contaban qué tal estaba el perro que habían adoptado. Cuando el animal cumplía cinco años, su padre pedía a los dueños que rellenaran otro formulario, y enviaba otro más cuando moría, donde quedaban recogidos la edad, la causa de la muerte, el comportamiento en los últimos años de vida y varios datos más. A veces, el padre de Edgar llamaba incluso al veterinario que había atendido al animal. Como resultado, la carpeta de cada perro crecía con el tiempo hasta llenarse de notas, cartas y fotografías.

«Una camada —le había dicho una vez a Edgar su padre— es como una radiografía de los padres que la han engendrado y de los padres de sus padres, pero una radiografía que tarda años en revelarse y que incluso entonces resulta tenue y borrosa. Cuantas más radiografías tienes, mejor imagen consigues.» Tenía sentido. Un perro podía engendrar media docena de camadas, de seis o siete cachorros cada una: un total de cuarenta o más cachorros que reflejaban las características de su progenitor. Si, por poner un ejemplo extremo, aparecían paladares hendidos en todas las camadas (y era preciso sacrificar a los cachorros que presentaban el defecto), entonces era evidente que el progenitor tenía una propensión al paladar hendido. (Lógicamente, si un semental producía más de una vez paladares hendidos, de inmediato dejaban de cruzarlo y marcaban la carpeta del perro en cuestión con una barra roja.)

Poco antes de que un perro saliera del criadero, lo evaluaban por última vez. Era lo que llamaban «el final». No había ninguna prueba especial para el final, sino las mismas de siempre: los mismos ejercicios y las mismas medidas. La diferencia era que, en esa ocasión, los resultados se resumían en una puntuación numérica, que representaba al perro en su madurez. Esa nota final era el mejor indicador de los rasgos que le habían transmitido sus antepasados: la mejor radiografía.

Una vez asignada la nota final, el padre de Edgar volvía a calcular las puntuaciones de todos los antepasados del perro, hasta cinco generaciones atrás. De ese modo se acumulaban datos sobre la calidad reproductora de un perro y la fiabilidad con que transmitía sus características, buenas o malas, a las siguientes generaciones. Un segundo número indicaba cuántos individuos de la progenie del perro habían contribuido a la nota final, lo que proporcionaba un índice de confianza. Al planificar cruces, la decisión entre dos perros con puntuaciones finales prácticamente idénticas se inclinaba por el animal con un índice de confianza más alto, es decir, por aquel que había sido puesto a prueba más exhaustivamente. El sistema había sido desarrollado y perfeccionado por el abuelo de Edgar, aparentemente después de largas conversaciones con Brooks, y su padre lo había aplicado, modificado y mejorado.

Naturalmente, no era perfecto. Si bien la puntuación final permitía hacerse una idea del rendimiento de un perro en las pruebas, había aspectos intangibles que era preciso considerar. No se trataba del temperamento, que podía descomponerse en conductas individuales susceptibles de ser medidas, ni tampoco de las cualidades físicas, que se medían con facilidad, sino del modo en que todo eso se combinaba en un solo animal, ya que cada perro era siempre algo más que la suma de sus componentes. Algunos, por ejemplo, parecían capaces de tener inspiración y encontraban formas nuevas de hacer las cosas con mayor frecuencia que los demás; sin embargo, no era posible medir ese rasgo. También estaba la personalidad del perro, que era distinta del temperamento. Si un animal tenía sentido del humor, siempre encontraba la forma de bromear con su amo y era una delicia trabajar con él. Otros eran más serios y contemplativos, pero eran buenos por otras razones.

El padre de Edgar se quejaba a veces de que su trabajo consistía en llevar un registro de los defectos de cada perro, aunque lo que quería decir en realidad era que ni siquiera los mejores registros del mundo podían captar a un perro en su conjunto. Sólo era posible dejar constancia de lo que se podía medir. Las medidas y las pruebas, las llamadas telefónicas, las cartas y las reevaluaciones de los antepasados de cada animal servían para que el padre de Edgar pudiera recordar el conjunto del carácter de un perro. Cuando llegaba el momento de planificar una nueva camada, los números y las puntuaciones eran sólo una guía. No era raro que decidiera en contra de los números, basándose en la intuición.

Pero tras la queja de su padre estaba también el hecho de que los registros servían ante todo para evitar los malos cruces y no emparejar, por ejemplo, a dos perros que tendían a producir los mismos defectos. Ése era el aspecto interesante de la planificación. Por muy fantásticos que fueran dos perros, era preferible no cruzarlos si existía cierto riesgo de que algunos de sus hijos tuvieran las babillas tan rígidas que acabaran lisiados antes de cumplir los cinco años. Por eso, la primera pregunta ante un potencial apareamiento no era si la progenie sería buena, sino qué problemas podrían surgir.

Pensando en todo eso, Edgar empezó a comprender lo que había querido decir su madre cuando le había dicho que no era posible describir con palabras lo que volvía valiosos a sus perros. En parte, era el adiestramiento. Pasaban muchas horas enseñándoles a caminar sin tirar de la correa, a guardar la posición, a seguir la mirada y todo lo demás, hasta que al final los cachorros aprendían a prestar atención al sitio donde se dirigía su amo y al lugar donde fijaba su mirada. Aprendían que determinada expresión en la cara de una persona significaba que había algo interesante detrás de ellos o en otra habitación. Eran cosas que a Edgar le parecían naturales; pero desde que su madre se lo había hecho ver, se daba cuenta de que no eran nada habituales.

Así pues, el valor de un perro dependía del adiestramiento y de la estirpe. Y por estirpe, Edgar entendía tanto su linaje (los perros concretos que figuraban en su árbol genealógico) como el conjunto de la información contenida en los archivadores; porque los archivos, con sus fotografías, sus medidas, sus notas, sus gráficos, sus referencias y sus puntuaciones, contaban la historia de cada perro, o, como decía su padre, lo que cada perro «significaba».

A veces, cuando a Edgar se le ocurría una idea, concebía de inmediato una sucesión de otras ideas que encajaban limpiamente en su sitio detrás de la primera, como si hubiesen estado esperando en algún lugar de su cabeza a que se despejara el camino. De pronto comprendió cómo se combinaban el adiestramiento, la cría y los registros, el modo en que el adiestramiento servía para poner a prueba las cualidades de los perros y su capacidad para aprender diferentes tipos de trabajo. Así se explicaban las notas y la necesidad de los Sawtelle de criar a los perros hasta la madurez, ya que si los hubiesen colocado de cachorros, jamás podrían haber averiguado qué tipo de perros podían llegar a ser. Los Sawtelle podían compararlos entre sí porque los adiestraban a todos personalmente. Por eso era lógico que la nota final de un perro pudiera alterar las puntuaciones finales de sus antepasados, lo que a su vez influía en las decisiones sobre futuros cruces, como si cada perro tuviera voz en la selección de las siguientes generaciones.

Edgar cerró los ojos y esperó hasta que pudo abarcarlo todo con el pensamiento, y cuando lo consiguió, fue tal su deseo de correr a preguntar a su padre para estar seguro de haberlo comprendido todo bien, que casi se echó a llorar. La única forma de saberlo eran los registros. Y, sin embargo (lo intuía, pero no podía explicarlo con palabras), había otra cosa más que volvía valiosos a los perros, algo que no figuraba en la repentina cascada de ideas. Habría deseado poder leer la parte de la correspondencia escrita por su abuelo para entender lo que quería decir cuando hablaba del «perro próximo».

Por muy ingenuo o soñador que su abuelo le hubiera podido parecer a Brooks, Edgar pensó que la visión de John Sawtelle no era quizá tan fantasiosa.

De hecho, tenía la sensación de que quizá ya se había hecho realidad.

Lecciones y sueños

Unas semanas después del funeral, cuando la conmoción había pasado y las costumbres de la perrera se habían vuelto a establecer en parte, empezaron los sueños de Edgar. En ellos, su padre hacía las cosas más corrientes, como ir andando por el sendero para recoger la correspondencia, leer en su sillón o levantar un cachorro a la luz tenue del corral paridero para verlo mejor. Edgar buscaba alguna conexión entre lo último que pensaba cuando estaba despierto y lo que veía cuando se quedaba dormido. Una noche se vio caminando con su padre junto al riachuelo, entre zumaques y capulíes de exuberancia selvática, aunque sabía, incluso en sueños, que al otro lado de la ventana el campo yacía sepultado bajo una gruesa capa de nieve. Su padre se volvió y le dijo algo, algo importante. Cuando despertó, Edgar se quedó inmóvil, tratando de fijar mentalmente las palabras; pero cuando más tarde entró en la cocina, ni siquiera podía recordar si su padre había signado o hablado.

Trudy lo miró por encima de la taza de café.

—¿Te pasa algo?

«Nada.»

—¿Es por un sueño? —preguntó—. ¿Has soñado con tu padre?

La suposición lo sorprendió. No supo qué responder. ¿También ella debía de soñar con él? Parecía posible. Algunas mañanas la veía frágil como un pollito. Edgar se daba cuenta de que intentaba protegerlo de sus sentimientos negativos. Se quedaba levantada hasta tarde, sentada a la mesa de la cocina, haciendo como que trabajaba. La mitad de las veces, él le preparaba la cena, porque era como si se le hubiera olvidado comer. Pero ella no hacía más que mover la comida por el plato y después se levantaba y se ponía a fregar los cacharros. Cuando hablaba con la gente del pueblo parecía serena y aplomada, pero Edgar notaba algo roto en su interior.

Notó en sí mismo una especie de egoísmo con respecto a aquellos sueños. Quizá fueran recuerdos falsos, pero no por ello dejaban de ser recuerdos, robados al tiempo. Al final se encogió de hombros y salió a ocuparse de las tareas matinales. No la había engañado, pero momentáneamente había evitado hablar del tema, lo que ya era suficiente.

Su madre le pidió que montara una barrera baja en el henil: un par de postes con clavijas sobresalientes, como en las vallas de las carreras de atletismo. Del listón colgaba una burda cortina de cintas rojas. Después le dijo a Edgar que hiciera subir a uno de los perros. Al principio, el chico pensó en llevar a *Tesis*, que disfrutaba trepando y saltando, pero recordó la reconvención de su madre respecto al error de adiestrar a los perros con ejercicios que ya dominaban, y eligió en su lugar a *Pinzón*. Le ordenó al animal que se quedara quieto a un lado de la barrera y se reunió con su madre al otro lado.

—Hazlo saltar —le dijo ella.

No le estaba pidiendo una gran hazaña. El listón estaba en la clavija más baja, a unos quince centímetros del suelo. *Pinzón* podría haber pasado por encima andando. Cuando Edgar lo llamó con un signo, el perro se adelantó con indolencia, olisqueó los montantes de la valla y la rodeó, en lugar de pasar por encima del listón. El animal recorrió trotando la distancia restante y acabó delante de Edgar, meneando la cola y mirando alternativamente al niño y a su madre.

—¿Qué opinas de eso? —preguntó Trudy.

«Lo ha hecho mal», signó Edgar.

—De acuerdo; ahora voy a preguntártelo de otra forma. ¿Qué has hecho mal tú?

«Nada. Él sabía exactamente lo que yo quería. Lo ha hecho mal adrede.»

—¿Eso crees?

Edgar miró a *Pinzón*, que tenía la boca entreabierta, las orejas erguidas y los ojos brillantes de picardía. Obviamente, *Pinzón* sabía que tenía que saltar la barrera. No sólo se lo había visto hacer a otros perros, sino que él mismo la había saltado varias veces, incluso con el listón mucho más alto (aunque Edgar debía reconocer que nunca lo había hecho con la seguridad deseada). Era evidente que, a diferencia de otros perros, *Pinzón* no tenía miedo de la barrera. Además, saltarla era el camino más corto para ir hacia ellos.

«Sí –signó–. Tú misma lo has visto.»

–Muy bien –dijo su madre–. Olvidaremos por un momento que, cuando *Pinzón* finalmente llegó aquí, tú no se lo reconociste. De hecho, todavía lo está esperando, pero es un perro paciente. Sabe que al final lo harás. Incluso hay cierta probabilidad de que no se le haya olvidado por qué lo alabas cuando finalmente te decidas a hacerlo. Mientras tanto, ¿por qué no lo llevas de nuevo al otro lado de la barrera? Quizá podamos repetir el ejercicio y ver dónde está el problema.

Abochornado, Edgar le rascó el pecho a *Pinzón* y le alisó el pelo de la frente. Le enganchó el collar con los dedos, pero antes de que diera un paso, su madre dijo:

–¡Alto!

Se volvió para mirarla.

–¿Por qué has acariciado a *Pinzón*?

Edgar rió en silencio, agitando los hombros. Su madre parecía empeñada en hacer preguntas absurdas.

«Porque vino cuando lo llamé.»

–¿Ah, sí? –Parecía desconcertada–. Bueno, muy bien. –Levantó un brazo y les hizo un gesto seco para que continuaran, como el de una reina despidiendo a los miembros de la corte–. Adelante.

Edgar condujo a *Pinzón* al otro lado del henil, evitando la valla con un largo rodeo para no reforzar accidentalmente la ruta errónea. Cuando estaban a mitad de camino de la posición de partida, su madre volvió a exclamar:

–¡Alto!

Se detuvieron. La barrera estaba al alcance de la mano izquierda de Edgar. Lejos, cerca de la puerta del henil, su madre se mesaba los cabellos como una loca, con expresión de no creerse lo que estaba viendo.

–¿Qué diablos estás haciendo? –dijo Trudy con muchos aspavientos.

Edgar sabía que era teatro, por lo que volvió a reírse.

«Llevar a *Pinzón* al otro lado de la barrera.»

–¡Pero no lo has hecho pasar por encima de la valla!

«No me has dicho que pasara por encima de la valla.»

–Exacto –replicó ella–. ¿Lo ves? No puedes adiestrar a un perro para que haga algo si no sabes lo que quieres que haga. Cuando llamaste a *Pin-*

194

zón, no sabías lo que querías. ¿Cómo lo sé? Porque le pediste una cosa y esperaste que hiciera otra, lo mismo que yo. Si yo hubiese sabido lo que quería de ti, te lo habría pedido. Pero no lo supe hasta que estuviste al otro lado de la barrera. Ahora sé lo que quiero. Vuelve aquí. Me has enseñado a saber lo que quiero.

Obedientemente, Edgar condujo a *Pinzón* de vuelta junto a su madre.

—Gracias —dijo ella haciendo una pequeña reverencia.

«De nada», signó él, inclinándose a su vez. Le estaba costando mantener la sonrisa.

—¿Quién ha sido el maestro en nuestro ejercicio?

Él la señaló a ella.

—¿De verdad?

«Ah. Yo te enseñé a ti.»

—¿Quién ha sido entonces?

«Yo.»

—Correcto. ¿Qué se le dice a alguien que ha hecho un esfuerzo para enseñarte algo?

«¿Gracias?»

—Exacto. ¿Por qué acariciaste antes a *Pinzón*?

«¿Porque me enseñó algo?»

—¿Me lo dices o me lo preguntas?

«Te lo digo: porque me enseñó algo.»

—Correcto.

Cuando su madre abandonó su actitud teatral y sonrió, a Edgar se le llenaron los ojos de lágrimas, sin saber por qué. No estaba triste (de hecho, se estaba riendo), pero de pronto se le nubló la vista. Supuso que quizá lloraba por la impresión de haber pasado toda la vida en la perrera y no haber comprendido hasta ese momento algo tan elemental. Además, la fuerza de la personalidad de su madre podía ser abrumadora. Se volvió y se pasó la manga por la cara antes de que la situación se volviera aún más embarazosa.

Ella se lo quedó mirando un momento.

—No pretendo ser dura contigo, Edgar —dijo—. Sólo intento hacerte ver una cosa. ¿Recuerdas cuando te dije que no me sentía capaz de explicar con palabras por qué nos paga la gente? No lo decía por parecer interesante. Una de las cosas que necesitas saber es que el adiestramiento casi nunca es cuestión de palabras. Podría tratar de explicar estas cosas, pero las palabras no significarían mucho. Es como lo que acaba de pasar aquí. Al principio del ejercicio te expliqué la idea con palabras, pero no por eso la entendiste. Quizá comprendas ahora por qué alguna gente está dispuesta a pagar por un perro adiestrado, en lugar de preferir un cachorro.

Él pensó un momento y asintió.

—¿Especialmente cuando es otro el adiestrador?

Edgar volvió a asentir.

—Muy bien. ¿Qué te parece si llevas ahora a este fabuloso maestro llamado *Pinzón*, lo haces pasar por encima de la barrera, le ordenas que mantenga la posición y lo intentamos de nuevo?

Esta vez le dijo que se quedara junto a *Pinzón* al otro lado del henil, con una correa corta atada al collar, y ella lo llamó. Edgar corrió junto al perro para asegurarse de que saltara la valla. Sólo fue preciso hacerle una corrección en tres intentos. Después, cambiaron los papeles y ella corrió junto al perro tres veces más mientras Edgar lo llamaba.

En cada ocasión, el chico dio las gracias a *Pinzón* por enseñarle algo. A cambio, al perro le brillaban los ojos, e intentó apoyarle las patas a Edgar en el pecho y lamerle la cara. Feliz, él lo dejó.

El doctor Papineau fue a cenar con ellos varias noches después.

—Aquí la tenéis —anunció al entrar.

Lo acompañaban una ráfaga de aire frío y la caja blanca de una pastelería, que enarbolaba como un trofeo. Viudo desde hacía tiempo, el doctor Papineau era cliente habitual de varios restaurantes y pastelerías, desde Park Falls hasta Ashland, y tenía opiniones firmes sobre cuál de ellos servía sus platos y sus postres favoritos, desde los huevos fritos por ambos lados hasta la tarta de queso con jalea de fresa.

—Tarta de merengue y limón —declaró—. La he comprado bien cebada. —La broma ya formaba parte de la tradición—. Le dije a Betsy, la de la pastelería de Mellen, que me apartara la mejor que tuviera. ¡Y vaya si lo hizo! Creo que tiene debilidad por mí desde que le extraje heroicamente los cálculos del riñón a su gato.

La madre de Edgar recogió la caja de sus manos.

—Pues tendrá que ponerse a la cola, detrás de las camareras de Park Falls —dijo sonriendo—. ¿Qué te parece el frío que hace, Page?

—Insuficiente —respondió él en tono jovial—. Espero que haga mucho más.

—¿De verdad? —se sorprendió ella—. ¿Por qué?

—Porque mientras me tuesto al sol de Florida me gusta leer el periódico y ver el tiempo que hace aquí. Si no veo temperaturas bajo cero, me siento estafado.

—¡Ah, sí! La migración anual.

—Eso es. Cada año la disfruto más.

Pasaron la cena hablando del criadero. Esa semana, la madre de Edgar había llevado a uno de los perros mayores a la consulta del doctor Papineau, que le había diagnosticado hipotiroidismo. Hablaron de la medicación. Después, el doctor preguntó cómo se las arreglaban Edgar y ella, y aprovechó para hacer un comentario indirecto sobre lo cansados que los veía. Trudy negó que lo estuvieran. Dijo que había sido difícil, pero que ya lo tenían todo bajo control. Habían preparado un buen plan de trabajo.

La madre de Edgar adornaba un poco su éxito. Si bien era cierto que las cosas estaban volviendo lentamente a su cauce, no era raro que ella tuviera que quedarse en el establo hasta las nueve de la noche, ni que el papeleo la hiciera pasar una hora más sentada frente a la mesa de la cocina. Edgar también trabajaba por la noche, sacando a los perros para cepillarlos y adiestrarlos. Habían acordado que les dedicaría dos horas todas las noches; Trudy decía que debía reservar tiempo para las tareas escolares y que, si era eficiente, con una hora y media debería tener bastante para el adiestramiento. Los sábados eran la excepción: dormían hasta tarde y después hacían recados en el pueblo. Pero incluso en sábado, si por casualidad Edgar era el primero en despertarse, se acercaba subrepticiamente al establo y empezaba a trabajar, con la esperanza de que, al menos por una vez, su madre se despertara y encontrara que no había nada por hacer. Con frecuencia, cuando él aún no había trabajado veinte minutos, la doble puerta del establo se abría y entraba ella, con los ojos hinchados, agotada y cada vez más flaca. Además, en los últimos tiempos padecía unos accesos de tos que la hacían doblarse sobre sí misma.

—Los dos estáis haciendo un trabajo fantástico —dijo el doctor Papineau—. Me parece increíble que os hayáis vuelto a poner en pie tan pronto. Recuerdo cómo me quedé cuando murió Rose. Fui incapaz de hacer nada durante meses. —Permaneció un momento pensativo—. Sólo querría saber si aguantaréis el ritmo.

—¿Por qué no? —dijo la madre de Edgar—. No falta mucho para que cambie el tiempo y todo será mucho más sencillo cuando podamos trabajar al aire libre con los perros. También vendrán las vacaciones escolares. Será una gran diferencia.

—Y un par de meses después empezarán otra vez las clases —dijo Papineau.

Como sabía dónde estaban los platos y los cubiertos, él mismo se ocupó de cortar y distribuir los pedazos de tarta. Le gustaba servir los postres que llevaba.

—Bueno, ¿qué otra cosa podríamos hacer? —replicó Trudy con gesto irritado—. No somos más que dos. Quizá tengamos que sacar una camada menos en otoño. Nuestra economía se resentirá, pero he estado haciendo números y creo que podemos arreglarnos. Si a raíz de eso tu parte se reduce un poco, lo sentiré mucho, pero es todo lo que podemos hacer de momento.

Papineau hizo un gesto con el tenedor, como para apartar ese último comentario.

—Lo que me gustaría saber es si os habéis planteado que la verdadera solución atañe a tres personas.

—¿Qué quieres decir?

—Que en el pueblo hay un chico apellidado Sawtelle que conoce este criadero como la palma de su mano.

—Claude no es ningún chico —dijo la madre de Edgar—; además, ya sabes cómo acabaron las cosas entre él y Gar.

—Eso es agua pasada, ¿no? Me está ayudando en la consulta, Trudy, y debo decirte que todavía tiene un don especial. Recuerdo cómo era hace veinte años.

—Y los dos sabemos cómo lo aprendió. Nadie llega a ser tan bueno atendiendo a perros destrozados, a menos que pueda practicar con muchos.

—Muy bien, muy bien. No he venido a debatir sobre el pasado de Claude. Lo que quiero decir es que tu plan de trabajo es demasiado ajustado, Trudy. No hay margen para que algo vaya mal y, tarde o temprano, siempre surge algún contratiempo. Piensa por ejemplo en el año pasado. ¿Cuántas cosas de las que pasaron podrías haber previsto? Y no me refiero a Gar, sino al criadero. Un tornado se llevó el techo del establo. ¿Lo tenías previsto? De las perras recién paridas, creo recordar al menos una con mastitis a lo largo del año, y los dos sabemos el tiempo que lleva alimentar a los cachorros con biberón. ¿Has hecho planes para eso?

—Perfecto, Page, ahora te haré yo una pregunta. Supongamos que contratamos a una persona para que nos ayude. ¿Cómo voy a pagarle? No tenemos dinero. Vivimos con lo justo. Pagamos las facturas y tenemos unos pocos ahorros. Eso es todo. Esa camioneta no va a durar mucho más y, cuando llegue el momento de comprar otra, no quiero tener que despedir a ningún empleado para poder comprarla. Ni siquiera pienso meterme por ahí.

—Sólo era una idea, Trudy —dijo el doctor Papineau—. Intento ayudaros.

—Era una mala idea —replicó ella—. ¿Para eso has venido? ¿Para proteger tu inversión?

Finalmente, Edgar empezó a comprender lo que significaban las alusiones a la «parte» del doctor Papineau. Le signó una pregunta a su madre, pero ella sacudió la cabeza con expresión airada, se levantó de la silla y se puso a caminar alrededor de la mesa. Se detuvo junto a la encimera, donde el doctor Papineau acababa de dejar la bandeja de la tarta. De un solo movimiento rápido, la tiró a la basura.

—Puede que no haya nacido aquí, pero eso no significa que no sepa cómo funciona este sitio después de veinte años. Y déjame recordarte que han sido veinte años durante los cuales Claude nunca estuvo presente.

En ese momento, Trudy tenía cuarenta y un años. Edgar sabía que era capaz de disimular sus sentimientos a la perfección cuando quería, porque había perros que se portaban mal expresamente para obtener cualquier reacción, ya fuera de aprobación o de ira. Cuando un perro la irritaba, Edgar no lo notaba en el momento, sino mucho después. Sin duda su madre era capaz de hacer gala de ese mismo autocontrol mientras conversaba durante la cena, y sin embargo ahí estaba, entregándose a la furia casi con delectación. Las ojeras habían desaparecido y los hombros ya no parecían crispados, sino distendidos y dispuestos a la acción. Su actitud se había vuelto sinuosa y ágil, como la de una bailarina o una leona. Parecía como si tan pronto pudiera saltar encima de la mesa como echarse al suelo para dormir acurrucada como una fiera. En parte debía de ser una actitud calculada —supuso Edgar—, para que pareciera que no estaba en absoluto indefensa y tenía el destino de ambos bajo control, pero también era una forma de ceder a su propia obstinación. El niño pensó que debería haber sentido miedo ante un acceso de ira tan magistral, pero nunca se había sentido tan seguro en toda su vida.

El doctor Papineau, en cambio, estaba profundamente impresionado. Volvió a apoyar en el suelo las patas traseras de la silla e hizo un amplio gesto con las manos.

—¡Vale! —dijo—. La decisión es tuya. No te estoy sugiriendo que hagas nada que no te parezca correcto. Pero piensa lo que te digo: tarde o temprano surgirá algún imprevisto. ¿Qué harás entonces? Es lo único que te pregunto. ¿Qué harás entonces?

—Sí —dijo Trudy cuando el doctor Papineau se hubo marchado—. Tiene una participación en el criadero. Un diez por ciento.

«¿Hay más socios?», preguntó Edgar.

—No. Hace unos años estuvimos necesitados de dinero y Page nos ayudó a salir del apuro. En ese momento era imposible conseguir un crédito, así que nos dio cinco mil dólares a cambio de una participación en el criadero. También tiene obligaciones.

«¿Por eso nunca le pagas por el trabajo de veterinario?»

—Exacto.

«¿Y Claude?»

—Claude le vendió a tu padre su parte del criadero cuando murió tu abuelo.

Edgar tenía más preguntas, pero su madre le pareció repentinamente agotada y pensó que ya habría muchas ocasiones de preguntarle por la mañana.

Con frecuencia, Edgar volvía a leer las cartas de Brooks. Eran como un enigma a la espera de ser resuelto. Brooks era dado a las soflamas y a las graves advertencias. Formulaba acalorados argumentos a favor o en contra de la importancia de los andares, los corvejones, los flancos o la función de la cola; sobre el ángulo óptimo de los trabaderos y hasta qué punto variaba ese dato entre los linajes de Fortunate Fields y los perros sawtelle, y sobre el carácter hereditario o adquirido de la sensibilidad corporal. A menudo, los argumentos ascendían al plano de la teoría. Brooks sonaba como un hombre dispuesto a arrastrar a John Sawtelle a la era de la ciencia.

«Tengo la ventaja de saber —escribió— que, mucho después de mi muerte, mi trabajo servirá de fundamento para que las generaciones futuras de perros, criadores y adiestradores sigan construyendo. La habilidad y el talento no son suficientes por sí solos. Si todo se basa única y exclusivamente en uno mismo, y no en los datos y en unos procedimientos registrados con precisión, ¿qué nos reportarán todos nuestros esfuerzos?

Unos cuantos perros, unos cuantos éxitos, y nada más. Sólo un breve destello de luz en la oscuridad.»

Se había producido algún revés en 1935, aunque Edgar no sabía qué había sido, quizá alguna enfermedad que afectó al criadero, o algún fracaso espectacular del adiestramiento. En cualquier caso, fue lo suficientemente grave para que Brooks cambiara el tono y pasara de la controversia al aliento. «No hay nada que hacer ahora, aparte de hacer balance de lo conseguido —escribió—. Ahora los registros deben servirte a ti, en lugar de a tus perros. Estúdialos. Mira cuántos de tus animales han tenido éxito en el mundo exterior. Tus registros son la historia de tus éxitos, John. Te recordarán por qué decidiste emprender esa labor.»

Edgar nunca había visto a su padre seleccionar caprichosamente a un perro para la reproducción, pero en aquellos primeros tiempos aún no había nada que pudiera llamarse un perro sawtelle. Sólo estaban los perros de John Sawtelle. Lo que enfurecía a Brooks era la costumbre del abuelo de Edgar de localizar perros por la calle y decidir que eran portadores de alguna cualidad esencial. A veces las respuestas que llegaban desde Nueva Jersey eran airadas: «¿Cuántas veces hemos debatido este tema, John? Cada vez que haces eso, introduces en tus linajes más variabilidad de la que podría beneficiarte. ¿Por qué confías en el azar?»

Edgar ordenó cronológicamente las cartas de Brooks. La última parecía zanjar para siempre la discusión.

16 de diciembre de 1944
Morristown, Nueva Jersey
Estimado John:

Debes de ser el hombre más obstinado que conozco. Permíteme que refute por última vez tus argumentos, aunque me temo que nadie conseguirá hacerte cambiar de idea al respecto. Al menos estamos de acuerdo en que una documentación cuidadosa del fenotipo permite aumentar o disminuir la preponderancia de determinada cualidad, medida objetivamente y reforzada a través de muchas generaciones mediante la cría selectiva. Hasta el más pobre de los granjeros sabe que eso es posible y lo aprovecha en su beneficio. Elige herefords, holsteins o guernseys según sus necesidades y tiene opiniones firmes respecto a la incorporación de percherones o caballos belgas en sus establos.

Del mismo modo, nosotros aplicamos los principios científicos de la herencia al perfeccionamiento de una raza canina para que, en lugar de que aparezca un solo perro apto para el servicio cada dos camadas, el noventa por ciento de los animales den la talla. ¿Cómo lo hacemos? Definiendo y midiendo las cualidades que hacen a un buen perro de trabajo. Y aquí es donde disentimos. A ti te parece menos necesario escoger rasgos específicos de antemano, pues crees que los rasgos óptimos surgirán por sí solos, si los mejores individuos, considerados en su conjunto, se incorporan al linaje.

Utilicemos como metáfora la sal. Si en un vaso de agua hay sal, no la vemos, pero la notamos por su sabor. Si combinamos el agua ligeramente salada de dos vasos y la reducimos un poco, el resultado será más salado. Si repetimos suficientes veces el proceso, lo invisible se volverá visible: cristales de sal. Quizá no haya sido nuestro propósito la producción de cristales de sal, pero ahora los tenemos. Eso es análogo a lo que tú propones. Con mucha habilidad, lo has dispuesto todo para trabajar con agua salada concentrada. No sabes qué encontrarás si sigues destilándola; sólo sabes que algunos vasos saben un poco más salados que otros. De ese modo, te dejas guiar por corazonadas y prefieres un cruce en lugar de otro.

En Fortunate Fields, por el contrario, no sólo sabemos que estamos intentando producir cristales de sal, sino que conocemos la forma, el color y el tamaño deseados de esos cristales, y llevamos minuciosos registros de la «salinidad» de los progenitores de cada camada, así como de su prole.

Sin embargo, he visto tus registros y no son tan rigurosos como los nuestros en Fortunate Fields. Confieso que a veces me canso de nuestra precisión. No digo que nuestro procedimiento sea fácil, sino al contrario. Si fuera fácil, ya lo habrían hecho otros hace mucho tiempo. Pero afirmo que es la única manera de conseguir resultados fiables.

En definitiva, la diferencia entre tú y yo es la que hay entre un artista y un industrial. El artista no sabe lo que quiere, pero busca pintura buena, pinceles de calidad y un buen lienzo, y confía en que su talento produzca un resultado deseable. Desgraciadamente, para la mayoría de la gente las cosas no funcionan así. El industrial se dice: «¿Cómo puedo obtener siempre los resultados que quiero? Puede que no sean los ideales, pero tengo que ser capaz de asegurar a mis clientes que, cada vez que compren, recibirán el mismo producto.» Para el industrial, los resultados predecibles son más valiosos que la «mera» perfección, por una buena razón. ¿Frecuentarías una pastelería si sólo uno de cada diez de sus pasteles fuera sublime y el resto incomible?

Me doy cuenta de que te pinto a ti como el personaje romántico y me reservo para mí el papel de simple trabajador. Quizá creas que eso me disminuye, pero yo no lo veo así. Cambia la analogía de los pasteles por la de la medicina y sentirás la misma urgencia que yo. Quizá estés dispuesto a jugártela con un pastel, pero si tu hijo está enfermo, elegirás siempre la medicina de efecto predecible. Yo sacrifico la brillantez para poner a disposición de la gente una buena medicina.

Nadie puede decir si eres la persona capaz de producir, con pintura buena, pinceles de calidad y un buen lienzo, algo mejor que el industrial. Eso está y siempre ha estado fuera del alcance de la ciencia. Pero es evidente que tienes la actitud del soñador. Por este motivo, no tengo fuerzas para seguir discutiendo contigo sobre este asunto. Es un esfuerzo inútil, y un industrial sencillo como yo tiene que abandonar todo esfuerzo en cuanto descubre su inutilidad. Sólo el artista persevera en semejantes circunstancias.

Sin embargo, te dejaré con una pregunta. Supón que, guiado únicamente por la intuición, capturas la grandeza que buscas. No importa que no puedas definir «grandeza» científicamente. ¿Qué te hace pensar que la reconocerás cuando aparezca? Hay quien cree que la conducta natural del animal puede reducirse a un conjunto de rasgos simples e indivisibles, y que sólo la multiplicidad de formas en que se combinan esos rasgos crea la ilusión de complejidad. Imagina que encuentras por azar un pequeño cambio con docenas de ramificaciones en la conducta natural del animal. ¿Cómo sabrás lo que has hecho? ¿Cómo harás para repetirlo?

Se ha dado el caso de pintores que han producido una sola obra de arte y nada más. Si tienes éxito, probablemente será un caso singular. ¿Te contentarás con eso, John?

Almondine

Para ella, el olor y el recuerdo de él eran lo mismo. Donde se conservaba con más intensidad, el pasado lejano volvía para ella como esa misma mañana y lo veía quitándole un gorrión muerto de las fauces, cuando aún no sabía esconder esas cosas, o acostándola en el suelo y flexionándole la rodilla, hasta que la artritis se lo impidió, o apoyándole la palma caliente de la mano sobre las costillas para medir su respiración y saber cuándo empezaba el dolor. Y para consolarla. Eso había pasado la semana antes de que se marchara.

Ya no estaba y ella lo sabía, pero algo suyo persistía en las tablas del suelo, que a veces crujían bajo sus pasos. Entonces ella se ponía de pie y se iba olfateando a la cocina, al baño y al dormitorio (sobre todo dentro del vestidor), con la intención de apretar el cuello contra su mano, pasárselo por la pierna y sentir el calor de su cuerpo a través de la tela del pantalón.

Lugares, momentos, estados del tiempo, todo eso lo removía a él en su interior, sobre todo la lluvia, cuando caía más allá de la doble puerta de la perrera donde él había esperado a que amainaran tantas tormentas, y cada gota despertaba una docena de ecos en el aire al golpear contra la tierra anegada. Y allí donde el agua en ascenso se encontraba con las gotas que caían, se formaba una especie de expectativa, un lugar donde él podría haber aparecido y pasado a grandes zancadas, silencioso y sin un gesto. Porque ella tampoco carecía de deseos egoístas: permanecer inmóvil, compararse con las cosas y encontrarse presente, saberse viva precisamente porque él no necesitaba hacerle caso cuando pasaba casualmente a su lado; saber que la constancia absoluta iba a prevalecer si ella observaba el mundo con cuidadosa atención, y si no se imponía la constancia, al menos que sólo se produjeran los cambios que ella deseaba, y no los que la socavaban y la indefinían.

Por eso buscaba. Había visto cómo bajaban su ataúd a la fosa: una caja fabricada, no más parecida a él que los árboles mecidos por el viento invernal. Asignarle una identidad fuera del mundo no entraba en su pensamiento. La alambrada que solía recorrer y la cama donde dormía; vivía en ellas y ellas lo recordaban.

Sin embargo, ya no estaba. Lo sentía sobre todo en la disminución de su propio ser. A lo largo de su vida la habían nutrido y sostenido diferentes cosas; él era una, Trudy otra, y Edgar, la tercera y más importante, pero en realidad eran los tres juntos, entrecruzados en ella, porque cada uno alimentaba su corazón de distinta manera. Cada uno tenía diferentes responsabilidades hacia ella y con ella, y le pedía cosas diferentes, y su jornada consistía en hacer cumplir esas responsabilidades. No podía imaginar que esa porción de ella no fuera a volver nunca. No era la esperanza, ni la melancolía, sino su sentido de estar viva lo que había disminuido en proporción directa a la parte de su espíritu dedicada a él.

Cuando llegó la primavera, su olor en la casa empezó a desvanecerse y ella dejó de buscarlo. Pasaba días enteros dormitando junto a su sillón mientras la luz del sol se inclinaba del este al oeste, moviéndose únicamente para aliviar el peso de los huesos contra el suelo.

Encapsulados en el dolor, Trudy y Edgar casi habían olvidado cuidarse mutuamente, y mucho más cuidar de ella. Y, si no lo habían olvidado, la pena y el dolor pudieron más. En cualquier caso, era tan poco lo que podrían haber hecho, excepto darle una camisa suya para echarse encima, o quizá llevarla a recorrer la alambrada, donde habían quedado colgando fragmentos de tiempo enredados. Pero aunque notaran su tristeza, ellos no sabían hacer esas cosas. Y ella no conocía ningún idioma para pedírselo.

La pelea

La tos de su madre era mala por las mañanas, aunque para la hora en que terminaban las tareas ya se le había pasado. Una tarde, en la escuela, lo llamaron al despacho del director. Había telefoneado su madre para decir que pasaría a recogerlo en la rotonda, delante de la escuela. Al principio no le pareció raro, porque a veces los recados coincidían con el final de la jornada escolar. Se quedó esperando en el sendero techado de la entrada mientras los autobuses aguardaban con los motores encendidos y poco a poco se iban poniendo en marcha. No vio la camioneta hasta que todos hubieron desaparecido. Su madre estaba sentada en la cabina, con la cabeza echada hacia atrás, hasta que un acceso de tos la curvó hacia delante. Edgar corrió acera arriba, viendo cómo se sacudía la camioneta sobre los amortiguadores. Cuando abrió la puerta, la calefacción parecía a punto de estallar.

«¿Qué ha pasado? —signó—. Tienes un aspecto horrible.»

—No lo sé muy bien. Me mareé mientras trabajaba en el henil y bajé a la casa para acostarme. Esto que tengo se ha vuelto...

Se golpeó ligeramente el pecho, lo que desencadenó otro espasmo de tos. Cruzó los puños delante del cuerpo, se dobló por la cintura y después apoyó las manos sobre el volante. Cuando miró a Edgar, tenía la cara perlada de sudor.

—He llamado... —empezó, pero en seguida cambió a la lengua de signos.

«He llamado al doctor Frost.»

«¿Para cuándo tienes cita?»

Trudy miró el reloj.

«Para hace diez minutos.»

«Entonces, vamos —signó él—. ¡Vamos!»

El doctor Frost tenía su consulta en una casa reconvertida al este del pueblo. Su sala de espera contenía media docena de sillas y una mesa baja cubierta de números antiguos del *National Geographic*. En la pared del fondo había abierto una ventana alta y estrecha para la recepcionista. Antes de que pudieran sentarse, apareció el doctor, rubio y con gafas de montura metálica, e hizo pasar a Trudy a la consulta. Edgar se sentó en el sofá y se puso a mirar por las ventanas. El sol se estaba poniendo detrás de las copas de los árboles. Dos arrendajos se llamaban mutuamente entre los pinos y se lanzaban a volar, describiendo trayectorias curvas y temblorosas. Del interior de la consulta salía una conversación perfectamente inteligible.

–Una vez más, por favor –oyó decir Edgar al doctor Frost, antes de que resonara otro acceso de tos.

Al cabo de un momento, el médico apareció en la ventana de la recepcionista.

–Edgar –dijo–, ¿qué te parece si pasas y te unes a la fiesta?

En la consulta, Trudy estaba sentada en una silla, en un rincón. El doctor Frost le indicó a Edgar que se sentara en el banco negro que usaba para las exploraciones, le pidió que se desabotonara la camisa y le apoyó el estetoscopio sobre las costillas.

–Tose –dijo.

Edgar exhaló un jadeo silencioso.

–Limpio –murmuró el médico.

Garabateó una nota en el bloc, se volvió y apretó con los pulgares la piel suave bajo el maxilar del chico, con la mirada perdida en el vacío. Después le examinó la garganta con una linterna pequeña.

–Di «aaaah».

«A-a-a», signó él.

El doctor Frost miró a su madre.

–Le está diciendo «aaaah».

–Bien, veo que conservas intacto el sentido del humor –dijo el médico–. De todos modos, inténtalo.

Después le dio una palmadita en el hombro y le dijo que se abotonara la camisa. Cruzó los brazos delante del portapapeles y los miró.

–Edgar tiene los pulmones limpios. No se ha contagiado de lo que tú tienes, Trudy, que es neumonía. Tengo que analizar esa muestra de esputo, pero no me caben muchas dudas. La crepitación de tu pulmón derecho es bastante clara. Estoy tentado de mandarte a Ashland para que te hagan una radiografía de tórax, pero vamos a esperar un poco y quizá podamos ahorrarte ese gasto. Ahora mismo es leve, tú eres joven y lo hemos descubierto pronto. Voy a recetarte unos antibióticos y en poco tiempo estarás bien. Sin embargo, hay un problema...

—¿Dices que es leve? —lo interrumpió su madre.

—Relativamente, aunque habría preferido que vinieras a verme hace tres o cuatro días. Lo que tú tienes no es ninguna broma. No pretendo alarmarte, pero quiero que entiendas que la neumonía es peligrosa. La gente se muere de eso. Si empeoras, te mando al hospital.

La madre de Edgar negó con la cabeza y empezó a decir algo, pero, antes de que pudiera hablar, un acceso de tos se lo impidió. El doctor Frost hizo un gesto con la mano.

—Ya lo sé. Es una posibilidad que queremos evitar y por eso mismo vas a tener que hacer lo que yo te diga. ¿Entendido?

Ella asintió. El médico miró a Edgar, hasta que él también hizo un gesto afirmativo.

—Ahora te diré lo que me preocupa. El reflejo de tos de Edgar es anormal. Con la tos se constriñen las cuerdas vocales, algo que para él no es fácil, como ya sabemos. Cuando tienes neumonía, la tos es buena y mala. Es mala porque te agota, pero también es buena porque expulsa la porquería que tienes en los pulmones. Si Edgar se contagia, tendrá menos propensión natural a toser y el material malo se le acumulará en los pulmones. Eso será peor que para una persona corriente. Mucho peor. ¿Entendido?

Una vez más, los dos asintieron con la cabeza. El doctor Frost la miró a ella.

—Lo ideal sería que Edgar se fuera a otro sitio a pasar la semana.

Ella negó con la cabeza.

—No tenemos ningún otro sitio.

—¿Ninguno? ¿Y en casa de Claude?

Trudy soltó una risita sibilante y alzó la vista al cielo; había un destello de ira en su expresión. Edgar la imaginaba pensando: «¡Pueblerinos entrometidos!»

—No, eso sí que no.

—Muy bien, entonces tendremos que reducir al mínimo el contacto entre vosotros dos en los próximos diez días. No comeréis juntos, ni os sentaréis juntos en el cuarto de estar para ver la televisión, ni os daréis besos ni abrazos. ¿Es posible aislar una parte de tu casa, algún lugar donde puedas dormir y las puertas queden cerradas?

—No del todo. Puedo cerrar la puerta de mi dormitorio. Pero da a la cocina y hay un solo baño.

—No me gusta, pero supongo que tendremos que arreglarnos con eso. Estoy sugiriendo medidas extraordinarias porque la situación es inusual. —Se volvió hacia sus anotaciones y escribió un poco más. Cuando terminó, levantó la vista—. Hay algo más, Trudy. Necesitas reposo en cama, sin trampas.

—¿Por cuánto tiempo?

—Una semana, aunque sería mejor diez días. Dormirás todo lo que puedas durante una semana.

—¿Estás de broma?

—En absoluto. Te lo advierto, Trudy, no juegues con esto. Los antibióticos no hacen milagros. Si te agotas, no te servirán de nada.

Se volvió hacia Edgar.

—Edgar, si empiezas a sentir opresión en el pecho o sientes los pulmones cargados, díselo a tu madre. A veces la gente no quiere admitir que está enferma. Pero si vas por ese camino, lo pasarás mal. ¿Entendido?

El médico los acompañó a la sala de espera. Poco después apareció por la ventana de la recepcionista con una receta y un frasco de pastillas. Le dio a la madre de Edgar un vaso de plástico con agua y la hizo tomar allí mismo la primera dosis.

En la camioneta, Edgar podía oír la respiración sibilante de su madre, que frunció el ceño y encendió la radio.

—Me pondré bien —dijo—. Deja de preocuparte.

Siguieron adelante mientras la música crepitaba por el altavoz del vehículo.

—Vas a tener que ocuparte tú solo de la perrera.

«Ya lo sé.»

Cuando llegaron a casa, Trudy fue a su dormitorio, se quitó los zapatos y se cubrió con las mantas hasta los hombros. Edgar se quedó en la puerta, mirándola.

—¿Las vacaciones de primavera son la semana que viene?

«Sí.»

—Llamaré a la escuela y les diré que no podrás ir hasta entonces.

«De acuerdo.»

—Veré si los profesores pueden enviarte los deberes a casa con el autobús escolar.

«De acuerdo.»

—Respecto a la perrera, haz solamente lo necesario. Ve a ver a los cachorros por la mañana y por la noche, y no te preocupes por el adiestramiento.

«Puedo hacer un poco de adiestramiento.»

—Entonces trabaja sobre todo con tu camada. Nada demasiado complicado. Sólo un perro en movimiento cada vez. No lo olvides.

«Vale, de acuerdo.»

—Pasa todo el tiempo que puedas en la perrera. Llévate libros. Quédate fuera y entra en la casa solamente para comer, dormir y...

Antes de terminar la frase, un acceso de tos le levantó los hombros de la cama. Cuando terminó, estaba incorporada sobre un brazo, jadeando.

«¿Y si necesitas algo?»

—No necesitaré nada. Puedo prepararme la sopa y las tostadas yo sola. Además, estaré durmiendo. Ahora cierra la puerta, por favor.

Edgar se quedó donde estaba, memorizando los rasgos de su madre a la luz amarilla de la lámpara.

Ella le señaló la puerta.

—Vete —le dijo.

Cuando *Almondine* y él volvieron a casa esa noche, la puerta del dormitorio estaba cerrada y el reloj despertador de su madre estaba sobre la mesa de la cocina. Edgar apagó la luz, se llevó el reloj al oído y miró los puntos verdes radiactivos en el extremo de las manecillas. Bajo la puerta resplandecía un fulgor amarillo. La empujó para abrirla. Su madre yacía en la cama en posición fetal, con los ojos cerrados. Su respiración sonaba un poco menos trabajosa que esa tarde. Edgar se quedó un buen rato mirando y escuchando. *Almondine* pasó junto a él, empujándolo para entrar en la habitación, y fue a oler la mano de su madre, que reposaba laxa y vuelta hacia arriba sobre las sábanas; después volvió a su lado. Edgar cerró la puerta del dormitorio y se quedó de pie, pensando, mientras hacía girar interminablemente entre las manos el reloj despertador. Luego subió la escalera. Arrancó las mantas de la cama, se puso la almohada bajo el brazo y se lo llevó todo al establo. Juntó cuatro fardos de paja en el pasillo, entre los cubículos. Extendió encima las mantas, se sentó, se desató los zapatos y se puso a mirar la hilera de bombillas que iluminaban el pasillo. Fue trotando descalzo hasta la doble puerta delantera y apagó la luz. Un chasquido de oscuridad inundó la perrera. Volvió a levantar el interruptor, cogió un cubo de metal del taller y fue recorriendo el pasillo, subiéndose al cubo invertido y lamiéndose las puntas de los dedos para no sentir el calor de las bombillas. Las aflojó todas menos una, la que estaba más lejos, al lado del corral paridero. En la penumbra, giró la perilla del dorso del despertador hasta que la aguja de la alarma señaló las cinco y entonces dejó el reloj sobre los fardos, junto a la almohada, y se acostó.

Almondine estaba de pie en el suelo de hormigón, mirándolo con expresión dubitativa.

«Ven —signó él, dando una palmada sobre los fardos—, es lo mismo que en casa.»

La perra rodeó el montón y finalmente subió a bordo y se echó, con el hocico cerca de la cara del chico. El viento sacudía las puertas. Un cachorro chillaba en el corral paridero. Edgar apretó la mano contra el pelo suave del pecho de *Almondine* y sintió cómo subía y bajaba, subía y bajaba.

Tenía auténtico terror de ponerse enfermo. Ya iba a ser suficientemente difícil mantener a su madre en cama; si además pensaba que él estaba enfermo, entonces se levantaría de todas formas para hacer el trabajo de la perrera y entonces sí que acabaría en el hospital. Aun así, pese a los temores, la perspectiva de llevar él solo la perrera lo entusiasmaba. Quería demostrar que era capaz de hacerlo y que nada saldría mal. Desde que había empezado a entender los verdaderos problemas del adiestramiento, sentía que había un sinfín de posibilidades cuando trabajaba con sus perros.

También había otro sentimiento, uno más oscuro y difícil de abordar, porque había una parte de él que prefería estar lejos de ella. Desde el funeral, era tanta su dependencia mutua que para él era un alivio estar solo y sentirse autosuficiente. Quizá pensaba que distanciarse de su madre podía distanciarlo también de la muerte de su padre. Comprendía que eso podía formar parte de lo que sentía y que, de ser así, no era más que una ilusión, pero no por eso dejaba de sentirlo. Se quedó acostado, bajo la mirada de los perros del criadero, con la mano apoyada en el costado de *Almondine*, y se puso a pensar en la soledad.

Mientras tomaba el desayuno, su madre le habló a través de la puerta cerrada, haciendo pausas con inquietante frecuencia para recuperar el aliento.

—¿Has estado ya en el establo?

Él entreabrió la puerta del dormitorio con un empujón y ella lo miró con ojos vidriosos.

«Todo está bien. ¿Y tú?»

—Más o menos igual. Muy cansada.

«¿Has tomado esas pastillas?»

—Sí —respondió ella—. Bueno, todavía no. Las tomaré cuando desayune.

«Te prepararé el desayuno.»

Edgar esperaba que ella dijera que no, pero en lugar de eso asintió.

—Sólo tostadas y mermelada de fresa. Y zumo de naranja. Déjalo en la mesa antes de irte.

Edgar cerró la puerta del dormitorio. Añadió agua al concentrado de naranja, tostó el pan y lo untó con mucha mermelada mientras el corazón le latía con fuerza. Cuando volvió a mirar, ella se había dormido. Esperó un momento, intentando decidir qué era lo correcto y, finalmente, golpeó la puerta con los nudillos.

—Ya me levanto —dijo ella con expresión aturdida.

«El desayuno está listo —signó él—. Volveré a mediodía, a ver cómo estás.»

Durante los tres días siguientes sólo supo que ella había estado despierta porque los desayunos que le preparaba habían desaparecido a la hora del almuerzo y la sopa ya no estaba cuando regresaba por la noche. Su madre debía de haber llamado a la escuela porque el autobús no reducía la marcha delante de su sendero. Invariablemente, estaba dormida cada vez que iba a verla y había un libro abierto sobre las mantas, junto a la punta de sus dedos. Cuando la despertaba, parecía sobresaltarse y tardaba un minuto en entender sus preguntas. Le preguntaba cómo se sentía, y ella respondía que los antibióticos estaban surtiendo efecto. Entonces ella le preguntaba si había problemas en el criadero, y él le decía que no.

Los dos mentían.

Todas las noches, Edgar yacía despierto, ridículamente atormentado por el reloj de cuerda, que además del tictac habitual hacía un ruido chirriante de tableteo que antes nunca había notado. Cuando por fin conseguía conciliar el sueño, aparecía su padre junto a su cama improvisada, tan cercano y real que el chico no podía creer que estuviera soñando, hasta que se encontraba sentado, con *Almondine* lamiéndole la cara. La cuarta mañana, manoteó el tintineante despertador hasta hacerlo callar y volvió a sumirse en seguida en un sopor profundo, inquieto incluso entonces por la posibilidad de soñar otra vez con su padre, e igualmente inquieto por la posibilidad de que no fuera así. En lugar de eso, soñó que podía exhalar sin esfuerzo palabras al aire. Sentía que no había adquirido la capacidad, sino que la había recuperado, como si hubiese tenido voz en el vientre materno, pero la hubiera perdido al entrar en el mundo. Y en su sueño, él elegía deliberadamente no hablar por teléfono para pedir la ambulancia que habría salvado la vida de su padre.

Se despertó llorando desesperado. Tardó un momento en reunir el coraje de hacer una inspiración, colocar los labios y exhalar.

Silencio.

Lo terrible era que su voz sonaba falsa en el sueño: grave como la de su padre y arenosa. Pero cualquier voz que saliera de su interior habría sonado falsa, tanto como el ruido de la cosa zumbona con forma de linterna que los médicos le habían apretado contra la garganta. Aquella cosa le había dado una voz, pero no merecía la pena... a menos, claro, que la hubiera tenido el día en que su padre se desplomó en el establo.

Empezó a abreviar las tareas de la perrera. Para adiestrar a todos los perros, trabajaba a marchas forzadas. Descubrió que podía limpiar tres o cuatro cubículos y a la vez dar de comer a los perros si echaba un montón de comida en el hormigón del suelo. Algo le decía que no era buena idea, pero funcionaba. Por la noche, los animales parecían nerviosos, pero eso era porque su rutina había cambiado. Antes no había nadie que durmiera en el establo noche tras noche, ni mucho menos que corriera por el pasillo abriendo todas las puertas de los cubículos para dejarlos atrapar pelotas de tenis. Edgar se decía que el adiestramiento nocturno era una práctica excelente para corregir errores.

Era pasada la medianoche, el cuarto día, cuando finalmente se acostó sobre los fardos de paja y se tapó con las mantas. Había apagado todas las luces y se había instalado junto a *Almondine*, cuando oyó que una voz de mujer decía claramente su nombre. Se incorporó y prestó atención. Pensó que sólo había sido el chirrido del ventilador de la calefacción. Unos minutos después, una idea empezó a atormentarlo. ¿Y si no había sido el ventilador de la calefacción? ¿Y si su madre estaba fuera, en el porche trasero, llamándolo? Se quitó de encima las mantas de un manotazo y abrió de par en par las puertas del establo, pero lo único que vio fue el patio desierto y el porche oscuro y vacío.

En cierto sentido –pensaba Trudy–, habría sido mejor que los antibióticos la hubieran hecho enfermar del todo. Tal como estaban las cosas, sólo podía quedarse en cama padeciendo escalofríos en un instante y sintiéndose hervir al siguiente. La comida le resultaba indiferente, pero se obligaba a comer. Al tercer día llamó a la consulta del doctor Frost, tal como había prometido, con la esperanza de decirle lo que él quería oír. Estaba cansada –le dijo–, pero no tenía fiebre y dormía mucho. Frost le dijo que era normal. Debía tener cuidado con la deshidratación y no saltarse ninguna dosis de antibióticos. Hablaron brevemente de Edgar. Trudy le dijo al médico que el chico no presentaba ningún signo de tos. ¿Se veía ella capaz de conducir hasta el pueblo al final de la semana? ¿Seguía siendo productiva su tos? Y así, durante un rato. Ella no mencionó que cada vez se mareaba más cuando se levantaba, ni que se le nublaba tanto la mente que había olvidado dos veces el teléfono del médico mientras lo estaba marcando. Y puede que no dijera toda la verdad respecto a la fiebre. Pero consiguió estar concentrada el tiempo suficiente para mantener la conversación, lo que le pareció una victoria.

Después volvió a caer en la cama. ¿Era la hora de la siguiente dosis de pastillas? ¿O ya las había tomado? Cada tarde había empezado a parecerse cada vez más a la anterior, pero estaba segura de haber tomado las pastillas antes de llamar a Frost. Los antibióticos le daban muchísimo sueño. Recordó a Edgar de pie en la puerta del dormitorio, diciéndole que todo iba bien en la perrera. Se había vuelto muy serio desde la muerte de su padre.

Se dio media vuelta en la cama. Lo importante era dormir. Tal como funcionaban esas cosas, lo más seguro era que al día siguiente, cuando despertara, todo hubiera quedado atrás. La fiebre habría remitido y entonces podría sentarse, leer un poco y hacer unas cuantas llamadas telefónicas. Y ocuparse del papeleo.

Cogió el frasco de pastillas de la mesilla de noche y lo vació encima de las mantas. Era curioso. Quedaban muchas.

La quinta noche, Edgar entró en la casa, fue a ver a su madre y cenó. Después de fregar los platos, se fue con *Almondine* al establo a hacer las tareas; pero cuando llegó, el cansancio se le echó encima como una manta de plomo. Los fardos de paja le parecieron lujosamente cómodos y la almohada, blanda como una nube, y por primera vez en muchas noches durmió sin soñar. Se despertó sintiendo el aliento de *Almondine* en la cara. El reloj despertador marcaba las dos. Se sentó y se frotó los ojos con una mano. Había algo que no encajaba. No había hecho las tareas de la noche.

Podía dejar todo lo demás para la mañana, pero no le gustaba la idea de que los perros se quedaran sin agua, y ya que iba a darles agua, también podía darles de comer. Formó una pila de pienso en medio del pasillo, con un cucharón, y llenó un cubo con agua del grifo en el cuarto de las medicinas. Cuando abrió las puertas, los perros de su camada saltaron al pasillo, golpeándole las piernas en su precipitada carrera hacia la comida. Había apilado suficiente pienso para todos, no sólo para los ocupantes de tres o cuatro cubículos, por lo que tuvo que darse prisa y soltar a todos los animales, para que los primeros no se atiborraran y dejaran hambrientos a los últimos. Cuando llegó al final del pasillo, dieciocho perros corrían por el suelo de hormigón, luchando por la mejor posición. Edgar entró en uno de los cubículos y empezó a llenar el abrevadero.

No llegó a ver cómo comenzó la pelea. Oyó un chillido y vio por el rabillo del ojo que un perro daba un salto en el aire. Era *Pinzón*. Tiró el cubo de agua, salió al pasillo y en ese mismo instante comprendió la enormidad de su error. «Un perro en movimiento cada vez», había dicho su madre. Era una de las muchas reglas de la perrera, reglas que no siempre tenían sentido y que ni siquiera parecían importantes, hasta que una determinada situación demostraba su valor.

Pinzón aterrizó, se examinó la pata trasera derecha con el hocico y se volvió con la cabeza baja hacia el grupo de perros, enseñando los dientes con expresión hostil. Después se volvió rápidamente para hacer frente a una de las hembras mayores, una perra llamada *Epi*, dominante en su camada, más corpulenta que *Pinzón* y nada temerosa.

En toda su vida, Edgar sólo había visto una auténtica pelea de perros.

La habían terminado sus padres, arrojando cubos de agua a los rivales y arrastrándolos por la cola. Después, su padre le dijo que nunca jamás había que interponerse entre dos perros que pelearan. Para que quedara claro, se levantó la manga y le enseñó a Edgar la arrugada cicatriz, protuberante y brillante, a lo largo de todo el antebrazo. «Un perro que está peleando te morderá antes de darse cuenta de lo que hace –le había dicho–. No tendrá intención de hacerte daño, pero verá movimiento y reaccionará.»

Varios de los perros se alejaban reculando de *Pinzón* y *Epi*, con los pelos del cuello erizados. Edgar dio un par de palmadas, agarró a dos de los perros y los arrastró hasta el cubículo más cercano. Después, a otros dos. En un instante, el alboroto se había vuelto ensordecedor. El chico encerró a *Candil*, a *Tesis* y a *Puchero*; *Babú* ya se había retirado a su corral. Luego Edgar empujó detrás a *Ágata* y a *Umbra* y siguió corriendo por el pasillo, metiendo a los perros en los cubículos, uno tras otro, y cerrando las puertas con pasador.

Cuando se volvió, sólo quedaban tres perros en el pasillo: *Pinzón*, *Epi* y *Almondine*. *Pinzón* estaba tendido panza arriba, con *Epi* encima. La perra le estaba hundiendo las fauces manchadas de rojo en el pelo de la base del cuello. *Pinzón* se quedaba alternativamente inmóvil o se debatía con fuerza para escapar. A escasa distancia, *Almondine* los observaba, enseñando los dientes y gruñendo; pero en cuanto la perra dio un paso adelante, *Epi* soltó a *Pinzón* y volvió el hocico hacia ella con las orejas gachas. *Almondine* sacudió la cabeza hacia un lado, pero mantuvo la posición.

Lo más importante era separarlas. Edgar echó a correr, acercándose a *Epi* por detrás. Por un breve instante pensó en darle una patada para que se apartara, pero habría tenido que golpearla con fuerza, quizá con suficiente fuerza para herirla gravemente, y no quería hacer eso. En cualquier caso, estaba demasiado cerca y corría demasiado a prisa. Cuando llegó a las patas traseras de *Epi*, simplemente se abalanzó sobre la perra.

Más adelante intentaría comprenderlo todo desde el punto de vista de la perra. Alguien había aparecido por encima de su hombro. Los perros tienen los ojos orientados sobre el eje del hocico y tienen menos visión periférica que los humanos. Edgar intentó engancharle el collar con los dedos e inmovilizarla contra el suelo aprovechando el impulso de su caída, como a veces hacía su madre cuando un perro se negaba a obedecer la orden de echarse. Si se hacía bien, el animal quedaba aplastado, sin tiempo para oponer la menor resistencia. Pero el movimiento tenía que ser sorpresivo. Y tenía que hacerse con suficiente fuerza. Y había que agarrar el collar con firmeza.

La maniobra de Edgar no cumplía ninguna de esas tres condiciones.

Epi ladeó el cuerpo hasta que sus patas traseras resbalaron por el liso hormigón. Podría haberse dado la vuelta para huir, pero tenía la mente puesta en el combate, y en cuanto Edgar cayó rodando sobre un costado, se irguió sobre él. Lo único que pudo hacer el chico fue engancharle el collar con dos dedos; pero sin las manos libres, no podía darle ninguna orden a *Epi*, que de todos modos tampoco habría obedecido.

Si ya era una idiotez interponerse en una pelea de perros, participar en una era suicida. El chico estaba tumbado de espaldas, con el cuerpo de *Epi* suspendido sobre él como un entramado de arcos de pelaje y músculos y, antes de que pudiera moverse, la perra dio un paso atrás, arqueó el cuello y lo mordió.

De hecho, lo mordió dos veces seguidas a la velocidad del rayo. La primera vez, los dientes apenas le tocaron la piel, como si el animal lo estuviera tanteando, pero la segunda fue de verdad y, para entonces, él ya estaba resignado y hasta sentía que ella estaba en su derecho de hacerlo. La sorpresa fue que la perra se contuvo. Redujo la presión del mordisco, que podría haberle aplastado los huesos del antebrazo, y reprimió el tirón hacia arriba, que le habría abierto los tendones, los músculos y las venas desde la muñeca hasta el codo, trazando una línea como la que tenía su padre. En lugar de eso, una chispa de reconocimiento apareció en los ojos color ámbar de *Epi*. Era una perra noble, que sólo se sentía acosada y confusa, y cuando la punta de su colmillo penetró en el brazo, congeló el movimiento.

En ese instante, las fauces de *Almondine* entraron en el campo visual de Edgar por la derecha. La perra no quería correr riesgos. *Epi* era más joven y fuerte que ella, y si alguna vez *Almondine* se había visto envuelta en una pelea, debía de haber sido tanto tiempo antes que Edgar no podía recordarlo. Pero *Almondine* no quería pelear. Sólo quería quitarle a *Epi* de encima, quitar a la perra de encima de su niño. No ladró ni gruñó; no intentó morderle el cuello a *Epi* ni hostigarla para que le soltara el brazo a Edgar.

En ese momento, *Almondine* sólo tenía un propósito: cegar a *Epi*.

Trudy se incorporó en la cama, inquieta y confusa. En su sueño, Gar había salido por televisión y le había hablado, por lo que ya había sido suficientemente malo despertarse y doblemente malo comprender que la habían despertado los perros, que ladraban y gemían todos a la vez. Su primer pensamiento fue que algún animal se habría colado en el establo. Sucedía a veces, aunque sólo Dios sabía por qué, ya que el lugar seguramente apestaba a perro. Pero una vez dentro, el ruido paralizaba al intruso o lo sumía en un pánico incontrolable. En una ocasión, había sido una mofeta; en otra, por increíble que pudiera parecer, un gato. El alboroto que había estallado a continuación se parecía de forma alarmante al que ahora se oía en el establo.

Intentó ponerse de pie, pero perdió el equilibrio y empezó a toser. Una neblina amarilla se extendió a través de su campo visual. El dolor le laceró las costillas. Se sentó en la esquina de la cama. La casa estaba oscura como boca de lobo. Intentó llamar a Edgar, pero no pudo levantar la voz más allá de un suspiro. Cuando se sintió con fuerza suficiente para volver a ponerse de pie, caminó lentamente hasta el pie de la escalera.

—¿Edgar? —dijo—. ¿Edgar?

Esperó a que se encendiera una luz en su habitación o a que apareciera *Almondine*. Al ver que no pasaba ninguna de las dos cosas, subió la escalera. Cuando llegó arriba, se detuvo para recuperar el aliento. La puerta del dormitorio de Edgar estaba abierta. Entró y encendió la luz.

Las sábanas habían sido arrancadas de la cama de cualquier modo y ya no estaban las mantas ni la almohada. Volvió a bajar la escalera, con movimientos lentos y cautelosos. Algo malo estaba pasando en el establo. Se puso unos pantalones y una camisa por encima del camisón; luego metió los pies en unas botas con los cordones desatados y abrió la puerta.

Edgar tenía los ojos fijos en el espectáculo de las fauces de *Epi* sobre su antebrazo, en el modo en que la piel se le había arrugado como un calcetín suelto en torno al colmillo. Todavía no había sangre, ni dolor; sólo una sensación de tirón en la piel del brazo.

Entonces, tumbado en el suelo, lo único que vio fue una mancha borrosa, y después una brecha que se abría cerca del ojo de *Epi*. Después, las fauces de *Almondine* se abrieron en toda su extensión junto a la cara de *Epi*, y de su interior salió un sonido que Edgar nunca había oído en ningún perro; no era un ladrido, sino un grito, un alarido tan crudo, feroz y sangriento que, pese a todos los ladridos y aullidos que habían resonado en la perrera hasta ese momento, fue como si el resto del establo estuviera en silencio.

Epi le soltó el brazo y retrocedió trastabillando. Antes de que Edgar pudiera moverse, *Almondine* se le puso encima, y cuando él intentó sentarse, lo golpeó con la grupa con suficiente fuerza para derribarlo, como habría hecho con un cachorro. Tuvo que escabullirse por detrás de la perra para poder levantarse y ponerse de pie. El pelaje del animal se contrajo cuando lo tocó.

Epi se había retirado al frente del establo y alternativamente gruñía y empujaba la puerta con el hocico. Un rastro de gotas negras atravesaba el hormigón del suelo. La perra se palpaba el morro con la pata y sacudía la cabeza. Edgar condujo a *Almondine* al cuarto de las medicinas y le pasó rápidamente las manos por el cuerpo. No tenía ningún corte ni estaba sangrando. Le indicó con firmeza que se quedara donde estaba y fue a buscar a *Pinzón*. Condujo al perro hasta el centro del pasillo, donde había más luz. El animal no podía apoyar el peso del cuerpo sobre la pata delantera izquierda. Edgar intentó examinarlo y *Pinzón* retiró la pata con una sacudida, pero antes el chico pudo ver una herida abierta cerca del codo y un destello blanco a través del pelo manchado de sangre coagulada. Cuando le palpó a *Pinzón* el cuello y el hocico, sus dedos quedaron húmedos, pero no ensangrentados.

Le indicó que regresara por el pasillo y *Pinzón* entró cojeando en su cubículo. En cuanto cerró el pasador, Edgar se volvió hacia *Epi*, que iba y venía nerviosamente delante de la puerta del establo. Cada vez que su mirada encontraba los ojos de la perra, ella agachaba las orejas y erizaba el pelo del cuello. Tenía la mejilla como si se la hubieran abierto con un cuchillo. A Edgar se le encogía el corazón sólo de verla.

Se agachó y ya había empezado a convencer a *Epi* para que fuera hacia él cuando la puerta se abrió de par en par y la silueta de su madre se recortó contra la negrura de la noche. Al instante, *Epi* dio un salto brusco, que obligó a Trudy a retroceder y agarrarse a la puerta para no perder el equilibrio. Se quedó mirando cómo *Epi* huía en la oscuridad y después se volvió hacia Edgar.

«¿Qué haces aquí?», signó él frenéticamente.

—¿Qué está pasando?

«Ha habido un problema. Una pelea.»

—¡Pero si es noche cerrada! El brazo... ¿Te has hecho daño?

El chico bajó la vista. Tenía la manga de la camisa manchada de sangre, pero no sabía si era suya o de *Pinzón*. Se acercó el brazo al cuerpo, con la esperanza de disimular la herida.

«No lo creo. No mucho. Pero *Epi* tiene un corte en la cara. Necesitará unos puntos; *Almondine* la mordió. *Pinzón* está cojo; no sé si es grave.»

Su madre se tambaleó, como a punto de caer, pero en seguida se repuso.

«No deberías haber salido —signó él—. Vuelve a casa.»

Intentó que diera media vuelta.

—¡Dios mío! —dijo ella—. ¡Cómo tienes el brazo!

«Vuelve a casa. Primero te acompañaré adentro.»

—Ya estoy aquí, Edgar, y dará igual que me quede.

«¡Nada de eso! ¡El doctor Frost ha dicho que podías acabar en el hospital! ¡Ha dicho que podías morir!»

Ella abrió la boca para responder, pero un acceso de tos se lo impidió. Cuando se le pasó, Edgar la condujo fuera del establo. La noche no era especialmente fría para ser primavera, pero tampoco era calurosa, y el chico quería que su madre volviera a entrar en la casa. Después recordó a *Almondine*. Estaba sentada en el cuarto de las medicinas, mirándolos a través del pasillo. Edgar la llamó con una palmada en la pierna, pero la perra no se movió.

«¡Ven —signó él—, ven de una vez! ¡No tenemos tiempo para tonterías!»

El animal dio unos pasos, pero las patas le fallaron y se desplomó sobre el hormigón.

Edgar se volvió hacia su madre.

«Vete —signó—. Por favor, vete.»

Cuando llegó al lado de *Almondine*, la perra ya había vuelto a levantarse y había echado a andar con paso inseguro hacia la puerta. Él la siguió, como planeando sobre ella.

«¿Qué te pasa? ¿Qué tienes?»

Después de cerrar de un portazo las puertas del establo tras ella, la perra recuperó un poco el equilibrio y echó a trotar detrás de su madre. Edgar hizo que las dos subieran los peldaños del porche. En cuanto entraron, *Almondine* volvió a tumbarse, jadeando. Él se arrodilló a su lado.

220

«Le pasa algo –signó–. En el establo ha estado a punto de caerse.»

–¿Tiene alguna mordedura?

«No; lo he mirado.»

Le deslizó la mano bajo el vientre y la hizo ponerse de pie. Le levantó las patas y le flexionó las articulaciones, prestando atención a las señales de dolor. Su madre le pidió que describiera las heridas de *Pinzón* y de *Epi*; no le preguntó cómo había pasado todo, ni cómo se había visto envuelta *Almondine* en la pelea. Se limitó a mirar a Edgar como si nada de lo que decía tuviera sentido.

«Tenemos que llamar a alguien», signó Edgar, propinando al suelo una patada de frustración.

Su madre empezó a enumerar las posibilidades.

–Page está en Florida hasta el... –Miró el calendario de la pared–. ¿A qué día estamos? ¿Miércoles? No volverá hasta el lunes.

«No me refería al doctor Papineau», signó Edgar.

–Sería inútil llamar al veterinario de Ashland en medio de la noche. Ni siquiera pensaría...

Pero Edgar estaba negando con la cabeza.

–Entonces, ¿qué hacemos? –dijo ella, contrariada–. Si conseguimos subirlos a la camioneta, yo podría conducir...

Edgar levantó el auricular del teléfono y lo puso sobre la encimera.

«Llama a Claude –signó–. Llámalo ahora mismo.»

El escondite de *Epi*

Sentada a la mesa, Trudy vio a Edgar marcharse y cerrar la puerta cuando volvió a salir para ir a buscar a *Epi*. Había preparado café con la esperanza de que le despejara la mente, y tenía sobre la mesa una taza que despedía cintas de vapor. La luz del techo brillaba con excesiva intensidad en la periferia de su campo visual. Le costaba trabajo no entornar los ojos, y habría ido hasta el interruptor para apagar la luz de no haber sido porque no tenía fuerzas y probablemente tampoco equilibrio.

Algo había cambiado. Era difícil calibrar exactamente qué, pero cada movimiento le dolía. Podía hacer una inspiración profunda pero, cuando exhalaba, había un resuello en el pulmón derecho y el ruido se le propagaba a través de la carne y los huesos. Temblaba y sudaba al mismo tiempo. «Éste es el tipo de estado que hacía creer a la gente en posesiones demoníacas», pensó. De hecho, se sentía habitada, invadida, usurpada por algo ciego y feroz. ¿Qué había dicho el doctor Frost acerca de los antibióticos? ¿Cuánto tiempo tardarían en hacer efecto? Las paredes de la cocina retrocedieron de forma alarmante. Sintió un desdoblamiento, como si estuviera dentro de su cuerpo y a la vez flotando por encima de sí misma.

Cerró los ojos para dejar fuera la sensación. Al cabo de un momento se despertó sobresaltada.

«Tienes que mantenerte despierta», se dijo. Pero no sabía por qué.

Se puso de pie. Consiguió llegar al dormitorio, mirándolo todo desde arriba: sus manos azules y encogidas, que se extendían hacia delante y se agarraban a la encimera; *Almondine*, echada de lado junto al frigorífico, jadeando; la mesa de la cocina, con la taza de café que ya se había enfriado, y el calendario de la fábrica de pienso, con la foto de una granja, colgado al lado de la puerta. ¡Qué raras parecían las venas que reptaban sobre los huesos de sus dedos! Llevaba puesta encima del camisón una camisa vieja de franela que había sido de Gar. El pelo era una maraña enredada.

Cuando llegó a la puerta del dormitorio se detuvo para mirar a *Almondine*. Había tenido algún incidente en el establo, según le había dicho Edgar, pero la perra estaba bien. Simplemente estaba allí, descansando, sin el aspecto reconcentrado que suelen tener los perros cuando sufren. Sólo estaba vieja. Edgar iba a tener que empezar a cuidarla, en lugar de esperar que tuviera la energía de hacía cinco años. Trudy pensó en la primera noche que *Almondine* había pasado en la casa, cuando era una torpe cachorrita de diez semanas. Recordaba que había estallado una tormenta eléctrica y que *Almondine* había pasado toda la noche gimiendo, asustada y sola, sin sus hermanos de camada. Ahora el hocico se le había puesto gris y ya no podía levantarse de un salto después de un sueño prolongado, pero su mirada era tan firme y clara como siempre. Por esa mirada la habían elegido entre todos los cachorros. Últimamente, esos ojos parecían absorber más de lo que *Almondine* era capaz de expresar, y eso le daba un aire triste y pensativo.

Trudy cerró tras de sí la puerta del dormitorio. Se pasó por los hombros una toquilla de hilo y se recostó. Iba a ir alguien a la casa. ¿Page? No, Claude. Los perros se habían peleado. Había intentado que Edgar se lo explicara mientras la llevaba de vuelta a la casa, pero el chico le había dicho que ya lo haría más tarde y ella no tuvo fuerzas para discutir. Cada vez se parecía más a su padre, siempre seguro de tener la razón.

Por la mañana llamaría al doctor Frost para decirle que los antibióticos no funcionaban.

Tal vez quisiera mandarla al hospital.

También era posible que le diera un día más de plazo.

Claude llegó en un coche de morro sobresaliente y aspecto maligno, con las letras SS adheridas a la rejilla del radiador. «Impala», rezaba la insignia sobre la chapa azul del guardabarros delantero. Había veinte minutos de viaje desde Mellen –pensó Edgar–, y a menos que Claude estuviera con la mano puesta en la llave de encendido en el momento en que llamó su madre, debía de haber conducido a gran velocidad. Claude detuvo el coche cerca del establo, donde Edgar lo estaba esperando.

—Tu madre me ha dicho que ha habido una pelea —dijo Claude.

El olor a cerveza y cigarrillos lo rodeaba como un halo.

Edgar le entregó la nota que había preparado antes de su llegada.

«*Epi* está detrás del establo. No puedo acercarme.»

—¿Dónde tiene la herida?

El chico se pasó un dedo por la mejilla.

Claude ahuecó las manos delante de la boca y, con un estremecimiento, levantó la vista al cielo nocturno. Su aliento blanqueaba el aire. Pasó junto a Edgar y entró en el establo. En el cuarto de las medicinas, revisó todos los armarios. Cuando hubo terminado, regresó con las manos vacías.

—¿Todavía hay Prestone en la caseta de la leche? —preguntó.

Edgar lo miró.

—Ya sabes, líquido de arranque. Lo usamos para el tractor el otoño pasado. El bote estaba casi lleno. Ve a ver cuánto ha quedado.

El chico corrió a la caseta de la leche y tiró de la cadena que encendía la luz del techo. Repasó la maraña de palas, azadas y rastrillos inclinados en un rincón; inspeccionó el rotocultivador, la cortadora de césped, la motosierra, y al final descubrió, en un estante, un bote de aerosol rojo y amarillo, al lado de una hilera de latas de aceite. Lo cogió y salió corriendo. Claude se reunió con él en la puerta del establo, con un collar y una correa de adiestramiento bajo el brazo, y una bolsa de plástico en la mano, en la que estaba metiendo un trapo del cuarto de las medicinas, pulcramente plegado para formar una almohadilla cuadrada. Edgar le dio el bote de Prestone.

—¿Cuánto tenemos?

Claude sacudió el bote, se aseguró el asa de la bolsa alrededor de la muñeca y apretó la boquilla contra el trapo. La bolsa se llenó de niebla.

—Éter al noventa y nueve por ciento —dijo.

De repente puso cara de preocupación.

—No estarás fumando, ¿no? —le preguntó a Edgar.

El chico negó con la cabeza, antes de darse cuenta de que su tío estaba bromeando.

—Me alegro —dijo Claude— porque, de lo contrario, habría una gran llamarada y podrías contar a todos tus amigos la historia de tu tío, la antorcha humana.

Cuando dejó de oírse el silbido del aerosol, Claude sacó la mano y levantó la bolsa. El trapo saturado de líquido se deslizó en el interior de la bolsa con un movimiento untuoso. Claude pasó brevemente la bolsa bajo la nariz de Edgar. Un olor dulzón, entre azúcar y gasolina, le penetró en los senos nasales e hizo que se le erizara el pelo de la nuca.

—Al menos hace frío esta noche —dijo Claude mientras él también olía apresuradamente el trapo—. En verano, la mitad ya se habría evaporado. De todos modos, harás bien en mantenerlo al resguardo del viento. La bolsa no es exactamente hermética.

Entonces condujo a Claude a la zona de detrás del establo, apenas iluminada por la luz velada del patio y por la lámpara de brazo sobre las puertas de la perrera. *Epi* los oyó llegar y empezó a retroceder en actitud defensiva, hasta quedar delante de una vieja caseta para perros deshabitada que había junto al granero. Gotas de sangre manchaban la nieve a su alrededor.

—Si nos acercamos los dos, saldrá corriendo —dijo Claude con la mirada puesta en un punto del suelo, pocos metros delante de él—. Da la vuelta por el otro lado del granero.

Edgar titubeó.

—¡Rápido! —lo instó Claude—. ¡Muévete antes de que intente escapar por ahí!

Edgar se volvió y rodeó la construcción circular de piedra, pasando brevemente por la luz, antes de llegar al muro bajo de hormigón que conectaba la base del establo con el granero. A través del hueco vio la caseta del perro y, más allá, los corrales exteriores de la perrera, con los animales dentro, atentos, observando. Las gotas de agua que caían de la nieve del techo habían abierto un surco en la nieve cristalizada que se amontonaba bajo los aleros.

Epi estaba inmóvil, con la mirada fija en Claude. Edgar se acurrucó detrás del muro, listo para interceptarla si intentaba huir por ese lado.

Ni siquiera Claude recordaba cómo había empezado todo. Debía de haber habido alguna primera vez en la perrera, un momento inicial en el que algún cachorro herido hubiese buscado refugio en un rincón, asustado y a la defensiva, hasta que Claude le salió al paso delante de todos y consiguió hechizarlo, pues no se le ocurría ninguna otra palabra para describir lo que era capaz de hacer. Sabía instintivamente cómo acercarse, tocar, confundir o distraer, para que el perro, atemorizado o no, se plegara a su voluntad. Quizá le había pasado por primera vez cuando era niño. De ser así, había sabido hacerlo toda la vida.

Cuando estaba en secundaria, Claude había empezado a trabajar por las tardes y los fines de semana en la consulta del doctor Papineau. Al principio se ocupaba de tareas diversas, como limpiar, hacer pequeñas reparaciones, archivar papeles o sacar a pasear a los perros convalecientes. Le gustaban el olor antiséptico del lugar y las hileras de frascos de medicinas en las estanterías, como botellas de filtros mágicos. Cuando había que cambiarle el vendaje a algún animal, él también ayudaba. Hacía muchas preguntas, lo que halagaba al veterinario, y casi nunca olvidaba las respuestas, lo que lo impresionaba. Con el tiempo, Claude persuadió al doctor Papineau para que lo dejara hacer de ayudante en las operaciones menores. El veterinario le enseñó a administrar sedantes por vía intramuscular y también la antigua técnica de la anestesia con éter, que ya estaba desapareciendo incluso de la práctica veterinaria.

De vez en cuando, algún perro enloquecía de miedo. El doctor Papineau tenía una vara con un lazo en la punta para esas situaciones, pero a la gente no le gustaba que la usara, y Claude aprendió a trabajar sin ella. Entraba subrepticiamente en el compartimento de carga del camión (o dondequiera que se escondiera el perro afectado) y reaparecía acompañado de un animal dócil y una jeringuilla vacía. Lo mordieron más de una vez, pero eran mordeduras dictadas por el miedo, rápidas y superficiales, y Claude tenía excelentes reflejos. Aprendió a juzgar mejor que nadie hasta qué punto era posible presionar a un perro y, con el tiempo, llegó a apreciar la emoción de esos momentos más que ninguna otra cosa.

Los domingos por la tarde, cuando la consulta cerraba, Claude limpiaba y se ocupaba él solo de administrar las medicinas. Sabía dónde localizar al doctor Papineau en caso de emergencia. Y si uno de esos domingos había en la consulta algún perro que hubiera empezado a caerle mal, entonces, cuando terminaba el trabajo, lo dejaba suelto para que corriera por los pasillos. Después, forzaba el escritorio del doctor Papineau para sacar la llave del botiquín, preparaba el método de sedación que más le interesaba en ese momento y empezaba a investigar. Cuando el perro estaba inconsciente, lo llevaba a su cubículo y comprobaba el tiempo con el reloj. Al final llegó a la conclusión de que ambos métodos tenían sus aplicaciones, pero él era más rápido y hábil con la aguja.

Aunque no era perfecto. El doctor Papineau atribuyó la muerte del primer perro al traumatismo posquirúrgico. La del segundo, sin embargo, lo intrigó. Sometió a Claude a un largo interrogatorio sobre el estado del animal aquel domingo. La sesión inquietó profundamente a Claude y, a partir de entonces, no hubo más incidentes en la consulta.

Tarde por la noche; otoño de 1947. Recostado contra la pared del fondo de un establo que llevaba mucho tiempo abandonado, Claude contemplaba a una muchedumbre formada únicamente por hombres, que se dispersaba en el frío nocturno. Algunos de los presentes, pocos, llevaban perros con bozal y la correa corta, contra el muslo. Otros pocos parecían aislados en un capullo de silencio y decepción. Un hombre contaba dinero y lo depositaba en la mano de otro. El tosco cuadrilátero de contrachapado ya había sido desmontado y, a la luz blanca de dos lámparas de gas, un hombre estaba echando cubos de agua sobre los tablones para lavar la sangre. Fuera se oían risas amargas, que traslucían una negra corriente subterránea de animosidad. Estalló una discusión, que un grito silenció rápidamente.

Entonces apareció Gar, abriéndose paso a codazos. El resplandor de las lámparas lo hizo parpadear. Estaba a punto de marcharse cuando vio a Claude y entonces fue hacia él con expresión colérica.

—Ven —dijo—. Nos vamos.

—Llegué solo y puedo irme solo a casa.

—Si sales de casa conmigo, volverás a la maldita casa conmigo. Lo único que quiero saber ahora es si alguno de nuestros perros ha estado aquí.

—No.

—Dime cuáles.

—Te he dicho que ninguno. ¿Por qué crees que estoy aquí?

—No sé por qué estás aquí. De eso hablaremos cuando nos hayamos ido.

En ese momento entró un hombre a paso rápido en el establo.

—¡Eh, doctor! —llamó a Claude, haciéndole señas para que fuera con él.

Gar miró primero a su hermano y después a los hombres que estaban limpiando el contrachapado. Claude había empujado con una pierna el maletín para esconderlo tras de sí en cuanto había visto entrar a Gar, pero él lo descubrió de todas formas y lo recogió del suelo. Miró las iniciales grabadas en la parte superior y después lo abrió y estudió el contenido.

—No me lo puedo creer —dijo—. ¿Tú te ocupas de remendarlos? ¿Ésa es la idea?

El hombre volvió a llamar, esta vez con mayor urgencia. Claude tendió la mano para coger el maletín, pero Gar lo empujó contra una viga.

—Espera aquí —dijo, y se acercó al hombre.

Claude no pudo oír la conversación pero vio que Gar negaba con la cabeza. El hombre le enseñó un brazo que parecía herido y señaló un punto fuera del recinto. Gar volvió a negar. Finalmente se volvió, llamó a Claude y los tres salieron del establo. Claude llevaba el maletín. En la carretera se encendían los motores, los neumáticos empezaban a rodar sobre la grava y las luces de los faros barrían los árboles como pares de ojos bizqueantes. Claude vio las marcas de los dientes en los músculos correosos del antebrazo del hombre.

Un greñudo pastor de morro achatado, cruzado con una raza más robusta, aguardaba encadenado a un árbol junto a la carretera. Al ver que se acercaban, el perro se puso de pie con dificultad y empezó a aullar sin apoyar una de las patas traseras, que estaba ensangrentada.

—¡Duérmalo! —gritó el hombre.

El perro se pasó la lengua por el hocico y avanzó unos pasos cojeando. Su amo se acercó a él por un costado, pero en el instante en que trató de deslizarle un brazo por debajo del flanco, el animal le puso el morro contra la oreja. Incluso desde el lugar donde estaba Claude, el torvo gruñido resultó inequívoco.

—¿Lo ven? —dijo el hombre, apartándose—. Estaba bien cuando llegamos y ahora no puedo subirlo a la camioneta.

Gar miró a Claude.

—¿Puedes tranquilizarlo?

Claude asintió.

Gar hizo que el hombre retrocediera unos pasos mientras su hermano apoyaba el maletín en el suelo, abría el cierre articulado y sacaba un frasco y una jeringuilla. Llenó de líquido la jeringuilla, se situó en un punto que estaba justo fuera del alcance del perro encadenado y silbó un par de notas que sonaron como un gorjeo: «Tui, tui.»

El perro ladeó la cabeza con curiosidad.

Ahora, en la oscuridad, detrás del establo, Claude se volvió de lado hacia *Epi*. Mantenía la mirada apartada, los codos contra el cuerpo y las rodillas flexionadas, intentando parecer lo más pequeño posible mientras se acercaba a la perra andando lentamente de lado, como los cangrejos.

Iba murmurando una monótona retahíla de frases sin sentido, formando con las palabras un torrente interminable y constante de ruido.

–Dime algo, bonita –decía–. Ay, qué buena chica. Ay, Dios mío, qué buena chica. Qué bonita es ella, tan buena...

Sostenía la bolsa de plástico apretada contra la cadera y tenía algo metálico que le brillaba en la mano. Se acercó un par de palmos más e hizo una pausa, demorándose justo lo suficiente para que pareciera que se estaba desplazando sin ningún propósito. Cada uno de sus gestos era leve, contenido y casi accidental, para dar la impresión de que casi no se estaba moviendo. Nunca una mirada directa, nunca una frase más alta que la otra, pero cada vez más cerca, siempre más cerca y manteniendo siempre el parloteo continuo y sin sentido.

Epi retrocedió hacia la caseta de perro vacía, mirando a un costado con los ojos muy grandes. Sabía que estaba atrapada, y se volvió para mirar a Edgar. El chico pensó que quizá se animara a ir hacia él, pero los aullidos, los dientes amenazadores y el deseo de huir fueron más fuertes que todo lo demás en la mente de la perra, que se quedó inmóvil. Edgar levantó la mano para signarle la orden de echarse. Ella lo vio, se volvió hacia Claude y bajó miserablemente la cabeza, con la boca cerrada y las orejas gachas. La herida de la cara estaba negra y húmeda. La perra se pasó una pata por el corte y se dejó caer en la nieve fría, con las patas recogidas bajo el cuerpo. Desde allí, se puso a estudiar la manera de eludir a Claude. Cuando el tío de Edgar estuvo a tres pasos escasos de ella, el animal se metió en la caseta y, poco después, lanzó desde el interior un gruñido grave.

Claude abrió la bolsa de plástico, de la que brotó una cascada de vapores. Arrojó el trapo mojado al fondo de la caseta y, de inmediato, se dio media vuelta y bloqueó la puerta con su propia espalda enfundada en la chaqueta.

–Espera –le dijo a Edgar.

Dejó de parlotear y todo quedó en silencio. Dentro de la caseta se oyeron unos pasos precipitados cuando *Epi*, presa del pánico, se situó entre el trapo y la puerta. Claude se sentó, mirando a lo lejos. Pasó mucho tiempo. Finalmente, se levantó y se apartó.

–Ven, bonita –dijo–. Sal.

Entonces apareció el hocico de *Epi*. Parpadeando, la perra salió al aire de la noche, tambaleándose y gruñendo de manera confusa. Con dos pasos rápidos, Claude cerró la distancia entre ambos; golpeó a la perra en la barbilla con la mano izquierda y retrocedió. El animal intentó morder el vacío.

—No, nada de eso —advirtió él.

En su confusión (agravada por los sucesos de la noche, los vapores de éter y el inesperado golpe que acaba de asestarle Claude), *Epi* dejó que se le suavizara la línea del lomo y relajó la cola. En un momento, toda actitud desafiante la abandonó, como si por fin se diera por vencida total y definitivamente en algún combate que aún se estaba desarrollando en su mente. Entonces Claude le pasó un brazo por el lomo y le apoyó la mano en el vientre. Sorprendida, la perra le enseñó los dientes, pero él ya le había hundido la aguja entre los omóplatos, hablando otra vez en voz baja y sosegada, y se quedó a su lado incluso después de tirar la jeringuilla, acariciándola y esperando.

—Muy bien, bonita —dijo—. Edgar, no te muevas; si la asustas, me morderá a mí. Es hora de acostarse y descansar, guapa. Ha sido una noche muy larga. Buena chica.

Le pasó la mano por el lomo y la perra flexionó las patas y se dejó caer al suelo, mientras un estremecimiento le recorría el cuerpo.

—Trae la correa —dijo Claude—. Despacio. —Y después—: Pónsela.

»Muy bien —dijo finalmente—. Veamos lo que hay.

Se arrodilló, le pasó una mano a *Epi* por debajo de la pelvis y la otra por el costado y la perra se desplomó en sus brazos, con los ojos en blanco y el cuerpo relajado. Rodearon el granero y Claude esperó un momento bajo la lámpara mientras Edgar intentaba quitar el cerrojo de la puerta.

—Hay una bolsa en el coche —dijo Claude entrando en la perrera—; en el asiento delantero. Ve a buscarla.

Estaba en el cuarto de las medicinas cuando Edgar regresó. *Epi* estaba acostada en la mesa de exploraciones, confusa pero despierta, gimiendo débilmente mientras Claude le afeitaba un lado de la cara con una maquinilla eléctrica. El tío de Edgar paraba cada poco tiempo para echar líquido antiséptico sobre la piel rosa que quedaba al descubierto y apartar los pelos sueltos de la herida. Debajo del pelo aterciopelado, la piel era pecosa. El líquido pardo chorreaba por el pelo del cuello y formaba un charco en la mesa.

Edgar dejó junto a la pared el maletín gastado que había ido a buscar. Tenía las iniciales «P. P.» repujadas en la tapa, con las curvas y los arcos de las letras erosionados por el paso del tiempo hasta parecer de un fieltro incoloro. Claude apartó la maquinilla y se puso a buscar en la bolsa, de la que sacó hilo negro de suturas y una aguja, antes de proceder a embeber ambas cosas con líquido antiséptico. La herida era más pequeña de lo que Edgar esperaba; se abría justo debajo del ojo de *Epi* y terminaba junto a la comisura de la boca. Cada vez que Claude aplicaba presión, manaba sangre de los bordes desiguales de la herida. Con sólo verlo, al chico se le nublaba la vista y temblorosos anillos amarillos se formaban en la periferia de su campo visual.

«Tú has sido el causante de esto –se dijo–. Ahora tienes que verlo. Presta atención.»

Apretó los puños hasta que las manos le dolieron y se obligó a mirar. Por dos veces, Claude perdió la aguja entre el pelo de *Epi* mientras suturaba la herida. Maldijo entre dientes y volvió a limpiarla con antiséptico.

–¿Hay algún otro perro herido?

Edgar asintió.

–Busca en la bolsa otro frasco de píldoras, con una etiqueta que dice «Valium».

La bolsa estaba en el suelo, con la cremallera abierta. Edgar sacó varios frascos, los examinó y levantó uno para que Claude lo viera.

–Ése es. Dale dos y espérame.

Claude volvió a trabajar con la sutura. Agitando el frasco de las pastillas, Edgar se dirigió al cubículo de *Pinzón*. El perro salió a su encuentro, andando animosamente sobre tres patas. Cuando Claude sacó a *Epi* del cuarto de las medicinas y la dejó instalada en su cubículo, con la cabeza apoyada en un par de toallas, *Pinzón* ya se había quedado dormido.

Los puntos en la cara de *Epi* eran pulcros, negros y uniformes. Edgar contó doce, de arriba abajo. Claude había aplicado una crema antiséptica que brillaba sobre la herida. El chico metió tres dedos en el plato del agua y dejó caer las gotas sobre la lengua de *Epi* mientras oía el zumbido de la maquinilla de afeitar. Cuando Claude sacó a *Pinzón*, *Epi* ya estaba suficientemente despierta para levantar la cabeza y mirar. Intentó ponerse de pie, pero Edgar le pasó la mano por el lomo y le indicó que volviera a acostarse.

El cortejo

En la casa, Claude atravesó la cocina y golpeó con los nudillos la puerta cerrada del dormitorio, con el abrigo arrugado en una mano. Edgar se arrodilló y se puso a acariciar el hocico de *Almondine*.

«¿Qué ha pasado esta noche? —signó—. ¿Por qué no podías ponerte de pie?»

La perra apretó la nariz contra el brazo y las piernas del chico y se puso a olfatearlo para adivinar lo sucedido desde que había salido de la casa. Con ojos brillantes, le escudriñó la cara. Cuando Edgar estuvo satisfecho con el estado de la perra, se levantó y fue hacia la puerta del dormitorio, donde su tío aún estaba esperando.

—¿Trudy? —llamó Claude, golpeando la puerta por segunda vez.

La puerta se abrió y apareció la madre de Edgar, agarrada al montante para no perder el equilibrio. Tenía el pelo apelmazado de sudor y los ojos hundidos, rodeados de profundas ojeras, sobre unos pómulos blancos como la tiza. Al verla, Claude sofocó una exclamación.

—Dios mío, Trudy —dijo—. Necesitas un médico.

Ella se volvió y se sentó en la cama mirando más allá de Claude, como si no hubiera advertido su presencia.

—¿Edgar? —dijo—. ¿Cómo está *Epi*? ¿Qué hora es?

Antes de que el chico pudiera signar una contestación, Claude respondió por él:

—Tenía un corte cerca del ojo, pero no era profundo. *Pinzón* estará cojo unos días, pero nada más. Parecían más graves de lo que realmente estaban.

La madre de Edgar asintió.

–Gracias, Gar. Tienes razón, no creo que estos antibióticos me estén curando –dijo–. ¿Podrías llevarme a ver al doctor Frost?

Se quedaron un momento en silencio. Al principio, Trudy no reconoció su error, pero Claude enderezó la postura, como si hubiera puesto la mano sobre un cable de bajo voltaje. A Edgar se le encendieron las mejillas, por algo que quizá era turbación, miedo o algún otro sentimiento cuyo nombre desconocía.

–Sí –dijo Claude–, claro que puedo.

Trudy agitó una mano delante de la cara, como si apartara telarañas.

–Claude, quise decir –se corrigió–. Claude. Ahora voy a acostarme. Despiértame a las ocho, ¿de acuerdo? Después llamaré para concertar una cita.

–Ni hablar –replicó él–. Nos vamos ahora mismo.

–Pero el médico ni siquiera estará en su consulta hasta dentro de una hora y media...

–Estará porque yo lo llamaré –dijo Claude.

Trudy insistió en que Edgar se quedara en casa y no se le acercara. Aunque a disgusto, el chico aceptó quedarse para cuidar de *Epi*, *Pinzón* y *Almondine*. Claude salió marcha atrás con el coche por el sendero y se dirigió al pueblo, con la madre de Edgar acurrucada contra la puerta del asiento del acompañante.

Edgar se obligó a ocuparse de las tareas matinales. Primero dispersó sobre el suelo de los cubículos la paja de los fardos que había usado para dormir antes de la pelea, y después fue a ver cómo estaban los cachorros del corral paridero, los pesó para anotar los datos en el registro, se sentó sobre la paja en una esquina del corral y se quedó dormido. Al cabo de un rato, los cachorros reunieron el coraje para montar un ataque contra él. Edgar los apartó de un manotazo, pero ellos volvieron a cargar y le mordieron los dedos, los zapatos y las presillas del cinturón de los vaqueros. Entonces Edgar se levantó y se fue al cubículo de *Epi*.

Más adelante se culparía a sí mismo por no haber presentido lo que iba a pasar, como si hubiera podido evitarlo; pero durante las semanas siguientes, su principal preocupación fue la salud de su madre y la recuperación de los perros heridos. Todas las mañanas limpiaba la sutura de *Epi*, le aplicaba antiséptico y sostenía en su sitio las compresas calientes hasta que se le enfriaban en la mano. Se iba a la escuela con los dedos manchados de líquido antiséptico. A *Epi* había empezado a crecerle el pelo, pero seguía desconfiada y recelosa. A *Pinzón* se le curó la pata con rapidez y, más importante aún, el desfallecimiento de *Almondine* en la perrera no se repitió.

Sin embargo, acostado en la cama, Edgar revivía los sucesos de aquella noche, cambiando todos los detalles, hasta los más mínimos, para evitar que pasara lo que había pasado.

«Si hubiera soltado a menos perros a la vez...»

«Si no me hubiera quedado dormido...»

«Si les hubiera dado de comer como es debido...»

A veces remontaba en su pensamiento hasta «si ella no hubiera enfermado...», «si yo hubiese podido hablar...», o «si él no hubiese muerto».

El futuro, las pocas veces que pensaba en él, no le parecía especialmente amenazador, ni tampoco prometedor. Cuando esa tarde volvió el Impala y vio salir a su madre andando con paso más firme y con una receta nueva en la mano, pensó que todos los errores habían quedado atrás. Su madre iba a recuperarse. Su padre había muerto en enero y apenas estaban a finales de mayo. Era preciso mantener la rutina que habían establecido en los últimos meses. De ese modo, su vida recobraría su forma original, como un muelle que en los malos tiempos puede estirarse pero que al final vuelve a recuperar su contraída felicidad. La posibilidad de que el mundo pudiera quedar permanentemente descontraído no se le había ocurrido. Así, durante muchísimo tiempo, ni siquiera fue consciente de lo que estaba sucediendo, porque en lo referente a su madre, algunas cosas le parecían tan imposibles como que de pronto saliera volando por el aire.

El ritmo de trabajo no había disminuido. Lo primero eran los cachorros; después, la comida y el agua, y a continuación, la limpieza y las medicinas. Dedicaban el resto del tiempo al adiestramiento. Mientras su madre aún estuvo convaleciente, Claude llegaba por la mañana, descargaba las provisiones y ayudaba con las tareas. Edgar hacía recorrer a *Pinzón* el sendero, arriba y abajo, para que su tío pudiera apreciar su recuperación. Después, Claude se quedaba el tiempo justo para beber un café, sin sentarse siquiera, con el abrigo puesto. La madre de Edgar le hablaba de las cosas que había que hacer en la perrera, como si hubieran llegado a un acuerdo acerca de la clase de ayuda que él iba a prestar. Después, él dejaba la taza y se iba a su coche.

En cuanto Trudy pudo ponerse otra vez en pie, Claude dejó de visitarlos por las mañanas. Como nunca estaba en casa cuando Edgar se iba en el autobús de la escuela, no tenía ningún motivo para pensar que alguna vez pasaba por allí, hasta que una tarde el chico encontró una pila de virutas de jabón blanco en los peldaños del porche. A la noche siguiente, Claude fue a cenar con ellos. En cuanto entró, los movimientos de la madre de Edgar se volvieron más lentos y lánguidos. Y cuando salieron en la conversación *Epi* y *Pinzón*, Edgar comprendió que Claude había estado muchas veces en la perrera desde la última vez que lo había visto, y que incluso había estado allí ese mismo día. Para entonces, había pasado casi un mes.

Después de la cena, Edgar subió a su habitación y se quedó escuchando sus pasos y sus murmullos, que el ruido de la televisión no llegaba a cubrir del todo. Sus palabras se filtraron hasta él, tendido en la cama.

–¿Qué vamos a hacer, Claude?

La pregunta acabó en un suspiro.

Edgar se dio media vuelta y esperó a conciliar el sueño. Escuchaba sin escuchar.

«Si ella no hubiese salido aquel día...»

«Si yo no hubiese estado en el altillo del heno...»

«Si hubiese sido capaz de hablar...»

En algún momento de la noche, el Impala arrancó con un rugido ronco. Por la mañana, cuando Edgar se levantó, sintió llamaradas en el centro del pecho.

Empezaba a hacer calor, al menos algunas noches. Una tarde, salió al porche y se encabalgó en una silla vieja de la cocina para ver la puesta de sol. Los días soleados habían fundido la nieve del campo y una lluvia breve lo había limpiado todo. *Almondine* encontró un lugar libre en la vieja alfombra y se puso a mordisquear un hueso, con la boca muy abierta sobre el extremo hueco. Poco después, la puerta de la cocina se abrió y Edgar sintió que las manos de su madre se apoyaban sobre sus hombros. Escucharon las gotas de agua que caían de los árboles.

–Me gusta ese sonido –dijo ella–. Solía sentarme aquí para escuchar el agua correr por el canalón del tejado antes de que tú nacieras.

«Ya lo sé –signó él–. Eres muy vieja.»

Más que oír la risa de ella, la sintió. Su madre le apretó suavemente los hombros con los dedos.

—Fue en esta época del año cuando tu padre encontró aquel cachorro de lobo. ¿Recuerdas cuando te lo contamos?

«Sólo un poco.»

—¿Ves aquellos álamos?

Su madre tendió la mano sobre un hombro de Edgar y él cerró un ojo y siguió con el otro la dirección que marcaba el brazo, hasta ver el bosquecillo que ocupaba la esquina inferior del campo.

—Cuando volvió del bosque ese día, aquellos árboles eran pequeñitos. Podrías haber rodeado la mayoría de los troncos con un par de dedos. Apenas empezaban a echar hojas. Casualmente, yo estaba mirando hacia allí cuando apareció tu padre. Fue increíble. Fue como si su imagen se materializara de la nada. Iba andando lenta y cautelosamente, y al principio pensé que se había hecho daño. Al verlo, se me erizó el vello de la nuca.

«¿Porque pensaste que estaba herido o por el aspecto que tenía?»

—Por las dos cosas, supongo. Debí de adivinar nada más verlo que venía con un cachorro, porque caminaba como cuando estaba en la perrera y llevaba en las manos un perrito recién nacido.

«Con los hombros encorvados.»

—Justo. Pero de lejos no me di cuenta.

Era agradable el sonido de su voz; a Edgar le apetecía escuchar y suponía que a ella también le apetecía hablar. Había oído retazos de la historia desde que tenía memoria, pero esa vez ella le habló de los bebés que había perdido, del último viaje al hospital y de las figuras bajo la lluvia. Cuando terminó de contárselo, los abedules al fondo del campo se habían disuelto en la negrura de la noche.

«¿Le pusisteis nombre al cachorro?»

—No —respondió ella al cabo de un largo rato.

«Imagina si hubiera vivido...»

Su madre hizo una inspiración profunda.

—Creo que sé adónde quieres llegar, Edgar. Por favor, no me pidas que compare diferentes tipos de dolor. Lo que intento decirte es que, después de perder al bebé, fue como si me perdiera a mí misma por un tiempo. Pasaron días de los que no recuerdo casi nada. No puedo explicar exactamente cómo fue, pero recuerdo que sentía rabia por no haber tenido la oportunidad de conocer a ese bebé antes de que muriera, ni siquiera un minuto. Y recuerdo haber pensado que había encontrado un lugar donde nada de eso había sucedido y donde podía descansar y dormir.

Él asintió. Recordó que, mientras esperaba junto a su padre en el establo aquel día, algo había florecido ante sus ojos cuando los cerró, algo oscuro y obstinadamente vuelto hacia adentro. Recordó que al cabo de un tiempo se había encontrado andando por una carretera, que un Edgar se había quedado con su padre y el otro había seguido caminando, que alrededor de la carretera todo estaba negro como boca de lobo y que la lluvia caía sobre él y lo empapaba. También recordó haber pensado que mientras permaneciera en la carretera estaría a salvo.

—¿Quieres saber por qué no me pasó lo mismo esta vez? —dijo ella.

«¿Por qué?»

—Porque a tu padre tuve oportunidad de conocerlo. Es tan injusto que haya muerto que me pondría a gritar de rabia, pero tuve la suerte de conocerlo y estar con él durante casi veinte años. No fue suficiente. Nunca habría sido suficiente, aunque los dos hubiéramos vivido cien años. Pero fue mejor que nada, y ésa es la diferencia. —Volvió a hacer una pausa—. Lo que le pasó a tu padre no ha sido culpa tuya, Edgar.

«Ya lo sé.»

—No, Edgar, no lo sabes. ¿Crees que no te conozco? ¿Crees que no te veo? ¿Crees que sólo porque no me lo explicas con signos no lo llevas escrito en todo el cuerpo? ¿Que no se te nota en la forma de moverte y caminar? ¿Sabes que te das puñetazos mientras duermes? ¿Por qué lo haces?

Edgar tardó un momento en entender lo que su madre le estaba diciendo.

Cuando se puso de pie, la silla cayó bruscamente al suelo tras él.

«¿Qué quieres decir?»

—Desabróchate la camisa.

El chico intentó marcharse, pero ella le apoyó la mano sobre el hombro.

—Haz lo que te digo, Edgar, por favor.

El muchacho se desabrochó la fila de botones y dejó que la camisa se le abriera. Un hematoma con enfermizas manchas verdes y azules le ocupaba el centro del pecho.

En algún lugar, un helado diapasón golpeó una barra de plata y empezó a sonar y a sonar. Edgar fue al baño, se puso delante del espejo y se apretó con un dedo la herida. Un dolor pulsante se propagó por las costillas.

¿Cuánto tiempo hacía que despertaba con la sensación de tener un yunque sobre el pecho? ¿Una semana? ¿Un mes?

—¿Qué es eso? —dijo Trudy cuando él entró en la cocina—. ¡Maldita sea, Edgar! ¿Qué te está pasando? Te has encerrado tanto en tu tristeza que me has dejado sola. No puedes hacer eso. No puedes dejarme fuera, como si fueras el único que ha perdido a alguien. —Le apoyó las manos sobre los hombros—. Por las mañanas, cuando entras en la cocina, te veo por el rabillo del ojo y me parece que lo veo a él...

«Eso es una tontería. No me parezco nada a él.»

—Sí que te pareces, Edgar. Te mueves como él. Caminas como él. Te he estado observando en el corral paridero e incluso sostienes a los cachorros como lo hacía él, tal como tú mismo lo describiste, con los hombros encorvados y andando con esos pasos cautelosos. ¿Te das cuenta de que algunas veces necesito salir de casa, cuando estamos solos tú y yo, porque te veo y siento que él no se ha ido? Algunas noches, cuando vuelvo del establo, no puedo evitarlo y subo a tu habitación para mirarte. Es el único momento en que dejas que me acerque. Es la única forma de acercarme. A ti o a él.

«Yo no soy él. No soy ni la mitad de lo que era él.»

Entonces sintió que una oleada de temblores le recorría el cuerpo. Apartó a Trudy de su camino y salió al porche mientras se abotonaba la camisa. Había algo más que quería decir, pero el descubrimiento del hematoma le había borrado de la mente todo lo demás.

—Edgar, sé muy bien lo que es perderse en los malos sentimientos. Sé lo tentador que resulta. Te parece que, si te adentras aún más en esa maleza, acabarás saliendo por el otro lado y todo volverá a estar bien, pero las cosas no funcionan así. Tienes que hablar conmigo. No puedo dejar de pensar que no me has contado todo lo que sucedió aquel día.

«Te lo he contado todo. De verdad. Cuando bajé del altillo del heno, él estaba tendido en el suelo. Tuve que esperar a que viniera alguien.»

—El auricular del teléfono estaba destrozado.

«Me enfadé y lo golpeé contra la encimera. Te lo he dicho.»

—¿Y qué más, Edgar? ¿Qué más pasó?

«¡Nada!»

—Entonces ¿qué es eso?

«¡No lo sé! Debí de topar con algo. No me acuerdo.»

—Edgar, yo misma he visto que lo haces en sueños. Te das golpes en el pecho. Estás intentando signar algo. ¿Qué es?

El chico no pudo responder, paralizado por el recuerdo de dirigir el puño contra su propio cuerpo. Cada vez que lo imaginaba, casi se sacudía por la fuerza del golpe. Se quedó de pie en el porche, con la respiración tan acelerada como la de su madre, hasta que de pronto recordó lo que quería decir.

«Claude tampoco es como él.»

Entonces fue su madre quien guardó silencio. Se quedó con la vista perdida, mirando el campo por encima del hombro de Edgar, y finalmente suspiró.

—Cuando perdí aquel bebé, quise operarme para no volver a quedar embarazada nunca más. Me gustaba la idea, porque pensaba que así me aseguraría de no volver a sufrir tanto. Pero tu padre me dijo que sólo estaba imaginando el peor de los casos posibles. Me animó a intentarlo solamente una vez más, y no porque no fuera a ser terrible si volvía a pasar, sino porque iba a ser maravilloso si no pasaba. Y tu padre tenía razón, Edgar. La vez siguiente, te tuvimos a ti. No quiero imaginar cómo habría sido nuestra vida si tu padre no hubiera tenido tanta fe en un nuevo comienzo.

El chico se volvió y fijó la vista en la noche.

—Edgar, hay una gran diferencia entre echarlo de menos y no querer que las cosas cambien —dijo ella—. Son dos cosas muy distintas y no podemos hacer nada al respecto. Las cosas siempre cambian. También cambiarían si tu padre viviera, Edgar. Así es la vida. Puedes rebelarte o aceptarlo. La única diferencia es que, si lo aceptas, puedes seguir adelante y hacer otras cosas; pero si te rebelas, te quedas atascado para siempre en el mismo punto. ¿Entiendes lo que te digo?

«Pero ¿no hay cosas por las que merezca la pena rebelarse?»

—Tú sabes que sí.

«Entonces ¿cómo diferencias unas de otras?»

—No conozco ninguna manera segura de diferenciarlas —respondió ella—. Supongo que te preguntas «¿por qué estoy luchando contra esto?», y si la respuesta es «porque me da miedo lo que pueda pasar», entonces es muy probable que te estés rebelando por una mala razón.

«¿Y si no es ésa la respuesta?»

—Entonces te plantas con firmeza en el suelo y sigues luchando. Pero tienes que estar absolutamente seguro de que podrás aceptar otro cambio, un cambio diferente, porque al final las cosas cambiarán de todos modos, sólo que de otra manera. De hecho, si luchas de ese modo, puedes estar prácticamente seguro de que las cosas cambiarán.

Edgar asintió. Sabía que su madre tenía razón, pero no le gustaba lo que decía. Era posible evitar un cambio concreto, pero no los cambios en general. El agua de un río no podía remontar su curso. Aun así, sentía que tenía que haber una alternativa entre el empecinamiento y la resignación, pero no sabía cómo llamarla. Lo único que sabía era que ninguno de los dos había cambiado su forma de pensar y ninguno de los dos encontraba nada más que decir. Se quedó allí hasta que su madre se volvió y entró en la cocina. Entonces empujó la puerta del porche y se fue al establo.

Había muchos trozos de hilo bramante por el suelo del henil. Probando un poco, consiguió hacer un nudo de doble lazo con cola que pudo atar al marco de la cama. El cordel quedaba bien escondido debajo de las mantas, para que ella no lo viera si entraba por la noche. Pasó las muñecas por los ojos de las lazadas y sólo le hizo falta dar una vuelta para estar seguro de que no se le iban a soltar mientras dormía.

En medio de la noche, el ruido del disco giratorio del teléfono atravesaba las paredes. El sonido de cada número arrastrado en sentido horario y el chirrido del disco volviendo a su posición inicial eran suficientemente fuertes para despertarlo. Las partes de la conversación de su madre que el teléfono no lograba captar navegaban con las corrientes de aire por la vieja casa, como un humo gris tan fino que flotaba escaleras arriba y se colaba por las rejillas de la calefacción, y cuando ese humo rozaba una pared, una cortina o una bombilla, se desintegraba en un polvillo que se posaba sobre todos los objetos de la casa.

Por las mañanas, Edgar escondía el hilo bramante en la punta de una zapatilla vieja y se miraba el pecho en el espejo.

El método funcionaba asombrosamente bien.

La primera tormenta eléctrica de la primavera llegó en medio de la noche, con destellos de rayos en el cielo y truenos que hacían temblar el cristal de las ventanas. Por la mañana, la tormenta se había transmutado en una lluvia incesante y poco espectacular, una cortina lenta y uniforme de agua, que se interrumpía a veces unos minutos o una hora pero en seguida volvía, con el gorgoteo del agua en los canalones. Al cabo de dos días, el sótano empezó a inundarse. No fue una sorpresa, ni tampoco una emergencia. Hacía mucho que habían protegido las patas de las mesas con latas de café. Edgar vio el agua rezumando entre las piedras que había puesto Schultz en las paredes del sótano, y después oyó un golpe seco, cuando la columna de agua llegó al codo de la chimenea.

Fuera, el mundo se convirtió en un tumulto de olores vegetales, pantanoso y exuberante –vaharadas de paja vieja, madera de alerce, algas, musgo, savia dulce, hojas podridas, hierro, cobre y gusanos–, un almizclado bostezo que flotaba en el patio.

Durante dos noches seguidas lo despertaron los perros.

Habían empezado a dejar abiertas por la noche las puertas de los corrales exteriores y los perros dormían con el hocico pegado a los umbrales de madera. Desde la ventana de su dormitorio, Edgar adivinaba sus narices negras y sus ojos brillantes. La primera noche no hizo caso de los ladridos, se dio media vuelta en la cama y se tapó la cabeza con la almohada; pero la segunda, percibió en su tono una especie de fervor que lo mantuvo despierto. Por encima del tamborileo de la lluvia, distinguió las voces de *Tesis* y de *Ágata*. Se arrodilló con *Almondine* junto a la ventana. Los perros estaban de pie en los corrales, mojados, agitando felizmente la cola.

Pensó que habría entrado un ciervo en el huerto. O un mapache.

Fue al dormitorio de invitados para mirar por la ventana que daba a la huerta y la carretera. No había nada que ver. Cuando volvió a su habitación, los perros habían dejado de ladrar. Se le ocurrió que quizá hubieran visto a *Forte*, y la idea lo alegró. El vagabundo parecía tener un carácter suficientemente rebelde como para regresar después de pasar el invierno con una familia adoptiva.

Edgar se quedó despierto en la cama, esperando oír otra vez los ladridos de los perros, o quizá el aullido de *Forte*. Con la atención concentrada en escuchar, empezó a entreoír una voz, la misma que había oído en el establo cuando durmió allí, la misma que había oído (ahora lo recordaba) la noche anterior, siempre entremezclada con algún otro sonido. Oyó a alguien gritar su nombre mientras crujían los muelles de la cama, una llamada sin palabras que se estrelló contra el cristal de la ventana. Se sentó, sacó unos libros de la estantería y empezó a recorrer con la vista las letras, como si fueran garabatos, hasta que el cielo se iluminó al otro lado de la ventana.

Durante el desayuno esperó a que su madre mencionara los ladridos.

«¿No te despertaron los perros anoche?», preguntó finalmente.

—No. ¿Ladraron?

«Muchísimo.»

—Es normal —dijo ella—. Se ponen nerviosos cuando empieza a fundirse la nieve.

Cuando al día siguiente terminó las tareas de la noche, estaba tan cansado que subió la escalera tambaleándose y se desplomó en la cama. Era noche cerrada cuando el sonido de su nombre lo despertó. Esta vez le había llegado a través del gorgoteo de la lluvia en los canalones. Se incorporó en la cama con los brazos cruzados sobre el pecho, prestando atención. Al cabo de un minuto, los perros empezaron otra vez. Se deslizó de la cama sin encender la luz, abrió la ventana y asomó la cabeza. En todas partes caía la lluvia y, justo debajo de su ventana, el Impala de Claude estaba aparcado en el sendero.

En cada corral había un perro de pie, ladrando.

Se puso los vaqueros y una camiseta, se ató los zapatos de cualquier manera y bajó la escalera sin hacer ruido, con una mano apoyada en el lomo de *Almondine* para que avanzara más lentamente. El dormitorio de su madre estaba a oscuras. El reloj de la cocina marcaba la una y media.

Se arrodilló delante de *Almondine*.

«Tienes que quedarte. No quiero que te mojes.»

Cuando abrió la puerta del porche, la brisa le alborotó el pelo. No había rayos ni truenos, sino únicamente el susurro monótono de la lluvia tibia, como el murmullo del agua en un torrente, el sonido que una vez había hecho saltar a *Almondine* sobre el riachuelo cubierto de nieve, como adivinando algo escondido debajo. Cortinas plateadas de agua caían hacia los canalones que rodeaban el tejado.

Cerca de la puerta, había un interruptor. Cuando lo levantó, se encendió la farola sobre la entrada del establo y proyectó un cono de luz sobre los toscos tablones de la doble puerta. Edgar casi esperaba ver una marmota o un zorro escabulléndose, pero no vio más que el brillo de la lluvia cayendo a través del haz de luz. Sin embargo, los perros seguían ladrando con una extraña mezcla de alarma y reconocimiento, mojados y relucientes, con la vista fija en el patio. Una luz vacilante bailó ante ellos bajo la lluvia antes de desaparecer. Edgar estaba a punto de darse media vuelta y entrar cuando algo le llamó la atención cerca de la puerta del establo. Cuando intentó verlo mejor, comprobó que sólo era la lluvia.

Entonces, abruptamente, los perros callaron. Se sacudieron la lluvia y, uno a uno, fueron trotando hacia las puertas que se abrían al fondo de sus corrales, donde empujaron las cortinas de lona y desaparecieron.

Fuera lo que fuese lo que los había hecho ladrar —pensó Edgar—, debía de estar dentro de la perrera. Nunca lo descubriría si se quedaba parado en el porche. Se volvió hacia *Almondine* por última vez y se arrodilló para calmarla. Después, salió a la lluvia y empezó a cruzar el patio.

Bajo la lluvia

Antes de llegar a la esquina de la casa, ya estaba empapado. La misma lluvia que había sentido tibia en la mano le calaba los vaqueros y la camiseta y lo estaba congelando, pero no tenía sentido volver para buscar un abrigo. Fue andando hasta el Impala y apoyó la mano sobre el capó. El motor estaba frío como una piedra.

Subió al montículo cubierto de hierba en el centro del sendero, a cuyos lados discurrían fangosos torrentes. Al pálido resplandor de la luz del patio, la hierba recién brotada parecía de un negro untuoso. Los dos altos pinos se erguían como centinelas, temblando, con el agua cayendo en cascada de rama en rama. Pero no había ningún ciervo, ni una pincelada rojiza que pudiera parecerse a un zorro, ni los ojos brillantes de una mofeta. Se volvió y se dirigió hacia los corrales vacíos, pasándose por la cara una mano empapada.

Por una de las pequeñas puertas aparecieron los hombros y la cabeza de un perro. Era *Tesis*, que lo miraba acercarse, con medio cuerpo fuera y el otro medio dentro. Cuando Edgar se agachó y metió los dedos entre la malla de alambre, ella fue hacia él, cabeceando a través del corral, pisó su sombra y le lamió los dedos, parpadeando bajo la lluvia. Su actitud transmitía curiosidad sin angustia, expectativa sin miedo.

«¿Qué está pasando aquí? —signó—. ¿Adónde irías si abriera esta puerta? ¿Qué perseguirías?»

Tesis meneó la cola y lo miró a los ojos, como para devolverle la pregunta. Él se levantó, apoyándose en las tablas de la puerta. La madera empapada del marco crujió. Edgar se volvió para tratar de ver lo que podrían haber visto los perros.

La luz del patio, en lo alto del poste del huerto, proyectaba un globo amarillo a su alrededor. La tierra se curvaba bajo sus pies, pasaba bajo los árboles del huerto y se nivelaba cerca de la carretera. La casa se erguía al borde de la luz, iluminada del lado del sendero y en penumbra por el lado orientado al jardín. Las sombras de los manzanos se extendían a través de la hierba. Al otro lado de la carretera, el bosque era un ondulante telón gris. En lo alto, las gotas de lluvia descendían hacia la luz y, empujadas por la brisa, formaban cortinadas figuras de sauces llorones que se balanceaban un momento en el patio y desaparecían en la noche.

Cuando Edgar volvió la vista, *Tesis* se había retirado al interior del establo y una hilera de ojos brillantes lo contemplaba detrás de las portezuelas de lona. Rodeó la caseta de la leche, intentó mirar al oeste, al otro lado del campo, pero estaba deslumbrado por la luz, y la oscuridad empezaba a tan sólo unos pocos metros de distancia. Se quedó mirando la negrura, en dirección a los corrales traseros, y no vio nada, excepto el costado del granero que se perdía en las tinieblas y la silueta del tejado. Al cabo de un momento, regresó al establo.

Entonces, por segunda vez esa noche, algo se movió delante de la doble puerta. Le llevó un instante comprenderlo: un cambio en la forma de llover, algo en el modo de caer la lluvia. Dio un paso adelante para verlo más de cerca y se concentró en la trayectoria de una única gota, a su paso por el haz de luz. Justo encima de su cabeza, la gota hizo una pausa, se quedó temblando en el aire como una perla transparente y empezó a caer de nuevo hasta estrellarse con un chapoteo en el charco que tenía a sus pies. Edgar se secó la cara y levantó la vista. Otra gota de lluvia había ocupado el lugar de la anterior, para luego caer y ser sustituida por otra, y después por otra más. Nada que él pudiera ver las detenía en el aire, pero todas quedaban suspendidas durante una fracción de segundo para después seguir su marcha hacia el suelo. Lo vio al menos una docena de veces. A su pesar, alargó la mano para tocar el punto donde se detenían, pero en el último momento titubeó.

Retrocedió y vio que lo mismo pasaba en todo el espacio que tenía delante: cientos de gotas de lluvia (miles quizá) quedaban suspendidas a la luz de la farola durante el tiempo de un parpadeo. Creyó ver algo, pero en seguida lo perdió. Cerró los ojos con fuerza. Era como mirar fijamente el huerto, intentando sorprender una quietud absoluta que durara una fracción de segundo. Cuando volvió a abrir los ojos, de repente fue capaz de encajar todas las piezas del puzle que tenía delante.

En lugar de gotas de lluvia, vio a un hombre.

La cabeza, el torso... Los brazos separados del cuerpo... Todo ello formado por gotas de lluvia que quedaban suspendidas un instante y luego eran sustituidas por otras. Cerca del suelo, las piernas de la figura se deshacían en jirones de agua azul grisácea. Cuando una ráfaga de viento recorrió el patio, la forma tembló y las ramas de los manzanos se agitaron detrás, como refractadas por una capa de cristal fundido.

Edgar sacudió la cabeza y se volvió. Una cascada interminable de gotas de lluvia le golpeó los brazos, el cuello y la cara. La misma brisa que hacía reverberar la figura le acarició la piel, cargada de un olor cenagoso y húmedo. Era el olor de la perrera y de la propia agua.

De pronto sintió necesidad de tocar algo, algo que por su propia solidez no pudiera existir en un sueño. Se acercó a trompicones al establo y apoyó las palmas de las manos sobre los tablones. Una astilla se le enganchó a la piel y se le deslizó en la carne, en la base del pulgar. El dolor fue breve y lacerante, pero incuestionablemente real.

Miró a su alrededor. La figura de la lluvia se había vuelto para mirarlo.

Edgar volvió a concentrarse en el establo y a examinarlo con minucioso frenesí. Repasó con las yemas de los dedos las bisagras de hierro oxidado de las puertas y las grietas desiguales que se abrían entre las tablas, donde las sombras eran tan definidas como la línea que dividía la luna. Sabía que, si esperaba lo suficiente, vería cosas increíbles (fantásticas, inexplicables, como salidas de un sueño), pero allí donde miraba sólo encontraba las cosas corrientes del mundo: madera pintada, hierro oxidado, agua cayendo al suelo desde su cara, con un recorrido tan breve que cada gota parecía permanecer inmóvil hasta que tocaba el suelo. Cerró los ojos y prestó atención al sonido de su respiración.

Cuando se volvió, la lluvia caía de manera uniforme a través del haz de luz. Estaba solo. Miró a su alrededor y entonces vio a la figura, de pie junto a la esquina de la caseta de la leche. Desde que había aprendido a verla, ya no podía dejar de distinguirla. La figura hizo un gesto. Las piernas se le emborronaron en cortinas de lluvia y desapareció de la vista. Los perros empezaron a ladrar.

Edgar la encontró de pie, delante de los corrales. Todos los perros habían salido y miraban hacia afuera, sin miedo y con una nota de reconocimiento entusiasta en la voz. Agitaban la cola enérgicamente bajo la cascada de agua. La figura se volvió hacia él y movió los brazos para signar algo. La lluvia era torrencial. La distancia y la forma indefinida de la figura dificultaban la interpretación de los signos.

Edgar dio un paso adelante y la figura repitió lo que había signado.

Suelta a un perro.

Edgar parpadeó bajo la lluvia.

«¿Por qué?»

No te crees que soy real. Abre uno de los corrales.

Edgar fue hacia el corral de *Tesis,* levantó el pasador, enganchó con los dedos la malla de alambre y tiró de la puerta para abrirla. La perra salió en seguida de un salto. Bajó el hocico al suelo, al punto donde había estado la figura, y rascó la hierba con una pata. Miró a Edgar y después volvió la vista al patio. La cola se agitaba alegremente detrás de la perra. La figura la llamó con un gesto, que fue como una reverberación del agua, y después se volvió y le indicó que se tumbara. *Tesis* se echó al instante en la hierba mojada. La figura se inclinó y le pasó la mano por un costado de la cara. Un torrente de agua le recorrió la mejilla ya empapada mientras la perra jadeaba con expresión feliz. Con los labios retraídos en una sonrisa de placer, *Tesis* le lamió la mano a la figura y su lengua pasó por un chorro de agua. El animal cerró la boca, tragó con gesto reflexivo y de nuevo se puso a jadear.

La figura volvió la vista al establo, dio con un gesto la orden de sentarse y, al unísono, los siete perros que estaban detrás de Edgar se sentaron. Después indicó que ya podían moverse, y uno por uno se fueron poniendo de pie y entraron en el establo. Al cabo de un momento, las portezuelas de lona se abrieron y aparecieron siete hocicos.

¿Lo ves?

Por último, la figura ordenó a *Tesis* que volviera a la perrera y el animal regresó trotando al corral y desapareció en el interior del establo. Antes de que Edgar cerrara con pasador la puerta que había dejado atrás, se había reunido con los otros perros que los miraban desde el interior.

El chico se volvió hacia la lluvia.

Edgar.

«¿Qué... qué estás haciendo aquí?»

¿No me reconoces?

«No sabría decirlo. No estoy seguro. Quizá.»

¿Cuántas veces nos hemos parado aquí tú y yo, y hemos contemplado juntos la casa? ¿Cuántas veces hemos contado desde aquí los ciervos del campo? ¿Cuántas veces te he levantado hasta las ramas de uno de esos árboles para que cogieras una manzana? Mírame, Edgar. ¿Qué ves?

«No lo sé.»

¿Qué ves?

«Sé por qué estás aquí. Lo siento. Lo intenté con todas mis fuerzas.»

Crees que podrías haberme salvado.

«No supe qué hacer. Lo intenté de todas las maneras.»

Habría muerto de cualquier modo.

«No. Yo podría haberles avisado. Podrían haber enviado un médico.»

No habría servido de nada.

«Pero yo estaba ahí. ¡Y no hice más que empeorar las cosas!»

La figura de lluvia inclinó la cabeza. Un espacio de quizá un metro los separaba. Al cabo de un momento, la figura levantó la vista, dio un paso adelante y empezó a levantar las manos, como si fuera a abrazarlo.

Edgar no pudo evitarlo y retrocedió. Al instante sintió una oleada de remordimiento.

«Lo siento —signó—. No era mi intención hacer eso.»

No entendiste lo que viste aquel día.

La figura se volvió, se fundió en dirección al establo y dobló la esquina de la antigua caseta de la leche. Al cabo de un momento, Edgar la siguió. Estaba de pie delante de la doble puerta del establo. A la luz de la farola, era fácil interpretar sus signos.

Entra. Hazlo ahora, antes de que deje de llover.

«¿Y qué hago?»

Busca.

«¿Qué busco?»

Lo que él perdió. Lo que da por perdido para siempre.

Entonces, la figura se apartó de la puerta. Edgar retiró la vieja barra de hierro y giró el picaporte. Dentro estaba oscuro pero seco, y la interrupción de la lluvia lo sorprendió. Miró hacia afuera pero sólo vio la lluvia cayendo. Ninguno de los perros ladraba, aunque algunos estaban de pie y lo miraban desde sus corrales.

Empujó la puerta del taller para abrirla y se quedó congelado, incapaz al principio de franquear el umbral. Alargó la mano hacia adentro, pulsó el interruptor de la luz y observó la habitación: el banco de trabajo a la izquierda y, encima, un tablero montado en la pared, con varias herramientas colgadas. El torno de carpintero estaba medio abierto. Casi no habían tocado nada durante aquel invierno, a excepción de los archivadores, y una capa aterciopelada de polvo de serrín cubría el banco. Tenía delante la escalera del henil y, frente a ésta, estantes llenos de latas de pintura y creosota, con las etiquetas manchadas de gotas y churretones.

Edgar hizo una inspiración y entró. Sacó las latas de pintura de la estantería y las apiló sobre el banco de trabajo. Aunque el resto del taller estaba cubierto de una gruesa capa de polvo, las latas no lo estaban; sólo tenían encima un poco de polvillo, como si alguien las hubiera movido poco antes. Al final sólo quedó una pila de brochas y rodillos amontonados de cualquier manera, en el extremo de uno de los estantes. Edgar los puso también sobre el banco de trabajo.

Debajo de la estantería, en el suelo, estaban los dos grandes cubos de chatarra que su padre había intentado mover aquel día, llenos a rebosar de clavos doblados, tornillos descabezados y piezas de recambio, con el hierro oxidado hasta volverse marrón oscuro y las partes de acero de un tono gris mate. Edgar se agachó e intentó inclinar el cubo más cercano y apartarlo de la pared. Al tercer o cuarto tirón, el asa metálica soldada se soltó y el muchacho cayó de espaldas. Volvió a la carga a cuatro patas, abrazó el cubo y lo empujó. Entonces el recipiente se tambaleó y se volcó, y él rápidamente lo hizo rodar, dejando a su paso un rastro de chatarra anaranjada que se apresuró a recoger, de rodillas.

El segundo cubo había perdido el asa mucho antes. Dejó en el suelo otro reguero de chatarra. En el proceso, se había hecho un corte en la yema de un dedo con algún objeto afilado. La sangre se le mezcló en las manos con la herrumbre y empezó a caer al suelo. Volvió a arrodillarse, pero esta vez no pudo recoger ni limpiar, de modo que se sentó. Bajo la escalera del henil, un batiburrillo de objetos diversos ocupaban el reducido espacio donde los largueros de la escalera se encontraban con el suelo: un pincel caído hacía mucho tiempo del fondo de la estantería, un trapo arrugado, una lata de arandelas... Se agachó, recogió todos los trastos y los fue poniendo sobre el banco de trabajo. Una gota parda de sangre quedó atrapada en una tela de araña bajo el último peldaño y por un momento tembló oscuramente en el aire. Edgar alargó la mano y apartó la telaraña.

Al fondo, contra la pared, había una jeringuilla de plástico. El chico la recogió, le quitó el polvo y la levantó contra la luz. El émbolo había bajado tres cuartas partes de su recorrido y la doble arandela negra tocaba la última marca graduada del depósito. La aguja reflejaba la luz en una línea larga y nítida. Edgar sacudió la jeringuilla. Dos cristales vidriados se agitaron dentro del depósito.

Salió a la lluvia con la jeringuilla en la mano, sin poder distinguir nada, deslumbrado por la luz del establo. La lluvia había amainado, convertida en una suave llovizna. Al principio no vio a su padre y miró a su alrededor presa del pánico, antes de darse cuenta de que seguía de pie exactamente en el mismo lugar donde lo había visto por última vez. La lluvia se había vuelto tan fina que para entonces su forma apenas resultaba discernible.

Edgar le enseñó la jeringuilla.

«Esto estaba debajo de la escalera.»

Así es.

«¿Qué significa?»

Lo has visto usar esas cosas.

«¿A Claude?»

Edgar volvió la vista hacia el Impala aparcado en el sendero y después miró la casa oscura. En la ventana de su dormitorio, creyó distinguir el brillo de los ojos de *Almondine.*

Le ha propuesto matrimonio.

«Ella no aceptará.»

Se rió de él, pero aceptará. Cuando se sienta sola, le dirá que sí.

«¡Nunca aceptará! ¡Ella...!»

Antes de que Edgar pudiera seguir protestando, su padre le puso la mano en el centro del pecho y él sintió una especie de chapoteo susurrado en la piel. Al principio pensó que sólo quería apoyarle la mano encima para indicarle con un gesto que se estuviera quieto y escuchara, pero entonces vio que alargaba la otra mano y sintió que algo le traspasaba el cuerpo y que su padre ahuecaba la mano en torno a su corazón. La sensación fue tan extraña que por un momento Edgar pensó que el corazón se le iba a parar; pero su padre se limitó a sostenerlo entre las manos, como si fuera un cachorro recién nacido. En su rostro, Edgar vio dolor, rabia y alegría, y por encima de todo, una pena inexpresable.

Cualquier impulso de protestar o resistirse lo abandonó. El mundo se volvió gris, y los recuerdos cayeron sobre Edgar como una cascada, como las gotas de lluvia que atravesaban la figura de su padre: imágenes vistas por un bebé, por un niño, por un joven, por un adulto... Todos los recuerdos de su padre, transmitidos de una vez.

De pie junto a una cuna, mirando a un bebé mudo que mueve las manos sobre el pecho. Trudy, mucho más joven, riendo. Almondine, como un cachorro mojado y ciego. La imagen de un chico con otro niño más

pequeño al lado, levantando algo en el aire, algo ensangrentado, y son-
riendo. Un millar de perros iluminados por una luz color rubí. Y entrela-
zada con las imágenes, una sensación de responsabilidad, la necesidad
de interponerse entre Claude y el mundo. Peleas de perros. Tormentas en
el campo. Filas de árboles pasando por la ventana de la camioneta. Pe-
rros dormidos, corriendo, enfermos, alegres, agonizantes... Perros siempre
y en todas partes. Después, Claude saliendo del taller y buscando algo en
el suelo. Oscuridad. Y ahora, frente a él, un niño transparente como el
cristal, con el corazón latiendo en el hueco de unas manos.

Edgar cayó de rodillas respirando con dificultad. Se echó hacia delante y vomitó en un charco de agua de lluvia. Por el rabillo del ojo vio la jeringuilla tirada en el fango, con la luz reflejada en la aguja.

Levantó la vista, jadeando. Su padre seguía allí.

Siempre que ha querido algo, lo ha cogido. Desde que era pequeño.

«Se lo diré a la policía.»

No te creerán.

Edgar rompió a llorar.

«No eres real. No puedes ser real.»

Busca a...

«¿Qué? ¡Un momento! No he entendido eso último.»

Su padre lo repitió, deletreando por signos la última palabra.

Busca a H-A-A...

Edgar no lo entendió. Era «H-A-A», seguido de otra cosa y de una «I»
perfectamente clara: «H-A-A-alguna otra cosa-I.»

«No consigo...»

La llovizna era aún más tenue y su padre apenas resultaba visible. Las
manos se le deshilacharon con una ráfaga de viento y después desapareció por completo. Edgar pensó que se había desvanecido para siempre;
pero cuando el viento amainó, reapareció, esta vez arrodillado frente a él,
con las manos tan tenues que el chico apenas podía distinguir sus movimientos.

Se tocó la frente con el pulgar y se llevó una mano al pecho, indicán-
dose a sí mismo.

Recuérdame.

Entonces su padre alargó las manos por segunda vez.

Edgar pensó que habría preferido morir él también, antes que volver a
experimentar aquella sensación. Huyó trastabillando por el suelo enfan-
gado, hasta apoyar la espalda contra la pared del establo, y entonces sig-

nó furiosamente en dirección a la noche, con los brazos cruzados sobre la cabeza.

«¡No me toques! ¡No me toques! ¡No me toques!»

Después de eso, todo se serenó hasta el más absoluto silencio. La llovizna se convirtió en neblina que no hacía ruido cuando tocaba el suelo, y sólo quedó el goteo del agua desde los aleros. Edgar no pudo levantar la vista hasta que dejó de llover del todo.

Por un jirón abierto entre las nubes apareció la luna, una hoz reluciente de hueso, tan afilada como la jeringuilla que tenía a su lado. Los árboles en la linde del bosque resplandecían con un fulgor azul. El muchacho anduvo por el sendero y se volvió para mirar el establo. Los perros seguían al frente de sus corrales, manteniendo la posición de sentados, con el pelaje semejante a un manto de mercurio. Los hocicos lo siguieron cuando se les aproximó. Bajaron la vista y agacharon la cabeza porque ya no querían estar fuera, pero no se movieron.

Desde el instante en que abrían los ojos al mundo, los perros aprendían a observar, a escuchar y a confiar. A pensar y a decidir. Ésa era la lección detrás de cada minuto de adiestramiento. Aprendían algo más que la simple obediencia; aprendían que, a través del adiestramiento, todas las cosas se podían expresar. El propio Edgar lo creía. Creía que tenían derecho a pedir ciertas cosas a los perros, pero también creía que, cuanto más los obligaran, más seguros tenían que estar de lo que les pedían, porque los perros los obedecerían. Aunque dubitativos, incómodos, inquietos o asustados, los obedecerían.

La fila de perros esperaba a que él les diera la señal de abandonar la posición de sentados.

Las nubes se abrieron, se replegaron y volvieron a cerrarse sobre la luna.

Tercera parte

LO QUE HACEN LAS MANOS

El despertar

Emergió de una oscuridad que no era el sueño, sino algo más vasto y reconfortante, la negrura de la inconsciencia deliberada, o quizá la noche que precede al primer despertar, la que conocen los bebés en el vientre materno y después olvidan para siempre. Lo sacó de allí la respiración de *Tesis*, lenta y caliente contra su cara. Cuando entreabrió un párpado, el hocico de bigotes negros de la perra y un ojo curioso llenaron por completo su campo visual. Entonces él la apartó, bajó la cabeza hasta las rodillas y apretó con fuerza los párpados. Aun así, había visto lo suficiente para saber que estaba en el cubículo más alejado de la doble puerta, junto al corral paridero, y que las bombillas del pasillo de la perrera estaban encendidas. Fuera caía la lluvia con un rugido, como un torrente que descargara sobre el techo. Se oyó el susurro de la portezuela de lona y entró otro perro, esta vez *Candil*, que metió el morro en el hueco abierto entre la barbilla y el pecho de Edgar, olfateó, se retiró y ladeó la cabeza con un grave gruñido de desconcierto.

Unas briznas de paja empezaron a picarle en el cuello. Tenía la camiseta pegada a las costillas, fría y empapada. Un espasmo le sacudió el cuerpo, y después otro, y entonces, a su pesar, hizo una inspiración profunda que lo inundó de los olores de la perrera: sudor y orina, trementina y paja, sangre y excrementos, nacimiento, vida y muerte, todo ello ajeno y amargo, como si la historia completa del lugar hubiera florecido repentinamente en su pecho, y junto a todo lo anterior hubiera aparecido también, disimulado hasta el último instante, el recuerdo de lo que había sucedido esa noche.

Entonces *Tesis* y *Candil* empezaron a importunarlo juntos, y él sólo consiguió reunir fuerzas para sentarse con las piernas cruzadas contra la pared de madera y esconder la cara entre los brazos mientras contaba a los perros, por el ruido que hacían sobre la paja de los cubículos, y escuchaba la lluvia, que atronaba sobre el techo del establo. Cuando volvió a levantar la cabeza, *Tesis* y *Candil* se movían ante él en actitud titubeante, serpenteando e intentando ponerle el cuello entre las manos. Al cabo de un momento se puso de pie. Trozos mojados de la camiseta se le despegaron de la piel con un ruido de succión. Se deslizó fuera del cubículo, fue hasta la doble puerta de entrada y se quedó un instante con la mano apoyada en el pasador, escuchando el agua que caía de los aleros.

Hizo una inspiración y empujó una hoja de la puerta. En el cielo color zafiro flotaba una única nube solitaria que el sol naciente había vuelto anaranjada. Las hojas nuevas del arce se agitaban y temblaban; los gorriones hacían piruetas en el cielo sobre el campo mojado, como puntas de cristalero sobre un cuadro, y las golondrinas que anidaban bajo los aleros se zambullían en el aire de la mañana. La casa ardía como una ascua blanca sobre el verde del bosque, junto al azul neón del Impala. Pero no había a la vista ninguna lluvia torrencial, ni tan siquiera una llovizna. El rugido de la lluvia siguió resonando en su interior durante un momento y después se desvaneció.

Había dejado atrás la caseta de la leche cuando recordó la jeringuilla. Volvió y la encontró aplastada en medio de un charco entre la hierba, con la aguja quebrada y el depósito roto e inundado. Recogió los trozos en la mano ahuecada y los llevó al viejo granero, donde los arrojó a través de los peldaños de hierro oxidado y escuchó cómo caían contra la curva más alejada de piedra y hormigón, con un levísimo tintineo. Después subió por el sendero, acelerando la marcha al pasar junto a la casa, el huerto y el buzón. Salió a la carretera y echó a andar en una dirección y después en otra, tras girar en redondo. Corrió un poco, pero en seguida continuó andando con paso agitado y a la vez contenido. Giró una vez más y, al cabo de un momento, se encontró subiendo otra vez por el sendero y dando vueltas alrededor de la casa con el mismo paso vacilante. Dio cinco vueltas, diez, veinte, mirando la oscuridad detrás del cristal de la ventana. Cada vez que pasaba junto al viejo manzano, las ramas más bajas lo enganchaban y él tenía que apartarlas, hasta que finalmente se detuvo para descansar, jadeando, atrapado por enésima vez, y se volvió para mirarlo.

Era un árbol viejo; ya lo era cuando él nació, quizá más incluso que la casa. A la altura de los ojos, el tronco se dividía en tres ramas gruesas y casi horizontales, la más larga de las cuales se arqueaba en dirección a la casa y acababa abruptamente en una masa de hojas cerosas. La rama se habría prolongado a través de la ventana de la cocina si no la hubieran podado a mitad de camino. Edgar tenía frío, estaba temblando y sentía rígidos los dedos, pero consiguió alzarse hasta la bifurcación del tronco y, a partir de ahí, seguir por la rama. La corteza tenía un tacto grasiento, por los muchos días bajo la lluvia. Pasada la mitad de su longitud, empezó a oscilar y a combarse bajo el peso del muchacho. El agua de lluvia recogida por las hojas nuevas lo duchaba cada vez que se movía. Siguió avanzando lentamente. Cuando llegó al muñón podado, aseguró la posición agarrándose a un par de ramificaciones con forma de cuerno, apoyó el esternón contra la rama y se acostó sobre la corteza, como un nadador entre la espesura.

La ventana sobre el fregadero estaba cerrada, y las cortinas de cretona, apartadas a los lados. La tenue luz del alba no era suficiente para iluminar el interior, por lo que al principio sólo pudo ver la luz anaranjada de encendido en la base del congelador, que temblaba y parpadeaba. Su respiración hacía que la rama vibrara como la cuerda excesivamente tensa de un instrumento musical; no era más gruesa que su mano y la corteza se le clavaba en el pecho, que en seguida empezó a dolerle. No sabía muy bien qué estaba haciendo en el manzano, ni qué buscaba, pero se quedó esperando. Al cabo de un rato, el costado del establo se inflamó con un fulgor rojizo. Uno de los perros del criadero salió al corral exterior, miró a su alrededor y volvió a entrar. El aire de la mañana era luminoso y estaba saturado de humedad. En el campo, un chorlitejo lanzó su estridente reclamo.

Almondine entró en la cocina flotando sobre sus viejas patas; se detuvo un momento junto a los fogones, rodeó la mesa y se marchó. Después apareció la madre de Edgar, con el cinturón de la bata anudado. De espaldas a la ventana, puso en marcha la cafetera. Se recogió el pelo, lo levantó y lo dejó caer por fuera de la bata mientras esperaba. Después llenó la taza. Le gustaba el café solo, con un poco de azúcar. Edgar se lo había preparado muchas veces ese invierno, y la vio cómo levantaba la cucharilla de la taza y la metía dos veces en el azucarero, mojada, antes de llevarse el café a los labios. Una de las esquinas de la cocina tenía ventanas por dos frentes. Su madre se quedó de perfil, mirando al oeste y contemplando el vapor que se levantaba del campo. Cuando Claude apareció, estaba vestido, como si acabara de llegar. Se situó detrás de ella, le apoyó una mano sobre el hombro y la dejó allí un momento. Le arregló el pliegue de la bata contra el cuello, se acercó al fregadero y lavó una taza. No miró por la ventana. Se volvió, se sirvió café y se sentó en una silla junto al fregadero.

El murmullo de su conversación atravesaba el cristal de la ventana, pero no las palabras. Al cabo de unos minutos, la madre de Edgar dejó la taza en la mesa y se fue al baño. Claude se quedó mirando el avance del mapa que formaba la luz del sol sobre el campo. Penachos de niebla se arremolinaban y disipaban al calor nuevo de la mañana. Una bandada de gorriones se posó en el comedero de la esquina de la casa, en un alboroto de aleteos y picoteos para apartar a los rivales. Estaban tan cerca que Edgar podría haber atrapado a uno.

Se quedó acostado en el árbol, mirando. Claude era más delgado que su padre y, aunque era más joven y no tenía como él la espalda encorvada de tanto leer, tenía el pelo inundado de mechones grises. Sentado en la silla del padre de Edgar, hizo una mueca con los labios y se llevó la taza a la boca.

Edgar había temido verlos besarse.

Almondine se acercó a Claude, levantó la cabeza y él le alisó con la mano el pelo de la coronilla. La madre de Edgar salió entonces del baño con el pelo envuelto en un turbante. La luz incandescente del baño se derramó sobre la mesa de la cocina. Claude se puso de pie, fue hasta el fregadero, lavó la taza de café y finalmente miró por la ventana.

Quizá al principio no se dio cuenta de lo que había visto. Su mirada recorrió el árbol sin rumbo fijo y pasó de largo. Edgar tuvo tiempo para preguntarse si las hojas recién brotadas le servirían de camuflaje, aunque no le parecía posible y además no le importaba. Claude terminó de lavar la taza y cogió un paño de cocina para secarla. Pero algo debió de removerse en algún lugar en el fondo de su mente —una sensación, un parpadeo, una imagen entrevista–, porque, cuando volvió a levantar la cara, miró directamente a Edgar y después se estremeció y se apartó del fregadero.

Un paso atrás, un movimiento mínimo y perfectamente natural, si es que puede considerarse natural cualquier reacción al comprobar que alguien ha trepado al árbol al otro lado de la ventana y te ha estado acechando como una pantera durante Dios sabe cuánto tiempo. Desde que te levantaste, quizá. Te inclinas para ver mejor. El pelo del chico está mojado, goteando, como si hubiera pasado la noche fuera, bajo la lluvia. Tiene las facciones congeladas en una expresión descarada, como si el panel de vidrio interpuesto entre ambos pudiera protegerlo de algo, de todo, y si en algún momento parpadea, tú no lo notas. Después de mirarlo un buen rato para estar seguro de lo que ves, te das cuenta de que el chico ha estado ahí todo el tiempo. De otro modo, el crujido de las ramas no habría escapado a tu atención, aunque hubieras estado distraído y medio dormido, y los pájaros no habrían alborotado en torno al comedero como lo habían hecho, a tan sólo dos palmos de distancia.

Sopesas la idea de que podría ser una broma. Te relajas e intentas reír entre dientes para dar a entender que lo has descubierto. Le das la espalda, dejas la taza de café sobre la mesa y después vuelves a mirar por la ventana, y miras con falsa calma cuando el chico te devuelve la mirada mientras se agarra a la rama donde permanece en equilibrio. Cuando su madre se te acerca por la espalda, te vuelves y es entonces cuando la besas. Os besáis sin ninguna timidez. Ella te deja un momento la mano apoyada en el hombro. Permaneces de espaldas a la ventana, sin decir nada de lo que has visto, mientras ella descuelga el abrigo del perchero. Dice una última cosa antes de irse y entonces sale con *Almondine* en dirección al establo.

Te vuelves hacia la ventana. Aunque esperabas que él siguiera con la vista a su madre y a la perra, mientras atravesaban el patio, no ha sido así. Su expresión es relajada y los ojos le llenan la cara. Solamente observa, no reacciona. Una vocecita en tu interior te dice que ese chico se pasa todo el día observando. Si se trata de ver quién de los dos es capaz de sostener más tiempo la mirada, no vas a ganarle.

Empiezas a pensar también −él sigue observando desde su rama mojada− que, si se trata de una competición, entonces ya has perdido, porque en ese primer momento, cuando comprendiste lo que estabas viendo por la ventana (cuando tus ojos dijeron que sí y tu mente replicó que era imposible), en ese momento, considerado desde el punto de vista del chico, sabes que pareciste asustado. Te alejaste de la ventana, te apartaste de la imagen escorzada de su cuerpo, de aquella cara, aquellos ojos y aquel pelo empapado, caído sobre la frente.

Diste un paso atrás, levantaste la vista y tenías miedo en los ojos. Ahora vuelves a mirarlo y esbozas una sonrisa insolente, pero no te resulta fácil. La sonrisa te sale forzada y acaba por desvanecerse, como si los músculos de la cara se te hubieran paralizado, y eso también lo ve el chico, que ni por un instante ha desviado la vista ni ha dejado traslucir ninguna emoción. Pero el fracaso de la sonrisa no es lo que más te preocupa. Lo que de verdad te preocupa es que parece como si el chico te estuviera leyendo la mente, como si pudiera oír estos pensamientos, y eso te hace preguntarte si habrá visto algo más, si sabrá algo más o será capaz de adivinarlo. Y cuando cruzáis las miradas y finalmente fuerzas una sonrisa divertida que esperas te salga bien, lo que te desespera, lo que finalmente hace que vuelvas la vista es que, sin mover siquiera un músculo ni parpadear, él empieza a devolverte la sonrisa.

Humo

Para entonces, el patio estaba a plena luz de la mañana y la hierba era como el pelaje de un animal perlado de agua. Edgar retrocedió reptando por la rama del manzano, se dejó caer al suelo y pasó trotando junto a los peldaños del porche. Su madre había dejado abiertas las puertas del establo, utilizando para ello los topes atornillados en los montantes rojos. Desde el vano, el chico pudo oír su voz. Estaba en uno de los cubículos del corral paridero, tranquilizando a una madre mientras examinaba a su cachorro. Edgar entró en el taller, donde la chatarra trazaba una senda ocre por el suelo. De su gancho correspondiente sobre el banco de trabajo, descolgó un martillo viejo, el mismo que Claude había usado para reparar el tejado del establo en verano, el mismo que él había perdido más de una vez entre las hierbas altas y que por eso tenía ahora una pátina moteada de óxido. Le pesaba en la mano y tenía intención de llevárselo a la casa, pero cuando se volvió, *Almondine* estaba en la puerta; lo miraba fijamente mientras movía la cola de lado a lado, en un plácido aleteo. Al ver a la perra se detuvo abruptamente. Después apretó con más fuerza el mango del martillo y siguió adelante. Al llegar junto al animal, se agachó y le apoyó la mano libre contra el pecho para que se apartara, pero en lugar de ceder, la perra levantó el hocico y le apoyó la nariz en la oreja y después en el cuello.

Edgar se irguió y dejó escapar un suspiro tembloroso. Vio cómo lo miraba la perra, levantando la vista, con manchas castañas y negras en el iris de los ojos. Vio los remolinos de suave pelo marrón que le rodeaban la cara y el diamante de ébano que le recorría la frente y se prolongaba entre los ojos, a lo largo del hocico. Se metió la uña del martillo en el bolsillo y esta vez la empujó con las dos manos. Cuando por fin consiguió apartarla del hueco de la puerta, el choque de sus manos contra el pelo de la perra había apaciguado algo en su interior. Acabó arrodillado mientras *Almondine* le olfateaba la ropa mojada de arriba abajo.

Su madre apareció por la puerta del corral paridero. Traía consigo a un cachorro, que daba vueltas sobre sí mismo y mordisqueaba la correa.

–¡Ah, estás aquí! –exclamó, pero en seguida se interrumpió para corregir al cachorro.

Cuando terminó, ella también estaba de rodillas y, desde esa posición, lo miró detenidamente.

–¡Santo cielo! –dijo–. Estás empapado. ¿Ya has ido al bosque?

«No. No he... No.»

Aún estaba pensando qué decir cuando oyó que la puerta del porche trasero se abría y en seguida se cerraba de un golpe. Era toda la provocación que el cachorro necesitaba para dar un salto y sacudir la correa con la boca como si fuera una serpiente. La madre de Edgar impidió con habilidad que la siguiera moviendo y le rodeó el hocico con el pulgar y el índice para que dejara de mordisquearla.

–Estos chicos están locos por salir –dijo–. Gracias a Dios que ha dejado de llover. Date prisa y ve a cambiarte. Esta mañana voy a necesitar ayuda.

Mientras hablaba, mantuvo la atención concentrada en el cachorro, por si volvía a desobedecer. Edgar no podía distinguir si estaba evitando su mirada, de modo que esperó un poco. Cuando levantó la vista, comprobó que no lo estaba rehuyendo.

–¿Qué pasa? –preguntó ella.

Podría haberle dicho entonces lo que había visto la noche anterior, pero era como si ella estuviera arrodillada en un lugar a la vista pero fuera del alcance de las palabras. Pensó que, si esperaba, quizá ella notara algo diferente en él. O quizá en el mundo. Fuera, se oyó el golpe seco de la puerta del Impala al cerrarse. Se encendió el arranque y el motor empezó a ronronear. Arrodillado en el suelo, Edgar volvió la vista hacia la puerta abierta. La uña del martillo se le clavaba en la cadera. Sabía que aún tenía tiempo de ir andando hasta el Impala, abrir la puerta de un tirón y aplastar unas cuantas cosas con la cabeza del martillo, pero sufrió una especie de disociación, como si otro Edgar se hubiera separado de él para ir al encuentro de un futuro diferente. Entonces el Impala empezó a rodar por el sendero. Una vez en la carretera, subió rugiendo la cuesta.

Edgar levantó la vista. Su madre todavía lo estaba mirando, pero él no le respondió. Volvió al taller, dejó el martillo en su sitio y se fue andando a la casa. Después de cambiarse, bajó al cuarto de estar y vio la manta y la almohada que yacían arrugadas sobre el sofá. Edgar no había visto a Claude en el sofá la noche anterior, cuando había recorrido la casa, y el intento de simulación lo hizo sentirse vacío. Se sentó, con una mano hundida en el pelo del cuello de *Almondine*, y se quedó mirando el sofá. Después se levantó y salió por la puerta.

Lo que pasó después era imposible y sin embargo sucedió: la mañana fue común y corriente. Una mañana normal era lo único para lo que Edgar no estaba preparado. En cuanto salió de la casa, su madre le pidió que sacara a los perros del criadero de dos en dos y de tres en tres, empezando por los más jóvenes. Cuando el sol iba por la mitad de su camino hacia el cenit, la normalidad ya lo había rodeado por todos los flancos y el mundo concreto, tangible e incuestionable se empeñaba en negar que nada de la noche anterior hubiera sucedido. Los recuerdos que le habían atravesado el cuerpo, indelebles al alba, empezaron a desdibujarse, hasta dejarle solamente un levísimo velo en la memoria. Podría haber sido una mañana cualquiera de verano de no ser porque, cada vez que Edgar cerraba los ojos, una reluciente gota de lluvia quedaba suspendida en el aire delante de él, con las luces del patio atrapadas e invertidas en su interior. A mediodía sintió que se estaba desmoronando. Lo que sentía era confusión, pero le parecía algo más complicado que eso. Cuando su madre se fue a la casa para comer, él dijo que no tenía hambre. Llevó a los dos últimos perros al establo, los encerró y apoyó la cabeza contra la puerta del cubículo para escuchar mientras bebían agua a lametazos. Encontró unos guantes de trabajo, recogió la chatarra del taller, la volvió a meter en la lechera y arrastró el recipiente hasta su sitio.

Cuando terminó, subió la escalera del henil. *Almondine* lo estaba esperando en la penumbra de la luz del mediodía que se filtraba por las grietas y los agujeros. Se dejó caer sobre un par de fardos de paja y recogió las rodillas contra el pecho. Antes de que pudiera alargar la mano para llamar a la perra, el sueño se apoderó de él. *Almondine* se quedó junto a su cuerpo acurrucado, con media nariz apoyada sobre el dedo en el que él se había cortado la noche anterior. Al cabo de un momento, dio un par de vueltas sobre sí misma, se echó y se quedó acostada, cuidándolo.

En su sueño, Edgar estaba sentado en lo alto de la escalera del henil, mirando el taller. Sabía que eso no era posible, porque el tabique de madera tosca del hueco de la escalera le habría obstruido la visión, pero su sueño tenía una claridad que volvía la madera transparente como el cristal. Abajo, su padre estaba de pie ante el banco de trabajo, de espaldas a él. Edgar veía su pelo negro y despeinado en la coronilla y las patillas de las gafas enganchadas a las orejas. Sobre el banco había varias herramientas de talabartero y una lata de arandelas, y su padre tenía en la mano una correa que se había roto por el lado del broche. Cuando Edgar volvió la mirada hacia los archivadores, también vio allí a su padre, que recorría con los dedos las carpetas marrones llenas de papeles dentro de un cajón abierto, sacaba una y la abría. Sus dos padres trabajaban en silencio, cada uno absorto en su tarea y sin prestar atención al otro.

Un penacho de humo blanco se insinuó entre las vigas del techo. No había llamas a la vista, ni fuego que apagar. Edgar bajó la escalera y se quedó de pie en el taller. El humo se espesó hasta convertirse en neblina gris. Inhaló un poco y tosió; pero su padre, sus dos padres siguieron trabajando, sin darse cuenta. De alguna manera, Edgar se había vuelto desproporcionadamente alto y la cabeza casi le rozaba las vigas del techo. Sabía que podía recuperar su tamaño original si quería, pero entonces las figuras de su padre se desvanecerían y él se quedaría solo en el taller.

Encontró la trampilla del heno solamente por el tacto, recorriendo el techo con las manos hasta descubrir el contorno. Cuando empujó hacia arriba, un peso considerable se le resistió: el del propio Edgar, que dormía sobre los fardos de paja. Deslizó las dos manos hacia un lado de la trampilla y volvió a empujar con gran esfuerzo. Se abrió una hendidura. Serpentinas de humo escaparon precipitadamente por la abertura, succionadas por el espacio de arriba; pero el peso de la trampilla era excesivo y Edgar tuvo que devolverla a su sitio. Después apareció un penacho distinto de humo, denso y negro, con sabor a metal caliente.

Al minuto siguiente, el techo quedó fuera de su alcance y Edgar notó que estaba solo en el taller. Era de noche. La luz de la farola sobre la doble puerta delantera penetraba a través del ventanuco del taller y proyectaba contra la pared un inclinado rectángulo amarillo. Apareció *Almondine*, que venía con Claude. Había una expresión dubitativa en la cara de Claude, pero *Almondine* lo empujó con el hocico para que no se detuviera. Pasó junto a Edgar y cogió la correa con la punta rota. Sus manos trabajaron el cuero y pronto la correa quedó reparada. Claude asintió con la cabeza y le acarició el lomo a *Almondine*. Después, Edgar se puso junto a la perra y él también empezó a acariciarle el costado.

Esa noche prepararon juntos la cena. Edgar frió las patatas mientras su madre daba vueltas a las chuletas en la sartén y añadía de vez en cuando un poco más de manteca a las patatas, como un viejo matrimonio absorto en los asuntos del día mientras la grasa borboteaba. Su madre puso en la mesa los platos, los cubiertos, el pan y la mantequilla, partió por la mitad un pomelo, lo espolvoreó con un poco de azúcar y puso en cuencos las dos mitades, con el lado cortado hacia arriba.

Se sentaron a cenar. Edgar empujó la cuchara por la piel que separaba los gajos de pomelo y miró por la ventana un mundo que se había vuelto azul: cielo azul, tierra azul, árboles azules con hojas azules, como si mirara a través de kilómetros de agua transparente.

—¿En qué piensas? —le preguntó ella al final.

Edgar deseaba desesperadamente hablar de lo sucedido la noche anterior, pero lo inundaban los viejos sentimientos de las primeras semanas después del funeral. «Si hablas, lo olvidarás todo en cuanto hayas articulado las palabras. El recuerdo no te durará lo suficiente para terminar de hablar.» También pensaba en lo que había signado su padre: «No te creerán.»

«¿Crees que hay un cielo y un infierno?», signó él.

—No lo sé. No creo en el cielo y el infierno cristianos, si eso es lo que quieres saber. La gente tiene derecho a creer lo que le dé la gana. Yo, simplemente, no creo.

«No, no digo como en la Biblia. Lo que quiero decir es si crees que pasa algo cuando una persona se muere.»

Ella separó con la cuchara un gajo del pomelo.

—Supongo que no pienso en esas cosas tanto como debería. Cuesta creer que tengan importancia, cuando de todos modos queda el mismo trabajo por hacer. Sin embargo, muchas personas creen que es un asunto importante, y si lo creen, entonces lo es para ellas. Pero tienen que buscar la respuesta por sí mismas.

«Si alguien viniera aquí ahora y te diera una prueba irrefutable, ¿actuarías de otra forma?»

Ella negó con la cabeza.

–Creo que lo mismo daría que alguien viniera y nos dijera que este lugar donde estamos es el cielo, el infierno y la tierra, todo a la vez, porque no sabríamos actuar de otra forma. La gente simplemente se las va arreglando como puede y se da por satisfecha si no comete demasiados errores.

«Me gusta eso. Esto es el cielo, el infierno y la tierra.»

Después de recoger la mesa y fregar los platos, fueron al establo, consultaron el programa de rotaciones nocturnas y apartaron a dos perros de un año para llevarlos a la casa. Los dos animales recorrieron toda la longitud del establo alborotando, pero se pararon en seco cuando llegaron delante de *Almondine,* como si se cuadraran.

–Deberías poner nombres a los perros de la última camada, ¿sabes? –dijo la madre de Edgar–. Ya tienen dos semanas.

El tono de su voz era amable, pero de pronto Edgar notó que le palpitaba la cabeza y se sintió mareado, con una mezcla de rabia, turbación e incertidumbre, agobiado sobre todo por el esfuerzo abrumador de fingir que nada había cambiado.

«¿Qué más da? Ponles los nombres que quieras. O no les pongas ningún nombre.»

Ella lo miró.

–Llevas todo el día arrastrándote. ¿Qué tienes? ¿Estás enfermo?

«Quizá sí –signó él–. O quizá me estoy cansando del olor a perfume.»

–No te pongas así –dijo ella, sonrojándose–. ¿Te molesta algo?

«Pasamos el tiempo adiestrándolos, y entonces un día los entregamos a unos desconocidos, y vuelta a empezar. Esto no tiene fin. Ni tampoco tiene sentido. No tenemos mayor capacidad de decisión que ellos.»

No pensaba decir eso último y en seguida sintió que se le enrojecían las mejillas.

Su madre estuvo un rato estudiándole la cara y pasándole las manos por la cabeza, dejando que el pelo se le derramara entre los dedos como hebras de cristal oscuro.

–Te costará entender lo que voy a decirte, Edgar. He estado posponiendo el momento de hablar contigo y ahora creo que ha sido un error. Lo siento.

«¿Lo sientes? ¿Por qué, exactamente?»

Entonces fue ella quien sintió las mejillas arreboladas. Enderezó la espalda y una especie de curvatura leonina se apoderó de su postura.

—Ya sé que viste a tu padre discutiendo con Claude, pero lo que no sabes es que esas discusiones suyas eran antiguas, eran peleas de toda la vida. Yo no lo entiendo. Probablemente nadie lo entiende, ni Claude, ni tampoco tu padre si estuviera aquí. Pero hay una cosa de la que estoy segura: es posible que dos personas buenas hagan mal las cosas cuando están juntas. Dale una oportunidad a Claude. Yo se la he dado y he descubierto a una persona diferente de la que esperaba.

Edgar cerró los ojos.

«Una persona diferente.»

—Sí.

«Cuando sólo han pasado cuatro meses.»

—Edgar, ¿de verdad piensas que el tiempo que guardamos un duelo es la medida de lo mucho que queríamos a la persona fallecida? No hay libros con reglas que nos digan cómo hacerlo. —Trudy se echó a reír con amargura—. ¿No sería fantástico? No tendríamos que tomar decisiones. Siempre sabríamos qué hacer. Pero no es así. Tú quieres hechos contrastados, ¿verdad? Quieres reglas, pruebas... En eso eres como tu padre. Pero sólo porque algo no se pueda catalogar, clasificar o resumir, no significa que no sea real. Pasamos la mitad del tiempo enamorados de la idea de una cosa en lugar de enamorarnos de su realidad. Pero a veces las cosas no son así. Tienes que prestar atención a lo que es real, a lo que hay en el mundo, y no a una alternativa imaginaria, como si pudieras elegir.

«Pero él no se ha ido.»

Sintió que le palpitaba el corazón mientras lo signaba.

—Ya lo sé. Aun así, tú y yo lo enterramos. Pero él también sigue aquí, ¿verdad? En esta perrera, en la casa, en todas partes. Es así, y a menos que nos marchemos de aquí, para no volver nunca, tendremos que vivir con eso todos los días. ¿Lo entiendes?

«No —signó él. Y después—: Sí.»

—Pero ¿eso es lo mismo que decir que está vivo? ¿Debemos tratar ese sentimiento como si él realmente estuviera aquí?

Edgar se dio cuenta de que no podía contestarle. ¿Y qué, si de verdad pensaba que la duración del duelo de una persona era la medida de su amor? Le molestaba tanto el simple hecho de que ella le hubiera formulado esa pregunta como su propia incapacidad de responderla. Otra cosa más le molestaba, algo que había sucedido durante las sesiones matutinas de adiestramiento. Uno de los cachorros había estado con ese humor rebelde que se apoderaba de ellos a veces y los hacía buscar más el enfrentamiento que el elogio. Había estado provocando a su madre, burlándose de ella, pinchándola de todas las maneras posibles, interpretando deliberadamente mal lo que le pedía, derribando a sus hermanos de camada y haciendo, en general, todo lo que podía enfadarla. Pero no le había servido de nada. El tono cuidadosamente modulado de la voz de Trudy y su postura igualmente estudiada no habían dejado traslucir más que despreocupada indiferencia. Sólo cuando Edgar guardó al cachorro en la perrera, ella estalló finalmente: «La próxima vez que se porte así, le retuerzo el cuello.»

Sólo entonces había advertido el chico que su madre estaba enfadada, e incluso furiosa. Después de todo, parte de su habilidad era esa capacidad de disimular cualquier sentimiento que pudiera perturbar la buena marcha del adiestramiento. Pero si podía engañarlo respecto a un cachorro, ¿qué no le ocultaría cuando hablaban de Claude?

Entonces su madre dijo que Claude volvería al cabo de uno o dos días, y que traería consigo algunas cosas, para quedarse. Edgar le preguntó si lo quería y ella le contestó que sí, pero de una manera diferente de como había querido a su padre. Le preguntó si iban a casarse, y ella le respondió:

—En lo que a mí respecta, cariño, yo sigo casada.

Dijo que no esperaba que nadie le encontrara sentido a lo que acababa de decir, y él menos que nadie, y que comprendía que quizá una cosa no encajara con la otra, y que no sabía de qué otra forma explicarlo, excepto diciendo que tal vez para ella sí encajaban. Edgar sabía que su madre era una persona directa, con poca paciencia para las explicaciones. Claude iba a volver a vivir en la casa por un tiempo, y aunque ella no lo dijo, era evidente que ese tiempo podía ser largo. Incluso era posible que durara para siempre.

Tal vez a ella le sorprendió que él se encogiera de hombros. Edgar no veía que tuviera voz ni voto en el asunto, y no se molestó en pedirlos. Cuando su madre decidía actuar imperialmente, era inútil discutir con ella. Era posible discrepar de sus palabras, pero su porte y su actitud eran irrefutables. Edgar dijo que se quedaría un rato en la perrera y ella se llevó a los dos perros. En la puerta, se volvió y lo miró, como si estuviera a punto de añadir un último comentario, pero pareció pensarlo mejor, se volvió y se encaminó hacia la casa.

Cuando se fue, Edgar abrió la mitad superior de la doble puerta de la perrera y dejó que entrara la brisa de la noche. Después abrió las puertas de los cubículos para que los perros de su camada corrieran por el pasillo. Se arrodilló al lado de *Almondine,* le pasó la mano por el espeso pelaje del cuello y, por primera vez en el día, sintió cierta serenidad.

«Ojalá hubieses estado aquí conmigo anoche, porque así al menos podría estar seguro de lo que realmente sucedió.»

Su recuerdo era suficientemente vívido para que se le estremecieran las entrañas, pero tenía lagunas. Se había despertado en el establo, en el corral, con *Tesis* y *Candil.* No recordaba haber entrado, ni nada de lo que había sucedido después de estar fuera, bajo la lluvia. Por la mañana, la jeringuilla estaba tirada en la hierba, rota, como si él la hubiera pisado, pero tampoco recordaba nada de eso.

Intentó ordenar sus sentimientos. Estaba el deseo de huir; también el de quedarse y enfrentarse a Claude cuando volviera; también el de aceptar sin más críticas las explicaciones de su madre, y además, por encima de todo, el deseo de olvidar todo lo que había pasado, un deseo desesperado y doloroso de que todo fuera normal y conocido, de volver a la rutina de la perrera, de leer por la noche y preparar la cena los dos solos, como antes, cuando casi podía creer que su padre había salido sólo un momento para ver qué tal se encontraba la nueva camada y volver en seguida.

Casi le habría parecido normal sentir miedo en el establo, pero no fue así, quizá porque el cielo nocturno estaba despejado. Si hubiese estado lloviendo, no habría tenido coraje para quedarse fuera. Miró a *Tesis*, que apoyaba las patas en la doble puerta delantera e intentaba asomarse por el antepecho para ver el patio. Cuando la perra se cansó, empezó a pavonearse delante de los otros perros, sacudiendo con la boca un trozo de cuerda y haciendo como que iba a atacarlos.

«Deja de fastidiarlos —signó Edgar—. Ven aquí.»

Les ordenó a todos que mantuvieran la posición y fue a buscar el cepillo para el pelo y los alicates para las uñas. Ya habían terminado el cambio de pelo primaveral y Edgar quería cepillarlos para eliminar los últimos vestigios de mullido pelo gris bajo el manto exterior. Dispuestos en círculo a su alrededor, jadeaban y lo observaban. Primero cepilló a *Almondine*, después a *Ágata* y a *Umbra* juntas, y a continuación a *Pinzón* y a *Babú*. A *Candil* y *Tesis* los dejó para el final, porque tenían que aprender a ser pacientes. A *Tesis* no le gustaba que la cepillaran y Edgar no podía entenderlo. Le hablaba al respecto a la perra y escuchaba sus gemidos, pero no por eso dejaba de cepillarla. Tarde o temprano, el cepillado acabaría gustándole, como a los demás. Era algo de lo que se sentía orgulloso. Aunque aún le quedara mucho que aprender como adiestrador de perros, nadie los cepillaba mejor que él.

El recorrido del cepillo de la grupa a la cruz lo ayudaba a pensar. Le resultaba confusa la inconstancia de su madre, que en un momento le pedía que decidiera el futuro del criadero y, al momento siguiente, decidía sus vidas por decreto. Edgar no podía conocer sus verdaderos sentimientos respecto de nada. De pronto recordó una expresión que había leído en un libro: su madre iba a unir su destino con el de un hombre. Era una expresión tonta y anticuada. En el libro parecía algo claro y sencillo: unir su destino con el de otra persona, algo tan directo como encender la luz o disparar un fusil, un acto indivisible.

En su caso, sin embargo, era complicado más allá de toda capacidad de expresión. Sentía que no podría hacer nada mientras no encontrara las palabras justas, pero las que le venían a la mente sólo captaban lo que había estado pensando y arrastraban por detrás sus pensamientos reales, como la cola de un meteorito. Decir que su madre iba a unir su destino con el de un hombre era una idea que se le había ocurrido hacía días, o incluso semanas, pero sólo entonces las palabras empezaron a borbotear en su interior. En cuanto las oyó en su mente, las descartó por remilgadas y estúpidas, por ser un vestigio de pensamientos pasados. Lo que estaba pensando en ese momento preciso era algo completamente diferente, y no sabía si alguien habría encontrado alguna vez palabras para esas ideas. Dejó de cepillar a *Tesis* e intentó explicarlo, y durante mucho tiempo los perros se quedaron mirando cómo sus manos trazaban sus pensamientos en el aire.

En cualquier caso —les dijo—, todo eso se había vuelto irrelevante después de ver a su padre. Había encontrado una jeringuilla en el taller, la noche anterior. Ése era su recuerdo y al menos de eso podía estar seguro. Entonces su padre lo había tocado y Edgar se había llenado de sus recuerdos; pero como un recipiente a medio hacer, había sido incapaz de retenerlos y los había perdido, con la sola excepción de unos pocos vestigios deshilachados. Uno de esos restos era la imagen de Claude saliendo por la doble puerta del establo, hacia un mundo blanco y frío.

Su padre había muerto de un aneurisma.

Una debilidad en un lugar llamado polígono de Willis.

Pero él ya no se lo creía. Claude había estado allí ese día. Debía de haber dejado huellas en la nieve. ¿Había visto huellas Edgar? Sí, las suyas, las de su madre, las de su padre... También podría haber visto las huellas de otra media docena de personas, pero no habría reparado en ellas porque no estaba prestando atención a ese detalle. El viento había estado soplando sin pausa y había rellenado cada huella y cada rastro de neumático con una pequeña duna blanca apilada a sotavento. ¿Subirían las huellas de Claude por el sendero? ¿Por el campo? ¿Vendrían del bosque? Debía de haber llegado de alguna manera. Edgar recordó que había corrido a la carretera, pero más allá de cincuenta o sesenta metros, todo se desvanecía en un muro blanco de nieve. El Impala de Claude podría haber estado aparcado en lo alto de la colina o a dos kilómetros de distancia, y en ambos casos habría quedado igualmente disimulado. Pensó por primera vez (y volvería a pensar otras muchas veces) en la expresión de Claude esa mañana, cuando él estaba mirando por la ventana de la cocina. ¿Había sido de asombro? ¿O de culpa?

Y si había sido de culpa, ¿qué debía pensar Edgar del beso que había venido después, tan deliberado y desafiante? ¿Por qué empeñarse en irritar a una persona que podía estar al tanto de un secreto suyo terrible? A menos —pensó— que fuera preferible que a esa persona la cegara la ira. ¿Era concebible que Claude hubiera llegado tan pronto a la conclusión de que, si Edgar parecía loco de celos, todo lo que dijera quedaría automáticamente desacreditado?

Miró a los perros, que yacían tumbados en las diversas posturas del sueño, todos menos *Almondine*, que estaba sentada, apoyada pesadamente en su muslo.

«Deberemos tener paciencia —signó—. Tendremos que esperar.»

Condujo a los perros a sus cubículos. Pasó un minuto agachado sobre la paja con cada uno de ellos, pasándoles la mano por el hocico y la curva de los hombros para asegurarse de que estaban bien. Después apagó las luces del pasillo y salió a la oscuridad con *Almondine*.

Sobre el césped lleno de grava dispersa donde había visto la jeringuilla aplastada en el charco de lluvia, una forma alargada de hierba y maleza le llamó la atención. Se puso en cuclillas para verla de cerca. La mancha era quizá del tamaño de la palma de su mano y a primera vista pensó que la hierba estaría seca, pero no era así. Parecía fresca y densa, y allí, a la luz acuosa de la luna, era además blanca como un hueso.

El juego del ahorcado

Se acostó en la cama al lado de *Almondine*, esperando ambos un sueño que se negaba a llegar. Fuera soplaba un viento nocturno, y a través de la ventana de su habitación le llegaba el susurro del manzano y el arce, como el ruido incesante de las olas. *Almondine* yacía con las patas delanteras estiradas y la cabeza echada hacia atrás, observando con suspicacia los movimientos de las cortinas. Al final emitió un largo bostezo con la boca muy abierta, y él alargó la mano y se la apoyó en una pata. La perra desconfiaba del viento. El viento podía entrar en la casa y dar portazos. Edgar le alisó los finos pelos filamentosos de las cejas que se le arqueaban sobre los ojos. Pensó que por la mañana estaría durmiendo en el suelo. Si empezaba la noche en la cama, siempre acababa en el suelo. Si empezaba en el suelo, había cierta probabilidad de que Edgar la encontrara en la cama por la mañana, aunque lo más corriente era verla de pie junto a la ventana o tumbada delante de la puerta. *Almondine* tenía al respecto cierta idea de lo que era correcto y decoroso, pero Edgar nunca había acabado de entenderla.

La estaba mirando, tratando de no pensar en nada, cuando le volvió a la mente la imagen de su padre deletreando con los dedos. Se sentó en la cama. ¿Qué había dicho su padre en esos últimos momentos? ¿Cómo había podido olvidarlo?

«Busca a H-A-A-alguna otra cosa-I.»

Apretó con fuerza los párpados y trató de volver a ver lo que había pasado la noche anterior. La lluvia se había convertido en llovizna. Los gestos de su padre se habían ido desdibujando. Edgar entró en una especie de ensoñación y vio cómo su padre movía unas manos hechas de niebla y trazaba letras con ellas. Cuando volvió a abrir los ojos, pensó que la otra noche había interpretado mal la tercera letra, que ya no le parecía una «A», sino una «C».

«Busca a H-A-C-alguna otra cosa-I.»

Había tenido que pagar un precio por saberlo. Volvió a ver a su padre alargando la mano para tocarlo y recordó que le había suplicado que no lo hiciera, en lugar de decir lo que habría querido decirle. Creía —aunque no sabía por qué— que su padre había deletreado un nombre, el nombre de un perro. Encendió la luz. En la mesilla de noche encontró un trozo de papel y un lápiz, y escribió las letras, dejando un espacio en blanco para la que no había entendido. Incluso incompleta, la palabra le resultaba familiar, pero no tenía idea de lo que podía significar.

Almondine fue tras él cuando bajó la escalera. Su madre había apagado las luces del cuarto de estar y de la cocina, y estaba en la cama leyendo. El reloj de la cocina marcaba las diez.

—¿Edgar? —lo llamó.

El chico fue hasta la puerta de su habitación.

—Siento haberte hablado con dureza esta tarde.

Él se encogió de hombros.

—¿Quieres que sigamos hablando?

«No. No puedo dormir. Me voy al establo, a buscar nombres.»

—No te quedes mucho tiempo fuera. Tienes ojeras.

Le abrió la puerta a *Almondine*, pero la perra prefirió quedarse a dormir en el porche. Edgar fue al taller, sacó el libro maestro de registro y empezó a pasar las hojas. Si encontraba un nombre que encajara, podría averiguar el número del perro y, de ese modo, encontrar su archivo.

Y entonces, ¿qué?

No lo sabía.

Le llevó casi una hora repasar todas las entradas, primero echando un vistazo rápido a las páginas y después yendo más despacio, considerando los posibles diminutivos de cada nombre. No encontró nada, ninguna posibilidad, ni siquiera remota. Hizo una lista en la que rellenó el espacio vacío con todas las letras posibles y tachó las secuencias que le parecieron absurdas, como *Hacdi, Hacqi* o *Hacwi*. Era como el juego del ahorcado, en el que hay que descubrir una palabra adivinándola letra por letra mientras el contrincante dibuja, por cada error, la cabeza, el tronco, los brazos y las piernas de un hombre colgado de una horca.

Pero, en este caso, era muy difícil eliminar potenciales soluciones. La posibilidad de que fuera un nombre extranjero se le había ocurrido, y los nombres propios podían ser mucho más extravagantes que las palabras corrientes. Al final se limitó simplemente a adivinar. Tachó todas las posibilidades, excepto seis:

Hacai
Hacci
Hachi
Hacki
Hacli
Hacti

Consultó cada palabra en el *Nuevo diccionario enciclopédico Webster de la lengua inglesa,* aunque ya sospechaba que no encontraría ninguna. Repasó por última vez el libro maestro de registro, buscando nombres que se pudieran abreviar o alterar, pero incluso mientras recorría las páginas con el dedo índice sabía que la búsqueda era inútil.

Por enésima vez, su mirada volvió a posarse en «Hachi». La letra que faltaba tenía que ser la «H», estaba seguro: los dedos índice y corazón extendidos horizontalmente desde la mano cerrada. Visualizó las manos de su padre, translúcidas y azotadas por el viento. El problema era que una racha de viento le había impedido ver el signo con claridad. Desanimado, volvió a dejar el libro maestro de registro encima de los archivadores. Pensó que podía revisar todos los archivos uno a uno, pero que eso le llevaría días o incluso semanas. Apoyó la cabeza en el archivador y dio una patada al cajón más bajo.

El cajón donde estaban guardadas las cartas.

Entonces lo comprendió. «Hachi» era correcto, pero era sólo una parte de un nombre. «Hachi-algo.» ¿Hachigo? ¿Hachiru? Había visto ese nombre en una carta gastada de tan leída que había descartado cuando buscaba la correspondencia de Brooks. Cayó de rodillas y abrió el cajón de un tirón. Ahora que sabía lo que buscaba, no le llevó mucho tiempo. Reconoció la caligrafía antes incluso de descubrir el nombre.

«Hachiko.»

Chicago, mayo de 1935

Estimado John:

Sólo unas líneas para hacerte saber que mis amigos del cuerpo diplomático me han dado una noticia muy triste. Hachiko fue hallado muerto el 7 de marzo en la estación de Shibuya, en el mismo sitio donde lo vi por primera vez hace muchos años. Estaba esperando a Ueno, claro. Según dicen todos, seguía haciendo el recorrido todos los días, a menos que la artritis le impidiera caminar.

Te adjunto una fotografía, enviada por mis amigos, del monumento que han levantado en su honor. Durante la mayor parte del último año solía pasar al lado de la estatua, pero no creo que reparara en ella. Es un ejemplo más de que los perros son superiores a sus supuestos amos.

¿Por qué será, John, que tengo la sensación de haber perdido a un viejo amigo, si sólo lo vi dos veces? Quizá sea por nuestro Ouji. Mi hijo Charles y él son compañeros inseparables y no creo exagerar si afirmo que su vínculo es tan fuerte como el mío con Lucky.

Me consuela un poco pensar que una pequeña fracción de la sangre de Hachiko está a mi cuidado, y al tuyo, claro. Espero que el gran experimento progrese satisfactoriamente. (Ya sé que no te gusta llamarlo así, pero a veces no puedo evitar tomarte un poco el pelo.) El mes pasado, mientras visitaba mi distrito en Chicago, conocí a una familia que poseía un perro sawtelle. Los vi paseando por la calle y salté del coche como un loco. Quizá los recuerdes; Michaelson, se llamaban. Puede que sea mi imaginación, pero juro que distinguí una huella de mi Ouji en su perro. ¿Será producto de uno de sus apareamientos?

Con afecto,

CHARLES ADWIN
Diputado en la Cámara de Representantes de Estados Unidos por el octavo distrito de Illinois

Nada en la carta le pareció relevante. Edgar no conocía a nadie llamado Charles Adwin. ¿Por qué le habría pedido su padre que encontrara a Hachiko? Hachiko, quienquiera que fuese, había muerto muchos años antes.

Se recostó en la silla.

¿Ueno? ¿Ouji?

Volvió al archivador. Había buscado en un cajón, pero había otro, lleno de cartas viejas y documentos diversos. Empezó tratando de localizar una carta con matasellos de Washington, o quizá de Chicago, y por eso mismo estuvo a punto de pasar por alto lo que buscaba, porque la carta tenía franqueo internacional. Sólo la característica caligrafía de letras anchas de Charles Adwin hizo que Edgar la mirara con mayor detenimiento.

Tokio, octubre de 1928

Estimado señor:

No sin cierta dificultad, me he puesto en contacto con la familia de Hachiko y he descubierto, para mi sorpresa, que en efecto hay otra camada producida por los mismos progenitores. No sé cómo lo sabía usted, ni si ha sido una suposición increíblemente afortunada. Tampoco pretendo entender su proyecto de reproducción. Sé muy poco de perros y sencillamente los admiro como la mayor parte de la gente, desde la ignorancia, supongo. Pero los admiro mucho y he tenido ocasión de conocerlos en su mejor expresión. Cuando era niño tuve un perro llamado Lucky, que moralmente era superior a todos los hombres que he conocido, incluido yo mismo.

Hachiko es todo un fenómeno aquí en Tokio, muy comentado por la gente de la ciudad. Lo que se cuenta es verídico. He estado en el andén de la estación de Shibuya por la tarde y lo he visto salir solo entre la multitud y sentarse a esperar la llegada del tren. Es un animal de porte real, de color crema claro y gran dignidad en los movimientos. También me he acercado a él, le he acariciado el espeso pelaje y lo he mirado a los ojos, y debo decir que sentí la presencia de un alma grande. Mientras estábamos allí, llegó el tren, se abrieron las puertas y Hachiko prestó atención para ver si se apeaba su amo, el profesor Ueno, aunque naturalmente no fue así. Hace casi tres años que Ueno no baja de ese tren, desde que un infarto segó su vida cuando estaba en la universidad. Hachiko ya debe de saber que no va a aparecer, pero aun así lo espera. Y yo me quedé esperando a su lado. Un par de niños estúpidos empezaron a reírse y a burlarse del perro al otro lado del andén y, antes de darme cuenta, fui hacia ellos corriendo y los obligué a marcharse hecho una furia, un comportamiento muy poco adecuado para un diplomático. Pero Hachiko no se distrae fácilmente. De hecho, había tanto aplomo en su postura y tanta paciencia en su manera de esperar el tren que empecé a preguntarme si no estaríamos nosotros ciegos a la verdad, y no Hachiko. Después de una larga espera, se puso de pie y volvió a perderse entre la multitud, solo. Al día siguiente volvió a estar allí, esperando el tren. Lo sé porque yo también volví, atraído por ese drama silencioso, por razones que no me resulta fácil explicar.

La historia de Hachiko se ha difundido tanto que los desconocidos que pasan por la estación de Shibuya lo reconocen nada más verlo. Algunos han empezado a llevarle comida. Se cuenta que alguna gente rompe a llorar al ver al perro sentado, esperando. Como ya le he confesado, yo también me emocioné. Supongo que cuesta concebir tan elevado grado de devoción, en un hombre o en un animal, si uno no lo ha visto con sus propios ojos. Ya están hablando de levantarle un monumento.

Si he de serle sincero, tenía pensado desestimar su solicitud, pero conocer a Hachiko hizo que cambiara de idea. Con cierta dificultad, conseguí localizar al criador. Para ello tuve que seguir a Hachiko por las calles de Tokio, hasta la casa donde vivió Ueno. Allí, el perro hizo una breve pausa, y yo estaba convencido de que se dirigía hacia la puerta. Pero en lugar de eso, volvió la mirada calle arriba y siguió su camino, hasta la casa del jardinero del profesor Ueno, que es quien ahora lo cuida. (El profesor no tenía familia.) El jardinero pudo darme las señas del criador, Osagawa-san. Acudí a su casa, me presenté y le transmití su solicitud. Fue entonces cuando me enteré de que había otra camada. Se negó de plano a que uno de sus perros fuera transportado de la manera que usted sugiere. No cree que un cachorro pueda sobrevivir sin daños mentales o físicos un viaje semejante, y se niega a considerar la idea. Dijo (cuando conseguí calmarlo) que lo recibirá a usted, si quiere venir a ver los cachorros por sí mismo, y que sólo entonces considerará la posibilidad de que sea un propietario digno para uno de ellos. Le expliqué que usted no puede permitirse el viaje. Osagawa-san está muy consagrado a sus perros, y creo que tiene razón respecto al transporte del cachorro. Aunque los han usado para la caza de osos, sus perros parecen extraordinariamente sensibles, y aunque encontráramos una plaza en un barco con destino a San Francisco o Seattle, el animal aún tendría que recorrer miles de kilómetros en tren antes de llegar a sus manos, sin nadie que lo cuide. Sencillamente, no es práctico. Estoy seguro de que lo comprenderá.

Sin embargo, puede que se haya abierto otra posibilidad, si le parece bien considerarla. Una consecuencia inesperada de mi visita ha sido la oportunidad de adquirir para mi familia uno de esos cachorros. Lo llamamos Ouji, que puede traducirse más o menos como «príncipe». Es un *hermoso ejemplar. Con cuatro meses de edad, carece de la sagacidad de Hachiko, pero eso era de esperar. A veces nos martiriza a todos, pero estoy convencido de que llegará el día en que le dé las gracias a usted por habernos unido. Veo en este animal algo del carácter que recuerdo de Lucky hace muchos años, y aunque puede que sea mi imaginación, a veces creo que distingo una chispa de lo que vi en la mirada de Hachiko en el andén de la estación.*

La oportunidad que sugiero es la siguiente. En los próximos doce meses tengo previsto terminar mi misión aquí en Japón y volver a casa. Ya he anunciado mi intención de dimitir. La experiencia en el cuerpo diplomático ha sido agradable, pero no puedo olvidar mis raíces en el Medio Oeste. En primavera, mi mujer, mi hijo y yo nos embarcaremos en un navío con destino a San Francisco, y en otoño, si todo marcha según lo previsto, estaremos instalados otra vez en Chicago. Para entonces, Ouji tendrá unos dieciocho meses y, si quiere usted venir a conocerlo, será bienvenido. Si está usted interesado y él le parece satisfactorio, no creo que se oponga a ser el padre de una de sus camadas. Ya se lo he preguntado, pero estaba demasiado ocupado destrozando una esquina de mi maletín y no me respondió.

Siento no haber podido convencer en su nombre a Osagawa-san; sin embargo, tengo con usted una deuda de gratitud por haber inspirado mi visita a Hachiko. Fue un momento que muy bien podría haber cambiado mi vida. He de decirle que tomé la decisión de volver a casa mientras caminaba junto a Hachiko por las calles de Tokio. No podría justificar la sensación, pero me pareció posible (e incluso probable) que una tercera presencia nos acompañara, alguien que sólo Hachiko podía ver. Y en ese momento comprendí que llevaba demasiado tiempo lejos de mis raíces.

Antes de terminar me gustaría expresar un último pensamiento. No puedo creer que considerara usted seriamente la posibilidad de enviar a un cachorro solo a bordo de un buque de carga y de un tren de mercancías. He llegado a concebir la idea de que usted me ha manipulado a distancia para hacerme adoptar al reproductor que necesitaba para su proyecto. Si es así, debo reconocer que es un genio, y que el cuerpo diplomático se beneficiaría de los servicios de alguien como usted.

Atentamente,

CHARLES ADWIN
*Primer secretario de la
Embajada de Estados Unidos en Japón*

Edgar se recostó en la silla con la carta en la mano. No tuvo que hacer conjeturas sobre su significado. Su padre lo había encaminado hacia una prueba, pero no de lo que había hecho Claude.

«No soy un sueño –había querido decirle su padre–. Esto ya ha pasado antes.»

Una manera de saberlo con seguridad

El metrónomo del criadero seguía marcando el ritmo de amaneceres y crepúsculos. Se hicieron los preparativos para una nueva camada, mientras se esperaba el nacimiento de otra a finales del verano. Cuatro perros de la camada mayor encontraron colocación en las dos semanas siguientes, lo que determinó una actividad frenética de adiestramiento final, evaluaciones y papeleo. El doctor Papineau siempre hallaba motivos para presentarse cada vez que llegaban los amos adoptivos, dándose unos aires de propietario que a Edgar le parecían cada vez más evidentes. El propio Edgar se sentía desgarrado entre dos deseos opuestos: el de quedarse a observar y el de huir; el de contarle a su madre lo que sospechaba y el de enfrentarse a Claude. De día, el cansancio le palpitaba en la cabeza. De noche, caía en la cama y permanecía durante horas recorriendo el techo con la mirada. Las tormentas de verano lo atraían como la luz del porche a las polillas, y caminaba sin rumbo bajo la lluvia, consumiéndose por dentro a fuerza de suposiciones y conjeturas. Había caído sobre él la más extraña de las maldiciones: el conocimiento sin esperanza de pruebas. Se sentía atormentado no tanto por la figura de su padre como por sus recuerdos, perdidos la misma noche en que habían llovido sobre él. Nada de lo que hizo le permitió recuperarlos. A veces veía algo. ¿Sería un recuerdo propio o un retazo de los de su padre? ¿O quizá su incesante escrutinio interior había fabricado fantasmas que no pertenecían a la memoria de nadie? Su mente parecía capaz de retorcerse a lo largo de cualquier línea de pensamiento, por sinuosa que fuera, y reflejar sus propios deseos, como una perla de mercurio temblando ante un espejo, para recordar lo que él quisiera, fuera cierto o falso. Cada vez que la lluvia cesaba, se sentía decepcionado y enfadado, enfadado sobre todo con su padre y espantado después consigo mismo por estarlo.

Pese al anuncio de su madre, Claude no se fue a vivir en seguida con ellos. No hubo nunca una frontera clara, nunca un momento decisivo al que Edgar pudiera oponerse. Si Claude pasaba la tarde trabajando en la perrera, se iba antes de que anocheciera. Al día siguiente podía suceder que no se presentara, o que pasara sólo un momento, ya bien entrada la noche, para dejar una botella de vino, mientras el Impala esperaba en el sendero con el motor en marcha y una persona sentada en el asiento del acompañante, escuchando la radio, con los rasgos iluminados desde abajo por los paneles del salpicadero. Su madre seguía a Claude hasta el coche.

«Ten paciencia —se decía Edgar—. Espera.»

Eso significaba sentarse a cenar y observar a Claude mientras cortaba la comida, masticaba, tragaba y sonreía, al tiempo que el corazón del chico vibraba como un colibrí dentro de su pecho. Significaba sentarse después en el cuarto de estar, fingiendo indiferencia. Era ver por las mañanas las virutas de jabón dispersas por el porche, y las pastillas de jabón convertidas en tortugas congeladas en el acto de desovar, demasiado parecidas al propio Edgar, atrapado e incapaz de moverse, a medida que los días se solapaban y retrocedían. Significaba —y eso era lo peor— tener que ayudar a Claude en la perrera, donde demasiado a menudo, pese a su determinación, Edgar le contestaba con un torrente de signos mordaces e incomprensibles. Pero cuando conseguía mantener la calma y observar, no veía a un solo Claude, sino a muchos: el silencioso, el jovial, el confidencial, el que se sentaba callado en medio de un grupo... Cuando había visitas en la casa, Edgar observaba cómo Claude las llevaba afuera, a pasear por el huerto de los manzanos, o por el campo, o por la carretera, por cualquier lugar tranquilo e íntimo. Entonces oía conversaciones y carcajadas. Un gesto de sorpresa. Una cabeza que asentía, dando la razón.

Nada de eso le decía a Edgar lo que necesitaba saber. Al final, sólo estuvo seguro de una cosa: Claude estaba obligado a volver a la casa. Fuera lo que fuese lo que quería o lo que hubiera hecho (por muy despreocupado que quisiera parecer), lo cierto es que estaba obligado a regresar.

La mancha blanca se había extendido, o al menos eso parecía. Un diente de león solitario, tan pálido y descolorido como la hierba que lo rodeaba, había brotado en el centro, con la melena a medio abrir. Edgar arrancó el objeto albino y se apretó la masa sin aroma contra la nariz. Cuando *Almondine* se puso a investigar el lugar, él la apartó y trajo la carretilla, con la pala traqueteando sobre el fondo.

Su madre emergió de las profundidades del establo y se lo quedó mirando.

–¿Qué haces?

Edgar clavó la punta de la pala en la mancha blanca.

«¿Te parece normal?»

–¿El qué?

«Esto de aquí. Este trozo de hierba.»

Trudy recorrió con la vista las manchas de hierba muerta dispersas por todo el césped, marchitas por la orina de los perros, y volvió a mirar a Edgar con expresión de tristeza. Cuando él volvió a levantar la vista, ella ya se había ido. Cavó un pozo hasta llegar más abajo de la raíz del diente de león y llevó la tierra en la carretilla hasta los avellanos. Rellenó el pozo con cal viva de los sacos apilados junto a la puerta trasera del establo, echó encima un cubo de agua y se quedó mirando cómo se atemperaba la cal. Cuando hubo terminado, llenó una lata de café con el mismo polvo calcáreo, fue hasta los avellanos y lo esparció sobre la tierra.

Anochecer. Los murciélagos entraban y salían de la corona de insectos que rodeaba la luz del patio. Los perros ya podían mantener mucho tiempo la concentración y empezaban a dar muestras de talentos poco frecuentes y sin nombre, que Edgar cultivaba durante horas, en lugar de quedarse en casa. Hacían ejercicios a muy larga distancia en el campo, en los que *Babú* y *Candil* regresaban saltando a través del heno verde lima desde algún lejano punto de interés. *Pinzón* y *Ágata* estaban aprendiendo a desatar nudos sencillos, pero cuando Edgar le pedía a *Tesis* que se librara de un cordel enredado en las patas, la perra se agachaba y daba un brinco, eludiendo con un solo movimiento expeditivo la laboriosa tarea de deshacer los nudos. En el henil, Edgar sentaba a los perros en círculo, envolvía una golosina en un trapo y la colgaba de uno de los cables suspendidos de las poleas del techo. Después le indicaba a un perro, por su nombre, que ya podía abandonar la posición. Si cualquier otro se movía, la golosina subía por el aire y todos los perros gruñían. Cuando no se le ocurrían más formas de ponerlos a prueba, se quedaba de pie en la puerta del establo, mirando el Impala de Claude y escuchando la música que salía por las ventanas del cuarto de estar, a la espera de que se apagaran las luces.

Una noche, después de cenar, Claude llevó al doctor Papineau al establo, aparentemente sin saber que dentro estaba Edgar. Cuando el chico los oyó llegar, salió a la oscuridad por la puerta trasera y se quedó escuchando. Los dos hombres entraron en el corral paridero, después salieron y se quedaron de pie, contemplando la noche.

—Puede que haya llegado el momento —dijo el doctor Papineau—. Desde hace años vengo diciendo que estos perros son un secreto demasiado bien guardado.

—Bueno, ya sabes lo que pienso —replicó Claude—, pero puede que Trudy aprecie tu consejo. Respeta enormemente tu opinión.

—No lo sé. Con Trudy, lo mejor es esperar a que pregunte, en lugar de decir directamente lo que uno piensa.

En la oscuridad, Edgar sonrió. No sabía de qué estaban hablando, pero recordaba la noche en que el doctor Papineau había provocado la ira de su madre y lo rápidamente que el viejo veterinario había dado marcha atrás.

—Estamos dispuestos a reconsiderar el volumen de tu participación si entras en esto. Un veinte por ciento sería más razonable.

El doctor Papineau refunfuñó por lo bajo, en una especie de gruñido grave.

—Todavía no he vendido aquella parcela junto al lago Namekegon. Sigue allí, muerta de risa —dijo—. ¿Con cuántos quiere empezar?

—Doce, de momento. Una prueba piloto en Navidad y después algo más grande el año que viene.

—Supongo que podría hablar con Trudy la próxima vez que estemos fuera.

Guardaron silencio un rato.

—¿Sabes? Stumpy organiza una calderada de pescado este sábado. La primera del verano.

—¿Ah, sí? ¿De trucha?

Se volvieron y echaron a andar por el pasillo de la perrera.

—De corégono, creo. ¿Qué te parece si pasamos y te recogemos? Podría dejaros solos en el momento adecuado, para que puedas hablar con Trudy.

Edgar los miró marcharse. Cuando el doctor Papineau se fue en su coche, él volvió a la casa y se dio una palmada en la pierna para llamar a *Almondine* y subir juntos la escalera, sintiendo todo el tiempo la mirada de Claude en la espalda.

Cuando llegó la noche del sábado, Edgar dejó perfectamente claro que no pensaba ir a ninguna parte con Claude. Su madre fingió indiferencia, como hacía con los cachorros rebeldes, aunque él sabía que no la sentía. En cuanto las luces traseras del Impala se perdieron en la noche, se puso a revolver el cajón de la correspondencia; después, los archivos del criadero apilados sobre el congelador, y finalmente, las libretas de trabajo. Sentada, *Almondine* observaba su búsqueda. En el vestidor, revisó los bolsillos de la chaqueta y los pantalones de Claude. No encontró nada que lo ayudara a entender la conversación que había escuchado.

Después se puso a buscar en lugares más improbables: la caja de municiones con el telegrama antiguo, la camioneta y, por último, la habitación de invitados. Estaba casi vacía, como lo había estado desde que Claude se había mudado, pero en el tabique interior había una puerta baja. Edgar se agachó, la abrió y asomó la cabeza al espacio sin terminar, abierto sobre las vigas de la cocina. Allí, amontonadas como por azar sobre los bloques polvorientos de espuma aislante rosa, había una docena de cajas de cartón, las mismas que su madre había guardado aquel día de invierno, cuando la había encontrado con el pelo desarreglado y tan perdida en su dolor que ni siquiera lo había visto. Se arrodilló sobre las vigas y tiró de las cajas hasta llevarlas a la habitación. Tenían logotipos de tomates enlatados, judías cocidas o ketchup impresos en el cartón, y las solapas estaban cruzadas y cerradas con cinta adhesiva. La más pesada estaba atestada de camisas y pantalones, que conservaban el olor tenue de la loción para después del afeitado de su padre. Edgar pasó la mano por el interior de las prendas, buscando a tientas cualquier cosa que no fuera tela. En dos de las cajas había americanas y sombreros, y en otras dos, zapatos. La última era una caja de objetos diversos: el reloj de pulsera de su padre, su navaja de afeitar, su llavero, su billetero de cuero, vacío, brillante en los costados, pero con las esquinas estiradas y descoloridas, y las costuras medio deshechas por uno de los lados.

Del fondo de la caja, Edgar sacó un anuario del instituto de secundaria de Mellen, del curso de 1948. Metido entre la solapa y la cubierta, estaba el diploma de su padre, impreso en cartón grueso y encabezado por el escudo del instituto de Mellen. Edgar pasó las páginas, mirando las fotografías en blanco y negro, hasta que encontró a su padre entre los veinticinco graduados de aquel curso, entre Donald Rogers y Marjory Schneider. La expresión de su padre era grave, al estilo de muchos otros de los retratos, y su mirada parecía concentrada en un punto lejano. Ya entonces llevaba gafas. Edgar pasó a los estudiantes de segundo año. Claude aparecía mencionado en un grupo de tres estudiantes de los que no había fotografía.

Se puso a examinar entonces las fotos de grupo, las de estudio y las instantáneas: el equipo de fútbol, el de béisbol, el coro, la cafetería... Mientras lo hacía, dos fotografías sueltas cayeron de las últimas páginas. Eran de gente y lugares que no reconoció. Sacudió el anuario sobre sus rodillas y otras tres fotografías cayeron aleteando. En una de ellas se veía a su padre pescando a orillas de un lago. En otra, aparecía sentado en una camioneta, con barba de varios días. Tenía el codo apoyado en la ventana abierta y la mano sobre el volante.

La última foto había sido tomada en el patio de su casa. Al fondo se veía el establo, como una mole oscura sobre la cuesta de hierba del costado. Su padre, una figura diminuta, miraba a la cámara desde la caseta de la leche. En primer plano estaba Claude, vestido con camiseta y vaqueros. Un perro enorme y ya adulto acababa de saltarle sobre los brazos extendidos. Él reía a carcajadas y se estaba cayendo hacia atrás. Uno de sus ojos era negro.

Edgar se quedó un momento mirando la foto. El perro, que estaba en movimiento cuando se abrió el obturador, era casi una mancha borrosa, pero se apreciaban perfectamente sus dimensiones enormes. No parecía uno de sus perros, o al menos no del todo. Era el producto de alguna mezcla de razas, aunque con predominio del pastor alemán, con cara oscura, orejas erguidas y cola semicircular. El chico dio la vuelta a la fotografía. En el dorso, con la caligrafía de delineante de su padre, una leyenda rezaba: «Claude y *Forte*, julio de 1948.»

Claude había tomado a su cargo el papeleo del criadero, una idea que Trudy agradecía. Edgar lo encontraba a menudo sentado a la mesa de la cocina, con cartas abiertas a su alrededor, hablando por teléfono para hacer el seguimiento de las colocaciones y concertar otras nuevas. Si Edgar entraba durante una de esas conversaciones, Claude la interrumpía en seco, como si el trabajo de su hermano ya fuera suficientemente pesado como para tener que soportar además que lo observaran. Los archivos y registros estaban pulcramente organizados y se leían a la perfección. Lo difícil era conocer al dedillo el linaje de los perros disponibles para producir la siguiente camada y tener presente toda la información necesaria. Claude dominaba los aspectos básicos, desde luego. John Sawtelle había enseñado a sus dos hijos los principios de la selección de animales para la cría. Pero Claude había pasado mucho tiempo apartado de la perrera y el complicado sistema de puntuación que el padre de Edgar había perfeccionado a lo largo de los años se había vuelto un misterio para él.

Por otro lado, la actitud de Claude hacia cualquier logro o avance era de fría indiferencia y de estudiada falta de admiración. Cualquiera que fuera la hazaña, ya se tratara de un pirotécnico solo de piano en un espectáculo de variedades o de Kareem Abdul Jabbar hundiendo en la canasta un gancho de último minuto para los Bucks, Claude se quedaba impertérrito. Con frecuencia decía que cualquier persona podía conseguir todo lo que deseara, siempre que estuviera dispuesta a ir poco a poco. El pianista —solía decir— había pasado toda la infancia practicando. ¿Cómo no iba a ser bueno con las teclas? Jabbar había nacido alto y trabajaba la técnica cinco días a la semana durante todo el año. «Todos acaban siendo buenos en lo que hacen —decía—. Es ósmosis. Lo más natural del mundo.» La madre de Edgar se echaba a reír cuando Claude decía esas cosas, que ella consideraba una especie de cumplido encubierto, porque cuanto más impresionante era la proeza, más se empeñaba Claude en defender su postura. No era falta de respeto —sostenía él—, porque el principio se aplicaba a todo el mundo, sin excepciones: a Trudy, a Edgar y, muy especialmente, al propio Claude. No había que preguntarse si Claude sería capaz de aprender algo, sino si ese aprendizaje le merecería la pena y cuánto tiempo tendría que dedicarle. Tal era su actitud respecto a los registros del criadero (y también a la lengua de signos, pese a que todos los días pasaba junto al diccionario en el cuarto de estar). Pensaba que si manejaba los archivos el tiempo suficiente, acabaría por entender el sistema de puntuación, y que los méritos e inconvenientes de cada linaje se le revelarían sin esfuerzo. Mientras hablaba por teléfono, pasaba con indolencia las páginas del archivo que tuviera más a mano, mientras garabateaba gráficos de pedigrí en el periódico.

El padre de Edgar había estado planeando una camada para una hembra negra y castaña, de carácter dulce, llamada *Oliva*. En un momento dado, dijo haber encontrado el cruce perfecto, pero Claude había buscado en vano las notas correspondientes en la libreta de Gar. Como Edgar sabía, la libreta era un caos incomprensible de notas, listas, recordatorios y diagramas. El mismo hombre que llevaba los registros con la precisión de un profesor de caligrafía garabateaba sus notas con la letra de un enajenado. Pero faltaba poco para que *Oliva* entrara en celo, y Claude se quedaba sentado a la mesa, después de la cena, detrás de una avalancha de carpetas marrones. Una noche, tarde, entró en el cuarto de estar.

–Tengo el cruce de Gar para *Oliva* –dijo.

La madre de Edgar levantó la vista de la revista que estaba leyendo.

–¿Cuál es?

–*Bosquejo* –dijo–. Ha producido tres buenas camadas y está sano como un roble. Está en Park City.

La madre de Edgar asintió. Tenía intuición para los cruces, basada en lo que recordaba del comportamiento de camadas anteriores, pero nunca había prestado atención a la investigación detallada, que había dejado enteramente en manos del padre de Edgar. Lo que encendía su entusiasmo eran los cachorros, con todos sus talentos aún por descubrir. Pero Edgar vio el problema de inmediato y, antes de pararse a pensarlo, se puso a signar una respuesta.

«Es un cruce de linajes. Un cruce malo.»

Trudy miró a Claude e interpretó para él los signos de Edgar.

–¿Un cruce de linajes?

–Veamos –dijo Claude–. *Oliva* es hija de... –Se retiró a la cocina y se puso a revolver unos papeles–. ¡Mierda! –lo oyeron decir–. *Oliva* y *Bosquejo* descienden del mismo macho, pero a una generación de distancia. *Medio Nelson*, hijo de *Nelson*, hijo a su vez de *Bridger* y *Azimut*.

–¿Y cuál es el problema? –preguntó su madre.

«¿Recuerdas la camada de *Osmo* con *Medio Nelson*?», signó Edgar.

–¡Ah, sí! –respondió ella–. Bastante mala.

Claude estaba de vuelta en el cuarto de estar, pero no había entendido los signos de Edgar.

—¿Qué quieres decir?

—Que hace un par de años *Osmo* produjo una camada con *Medio Nelson*. Tres de los cachorros nacieron muertos, y otros tres, con el ángulo de las patas delanteras defectuoso. Gar dijo que había sido un mal cruce.

Había dicho mucho más que eso, pensó Edgar. Su padre había considerado un desastre aquella camada. El padre de Edgar prestaba muy poca atención a los rasgos superficiales, como el color del manto; pero los huesos eran importantes, y una mala angulación de las patas delanteras no era fácil de eliminar de un linaje. Aun así, *Osmo* había producido buenas camadas con otros machos. El padre de Edgar había pasado la mayor parte de aquel día revisando carpetas y tomando notas, hasta que finalmente dio un par de golpes con la punta del lápiz sobre la mesa y anunció que había encontrado lo que estaba buscando: cruces de linajes, con *Nelson* como antepasado común. Edgar había estado sentado a su lado mientras él lo explicaba, y aún podía ver los diagramas que habían dibujado entre los dos.

—No me habría venido mal saberlo hace un par de días —dijo Claude.

—Edgar no ha sabido hasta ahora que estabas pensando en *Bosquejo* —respondió la madre de Edgar antes de que el chico pudiera reaccionar. Después se volvió hacia él—. ¿Cuál sería adecuado, entonces? ¿Tienes alguna opinión?

Edgar habría querido dejar a Claude en la estacada y hacerlo trabajar solo para que quedara como un tonto. Cualquier ayuda que le diera serviría para confirmar su estúpida teoría de la ósmosis; sin embargo, no estaba seguro de que Claude no fuera a dejar la solución librada al azar, y no soportaba la idea de que los perros fueran manipulados con torpeza.

«*Brillo* —signó—, o uno de sus hermanos.»

Cuando Trudy hubo interpretado sus palabras, Claude frunció los labios y volvió a la cocina mientras Edgar sonreía. Su madre le indicó con un gesto que se contuviera y volvió a enfrascarse en la lectura de la revista. Edgar sabía lo que iba a encontrar Claude. *Brillo* era un macho atigrado de cuatro años, colocado con una familia de granjeros al este del pueblo. El niño que vivía en la granja buscaba a veces a Edgar en la escuela para hablarle del perro. También sabía que Claude no encontraría ningún problema con el cruce; habría tenido que retroceder siete generaciones para encontrar un antepasado común, si es que se molestaba en llegar tan atrás.

Cuando Edgar bajó la escalera a la mañana siguiente, Claude estaba sentado a la mesa con una pila de carpetas marrones delante.

—Lo haremos con *Brillo* —dijo.

Moviendo la taza de café, señaló los registros.

—¿Querías ponerme a prueba con esto? Llamaré al dueño esta tarde para arreglar el cruce.

Edgar trató de pensar una respuesta, pero tenía la mente agarrotada. Se encogió de hombros y se dirigió hacia la puerta.

—Espera —dijo Claude—. ¿Hay algo en particular que quieras decirme? Estamos solos tú y yo. Lo que me digas quedará entre nosotros.

Edgar se detuvo.

«Ya lo creo que sí», signó.

Pensó en cómo había capitulado la noche anterior, en la ayuda que había prestado a Claude, aunque era lo último que quería hacer en el mundo. Lentamente y con gran precisión, para que el gesto resultara inequívoco, Edgar colocó delante la mano izquierda y la asaeteó con el índice de la derecha, tan recto y tieso como el cuchillo que pretendía evocar.

«Asesinato. Eso es lo que estoy pensando.»

Los ojos de Claude siguieron el movimiento de las manos de Edgar. Parecía como si intentara recordar algo olvidado, mientras asentía como por compromiso.

Edgar se volvió y fue hacia el porche.

—Sólo quiero que sepas una cosa —le dijo Claude desde la cocina—. La manera de seleccionar a *Brillo*... Me has impresionado.

Edgar empujó la puerta de rejilla metálica y la dejó cerrarse de un golpe mientras la sangre le encendía las mejillas. Había reunido el coraje de acusar a Claude en su cara; pero, de algún modo, Claude le había dado la vuelta a la situación y la había convertido en una oportunidad de mostrarse magnánimo. ¿Y para quién? No había ningún testigo. Lo peor de todo era que el cumplido de Claude había despertado en Edgar una oleada de orgullo que instantáneamente lo había hecho despreciarse a sí mismo.

El problema (el más inquietante de todos) era que, cuando quería, Claude sabía hablar como el padre de Edgar.

Noche. De pie en el baño, Edgar cruzó los brazos delante del pecho, se quitó la camisa por la cabeza y se miró al espejo. Donde antes había una historia escrita en alunarados verdes y azules, sólo vio piel pálida y corriente.

Recordó las manos de su padre hundiéndose en ese punto; la forma en que su corazón podría haberse detenido con la más leve presión; el torrente de los recuerdos atravesando su cuerpo como la lluvia, tan tenue y confuso ahora como un sueño recordado al despertar. Se apretó el esternón con el pulgar. Un dolor familiar le quemó las costillas.

Balanceó ampliamente el brazo con la mano cerrada en un puño.

La sensación, al caer sobre el pecho, fue exquisita.

En las tardes calurosas salía a caminar con *Almondine* por el bosque y los dos se quedaban a dormir bajo el roble moribundo. A veces se llevaba también a *Tesis* o a *Candil*, para que pareciera parte del adiestramiento. Cuando su madre insistía en que pasara la noche en casa, esperaba a que ella y Claude estuvieran dormidos, y entonces bajaba la escalera con *Almondine*, apoyando todo su peso en los peldaños que crujían. Desde la puerta del dormitorio, su madre lo veía rebuscar en el frigorífico.

–¿Qué haces?

«Me voy al establo.»

–¡Pero si son las once!

«¿Y qué?»

–¡Por el amor de Dios! Si no puedes dormir, lee algo.

Entonces él cerraba la puerta trasera de un golpe y atravesaba el patio.

Aun así, no podía oponerse a ellos en todo. Un problema que lo atormentaba especialmente era la búsqueda de nombres para la última camada, algo que llevaba posponiendo desde hacía tres semanas. Pero los cachorros ya habían abierto los ojos, les estaban brotando los dientes de leche y ya empezaban a explorar. Los primeros pasos del adiestramiento comenzarían muy pronto (la familiarización con ruidos poco habituales, el trabajo con escaleras pequeñas y aros, y todos los ejercicios especialmente pensados para los más pequeños), y cuando empezaran, era importante que todos tuvieran nombre. Se llevó al corral paridero el tomo azul oscuro del *Nuevo diccionario enciclopédico Webster de la lengua inglesa* y se dejó caer sobre la paja del suelo, con las piernas cruzadas. Cuatro cachorros se acercaron tambaleándose al borde de la caja y lo miraron.

El lomo del diccionario hizo un crujido seco cuando lo abrió. Pasó rápidamente las páginas con los dedos. Vio desfilar ante sus ojos multitud de anotaciones, algunas, las más antiguas, con la caligrafía de su padre, pero la mayoría con su propia letra de caracteres cuadrados. Los mejores nombres habían salido de las páginas de ese diccionario: *Mantequilla, Surrey, Pan, Cable, Argón*. En algunos casos recordaba incluso el lugar exacto donde estaba sentado cuando la palabra había saltado del papel, para declarar su voluntad de ser un nombre. Al final del diccionario había un artículo firmado por Alexander McQueen, el editor, titulado «Dos mil nombres y sus significados. Guía práctica para padres y otras personas interesadas». Edgar se lo sabía de memoria. «Poner nombre a un niño reviste una importancia mucho más que anecdótica», había escrito McQueen, que a continuación enumeraba siete reglas para elegir bien un nombre, entre ellas: «El nombre debe ser digno de quien lo lleva», «Debe ser fácil de pronunciar» y «Debe ser original». Pero cuanto más pensaba Edgar en esas reglas, más absurdas le parecían las palabras que aún no había utilizado: *Espira, Bis, Pretensión, Hierba*. La madre de los cachorros levantó la nariz para olfatear las páginas secas y después suspiró, como reconociendo las dificultades de Edgar, que cerró el diccionario.

Los cachorros se habían quedado dormidos, excepto uno, que seguía luchando con una teta, mamando, soltándola y volviéndose a agarrar. Edgar alargó la mano por encima del cachorro, hizo girar el pezón y luego se llevó los dedos mojados a la nariz y la lengua.

«¿De qué te quejas?», signó.

Puso a un lado el diccionario, volvió a colocar al cachorro en su sitio y lo acarició con dos dedos mientras el pequeño seguía mamando, y no paró hasta estar seguro de que también se había dormido.

Después llevó a los perros de su camada al taller y subió con ellos la estrecha escalera del altillo del heno, deteniéndose únicamente para sacar la fotografía de Claude y *Forte* de su escondite, metida en un sobre con la carta de *Hachiko*. El henil todavía conservaba la tibieza del día caluroso. Edgar abrió la ancha puerta de la fachada y dejó que el aire de la noche, fresco y cargado de polen, invadiera el recinto. Los perros jugaban a pelear entre sí, rodando entre los fardos de paja del fondo. Lo que antes era una vasta pared de fardos amarillos se había reducido a una pequeña plataforma. Pronto necesitarían más heno, lo que significaba pasarse todo el día de pie junto a la puerta del henil esperando a que subieran los fardos por la traqueteante cinta transportadora, para engancharlos y apilarlos en un muro cuadriculado hasta las vigas del techo. Dirigió la vista al bosque oscuro. Se preguntó si Schultz habría imaginado grupos de hombres trabajando allí donde él estaba en la época de la cosecha, gritando, maldiciendo y animándose unos a otros a transportar el heno, mientras tiraban de las cuerdas.

Cuando los perros se calmaron, Edgar cerró la puerta y se puso a trabajar. Había descuidado el programa habitual de entrenamiento, y en su lugar les había estado enseñando cosas curiosas, sin propósito alguno: a tocar a otro perro, a llevar tacos de madera de un sitio a otro, o a caer fulminados en el suelo mientras transportaban algo. Observar a los perros era lo único que lo hacía sentirse a gusto, y convirtió el ejercicio en un juego, probando variantes, añadiendo obstáculos, cambiando el orden de las acciones y poniendo a prueba los distintos significados de las órdenes. Habían decidido que para «tocar» no bastaba con olfatear al otro perro, sino que era preciso darle un buen empujón con el hocico. Cuando llevaban un objeto entre los dientes, no podían dejarlo caer, ni siquiera al ver una pelota de tenis rodando a su lado. Edgar encontró un bolígrafo, una cuchara vieja y un trozo de cable para soldaduras e hizo que los perros los llevaran en la boca en lugar de los tacos de madera, pese a su textura y su sabor extraños.

Cuando se pusieron de acuerdo sobre el nuevo significado de «llevar», había transcurrido una hora, y Edgar anunció una pausa. Mientras los perros descansaban sobre la paja suelta del suelo, Edgar sacó la fotografía de Claude y *Forte*. Por primera vez en mucho tiempo, volvía a pensar en el perro vagabundo. ¡Qué tonto había sido al esperar que el perro saliera del bosque! Recordó aquel día en el campo y pensó en la rapidez con que Claude se había vuelto para disparar a la cierva, en cuanto el perro vagabundo salió huyendo. Al cabo de un rato, se metió otra vez la fotografía en el bolsillo y se puso a leer *El libro de la selva*, signando el texto con las manos.

Tan estentóreo fue su aullido que *Tha* lo oyó y dijo:

−¿Qué te acongoja?

Y el primer tigre, levantando el hocico hacia el cielo, que entonces era nuevo y ahora es muy viejo, respondió:

−Devuélveme el poder, *Tha*. Hice el ridículo delante de toda la selva, huí del que tiene la piel desnuda y él me puso un mote vergonzoso.

−¿Por qué? −preguntó *Tha*.

−Porque estoy embadurnado con el barro de la ciénaga −dijo el primer tigre.

−Vete a nadar y después revuélcate por la hierba húmeda. Si es barro, se te quitará −dijo *Tha*.

El primer tigre nadó y se revolcó, hasta que la selva empezó a dar vueltas ante sus ojos, pero ni una sola raya de su piel se borró, y *Tha*, al verlo, se echó a reír.

Entonces, el primer tigre dijo:

−¿Qué he hecho, para que me pase esto?

Y *Tha* respondió:

−Has matado a un venado, y con ello has traído la Muerte a la selva, y con la Muerte viene el miedo. Por eso ahora los pueblos de la selva se temen mutuamente, del mismo modo que tú temes al que tiene la piel desnuda.

El primer tigre replicó:

−A mí nunca me tendrán miedo, porque me conocen desde el principio.

−Ve a ver −dijo *Tha*.

Entonces el primer tigre empezó a correr de un lado a otro, llamando al ciervo, al jabalí, al sambhur, al puerco espín y a todos los pueblos de la selva; pero todos huían de él, que había sido su juez, porque le tenían miedo.

Edgar les indicó a los perros que se levantaran y empezó a practicar las nuevas órdenes. Empezó con «lejos», que les hizo entender, procediendo a pequeños incrementos. Al principio, bastaba con que dirigieran la vista a otra parte, sin moverse. La práctica de seguir la mirada del instructor les fue muy útil, y los perros entendieron de inmediato lo que pretendía. Después los animó a que dieran por lo menos un paso; después, varios pasos más, y al final, a que se fueran a la otra punta del henil. *Pinzón* fue el primero en entenderlo: no tenía que ir a ningún sitio en particular, sino simplemente a cualquier lugar que no fuera «aquí». El perro casi se puso a dar saltos de entusiasmo.

Mucho más difícil fue transmitirles la idea de que otro perro pudiera impartirles órdenes. Por ejemplo, si quería que *Babú* se echara, lo único que tenía que hacer era levantar la mano en el aire. Los cachorros sawtelle conocían ese signo desde los tres meses. Pero ahora quería que *Babú* se echara cuando *Pinzón* o *Tesis* lo empujaran con el hocico en la grupa. A eso lo llamaban «encadenamiento»: enseñar a un perro que una acción seguía automáticamente a otra. El encadenamiento era lo que hacía sentarse a un perro cuando su amo dejaba de caminar. También era lo que aseguraba un final limpio para una llamada, cuando el perro no sólo volvía al lado del instructor, sino que lo rodeaba por detrás y se sentaba a su izquierda. Cuando se trataba de encadenar acciones, los perros sawtelle eran verdaderos superdotados.

Edgar indicó a *Babú* que mantuviera la posición y retrocedió un paso.

«Toca», le signó a *Tesis*, señalando a *Babú*.

En el preciso instante en que *Tesis* tocó al otro perro, Edgar levantó la mano. *Babú* se echó. Hubo un momento de jolgorio y después volvieron a practicar, pero esa vez le llegó el turno a *Babú* de tocar a *Tesis*. Después de una docena de intentos, con pausas para ir a buscar un trapo anudado que Edgar arrojaba a los rincones oscuros del henil, todos lo entendieron. Hizo que se alejaran (dos, cuatro, diez metros), mientras los corregía a distancia con una cuerda larga pasada a través de una argolla en el suelo. Al cabo de un rato de práctica, bastaba una insinuación de la orden «abajo» para que los perros se echaran en cuanto otro los tocaba, no todo el tiempo, pero quizá la mitad de las veces. Después lo hicieron dos tercios de las veces, hasta que Edgar pudo quedarse quieto y ver cómo *Tesis* atravesaba corriendo el henil, tocaba la grupa a *Babú* y éste caía inmediatamente al suelo.

Edgar celebró el éxito haciéndolos girar sobre el lomo y poniéndose sus patas contra la cara. Eran melindrosos con las almohadillas de las patas y, cuando él les apoyó encima la nariz e inhaló, un olor terroso a palomitas de maíz le inundó los sentidos. Los perros alargaron el cuello para ver, lo miraron como sorprendidos por su comportamiento y después patalearon y se retorcieron para quitárselo de encima. Entonces él dio una palmada para que volvieran a ponerse de pie y continuar así con los ejercicios, siempre con las mismas indicaciones, pero en diferente orden y con distintas parejas de perros, con diferentes obstáculos y a mayor o menor distancia.

«Rueda sobre el lomo.»

«Lleva esto al otro perro.»

«Toca a ese perro.»

Era muy tarde y estaba cansado casi como para irse a dormir cuando eligió una secuencia de órdenes al azar y vio cómo los perros la ponían en práctica. *Ágata* atravesó trotando el henil, con un taco de madera en la boca. Tocó a *Umbra* y ésta cayó al suelo.

Algo de lo que acababa de ver hizo que Edgar se pusiera bruscamente de pie, sorprendido. Les hizo repetir la secuencia.

«Lleva esto a ese perro.»

«Toca a ese perro.»

«Échate cuando te toque.»

De pronto, la sangre empezó a rugirle en los oídos. Comprendió que una idea había estado formándose lentamente en su interior, fragmentada en diversos trozos a lo largo de los días, procedente de algún compartimento oscuro de su mente. Les hizo repetir otra vez el ejercicio. A cada repetición, veía con mayor claridad la imagen de Claude caminando hacia atrás para salir del establo y deteniéndose para buscar algo que se le había caído o que había arrojado lejos de sí, con el mundo blanco y nevado a sus espaldas.

Si lo que estaba viendo le avivaba la memoria, ¿no tendría el mismo efecto en Claude?

Cuando estuvo demasiado cansado para seguir adiestrando a los perros, se sentó y miró la fotografía de Claude y *Forte*. Cerró los ojos y se acostó de lado, lejanamente consciente de los perros que se habían reunido a su alrededor y lo miraban. Durante mucho tiempo había estado dando bandazos entre una verdad y otra. Nada le parecía seguro. Ni siquiera le parecía posible saber nada.

Pero ahora quizá había encontrado una manera de saberlo con seguridad.

Clase de conducción

Oyó ruido de pasos en la escalera del henil y su madre agachó la cabeza para pasar por la puerta del vestíbulo, con el pelo oscuro recogido en una coleta floja, que se le balanceaba sinuosamente de un hombro a otro. *Tesis*, *Candil* y *Ágata* estaban en el altillo del heno con Edgar, guardando en ese momento la posición de sentados, y él tenía en la mano un trozo de cuerda gruesa anudado en los dos extremos, de los que solían utilizar para practicar la recuperación de objetos. *Almondine* estaba tumbada en el suelo, junto a la puerta.

—¿Te gustaría ir al pueblo? —dijo su madre—. Podríamos parar para comer.

Los tres animales jóvenes, entusiasmados por la aparición de Trudy, empezaron a levantar la grupa del suelo, pero Edgar se colocó en su línea visual y captó sus miradas hasta que logró que volvieran a sentarse. Cuando estuvo seguro de que iban a quedarse quietos, se volvió hacia su madre.

«Prefiero seguir trabajando con *Tesis*», signó.

Era una verdad a medias. Había empezado la mañana practicando la secuencia de «tocar y echarse», pero los perros lo habían contrariado y habían fingido no entenderlo, después de insistirles noche tras noche con lo mismo. Por encima de todas las cosas, quería que lo dejaran trabajar en paz, para que no hubiera ninguna posibilidad de que la visión de Claude al lado de su madre le causara uno de aquellos calambres de rabia que podían cortarle la respiración. La idea de viajar los tres apretados en la cabina de la camioneta (o, peor aún, en el Impala) hacía resonar en su mente un graznido de pánico. Ya estaba de un humor bastante tenebroso después de una noche de sueños recordados a medias, en los que resbalaba de las ramas del manzano para caer en un abismo sin forma.

—De acuerdo —dijo su madre jovialmente—. Algún día volverás a ser mi hijo, estoy segura.

Oyó las voces de ambos en el patio; después, la camioneta arrancó y se alejó haciendo crujir la grava del sendero, y Edgar y los perros volvieron a trabajar. El chico llamó a *Almondine* con una palmada y practicaron unas cuantas recuperaciones mientras los perros jóvenes observaban. Cuando *Tesis* repitió tres veces seguidas el ejercicio sin equivocarse, Edgar pasó a practicarlo con *Ágata* y después con *Candil*, y a continuación volvió a trabajar con *Tesis*, pero esta vez, para que no se aburriera, arrojando la cuerda en medio de un laberinto de fardos de paja que había construido apresuradamente. Cuando terminó con *Candil*, llevó a los perros al piso de abajo.

Decidió cenar pronto, para no arriesgarse a que volvieran mientras estaba en la casa. Pasó junto al Impala, reprimiendo el impulso de abollarle de una patada un costado, y dejó que *Almondine* subiera antes que él los peldaños del porche. Cuando entró en la cocina, encontró a Claude sentado a la mesa. Estaba fumando un cigarrillo y tenía en la mano el periódico doblado dos veces por la mitad. Su primer impulso fue darse media vuelta y salir, mientras las bisagras de la puerta del porche aún chirriaban; pero se obligó a atravesar la cocina, abrir el frigorífico y apilar sobre la mesa unos cuantos ingredientes para prepararse un sándwich. Claude siguió leyendo mientras Edgar montaba lonchas de queso y de salchichón sobre las rebanadas de pan. Al cabo de un rato, apartó el periódico.

—Me alegro de que hayas venido —dijo—. Quiero hablar de una cosa contigo.

Edgar volvió la cara hacia las frías profundidades del frigorífico y fingió estar buscando algo. Después apartó una silla de la mesa frente a Claude, se sentó y empezó a comer el sándwich.

—¿Sabes conducir esa camioneta? —preguntó Claude.

Edgar negó con la cabeza, y no mentía. Su padre le había dejado llevar de vez en cuando el volante desde el asiento del acompañante, pero sólo brevemente.

—¡Qué pena! —dijo Claude—. Cuando Gar y yo teníamos tu edad, hacía años que sabíamos conducir. No viene mal en algunas ocasiones, ¿sabes?

Edgar arrancó una esquina de su sándwich y se la dio a *Almondine*.

—He intentado convencer a tu madre de que deberíamos enseñarte, pero ella no se deja persuadir. Prefiere llevarte a la autoescuela —dijo—. ¡La autoescuela! —repitió como si fuera la idea más tonta del mundo—. A nosotros nos sacó un día nuestro padre y nos enseñó. Y ya está. Después de pasar más o menos una tarde practicando, ya lo teníamos. El camino a Popcorn Corners, de ida y vuelta, para empezar. La ronda del lechero, como le dicen.

Edgar creyó entender adónde quería llegar Claude y asintió.

—Claro que tú y yo tenemos una ventaja. Antes, en todas las camionetas que teníamos, los cambios eran manuales. Pero el Impala es automático. Ahora que tu madre se ha ido al pueblo, he pensado que tú y yo podríamos divertirnos un poco, hacer algo por nuestra cuenta, sin que tu madre tenga que enterarse necesariamente. Cuando empieces a ir a la autoescuela, serás el mejor de la clase. Además, dejarás a tu madre con la boca abierta la primera vez que salgáis a practicar. ¿Qué me dices?

Edgar miró a Claude.

«O», deletreó con los dedos mientras daba un mordisco al sándwich.

«K», signó después.

Claude miró las manos de Edgar y dio un golpe en la mesa.

—¡Bien dicho! —exclamó—. Traga eso, hijo, porque ha llegado el momento de ponerte al volante. Tu vida está a punto de cambiar.

Cerró el periódico y se puso de pie mientras hacía girar las llaves del coche alrededor de un dedo. Edgar dejó los restos del sándwich sobre la mesa, se levantó y salió al patio, con *Almondine* pisándole los talones.

El Impala estaba aparcado mirando a la carretera, con las ruedas del lado del conductor sobre la hierba. Claude abrió la puerta del acompañante, dispuesto a entrar; pero cuando vio a *Almondine*, abatió el asiento hacia delante y le dijo:

—Entra, preciosa. Tu amigo va a darte una sorpresa.

Después Claude dijo algo más. Con la mirada puesta en el sendero y el antebrazo apoyado en el techo del coche, dio unas palmaditas sobre el metal.

—Esto es algo que Gar no habría hecho jamás —dijo—. Te habría tenido encerrado todo el tiempo que hubiera podido.

Almondine había saltado al asiento trasero y miraba a Edgar por la ventana, jadeando. El chico no había dejado de oír un campanilleo en los oídos desde que Claude lo había llamado «hijo», y entonces, algo que pendía de un hilo en su interior se soltó de pronto.

Abrió la puerta del lado del conductor.

«Sal de ahí –le signó a *Almondine*–. Tienes que quedarte en casa.»

Ella lo miró, jadeando.

«Ven», signó él, antes de apartarse. *Almondine* saltó del coche y Edgar la llevó por los peldaños del porche hasta la cocina. Se agachó delante de ella, le pasó la mano por la cabeza y el cuello y se quedó mirando largamente el sublime dibujo castaño y dorado del iris de sus ojos.

«Eres una buena chica –le dijo por signos–. Ya lo sabes.»

Después cerró la puerta y volvió al Impala. Claude estaba de pie, mirándolo por encima de la llana extensión azul del techo. Las tres pequeñas hendiduras de la rejilla de ventilación a los lados del coche le recordaron a Edgar las agallas de un tiburón.

«Vamos.»

No se paró a ver si Claude había entendido el signo. Su lenguaje corporal era suficientemente claro.

Claude se dejó caer en el asiento del acompañante. Bajó la ventana y Edgar hizo lo mismo con la suya.

–Sabes cuál es el acelerador y cuál el freno, ¿no? Eso lo sabe todo el mundo.

Claude le pasó las llaves a Edgar, que las levantó para verlas a la luz, mientras presionaba tentativamente el pedal del acelerador.

–No lo pises muchas veces seguidas –dijo Claude–. Ahogarías el motor.

La llave se deslizó suavemente en la ranura y el arranque del Impala empezó a ronronear mientras el motor cobraba vida. Edgar mantuvo girada la llave un poco más de lo necesario y se oyó un chirrido horrendo. La soltó, pero al ver la expresión en la cara de Claude, volvió a girarla. Levantó el pie del acelerador, lo apoyó en el suelo y escuchó el zumbido del motor al ralentí.

Claude empezó a hablar de nuevo, pero Edgar no le estaba prestando atención. Probó experimentalmente el pedal del freno y sintió que cedía bajo la presión del pie. La palanca de cambios estaba en la columna de dirección. La punta anaranjada del indicador de marchas estaba debajo del velocímetro. Ya había visto a otra gente hacerlo con transmisiones automáticas; tiró de la palanca de cambios y la dejó caer en la D.

El coche empezó a rodar hacia adelante.

–Correcto –dijo Claude–. Es fácil, ¿lo ves?

El volante giraba con una extraña suavidad aceitosa, en comparación con el de *Alice*. Edgar se preguntó si el Impala tendría dirección asistida. Más extraño todavía le pareció el enorme capó plano que se extendía delante de él, ya que estaba habituado al fino morro anaranjado del tractor y a su chimenea que no dejaba de escupir una humareda negra. Era como estar conduciendo sentado detrás de una vasta mesa azul. El ruido del motor sonaba lejano y amortiguado. Y no podía ver lo que hacían las ruedas delanteras; tenía que conducir solamente por sensaciones.

–Muy bien –dijo Claude–. Ahora baja por el sendero y ya veremos qué pasa. Después gira a la izquierda, en dirección a Corners, para no toparnos con tu madre cuando vuelva del pueblo.

Edgar lo miró y asintió. Empezó a pisar el acelerador, y entonces, casi sin darse cuenta de que había tomado una decisión, siguió pisando mucho más de lo normal, hasta que el pedal estuvo plano contra el suelo del coche.

El Impala rugió. Aunque el vehículo coleó sobre la grava del sendero, Edgar tenía bien agarrado el volante y lo mantuvo más o menos controlado, pese a la velocidad. Quizá pisó un poco de hierba de la derecha, pero mejor era eso que rozar la pared de la casa.

–¡So, hijo, so! –exclamó Claude–. Así no podrás con él. Levanta el pie. ¡So!

No tardaron nada en llegar al final del sendero. Edgar se preguntaba a qué velocidad irían, pero no tenía tiempo de echar un vistazo al velocímetro porque estaban pasando demasiadas cosas. Por un lado, los árboles del huerto se acercaban a toda prisa por la derecha. Por otro, él mismo se había vuelto hacia atrás para ver cómo se alejaba el establo por el cristal trasero, y no había sido fácil hacerlo, con el pie pisando a fondo el acelerador. Cuando volvió a mirar al frente, estuvo pensando un buen rato y finalmente decidió no atravesar la carretera para meterse directamente con el coche en el bosque al otro lado del sendero, porque sabía que no estaban yendo suficientemente a prisa. En la carretera podría alcanzar una velocidad mucho mayor. Cuando la mancha borrosa del último manzano pasó junto a la ventana, empezó a girar el volante.

Claude dejó de gritar «¡so!» como si estuvieran en un carro tirado por caballos y alargó la mano para girar a la izquierda. Les costó ponerse de acuerdo sobre el momento de devolver el volante al centro; Edgar pretendía hacerlo cuando el buzón estuviera justo en medio del parabrisas, pero Claude quería empezar bastante antes. Juntos, llegaron a una solución intermedia. El morro del Impala dio un violento tirón a la izquierda, el coche patinó y quedó atravesado en la carretera, o casi, en medio del ruido ensordecedor de la grava masticada por los neumáticos y escupida hacia los paneles laterales. Para entonces, Claude tenía las dos manos sobre el volante y una idea muy clara de la dirección que debían tomar.

«Muy bien —signó Edgar—. Tú llevas el volante.»

Quitó las manos sin dejar de apretar a fondo el acelerador. Al no tener que ocuparse de la dirección, pudo volverse otra vez para mirar por el cristal trasero. Era emocionante ver la carretera alejándose por detrás, como una ancha cinta marrón de caramelo que saliera del maletero. Además, ahora tenía tiempo de mirar el velocímetro. No sabía si marcaba bien, porque no le parecía posible que ya pasaran de ochenta; ni siquiera habían llegado aún a la alambrada. Quizá fuera sólo que las ruedas giraban en falso sobre la grava. Por otro lado, habían empezado a moverse a bastante velocidad desde que Claude había situado el coche en el centro de la carretera. Claude había comentado alguna vez que el coche era un «cuatro-veinte-no-sé-qué». Edgar pensó que eso estaba bien, porque probablemente quería decir que era muy veloz.

El viento empezó a aullar por las ventanas abiertas.

«¿No vamos a escuchar música?», signó.

Claude no dejaba de gritar acerca del acelerador. Edgar alargó la mano por delante de él y encendió la radio. Por encima del rugido del motor, oyó el tañido metálico de una guitarra.

«Música country —signó—. Mi favorita.»

Pulsó una de las grandes teclas negras de presintonización para cambiar de emisora, y después otra.

«No me gusta que me llames "hijo" —signó—. No está bien. Yo no soy tu hijo.»

Apagó la radio.

—¿No te das cuenta de que no entiendo lo que dices? —dijo Claude—. ¡Levanta el pie del acelerador, por el amor de Dios!

«Si te soy sincero —signó Edgar—, no me gusta nada verte en mi casa.»

Claude alargó el brazo e intentó poner la palanca de cambio en punto muerto, pero Edgar apoyó otra vez las manos sobre el volante y lo giró bruscamente a la izquierda. El coche derrapó sobre la grava y un bosquecillo de arces llenó de pronto el parabrisas. Claude soltó la palanca, volvió a poner las dos manos sobre el volante y, para sorpresa de Edgar, consiguió alinear otra vez su rumbo con el trazado de la carretera.

Para entonces, el velocímetro marcaba ciento quince. El Impala vibraba como si estuviera rodando sobre un río de cojinetes de bolas. Edgar pensó que era la primera vez que viajaba a tanta velocidad en un coche, y le pareció interesante que fuera sobre grava. La velocidad verdaderamente se comía la carretera; por delante, Edgar distinguía el punto donde la tierra del camino se fundía con la amplia curva de asfalto que continuaba hacia el norte y giraba al este, hacia Popcorn Corners. Un poco más adelante había un puente pequeño que cruzaba un riachuelo, y Edgar se preguntó si conseguiría poner el Impala a más de ciento veinte antes de llegar allí. No tuvo tiempo de pensarlo demasiado, porque en seguida estuvieron en el puente. Hubo una fuerte sacudida y, cuando volvieron a aterrizar, Edgar sintió como si su cuerpo aún siguiera volando por el aire, aunque sus ojos hubieran caído otra vez al suelo.

Le sonrió a Claude y echó un vistazo al velocímetro. Habían conseguido ponerse a ciento veinte, después de todo. El capó del Impala estaba sucio, y Edgar pensó que era una pena. Pensó que habría sido agradable, con buen tiempo, ver las nubes trepando por el espejo azul tendido delante de ellos. Habría sido como volar por el cielo.

—Muy bien —dijo Claude.

No había tardado mucho en dominar el arte de conducir desde el asiento del acompañante. El coche casi no se bamboleaba, lo que era de agradecer, porque la carretera era estrecha.

—Muy bien —repitió Claude—. Tú mandas. ¿Qué quieres?

Edgar también se lo preguntaba. En realidad, no tenía ningún plan. De hecho, lo de salir a conducir había sido idea de Claude. Además, seguía sintiendo aquel campanilleo en la cabeza que lo estaba volviendo loco. Intentó golpearse repetidamente en la frente con la mano para hacerlo parar. No le sirvió de nada, pero al menos de ese modo tuvo un motivo para que le sonara la cabeza. Se volvió y le sonrió mansamente a Claude.

«¿Por qué no seguimos hasta Popcorn Corners? —signó—. La ronda del lechero, como le dicen.»

—No te entiendo —dijo Claude—. Ya sabes que no sé leer el...

«P-O-P-C-O...»

—¡A mí no me deletrees con los putos dedos! —le gritó Claude—. ¡Levanta el pie del acelerador!

Y entonces, antes de que Edgar pudiera reaccionar, Claude alargó la mano por delante de él y puso la palanca en punto muerto. Desde donde estaba, Claude no podía ver el indicador de cambios en el salpicadero, por lo que tuvo que hacerlo por pura intuición, y lo mismo podría haber puesto la palanca en marcha atrás. Ésa sí que era una posibilidad interesante, que además Edgar no había considerado antes. ¿Qué podía pasar si uno saltaba de directa a marcha atrás a ciento cinco kilómetros por hora? No, a noventa y tres. O más bien a ochenta.

El ruido del motor del Impala, que había sido un rugido mientras estaba en marcha, subió hasta convertirse en un chillido agudo, como si fuera a soltarse de sus amarras. Claude giró la llave en el contacto y el motor murió. El coche se deslizó hasta detenerse. Durante un rato no se oyó más ruido que el de la respiración acelerada de los dos y un chasquido que se repetía como un golpeteo. Edgar bajó la vista y descubrió con sorpresa su propio pie, que apretaba espasmódicamente el pedal del acelerador. La polvareda que había levantado el coche los alcanzó y los adelantó, como una seca neblina marrón. El bloque del motor empezó a emitir una especie de tictac mientras se enfriaba.

«¿Cuándo me enseñarás a aparcar en línea? —signó Edgar—. Me han dicho que no es fácil.»

Claude quitó la llave de contacto y se recostó en el asiento del acompañante. No podía haber entendido lo que Edgar acababa de signar, pero aun así se echó a reír. Al cabo de un momento se estaba riendo a carcajadas mientras se daba palmadas en la rodilla. Edgar salió del coche y empezó a caminar por la carretera en dirección a la casa, que estaba a unos tres o cuatro kilómetros de distancia. Detrás, oyó el golpe de la puerta del acompañante al cerrarse y un crujido de pasos sobre la grava. El motor de arranque del Impala jadeó y se paró, y volvió a jadear y a pararse.

Antes de que Edgar tuviera tiempo de avanzar mucho por la carretera, Claude había girado en redondo con el coche y estaba rodando junto a él. El motor sonaba a herido y se oía alguna pieza suelta que traqueteaba bajo el capó. Tacatacataca-tin. Tacatatacata-tin. Tin, tin, tin, tin, tin.

—Supongo que no ha sido buena idea lo de salir a conducir —dijo Claude—. ¿Sin rencores?

Edgar siguió caminando.

—Mientras disfrutas del paseo, quizá quieras considerar que tú y yo tenemos personas en común. Tu madre, por ejemplo.

«Y mi padre», signó Edgar.

Claude no pudo evitar el impulso de tratar de interpretar aquel signo, aunque Edgar no se lo había enseñado más de un instante. El Impala siguió rodando al lado del chico mientras Claude intentaba visualizar mentalmente los gestos.

—Bueno, da igual —dijo, limitándose a suponer lo que había dicho el chico.

Después, pisó el acelerador. El Impala dio una sacudida y se alejó to-siendo por la carretera. Había recorrido casi un kilómetro en dirección a la casa cuando volvió a pararse y Claude se bajó.

—¡Eres igual que tu padre, maldita sea! —gritó dando una patada a la grava. Después dio media vuelta, se metió en el Impala y se alejó con un rugido.

Trudy

Si Trudy no hubiera estado preocupada mientras iba por la carretera en dirección a Mellen, habría disfrutado del viaje, porque era uno de esos días perfectos y tibios de junio, cuando el sol parece apoyarse sobre la piel como una mano voluptuosa y tranquilizadora. Normalmente le gustaba escuchar la radio, pero el rugido del viento que entraba por la ventana de la camioneta era mejor para pensar, y le preocupaba Edgar. El chico estaba embarcado en una rebelión que ella no acababa de entender. El problema era Claude, hasta ahí lo comprendía. Tres noches de la última semana se había negado a volver de la perrera y se había quedado a dormir en el altillo del heno. Pero cada vez que ella intentaba hablarle, él se marchaba o se encerraba en sí mismo como sólo Edgar podía hacerlo.

Era cierto que siempre había sido difícil de entender, incluso de pequeño, por ser introvertido y estoico hasta extremos que ella nunca habría imaginado. No había llorado prácticamente nunca cuando era bebé. *Almondine*, medio niñera y medio portavoz, pedía las cosas por él. Sus profesores atribuían su estoicismo a su falta de voz, pero Trudy sabía que no era así. De hecho, Edgar había empezado a comunicarse con urgencia desesperada cuando tenía un año. A los dos años ya había asimilado los rudimentos torpemente transmitidos de la lengua de signos y, para asombro de Trudy, había empezado a inventarse un vocabulario propio. Había habido una época (memorable pero agotadora) durante la cual pasaba el día entero pidiéndole que le enseñara el nombre de las cosas, hasta que los párpados se le caían de sueño. La ferocidad de su empeño casi daba miedo. Trudy pensaba a veces que una obsesión semejante no podía ser normal, aunque reconocía que quizá esa idea fuera una manifestación perversa del orgullo materno. Casi en defensa propia, Gar y ella le habían hecho entrega del diccionario y habían dejado en sus manos la responsabilidad de poner nombre a los cachorros.

También había sido un niño expresivo e inteligente desde el principio, y sus preguntas siempre habían sido asombrosamente agudas. Cada vez que lo veía asimilar una idea nueva, Trudy se preguntaba qué efecto tendría en él, porque en Edgar, tarde o temprano, todo acababa produciendo un resultado. Pero el proceso (el modo en que él producía una explicación sobre el funcionamiento del mundo) era misterioso más allá de toda comprensión. En cierto modo –pensaba ella–, eso era lo único decepcionante de tener un hijo. Había supuesto que él siempre sería transparente para ella y que durante mucho tiempo más seguiría siendo una parte suya. Sin embargo, pese a la proximidad del trabajo diario compartido, hacía mucho que Edgar había dejado de ser un libro abierto. Era su amigo, sí. Era su hijo querido. Pero cuando se trataba de saber lo que estaba pensando, Edgar podía ser tan opaco como una piedra.

Un ejemplo perfecto había sido la Navidad de cuando tenía cinco años. Ese año había empezado a asistir al parvulario. Todas las mañanas esperaban juntos al final del sendero y ella lo miraba subir al autobús escolar; y todos los mediodías, él regresaba con los brazos en alto para saludar a *Almondine*, que casi lo aplastaba con su peso en cuanto bajaba del autobús y montaba tal espectáculo que todos los niños se asomaban por las ventanillas y llamaban a gritos a la perra por su nombre. Ese otoño, Edgar se había entusiasmado con la idea de ir al colegio con otros niños, pero no le contaba mucho acerca de la escuela, a menos que ella le preguntara con particular insistencia. ¿Qué habían hecho ese día? ¿Era simpática la maestra? ¿Les había leído un cuento? Después, lo convencía para que se lo contara. A veces, había algún signo que él todavía no conocía, y entonces lo buscaban entre los dos en el diccionario de signos, y si no lo encontraban, se lo inventaban sobre la marcha. Cuando llegó diciembre, Edgar se sentó a la mesa de la cocina para escribir la carta a Papá Noel y la guardó en un sobre cerrado antes de que ella pudiera leerla. Trudy tuvo que esperar a que se durmiera para abrir el sobre al vapor.

A la cabeza de la lista, Edgar había escrito: «Un reloj de bolsillo CON CADENA.»

Para ella había sido un sorpresa absoluta. El niño nunca había expresado el deseo de tener un reloj. Ya sabía la hora. La había aprendido a los cuatro años y, durante varias semanas, la había incorporado a todo lo que decía: «A las seis y cuarto, cenaremos. Cuando termine de bañarme serán las ocho y media.» La novedad había pasado rápidamente, pero quizá su obsesión por la hora simplemente se había interiorizado, volviéndose opaca al exterior. En todo caso, el reloj ocupaba el número uno de su lista, y Trudy estaba decidida a que lo encontrara debajo del árbol. Gar y ella localizaron una tienda de relojes en Ashland, cuyo propietario estuvo un rato revolviendo en la trastienda, hasta emerger con un viejo reloj de bolsillo que podía usar (y seguramente romper) un niño. ¡Y también tenía cadena! La corona de la cuerda era intrincadamente nudosa y la tapa de latón tenía grabada una florida letra «N». Podían decirle que era la «N» de Navidad. El hombre les dijo que la cuerda era suficiente para un día, y que en ese tiempo el reloj atrasaría quizá unos cinco o diez minutos, lo que no estaba mal para un niño, o incluso estaba bien, porque de ese modo tendría que darle cuerda y ajustar la hora con frecuencia. Envolvieron el reloj, lo pusieron debajo del árbol y procuraron que la cajita envuelta en papel verde metalizado fuera la última que Edgar abriera. El niño contempló el reloj sobre la palma de la mano, sonrió exactamente tal como Trudy esperaba y se lo guardó sin más en el bolsillo del pijama.

—¿No vas a abrirlo? —exclamó Trudy—. ¡Aprieta la palanquita! ¡Mira las agujas!

Edgar lo sacó del bolsillo y dejó que sus padres le enseñaran a darle cuerda y a ajustar la hora. Les prestó mucha atención, pero cuando terminaron, lo cerró y volvió a guardárselo en el bolsillo. No volvieron a verlo durante casi una semana, hasta que Trudy entró en el cuarto de estar y encontró a *Almondine* manteniendo la posición de sentada y a Edgar balanceando el reloj delante de sus ojos. *Almondine* se puso a jadear y miró a Edgar por detrás del reloj oscilante. Cuando Edgar comprendió que había otra persona en la habitación, se volvió.

«Con los perros no funciona», signó.

—¿Estabas tratando de hipnotizarla? —dijo Trudy—. ¿Para eso querías un reloj?

Edgar asintió.

«Ven —le dijo por signos a *Almondine*—. Funcionará mejor con los cachorros.»

Entonces se puso el abrigo y se fue a la perrera mientras Trudy se quedaba atrás, boquiabierta.

En ese momento se dio cuenta de que él tenía cosas en su interior que ella ni siquiera imaginaba. Sólo tenía cinco años y estaba en el parvulario.

Trudy no logró averiguar dónde había oído hablar de la hipnosis. No recordaba haber visto nada por televisión que hubiera podido darle la idea, ni creía que ninguno de sus libros mencionara el tema. Fuera de donde fuese que hubiera sacado la idea, lo cierto es que la había rumiado durante muchas semanas e incluso meses, sin mencionarla ni siquiera una vez, sin hacer nada más que pensar, reflexionar y plantearse preguntas. Así era su hijo. Entonces comprendió que en cierto sentido ya lo había perdido, que de algún modo básico y esencial había crecido y la había dejado atrás. No era que tuviera secretos para ella. Si ella le hubiese preguntado si estaba interesado en la hipnosis, él se lo habría dicho. No le había dicho nada simplemente porque ella no se lo había preguntado.

La pregunta evidente era: ¿qué más estaría pensando? ¿Qué más habría aprendido que nadie sospechaba siquiera?

La carrera de hipnotizador de Edgar continuó varias semanas más. En su momento culminante, hipnotizó al pequeño Alex Franklin para que arrojara una bola de nieve a la oreja de la monitora del recreo, aunque después Trudy descubrió, al investigar un poco más, que ésa era la versión de Alex Franklin. Edgar se había limitado a ordenarle, mientras lo tenía fascinado bajo la influencia de su reloj oscilante, que diera un mordisco a una bola de nieve de color sospechosamente amarillo. En lugar de eso, Alex había extendido los brazos como el monstruo de Frankenstein, se había acercado pesadamente a la monitora y le había arrojado la bola para después salir corriendo. Edgar no se lo esperaba. Después confesó que todo el asunto de la hipnosis era bastante impredecible.

El episodio dio lugar a una conversación sobre la responsabilidad. Pasaba como con los perros, le había dicho Trudy. Si les ordenabas que hicieran algo, eras responsable de lo que sucediera después, aunque no fuera lo que pretendías en un principio. Con los perros eras especialmente responsable –le dijo su madre–, porque ellos te respetaban tanto que hacían cualquier cosa que les ordenaras, aunque para ellos no tuviera ningún sentido. Si querías que confiaran en ti, tenías que asumir la responsabilidad, siempre y en todas las ocasiones.

Después lo dejó que la hipnotizara, pero no se durmió como él esperaba. Sabía que iba a decepcionarlo, pero no quería mentirle. Tampoco le mintió Gar, ni *Almondine*, ni ninguno de los cachorros (que habrían preferido quitarle el reloj de las manos y mordisquearlo hasta hacerlo pedacitos). Entonces Edgar renunció a la idea, pero no dejó de llevar consigo el reloj. De vez en cuando abría la tapa, comparaba la hora con la del reloj de la cocina y le daba cuerda, pero Trudy sospechaba que sólo lo hacía cuando ellos estaban cerca. Cuando se fundió la nieve esa primavera, encontró el reloj enterrado entre sus diminutos calzoncillos y camisetas Fruit of the Loom, en el cajón más bajo de la cómoda.

Si Edgar le había parecido introvertido y enigmático a los cinco años, últimamente era un completo misterio para ella. Desde la muerte de Gar, había vivido como un sonámbulo, pasando en poco tiempo del enfado o la tragedia a una expresión reflexiva o incluso animada. Trabajar con los perros de su camada parecía lo único que captaba su atención. Trudy se decía que no debía preocuparse. Después de todo, también podría haberse enganchado a las drogas (si es que alguien podía encontrar drogas en Mellen, lo que era muy dudoso). Si de verdad quería quedarse día y noche en la perrera, que lo hiciera.

A decir verdad, esa última obsesión había empezado mucho después de la muerte de Gar, en las últimas dos o tres semanas del curso escolar, cuando había adquirido la costumbre de saltarse las clases. Trudy había ido a hablar con el director. No iba a permitir que tomaran medidas contra Edgar, arriesgándose así a arruinar su buena disposición hacia la escuela, cuando estaba atravesando una época que seguramente sería la peor de su vida. Su situación era delicada. Una reacción errónea ante su rebeldía no haría más que reforzarla. Trudy sabía que las verdades del adiestramiento de los perros no siempre se podían trasladar a las personas, pero era natural pensar que cualquier castigo aplicado en conjunción con alguna cosa haría pensar al castigado, ya fuera niño o perro, que esa cosa era mala. Había visto a demasiada gente estropear a sus perros obligándolos a repetir ejercicios que les daban miedo o incluso que les hacían daño. No pararse a buscar una variación del mismo ejercicio, no contemplar la situación desde otro ángulo o no conseguir que el perro disfrutara con lo que estaba obligado a hacer era un fracaso de la imaginación.

En ese caso, la analogía era válida. Le dijo al director que le importaba un rábano que Edgar no volviera a presentarse ni un solo día en la escuela por el resto del semestre después de todo lo que había pasado, y que si lo seguían presionando, ella misma lo sacaría del colegio. Después de todo, ellos sabían tan bien como ella que durante las dos o tres últimas semanas de clases los profesores simplemente se dejaban llevar. ¿A quién le importaba si Edgar perdía el tiempo en la escuela, mirando por la ventana, o se quedaba en casa? ¿Cuántos niños de las granjas faltaban a clase cuando llegaba la época de la feria de ganado? Ella también necesitaba la ayuda de Edgar en el criadero.

Y también estaba Claude, a quien Edgar se oponía. ¿Quién no lo habría hecho, en su lugar? Después de la muerte de Gar, Edgar y ella habían llegado a estar tan unidos que a veces casi parecían un matrimonio, como cuando preparaban la cena o se acurrucaban juntos en el sofá para ver la televisión, con los brazos entrelazados. Así se había dormido ella más de una vez. Y otras noches, cuando era él quien se quedaba dormido, ella le acariciaba la frente como cuando era un bebé. Después de eso, era normal que estuviera celoso. Quizá ella debería haber mantenido un poco más la distancia y haberlo dejado manejar el dolor a su manera; pero cuando una madre sufre y ve que su hijo está sufriendo, hace lo que le parece necesario.

Además, lo de Claude no era algo que ella hubiese planeado; al contrario, era lo último que tenía en mente, sobre todo después del desagradable fin de su relación con Gar (algo que ella tampoco entendía, una disputa entre hermanos, sepultada bajo demasiadas capas de historia familiar para que ella fuera a desenterrarla). Lo suyo con Claude sencillamente había sucedido una mañana: ella se había derrumbado y él había tenido un extraño y fugaz momento de ternura. Trudy no había sentido que no fuera correcto; a posteriori, incluso había sentido como si se hubiera quitado un gran peso de encima, como si le hubieran dado permiso para seguir adelante y tener otra vida. Lo que Edgar no entendió fue que a partir de entonces todo serían medias tintas. Trudy no podía decírselo a Edgar ni a nadie, pero sabía que era así. Habían tenido lo más auténtico, la pepita de oro, el paraíso en la tierra, la felicidad completa, y eso no se consigue dos veces. Cuando se presentaba una segunda oportunidad, había que aceptarla tal como era. Sí, Claude le había propuesto matrimonio; había sido una tontería que ni siquiera merecía la pena considerar. Al menos no de momento, cuando había tanto trabajo por hacer.

Gar y ella habían tenido en su día la predecible conversación sobre lo que deseaban que el otro hiciera si uno de los dos moría. Ella había sido directa y franca respecto a sus responsabilidades: «Quiero que pases el resto de tu vida lamentándote abyectamente –le había dicho–, y que llores en público dos veces por semana. Me gustaría que me levantaras un altar en el huerto, pero comprendo que estarás muy ocupado dirigiendo el criadero y dando conferencias sobre mi santidad, así que no insistiré en ello.»

Gar había sido más modesto. Quería que volviera a casarse en cuanto encontrara una persona que la hiciera feliz, ni antes, ni después. Así era él. Si le hacías una pregunta seria, sólo podías esperar una respuesta seria. Ella lo adoraba por eso y por muchas otras cosas. Era apasionado de una manera que Claude no podría serlo nunca, apasionado con los principios y con el orden, que consideraba un bien fundamental. Como esos archivadores, llenos de registros. El criadero había sido importante en su conversación sobre lo que esperaba que hiciera Trudy si él moría. No lo había dicho explícitamente, pero era evidente que esperaba de ella que encontrara la manera de continuar el trabajo con los perros.

Por todo eso, Trudy pensaba que Gar no se opondría necesariamente al giro que habían dado los acontecimientos. Todo hacía suponer que la perrera volvería a funcionar normalmente antes del final del verano. Y lo que a ambos les había parecido más importante era que la otra persona encontrara la manera de ser feliz. Puede que a Gar no le hubieran gustado algunos de los cambios que estaba proyectando Claude, porque él tenía previsto que el criadero siguiera siendo siempre un pequeño negocio familiar. A Claude no le preocupaban tanto los linajes y eso le daba cierta libertad para pensar más ampliamente en otras cosas.

Mientras tanto, había que vigilar más de cerca a Edgar y asegurarse de que superara ese mal momento. Porque sólo era eso: un mal momento. No había nada de que preocuparse.

Porque si lo hubiera habido, ella lo habría sabido.

Popcorn Corners

Al día siguiente, Edgar volvió a salir en dirección a Popcorn Corners, pero esta vez solo y en bicicleta. Habría hecho cualquier cosa para salir de la casa cuando Claude estaba allí, y últimamente estaba todo el tiempo. Se metió en el bolsillo trasero del pantalón la fotografía de Claude y *Forte*, y se alejó pedaleando hacia el norte, repitiendo la ruta que había recorrido con su tío a lo largo de la fina línea de grava abierta a través del bosque de Chequamegon. Un camión volquete de las carreteras del condado pasó rugiendo a su lado, levantando a su paso una nube amarronada. Aún no se había disipado el polvo del aire cuando Edgar llegó a la superficie pavimentada y giró para tomar un pequeño camino forestal. Pasó junto a pantanos que hervían de ranas y serpientes, y más adelante vio una tortuga que avanzaba trabajosamente entre las zanjas, como un tapacubos que hubiera cobrado vida, con la picuda boca abierta y jadeando.

A lo lejos apareció una señal de stop. Cuando Edgar la alcanzó, pudo abarcar con la vista Popcorn Corners en su totalidad: una taberna, un pequeño supermercado, tres casas igual de decrépitas y una bandada de gallinas asilvestradas que vivían junto a una boca de desagüe. Pasó sin pedalear delante de la taberna, que tenía junto a la puerta un cartel de cerveza Hamm, con el oso de la marca iluminado para que pareciera que estaba pescando en un reluciente lago azul celeste, y se detuvo delante del supermercado, con la fachada revestida de tablones blancos horizontales que no acababan de ser del todo paralelos, como para disimular algún sesgo profundo en la estructura del edificio. Un par de fresnos colosales proyectaban sombra sobre la fachada de la tienda, y una anticuada y solitaria farola de gas se inclinaba a un lado entre las malas hierbas.

El pequeño aparcamiento estaba vacío. Edgar dejó la bicicleta tumbada en el suelo y empujó la puerta metálica sobre el piso polvoriento. Frente a él, sentada tras un largo mostrador acanalado de madera, estaba Ida Paine, la propietaria del supermercado, de nariz de halcón y mirada présbita. Los cartones de cigarrillos se apilaban tras ella en las estanterías: el rojo y blanco de Lucky Strike, el verde agua de Newport y el amarillo desierto de Camel. En algún lugar, una radio emitía con un zumbido las noticias de la emisora de onda media de Ashland. Edgar levantó la mano para saludar, e Ida le devolvió el gesto en silencio.

Ida y él se conocían desde hacía mucho tiempo, aunque de una manera un poco rara. Todavía recordaba a su padre llevándolo a la tienda, cuando él apenas sabía andar. Aunque Ida nunca le había dirigido la palabra, Edgar no se cansaba de mirarla. Le gustaba sobre todo contemplar sus manos mientras preparaba los pedidos. Se movían con una ágil independencia que le traía a la mente la imagen de dos diminutos monos lampiños. La mano derecha desplazaba comestibles por el mostrador mientras la izquierda bailoteaba sobre las teclas de una arcaica máquina registradora, al tiempo que Ida, sin parpadear, miraba a los clientes de arriba abajo con las pupilas aumentadas hasta el tamaño de dos monedas de veinticinco centavos, detrás del grueso cristal de las gafas. Después de marcar cada importe, la mano izquierda bajaba con tal fuerza la palanca de la máquina registradora que podría haber grabado las cifras en una tabla de roble.

Los lugareños estaban acostumbrados, pero los forasteros a veces se ponían nerviosos.

—¿Es todo? —preguntaba Ida después de sumar todos los artículos mientras ladeaba la cabeza y los miraba fijamente—. ¿Nada más?

Los venosos dedos de la mano izquierda pulsaban las teclas de la máquina registradora y saltaban a la palanca. ¡Pam! El estrépito realmente los sorprendía. O quizá fuera su manera de ladear la cabeza. Se veía que empezaban a pensar si de verdad estaría todo, si no faltaría algo. Empezaban a preguntarse si sería posible que aquélla fuera su compra definitiva: cuatro latas de judías con salchichas, una bolsa de patatas fritas Old Dutch y media docena de boyas para pescar. ¿Era todo? ¿No necesitarían alguna otra cosa? Y ya que estaban en eso, ¿habían hecho alguna vez en toda su vida algo que mereciera la pena?

—No —decían, tragando saliva mientras contemplaban las insondables pupilas negras de Ida—, nada más.

Y otras veces decían:

—Hum... ¿Un paquete de Lucky?

Solían expresarlo como una pregunta, como si hubiesen empezado a sospechar que una respuesta incorrecta podría precipitarlos al abismo. Los cigarrillos eran una respuesta corriente, en parte porque Ida fumaba como un carretero. Siempre había un rizo blanco escapando de su boca y subiendo para unirse a la gran galaxia de humo que flotaba sobre su cabeza como una guirnalda. Pero, sobre todo, cuando los no iniciados pasaban un rato delante de Ida Paine, acababan pensando que el destino estaba decidido, y que en ese caso no había ningún motivo para que no empezaran a fumar.

Cuando aterrizaba en el mostrador algún artículo de precio desconocido, la mano derecha de Ida lo recogía y lo hacía girar en el aire hasta que encontraba la pegatina blanca con números morados; a continuación, echaba un vistazo a una tarjeta amarilla pegada a la superficie de madera y anunciaba sin la menor emoción:

—Hoy, rebajado.

Nunca revelaba el precio. Edgar prestaba atención a esos detalles. En el camino de vuelta a casa, en el coche, comparaba las pegatinas con los importes impresos en la tira de papel de la caja registradora que venía con la compra. A veces, los números coincidían, pero otras, estaba todo mezclado. En una ocasión se había tomado el trabajo de sumar los precios que figuraban en las pegatinas. Aunque los números no coincidían con ninguna de las cifras de la caja registradora, el total era correcto.

Edgar recorrió el pasillo más alejado, junto a los botes de leche condensada, las latas de macarrones en salsa y las cajas de cereales. En realidad no había nada que quisiera, ni tampoco llevaba mucho dinero, pero se demoró un rato. El escaparate que daba a la carretera dejaba pasar menos luz de lo que cualquiera hubiera pensado, y la penumbra aumentaba hacia el fondo. Edgar casi esperaba encontrar arañas tejiendo su tela en los rincones más oscuros, pero pasaba algo curioso con el supermercado de Popcorn Corners: a primera vista, parecía desarreglado y desvencijado, pero visto más de cerca, todo estaba limpio y ordenado. Al fondo del local estaba la carnicería, el reino del demacrado marido de Ida, con su delantal y su gorra blanca. Cuando era pequeño, Edgar creía que el marido de Ida vivía detrás de ese mostrador, entre las picadoras, las sierras y el olor a sangre y a carne fría.

Los frascos no dejaban de atraer su mirada, sobre todo los más pequeños. Cogió un frasco de quitaesmalte de uñas y lo llevó un rato en la mano. Sólo le conocía dos usos, y el segundo era matar mariposas, algo que había visto hacer pero nunca había hecho por sí mismo. Pensando en eso, se acordó de Claude, *Epi* y el bote de Prestone. Cogió frascos de sacarina, de jarabe y de aceite de maíz, los levantó y volvió a dejarlos en su sitio.

Finalmente regresó al mostrador. Ida estaba de espaldas, moviendo la antena de la radio para que el altavoz dejara de sisear y crepitar. Después se volvió y lo enfocó con sus pupilas negras. Edgar señaló la nevera de refrescos que había fuera y ella asintió con la cabeza. La mano izquierda avanzó a tientas hasta la caja registradora, se detuvo un momento sobre las teclas y se retiró. Edgar esperaba que Ida le hiciera su pregunta habitual, pero sólo dijo una cosa:

—Cinco centavos de depósito por el envase.

El chico le puso una moneda de cinco y otra de veinticinco en la palma de la mano. Ella se quedó inmóvil un momento, parpadeó y después se volvió y dejó caer las monedas en el cajón de la máquina registradora. Fuera, Edgar sacó una botella de Coca-Cola de la nevera roja; retiró el tapón con el abridor de cinc y vio cómo subían las burbujas. Durante el trayecto se habían formado algunas nubes en el cielo azul y ahora empezaban a fundirse unas con otras y a oscurecerse. La brisa traía consigo un resto de frío primaveral.

El bastidor de la ventana junto a la caja registradora se deslizó hacia arriba y apareció la cara de Ida Paine, gris detrás del tejido metálico.

—Echas de menos a tu padre —dijo—. Era un buen hombre. Estuvo aquí una semana antes y yo sentí algo. Nada seguro. Pasa muchas veces. Alguien me pone delante cereales para el desayuno, sopa..., y no siento nada. Después viene con alguna otra cosa y entonces siento una sacudida, porque tiene una carga muy grande. No es un mensaje. La gente te dirá que es un mensaje, pero se equivoca. Es algo que, si le prestas atención el tiempo suficiente, puedes empezar a leerlo. Lees la sustancia.

A través de la rejilla, Edgar distinguía la forma de su cara, el brillo de sus gafas y el torrente de humo que salía aleteando de sus fosas nasales.

—Hay sustancia buena —dijo— y sustancia mala.

Él asintió. Había rayos verdaderos y había centellas.

—¿Qué vas a hacer si no? —prosiguió ella—. Nadie sabe cuándo pasará algo así. A veces las cosas cambian por el canto de una moneda. Una vez vino un tipo y me dijo que habría muerto de no haber sido por la calderilla que llevaba en el bolsillo, de una vuelta que yo le había dado el día anterior. Dijo algo sobre una moneda de diez centavos, con el grosor justo para hacer girar un tornillo, y dijo que, sin esa moneda, habría estado perdido.

Ella no esperaba una respuesta y Edgar lo sabía. Se quedó donde estaba, esperando a que la mujer se fuera y pensando en todas las veces que había visto la mano izquierda de Ida Paine saltando sobre las teclas de su máquina registradora.

—Cuando vino tu padre la última vez, compró leche y huevos. Nada más. Marqué el precio de la leche como cualquier otro día, pero los huevos tenían tanta sustancia que cuando los toqué fue como si una mano me agarrara. Se me cayó la caja al suelo. Él volvió a la estantería y cogió otra. Me dio un poco de miedo marcar el precio y tuve una sensación muy fuerte (algo que casi nunca me pasa) de que debía cobrarle más por los huevos, y no menos. Más, ¿lo entiendes? Pero no puedo hacer eso. La gente se enfada. Sin embargo, tu padre me miró y dijo: «Aquí tiene, por las dos cajas.» Debería haber cogido el dinero. Habría sido lo correcto. Pero le dije que no, que se me había caído a mí y que no iba a cobrarle las dos cajas. Esa vez, el total fue de dos dólares justos y exactos.

Se quedó un buen rato en silencio.

—Justos y exactos —repitió—. Fue la última vez que lo vi. Debería haber ido, pero no pude. Al funeral, quiero decir.

Después inclinó a un lado la cabeza y miró a Edgar con un solo ojo, como un pájaro ancestral en su jaula.

—Niño —dijo desde la penumbra—, ven aquí dentro y enséñame lo que has traído.

Edgar estuvo a punto de no entrar. Se quedó mirando la bicicleta y después prestó atención a las tablas horizontales de la fachada, con la pintura descascarada, y se puso a pensar que, aunque cada tabla individual parecía perfectamente recta y escuadrada, había algo torcido en el conjunto. Pero al final abrió la puerta de tejido metálico y fue hacia el mostrador. Sacó del bolsillo trasero del pantalón la fotografía de Claude y *Forte* y la apoyó sobre la gastada superficie de madera interpuesta entre ambos.

La mano derecha de Ida se acercó reptando por el mostrador y levantó la foto para verla mejor.

—Éste hace mucho que no viene por aquí —dijo levantando la vista de la imagen para mirar a Edgar; después volvió a la fotografía—. Pero me acuerdo de él. Aquellas peleas de perros... –Su mano izquierda puso una moneda de cinco centavos sobre el mostrador–. Toma, tu depósito –dijo ella.

Edgar alargó el brazo y apoyó la botella vacía de Coca-Cola sobre el mostrador. Antes de que pudiera soltarla, la mano que Ida usaba para la máquina registradora saltó hacia adelante. Los dedos le rodearon la muñeca y, con una fuerza sorprendente, le inmovilizaron la mano contra el mostrador. Todos sus dedos a la vez se cerraron espasmódicamente sobre el cristal ondulado del envase. Después, antes de que entendiera del todo lo que estaba pasando, la otra mano de Ida le puso sobre la palma libre la fotografía de Claude y *Forte*, y de algún modo le flexionó los dedos y consiguió que esa mano también se cerrara. Entonces se inclinó sobre el mostrador hacia él.

–¿Crees que puedes encontrar el frasco? –dijo–. Tienes que buscarlo, porque si no lo encuentras, tendrás que irte. ¿Lo entiendes? Tendrás que irte. Ésa es la sustancia.

Edgar no lo entendió. En absoluto. Tenía la cara de Ida Paine desagradablemente cerca de la suya, y los dedos de ella le apretaban el puño hasta aplastarle contra la palma de la mano un trozo de fotografía. El humo se arrastraba sobre su cabeza formando nudos y cuerdas. Imágenes que no entendía le llenaban la mente: un oscuro callejón empedrado, un perro que cojeaba bajo la lluvia, un viejo de facciones orientales que manejaba un trozo de caña con gran delicadeza... Edgar miró la botella de Coca-Cola atrapada en su mano agarrotada y los dedos de mono de Ida aferrados a su muñeca como calientes esposas de hierro, y entonces vio que la botella había cambiado. Había cobrado la forma de una vinagrera o un tintero antiguo, o quizá fuera un frasco de boticario. Un líquido aceitoso relucía en su interior, tornasolado, claro y viscoso. Alrededor del frasco había una cinta con una inscripción en un alfabeto extraño.

–Si te vas –susurró ella–, no vuelvas, pase lo que pase. No dejes que el viento te haga cambiar de idea. Es sólo viento.

Entonces la anciana ladeó la cabeza, lo miró y parpadeó. Edgar reconoció en ella una versión marchita de la niñita con rizos a lo Shirley Temple, la que se le había acercado en el restaurante de Mellen y le había pedido que le contara un secreto que él desconocía.

«Mi abuela es como yo. ¿Sabes lo que dice mi abuela?»

Una manaza se apoyó sobre el hombro de Ida Paine, trayendo consigo olor a sangre y carne fría. Después apareció detrás de la vieja la figura del carnicero, con el delantal blanco manchado de rayas rojas del tamaño de salchichas.

—Ida —dijo el hombre—. Ida.

—Es sólo viento —repitió ella—. No significa nada.

Los dedos de la mujer le soltaron la muñeca. Al instante, Edgar sintió que la presión se aliviaba y que la botella volvía a ser un simple envase de Coca-Cola y no el extraño recipiente que habían estado aferrando. Ida se la arrebató y se sentó en su taburete con la barbilla contra el pecho, haciendo largas y profundas inspiraciones. El humo escapaba mansamente de sus fosas nasales. Cuando por un momento los ojos magnificados por el cristal de las gafas adquirieron un tono rosado, Edgar volvió a ver la cara de muñeca de la niñita.

«Dice que, antes de que tú nacieras, Dios te contó un secreto que no quería que nadie más supiera.»

El carnicero le quitó a Ida el envase de Coca-Cola y se alejó con paso torpe hacia el fondo del local. Se oyó un ruido metálico cuando depositó la botella en el cajón de los envases. Durante un rato, Edgar se quedó clavado al suelo deslustrado del supermercado de Popcorn Corners, mientras la radio crepitaba noticias sobre las perspectivas bursátiles de los futuros de carne de cerdo.

Lo siguiente que supo fue que estaba pedaleando como un loco sobre la grava de la carretera de Town Line, a medio camino de su casa.

Hombre prevenido no siempre vale por dos, ni está mejor preparado. La catástrofe, cuando llegó, lo hizo por una vanidad de Edgar tan profunda e inocente que cuando él volviera la vista atrás sobre los hechos de aquella tarde sólo se culparía a sí mismo.

Ya casi había llegado a su casa y estaba pedaleando por la cuesta de la última pequeña colina, antes de ver los verdes campos al oeste, cuando lo asaltaron unos temblores, primero en las manos y después en los hombros y el pecho, hasta hacerle pensar que si no paraba se pondría enfermo. Accionó con el talón el freno de contrapedal y, tambaleándose, fue a sentarse entre la maleza que crecía junto a la carretera.

Lo sucedido mientras Ida Paine lo tenía agarrado, fuera lo que fuese, ya había sido suficientemente escalofriante, pero lo peor de todo era que le había despertado un deseo repentino y sofocante de recuperar los recuerdos de su padre, aquellos que había retenido tan brevemente. Cerró los ojos y apoyó con fuerza las palmas de las manos contra la cabeza. Oyó el silbido de la lluvia al golpear la hierba recién brotada y sintió las mil huellas suaves y frías que le dejaba sobre la piel al caer. Recordó las manos de su padre atravesándole el pecho, la sensación del corazón palpitante acunado en sus manos, las imágenes pasando por el tamiz de su cuerpo, las peleas de perros, el deseo de interponerse entre Claude y el mundo, toda una historia que no podía saber. Pero la esencia se le escapaba una vez más, tan fugaz como la forma de la llama de una vela.

«Tengo que volver —pensó—. Ella puede ayudarme a recordar. Ella sabe algo de Claude.»

¿Qué había dicho de las peleas de perros? ¿Y quién era el viejo cuya imagen había visto en el callejón? ¿Qué tenía en la mano? Sin embargo, pensó en cómo había quedado Ida después, desmoronada en su silla como un envoltorio vacío, y se preguntó si se acordaría siquiera de que había estado hablando con él. Estaba seguro de que ella ni siquiera lo entendería si le preguntaba por el anciano del callejón. Además, Edgar no tenía valor para ir a verla otra vez, al menos por un buen tiempo, o quizá no volviera a tenerlo nunca.

Cuando recordó la fotografía, se palpó el bolsillo de la camisa. Vacío. Perlas de sudor le brotaron en la frente. Al principio pensó que se la habría dejado en el supermercado. De ser así, tendría que volver. Tumbado en la hierba, la buscó desesperadamente en los bolsillos del pantalón, hasta que la encontró, doblada por la mitad y metida de cualquier modo en el bolsillo trasero derecho. Estaba bastante maltrecha, después de que él mismo la aplastó en el puño convulso bajo la presión de los dedos de Ida. La emulsión se había resquebrajado en grietas blancas que recorrían la superficie en media docena de direcciones. Edgar la alisó y la fotografía se cuarteó en un absurdo bajorrelieve geométrico que dividía la imagen en triángulos y trapezoides. Pero Claude y *Forte* seguían siendo los protagonistas inequívocos. Edgar apoyó el brazo sobre la rodilla y se quedó mirando la foto. Cuando la mano dejó de temblarle, volvió a montar en la bicicleta.

Llegó a lo alto de la colina y entró en el sendero con el impulso que traía de la bajada. Era media tarde. El Impala estaba aparcado detrás del tractor y la madre de Edgar iba del establo a la casa, con un juego de notas sobre el adiestramiento en la mano. Cuando lo vio pasar, lo llamó.

—¡Edgar! ¿Podrías descargar la camioneta? Ayer estuve en la fábrica de pienso.

El chico guardó la bicicleta en la caseta de la leche, lamentando no haber logrado volver a casa sin ser visto, porque entonces podría haberse ido con *Almondine* a algún sitio para pensar antes de tener que ver a su madre o a Claude. Al menos, su madre estaba ocupada; cuando Edgar cerró la puerta de la caseta de la leche, ella ya había entrado en la casa. Entonces él rodeó el establo para ir a buscar la carretilla. Al pasar por delante del taller, echó un vistazo a la puerta por pura costumbre. No estaba buscando nada en particular. Ni siquiera sabía si había alguien dentro.

Vio a Claude de pie ante el banco de trabajo, inclinado sobre algo pequeño, quizá el cierre roto de una correa, componiéndolo como un relojero. *Almondine* estaba echada en el suelo, con las caderas inclinadas, mirando a Claude desde abajo, relajada y complaciente, con la boca abierta en un tranquilo jadeo. Una cuña de luz se colaba por la ventana alta del taller. Motas de polvo de paja flotaban suspendidas en al aire. Todo estaba iluminado en diferentes grados de luz y de sombra: los hombros y la cabeza de Claude, la paja desmenuzada sobre sus zapatos, las sierras y los martillos colgados del tablero de la pared, la curva del pecho de *Almondine*, el contorno de su cabeza y sus orejas y la cimitarra de la cola tendida sobre el suelo polvoriento. La perra se volvió para mirar a Edgar con ojos somnolientos y serenos, y después miró a Claude. El conjunto se le presentaba enmarcado por la puerta, como una especie de cuadro, pero era la imagen accidental de un instante, algo sin diseño ni preparación.

Y a los ojos de Edgar, algo muy hermoso.

El pecho se le paralizó, como si se le hubiera cortado la respiración. De pronto, nada de aquella situación le pareció tolerable. Vio con absoluta claridad que él mismo se había adormilado hasta la aquiescencia y la complicidad. Pero en ese momento, una última cosa cedió y se rompió en su interior, algo que no tenía nombre. Quizá fuera la esperanza de redención. Para él, para Claude y para todos ellos. Cuando ya no la tuvo, sintió que se había convertido en otra persona, sintió que finalmente había vuelto aquel Edgar del que se había separado aquella primera mañana, después de la lluvia, y que en ese nuevo estado, convertido en esa nueva persona, consideraba imperdonable la conducta de *Almondine*, imperdonable su figura amable y serena en medio de aquel cuadro de armonía doméstica, como si el lugar de Claude fuera ése y no otro muy distinto, como la cárcel, u otro aún peor.

Consiguió seguir andando. Recogió la carretilla junto a la pared del fondo del establo y la empujó a lo largo del pasillo, hasta el sendero. Entonces *Almondine* fue trotando a su lado. Él soltó los mangos de la carretilla y levantó las manos por encima de la cabeza para ordenarle que se echara.

Ella lo miró un momento y después se echó.

Edgar se volvió y dio un empujón a la carretilla, que se puso a rodar por el sendero levantando una nube de polvo. *Almondine* abandonó la posición para ir hacia él, y esta vez Edgar dio media vuelta como un torbellino, la levantó por la piel del cuello hasta separarle las patas delanteras del suelo y la sacudió y siguió sacudiéndola hasta que ya no pudo más. Después la soltó, le ordenó otra vez que se echara y se volvió. Cargó en la carretilla los pesados sacos de cal viva, apiló encima las bolsas de pienso, cruzadas sobre los sacos, y se volvió para empuñar los mangos y alejar la carretilla de la camioneta. Su intención era marcharse simplemente sin decir nada a la perra, pero en el último minuto se volvió y se arrodilló, con los brazos y los hombros temblando con tanta violencia que casi perdió el equilibrio.

«Lo siento —signó—. Lo siento, pero tienes que quedarte. Quédate aquí.»

Empujó la sobrecargada carretilla sendero arriba, trastabillando. Cuando intentó hacerla girar en dirección al establo, sólo consiguió que volcara y que las bolsas de pienso se desparramaran por el suelo. Una de ellas se abrió y dejó escapar su contenido. Entonces él empezó a darle puntapiés, hasta que una ancha franja de suelo quedó cubierta por una capa de pienso marrón. Edgar se agachó y empezó a arrojar puñados hacia el bosque hasta que ya no pudo respirar. Al cabo de un rato enderezó la carretilla y la empujó con fuerza. Volvió del establo con un rastrillo traqueteando dentro de la carretilla. Reunió el pienso suelto en un montón y lo metió con las manos en la carretilla. Le llevó mucho tiempo. Veía manchas de luz bailándole delante de los ojos, como si hubiese estado mirando el sol.

Cuando salió del establo, *Almondine* seguía manteniendo la posición detrás de la camioneta. Pasó a su lado mientras se dirigía a la casa con paso vacilante y excesivamente rígido, como si las vértebras se le hubieran fusionado en una columna de piedra, y entonces levantó las manos para indicarle que ya podía moverse.

En los peldaños del porche, se volvió. *Almondine* estaba de pie bajo el sol, jadeando y mirándolo con la cola estirada.

«Vete —le signó—. Ya puedes moverte. Vete de aquí. ¡Vete!»

Antes de que la perra reaccionara, Edgar subió los peldaños del porche y entró en la casa.

El hombre de Texas

El insomnio de esa noche superó todo lo que Edgar había conocido; fue como tener un trasgo en su habitación que lo inundaba de remordimiento en un momento y lo inflamaba de ira al siguiente. El espectáculo de *Almondine* echada a los pies de Claude, como un cachorro idiota, le había abierto una herida muy cerca de su centro de gravedad, una herida tan brillante y dolorosa que ni siquiera se atrevía a mirarla. Pasó un largo rato esgrimiendo argumentos, refutaciones y acusaciones, con el corazón latiendo como un émbolo dentro del pecho y los pensamientos girando como polillas en torno a un fulgor fosforescente. Debería haber actuado aquella mañana, hacía tanto tiempo, en el instante en que supo lo que había hecho Claude. Tenía el martillo en la mano, pero en lugar de eso, había vacilado y dudado, y la llama en su interior había quedado reducida a unas pocas brasas. Aun así, un solo golpe de aire puro había bastado para avivarla. Había sido *Almondine*. La culpa no era suya y él lo sabía. Sin embargo, no podía perdonarla.

Cuando esa noche su madre había descubierto cómo estaba tratando a *Almondine*, abandonó toda pretensión de paciencia. Le ordenó que parara de inmediato y le dijo, ya que estaba, que volviera a la casa de una vez por todas y que olvidara la tontería de dormir en la perrera. Edgar subió la escalera como una tromba y dio un portazo, temblando de rabia y confusión. Los rayos rosados del alba ya teñían el bosque cuando cayó finalmente en el sopor del agotamiento. No obstante, el sueño no le proporcionó reposo ni tranquilidad. Cuando lo despertó el ruido de su madre trabajando con unos perros en el patio, casi se sintió aliviado.

Se sentó en la cama y miró la puerta cerrada del dormitorio. No recordaba una sola mañana de su vida en que hubiera abierto los ojos sin ver a *Almondine*. Cuando la perra era más joven (y él era pequeño), se acercaba a su cama y le empujaba un pie con el hocico para que se despertara; después empezó a dormir a su lado, y se levantaba cuando él se desperezaba y bostezaba. Aunque hubiera bajado a saludar a los madrugadores, por muy silenciosamente que él saliera a la escalera, ella siempre lo estaba esperando, con las patas delanteras apoyadas en el último escalón y los ojos levantados hacia él.

Se puso los vaqueros y una camiseta. Podía oír las uñas de sus patas castañeteando en el suelo del pasillo. Cuando giró el picaporte y abrió la puerta, ella fingió sorpresa, esbozó un pequeño corcoveo y aterrizó con las patas delanteras muy separadas, la cabeza baja y las orejas achatadas. Edgar tenía intención de perdonarla, pero al verla, juguetona y cohibida, volvieron a apoderarse de él todos los argumentos de la noche anterior: lo complaciente que había sido y lo mucho que se parecía a otra persona que podría haber nombrado. Tanto se parecía a esa persona que habría hecho mejor en irse con ella, o incluso con él, ya que le importaba tan poco quién le daba la atención que tanto necesitaba. *Almondine* se quedó danzando a su lado, agarrándolo de los bajos de los vaqueros. Le llevó un minuto seguirlo por la escalera barnizada (había cambiado los movimientos atropellados de la juventud por pasos mucho más cautelosos), pero lo alcanzó rápidamente mientras Edgar atravesaba el cuarto de estar y, como un remolino, se le puso delante, gimiendo y haciéndole una vez más una juguetona reverencia.

Él le indicó por signos que se echara y pasó por encima de ella.

En la mesa de la cocina había dos tazas vacías de café y las sillas estaban separadas, como sosteniendo aún a dos ocupantes invisibles. Edgar lavó una taza del fregadero y se sirvió los restos de la cafetera. El café le supo ácido. Tragó una vez y tiró lo que quedaba por el desagüe.

Su madre estaba trabajando con los dos perros que iban a colocar ese mismo día: *Cantor* y *Viola*. Edgar sabía que estaría de pésimo humor. Las mañanas de los días en que los futuros propietarios iban a buscar a los perros, no hacía más que hablar de las cualidades que dificultaban la marcha de los animales. Edgar se sabía la letanía de memoria. ¡Tanto tiempo dedicado a fomentar su confianza! ¡Tanto trabajo para enseñarles un lenguaje en el que fuera posible formular preguntas y responderlas!

¡Todo estaba a punto de quedar abandonado y perderse! Su padre siempre había sido más circunspecto en lo tocante a las colocaciones, pero es que él ya había renunciado antes a los cachorros, para entregarlos al adiestramiento. Además, su padre se ocupaba de las llamadas telefónicas y de la correspondencia cuidadosamente programada con los nuevos propietarios para hacer el seguimiento de los perros, por lo que en cierto modo no los perdía nunca. En cambio, en esos días, la madre de Edgar entraba en la casa como una tromba, agitando papeles y dando portazos, indignada por la estupidez de los nuevos amos, por su pereza y su falta de empatía.

Irónicamente, nadie habría notado nada de eso viéndola trabajar con los animales, ni siquiera el día de su colocación, porque con los perros se convertía en una mujer diferente. Era casi como si interpretara un personaje, el de la adiestradora, interesada únicamente en lo que hacían los perros en cada momento concreto. La adiestradora no manifestaba su enfado cuando ellos se ponían rebeldes, sino que se limitaba a corregirlos al instante y con firmeza. Cuando se acercaba el momento de la colocación, la única diferencia que quizá notaban los perros era que recibían menor atención. La sensación de estar un poco más solos los ayudaba a estrechar el vínculo con los nuevos amos.

Edgar no intentó ayudar a su madre. Se ocupó de sus tareas matinales y después sacó a *Candil* y a *Babú* para practicar con ellos ejercicios de proximidad —caminar junto a él y mantener la posición— y las cosas que habían estado probando en secreto, como «tocar», «caer» y transportar objetos pequeños en la boca. Claude estaba dando el biberón a uno de los cachorros recién nacidos. Cuando salió del corral paridero, Edgar se fue con sus perros al campo.

Almondine se le ponía en el camino, fuera donde fuese. Si Edgar se iba detrás del establo, ella se quedaba cerca del granero. Si entraba, ella esperaba a la sombra del alero e intentaba que sus miradas se cruzaran. En cada ocasión, él la rechazaba. Por último, la perra se dio por vencida y se fue a buscar un lugar donde echarse a dormir. Tardó mucho en decidirse, pero Edgar notó el momento en que finalmente se volvió y se marchó. Y la dejó que se fuera.

Poco antes de la cena, el doctor Papineau aparcó su sedán en la hierba, detrás del Impala. Edgar se quedó mirando desde el establo mientras el viejo le daba una palmada a Claude en el hombro y los dos se dirigían juntos a la casa. Un instante después, una camioneta desconocida redujo la marcha al llegar al sendero, giró y subió pesadamente hacia la casa. Era un vehículo grande, con un complicado compartimento superior y matrícula de Texas. La madre de Edgar, Claude y el doctor Papineau salieron de la casa, con *Almondine* detrás. Mirando a *Almondine* desde el establo, a treinta metros de distancia, Edgar vio algo en ella, alguna cosa en su actitud indecisa y casi frágil que finalmente lo hizo comprender su crueldad. Se prometió mentalmente hacer las paces con ella esa noche, porque no podía en ese momento. Los acontecimientos le exigían quedarse un rato más donde estaba.

Claude rodeó el vehículo hasta la ventana del conductor y señaló por gestos la rotonda. La camioneta dio marcha atrás y volvió a frenar, pero esta vez mirando a la carretera. Entonces se abrió la puerta y bajó un hombre. La conversación fue breve. *Almondine* dio la bienvenida al visitante junto a los demás y, a continuación, su madre miró en su dirección y gritó:

—¡Edgar, trae a *Cantor* y a *Viola*!

Fue el comienzo de la presentación, en la que él siempre tenía un papel muy destacado. Cuando era pequeño, a los nuevos amos les resultaba particularmente impresionante ver que un niño apenas más alto que los perros los traía desde el establo. Últimamente había crecido y la presentación era menos espectacular, pero el elemento teatral se mantenía. Después de la llegada del nuevo amo, después de los saludos y la conversación, Edgar aparecía con el perro (o los perros, como en ese caso, lo que no era raro, porque a menudo los colocaban por parejas). A su padre le encantaba el pequeño espectáculo cuidadosamente coreografiado. Después de todo —decía—, los amos sólo conocían a sus perros una vez. ¿Por qué no asegurarse de que el momento fuera memorable? Era una pequeña garantía añadida de que los perros recibirían un buen trato. A veces, los nuevos propietarios sofocaban una exclamación de asombro cuando Edgar aparecía con los perros. Hasta su madre sonreía en algunas ocasiones, pese a sus predicciones sombrías, mientras él medía los pasos por el sendero con expresión relajada y aire de hacerlo a diario.

Nerviosos por la llegada de un desconocido, los animales se atropellaban para salir a los corrales exteriores; empujaban las portezuelas de lona para echar un vistazo y entraban en seguida. Después de tranquilizarlos, Edgar se dirigió al cubículo donde estaban los dos perros que habían encontrado casa. *Cantor* era un macho de manto rojizo, porte impresionante y buen carácter. *Viola* era pequeña para ser sawtelle y tan negra que parecía pintada con tinta china, excepto por una estrella crema en el pecho y un pequeño remolino claro sobre las caderas. Edgar sacó el cepillo del bolsillo trasero y le dio un último repaso. Recién cepillado, el pelaje de *Viola* era fino y lujoso. Los perros se movían intranquilos sobre la paja del suelo y jadeaban bajo el cepillo. *Cantor* protestó por el retraso con un gemido grave.

«Espera –signó Edgar–. Pronto sabrás lo que pasa.»

Les acarició la cara y se agachó delante de ellos. Hizo que lo miraran a los ojos y les apoyó las manos en el pecho, buscando el punto que los tranquilizaba. Después, les puso los collares y los situó junto a él, uno a cada lado. Les apoyó las manos sobre el cuello y echaron a andar por el pasillo del establo. Cuando salieron al exterior, el grupo reunido junto a la casa se volvió. Se interrumpió la conversación. Edgar hizo una breve pausa bajo la vieja lámpara de la puerta del establo. Muchas veces, su padre había dicho bromeando que oía cantar a los ángeles cuando sus perros y él doblaban esa esquina.

–¡Vaya, vaya! –oyó que exclamaba el hombre.

Cuando estuvieron a mitad de camino por el sendero, Edgar palmoteó ligeramente a cada perro en la cruz y los dos se volvieron para mirarlo. Les indicó que abandonaran la posición y ambos salieron disparados como flechas, con movimientos sedosos y las patas golpeando suavemente el suelo mientras corrían. Después, vinieron el desorden y las presentaciones. El nuevo amo era un hombre menudo, de complexión ligera, pelo castaño, orejas de soplillo y bigote espeso. Su acento coincidía con la matrícula de su camioneta: típicamente texano. Sabía de perros. Les tendió el dorso de la mano, en lugar de los dedos, y sus movimientos eran lentos y seguros. A veces los perros se ponían nerviosos con sus nuevos propietarios, pero no sucedió nada de eso con ese hombre, ni con esos perros.

–¡Dios santo, qué mirada tienen! –exclamó.

Trudy y Claude le hablaron de los ejercicios con la mirada y después le presentaron a Edgar. El hombre se llamaba Benson.

–Encantado de conocerte –dijo el señor Benson mientras le estrechaba la mano.

Dejaron que el señor Benson observara bien a los animales y apreciara su estructura. Edgar los hizo practicar ejercicios de suelta y llamada para que los viera moverse. El nuevo amo sabía muy bien lo que tenía que observar. Les palpó las articulaciones de las patas y los jarretes e hizo algún comentario sobre sus andares. Cuando terminaron, el sol ya casi se había puesto y se dirigieron juntos a la casa, detrás de los perros, que se quedaron esperando junto a la puerta.

—Muchacho —dijo el señor Benson—, tienes mano con estos perros, más incluso que tu madre. —Se volvió hacia Trudy—. No lo tome a mal, señora. Se lo digo como el mejor de los cumplidos. Nunca he visto unos perros comportarse como lo hacen con él.

—Desde luego que no lo tomo a mal —respondió ella.

Edgar notó que el hombre le caía bien a Trudy, aun a su pesar, y que su madre estaba orgullosa del comportamiento de los perros, que había sido impecable.

—Edgar hace que todo parezca fácil —añadió.

—No es eso —replicó el señor Benson—. Es otra cosa; no sabría cómo expresarlo. Se ve que les gusta trabajar para él.

La madre de Edgar se echó a reír.

—¡No se deje impresionar! Hoy se han portado mejor que nunca. Mañana lo repasaremos todo con mayor detenimiento. *Viola* tiene un par de malos hábitos que debería conocer. Por lo demás, son buenos perros.

—Bueno, le diré que me asusta un poco la perspectiva de no saber tratar a esos animales tal como están acostumbrados —dijo el señor Benson—. No me avergüenza reconocerlo. Me pregunto si le harán caso a un torpe como yo, después de trabajar con ustedes.

Hicieron pasar a los dos perros y les indicaron que se quedaran echados en el cuarto de estar, con *Almondine*, mientras ellos cenaban. El señor Benson dijo que vivía en las colinas de los alrededores de San Antonio. Les preguntó si conocían la zona y, al responder ellos que no, les habló de los robles, los pacanos, el muérdago y el río. Le preguntaron por el viaje y él respondió que el trayecto había sido largo, pero que le gustaba mucho ver delante la carretera abierta, la larga cinta de asfalto extendida ante él.

Edgar escuchaba sin intervenir. El señor Benson había reservado una habitación en El Paraíso del Pescador, al sur del pueblo, y pensaba quedarse varios días. Era un buen conversador, casi tanto como el doctor Papineau, pero sus temas eran la filosofía y la religión.

—Hay algo que siempre me ha parecido curioso —dijo—. En la Biblia aparecen muy pocos perros, y los pocos pasajes que los mencionan los presentan como alimañas. No lo entiendo, ¿y ustedes?

—Yo sí —dijo la madre de Edgar—. En aquella época, por cada perro que vivía con la gente, había una docena rondando la basura y vagando por las calles. Los perros de compañía eran la excepción.

El hombre asintió y los miró a todos. Edgar tuvo la impresión de que ya había hecho la misma pregunta en otras reuniones.

—«No deis lo que es santo a los perros, ni echéis vuestras perlas a los cerdos.» Está en Mateo. Siempre me ha molestado, aunque ahora casi me he convertido en pagano. La gente de mi congregación se caería desmayada si me viera entrar a la iglesia un domingo. Pero muchos de ellos son mucho menos santos que un buen perro.

El doctor Papineau se sintió inspirado para hablar de la población de perros en el arca, y a partir de ahí, *Cantor* y *Viola* fueron una vez más el centro de la conversación. El humor de Edgar había mejorado brevemente, durante los ejercicios con los perros; pero cuando Claude empezó a contar la historia del criadero, volvió a ensombrecerse. El señor Benson no puso en duda la autoridad de Claude, aunque para Edgar cada palabra que decía lo señalaba como un impostor. Cuando Claude se puso a explicar la historia de *Buddy* y los vínculos de sangre entre los perros sawtelle y el programa de cría de Fortunate Fields, Edgar se sorprendió, porque pensaba que lo que había descubierto en las cartas era un secreto o estaba olvidado, pero no era así, ni había ninguna razón para que Claude no lo supiera. Después, su tío habló de los perros que colocaban cada temporada y del funcionamiento del programa de cría establecido por el abuelo de Edgar; dijo que la mitad de los perros eran adoptados por familias que ya habían tenido un perro sawtelle y que la mayoría de los reproductores vivían en granjas de los alrededores. Escuchando a Claude, Edgar se preguntó por qué no habría estrellado el Impala contra los árboles cuando había tenido ocasión de hacerlo.

Cuando terminaron de cenar, su madre sacó la tarta de queso del doctor Papineau y sirvió café. El señor Benson alabó el postre y el doctor Papineau repitió sus bromas habituales. Algo al respecto hizo enfadar a Edgar. Cada vez que miraba al doctor Papineau, volvía a ver aquella mano paternal apoyada sobre el hombro de Claude y se decía que el viejo era un imbécil por dejarse manipular de manera tan evidente. Hasta el nuevo amo de los perros había empezado a caerle mal a Edgar. Casi todos querían levantarse de la mesa cuanto antes para que los perros abandonaran la posición y poder acariciarlos, pero el señor Benson parecía extrañamente indiferente. Los animales permanecían echados con infinita paciencia, y *Cantor* incluso se estaba quedando dormido. Aun así, cualquiera podía darse cuenta de que estaban esperando el momento de levantarse de un salto para volver a investigar al desconocido.

Entonces el señor Benson se volvió hacia Claude.

—Hay algo que me gustaría pedirle, aunque no dude en decirme que no, si es excesivo. Ya sé que mañana volveremos sobre esto, cuando repasemos el contrato de la sucursal y seleccionemos a los reproductores, pero le agradecería mucho que me permitiera echar un vistazo al edificio de la perrera. Es un establo precioso. No he visto muchos como ése desde que dejé atrás Killeen. Además, me gustaría ver por mí mismo el tipo de magia que se produce ahí dentro.

Claude y el doctor Papineau miraron al hombre con expresiones de similar satisfacción. Edgar se volvió hacia su madre.

«¿De qué está hablando?»

Ella le indicó con un gesto que se callara, pero él volvió a signar.

«¿Qué está diciendo de un contrato y una sucursal?»

Ella se volvió hacia él, con expresión tranquila por fuera pero encendida de ira por dentro.

«¡Ahora no! —signó—. Hace semanas que no quieres hablar. Te lo contaré más tarde.»

«¿Qué ha querido decir con eso de seleccionar reproductores? ¿Para qué quiere seleccionar reproductores?»

«Ahora no.»

El señor Benson, que estaba presenciando el intercambio, se recostó en la silla.

—No quiero abusar de su amabilidad. Me picaba la curiosidad, eso es todo; pero podemos dejarlo para mañana.

—Nada de eso —respondió Claude—. Sin embargo, tengo que decirle que ahí dentro no hay ninguna magia, sino únicamente trabajo lento y tenaz.

Claude se llevó fuera al señor Benson, seguido de la madre de Edgar y el doctor Papineau. *Cantor* y *Viola* iban saltando delante. Edgar se quedó en el porche, recordando aquella partida de canasta que habían jugado el otoño anterior. «En la vida conseguirás todo lo que quieras si estás dispuesto a actuar con suficiente lentitud», había dicho Claude. En su momento, Edgar lo había tomado como una máxima pueblerina alimentada por la cerveza, pero ahora volvía a oírlo como una perversa advertencia.

«¿Cuándo empezaste a desear todo esto con tanto ahínco? —se dijo mientras veía a Claude que caminaba al lado del forastero y le contaba lo que hacían como algo que pudiera imitarse, capitalizarse y multiplicarse−. ¿Fue una de aquellas tardes que pasabas en el tejado del establo, observándonos a todos? ¿Te sorprendió lo que había conseguido tu hermano desde que te marchaste o llevabas más tiempo pensando en esto? ¿Con cuánta lentitud estabas dispuesto a actuar?»

Desde el patio, se levantó la voz del señor Benson, respondiendo a alguna pregunta que le había formulado Claude.

−Por ese lado tengo buenas noticias −dijo−. Hablé con mi hijo James la noche antes de venir. Está muy entusiasmado con la idea; le parece una oportunidad única. No deja de repetir: ¡un perro con marca, un hito en la historia de la venta por catálogo, la primera vez que una raza tiene marca registrada! Dice que ya tiene sobre la mesa del despacho las pruebas para el catálogo Carruthers de Navidad, con cachorros en la solapa delantera. Los cachorros son de otra raza, claro, pero en veinticuatro horas pueden cambiar la foto.

Almondine se acercó a Edgar por detrás y se quedó en el umbral de la puerta de la cocina. El chico había estado toda la noche dispuesto a hacer las paces con ella, pero para entonces volvía a sentir la cólera de antes, y una vez más la vio echada en el suelo del taller, con la luz derramándose sobre ella como en una especie de cuadro, mientras Claude trabajaba. Cerró de un empujón la puerta de la cocina, se aseguró de que hubiera quedado bien cerrada y corrió tras los demás. La prolongada luz del atardecer se había desvanecido. Un viento caprichoso sacudía el arce. Al oeste, el dosel del bosque temblaba sobre una franja de cielo azul cada vez más oscura.

−A veces se me olvida lo que es estar tan lejos de las luces de la ciudad −estaba diciendo el señor Benson−. Nuestro cielo nocturno nunca es tan negro como éste. Estamos demasiado cerca de San Antonio. ¿Ven alguna vez la aurora boreal?

Pero antes de que alguien pudiera responder a su pregunta, sucedió algo curioso. Una ráfaga de viento atravesó el patio, arrastrando consigo una cortina de lluvia tibia, translúcida y leve. Las gotas perlaron los techos de los vehículos y los salpicaron a todos. Los perros intentaron morderlas en el aire. Se levantó el polvo del sendero. Después la lluvia se marchó, tragada por la noche. Todos levantaron la vista. Arriba, no había más que un campo de estrellas.

−No me sorprende −dijo el señor Benson−. Esto sucede a menudo en mi pueblo. Llueve aunque el cielo esté despejado. Puede que la lluvia haya empezado a caer en Dakota del Norte y que sólo ahora haya tocado el suelo.

Se detuvieron delante del establo, cerca de la pústula plomiza de cal viva que marcaba el lugar donde la hierba se había vuelto blanca. El hombre se agachó y le acarició el pecho a *Viola*. Era la primera vez que tocaba a uno de los perros desde la cena. Cuando volvió a levantarse, sacó un pañuelo del bolsillo y se frotó con él las dos manos y los dedos.

—De vez en cuando me pongo a pensar que siempre está lloviendo en algún lugar, aunque el cielo esté despejado. Hay más agua en el aire de la que somos capaces de imaginar. Si le quitáramos toda el agua al aire, habría un diluvio que ni Noé reconocería. Cuando no entiendo algo, trato de pensar a lo grande para ver caer la lluvia en algún sitio. El agua siempre se está moviendo; es lo que intento pensar. Cuando no cae con la lluvia, sube desde el suelo y se prepara para caer de nuevo. Eso me tranquiliza, no sé muy bien por qué. A veces basta con que mire por encima de las copas de los árboles. Cuando está a punto de anochecer, allá donde vivo, puedes ver media docena de tormentas eléctricas avanzando en tu dirección, intercambiando rayos entre ellas y arrastrando por debajo una cola de lluvia, como medusas. Pero a veces tengo que subir a la cima de las colinas y abarcar con la vista todo el campo, hasta California, para ver a la vez lluvia y cielo despejado. Es una manía mía, claro. Sin embargo, esté donde esté, si consigo situarme en un lugar donde pueda ver a la vez la lluvia y el cielo despejado, me doy cuenta de que pienso mejor.

Entonces, el señor Benson notó que llevaba demasiado tiempo hablando.

—¡Ay, Dios! —exclamó—. ¡Me parece que he pasado demasiado tiempo conduciendo solo en esa camioneta!

La madre de Edgar se echó a reír y todos siguieron andando hacia el establo. Nadie pareció prestarle más atención a la lluvia, que, sin embargo, para Edgar había sido como una mano que le rozara la cara. Por un momento se sintió incapaz de moverse. Cuando alcanzó a los demás, los perros habían empezado a ladrar. Su madre los hizo callar, un gesto menor que sin embargo impresionó enormemente al hombre. El señor Benson empezó a hacer preguntas: cuánto tiempo dejaban que los perros se alimentaran de leche materna; si eran partidarios de extirpar los espolones a los cachorros recién nacidos; por qué no usaban serrín, en lugar de paja, y otras muchas cosas. Claude sacó el libro maestro, eligió un archivo al azar y empezó a hablar de la investigación que había detrás de la cría, de las hojas de registro y de la puntuación, todo con gran autoridad, como alguien que estuviera describiendo unos muebles. La madre de Edgar llevó al señor Benson al altillo del heno y le enseñó las cuerdas colgadas del techo, las argollas en el suelo y todo lo demás.

—¿Y dónde entra el trabajo de este jovencito? —preguntó el señor Benson cuando bajaron—. Estoy seguro de que se gana muy bien el pan.

—Bueno, para empezar, Edgar les pone nombre a los cachorros —dijo su madre—. También se ocupa de cepillar a los perros. Y este año está adiestrando a su primera camada. Espero que estén listos para el otoño.

El señor Benson pidió ver los perros de Edgar, y Claude le apoyó una mano sobre el hombro al chico y le dijo que los sacara. Hasta ese momento, Edgar no había decidido cuándo enseñaría lo que había estado practicando con los perros. Había imaginado alguna circunstancia en la que sólo estuvieran los perros, Claude y él, pero en ese momento comprendió que no importaba que hubiera más gente presente. En cualquier caso, no tenía otra opción. Necesitaba una respuesta. No podía soportar ese saber y no saber, el residuo de un recuerdo sin el recuerdo mismo, la sensación de venirse abajo cada vez que se sentaba a la mesa frente a Claude. Lo único que necesitaba era sorprenderlo un momento con la guardia baja, como cuando Claude lo había descubierto espiándolo desde el manzano. Entonces, una expresión le había atravesado brevemente las facciones: de sorpresa, culpa o miedo, pero fuera lo que fuese, se había desvanecido antes de que Edgar pudiera comprender lo que quizá revelara. Esa vez estaría listo. La vería y sabría lo que era. Y si veía culpa, no se dejaría detener por nadie, ni por su madre, ni por *Almondine*. No caería de rodillas, temblando como un ternero recién nacido.

—Podemos ver qué tal mantienen la posición, ya que estamos —dijo su madre.

Él asintió. Pasó junto a los cubículos y entró en el cuarto de las medicinas, donde abrió de un tirón el cajón reservado al material del doctor Papineau y se metió seis jeringuillas en el bolsillo del pecho de la camisa. Sabía que su proceder resultaría extraño, pero intentó actuar despreocupadamente cuando volvió a salir. Sacó primero a *Ágata* y a *Umbra* y las hizo quedarse quietas en el pasillo; después fue a buscar a *Puchero*, *Babú*, *Candil* y *Pinzón*, y finalmente a *Tesis*. Los siete esperaban, alegres y nerviosos en el pasillo, a doce metros de distancia de su madre, el señor Benson y Claude.

—Sólo será un momento —dijo su madre mientras dirigía a Edgar una mirada inquisitiva, sin dejar de hablar–. Intentamos aprovechar cada oportunidad para adiestrarlos. Cuando nos visita un desconocido, es natural que los perros quieran investigar. Gran parte de nuestro adiestramiento consiste en encontrar maneras de poner a prueba sus habilidades en situaciones nuevas, como mantener la posición cuando hay una distracción. Edgar, por favor, envíanos a uno.

«Primero diles que los perros ven todo lo que pasa aquí», signó.

«¿Qué?»

«Tú dilo. Di que lo ven todo y que nunca olvidan. En seguida lo entenderás.»

Se quedó esperando. No estaba seguro de que su madre fuera a hacer caso de su petición, pero Trudy se volvió hacia el señor Benson, Claude y el doctor Papineau.

–Edgar me pide que les diga que los perros ven... –titubeó un momento–, que ven todo lo que pasa aquí y nunca olvidan.

El chico estaba de pie detrás de los perros, con la vista puesta en la fila que formaban, para que ninguno abandonara la posición. Tocó a *Ágata* bajo la barbilla y ella lo miró. Le indicó que se moviera y la perra corrió por el pasillo hacia el grupo de cuatro espectadores que estaba de pie junto a la puerta del taller. Entonces Edgar sacó una jeringuilla del bolsillo de su camisa. Le temblaba tanto la mano que la jeringuilla arrastró otra más al salir, que cayó al suelo con un repiqueteo. La levantó y se la puso en la boca a *Babú*.

«Toca», signó, y entonces se volvió para mirar.

Babú corrió por el pasillo con la jeringuilla en la boca. Edgar no dejaba de observar a Claude, que había visto la jeringuilla. Cuando *Babú* llegó hasta donde estaban, empujó con la nariz la grupa de *Ágata*, que se volvió hacia Edgar. El chico le hizo un breve gesto con la mano derecha y la perra cayó al suelo como fulminada por un rayo y se tumbó de lado.

–¡Asombroso! –dijo el señor Benson.

El hombre se agachó para acariciar el hocico de *Babú* y se encontró con la jeringuilla en la mano.

–¿Qué es esto? –preguntó mientras levantaba el objeto para observarlo a la luz.

Antes de que nadie pudiera responder, Edgar envió a *Puchero*, que tocó a *Babú* y lo hizo caer. El señor Benson se agachó y sacó la segunda jeringuilla de la boca de *Puchero*.

–¿Es esto parte de su adiestramiento? ¿Transportar medicinas?

Al ver la expresión de Claude, Edgar empezó a temblar tan violentamente que tuvo que arrodillarse. El siguiente fue *Pinzón*. Tocó a *Puchero*, que miró a Edgar y, tras un breve titubeo, cayó al suelo. A continuación le llegó el turno a *Umbra*, y después a *Candil*. Cada vez había una jeringuilla y un empujón con el hocico en la grupa, y el perro tocado caía al suelo.

—Diantre —exclamó el señor Benson—. Es casi como si... Como si ellos... ¿Estarán pensando que...?

Claude lo observaba todo. Echó un vistazo a la puerta abierta, después miró a los perros y finalmente a Edgar.

El chico no esperaba que la última parte funcionara. Era diferente del resto y sólo lo había practicado con *Tesis*. Le puso en la boca la jeringuilla que quedaba y le indicó que avanzara por el pasillo. Cuando la perra llegó al lado de *Candil*, el único de sus compañeros que aún quedaba de pie, se volvió para mirar a Edgar.

«Izquierda», signó él.

Tesis giró en torno a *Candil*. Tenía el depósito de la jeringuilla ladeado en la boca. Se acercó a Claude. El capuchón de seguridad de la aguja estaba puesto, pero cuando la perra empujó el hocico romo contra el músculo de la pierna de Claude, éste dio un respingo, como si le hubiera pinchado. Edgar iba andando por el pasillo sin parpadear ni rehuir su mirada.

—¡Basta! —dijo Claude—. ¡Déjalo ya!

Volvió a mirar hacia la doble puerta de la entrada, después al taller, y por último recuperó el control, hizo una inspiración profunda y le sostuvo la mirada a Edgar. Un músculo se le contraía debajo del ojo izquierdo.

—¡Al diablo con todo! —exclamó, y salió a grandes zancadas del establo.

Edgar empezó a dar vueltas en el pasillo, interpretando una especie de baile extraño y eufórico. Indicó a los perros que ya podían abandonar la posición y todos los animales que habían estado echados en el suelo se pusieron de pie y rodearon al señor Benson. Trudy se permitió lanzar a Edgar una mirada cargada de ira, pero, cuando habló, su voz sonó tranquila y bien modulada.

—Edgar —dijo—, por favor, lleva otra vez a los perros a sus corrales. Creo que ya hemos visto suficiente.

«¿Lo has visto? —signó él—. ¿Has visto su cara?»

«Puedes estar seguro de que sí.»

—Ha sido... extraordinario —dijo el señor Benson—. ¿Qué era?

–Yo no lo conocía –repuso el doctor Papineau–, y eso que he visto hacer cosas bastante inusuales a estos perros.

La madre de Edgar se volvió hacia Benson.

–Estas cosas no siempre tienen sentido, a menos que se vea todo el proceso –dijo.

»Fuera –ordenó entonces a los perros que se apiñaban a sus pies–. Id a vuestros corrales. Fuera.

Los perros bajaron trotando por el pasillo. Edgar fue al cubículo de *Tesis*, la agarró por el cuello y la acarició, frotándola con fuerza. Después, visitó a los demás.

«Buena chica, sí. Buen perro. Buena chica.»

Todos habían salido del establo y, mientras elogiaba a los perros, prestó atención por si oía el motor del Impala, pero sólo oyó una apresurada conversación de despedida entre su madre y el señor Benson.

Para entonces ya estaba completamente oscuro. Si iba a la casa, habría preguntas y discusiones, y él necesitaba silencio para cerrar los ojos y volver a verlo todo: la expresión de Claude cuando *Tesis* lo tocó, sus mejillas encendidas y la agitación del músculo que le sacudía el párpado. Subió la escalera del taller y encendió la luz del henil. Cuando el ruido de la camioneta del señor Benson se alejó, su madre entró como una tromba.

–Vamos a hablar, Edgar, aquí mismo y ahora. Quiero saber exactamente qué ha sido eso. ¿Tienes una idea de lo embarazoso que ha resultado?

«¿Viste su cara? ¿La expresión de su cara?»

–¿La cara de quién, Edgar? ¿La del señor Benson, que cree que mi hijo es un lunático? ¿O la de Claude, que ahora mismo está en la casa con un enfado de campeonato?

Edgar se puso a caminar entre los fardos de paja dispersos por el suelo, se detuvo y levantó la vista hacia las vigas. Su propia respiración le rugía en los oídos.

«Está lloviendo», signó.

–¿Qué?

«Está lloviendo. ¿Oyes la lluvia?»

Corrió al frente del henil, desatrancó la ancha puerta por donde subían los fardos de heno y la abrió de par en par. Se agarró a la hoja, dejó el cuerpo colgando en el aire y miró primero las estrellas, que ardían en un cielo nocturno despejado, y después el bosque.

Recuérdame.

Dio un tirón y volvió a entrar.

«Ven aquí —signó—. Míralo tú misma.»

—Ya lo veo desde donde estoy. No llueve. Sal de ahí.

Pero a Edgar se le había agotado la paciencia. Fue hacia su madre e intentó atraerla hacia él. Cuando ella se resistió, la agarró por el cuello e intentó arrastrarla hacia la puerta del henil, utilizando el cuerpo de su madre como contrapeso del suyo. Los fardos de paja y las vigas giraron a su alrededor. Trudy intentó meter las manos por debajo de las de Edgar, para apartarlas. Había recorrido la mitad de la distancia hasta la puerta del henil, cuando Edgar perdió el equilibrio y los dos cayeron al suelo. En la confusión, el chico cayó de rodillas encima de ella y le pisó los brazos. Ambos quedaron tendidos, jadeando. Edgar la soltó y empezó a signar como un loco.

«¿Lo ayudaste? ¡Dime ahora mismo si lo ayudaste!»

—¿Ayudar? ¿A quién?

«Ya te enseñaré a quién.»

El chico volvió a ponerse de pie, agarró a su madre por la muñeca y empezó a arrastrarla hacia la puerta del henil, que seguía abierta al aire de la noche. Cuando ella se dio cuenta de lo que estaba haciendo, empezó a patalear en el suelo para tratar de levantarse.

Por detrás se oyó un grito ronco. Nadie habló, ni hubo palabras; fue sólo un gruñido de aprensión. Edgar miró por encima del hombro y vio en el vestíbulo, en lo alto de la escalera, la figura en claroscuro de un hombre. Soltó la muñeca de su madre y corrió a la puerta, tan resuelto, concentrado y ajeno a lo que lo rodeaba que tropezó con un fardo de paja y cayó con las piernas levantadas en el aire. Cuando consiguió ponerse de pie, tenía en la mano el gancho del heno. Se abalanzó hacia la puerta, arrastrando por detrás el gancho como una gran garra solitaria. La figura retrocedió en las sombras e intentó cerrar la puerta del vestíbulo, pero Edgar le descargó un golpe en la cabeza antes de que pudiera cubrirse.

La puerta se estrelló contra la pared con estruendo. Se oyó un gemido y el ruido de un cuerpo que caía pesadamente por la escalera. Después, silencio. Al levantar la vista, Edgar descubrió que el gancho del heno se había hundido unos centímetros en la madera del marco de la puerta. Lo arrancó y lo arrojó traqueteando por el suelo del henil. Su madre se había puesto de pie y corría hacia él.

—¿Qué ha sido eso? ¿Qué has hecho? —le estaba preguntando.

Al principio, él no pudo responder. Una electricidad grandiosa y salvaje le recorría los nervios. Sintió un espasmo en el pecho. Sus manos se abrían y se cerraban con voluntad propia, y tuvo que hacer un esfuerzo para obligarse a signar.

«Debería haberlo hecho la primera noche que se quedó aquí.»

Sólo cuando su madre gritó, la siguió hasta el vestíbulo. Estaba en mitad de la escalera, apretándose las sienes con la base de las manos. Al pie de la escalera, yacía el doctor Papineau, con los pies torcidos sobre un peldaño y la cabeza apoyada en el suelo del taller, en una postura horriblemente antinatural. Uno de sus brazos parecía lanzado hacia delante, como señalando un punto lejano. Edgar apartó a su madre, pasó sobre el cuerpo del veterinario y se agachó para mirar. Los ojos del viejo parecían estar mirando todavía.

Las lágrimas inundaban la cara de su madre cuando bajó la escalera.

Edgar se incorporó. Los músculos de las piernas aún se le estremecían con la carga galvánica que se había apoderado de él en el altillo del heno.

«¿Ahora lloras? ¿Esto te parece horrible? ¿No tienes sueños? ¿No se te aparece cuando duermes?»

—¡Dios mío, Edgar! ¡Éste no es tu padre! Es el doctor Papineau. Es Page.

Edgar miró al viejo tendido en la escalera, tan pequeño y frágil, el mismo hombre que había reunido fuerzas para sacarlo de la nieve tirando de los faldones de su camisa.

«No era tan inocente. Los oí hablar.»

Su madre se tapó la cara con las manos.

—¿Cómo vamos a decírselo a Glen? —preguntó—. No entiendo qué te ha pasado. Vamos a tener que... Vamos a...

Lo miró.

—Espera —dijo—. Necesito pensar un minuto... Page se cayó por la escalera.

Dejó de hablar y empezó a hacer signos.

«Tienes que irte.»

«No pienso ir a ningún sitio.»

«Claro que sí. Quiero que corras, que huyas por el campo. Encuentra un lugar donde esconderte hasta mañana.»

«¿Por qué?»

«¡Vete y no preguntes!»

«¿Para poder deshacerte de los dos?»

Edgar no vio el movimiento de su mano, como tampoco los perros percibían las correcciones que les hacía con la correa. Un dolor descendió por su mejilla hasta la médula. Tuvo que retroceder y apoyarse en la pared para no caer sobre el cuerpo del doctor Papineau. Sentía el costado de la cara como si tuviera ascuas ardiendo.

«¡Ni se te ocurra insinuarlo! —signó ella, y para entonces era *Raksha*, la madre loba—. Estás hablando con tu madre y harás lo que yo diga. Quiero que te vayas. Mantente alejado hasta que me veas a mí sola detrás del granero. Mira por las noches. Cuando me veas, significará que puedes volver sin peligro. Hasta entonces, desaparece. Aunque te llamemos, mantente alejado.»

Edgar se volvió y salió trastabillando del taller hacia un patio pálido y azul a la luz de la luna. Entornó los ojos para ver más allá de la luz por encima de las puertas del establo. El cielo nocturno estaba despejado. No había tiempo de recoger nada. Rodeó el establo, abrió las puertas de los cubículos y llamó a su camada. Siete perros saltaron a la hierba. Juntos, bajaron corriendo la cuesta de detrás del establo, hasta el montón de piedras, y allí se sentó Edgar, con los sentidos embotados, mientras los perros iban y venían a su alrededor. Cerró los ojos. Pasó algo de tiempo. Un minuto, una hora. No habría sabido decirlo. Entonces oyó a su madre que lo llamaba.

—¡Edgar! ¡Edgar!

Su voz sonaba encogida y como de juguete.

Las estrellas formaban un remolino en su campo visual. No era posible que él hubiera vivido alguna vez allí.

Se puso de pie y echó a correr con los perros a su lado. En el instante en que llegaron al bosque, apareció por la carretera, en lo alto de la colina, un coche patrulla azul, con luces giratorias rojas que iluminaban los árboles de forma intermitente y una sirena que aullaba con su característico efecto Doppler. Era Glen Papineau, que iba a buscar a su padre. El chico pensó que ya no podía volver a por *Almondine*, y tras pensarlo le pareció casi imposible no regresar.

La luz de la luna era suficiente para ver los abedules que marcaban el comienzo de la vieja senda de leñadores. Los perros corrían entre la maleza formando una elipse enloquecida a su alrededor, todos menos *Babú*, que los seguía unos pasos más atrás. El bosque estaba mucho más oscuro que el campo. Edgar no se dio cuenta de lo poco que habían avanzado hasta que los faros del coche patrulla, que se acercaba dando tumbos por el campo surcado de rodadas de tractores, iluminaron los troncos frente a él. Lanzas y grietas blancas se abrieron entre los árboles, pero Edgar tenía los ojos adaptados a la oscuridad y no quiso volverse para mirar. No iban a meter el coche de policía en el bosque. No podría haber avanzado mucho por la senda de leñadores, ni habría sido posible hacerlo girar sin que quedara atascado.

A cincuenta metros del riachuelo, el terreno empezó a desnivelarse cuesta abajo. Para entonces, los perros estaban muy dispersos a su alrededor. Cuando llegó al agua, dio unas palmadas. *Babú* se había quedado cerca y en seguida se sentó al lado de su pierna, jadeando. *Pinzón* se materializó entre unos helechos, seguido de *Ágata* y *Umbra*, como sombras saliendo de otras sombras. Después llegaron *Puchero* y *Candil*. En la oscuridad, no le fue fácil distinguir que quien faltaba era *Tesis*. Volvió a ponerse de pie, aplaudió una vez más con fuerza y prestó atención al agua que fluía por el curso del riachuelo. Después ya no pudo esperar más. Cuando entró andando en el riachuelo, el agua le cubrió los tobillos, fría y resbaladiza. Se agarró al primer poste de la alambrada que encontró y empezó a sacudirlo adelante y atrás hasta que lo aflojó en su agujero. Era pesado como un pilar de granito y tuvo que arrodillarse en el agua para moverlo. Cuando finalmente lo soltó, Edgar apoyó un extremo sobre una roca plana del riachuelo.

Dos de los perros saltaron al agua antes incluso de que los llamara, aunque en la oscuridad no pudo distinguir cuáles eran. Los empujó por debajo de la alambrada y los dejó esperando en la otra orilla y sacudiéndose el agua. Después llamó a los otros. Los cuatro restantes iban y venían junto al riachuelo, pero no parecían dispuestos a ir más allá. El haz de luz de una linterna empezó a cortar el aire sobre sus cabezas. Los perros gimieron y se volvieron para mirar. Finalmente, Edgar salió del riachuelo, se arrodilló, les hundió las manos en el pelo del cuello y les apoyó la cara contra la coronilla. Eran *Pinzón*, *Puchero*, *Ágata* y *Umbra*. Retrocedió y les indicó que podían marcharse. Al principio, se quedaron sentados y lo miraron indecisos. Después, *Pinzón* dio media vuelta y echó a correr por la cuesta en la dirección por la que habían venido y los otros tres lo siguieron, entrecruzándose a su estela.

Edgar volvió a meterse en el agua somera del riachuelo y pasó a gatas bajo el alambre de espino. Perdió pie al tratar de colocar otra vez el poste porque el agujero se había llenado de barro, y de pronto se encontró tumbado en el agua y mojado hasta el esternón. Al final dejó el poste inclinado en la corriente. Le habría gustado colocarlo bien en su sitio, pero dudaba de que tuviera alguna importancia.

Se dejó caer al suelo en la otra orilla. No lo recibieron dos, sino tres perros: *Babú*, *Candil* y *Tesis*. La perra había atravesado la corriente por su cuenta, en algún otro punto. Los tres saltaron, le lamieron la cara y danzaron a su alrededor, como salvajes interpretando un ritual antiguo y sin nombre, como si supieran exactamente lo que les esperaba. Cuando se levantó, Edgar notó que tenía las manos cubiertas de arcilla. La pasta también se le había pegado a la cara y había empezado a secarse y agrietarse. Sumergió las dos manos en el riachuelo y se echó varias veces agua sobre la cabeza. Después se puso de pie, dio la espalda a todo lo que conocía y los cuatro se adentraron en el oscuro bosque de Chequamegon.

Cuarta parte
CHEQUAMEGON

La fuga

Delgados vestigios de luz de luna impregnaban el bosque. Plantas de helecho dulce se arqueaban a la altura de la garganta sobre la vieja senda de leñadores y disimulaban los tallos espinosos de las zarzamoras, ocultos como espadas en sus vainas. Manchas de zumaque oscuro. Troncos de abedules y álamos de tenue luminiscencia. En lo alto, una grieta pálida y cada vez más estrecha dividía el dosel del bosque, marcando el camino con mayor claridad que cualquier referencia terrestre. Por temor al golpe de las ramas, Edgar llevaba las manos delante de la cara y dejaba que las zarzas le desgarraran la ropa. De vez en cuando se detenía y llamaba a los perros con una palmada. Ellos acudían a su llamada, le tocaban con el hocico y los belfos la palma de la mano y desaparecían otra vez, moviéndose con confianza en la oscuridad. Edgar hacía una pausa. Los buscaba. Sombras sobre sombras. Echaba un pie adelante y empezaba de nuevo. A su alrededor, las luciérnagas hacían brillar sus barrigas radiactivas. Las voces que los llamaban se habían desvanecido mucho antes entre los crujidos de los troncos, que se agitaban con la brisa nocturna como los maderos de un vasto navío. No estaban andando en círculos. No podría haber dicho cómo lo sabía, quizá por la dirección del viento, o por las sombras proyectadas por la luna, que caían hacia el oeste. Cuando vio el fulgor azul de un montecillo de abedules allí donde esperaba un hueco en el bosque, comprendió que la senda se había terminado o la habían perdido.

Al cabo de un rato encontró a los perros, agrupados y esperando. Los contó y después movió las manos en la oscuridad, intentando averiguar por qué se habían detenido. Sus dedos rozaron una alambrada de espino oxidada y un poste agrietado por la intemperie. Deslizó las manos hacia abajo, siguiendo la madera nudosa, hasta que localizó el último hilo de la alambrada. Se movió hacia un lado del poste, se agachó y siguió con los dedos el recorrido del hilo hasta encontrar un punto donde el alambre estaba lo bastante suelto como para levantarlo. Llamó a los perros con dos palmadas y ellos acudieron. Por el tacto, los hizo pasar por debajo de la alambrada: primero *Tesis* –supuso–, después *Candil* y finalmente *Babú*. Los sentía calientes y jadeando. Al final, él mismo pasó rodando por debajo. Se puso de pie y se sacudió vanamente el polvo de la ropa, que estaba empapada y le colgaba del cuerpo como láminas de cera. Levantó la vista. Islas de estrellas cuajaban un lago de negrura. A su alrededor se extendía el bosque, espectral y sin caminos. Se puso en marcha en una dirección que esperaba fuera el oeste. Pasaron varias horas de la noche.

Se detuvo cuando el bosque se abrió en un claro. La luna estaba alta y brillante y, ante él, los esqueletos carbonizados de los árboles se erguían sobre la hierba azul de un suelo pantanoso. Parpadeó por el exceso de luz de luna en el claro y llamó a los perros con una palmada. En la copa de un árbol calcinado, una lechuza giró su cara de plato, y una rama más abajo, tres réplicas en miniatura la imitaron. *Babú* acudió en seguida. *Candil* había empezado a internarse entre las hierbas altas, pero dio media vuelta y trotó hacia él. Edgar volvió a dar una palmada. Viendo que *Tesis* no aparecía, condujo a *Candil* y a *Babú* fuera del claro y tocó el suelo con una mano. Los perros dieron una vuelta y se echaron. Se alejó unos pasos y se bajó la cremallera de los pantalones. Fue como si la orina se llevara consigo todo el calor de su cuerpo. Se quitó la camisa mojada y los vaqueros y los colgó de una rama, y permaneció allí, en medio de la noche, vestido solamente con unos calzoncillos, que no se decidió a quitarse, por muy húmedos que estuvieran. Volvió atrás y se acostó al lado de *Babú*. El perro levantó la cabeza, miró el brazo de Edgar cruzado delante del pecho y volvió a bajar la vista. Cuando todos estuvieron acostados, *Tesis* salió de una senda de ciervos, entre las juncias. Los olfateó a los tres, fue hasta el borde del claro, miró hacia arriba y volvió. Se quedó jadeando junto a Edgar hasta que el chico se sentó y le apoyó la mano sobre el flanco. Entonces la perra se echó y se apoyó contra la espalda de Edgar, entre gruñidos que parecían de desaprobación. Uno tras otro, los perros dejaron escapar pesados suspiros y después apoyaron las cabezas sobre los costados de sus compañeros.

Edgar se quedó mirando las distorsionadas siluetas de las lechuzas mientras éstas recorrían el claro con la vista. Pensó que quizá deberían haber seguido caminando hasta encontrar agua para los perros, pero después de tantas horas de movimiento cauteloso y sesgado en la oscuridad, un cansancio abrumador se había apoderado de él. Aun así, en cuanto cerró los ojos, vio al doctor Papineau tendido al pie de la escalera del henil.

Sofocó una exclamación y abrió los ojos.

«Eres un asesino —se dijo—. Así están las cosas.»

Un instante después, se quedó dormido.

Cuando despertó, los perros estaban de pie a su alrededor, como enfermeras preocupadas por un paciente, mirándolo por encima del hocico con la cabeza ladeada. La tierra a su lado conservaba todavía la tibieza de sus cuerpos. Se soltó las manos, que tenía atrapadas entre las rodillas, y se puso de pie. Los perros empezaron a corcovear y a dar vueltas sobre sí mismos. *Tesis* plantó firmemente las patas traseras en el suelo y avanzó las delanteras hasta que los tendones de los costados ya no pudieron estirarse más. *Babú* y *Candil* bostezaron, dejando caer hilitos de baba por la boca abierta. Las lechuzas se habían marchado. Al otro lado del claro, las copas de los árboles resplandecían con un brillo carmín donde las rozaba el sol naciente. A Edgar le palpitaba la cabeza. Calculó que no debían de haber dormido más de dos horas.

Se quedó sentado, abrazándose las rodillas, hasta que las hierbas que empezaban a desplegarse le hicieron cosquillas en las posaderas. Cogió los pantalones de la rama donde los había dejado colgados. Estaban tan mojados como cuando se los había quitado, y además fríos. Levantó un pie y se quedó un momento inmóvil mirando por el agujero de la pernera. Cuando terminó de ponerse la ropa, pensó que no habría sido muy diferente vestirse con hojas marchitas de lechuga.

Babú se había quedado a su lado, pero *Tesis* y *Candil* ya se habían internado entre las hierbas altas, persiguiéndose entre sí. La maleza se sacudía y entonces aparecían en el claro y volvían a desaparecer entre la hierba. Edgar los miraba mientras le acariciaba el cuello a *Babú*. Se habían vuelto más robustos en los últimos meses. Tenían el pecho ancho y profundo; los hombros, cuadrados, y se movían con una gracia poderosa y leonina. Dio unas palmadas. La maleza dejó de moverse y de ella salieron *Tesis* y *Candil*. Edgar los hizo sentarse en fila, retrocedió y los llamó de uno en uno. Lo repitieron tres veces; después, el chico partió una rama de un árbol muerto, la hizo rodar entre las manos para impregnarla con su olor y luego hizo que cada uno fuera a buscarla. Practicaron las órdenes de «abajo», «rodar» y «arrastrarse», mientras oían parlotear a los pájaros en torno al claro.

Al cabo de un rato, incluso el displicente *Babú* había entrado en calor. Edgar pensó que necesitaban encontrar agua. Sus preocupaciones nocturnas le parecieron infundadas; en el bajo Chequamegon, ningún lugar podía estar muy lejos de un riachuelo. Volvió la vista en la dirección por la que habían venido. Después, condujo a los perros por el perímetro del claro, eligió un punto y volvió a internarse en el bosque.

Al cabo de media hora bajaron a un desfiladero poco profundo poblado de alisos, en el fondo del cual discurría un riachuelo de un palmo de profundidad, lleno de hierba clara tendida sobre la corriente como la cabellera de una sirena. Los perros se pusieron a lamer el agua de inmediato. Edgar se quitó los zapatos y los calcetines, se metió andando en el riachuelo y sacó con el hueco de la mano un poco de agua que le supo a té frío poco cargado. Dejó que el agua le corriera sobre los pies, hasta que los perros salieron de la corriente y se echaron a descansar junto a un tronco cubierto de musgo. Después siguieron adelante.

Le resultaba fácil mantener la orientación por el ángulo del sol matinal. Estaban atravesando los montes al oeste de su establo, los mismos que *Almondine* y él habían contemplado cientos de veces, sentados en la colina del campo del sur. No sabía a qué distancia se encontraban ni qué había al otro lado. Casi nunca habían viajado en esa dirección; su antigua vida, que de pronto le parecía tan remota, había estado orientada a lo largo del meridiano de la carretera 13, con Ashland al norte, y todo lo demás (Wasau, Madison, Milwaukee y Chicago), al sur. Por eso se había fijado solamente dos reglas: mantenerse alejado de las carreteras y avanzar hacia el oeste. Cuando un obstáculo lo obligaba a dar un rodeo, elegía la ruta que lo llevaba más al norte. Aparte de eso, no tenía ningún destino ni propósito específico, como tampoco lo había tenido cuando empezó a enseñar a los perros aquellos trucos nuevos en el henil. Quería distanciarse de su vida anterior. Quería tener tiempo, más adelante, para pensar en lo sucedido y decidir qué hacer. Hasta ese momento, sólo había pensado en ellos cuatro y en la dirección que debían seguir; sin embargo, ya empezaba a preocuparse por los perros. No sabía cómo haría para darles de comer. Ni siquiera tenía una navaja.

A su pesar, se preguntaba qué estaría pasando en la perrera. Pensaba en *Almondine* y en que no había tenido oportunidad de hacer las paces con ella. Se preguntaba dónde dormiría, ahora que él no estaba en casa. También se preguntaba si su madre estaría de pie detrás del silo esa mañana, como señal para que él regresara. Quizá lo estuvieran buscando aún por el bosque, llamándolo a gritos por su nombre. La idea lo hizo estremecerse de satisfacción y a la vez de remordimiento. Aún sentía la sacudida del bofetón de su madre y su expresión de furia. Y los ojos del doctor Papineau, con la vida que se apagaba mientras él miraba.

Su determinación no fue puesta a prueba hasta más tarde esa mañana, cuando llegaron a una carretera que atravesaba el bosque. Era poco más que un camino de tierra cubierto de grava y flanqueado a ambos lados por árboles frondosos. Parecía tan intransitado que Edgar no sintió ningún reparo en pararse justo en medio. El sol estaba casi en el cenit. El chico miró en ambas direcciones, buscando buzones o señales de stop. No había nada, ni siquiera postes de teléfono, sólo surcos abiertos por la lluvia en la tierra del suelo. La línea larga y despejada de la carretera fue una bienvenida novedad para Edgar, ya que el incesante esfuerzo de interpretar la maraña de la maleza y elegir el camino se estaba volviendo agotador.

Además, había por fortuna suficiente brisa en la carretera para dispersar a los mosquitos, que de una simple molestia habían pasado a ser un tormento para los perros y para él. Cada fronda de helecho y cada brizna de hierba que rozaban levantaba una nube más de los odiosos bichos. Para defenderse, Edgar había empezado a marchar al trote, balanceando las manos en torno a la cabeza y dándose palmadas en la cara y el cuello; pero en cuanto dejaba de hacerlo, volvían a abalanzarse sobre él, doblemente atraídos por su piel caliente.

Se sentó en la tierra de la carretera, con las piernas cruzadas, y reunió a los perros. Podría haber visto un coche acercándose a kilómetros de distancia, y quería descansar un minuto. Pensó que si el viaje era duro, al menos tendría el consuelo de poder observar a los perros. En el criadero, *Tesis* siempre había sido la más rebelde, la más difícil de adiestrar y la primera en aburrirse; pero en el bosque estaba a sus anchas, explorando, fingiendo que cazaba y adelantándose para investigar todas las cosas raras que encontraba: un tocón de aroma extraño, una ardilla que se escabullía entre las hojas o un urogallo que lanzaba su redoble. Cuando estaba a punto de perderse de vista, se volvía para mirar, aunque no siempre; a veces se adentraba aún más en la maleza. Eso la convertía en una viajera particularmente ineficiente, porque andaba el doble de lo necesario; pero cada vez que Edgar intentaba retenerla a su lado, ella gemía y dejaba caer las orejas. *Babú* era el más equilibrado de los tres. Si Edgar le indicaba que esperara, él se quedaba plantado en el suelo como una piedra depositada por el mismísimo Dios, feliz de hacer tan bien su trabajo. Siempre había quedado claro que *Babú* obedecía las órdenes con una literalidad encantadora, pero en el bosque se había convertido en un pragmático. Trotaba detrás de Edgar, mientras el chico señalaba el camino, a veces pegado a sus talones y otras un poco más rezagado. Pero si se interponían más de unos pocos metros entre ellos, entonces aceleraba implacablemente la marcha para cerrar la distancia. De los tres, *Candil* era el más difícil de clasificar. Siempre estaba a la vista. Ni seguía a Edgar como una sombra ni se internaba en la espesura, pero cada vez que *Tesis* regresaba de una de sus incursiones, *Candil* salía a recibirla y volvía para tocarle el hocico a *Babú*, como transmitiéndole una noticia.

Edgar se quedó sentado al sol en la carretera. Al otro lado del camino había una espesa mata de helechos, de una exuberancia que parecía casi primigenia. Habría sido mejor salir a campo abierto y él lo sabía. Todavía estaba intentando persuadirse de volver a desafiar a los mosquitos cuando las orejas de *Tesis* se estremecieron y la perra giró la cabeza. Edgar siguió su mirada. A lo lejos, por la carretera, se levantaba una diminuta nube de polvo anaranjado y un parabrisas lanzaba destellos de luz a su paso del sol a la sombra.

Se puso en cuclillas. El coche estaba lejos y al principio Edgar no sintió que tuviera ninguna prisa. Era posible que el conductor los divisara a lo lejos, pero probablemente los tomaría por ciervos. Edgar dio una palmada, signó un «aquí» y se internó en la frondosa vegetación. Los perros lo siguieron. Se dejó caer en el mundo sombrío y verde de la hierba y los helechos y continuó andando a cuatro patas. Al fondo de la espesura encontraron una densa maraña de zarzas, con espinas curvas y afiladas como escalpelos. Aunque él se hubiera obligado a atravesarla, los perros se habrían negado. Se reprochó a sí mismo por precipitarse hacia lo desconocido. Pensó que aún estaban a tiempo de volver corriendo por donde habían venido y retirarse hacia un terreno más familiar, aunque probablemente no podrían internarse más de veinte metros en el bosque antes de que pasara el coche.

Babú y *Candil* estaban detrás de él, a muy escasa distancia, pero *Tesis* ya se había vuelto y estaba olfateando el suelo para encontrar el camino a la carretera. Edgar indicó a los perros que mantuvieran la posición –*Babú* se sentó de inmediato, firme como un soldado–, echó a andar entre los helechos con la cabeza gacha y tocó a *Tesis* en la grupa. Ella lo miró de lado y Edgar la llevó con los otros. Cuando estuvo sentada, el chico asomó la cabeza por encima de las frondas.

El coche estaba más cerca de lo que esperaba, a unos cien metros de distancia, y se aproximaba reduciendo la marcha. Era imposible cruzar la carretera sin ser vistos. Se habían adentrado unos cinco metros en la masa de helechos y habían abierto una trocha suficientemente ancha para ver desde allí la tierra de la carretera, pero no era probable que pudieran verlos desde un automóvil en marcha. Edgar llamó la atención de los perros y les signó un «abajo», levantando brevemente la mano en dirección al claro. Los animales se echaron al suelo. *Tesis* gimió, metió las patas traseras debajo de la caderas y levantó el hocico en medio de un rayo de sol, dando pequeños empujoncitos hacia arriba para percibir mejor el olor.

Edgar le apoyó un brazo encima y alargó el otro por detrás para tocar a *Candil*, convencido de que, si lograba mantenerlos quietos a los dos, podía estar seguro de que *Babú* los imitaría. El parachoques del vehículo apareció entre los tallos de los helechos moviéndose muy lentamente. Se oyó el «¡pam!» de una piedra que salía despedida de debajo de un neumático. *Tesis* tembló bajo su mano. Un guardabarros delantero blanco pasó por delante y después una rueda. Después, una puerta blanca y negra. Otra puerta. Otra rueda. El guardabarros trasero. Cuando el coche estuvo a cierta distancia por la carretera, Edgar hizo chasquear los dedos. Los perros lo miraron.

«Quietos», signó.

Miró a *Tesis* y repitió la orden.

«Te he dicho dos veces que mantengas la posición. Será mejor que obedezcas.»

Para terminar, le enseñó el dedo índice delante de la nariz a modo de advertencia. La perra se puso a jadear y ladeó las caderas. Edgar levantó la cabeza por encima de los helechos. El vehículo era un coche de policía y estaba cubierto de polvo, como si hubiera pasado la noche recorriendo los caminos. Una figura corpulenta y solitaria iba al volante, con un brazo estirado sobre el respaldo del asiento. Las luces de freno parpadearon y Edgar se dejó caer una vez más entre los helechos.

Contó hasta cien. Cuando el único ruido fue el de los moscardones zumbando al sol del mediodía, indicó a los perros que ya podían moverse. Se lo quedaron mirando. Volvió a repetirles la orden, sin ningún efecto. Entonces comprendió que algo iba mal y, con mucha cautela, volvió a asomar la cabeza por encima de los helechos. El coche estaba aparcado a unos doscientos metros. Sólo al verlo distinguió el ruido del motor en marcha. La puerta del lado del conductor estaba abierta y Glen Papineau estaba fuera, contemplando la carretera, tan enorme que parecía casi imposible que pudiera volver a meterse en el vehículo.

Edgar cayó como fulminado entre los helechos.

«Quietos, quietos», signó.

Tesis agitó brevemente la cola y recogió las patas; *Candil* empujó con el hocico la palma de la mano de Edgar mientras fijaba en él una mirada inquisitiva, pero al final los dos se quedaron inmóviles. Fue *Babú* quien empezó a levantarse, en parte por curiosidad y en parte por confusión. Edgar dio una sola palmada, excesivamente fuerte. El perro congeló el movimiento y lo miró a través de los tallos de los helechos.

«Abajo –signó Edgar frenéticamente–. Quieto.»

Desde la carretera, les llegó la voz de Glen Papineau.

–¿Edgar? –llamó–. ¿Edgar Sawtelle?

Babú se echó y apoyó la cabeza en el suelo con los ojos muy abiertos. Esperaron un momento. Se oyó el golpe de una puerta y a continuación el tenue ronroneo del motor mientras el coche patrulla se alejaba. Esta vez esperaron hasta que Edgar empezó a preocuparse pensando que quizá la carretera no tuviera salida y que en ese caso Glen tendría que dar media vuelta. Dejó a los perros quietos donde estaban y se arrastró hasta la carretera.

No había nada que ver, ni siquiera una nube de polvo.

Llamó con una palmada. Los perros saltaron de los helechos y se pusieron a bailar a su alrededor, en una especie de fiesta que su madre llamaba la «Danza del ya podemos movernos». Unos metros más allá, por la carretera, encontró una senda que se adentraba entre los árboles y, al cabo de un minuto, la carretera había desaparecido a sus espaldas y se encontraban en el evanescente claroscuro del bosque a mediodía.

Al final de la tarde, Edgar empezó a sentir hambre; de hecho, hacía rato que estaba hambriento. La monotonía de la marcha había barrido los últimos vestigios del pánico de la noche anterior y se sentía mareado e irritable, con una fiera en el estómago. Se preguntaba si sería lo mismo para los perros. No parecían estar a disgusto. Habían pasado toda la tarde curioseando por la maleza y atravesando riachuelos. Hasta ese momento, sólo se habían perdido la comida de la mañana; pero él estaba acostumbrado a desayunar, almorzar y cenar, y ni siquiera tenía una cerilla para encender un fuego, ni mucho menos un plan para conseguir comida.

De hecho, había pensado en algo, aunque no podía decirse que fuera un plan, porque dependía en gran medida de la suerte. En el bosque había muchas cabañas de excursionistas y cobertizos de pescadores. Lo que llamaban el Chequamegon, como si se tratara de una sola extensión de bosque, era en realidad un queso gruyer de tierras del Estado y fincas privadas, numerosas sobre todo en las proximidades de las docenas de lagos. Tarde o temprano acabarían encontrando una cabaña con provisiones o un coche con el almuerzo de un pescador. Todavía no habían visto nada de eso, pero Edgar confiaba en que sólo fuera la señal de que pronto lo verían.

El problema con esa idea —pensó mientras llegaban a otro claro— era que las cabañas y los coches solían encontrarse a lo largo de las carreteras y no en medio del bosque. Y tenían que evitar las carreteras a toda costa. El encuentro con Glen Papineau había disipado todas las dudas respecto a si los estaban buscando o no. Si alguien los descubría (aunque sólo fuera un conductor que los viera al pasar y después llamara a la oficina del sheriff para informar de un niño en el bosque con varios perros), entonces no les resultaría difícil localizarlos. Sin embargo, andar por el bosque significaba avanzar lentamente. No creía que estuvieran cubriendo más de uno o dos kilómetros en dos o tres horas, por el esfuerzo de andar entre la maleza y atravesar zonas pantanosas, cuidando además de los perros y de no dar ningún paso en falso. Una torcedura de tobillo habría sido una catástrofe.

Se preguntó si alguien intentaría rastrearlos con perros. El bosque de los alrededores del criadero debía de estar impregnado con su olor, y seguramente habría tantos rastros suyos superpuestos y entrecruzados en el campo, por su trabajo cotidiano, que sólo los perros rastreadores más experimentados habrían tenido alguna probabilidad de éxito. Además, con cada hora que pasaba, su rastro se perdía un poco más entre la confusión general. También estaba el problema de dónde encontrar perros rastreadores. Los perros sawtelle no servían, porque no conocían ni habían practicado nunca el arte de seguir un rastro por el campo. Edgar imaginaba a su madre riendo ante la idea. A cualquiera que se lo hubiera propuesto le habría dicho que lo mismo podrían haber usado vacas para rastrearlo.

Pero lejos de la perrera, todo cambiaba. Su olor quedaría indisimulado y resultaría distintivo; además, entre los cuatro, estaban dejando un rastro olfativo de un kilómetro de ancho, tan evidente para un buen perro rastreador como si todo el terreno estuviera en llamas. La única manera de interrumpir semejante rastro habría sido viajar un trecho en un vehículo, pero hacer autoestop con tres perros habría sido más o menos lo mismo que presentarse en la comisaría de Mellen, lo que lo reafirmaba en su determinación de mantenerse alejado de las carreteras.

Estaba pensando en ese problema, dándole vueltas en la cabeza y trazando mentalmente las alternativas, cuando vio entre los árboles el reflejo de la luz sobre el agua. La tarde se había vuelto más fresca y el viento había amainado. Cuando llegaron al agua, que era un lago, se dirigieron hacia una pequeña península cubierta de juncias y espadañas. La línea de la costa era irregular y densamente boscosa. Edgar la recorrió con la vista en busca de cabañas, pero sólo vio pinos que dibujaban sobre el cielo una línea aserrada y pájaros que volaban en todas direcciones sobre el lago, atrapando insectos. Esperaba fervientemente que fueran mosquitos. Los perros se acercaron a la orilla. Como nunca habían visto un lago, retrocedieron de un salto en cuanto el levísimo oleaje les rozó las patas.

Tenían que rodear el lago por algún sitio. Como hacia el norte se veía casi toda la línea de la costa, Edgar eligió esa dirección. A la luz del crepúsculo, encontraron una tortuga mordedora del tamaño de un plato que marchaba en dirección al agua. Los perros se agruparon a su alrededor pero retrocedieron en cuanto el animal volvió hacia ellos la cabeza roma, con sus fauces abiertas y sibilantes. Edgar se acercó corriendo y les ordenó que se alejaran porque había oído historias de mandíbulas de tortuga que se quedaban agarradas a lo que habían mordido, incluso después de cortarle la cabeza al animal. Él, a su vez, mantuvo los pies bien alejados de la tortuga; no tenía ganas de averiguar si era cierto lo que se contaba.

En cuanto los perros abandonaron a la tortuga, *Candil* giró sobre sí mismo, se puso a olfatear el camino por donde se había acercado el animal y después empezó a gemir y a cavar. En un momento, los otros perros se le sumaron y la tierra no tardó en volar por los aires. Cuando Edgar se reunió con ellos, ya estaban devorando los huevos de tortuga, castañeteando los dientes. El chico alargó una mano y cogió un huevo. Era suave y frío al tacto, del tamaño de una correosa bola de ping-pong. Mirándolo, el estómago le dio un vuelco. Antes de que se le hiciera la boca agua, cogió otros tres huevos del montón en rápida disminución y les quitó la tierra. Cuando *Babú* levantó la vista, le arrojó uno. El perro lo atrapó al vuelo. Edgar se metió los otros tres en el bolsillo de la camisa.

No le gustaba verlos comer de ese modo, pero no tenía nada mejor que ofrecerles. Cuando ya no pudieron encontrar más huevos, se dio una palmada en la pierna y se volvió para buscar un sitio donde dormir mientras aún hubiera algo de luz. Eligió un lugar junto a un bosquecillo de fresnos, cerca de la orilla. El cielo sobre sus cabezas era de un azul cobalto oscuro. De pronto se sintió exhausto. Condujo a los perros hasta el lago, los dejó beber y se metió en el agua después de quitarse los zapatos y subirse los bajos de los vaqueros. Levantó con los pies una nube de fango y tuvo que alargar mucho los brazos, casi hasta perder el equilibrio, para recoger un poco de agua más o menos clara, que incluso así le supo a algas y a barro, y le dejó piedrecillas entre los dientes. Volvió a beber. Llevó a los perros de vuelta, con los zapatos y los calcetines en la mano. Los tres se echaron a dormir en seguida. Edgar intentó acostarse entre ellos, pero una piedra se le clavó en las costillas. La ropa se le había secado durante el día, pero la sentía grasienta y pesada, y tenía el estómago hinchado de agua. Prefirió no recordar su sabor para no sentir arcadas. El hambre se retorcía en su interior. Se levantó y encontró una posición mejor, aunque sólo podía tocar a *Tesis*. En un instante, *Babú* se levantó, gruñó como diciendo «Muy bien, de acuerdo», y se le acercó; giró dos veces sobre sí mismo y se echó a su lado con el hocico cerca de su cara. Poco después, lo siguió *Candil*.

Edgar se despertó sobresaltado en medio de la noche. Los perros yacían acurrucados a su alrededor, en aletargado círculo, y en algún lugar un gorrión cuelliblanco llamaba como siempre a Sam Peabody: «Sam Peabody, Peabody, Peabody...»

Si algo lo había despertado, fuera lo que fuese, debía de estar en sus sueños. Entonces lo recordó. Estaba suspendido en el aire, sobre la escalera del taller, y caía, caía...

Amanecer. Clamor y alboroto de aves, como si el sol les hubiera prendido fuego. Los perros se desperezaron sin levantarse. De inmediato, Edgar pensó en comer. Sentía el vientre enroscado sobre sí mismo y los dientes impregnados de sabor a cobre, como si se le hubieran infiltrado los minerales del suelo. Cuando se sentó, los perros ya estaban curioseando entre la maleza. Los llamó uno a uno y les revisó el pelaje en busca de espinas y abrojos, empezando por la cola y acabando por la cabeza. Mientras él trabajaba, ellos se quedaban tumbados, mordisqueándose las patas delanteras, como si arrancaran granos de una mazorca. De vez en cuando le apartaban la mano con el hocico, como quejándose de un tirón o un pellizco. Después, les ordenó que mantuvieran la posición y se los llevó de uno en uno para practicar. Los hacía alejarse andando y volver trotando, y luego les indicaba que ya podían moverse libremente. Cuando terminaban, metía la mano en el bolsillo de la camisa y sacaba un huevo de tortuga. El primero fue *Candil,* y el segundo, *Babú*. La última fue *Tesis*, en un vano intento para enseñarle a tener paciencia. Después de ver que los otros recibían su recompensa, la perra atravesó el bosque como un rayo hacia él en el instante en que lo vio mover las manos.

Finalmente volvieron a ponerse en marcha, con el lago a la izquierda. La vegetación era mucho menos densa que el día anterior y pudieron avanzar más rápidamente. El aire de la mañana estaba cargado de humedad y la hierba desprendía gotas de agua que brillaban sobre el pelaje de los perros. Después de rodear la mitad del lago, Edgar vio que el agua se extendía hacia el sur en un accidentado meandro.

El problema de la comida empezaba a ser desesperante cuando avistó la primera cabaña. Aun así, el descubrimiento no consiguió tranquilizarlo. Indicó a los perros que se quedaran donde estaban y siguió avanzando hasta asegurarse de que no podía estar ocupada. Luego salieron juntos de la espesura para inspeccionarla. La pequeña construcción había empezado a desmoronarse muchos años antes. Si alguna vez había estado pintada, hacía tiempo que la lluvia se había llevado la pintura, y lo único que conservaba el color eran las tejas del techo, de un morado reluciente. Una tosca silla plegable se mantenía en pie en lo que quedaba del rústico porche delantero, perdiendo trozos de pintura del color de la mostaza seca a medida que la herrumbre la carcomía por dentro. El interior era un naufragio de madera contrachapada y mohosos colchones de muelles, entre vastas telarañas colgadas de las vigas como las velas de una embarcación. El conjunto no ocupaba más espacio que una tienda de campaña grande: unos tres metros por tres. Los perros dieron unas vueltas y estuvieron metiendo el hocico en los rincones y las grietas hasta que él los llamó, por miedo a las ratas y las serpientes.

Una hora después llegaron a un lugar a orillas del lago donde la maleza cedía el paso a un pequeño semicírculo de arena y grava. Un poco más allá, los juncos asomaban sobre la superficie plateada. Edgar se quitó la ropa, apartó a los perros y se metió en el agua, marrón por el tanino. Estaba lleno de picaduras de mosquito y el contacto con el agua fresca le alivió el picor. Bajó la vista y vio un pez del tamaño de la palma de su mano que pasaba como un dardo entre sus rodillas. Los perros se quedaron mirando y meneando la cola, pero no quisieron meterse.

Edgar salió desnudo, con el agua por las rodillas, y empezó a salpicarlos. Ellos huyeron y volvieron corriendo, con las orejas gachas, intentando esquivar el agua, recordando quizá las veces que habían jugado en el patio con la manguera. Al principio, Edgar se alegró de haber encontrado algo que los hiciera felices, pero en seguida se detuvo. Todos sus sentimientos eran lúgubres, y el juego le pareció una farsa, como si tuviera que fingir que todo iba bien. Además, empezaba a preocuparle que los perros hicieran demasiado ejercicio. No era correcto que se esforzaran tanto mientras no tuvieran comida de verdad. Ya le parecían más flacos, aunque probablemente era sólo su imaginación, y actuaban con demasiado entusiasmo, como si el hambre los volviera frenéticos. Se quedaron jadeando y observándolo mientras él se sacudía el agua de las piernas. En un par de minutos, el sol lo había secado lo suficiente como para vestirse. Esa vez, desplegó los pantalones, metió las piernas por el hueco de las perneras y se puso los zapatos sin pararse a pensarlo.

La segunda cabaña parecía más prometedora. Estaba pintada de un verde sufrido y parecía robusta y bien cuidada. Una chimenea de acero galvanizado atravesaba el tejado inclinado. A bastante altura, a ambos lados de la puerta, se abrían un par de ventanucos. La cabaña tenía un aspecto tan pulcro que Edgar tuvo que mirar un buen rato antes de estar seguro de que no estaba ocupada. Aun así, sintió un hormigueo en la piel al acercarse. La puerta estaba cerrada con un candado enganchado a un pesado seguro de metal. El candado estaba engrasado y envuelto en una bolsa de plástico, presumiblemente para protegerlo de la intemperie. Edgar giró el picaporte y empujó con fuerza varias veces. Después retrocedió, tomó impulso y se lanzó contra la puerta. Salió rebotado. Lo intentó otra vez. La estructura se sacudió, pero la puerta no se movió de su marco. El hombro empezaba a dolerle.

Los perros lo observaban, ladeando la cabeza.

«No digáis nada —signó—. En la tele funciona.»

Eran ventanas montantes de tres paneles, con bisagra en la parte superior, abiertas a unos dos metros del suelo. Eran lo bastante grandes para dejarlo pasar y no le habría sido difícil romper los cristales, pero pensó que si conseguía subir hasta allí y escurrirse entre los vidrios rotos, acabaría con la carne hecha jirones. Además, mientras se estaba lanzando contra la puerta, se le había ocurrido que quizá fuera mejor entrar en la casa de una manera menos llamativa.

Buscó en los alrededores un tronco o alguna otra cosa que le sirviera para subirse y averiguar si merecía la pena romper una ventana, y para trepar en caso afirmativo, pero no encontró nada útil. Buscó escondites donde pudiera haber una llave disimulada, pero tampoco encontró nada.

Volvió al frente de la cabaña y miró a los perros.

«Tendremos que ir a buscar la silla», signó, y los cuatro se pusieron en marcha en la dirección por la que habían venido.

No se había dado cuenta de lo lejos que estaban. Tardaron más de una hora en divisar las tejas moradas. Edgar recogió un palo, apartó con él las telarañas de la silla y la levantó del suelo del porche. Media docena de arañas salieron huyendo como bayas podridas a las que hubieran crecido patas. La rejilla que formaba el asiento se había deshecho en colgajos marrones, pero la estructura parecía sólida, aunque oxidada. *Babú* la olfateó con curiosidad mientras *Tesis* y *Candil* se echaban en el suelo. Los tres perros habían recorrido todo el camino con la nariz pegada a la tierra, seguramente con la esperanza de encontrar más huevos de tortuga. Más de una vez habían salido a perseguir una ardilla por la espesura, pero no habían tardado en comprender que era una pérdida de tiempo. Para entonces, parecían desanimados, y Edgar sintió en el pecho el aguijón de la angustia.

Cuando pasaron por la pequeña playa en el camino de vuelta, el chico estaba tan ansioso por llegar que echó a correr. Colocó la silla debajo de una de las ventanas montantes y, estaba a punto de subirse, cuando reprimió el impulso y decidió comprobar primero si la estructura resistiría su peso. Plantó con fuerza el trasero sobre uno de los apoyabrazos y una de las costrosas patas delanteras se arrugó como una cañita de papel para beber refrescos. Edgar se la quedó mirando sorprendido. Después, le dio la vuelta a la silla y apretó con las dos manos sobre la unión del respaldo con el asiento. Satisfecho, se subió a la estructura y puso las yemas de los dedos en el alféizar de la ventana.

Durante el camino de vuelta se había permitido fantasear sobre la comida enlatada y las provisiones de todo tipo que un pescador guardaría en una cabaña tan pulcra y cuidada como aquélla; pero la vista a través de la ventana reveló únicamente un catre plegado sobre un tabique de contrachapado, un hogar prefabricado al pie de la chimenea de acero galvanizado, un pequeño calentador de queroseno y un farol. No tenía sentido tratar de entrar. Era evidente que no encontraría comida, y aunque el farol hubiera tenido combustible, lo que era dudoso, sólo iluminaría durante unas pocas horas. El calentador parecía demasiado pesado para llevárselo.

Saltó al suelo. Se sentó junto a la silla derrengada y se cubrió de reproches. Un buen pescador jamás dejaría comida, para no atraer a los animales. Debería haberlo sabido, pero en lugar de eso se había dejado llevar por una fantasía. Habían desperdiciado casi toda la jornada en un empeño inútil. Tenía tanta hambre que las entrañas se le encogían en violentos espasmos. Nada más ver la cabaña, se le había hecho la boca agua. Había leído en alguna parte que una persona podía sobrevivir un mes entero sin comer, pero no le parecía posible. O quizá sí lo fuera si la persona se quedaba sentada sin hacer nada, en lugar de atravesar varios kilómetros de bosque, fuera de toda senda.

Era demasiado para él. Con todo lo sucedido en la perrera, sumado al hambre y la preocupación por los perros, y a la ausencia de *Almondine*, se sentía como si le hubieran arrancado un órgano interno. Recogió las rodillas sobre el pecho y se echó de lado. Pensó que iba a llorar, pero en lugar de eso sintió que se le vaciaba la mente y se quedó mirando fijamente las raíces y las hojas del suelo del bosque mientras escuchaba el sonido lejano de los perros, que iban y venían entre la espesura. Permaneció así mucho tiempo. Al final, los perros regresaron: primero *Babú* y después

Candil y *Tesis*. Jadeando, le lamieron la cara y se acostaron a su alrededor, gruñendo y suspirando hasta que se quedaron dormidos.

La melancolía no se le pasó del todo, pero se aligeró, y entonces se sentó y miró a su alrededor. A lo lejos se oía el repiqueteo de una avioneta de hélices. Una bandada de pequeñas aves negras con picos de obsidiana chillaba mutuas advertencias desde las ramas bajas de los árboles. Edgar se obligó a ponerse de pie y los perros se reunieron a su alrededor y le olfatearon las manos en busca de comida. Se arrodilló y les acarició el cuello.

«No tengo nada –signó–. Lo siento. Ni siquiera sé cuándo tendré algo.»

Fueron andando hasta la orilla del lago. En un claro, Edgar descubrió una baya azul solitaria que colgaba de un arbusto. Todavía no era temporada, pero allí estaba. No creía que fuera belladona, pero dio la vuelta a las hojas para comprobarlo. La mata de moras ocupaba un círculo de unos diez metros de diámetro y, buscando en todos los arbustos, Edgar apenas consiguió reunir un puñado de bayas maduras. Probó una y después se agachó y las ofreció a los perros. Ellos olfatearon el botín y lo rechazaron.

«¡No! –signó él–. ¡Probadlas! ¡Volved!»

Pero no quisieron. En cuanto las tragó, se le empezó a agitar el estómago. Por un momento pensó que iba a vomitar, pero no lo hizo.

Cuando anocheció, eligió un lugar para acostarse a dormir en medio de un grupo de arces. Estaban acostados y medio dormidos cuando un chillido agudo y monótono se expandió por las copas de los árboles y bajó flotando hasta envolverlos por completo. Cuando Edgar se miró el brazo, lo tenía cubierto por una ondulante pelambre gris. Se pasó la mano desde el codo hasta la muñeca, dejando atrás una masa de sangre y mosquitos aplastados. Al instante, una nueva capa más rapaz que la anterior se extendió sobre los desechos. Los mosquitos se le empezaron a meter por las orejas y la nariz. Los perros saltaban y mordían el aire, y Edgar agitaba los brazos y se daba palmadas en la cara y el cuello, pero al final echaron a correr, los perros perdiéndose delante de él en la oscuridad.

Al cabo de un rato, el chico se detuvo, desorientado y jadeando. El suelo del bosque estaba cubierto por una capa de agujas de pino suficientemente gruesa para sofocar al resto de la vegetación. Prestó atención al zumbido, temblando. Una nube de mosquitos había estado esperando en el dosel del bosque, y los perros y él se habían acostado justo debajo, por su propia voluntad. Nunca había oído nada parecido. Los perros salieron trotando de la oscuridad y se prepararon las yacijas sobre la agujas de pino. Él se acostó y se quedó mirando las copas de los árboles. Estaba hambriento, cansado, deprimido, y además se sentía humillado. A los perros, echados a su alrededor, les gruñía el estómago.

Iban a tener que encontrar una carretera, después de todo, o morirían de hambre.

Pasó el tercer día calculando. Los perros habían comido solamente huevos de tortuga en dos días, y él, nada más que una treintena de moras. A veces se decía que saltarse seis comidas tampoco era una catástrofe, pero al minuto siguiente el estómago se le contraía y palpitaba. Había ardillas y pájaros por todas partes, pero no tenía idea de cómo atraparlos. Probablemente los lagos bullían de peces, pero no tenía ni un palmo de sedal, ni menos aún un anzuelo.

Oyeron el gemido de los neumáticos sobre el pavimento media hora antes de llegar a la carretera. Ocultos detrás de un abeto balsámico, vieron pasar una procesión de coches; después, subieron furtivamente por el terraplén, saltaron al bosque del otro lado de la carretera y empezaron a seguir la cinta de asfalto como el día anterior habían seguido la orilla del lago, manteniéndose bien escondidos entre la maleza. En dos ocasiones, una corriente demasiado profunda o cenagosa los obligó a volver a la carretera, donde esperaron para atravesar corriendo un puente y seguir adelante.

Por la tarde llegaron a un campo de juncias y capulines de medio kilómetro de largo y varios cientos de metros de ancho. Cuando ya casi habían alcanzado la última línea de árboles, Edgar se detuvo y miró a la carretera. Por un lado, se expondrían demasiado si atravesaban el campo pero, por otro, estaba empezando a cansarse y el atajo era sustancial. La hierba era suficientemente alta para ocultar a los perros, y él podía agacharse si aparecía un coche. Habían llegado a la mitad del campo cuando algo pasó entre la hierba con un murmullo; *Candil* le saltó detrás, y los otros perros lo siguieron. Cuando Edgar los alcanzó, los tres estaban danzando delante de la entrada de una madriguera. Por la carretera se acercaba un coche. Edgar se puso a cuatro patas y esperó. Hacía bastante rato que se oía a lo lejos el zumbido de una avioneta, que aumentaba y disminuía en intensidad; cuando el ruido volvió a arreciar, el chico estiró el cuello y miró hacia arriba. No vio nada en el cielo azul, pero el zumbido se volvió aún más intenso y siguió aumentando. En cuanto el coche pasó por la carretera, Edgar dio una palmada para que los perros abandonaran la posición y salió a toda prisa de su escondite entre la hierba. Cuando consiguió zambullirse en la primera línea de abedules, al otro lado del campo, casi podía distinguir el ruido de cada uno de los cilindros de los motores de la avioneta. Por una vez, los perros se habían mantenido a su lado, y él los agrupó, acurrucados bajo un cornejo. Cuando la avioneta pasó por encima de ellos, volaba tan bajo que Edgar pudo leer la insignia del Servicio Forestal.

«Idiota —pensó—. ¿No ibas a quedarte en el bosque?»

Permanecieron escondidos durante casi una hora, prestando atención al ruido de la avioneta mientras ésta barría el bosque de norte a sur y de sur a norte en su búsqueda. Cuando Edgar volvió a ponerse en marcha, mantuvo rigurosamente a los perros bajo las copas de los árboles, haciéndolos rodear incluso los claros más pequeños. A media tarde llegaron a un camino de grava encajonado en un bosque de pinos. Había cables del tendido eléctrico entre postes pintados con creosota. Unos cuantos cientos de metros al este, el camino cruzaba la carretera asfaltada. Lo siguieron en la dirección opuesta, manteniéndose dentro de los límites del bosque. Los perros habían empezado a moverse con las colas bajas, nerviosos y con expresión salvaje. «Setenta horas», dijo la parte del cerebro de Edgar que calculaba. Un huevo de tortuga cada cuatro horas. Y una mora por hora para él. Media mora.

Miraron cómo se alejaba rugiendo una furgoneta y dejaba atrás una estela marrón de polvo. Se acercaron a la línea de árboles. Más adelante, donde la carretera se curvaba, Edgar vio la primera cabaña, con el lago reverberando detrás. Después, aparecieron todas las otras cabañas, acurrucadas entre los árboles. Postes con reflectores marcaban los senderos de entrada. Por encima del golpeteo de las olas sobre la orilla, oyó el ruido del motor de un barco y los gritos de los correlimos y los andarríos.

La furgoneta había tomado la curva y se había perdido a lo lejos. Edgar condujo a los perros hasta situarse frente a la cabaña más próxima. No había ningún coche en el sendero cubierto de hierba. Los perros sabían que estaba pasando algo raro y no dejaban de andar en círculos, tocándose unos a otros con los hocicos y saltando nerviosamente.

«Abajo», signó Edgar.

Los perros se quejaron pero obedecieron, uno tras otro.

«Quietos —les ordenó—. Quietos.»

Pensó que ya estaba adquiriendo malos hábitos. Repetir las órdenes era un defecto menor, pero perderles la confianza era mucho más grave. Se obligó a no repetirles por tercera vez que se quedaran quietos y echó a andar hacia la carretera, antes de volverse para mirar. Los perros yacían jadeando a la sombra del bosque, observándolo. Se volvió y fue hacia el sendero de la cabaña, esforzándose por parecer del lugar.

Aquél no era un cobertizo de pescadores. Un bastidor de la ventana estaba levantado y las cortinas se abolsaban con la brisa detrás de la malla metálica. Había una mesa de formica bajo la ventana, cubierta de periódicos doblados y cartas dispersas. Unas vacas de loza marcadas con las letras «S» y «P» se hacían mutuas reverencias. Más allá se veía una cocina con armarios sencillos, una nevera y unos fogones. La encimera estaba atestada de paquetes con envoltorios de plástico transparente. Galletas. Patatas fritas. Pan de molde.

Para entonces, a Edgar le temblaban las manos. Probó la puerta delantera pero estaba cerrada con llave. Volvió a la ventana. Al fondo de la cabaña había una puerta de malla metálica, cerrada con pasador. La sacudió, pero el pasador no se abrió.

Volvió a mirar a su alrededor. No había nadie tomando el sol en la playa, ni había bañistas en el muelle. Fue corriendo al bosque cercano y regresó con un palo corto y romo, con el que desgarró limpiamente la malla metálica a lo largo del travesaño central de la puerta para pasar la mano, soltar el pasador y abrirla. Pasó entre una maraña de juguetes tirados por el suelo del cuarto de estar, llegó a la cocina y abrió de par en par las puertas de los armarios. Latas de fideos en salsa y de carne de cerdo con judías formaban pulcras hileras, al lado de cajas de macarrones con queso Kraft, palomitas Jiffy Pop y pan para perritos calientes. En la nevera encontró salchichas, ketchup, mostaza y frascos de aliño, además de dos cajas con seis latas de cerveza cada una.

Cogió todas las salchichas, pero, después de pensarlo mejor, devolvió un paquete a su sitio. Apartó las latas de fideos en salsa y las de carne de cerdo con judías. Registró los cajones y se metió un abrelatas en el bolsillo trasero. Después perdió la paciencia. Reunió todo el botín y ya se estaba dirigiendo a la puerta trasera cuando algo en la mesa de formica llamó su atención. La vaca de la pimienta estaba apoyada encima de una hoja blanca impresa con multicopista, con el título en grandes letras azules.

Sólo se veía una parte: «FAL.»

Sin saber muy bien por qué, dejó la comida sobre la mesa y sacó la hoja de debajo del periódico. El papel desprendió el agradable olor de la tinta de multicopista. Vio una mala reproducción de una fotografía del anuario escolar y, debajo, un texto breve:

FALTA DE SU HOGAR

Edgar Sawtelle, desaparecido el 18 de junio. Edad: catorce años. Estatura: 1,68 m. Pelo negro. No puede hablar, pero escribe y se comunica por signos. Puede ir acompañado de uno o varios perros. Cuando fue visto por última vez, cerca de Mellen, vestía vaqueros, zapatillas de deporte y camisa de manga corta de cuadros marrones y rojos...

Antes de que pudiera terminar de leer, oyó un ladrido en el bosque. Se metió la hoja en el bolsillo y recogió las latas y las salchichas. Una vez fuera, tuvo que tirarlo todo al suelo para pasar otra vez la mano por la malla metálica desgarrada y volver a ajustar el pasador. Después, alisó la malla de la puerta lo mejor que pudo, levantó de nuevo la comida y echó a correr por el sendero de grava.

Tesis lo esperaba de pie, a pocos metros de la linde del bosque, con *Candil* y *Babú* a escasa distancia. Los hizo echarse a todos y mantener la posición con gesto severo, y entonces se volvió y empezó a manipular el abrelatas. Echó los fideos en salsa en tres montones muy separados mientras los perros gemían. Cuando les indicó que ya podían moverse, los tres saltaron a la vez y los fideos desaparecieron; pero él ya estaba abriendo el envase de las salchichas y se estaba metiendo una en la boca al tiempo que distribuía las demás entre los perros.

Entonces, recuperó la sensatez. Había leído en alguna parte que las personas que intentan comer después de pasar mucho tiempo en ayunas vomitan lo que han comido. Pero no creyó que eso fuera a pasarle a él, que sólo notaba una sensación reconfortante en el vientre. Probablemente el consejo procedía de la misma persona que podía sobrevivir un mes entero sin comer. Ellos llevaban solamente tres días. Sin embargo, habría sido una tontería no esperar unos minutos, sólo para asegurarse. Los perros se pusieron a restregar el suelo con el hocico, en los puntos donde tan brevemente habían estado los fideos en salsa, mientras Edgar contaba hasta cien respiraciones. Las salchichas estaban saladas y le habían dado sed, pero eso estaba bien. Estaba muy bien.

Recogió el resto de la comida y se retiró hasta un claro, fuera de la vista de las cabañas. Hacía días que no veía un lugar tan risueño. Se sentó al estilo indio y los perros, fascinados, se reunieron a su alrededor. Entonces, como un mago que realizara un juego de manos, empezó a manipular el abrelatas sobre la lata de carne de cerdo con judías.

Piratas

Para entonces llevaban diez días en marcha, o quizá más (Edgar había empezado a perder la cuenta), y con el tiempo habían llegado a una serie de convenciones acerca del modo de convivir. El chico no disponía de ningún tipo de material, ni correas, ni collares, ni cuerdas largas, ni argollas en el suelo, ni ninguno de los medios que habían usado en el criadero para ponerse de acuerdo sobre lo que importaba: los modos de detenerse o echar a andar, el momento de permanecer juntos o de explorar, y la manera de prestarse atención unos a otros. Tenía pocas recompensas que ofrecerles, ni siquiera comida algunos días, aunque eso se fue haciendo cada vez menos frecuente después de la primera semana, desde que aprendieron a sacar partido a las cabañas. Por eso, por necesidad, Edgar empezó a observar a los perros más de cerca, a detenerse más a menudo y a tocarlos con más cuidado y dulzura de lo que nunca antes lo había hecho.

Y los perros, por su parte, descubrieron que si esperaban cada vez que Edgar entraba en una cabaña, después de ordenarles que se quedaran quietos, él siempre regresaba. Juntos practicaron nuevas habilidades que él inventaba. Hacía mucho que sabían lo que se esperaba de ellos cuando debían mantener la posición, ya fuera en el patio de adiestramiento o en el pueblo; ahora, Edgar les pedía que la mantuvieran en un claro del bosque, cuando estaban hambrientos y los pájaros carpinteros removían el suelo con el pico y ponían en fuga a los ciempiés, o cuando las ardillas los molestaban, o una piedra pasaba zumbando por encima de sus cabezas y hacía crujir las hojarasca. Varias veces al día, Edgar encontraba un lugar conveniente, entre zumaques o helechos, y los ponía a vigilar algún objeto pequeño, por ejemplo un palo que hubieran estado llevando en la boca esa mañana, o un trapo. Después se alejaba por el bosque, con cuidado de no pedirles demasiado, ya que no tenía medios para corregirlos. Más adelante, empezó a atar con un sedal el objeto vigilado y les indicaba que sólo podían moverse cuando el objeto se moviera, manteniéndolo siempre rodeado. Cuando lo hacían bien, volvía corriendo y les indicaba por signos que ya podían moverse. Entonces se arrojaba al suelo entre ellos, rodaba, les hacía cosquillas, les arrojaba el objeto para que lo fueran a buscar e intentaba hacer con cada uno de ellos lo que sabía que lo hacía más feliz.

También aprendió a conocer los límites de su paciencia, que eran diferentes para cada uno. Cuando mantenía la posición, *Babú* era inmóvil como las montañas, y muchas veces se quedaba dormido. *Tesis*, siempre alerta, era la más fácil de distraer con una piedra lanzada entre los helechos. Y *Candil*, que tanto podía quedarse quieto como abandonar la posición, era capaz de saltar cuando *Tesis* se movía, para lamerle el hocico y persuadirla de que volviera a sentarse.

Con la práctica comprendieron, aunque mucho más lentamente, que alejarse corriendo era tan importante como quedarse quietos en un lugar. Al cabo de cierto tiempo, Edgar podía pedirles que se fueran a otro sitio y lo esperaran allí. Al principio sólo se alejaban un par de metros, pero llegó un momento en que se marchaban corriendo hasta desaparecer de su vista. Comprendieron que era importante no ladrar para llamar su atención o expresar entusiasmo. Practicaban todas esas cosas varias veces al día, cuando se cansaban de avanzar entre la espesura. Edgar empezó a encadenar la idea de salir corriendo con la de vigilar un objeto. Dejaba en el suelo el objeto que debían vigilar y se los llevaba, para después hacerlos regresar y cumplir su misión de vigilancia, siguiendo el objeto mientras se movía a sacudidas entre la hojarasca, arrastrado por el sedal. Cuando anochecía, pasaba varias horas revisándoles el pelo en busca de garrapatas y abrojos, y les miraba las patas cientos de veces al día.

Estaba dispuesto a renunciar al destino que se había propuesto para sobrevivir. Sólo podían avanzar mientras hubiera comida que se lo permitiera. ¿Qué sentido tenía cubrir rápidamente una gran distancia hacia el norte si morían de hambre a medio camino del punto de destino que Edgar se había fijado? Tenían que elegir una ruta que los mantuviera ocultos y que además les permitiera recoger comida, lo que significaba un ritmo mucho más lento y una trayectoria con bastantes más rodeos de lo que había imaginado.

El chico se convirtió en un experto ladrón de cabañas de vacaciones y cobertizos de pescadores. Por las mañanas, mientras los turistas freían panceta y volvían las tortitas en la sartén, los perros y él se quedaban entre la maleza, a la espera de que las cabañas quedaran vacías y listas para el saqueo. Aprendió a entrar sin violencia y nunca se llevaba tanto como para que advirtieran su visita. Llevaba consigo pocas cosas y ninguna que pudiera ralentizar su marcha: un abrelatas, una navaja y, más adelante, cuando la dieta que llevaban empezó a causarle sensibilidad en los dientes y las encías, un cepillo de dientes. También llevaba una caña de pescar infantil Zebco, suficientemente pequeña para transportarla por el bosque, y una bolsa de pesca con una boya y varios anzuelos pinchados en un trozo de cartón. Con un poco de maña, conseguía comida suficiente para todos, por lo general peces pequeños, pero a veces también una perca o un siluro. Muchas noches se iban a dormir con apetito, pero casi nunca hambrientos. En las cabañas había bollos Twinkies de nata, galletas Suzie-Q de chocolate y pastelitos Ho Hos a puñados, además de jamón picante, tartas de crema, tiras de maíz y mantequilla de cacahuete que comían directamente del bote. También había cereales Wheaties y Cap'n Crunch, que tomaban con refrescos, y una interminable sucesión de salchichas, embutidos, sardinas y chocolatinas Hershey. De vez en cuando, Edgar encontraba incluso comida para perros, que los cachorros devoraban de la palma de su mano como el más delicado de los manjares.

También robaba repelente de insectos Off, un bálsamo de paz y tranquilidad, una ambrosía para la piel. ¡Celestial, maravilloso y milagroso Off, en particular la variedad de aromas del bosque, cuyo sabor amargo y untuosa viscosidad acabaron por convertirse en algo tan esencial como la comida o el agua! ¡Un día entero sin sufrir el ataque de los tábanos y una noche a salvo de los mosquitos! Lo robaba de todas las cabañas por las que pasaba de puntillas; robaba todo el Off que encontraba, sin el menor remordimiento. En todos los sitios donde pasaban más de un día, se aprovisionaba de dos o tres aerosoles blancos y anaranjados, así como de varios frascos de antiséptico.

Los días de lluvia eran difíciles. A veces no encontraban mejor refugio que el pie de un pino negro, y cuando soplaba el viento, ni siquiera ése era un buen refugio. Las noches de lluvia eran una auténtica tortura: tormentas terribles con rayos que estallaban a su alrededor. Si miraba durante demasiado tiempo la imagen estroboscópica de la lluvia, terminaba acurrucado y encerrado en sí mismo, porque si no había nada que ver en las gotas de agua, se sentía abandonado, y si veía algo (una forma, un movimiento, una figura), entonces lanzaba un grito silencioso, pese a su determinación de no hacerlo.

Los otros perros eran un problema, perros idiotas que los olfateaban y se echaban al bosque, sin hacer caso de los gritos de sus amos, que los instaban a volver, a entrar en casa, a ir a jugar... Algunos se les acercaban como payasos, y otros, más pendencieros, como francotiradores. *Babú*, sobre todo, aceptaba el desafío y dirigía a sus compañeros de camada en cargas salvajes, haciendo caso omiso de las protestas de Edgar hasta que los intrusos huían chillando.

Avanzaban de lago en lago, como saltando de una piedra a otra para cruzar un riachuelo, en dirección al oeste a través del Chequamegon. A veces Edgar se enteraba del nombre de los lagos por los folletos que encontraba en las cabañas (Febo, Cabeza de Pato, Amarillo), pero por lo general eran simplemente «el lago». Sin mapas, muchas veces se internaban en pantanos impracticables y se veían obligados a retroceder. Los perros eran expertos desde hacía tiempo en localizar huevos de tortuga. Uno de los tres encontraba de repente un rastro, lo seguía con el hocico pegado al suelo y empezaba a escarbar. Los huevos maduraban y se volvían cada vez más repugnantes, aunque los perros parecían encontrarlos cada vez más exquisitos. Edgar ayudaba con la excavación y se guardaba algunos huevos en el bolsillo para usarlos más adelante como recompensa. También solía pasar pisando fuerte entre las cañas de la orilla hasta que saltaban unas cuantas ranas, y los perros, que las estaban esperando, las atrapaban al vuelo.

Robaba cerillas cada vez que las encontraba. De día nunca encendía fuego por miedo a los guardabosques, que desde sus torres vigilaban cualquier columna de humo; pero por la noche se permitía una hoguera pequeña para cocinar, que alimentaba con rizos arrancados de la corteza de los abedules, que parecían de papel. Cuando terminaba, extinguía el fuego cubriéndolo con tierra y se acostaba junto a los perros, escuchando los gemidos y los chillidos de los castores. Al alba, oían el reclamo de los colimbos.

El lago se llamaba Scotia, y la fiesta del Cuatro de Julio había atraído a tal cantidad de turistas que Edgar y los perros se vieron obligados a retirarse lejos de las cabañas y los lugares de acampada. Aunque no estaba seguro de cuál sería la noche exacta del Cuatro de Julio, llevaba tres noches seguidas oyendo el estallido de los petardos. Llevó a los perros cerca del lago, en un punto del bosque situado al otro lado de un pequeño camping. Eligió un lugar bastante alejado de la orilla, y estaba preparando una pirámide de palos y corteza de abedul para encender una hoguera cuando oyó al otro lado del agua una traca de cohetes silbadores. Se volvió y vio las estelas rojas que dejaban por el aire, seguidas de un fuerte estruendo. Llevó a los perros hasta la orilla y los condujo por un pequeño cabo ocupado por un bosquecillo de pinos, donde se sentaron. El cielo estaba lleno de grandes cúmulos, con estrellas brillando en los intersticios. Una docena de hogueras ardían en el camping. Oyó música, risas y gritos de niños. Había figuras que corrían entre las hogueras y el lago, haciendo girar bengalas en el aire. Un cohete giratorio recorrió la línea de la playa, alborotando y echando chispas de colores.

Otra andanada de cohetes se levantó sobre el agua y se oyó el estallido de una traca de petardos. Se abrieron flores de luz simples y dobles, grandes como lunas, que dejaban al desvanecerse una lluvia de partículas rojas y azules cuyos reflejos ascendían por el agua del lago, hasta extinguirse en el punto de reunión con las auténticas. Los perros permanecían sentados, mirando. *Tesis* fue hasta el borde del lago para estudiar una de las ascuas caídas y después se volvió hacia Edgar y lo empujó con el hocico, como pidiéndole una explicación. El chico se quedó donde estaba, observando, y sólo levantó la mano para acariciarle la barriga.

En algún lugar se oía una canción sonando en una radio. Los campistas se pusieron a cantar y sus voces temblaron sobre el agua. El aullido de un perro despertó un coro de carcajadas. Al cabo de un rato, *Candil* alzó el hocico y aulló una respuesta. *Tesis* se levantó de un salto y se puso a lamerle la cara, pero al ver que no paraba ella también se unió al coro, y poco después *Babú* completó el trío. El perro del camping escuchó un momento, como considerando una propuesta, y después volvió a aullar. Edgar sabía que debería haberles hecho callar, pero le gustaba el sonido. Se sentía solo en el bosque esa noche, más que de costumbre, y no podía resistirse a sentir una conexión, por tenue que fuera, con aquella gente y sus festejos. Los perros siguieron cantando a coro y los campistas, riendo, se unieron a ellos, hasta que todos menos Edgar aullaban al cielo.

Al cabo de un rato, los perros se callaron y también los campistas. Durante un tiempo, reinó el silencio. Después, desde la colina al norte del lago, donde no había cabañas ni ardía ninguna hoguera, se oyó un aullido grave y prolongado terminado en una nota aguda. Edgar lo reconoció en seguida, aunque sólo lo había oído aquella noche en la perrera; era un grito de tanta soledad que arrancó toda la tibieza de la noche de julio y la envió a las estrellas. *Tesis* se puso de pie con el pelo erizado, y *Babú* y *Candil* no tardaron en imitarla. Edgar les apoyó las manos en el lomo, los condujo hasta la pedregosa orilla azotada por el viento y esperó. Al otro lado del lago hubo un estallido de risas nerviosas. Después, lentamente, volvieron reptando los ruidos de la noche: el canto de los grillos, el silbido del viento entre los árboles, el retumbo lejano de los truenos y el espectral reclamo de los búhos y otras aves nocturnas. Pero el aullido había sonado sólo una vez y ya no volvió.

Esa noche soñó con *Almondine*, con su mirada impávida que buscaba respuesta a alguna pregunta. El sueño lo despertó en la oscuridad. Cuando volvió a dormirse, la volvió a ver. Se despertó por la mañana, desolado y exhausto, pensando en las cosas que echaba de menos. Añoraba las tareas matinales y la sencillez del desayuno en la mesa; la televisión y la película de la tarde en el canal 13 de Wisconsin; la suavidad del césped. Después de *Almondine*, añoraba las palabras: el sonido de la voz de su madre, el *Nuevo diccionario enciclopédico Webster de la lengua inglesa*, y leer cuentos a los cachorros en el corral paridero, signándoles la historia con las manos.

Se despertó hambriento. Recogió la caña Zebco y la bolsa de pesca, empujó con los pies unas cuantas hojas sobre las brasas muertas de la hoguera y se puso en camino con los perros, siguiendo la orilla del lago hasta un lugar donde había estado pescando la víspera. De la bolsa sacó una media de mujer, se levantó los bajos de los vaqueros y se metió descalzo en el lago. Volvió con un puñado de pececitos en la improvisada red. Unos minutos después sacó una perca, la limpió y la apartó para los perros, y enganchó otro pececito al anzuelo. Dio de comer a los perros por turnos, asegurándose de que cada uno recibiera su parte, quitando las escamas, separando los filetes de las espinas y tirando las raspas. Al final, repartió dos cabezas a cada perro para que se las llevaran y las mordisquearan un rato. Edgar no comía pescado crudo. Al sur había una casa que ya había saqueado en una ocasión; pensó que si no podía entrar, tendría que esperar hasta la noche para hacer un fuego y asar el pescado.

Dejó la caña y la bolsa, y se llevó a los perros. Cuando estuvieron cerca de la casa, los hizo quedarse quietos y se acercó entre los arbustos para ver mejor. La casa estaba cerca del lago, al final de un largo camino de tierra. Estaba pintada de rojo vivo, con las ventanas pulcramente orladas de blanco. Había dos familias, que estaban cargando un coche. Edgar hizo retroceder a los perros y esperó. Oyó el parloteo de las voces infantiles, los golpes de las puertas del coche al cerrarse y el motor que arrancaba. Cuando todo volvió a quedar en silencio, hizo avanzar a los perros y les ordenó que lo esperaran al borde del claro.

Un segundo coche, un sedán marrón con revestimiento de polipiel en el techo, había quedado aparcado en el patio, entre la maleza. No se oía ningún ruido en la casa, excepto los saltos de un par de ardillas grises que correteaban por el tejado. Edgar miró por una ventana y llamó a la puerta. Como nadie salió a abrir, levantó la ventana y se encaramó al alféizar. Unos minutos después apareció con dos sándwiches de mantequilla de cacahuete, un paquete de panceta y una barra de mantequilla. En uno de los bolsillos traseros se había guardado una chocolatina Hershey, y en el otro, un frasco de Off.

Cuando pasó otra vez junto al coche, recordó las llaves que había visto relucir dentro de la casa, sobre la encimera de la cocina. Miró por la ventana del lado del conductor y vio la palanca de cambio en el suelo, con la figura de la «H» grabada en el pomo. No creía que pudiera conducirlo, pero por un momento se permitió imaginar que iba sentado al volante y que rodaba a toda velocidad por la carretera, con las ventanillas bajadas, con *Tesis* a su lado, y *Babú* y *Candil* detrás, con las cabezas asomadas al aire del verano.

Y después, ¿qué? ¿Hasta dónde podrían llegar con un coche robado? ¿Cómo harían para poner gasolina? ¿Qué comerían? Tal como estaban las cosas, se movían a paso de caracol, pero al menos conseguían comida casi todos los días. Con un coche, ya no podrían esperar fuera de las casas, ni moverse con sigilo. Lo peor de todo era que el robo de un coche acabaría con la ilusión de que los perros y él se habían esfumado. Hacía una semana que la avioneta del Servicio Forestal había dejado de volar sobre las copas de los árboles. Tampoco se habían vuelto a ver coches de la policía recorriendo los senderos del bosque desde aquel primer día. Ya no había octavillas en las cabañas. Pero alguien que roba un coche existe. Es posible buscarlo, rastrearlo y atraparlo. Y aunque sólo circularan por carreteras secundarias (que él ni siquiera conocía), los cuatro juntos resultarían muy llamativos. Robar un coche significaba abandonar la existencia de fantasmas y volver al mundo real.

Edgar volvió a donde lo esperaban los perros, acostados y jadeando. Se sentó, les dio tiras de panceta y aplastó la barra de mantequilla en montoncitos que pudieron lamer de la plataforma de su puño. Después, se pusieron a acosarlo para que les diera también los sándwiches de mantequilla de cacahuete.

«Que os lo habéis creído», signó. Dio vueltas y más vueltas, y al final cedió y arrancó una esquina para cada uno, pidiéndoles que hicieran alguna pequeña cosa a cambio: tumbarse en el suelo, ir a buscar un palo o rodar y ponerse panza arriba. Pero la chocolatina Hershey, que estaba rota, ablandada y convertida en un flan aplastado por el calor de su cuerpo, era sólo para él. Después de limpiarse los dedos con la lengua, se puso en marcha hacia el lugar que había elegido para echar la siesta.

Estaban los cuatro instalados en un claro, cerca del sitio donde habían estado pescando. Edgar se había untado Off por todo el cuerpo y se estaba quedando dormido, con los perros echados a su alrededor como caimanes. Las nubes se desplegaban sin cesar sobre las copas de los árboles. Las olas susurraban entre los juncos de la orilla y voces desconocidas se oían lejanas al otro lado del agua: «¡Mamá! ¿Dónde está la pala?» «¿No te he dicho mil veces que no hagas eso?» Risas. El gritito complacido de un bebé. «Ve a llenar este cubo en el lago.» Puertas de coches que se cerraban de golpe. Tintineo de platos. El ruido de una botella rota. «¡No, en el coche no!»

Babú gemía y sacudía una pata, soñando con topos que se escurrían por galerías llenas de maleza. En el sueño, se había encogido hasta el tamaño de los topos y saltaba ágilmente tras ellos entre las briznas de hierba; pero también estaba fuera de la galería, con su tamaño normal, a la vez dentro y fuera del túnel, a la vez grande y pequeño. Más o menos como él estaban los otros perros, llenándose el pecho con el aire tibio de la tarde y exhalando largos suspiros, soñando y escuchando el susurro del agua y el viento entre las hojas.

Al principio, los perros pensaban que habían salido de fiesta y que pronto regresarían a casa, pero después empezaron a pensar que su mundo había soltado amarras y que la casa viajaba con ellos, mientras la tierra giraba bajo sus patas. Riachuelo, bosque, borde del pantano, lago, luna, viento. El sol los abrasaba a través de las copas de los árboles. Antes, en la perrera, dormían a menudo con Edgar (en el altillo del heno, en su dormitorio e incluso en el patio), pero nunca como esas últimas noches. Nunca se habían acurrucado a su lado tan íntimamente que la inquietud de sus sueños los despertaba y los hacía esperar de pie, mientras lo observaban luchando contra una amenaza invisible. Entonces se les erizaba el pelo, bajaban la cabeza, gruñían y miraban a su alrededor. ¡Parecía tan vulnerable, con la piel azulada a la luz de la luna, los brazos retorcidos sobre la cara y la sangre pulsando bajo la piel! En momentos como ése, sólo *Tesis* los abandonaba y se iba a cazar en la oscuridad.

Se preocupaban cuando se iba a buscar comida. Discutían entre sí: «Se ha ido.» «Volverá.» «Y si no vuelve, ¿qué hacemos entonces?» «Volverá.» Muchas veces, en su ausencia, los árboles se doblegaban bajo el peso de las urracas y las ardillas enzarzadas en agria disputa. En ocasiones, el chico volvía cargado de manjares desconocidos. Otras veces volvía con las manos vacías, pero dispuesto a jugar.

Esa tarde se olvidaron de las preocupaciones. El lugar les resultaba familiar. No había nada que hacer, excepto ahuyentar las moscas y esperar a que se pusiera el sol. Edgar medio dormitaba, más hipnotizado aún que ellos por el sol de la tarde. No percibió el olor que el viento arrastró hasta el claro, ni reaccionó a los ruidos que los tres perros oyeron, uno tras otro. Sólo cuando se pusieron de pie de un salto (primero *Tesis*, después *Candil* y finalmente, con gran revuelo de hojarasca, *Babú*), Edgar se despertó finalmente, se levantó y vio lo que estaba pasando.

Cuando la más pequeña de las dos niñas llegó al claro, hacía rato que su compañera y ella se habían quedado sin nada más que contarse. Llegaron a un sendero abierto en el bosque, que acababa en una casa roja. Había un coche aparcado entre las malas hierbas, pero no parecía que hubiera nadie en la casa. Anduvieron por el bosque y siguieron la línea de la orilla, en busca de una playa arenosa, hasta que encontraron un pequeño cabo por donde se adentró la niña mayor, que finalmente se sentó recostada contra un árbol y se puso a mirar el camping que había al otro lado del lago. La pequeña se demoró entre los juncos. Encontró una bolsa de pesca y una caña infantil apoyada contra un árbol. Miró a su alrededor. Había un claro en el bosque iluminado por los rayos de sol, y se encaminó en esa dirección con la esperanza de encontrar flores blancas de lirios del bosque de tres pétalos, que eran sus favoritas.

El chico ya la estaba mirando cuando ella levantó la vista. Estaba de pie al otro lado del claro, alto y de aspecto ágil y ligero, con espesos mechones de pelo caídos sobre la frente y los ojos, todo lo cual sugería juventud, aunque a la luz deslumbrante del sol su cara parecía arrugada como la de un viejo. Una palpitación después, la niña vio los tres animales que estaban de pie a su lado, uno delante y dos a los costados. «Lobos», pensó, pero no lo eran, desde luego que no. Eran perros, quizá perros pastores, pero de ninguna raza que ella hubiera visto antes. Tenían el manto castaño y negro, y las colas bajas trazaban la extensión de las patas traseras. Pero lo que más le llamó la atención fue su absoluta inmovilidad y sobre todo su mirada, fija sobre ella e implacable.

Entonces el chico hizo un gesto y los perros atravesaron ágilmente el claro. Uno de ellos se adentró en el bosque mientras los otros corrían hacia ella en una línea inexorablemente recta, con los hombros ondulando como los de un león y el dorso curvándose y estirándose. La visión la hizo sofocar una exclamación. Cuando levantó la vista, el chico la estaba señalando. Después se llevó un dedo a los labios y le enseñó la palma de la mano, de una manera que le hizo entender claramente que debía quedarse quieta y en silencio.

Los dos perros que habían cruzado el claro se detuvieron ante ella, uno a la izquierda y otro a la derecha. No parecían hostiles, pero tampoco del todo amigables. Cuando instintivamente la niña dio un paso atrás, oyó a sus espaldas un inquietante gruñido. Congeló el movimiento y volvió la cabeza. Allí estaba el tercer perro, con el hocico pegado a su pantorrilla. El animal le empujó la pierna con el hocico y la miró. La niña volvió con el pie a la posición anterior y entonces los perros de delante se le acercaron un poco más, lo que la hizo tambalearse ligeramente, como si estuviera atrapada en el interior de un torno que se estuviera cerrando lentamente. Sin embargo, en cuanto recuperó el equilibrio y se quedó quieta, los perros volvieron a apartarse.

Miró al otro lado del claro. El niño había desaparecido.

Entonces, a sus espaldas, oyó la voz de la chica mayor:

—¿Jess? ¡Nos vamos! ¿Jess?

La niña habría querido responder, pero no sabía lo que podían hacer los perros si se ponía a gritar. Además, había algo fascinante en la forma en que se habían acercado a ella y en su manera de mantenerse justo fuera del alcance de su mano. Tenía la clara sensación de que sólo pretendían que se quedara quieta. Además, eran muy bonitos, con la frente arrugada y color miel, sobre unos ojos que brillaban con una extraordinaria actitud de..., ¿cómo podía llamarla? ¿De interés? Sí, con una serena actitud de interés. Se preguntó qué pasaría si les hablaba. ¿Darían un paso al frente y la tocarían?

Estaba a punto de poner a prueba la idea cuando oyó el ruido seco de una doble palmada. Al instante, el perro a su derecha se puso en movimiento y desapareció entre los arbustos. Momentos después, el que tenía detrás giró sobre sí mismo y también se esfumó. Pero el tercero no se movió. Se la quedó mirando, avanzó un paso y le olfateó el borde de los *shorts*, temblando. Ella le tendió la mano. El perro retrocedió unos pasos con una expresión que parecía de culpa en la cara. Después, también echó a correr. La niña estiró el cuello para ver cómo corría, elegante y con pasos seguros. A diez o doce metros de distancia, los otros dos perros esperaban junto al chico, que estaba de rodillas y le hacía gestos al último animal para que fuera hacia él. Cuando llegó, las manos del niño se movieron con experta rapidez por los flancos y las patas del perro, como buscando heridas por pura costumbre. La caña de pescar infantil que la niña había visto antes yacía en el suelo, al lado del niño, y la bolsa de pesca colgaba de su hombro. El chico se puso de pie. Los perros la miraron de lado por última vez y al instante siguiente habían desaparecido y los arbustos habían dejado de sacudirse a su paso.

La niña dejó escapar el aliento.

«Debería estar asustada, pero no tengo miedo —pensó. Y después pensó algo más raro—: Nunca volverá a pasarme algo así.»

Esperó un momento más y luego soltó un grito y corrió hacia el lugar de donde venía la voz de la niña mayor.

Edgar hizo caminar a los perros hasta que la oscuridad le impidió ver por dónde iban. Mucho tiempo antes, la primera noche de su fuga, el cielo estaba despejado y la luna llena resplandecía directamente sobre sus cabezas, pero para entonces la luna no había llegado aún a cuarto creciente. El chico eligió un lugar cerca de un bosquecillo de pinos y formó un colchón de agujas, después de apartar los cúmulos resinosos. Hizo acostar a los perros. Eso significaba que no habría agua ni comida para la noche y ellos lo sabían, por lo que la orden suscitó un coro de quejas y gruñidos.

Cuatro días y medio junto al lago Scotia. Deberían haber seguido hacia el oeste y el norte, pero en lugar de eso se habían quedado donde era más fácil encontrar comida, aun a riesgo de ser descubiertos. Edgar sabía que era un error, incluso mientras lo hacía. Dejar aullar a los perros ya había sido suficientemente malo la noche de los fuegos artificiales, pero ahora la niñita rubia lo había visto muy bien a él y todavía mejor a los perros. Mientras se alejaban corriendo del claro, la había oído gritar: «¡Diane! ¡Eh, Diane! ¡Aquí! ¡Dios mío! ¡No vas a creerte lo que me ha pasado!»

Fuera quien fuese Diane, se lo creería. Y también se lo creerían sus padres, y el personal de la comisaría del condado. No había nada que hacer, excepto alejarse tanto y tan rápidamente como fuera posible, y mantenerse siempre alejados de las carreteras: el viejo plan, el único que habían tenido desde el principio. Cuando cayó la noche habían cubierto unos tres kilómetros. Si al día siguiente se esforzaban, quizá podrían cubrir otros cinco o seis más a través del bosque.

Al menos había algunos motivos para alegrarse. Uno de ellos era que la caña de pescar Zebco, por ser robusta como era, había resistido la loca huida a través del bosque. En cuanto cruzaron la carretera, Edgar le había cortado el anzuelo y lo había pinchado en el cartón improvisado que guardaba en el bolsillo trasero del pantalón. Después, había conseguido pasar la caña entre la espesura, llevándola bajo el brazo. El otro motivo de alegría había sido la perfección con que los perros habían trasladado el juego de custodiar un objeto. Había sido maravilloso verlos moverse a la luz del sol, en dirección a la niñita. Una parte de Edgar habría querido quedarse a mirarlos. Cuando la tuvieron rodeada, cada vez que ella se movía e incluso cada vez que desplazaba el peso del cuerpo, uno de ellos la obligaba a volver donde estaba. Y cuando llegó el momento de huir, se mantuvieron callados y junto a él.

Tesis estaba echada, con la cabeza apoyada sobre su rodilla. Oyó el ruido que le hacía el estómago y volvió a repasar su aritmética: a pie, abriéndose paso por el bosque y obligados a dar rodeos para conseguir agua y comida, podían avanzar unos cinco kilómetros al día. Ciento cincuenta kilómetros en un mes. Estaban a principios de julio. Esperaba que no hubiera mucho más de ciento cincuenta kilómetros hasta la frontera canadiense. Así pues, estarían donde él quería a mediados de agosto.

Pronto iba a necesitar un mapa. Todavía estaban en el Chequamegon, pero si seguían avanzando de forma continuada, en poco tiempo lo dejarían atrás.

A la mañana siguiente, la neblina matinal se volvió tan espesa que empezó a condensarse en perlas de agua sobre el pelo de los perros. A mediodía, la niebla se había convertido en lluvia, y cuando encontraron un pino de copa frondosa se acurrucaron debajo para esperar a que escampara. Media hora más tarde caía una lluvia torrencial y ensordecedora. El árbol que habían elegido desprendía agua erráticamente; de vez en cuando, sin previo aviso, una cascada gélida caía por el tronco y les empapaba la espalda. Cada vez que se sentía capaz de aguantar más agua, Edgar asomaba la cabeza fuera de la protección del árbol y buscaba algún claro entre las nubes. Los perros alternaban los gruñidos quejosos con un medio sopor; salían trotando a la lluvia para orinar y volvían después de sacudirse el pelo al borde del árbol o, a veces, para disgusto de todos, debajo de la copa. El aire bajo el pino empezó a apestar a perro mojado. Al cabo de un rato, Edgar no encontraba ninguna postura que fuera a la vez cómoda y seca. Comenzaron a dolerle los huesos. Sólo *Babú* pasaba el tiempo tranquilamente, con la cabeza apoyada en las patas e hipnotizado por la visión del agua cayendo. A veces, rodaba sobre la espalda para contemplar el espectáculo patas arriba.

Al principio, las preocupaciones de Edgar eran prácticas: tenían que seguir adelante. Calibraba su propia hambre para calcular la que quizá sintieran los perros. Había adquirido cierta intuición del tiempo que podían pasar sin comer. Si ayunaban un día, tendrían esa distracción, pero no correrían peligro. Para entonces ya estaban habituados a pasar un poco de hambre. Excepto por la incomodidad, no había nada particularmente malo en el hecho de pasar todo el día sentados bajo la copa de un árbol. ¿Acaso no era más o menos lo que habían hecho en los últimos tres días?

Pero algo en su mente fue aumentando su inquietud a medida que pasaban las horas, algo en lo que Edgar prefería no pensar. Por primera vez desde que habían atravesado el riachuelo del fondo de su granja, empezaba a echar de menos verdaderamente su casa, y en cuanto lo invadió ese sentimiento, la letanía de recuerdos no tardó en abrumarlo; su cama; el crujido de los peldaños; el olor de la perrera (que su estancia bajo el árbol le estaba haciendo recordar con particular intensidad); la camioneta; los manzanos, que para entonces ya tendrían frutos verdes; su madre, pese al tumulto de emociones que la rodeaban en sus pensamientos, y sobre todo *Almondine*, a quien añoraba ferozmente. Su imagen se le presentaba acompañada de un espasmo de pura desdicha. Los perros que tenía a su lado eran buenos animales, eran perros extraordinarios, pero no eran *Almondine*, que llevaba dentro de su alma. Sin embargo, no dejaba de hacer planes para alejarse todavía más de ella, y no sabía si algún día regresaría. No podía regresar. La última imagen que tenía de ella era aquella postura abatida, echada en el suelo de la cocina, siguiéndolo con la vista mientras él se disponía a darle la espalda. En el último año se le habían vuelto muy grises los pelos del hocico. Tiempo antes, solía precipitarse por la escalera delante de él y esperarlo abajo, pero en los últimos tiempos, algunas mañanas no conseguía ponerse de pie cuando lo intentaba, y entonces él tenía que levantarle la grupa y caminar a su lado mientras bajaba los peldaños.

Sin embargo, lo que había perdido en agilidad lo había ganado en percepción, en su capacidad para verlo por dentro. Edgar se preguntó cómo había podido olvidarlo. ¿Cómo había olvidado que en los meses posteriores a la muerte de su padre sólo ella había podido consolarlo, dándole un empujoncito con la nariz en el preciso instante en que iba a sumirse en una espiral de desesperación? ¿Cómo había olvidado que en algunas ocasiones ella lo había salvado simplemente apoyando el peso de su cuerpo contra el suyo? *Almondine* era el único ser del mundo que añoraba a su padre tanto como él. Y la había abandonado.

¿Por qué no lo había comprendido? ¿En qué había estado pensando?

Con sólo cerrar los ojos, volvía a sentir las manos de su padre tendiéndose hacia él y la certeza de que se le iba a parar el corazón. El recuerdo era demasiado cegador, como el del nacimiento, algo que destruiría a cualquier persona que lo rememorara en su totalidad. No podía separarlo de la imagen de su padre tendido en el suelo de la perrera, con la boca abierta, y de aquel suspiro final que Edgar le había extraído. Después pensó en Claude y en la expresión de su cara cuando *Tesis* había corrido hacia él con la jeringuilla en la boca, y en el diente de león blanco y la mancha de hierba blanca que lo rodeaba. Y pensó en el doctor Papineau, con los ojos abiertos, al pie de la escalera del taller.

Antes de que pudiera darse cuenta, estaba andando a trompicones bajo la lluvia. No le importaba hacia dónde iba, sino únicamente estar en movimiento. La ropa mojada se había calentado hasta adquirir la temperatura del cuerpo, pero la lluvia se llevó todo el calor. Edgar se lanzó a través de los matorrales, abriéndose paso entre la espesura, trastabillando, levantándose y echando a correr de nuevo. Por primera vez desde que habían salido de casa, vieron aparecer auténticos prados. En dos ocasiones atravesaron caminos de grava, extrañas líneas interminables de fango herrumbroso. Todo eso pasaba a través de él, llevándose consigo los pensamientos. La lluvia se convirtió para él en un golpeteo sin sentido sobre la piel, ni frío ni caliente, pero bienvenido. Una lluvia de julio no podía detenerlos. El riesgo había sido quedarse quietos tanto tiempo. Para entonces, habían empezado a encontrar muchas vallas y alambradas, algunas derribadas y oxidadas, y mucho más peligrosas porque eran difíciles de ver. Edgar arrancaba moras de los arbustos cada vez que las encontraba y se las daba a los perros, que las hacían rodar por la boca y las tragaban a su pesar. El cartón que sujetaba los anzuelos se le deshizo en el bolsillo y las puntas empezaron a pincharle la piel. Pasó una hora desnudo de cintura para abajo, extrayendo los anzuelos y envolviéndolos en varias capas de corteza de abedul, y cuando terminó, tenía las yemas de los dedos pinchadas y en carne viva.

Poco antes del anochecer, las nubes se fracturaron y dejó de llover. Claros azules aparecieron en el cielo. Tenían a la vista un campo de heno de unas veinte hectáreas, en cuyo extremo más alejado se levantaba un viejo establo solitario. Edgar se quitó la ropa empapada y preparó un lugar para dormir, junto al límite del bosque. Cuando sólo las estrellas más brillantes habían empezado a lucir, los cuatro ya estaban durmiendo amontonados, al borde del Chequamegon.

Por la mañana cuando despertó, no supo por qué no estaban los perros a su lado ni la hora que era, sino únicamente que sentía media tonelada de arena sobre cada una de las extremidades. Estaba tumbado boca arriba, con un brazo encima de la cara, dejando que el sol radiante le calentara el pecho y los brazos. La ausencia del blando peso de los perros no significaba nada, o al menos eso quiso decirle la lógica del soñador, que sólo deseaba volver al mar de sueños entrevisto antes de encallar en la orilla. Cuando finalmente abrió los ojos, se quedó mirando la hierba aplastada donde debería haber estado durmiendo *Candil*. Se levantó de un empujón y miró a su alrededor. Ante sí tenía un campo invadido de malas hierbas y algodoncillos, que se extendía en una suave y larga cuesta hasta el establo que había visto la noche anterior. Dos halcones planeaban sobre el campo, precipitándose de vez en cuando en picado.

Uno de los perros (¿sería *Tesis*?) saltó como un delfín sobre las hierbas altas, en medio del campo, y los otros lo siguieron, describiendo un arco para después desaparecer entre la maleza. Edgar se puso de pie, dio unas palmadas y los perros echaron a correr por el campo, saltando y zigzagueando, hasta que *Tesis* irrumpió en el claro en último lugar. Traía entre las fauces una enorme culebra rayada marrón y negra, gruesa a la altura de la barriga y casi tan larga como ella. La perra se detuvo cerca de Edgar y se puso a sacudir a la serpiente hasta hacer contorsionar por el aire su cuerpo inerte. *Babú* y *Candil* saltaban a su lado, intentando llevarse una parte del botín. *Tesis* corrió de un lado a otro hasta que finalmente *Candil* atrapó la cola de la culebra. Después de un forcejeo, la serpiente se partió en dos trozos con una cuerda de entrañas colgando en medio. *Babú* y *Candil* repitieron el proceso con la mitad trasera de la serpiente, hasta que cada perro se retiró con su porción.

«Uf, qué asco», pensó Edgar, volviéndoles la espalda. No le repugnaba tanto que comieran una serpiente (aunque las culebras rayadas apestaban bastante), como que se la comieran cruda. Se preguntó si todavía estarían secas las cerillas que llevaba en el bolsillo; podría asarles la serpiente. Pero para cuando se vistiera, no quedaría nada. Los perros debían de estar famélicos, si su propio estómago servía de indicación. Ninguna otra cosa parecía ni la mitad de importante que encontrar comida.

Se puso la ropa mojada, reunió a los perros y se abrió paso entre un mar de grama, algodoncillo y gordolobo, con los perros danzando a su alrededor en locas órbitas entrelazadas, improvisadas sobre el tema de su trayectoria. El viejo establo se levantaba al borde de una carretera con el asfalto inundado de maleza, sin ninguna casa a la vista. Era el primero que veían en todo su recorrido, y Edgar lo tomó como un signo de que finalmente habían atravesado el Chequamegon y volvían a estar en tierra de granjas. Se acercó para espiar por una de las separaciones del ancho de un pulgar que había entre los tablones de la pared. Dentro vio una grada de discos y un arado de vertedera, cada uno con su asiento metálico de cuchara, y un carro de heno destartalado con el marco caído hacia atrás, como una arrugada máscara de teatro dramático. Al fondo distinguió una antigua sembradora, con las cuchillas y los embudos oxidados. Planos irregulares de luz caían trazando franjas sobre las máquinas y el suelo sucio y cubierto de paja, como si estuviera mirando a través de las costillas de un esqueleto picoteado por los buitres para ver lo que fuera que se lo había comido por dentro y había quedado atrapado.

Los perros no prestaron atención al establo y se fueron a curiosear la valla medio derruida que bordeaba la carretera, donde se pusieron a olisquear las adelfillas y las campanillas que crecían alrededor de los postes. Edgar fue hasta el pavimento, donde ni siquiera quedaban rastros de una línea central. Contemplando a los perros que corrían hacia él, pensó que se comportaban como si realmente se sintieran dichosos, como si para ellos fuera un alivio volver a la vida itinerante, después de quedar varados por culpa de la lluvia. Cruzaron juntos una zanja poco profunda y pasaron a través de una hilera de árboles por donde discurría una alambrada en buen estado, con doble hilo de alambre de espino. Los perros se deslizaron por debajo, casi sin alterar el ritmo de la marcha.

Ante ellos se extendía una cuesta de girasoles más altos que Edgar, hilera tras hilera de enhiestos tallos coronados por desmelenados platos orientados en el mismo ángulo hacia el sol naciente. Anduvieron por el borde del campo de girasoles, para desplazarse con mayor facilidad, hasta que vieron aparecer un coche a lo lejos, sobre el asfalto. Edgar se volvió para echar un último vistazo al desvencijado establo, y entonces se dio una palmada en la pierna y todos se agacharon entre dos filas interminables de tallos de girasol.

En las afueras de Lute

Recorrieron la mitad del campo antes de que los girasoles dieran paso a un espacio abierto, donde Edgar se detuvo para mirar a su alrededor. Al pie de la cuesta, el campo terminaba en una granja poblada de árboles. La casa era simple y cuadrada, con ventanas abuhardilladas en el techo y sencillas tejas marrones de asfalto. Un largo sendero para coches describía una curva detrás de la casa y se detenía delante de una construcción independiente, que parecía una cuadra o un cobertizo. Delante de ella había un coche viejo y maltrecho sobre unos bloques de hormigón. No se veía a nadie caminando, ni había perros tumbados en el porche trasero, ni salía ningún ruido del pequeño establo del fondo. Lo único que oía Edgar era el zumbido colectivo de miles de abejas mientras recolectaban el néctar pegajoso que resplandecía en las cabezas de los girasoles. El campo en sí mismo era largo y estrecho, una especie de callejón limitado a un lado por una alambrada y al otro por un denso tramo de bosque. Por encima de las copas de los árboles se levantaba sobre su torre un depósito de agua, verde y abombado. En el cielo, unos cúmulos ampliamente esparcidos languidecían sobre el paisaje en diferentes matices de blanco y azul, trazando con sus sombras los contornos del campo. En el depósito, pintado en grandes letras blancas, podía leerse el nombre de un pueblo: Lute.

Edgar llamó a los perros a su lado con una palmada, les sostuvo el hocico con la mano y les pasó la yema de los dedos por las encías para ver si tenían sed. Eso le permitió calibrar además si *Tesis* estaba de humor para quedarse o marcharse por su cuenta, y si *Candil* y *Babú* estaban inquietos. Cuando estuvo convencido de que le obedecerían (cuando los cuatro estuvieron de acuerdo en ese aspecto), se encaminó con ellos hasta el límite del campo.

Su breve experiencia como ladrón le había enseñado a no perder mucho tiempo especulando si una casa parecía vacía o realmente lo estaba; lo más sencillo era acercarse y llamar a la puerta. Si oía que alguien se movía dentro, siempre podía salir corriendo. Además, el hambre lo volvía temerario. Ordenó a los perros que se echaran y se quedaran quietos (*Tesis* intentó seguir caminando hasta el último momento –iban a tener que volver a practicarlo–) y él se dirigió hacia la puerta trasera con su forma de andar más inocente. Dentro de la casa no se oían voces, ni la radio, ni la televisión. El bastidor de la pequeña ventana cuadrada que había junto a la puerta estaba bajado y cerrado con seguro.

Llamó con los nudillos. Al cabo de un minuto (tiempo suficiente para que alguien se levantara de la cama y empezara a recorrer la habitación, o para que alguien gritara «¿Quién es?», o para que un perro comenzara a ladrar), abrió la puerta de malla metálica y probó el picaporte interior. Para su sorpresa, la puerta se abrió hacia adentro y le reveló una pulcra cocina con suelo de linóleo y un felpudo navideño al otro lado del umbral. El chico se asomó y volvió a golpear la puerta con los nudillos, esta vez más vigorosamente. La única respuesta fue el chasquido del compresor del frigorífico al apagarse.

Edgar volvió a echar un vistazo a su alrededor y a partir de entonces todo fue una loca carrera. Abrió de un tirón la puerta del frigorífico. Latas de cerveza y botellas de Coca-Cola. Cogió una Coca-Cola, revolvió los cajones del armario hasta encontrar un abridor y se llevó a los labios la botella fría. De la encimera junto a la puerta, cogió un pan de molde y una bolsa de patatas fritas y salió de la casa intentando parecer despreocupado, aunque sabía que por el nerviosismo se estaba apoyando demasiado en los talones, como un estúpido. Una mata de hierbas altas junto al borde del campo empezó a sacudirse y Edgar se apresuró a ir hacia allí y a indicar a los perros que ya podían moverse, antes de que lo hicieran sin esperar su orden. No eran tontos; reconocían la comida en cuanto la veían venir.

Desgarró el envoltorio de plástico del pan y distribuyó rebanadas, mientras él tragaba una y después otra, seguidas de largos tragos de Coca-Cola. En un minuto, la mitad del pan había desaparecido. Abrió la bolsa de patatas, saladas y crujientes, y empezó a devorarlas. Los perros intentaron meter el hocico en la bolsa, pero él la cerró con fuerza y procedió a repartir las delicias de una en una, mientras los perros seguían atentamente su mano cada vez que desaparecía en el interior de la bolsa. Sonrió, con trozos de pan y patatas fritas pegados a los dientes. Sólo entonces había comprendido lo hambriento que estaba. La vista de tanta comida lo había llevado al borde del pánico. Había tenido que coger primero alguna cosa pequeña o se habría desvanecido allí mismo, en la cocina.

Volvió a mirar la casa, esperando a medias que alguien saliera finalmente a la puerta y se pusiera a gritar y a agitar el puño. Los perros le jadeaban en la cara, como diciéndole: «¿A qué esperas?» Entonces, echó a correr. No pudo contenerse. Quienquiera que viviera allí podía volver en cualquier momento y entonces la oportunidad se perdería.

Pero la visita no iba a ser elegante, pensó Edgar.

Los perros no habían estado dentro de una casa (ni de ninguna otra construcción) desde hacía semanas. Se pusieron a dar vueltas en el umbral hasta que él les ordenó que pasaran, y aun así entraron con el rabo entre las patas. Edgar llenó un bol grande de plástico con agua del grifo y lo puso en el suelo. Los perros dieron un salto y se pusieron a lamer el agua, olvidando toda timidez, mientras él registraba los armarios y apartaba la comida a medida que la iba encontrando. Cuando abrió el frigorífico, lo primero que vio fue un paquete envuelto en papel blanco de carnicería. «Bratwurst», leyó en la etiqueta impresa con tinta violácea.

Comieron como reyes famélicos. Al cabo de unos minutos se marcharían de esa casa para no volver nunca más, y Edgar estaba dispuesto a dar a los perros todo lo que pudieran tragar. Llevó los bratwurst a la puerta trasera, desgarró el papel y esparció las gomosas salchichas por el suelo del porche. Antes de que dejaran de desenrollarse, los perros ya las estaban devorando. Sobre la mesa de la cocina, había un frasco de miel color caramelo, enturbiada por el azúcar cristalizado. Edgar desenroscó la tapa, la probó con un dedo y después echó una buena cantidad sobre un cuenco de cereales Wheaties, que finalmente regó con abundante leche. Se puso a mirar a los perros mientras tragaba los cereales a cucharadas. Los bratwurst ya casi se habían acabado antes de que él empezara a comer. Los perros se relamieron y lo miraron.

«De acuerdo –signó–. Apartaos.»

Dejó a un lado los cereales, vació el bol del agua y echó dentro el contenido de media docena de latas de sopa de pollo Campbell's y varias latas más de crema de maíz. Cuando terminó sus cereales, los perros también habían dejado limpio el bol. Entonces salió al porche con una bolsa de malvaviscos. Tres brillantes cubos blancos surcaron el aire. Se metió uno en la boca, sonriendo maliciosamente, y empezó otra ronda. Cuando iban por la mitad de los malvaviscos, sintió de pronto que ya no podía más. Indicó con un gesto a los perros que entraran en la cocina y empezó a registrarla metódicamente, clasificando lo que encontraba en provisiones que podía llevar y cosas que era mejor dejar en su sitio. Cuando terminó, sacó una bolsa de papel marrón de supermercado de un montón que había detrás del frigorífico y la llenó con la basura que habían dejado. Guardó el abrelatas en el cajón de la vajilla y volvió a llenar con agua el bol de plástico para que bebieran los perros. Los animales se pusieron de pie letárgicamente, con las barrigas hinchadas. De repente, Edgar pensó que era una estupidez darles tanta comida después de pasar tanto tiempo sin comer. Se arriesgaba a que se indigestaran. Pero también corrían el riesgo de morir de hambre, se dijo. Lavó el bol del agua y lo dejó en el armario, donde lo había encontrado.

Había muy pocas cosas que pudieran llevar: una bolsa de gominolas, un paquete chato de panceta que encontró en el congelador... Mientras buscaba en el congelador, encontró un paquete de carne para estofado, también de carnicería, pero era demasiado grande para llevarlo. Lo puso en el frigorífico, donde antes estaban los bratwurst. En la encimera, junto a la puerta, había un frasco de mermelada, con lápices, bolígrafos y cajas de cerillas dentro. Por pura costumbre, cogió las cerillas («Bar y Grill Lute») y se las guardó en el bolsillo de la camisa. Después registró el aseo que había junto a la cocina. En el botiquín encontró un frasco de antiséptico (se lo guardó), tintura de yodo y mercromina, así como una variedad de tiritas adhesivas dentro de sus envoltorios encerados (las dejó) y un paquete de gasas. Pero no había repelente Off.

Cuando salió, los perros estaban rondando por la cocina. Los hizo salir, se quitó los zapatos embarrados, y entonces lavó los platos, ordenó la cocina, mojó un paño que encontró sobre el respaldo de una silla y lo usó para limpiar las huellas que habían dejado al entrar. Cuando terminó, la cocina había quedado bastante parecida a como la habían encontrado. El reloj de pared marcaba la una y cuarto. Llevó al contenedor de basura que había detrás del cobertizo la bolsa de papel que contenía las pruebas de su delito. Antes de dejarla, levantó una bolsa cubierta de moscas y puso la suya debajo.

Después, se retiró con los perros al campo. Cogió la caña y la bolsa y echó a andar junto a la alambrada. A mitad de la cuesta, el depósito de agua de Lute volvió a hacerse visible. Se oyó un estruendo y Edgar reparó por primera vez en las vías del tren, al pie de un barranco que había junto al campo. Por el sur apareció un tren de mercancías. En la carretera se cerraron las barreras del paso a nivel y sonó la campanilla. Vieron pasar la locomotora y quince vagones. Las vías parecían tocar tangencialmente el pueblo de Lute. Habían tenido suerte, pensó Edgar. Podían intentar seguirlas.

Pero lo harían más tarde. La letargia posprandial se había apoderado de Edgar, que se acercó pesadamente al lugar donde los perros se habían tumbado, a la sombra del árbol solitario que extendía sus ramas sobre la valla. *Candil* estaba acostado panza arriba, con las patas levantadas en actitud de rendición. *Babú* y *Tesis* estaban de cara a la alambrada, con el morro y las patas de lado y los ojos soñadores puestos en el horizonte. Cuando Edgar se les unió, *Tesis* expulsó un sonoro eructo, se relamió y se giró hacia el otro lado. Así también se sentía Edgar. Los girasoles los ocultaban perfectamente de la casa. El chico se sentó junto a *Babú* y se puso a acariciarle el cuello hasta que al perro se le cerraron los ojos. Después, se acostó en la hierba.

Cuando despertó, enormes nubes cuneiformes habían invadido el cielo y, entre ellas, grandes haces inclinados de luz vespertina se derramaban sobre el suelo. Bostezó y se sentó. Miró a su alrededor. Aunque la tarde se encaminaba a su fin, calculó que todavía quedaban una o dos horas de luz. Si se ponían en marcha en seguida y no tenían problemas para avanzar, podrían andar unos cuantos kilómetros antes de que fuera otra vez hora de acostarse. La cabeza le palpitaba por el exceso de sueño, el atracón o las dos cosas a la vez. También los perros parecían embotados. Se pusieron de pie, bostezaron, se sacudieron y, de alguna manera, acabaron otra vez tumbados en el suelo. Edgar los dejó descansar y bajó la cuesta para echar otro vistazo a la casa.

Acababa de volver alguien. Había un sedán de aspecto corriente aparcado junto al porche, con el maletero abierto, y un hombre alto y flaco, de unos treinta años, sacando bolsas de supermercado de su interior. El hombre ya había estado dentro de la casa, ya que la puerta trasera estaba abierta, pero no parecía alarmado. Edgar sonrió para sus adentros. Había empezado a enorgullecerse de su estilo como ladrón. Lo había convertido en una especie de juego: ¿cuánto podía sustraer sin que nadie lo notara? ¿Cómo podía ordenarlo todo para ocultar lo que faltaba? Nadie pensaba que un ladrón podía irrumpir en su casa para llevarse un poco de comida. La gente esperaba que la saquearan, que se llevaran el televisor, el dinero y el coche, y que le dejaran los cajones de la cómoda tirados y los colchones por el suelo. ¿Qué ladrón robaba media barra de pan de molde y limpiaba la casa antes de irse? Edgar y los perros se habían dado un atracón en el mismo sitio donde ese hombre estaba descargando la compra, y había cierta probabilidad de que él ni siquiera lo notara.

Cuando volvió, Edgar encontró a los perros olisqueando con gran interés el paquete de panceta que había cogido en la cocina de la casa. Los miró con incredulidad, meneando la cabeza. Él, por su parte, se sentía como una de esas serpientes que se tragan un cerdo entero. Aunque la comida no llegaba a salírsele por las orejas, la sola idea de meterse algo más en la barriga le parecía ridícula. Echó a los perros, que se apartaron y se lo quedaron mirando, mientras guardaba en la bolsa su botín. Después, recogió la caña de pescar y bajó con los perros al barranco.

Las vías se curvaban hacia el noroeste. Edgar había leído que, para saber si venía un tren, había que apoyar una oreja sobre uno de los raíles. Lo intentó, y la barra metálica estaba caliente, pero silenciosa. Los cuatro siguieron las vías a paso rápido y se alejaron lo suficiente como para que cualquiera que los viera desde un coche apenas les prestara atención; después de todo, no eran más que un niño y unos perros. Mientras caía la noche, Edgar continuó andando sobre las traviesas, contento e incluso levemente orgulloso por el éxito del asalto a la granja. A ambos lados de las vías se extendía un bosque de matorrales. Más adelante, a lo lejos, un puente descubierto aguardaba en la penumbra. El chico empezó a recordar historias de gente atropellada por el tren mientras recorría la vía y se preguntó si sería posible que pasara algo así. ¿Acaso no oirían al tren atronando en su dirección mucho antes de verlo aparecer? Deseó que pasara alguno para poder contar los segundos entre el primer ruido y la llegada.

Ésos eran sus pensamientos cuando *Candil* soltó el primer chillido, un gemido de sorpresa y dolor que al instante le hizo sentir a Edgar un nudo en el estómago. Sabía dónde estaba cada uno de los perros: *Tesis* y *Babú* estaban a su lado, curioseando con la nariz entre las traviesas, tan satisfechos y perdidos en sus pensamientos como él, pero *Candil* había bajado por el terraplén para investigar alguna cosa en medio de una mata de espadañas; probablemente ranas, había pensado Edgar. Incluso recordaba haber visto, por el rabillo del ojo, que *Candil* se ponía en guardia y saltaba. Pero tenía la atención concentrada en la vía, imaginando trenes que se acercaban a toda máquina. El movimiento de *Candil* le había parecido corriente. Los perros saltaban docenas de veces al día para intentar atrapar sapos, ranas, ratones campestres, saltamontes y Dios sabe cuántas cosas más.

Pero esa vez *Candil* dejó escapar un chillido agudo y retrocedió. Edgar se lo quedó mirando, incapaz al principio de moverse, mientras el perro trataba de apoyar la pata. Finalmente, el animal volvió a chillar y se tumbó entre las espadañas, con la pata derecha en el aire y golpeándola repetidamente con la izquierda.

«Mordedura de serpiente», fue el primer pensamiento coherente de Edgar. De algún modo, la idea puso fin a su parálisis. Atravesó los matorrales que se extendían al pie del terraplén y cayó de rodillas junto a *Candil*, pero antes incluso de tocar al perro vio el trozo de vidrio azul verdoso, sucio y de bordes irregulares, que tenía clavado en la base de la pata, con la punta fina y afilada asomando al otro lado. Por reflejo, Edgar le agarró el hocico a *Candil*. En los días siguientes recordaría ese movimiento instintivo y pensaría que al menos había hecho algo bien, porque el perro había estado a punto de morder el cristal y se habría herido la boca tanto o más que la pata.

Candil se sacudió para soltarse e intentó ponerse de pie, pero Edgar le pasó una pierna por encima y lo hizo rodar por el suelo. El perro se agitaba de un lado para otro, esparciendo por encima de ambos un fino rocío carmesí. Entonces, Edgar sintió los colmillos del animal en el antebrazo, pero no tenía tiempo de ver si le había mordido, ni si era grave la herida. De algún modo, consiguió afirmarse de rodillas encima del perro. *Tesis* y *Babú* habían bajado por el terraplén y estaban danzando en torno al hocico de *Candil*, lamiéndole la boca, preocupados. Por un momento, mientras miraba a los otros perros, *Candil* aflojó la tensión. «Ahora», pensó Edgar, convencido de que quizá no tendría otra oportunidad. Agarró firmemente la pata de *Candil*, cogió entre el índice y el pulgar la cuña de vidrio de bordes aserrados y tiró con fuerza. Hubo una horrible sensación de sierra cuando la punta afilada volvió a hundirse en la pata de *Candil*. El tacto del vidrio era resbaladizo por la sangre y el barro, y el pulgar de Edgar se deslizó por el borde cortante. Si *Candil* no hubiera intentado retirar la pata, el dolor que Edgar sintió en el pulgar lo habría hecho soltar el vidrio antes de arrancarlo. Sintió los colmillos de

Candil en el antebrazo, esta vez con más violencia, pero para entonces ya estaba hecho. Tiró al suelo el trozo de vidrio, rodó hacia un lado y se quedó tumbado, apretándose la mano y observando la incisión irregular que le había aparecido en la yema del dedo pulgar. El corte le quemaba como si le hubiera caído ácido en el dedo, y tuvo que sacudir la mano para aliviar el ardor.

Candil se alejó cojeando y se desplomó cerca del terraplén. Si la sensación de Edgar en el pulgar podía considerarse un indicativo, entonces el padecimiento de *Candil* debía de ser agónico. Apretándose el pulgar con el puño, Edgar corrió hacia el perro con la sangre chorreando entre los dedos. Se sentó, jadeando. *Tesis* y *Babú* se habían ido a curiosear entre las espadañas y agitaban lentamente la cola. El chico volvió a ponerse de pie y corrió hacia ellos, espantado ante la idea de que hubiera más cristales rotos, y dio palmadas hasta que la camisa le quedó salpicada de sangre. Dirigió a los perros de vuelta junto a *Candil* y los animales se pusieron a olfatearle las patas y los costados hasta estar seguros de haber localizado la herida.

El trozo de vidrio estaba tirado entre la maleza. Edgar lo recogió. El lado más ancho tenía tres surcos paralelos: la rosca para ajustar una tapa. Era un fragmento de un frasco de mermelada o algo parecido, arrojado a los matorrales desde un tren que pasaba o tirado quizá por algún otro caminante que seguía las vías. Estaba cubierto de sangre y de barro. Edgar lo lanzó coléricamente hacia las espadañas e hizo un esfuerzo para extender el pulgar y echar un vistazo a la herida. Sintió un golpe y de repente se encontró sentado en el suelo. *Tesis* le lamía la cara y lo empujaba con el hocico. Cuando la cabeza dejó de darle vueltas, se obligó a ponerse de pie, pero se tambaleó y cayó de rodillas.

«Un momento —pensó mientras hacía una inspiración—. Inténtalo de nuevo.»

Al siguiente intento, consiguió mantenerse de pie. Fue andando con paso inseguro hacia *Candil*, que estaba echado y tenía la pata recogida hacia dentro, como acunando alguna parte huérfana de su cuerpo, mientras se lamía lastimosamente las almohadillas de la pata. La piel entera se le contrajo cuando Edgar le apoyó la mano encima. El perro dejó por un momento de contemplarse la herida para mirar al chico. Con la mano buena, Edgar lo acarició desde la cabeza, bajando por la columna. Le palpó las patas traseras con la esperanza de prepararlo para lo que se avecinaba. Después volvió a pasarle la mano por la pata delantera, hasta llegar a la almohadilla herida, sin una sola protesta por parte del perro, aparte de un breve gruñido de aprensión y un lametazo.

En medio de la almohadilla triangular central, había una herida en forma de luna creciente que rezumaba sangre y suciedad. Edgar no intentó tocarla, pero lentamente, muy lentamente, hizo rotar la pata para ver el pelo manchado de sangre que había al otro lado. Con gran delicadeza, le tocó a *Candil* las puntas de las uñas, una tras otra, mientras le manipulaba los dedos. Cuando tocó el segundo dedo, *Candil* gimió y sacudió la pata. Ahí estaba, entonces. Tenía algo en el segundo dedo. Quizá no fuera el hueso, pero había otras cosas ahí dentro, como ligamentos, tendones y músculos diminutos.

Le soltó la pata a *Candil* y se puso a acariciarlo, tratando de pensar. Probó a flexionar el pulgar. No le dolía más que cuando estaba extendido, lo que era una buena señal, pero era probable que los dos necesitaran puntos de sutura. Se puso de pie, todavía un poco mareado, y retrocedió unos pasos, llevándose consigo a *Tesis* y a *Babú*. Desde el suelo, *Candil* lo miraba, como si supiera lo que Edgar iba a pedirle.

«Ven», signó el chico.

Candil lo miró y gimió. Después se levantó sobre tres patas, manteniendo la pata herida en el aire y empujándola con la nariz como si fuera un objeto roto.

Edgar se arrodilló.

«Lo siento –signó–, pero tenemos que hacerlo.»

Entonces, volvió a llamar a *Candil*.

El perro apoyó la pata en el suelo y la levantó de una sacudida. Dio un paso vacilante, miró a Edgar y volvió a intentarlo. Cuando finalmente llegó hasta donde estaba el chico, se desplomó, jadeando y evitando su mirada, incluso cuando él le puso la cara delante de la suya.

«Quizá esté a punto de desmayarse», pensó Edgar.

Le pasó la yema de un dedo por las encías y vio que estaban húmedas, lo que era bueno, pero estaba claro que el perro no podía andar. Edgar lo hizo ponerse de pie deslizándole una mano por debajo del vientre. Le pasó un brazo por detrás de las patas traseras y el otro bajo el pecho, con cuidado para no tocar la pata colgante. Sabía que, si lo hacía mal, *Candil* podía morderle de puro pánico, y que si lo dejaba caer, no tendría una segunda oportunidad. Pero el perro no hizo más que jadearle en la cara y esperar hasta que Edgar se puso de pie.

Lentamente, el chico subió la cuesta del terraplén de la vía, afirmando la punta de cada zapato en la grava antes de atreverse a apoyar el peso del cuerpo. Una vez arriba, sólo pudo avanzar a pequeños pasos por miedo a tropezar con una traviesa. El pulgar le palpitaba como si estuviera a punto de estallar. *Candil* le colgaba en los brazos como un peso muerto, como si hubiera llegado a la conclusión de que así tenían que ser las cosas. Eso solo fue suficiente para que Edgar comprendiera la gravedad de la herida.

Entonces recordó la caña Zebco y la bolsa de pesca, abandonados junto a la vía. No volvió a buscarlas. De todos modos, habría sido imposible cargarlas y la oscuridad se estaba volviendo total. Tendría que regresar sobre sus pasos más adelante. A lo lejos, unos faros brillaron y después se desvanecieron cuando un coche cruzó la vía, al pie del barranco al que habían bajado.

Fijó la vista en ese punto y dio un paso más.

Antes de llegar a la carretera, tuvo que bajar tres veces a *Candil* al suelo para que se le aflojaran los nudos que sentía en la espalda. El perro era pesado: cuarenta kilos o más, bastante más de la mitad de lo que pesaba Edgar. Cada vez que paraban, *Candil* intentaba caminar, pero sólo conseguía tambalearse unos cuantos metros más antes de desplomarse. Por suerte (si es que podía llamarse así), sólo habían recorrido un kilómetro y medio por la vía. *Tesis* y *Babú* se habían mantenido cerca, lo que también era bueno, porque Edgar no podría haberlos llamado con los brazos ocupados.

Recogió a *Candil* y empezaron de nuevo.

Finalmente, llegaron a la carretera desierta. La única luz procedía de la ventanas de la casita cuadrada junto al campo de girasoles. La adrenalina que al principio había impulsado a Edgar se había retirado, y el chico avanzaba con paso vacilante, con *Candil* en brazos. El asfalto bajo sus pies era agradablemente llano y liso. Cuando llegaron al buzón de la casa, Edgar subió por el sendero, bajo la hilera de árboles altos del jardín delantero. El aire en torno a la casa bullía de luciérnagas. Un escarabajo volador pasó zumbando a su lado. *Tesis* y *Babú* echaron a correr y doblaron la esquina de la casa. En cuanto desaparecieron, *Candil* empezó a retorcerse y Edgar apretó el paso.

Tesis y *Babú* estaban dando vueltas por el oscuro porche trasero cuando él llegó. Se arrodilló y, con cuidado, depositó a *Candil* sobre las tablas del suelo. Después, llamó suavemente con una palmada, condujo a *Tesis* y a *Babú* unos metros más allá, sobre la hierba, y les indicó que se echaran.

Cuando se volvió, la cara de un hombre había aparecido en la ventana, sobre el fregadero de la cocina. La luz del porche se encendió. Edgar miró a los perros. Estaban en su sitio, observando con atención. La puerta interior se abrió y el hombre que esa tarde había visto descargando del coche bolsas de supermercado lo miró a través de la malla metálica.

—¿Qué quieres? —dijo.

Entonces vio a *Candil*, jadeando en el suelo del porche. Miró a Edgar y vio la sangre.

—¿Has sufrido un accidente?

Edgar negó con la cabeza y signó una respuesta.

El hombre no entendería los signos, pero de alguna manera había que empezar. Con suerte, comprendería que Edgar intentaba decirle algo con las manos.

«Mi perro está herido. Necesitamos ayuda.»

El hombre miró las manos de Edgar y el chico esperó a que entendiera lo que estaba pasando.

—Eres sordo —dijo el hombre.

Edgar negó con la cabeza.

—¿Puedes oírme?

«Sí.»

Entonces, el chico se señaló la garganta y negó con la cabeza. Hizo el gesto de escribir sobre la palma de la mano. El hombre lo miró con expresión vacía y finalmente dijo:

—¡Ah! Ya lo entiendo. De acuerdo, espera un segundo —dijo, y desapareció dentro de la casa mientras Edgar se quedaba mirando la cocina que había saqueado esa misma mañana.

Las piernas le temblaban mientras aguardaba. Se arrodilló junto a *Candil* y le acarició el cuello. El perro se daba largos lengüetazos en la pata herida, con la mirada vidriosa y desenfocada, como si tuviera la vista fija en otro mundo. A la luz amarilla del porche, su pelaje ensangrentado parecía negro y brillante. Entonces, Edgar se acercó a *Tesis* y a *Babú* y les pasó cariñosamente la mano por debajo de la barbilla, como lo habría hecho si todo hubiese estado bien, y juntos se quedaron mirando la puerta.

El hombre regresó. Estaba de pie, detrás de la puerta de malla metálica, con un lápiz y un bloc de notas en la mano. Miró a *Candil* y después a

Edgar, agachado entre los otros dos perros. Era evidente que antes no había visto a *Tesis* y a *Babú*.

—¡Vaya! —exclamó.

Extendió la mano, con la palma hacia delante, como si intentara que nada se moviera, mientras asimilaba la situación.

—Bien. Muy bien. Ya veo que esto no es en absoluto... corriente —dijo mientras fijaba en *Tesis* y *Babú* una mirada cautelosa—. ¿Son mansos?

Edgar asintió. Para que el hombre se quedara tranquilo, se volvió y les indicó que permanecieran quietos. El hombre tenía cierto aire lúgubre, pensó. Era extraño pensar algo así de alguien que acababa de conocer, pero percibía en él una aura inequívoca de resignación, como si fuera uno de esos personajes de tebeo que van siempre por ahí con una nube de tormenta dibujada sobre la cabeza, uno de esos que pierden el billetero cuando se agachan para recoger una moneda. La reacción del hombre ante *Tesis* y *Babú* no hizo más que reforzar su impresión, como si a esa persona le pareciera normal encontrar cualquier día una jauría de perros feroces apostados delante de su puerta. No sonreía (su expresión era reservada, aunque no hostil), pero tampoco fruncía el ceño. Sus ojos parecían expresar, si es que expresaban algo, cierta desconfianza benigna, resultado de toda una vida de decepciones.

—Bien —dijo—. Ya veo que están adiestrados. Pero ¿son mansos?

«Sí.»

El hombre dirigió la vista a la oscuridad.

—¿Hay alguno más ahí fuera?

Edgar negó con la cabeza, y habría sonreído si la angustia no le hubiera estado atenazando el estómago. El hombre abrió la puerta de malla metálica y salió, mirando a los perros con expresión dubitativa. Edgar cogió el lápiz y el bloc de notas.

«Mi perro se ha hecho un corte en la pata. Necesito agua para limpiarlo y un cazo o un cubo.»

Los dos bajaron la vista en dirección a *Candil*.

—¿Hay alguna persona herida?

«No.»

—Debería llamar a un médico —dijo el hombre.

Edgar sacudió la cabeza con vehemencia.

—¿Por qué no puedes hablar? ¿Te has hecho daño en la garganta o algo?

«No.»

—¿Eres así?

«Sí.»

El hombre estuvo pensando unos segundos.

—Bien. Espera un momento. Ahora vuelvo —dijo.

Entró en la casa. Edgar oyó un tintineo y unos golpes, y después el ruido del agua que salía del grifo de la cocina. Al cabo de un instante, el hombre volvió con una jofaina esmaltada, derramando agua por los bordes. Traía doblada bajo el brazo una toalla azul andrajosa.

—Aquí tienes —dijo mientras depositaba la jofaina sobre las tablas del porche—. Está tibia. Puedes empezar con esto. Te traeré un cubo y veré si tengo algo más.

Edgar le llevó la jofaina a *Candil*, sacó un poco de agua con la mano ahuecada y se la dio para que la oliera. *Candil* estaba jadeando con fuerza y le lamió el agua de la mano. Edgar metió la toalla en el agua y le pasó la mano al perro por la pata. El animal gimió y empujó angustiosamente el brazo de Edgar con el hocico, pero dejó que le limpiara la pata. El chico volvió a meter el trapo en la jofaina para enjuagarlo y el agua se volvió turbia y marrón. Apretó varias veces la toalla contra la almohadilla de la pata de *Candil* y, cada vez que lo hacía, le apoyaba la cara contra el hocico. En cada ocasión, el trapo salía impregnado de una mezcla de sangre y barro.

El hombre salió otra vez, con un cubo metálico en la mano, y se dirigió hacia un grifo que se proyectaba desde la base de la casa y que rechinó cuando lo abrió. Salió un chorro de agua fresca. Mientras el cubo se llenaba, se volvió hacia Edgar.

—¿Se asustará el perro si te lo llevo?

Edgar tenía la mano apoyada sobre el lomo de *Candil*. No creía que la aproximación de un desconocido fuera a asustarlo, pero la pregunta era buena e hizo que mejorara un poco la opinión que tenía del hombre.

«No.»

El hombre le acercó el cubo, lo depositó a una distancia prudente y se sentó. El agua de la jofaina esmaltada se había vuelto marrón y estaba llena de piedrecillas. El hombre recogió el recipiente, tiró el agua sucia, lo llenó con el agua del cubo y se lo devolvió.

Tesis y *Babú* gruñeron detrás de Edgar. Había sido un error colocarlos a su espalda, porque de ese modo era más probable que abandonaran la posición sólo por curiosidad. El chico enderezó la espalda, sin apartar una mano del cuello de *Candil*, y le indicó por señas al hombre que se quedara quieto. El hombre asintió. Edgar se volvió y miró a los otros dos perros, que metieron las patas bajo el cuerpo y le sostuvieron la mirada.

«Aquí», signó.

Se levantaron de un salto. A Edgar le preocupaba que *Candil* olvidara la herida y se levantara para salir al encuentro de sus compañeros, pero la presión de su mano entre los omóplatos del perro fue suficiente para que se quedara quieto. *Tesis* y *Babú* se les acercaron rápidamente, con las cabezas echadas hacia atrás, para llegar cuanto antes junto a ellos, sin perder oportunidad de observar detenidamente al desconocido.

—Espero que no mintieras cuando dijiste que eran mansos —dijo el hombre.

Estaba sentado muy recto, tratando de mirar a la vez a los dos perros. Finalmente, dejó de intentarlo y se limitó a observar a cualquiera de los perros que tuviera delante.

—¡Dios mío! —masculló—. ¡Tranquilos, tranquilos!

Cuando Edgar consideró que ya habían saciado su curiosidad, dio una palmada y les señaló un punto cercano en la hierba. Al principio se negaron, pero el chico dio otra palmada y entonces, gruñendo, le obedecieron. Había elegido un lugar desde el cual podrían seguir lo que estaba pasando, y notó que se relajaban cuando comprendieron que podían establecer contacto visual con él. Entonces volvió a limpiar la pata de *Candil*. El agua había vuelto a ensuciarse, aunque esta vez estaba más roja que marrón.

—Tú también estás herido —dijo el hombre.

Edgar asintió. El pulgar le quemaba cada vez que lo metía en el agua, pero le recordaba lo que debía de sentir *Candil* cada vez que le ponía la toalla mojada sobre la pata.

—¿Qué ha pasado?

Edgar dejó de lavar la pata de *Candil* el tiempo suficiente para hacer la mímica de clavar dos dedos de una mano en la palma de la otra.

—¡Ah! ¡Uf! —exclamó el hombre.

Se quedó un rato mirando en silencio.

—Ya —dijo por fin—. ¿Sabes qué? Voy a ir a ver qué tengo en el botiquín. Ven, dame eso. —Tendió la mano y volvió a cambiar el agua de la jofaina—. Puede que tenga mercromina o agua oxigenada.

Edgar estaba totalmente concentrado en la pata de *Candil*. Le había quitado casi toda la suciedad y sólo le faltaba limpiarle entre los dedos y alrededor de la almohadilla. Manipuló la pata del perro para sumergirla totalmente en la jofaina, y el agua se volvió marrón. *Candil* gimió y se sacudió, pero Edgar le pasó lentamente los dedos entre los suyos. Tuvo que cambiar el agua varias veces durante la ausencia del hombre.

Al cabo de un momento, el hombre estaba agachado delante de ellos. Dejó en el suelo un cazo metálico tapado con papel de aluminio, sobre el cual había una colección de frascos procedentes del botiquín. Uno de ellos era de paracetamol. Lo abrió y sacó dos cápsulas.

—Quizá deberías tomarte un par de éstas —dijo.

Edgar las lanzó de inmediato al fondo de la boca de *Candil*, le levantó el hocico y le acarició la garganta, hasta que el perro sacó la lengua y se lamió la nariz. Después, el chico recogió un poco de agua limpia del cubo con la mano ahuecada y dejó que el perro la lamiera. El hombre hizo un gesto afirmativo y sacó otras dos cápsulas, que Edgar tragó rápidamente.

—Muy bien —dijo—. También tengo una cosa que puede interesar a estos dos.

Levantó el papel de aluminio y cogió entre el índice y el pulgar un trozo de carne estofada, la misma que Edgar había sacado del congelador esa mañana para reemplazar los bratwurst robados.

—Acabo de prepararla. Todavía está un poco caliente.

Edgar asintió con la cabeza y dejó que los dos observadores abandonaran la posición. En otra época —recordó—, los perros habrían buscado su mirada antes de aceptar comida de un desconocido. Estaban adiestrados para comportarse así en el pueblo. Pero eso era un vestigio de una vida desvanecida hacía tiempo, desechada por animales que cazaban ranas y serpientes y devoraban huevos de tortuga a punto de eclosionar. *Tesis* y *Babú* se situaron a los lados del hombre con las orejas erguidas, aguardando su turno, mientras él arrojaba a la hierba trozos de carne reluciente. El hombre actuaba casi con timidez bajo la mirada combinada de los dos animales. Con aprensión, dejó que *Candil* comiera la carne directamente de su mano. Pero Edgar agradecía cualquier distracción que le permitiera lavar más a fondo la pata del perro. Cuando la carne se terminó, el hombre permitió que *Candil* le lamiera la salsa de los dedos; después empujó el cazo con un pie para que los otros perros lo limpiaran. Tenía una mueca irónica en la cara. Edgar tuvo la sensación de que ésa era la expresión más feliz que podía componer.

—Llámalo como quieras —dijo el hombre—, pero esto no es nada corriente.

Henry

Como Edgar tenía las manos ocupadas, la conversación era bastante unilateral. *Tesis* y *Babú* estaban tumbados en la hierba, saciados, observando los acontecimientos a la luz de la farola del porche, cruzada por infinidad de polillas. Edgar le levantó la pata a *Candil* y examinó la herida en carne viva en el centro de la almohadilla en forma de corazón.

—¡Qué mala pinta tiene eso! —dijo el hombre mientras el chico le aplicaba la toalla sobre la pata a *Candil*—. Tendrá suerte si puede usarla de nuevo para caminar.

Al cabo de un momento más de reflexión, añadió:

—Tu dedo pulgar tampoco tiene muy buen aspecto.

Edgar cambió el agua de la jofaina esmaltada y siguió lavándole la pata a *Candil*. Hilos de sangre se difundieron por el recipiente. El agua del grifo del patio estaba helada, pero eso era bueno; cuanto más fría, mejor. Si él casi no sentía la mano, quizá *Candil* tampoco sintiera la herida.

Le repasó los huesos de la pata, levantándole los dedos y presionándolos como si fueran las teclas de un piano, recorriéndole las uñas con las suyas propias e insertando los dedos en los blandos huecos entre las almohadillas. Con mucha suavidad, abrió la incisión para que el propio perro le indicara dónde le dolía. Cuando *Candil* retiró la pata, Edgar cerró los ojos y apoyó la cara contra el cuello del animal mientras le acariciaba el pecho y la barbilla, escuchando el torrente de la sangre bajo la piel, para hacerle comprender lo importante que era el agua y preguntarle si podían intentarlo de nuevo. Al cabo de un momento, *Candil* le dejó que le levantara la pata y volviera a meterla en la jofaina. El chico esperó un momento, hasta que se le durmieron los dedos, y entonces volvió a abrir la herida y a dejar que el agua penetrara para limpiarla.

Cuando abrió los ojos, la jofaina volvía a estar llena de agua fría y limpia.

—Impresionante —dijo el hombre—. A veces no distingo si eres tú o si es el perro el que mueve la pata.

Edgar asintió.

—Lo conoces muy bien, ¿verdad?

«Sí.»

—¿A los otros perros también?

«Sí.»

—¿No te importa que te haya mordido en el brazo?

Edgar negó con la cabeza. «No, no.»

Siguió trabajando con la pata de *Candil*. Cuando el agua quedó limpia, se puso a estudiar las medicinas que yacían en el suelo del porche. Echó el agua oxigenada en la jofaina y se la derramó a *Candil* sobre la pata. Se formó espuma sobre la almohadilla herida y en la arrugada carne blanca del pulgar de Edgar. Cuando el agua oxigenada dejó de burbujear, apoyó la pata de *Candil* sobre su pierna y empezó a secarla. El hombre entró en la casa y regresó con una toalla, un trapo y unas tijeras.

—No tengo gasas, pero si quieres, puedes vendarlo con esto —dijo.

Edgar asintió y cogió el lápiz y el bloc de notas.

«¿Tienes un calcetín?», escribió.

—Sí, claro —dijo el hombre antes de desaparecer otra vez dentro de la casa.

Edgar cortó el paño en tiras, le vendó la pata a *Candil* y anudó los extremos de la venda para que no se soltara. El hombre volvió con un calcetín blanco en la mano. Edgar lo ató con la última tira.

—Bueno —dijo el hombre—. Tengo que acostarme. Mañana trabajo. —Miró a los perros con expresión dubitativa—. Supongo que no querrás entrar en la casa sin ellos...

«No.»

El hombre asintió, como aceptando una más de una larga serie de humillaciones.

—Dime que están acostumbrados a estar dentro de una casa. Miénteme, si es preciso.

Edgar asintió.

—Muy bien, podéis entrar. Por la mañana veremos lo que hacemos.

Edgar llamó a *Babú* y a *Tesis* y les lavó apresuradamente las patas. El hombre sujetó la puerta con sombría solemnidad mientras los perros se acercaban, levantaban los hocicos en el umbral para olfatear el aire y se dirigían trotando a la cocina. Edgar se arrodilló, se acomodó a *Candil* en los brazos y entró de lado por la puerta, con paso vacilante.

—A la izquierda —dijo el hombre.

El chico recorrió de costado un corto pasillo mientras *Candil* olisqueaba al pasar los abrigos colgados en un perchero. Se encontró entonces en un cuarto de estar, donde había un sofá, un sillón, una librería y un televisor con un fonógrafo encima. El suelo era de madera de buena calidad, pero estaba gastado, lleno de surcos y oscurecido por los años. Depositó a *Candil* sobre una alfombra, delante del sofá. El perro intentó ponerse de pie, pero Edgar le levantó con cuidado las patas delanteras y volvió a acostarlo. Cuando el hombre regresó con una almohada y un par de mantas, el chico ya había indicado a todos los perros que se echaran y se estuvieran quietos.

—Aquí tienes —dijo el hombre—. Te agradeceré que duermas encima de una de estas mantas, por el barro y eso...

Edgar se miró y se dio cuenta de que había limpiado a los perros pero él mismo estaba cubierto de una mezcla de tierra y sangre seca.

—Duerme un poco, aunque creo que no hace falta que te lo diga. Te estás tambaleando, ¿lo sabías? Lo malo es que mañana tengo que levantarme temprano para ir a trabajar. Hay un cuarto de baño al lado de la cocina. Te dejaré tiritas y ungüento antibiótico en la mesita esquinera, por si quieres curarte el pulgar.

Edgar asintió.

El hombre echó otro largo vistazo a los perros.

—Si les da por mordisquear algo, intenta dirigirlos hacia ese sillón, ¿quieres? —Señaló con el pulgar una butaca en un rincón, con tapizado marrón y naranja, en el que se distinguían unas figuras de patos—. No lo soporto —añadió.

Edgar lo miró, tratando de averiguar si había sido una broma.

—Por cierto —dijo el hombre—. Me llamo Henry Lamb.

Tendió la mano y Edgar se la estrechó. Henry fue hasta una de las puertas del cuarto de estar, se volvió y lo miró.

—Supongo que no tienes a nadie a quien quieras avisar. ¿Familia? ¿Alguien que venga a buscarte?

«No.»

—Ya —masculló Henry—. Tenía que preguntarlo.

Edgar estaba demasiado cansado para lavarse. Extendió la manta sobre el sofá y se acostó. La cabeza le dolía por la fatiga; el pulgar simplemente le dolía. Cogió las tiritas y se echó ungüento antibiótico sobre la herida abierta e irregular. Aún estaba intentando decidir si tenía fuerzas para levantarse a apagar la luz cuando lo derribó una oleada de cansancio, con el envoltorio de las tiritas y el ungüento todavía apoyados sobre el pecho.

El sofá debería haber sido para él un placer maravilloso, pero en lugar de eso, su sueño estuvo plagado de ausencias. ¿Por qué le ocultaba la noche sus mil y un sonidos? ¿Dónde estaban los perros, que le daban calor en la oscuridad? Anduvo a la deriva al borde del sueño, como una boya lejos de la orilla, hasta que en algún momento de la noche la gran pitón *Kaa* se materializó junto a él y le rodeó las piernas y el pecho con las vueltas iridiscentes de su largo cuerpo. Fue reconfortante encontrar a un personaje conocido, aunque curiosamente la piel reptiliana de *Kaa* tenía el tacto del algodón, era cálida y mullida, y en algunas partes parecía incluso tener cosido un dobladillo. La cuña de la cabeza de *Kaa* se balanceaba delante de su cara siseando frases sin sentido, pero ni siquiera la maestra de la hipnosis consiguió sumirlo más aún en el sueño. Perros ausentes. Silencio sofocante. Vueltas de serpiente.

Cuando los perros empezaron a ladrar, Edgar se levantó de un salto, electrizado por el tono de alarma en sus voces. No se molestó en desenredarse de lo que seguramente era una ficción de sus sueños, pero, de algún modo, *Kaa* había pasado al mundo de la vigilia y había asumido la forma de una manta enroscada con fuerza en torno a sus piernas. Considerando el poco tiempo que mantuvo la posición vertical, fue admirable la cantidad de información que logró reunir: vio a *Tesis,* a *Babú* y a *Candil,* con el pelo erizado y la mirada fija en alguna cosa al otro lado de la habitación; vio a Henry Lamb, el objeto de su atención, envuelto en un andrajoso albornoz de cuadros, de pie en la puerta de su dormitorio, con expresión de asombro en la cara abotargada y, más allá de la ventana del cuarto de estar, vio un precioso amanecer de verano que se derramaba sobre el patio. Después, sólo pudo ver las patas de los sillones y la alfombra, porque estaba demasiado ocupado estrellándose contra el suelo. Los perros se volvieron para mirarlo. Bajaron los hombros y empezaron a barrer el aire con las colas, tragando saliva, jadeando y expresando con sus posturas que probablemente su reacción había sido exagerada. *Babú* apretó el hocico contra la oreja de Edgar y se puso a lloriquear, como pidiendo perdón.

Henry se dejó caer contra el marco de la puerta. Intentó hablar, pero sólo profirió un gruñido. Pasó junto a ellos y entró en la cocina.

—Hay café, si quieres —dijo al cabo de un rato.

Edgar tranquilizó a los perros y se arrodilló al lado de *Candil*. El vendaje seguía en su sitio, lo que sorprendió al chico y a la vez lo preocupó. Si *Candil* hubiera estado sano, se lo habría quitado a mordiscos a lo largo de la noche. Le pasó la mano por debajo del vientre y lo animó a que diera unos pasos.

«Bien —pensó, viendo que mantenía la pata en el aire—. Al menos no intenta apoyarla.»

Cuando entró en la cocina con los perros, Henry estaba sentado a la mesa, con la taza de café entre las manos. Edgar empujó la puerta para abrirla y *Tesis* y *Babú* salieron a trotar por el césped invadido de malas hierbas, entre la casa y el establo. Luego le apoyó la mano en el lomo a *Candil* para guiarlo hacia afuera. Cojeando, el perro dio unos pocos pasos, orinó y volvió al porche. Cuando Edgar entró nuevamente en la cocina, oyó correr el agua de la ducha y vio la taza de Henry vacía sobre la encimera. Se sirvió un poco de café. Encontró leche en el frigorífico y un azucarero al lado de la ventana. El café estaba demasiado cargado y sabía ácido, pero la mala impresión lo ayudó a despertarse. Se sentó en el porche, al lado de *Candil*.

Entonces salió Henry, con las llaves del coche tintineando en una mano y una fiambrera con el almuerzo en la otra.

—¿Has tenido tiempo de pensar en lo que harás hoy? —preguntó mientras se sentaba junto a ellos.

Edgar negó con la cabeza. Era mentira. Precisamente estaba pensando qué hacer durante el día, mientras contemplaba a *Candil* y se preguntaba cuánto le duraría el vendaje si empezaban a caminar, o incluso si podría caminar, aunque fuera un poco.

—¿Cómo está el perro?

Edgar se encogió de hombros.

—Ya. Probablemente es demasiado pronto para saberlo.

Se quedaron sentados, mirando a *Tesis* y a *Babú*.

—Bueno, verás —dijo Henry—. Mientras me estaba duchando, me puse a pensar en lo que haría la mayoría de la gente en mi lugar, en la manera corriente de tratar algo así. Tendría que llamar a la policía, supongo; decirles que tengo a un niño perdido y tres perros en casa. Ésa fue mi reacción instintiva, así que no voy a hacerle caso. Demuestra muy poca imaginación, ¿no crees?

Edgar asintió.

—Así que no voy a hacerlo. Bueno, no creo que vaya a hacerlo.

Henry se volvió para mirar al chico, para mirarlo con intención, aunque Edgar no sabía con seguridad cuál podía ser exactamente esa intención. Volvió a tener la sensación de que había algo entrañable en la sinceridad derrotista de aquel hombre. Henry Lamb veía el mundo lleno de obstáculos y dificultades, o al menos eso parecía. De algún modo, transmitía la impresión de que ninguna mala noticia podía sorprenderlo y de que toda situación escondía una trampa a punto de ser descubierta.

—Mira —dijo Henry—, desde ahora mismo te digo que no soy digno de confianza. Lo fui, pero ya no lo soy. No prometo nada. Actualmente, soy irreflexivo e impredecible.

Lo dijo sin la menor insinuación de ironía.

Edgar parpadeó.

—Voy a dejar la casa abierta. Puedes quedarte si quieres y darle tiempo a tu perro para que se le cure la pata.

Edgar asintió. Permanecieron sentados al borde del porche mirando los girasoles. Era muy temprano por la mañana y el sol apenas empezaba a asomar por el horizonte, pero sus enormes cabezas desmelenadas ya estaban orientadas al este.

—Supongo que no tienes pensado desvalijarme la casa.

Edgar negó con la cabeza.

—Bueno, ¿qué otra cosa ibas a decir? Pero si te echo a patadas y cierro con llave, podrías romper la ventana de una pedrada, ¿y de qué me serviría? Puedo hacer dos cosas: confiar en ti o llamar a la policía y ausentarme casi todo el día del trabajo para ocuparme de este lío.

Se puso de pie con un gruñido y se encaminó hacia el coche.

—Probablemente soy un estúpido. Pero, por si acaso, te diré que no encontrarás dinero ahí dentro, ni nada de valor que puedas llevarte a pie: no hay joyas, ni nada de eso. Tampoco tengo armas. La cocina está bien abastecida, eso sí. Ayer mismo fui a comprar. Come todo lo que quieras; pareces hambriento. No entres en mi dormitorio, y no se te ocurra tocar este coche —añadió, indicando con la mano el vehículo que descansaba sobre los bloques de hormigón–. El televisor no funciona. ¿Algo más que quieras saber?

«No.»

Henry dio marcha atrás con el sedán. Cuando pasó junto a la casa, se detuvo, se inclinó hacia Edgar y bajó la ventanilla del lado del acompañante.

–Si te vas –dijo–, cierra bien la puerta. Pero si te quedas, no la cierres, a menos que quieras esperar fuera hasta que yo vuelva. Sólo tengo un juego más de llaves y está en la mesa de mi despacho, en la oficina.

Bajó por el sendero y después se oyó el sonido de los neumáticos sobre el asfalto, alejándose en dirección a Lute.

Edgar se quedó en el porche, sorbiendo el desagradable café de Henry Lamb. La casa estaba en medio de una bolsa de sombra matinal, detrás del campo de girasoles. Rayos blancos atravesaban el cielo despejado, como si alguien hubiera esparcido azúcar glas por el aire. Un tenue olor a trementina se levantaba de los girasoles.

Tesis y *Babú* curioseaban en torno al perímetro del establo. Cuando *Candil* gimió, Edgar le indicó que podía moverse, y el perro se puso a andar a saltitos. Se detuvo un momento, se estudió solemnemente la pata vendada con el hocico y después perseveró en su empeño hasta alcanzar a los otros perros, apoyando levemente la pata a cada paso. Los perros se olfatearon mutuamente. Después, *Candil* regresó cojeando al porche y se acostó, suspirando.

Viendo cómo se movía el animal, Edgar calculó que tendrían que esperar unas dos semanas para seguir adelante, o incluso tres, y eso suponiendo que la pata no se le infectara y que no tuviera seccionado un tendón o un ligamento de vital importancia que le impidiera volver a caminar normalmente, como con tanta delicadeza había sugerido Henry. Resultaba irónico, porque si alguno de los perros tenía que hacerse daño por la tonta manía de explorar, debería haber sido *Tesis*, y no *Candil*. El pobre había tenido mala suerte, y justamente cuando estaba cazando ranas, algo que hasta entonces nunca había sido peligroso.

¿Qué podían hacer entonces, aparte de aceptar el ofrecimiento de Henry? El hombre no parecía tener la más remota idea de perros. Edgar no creía que imaginara cuánto podía durar la convalecencia de *Candil*, ni cuánta comida se necesitaba para alimentar a ciento cuarenta kilos de perro hambriento todos los días. El chico no tenía dinero para pagar la comida. Sin un lago cerca, ni cabañas que saquear, tampoco podía pescar ni robar.

Además, por si fuera poco, Henry era un tipo bastante extraño. ¿Por qué le había advertido que no era digno de confianza? No era normal decir cosas así. Por otro lado, era bastante evidente que Henry les tenía simpatía. Edgar incluso lo había sorprendido sonriendo después del alboroto de la mañana. O quizá sólo hubiera sido su reacción al ver que Edgar se caía al suelo. Pero aunque Henry hubiera sido sincero en su ofrecimiento, era posible que durante el viaje hacia su lugar de trabajo (dondequiera que fuera) hubiera cambiado de idea. ¿Cómo iba a dejar la casa en manos de un completo desconocido? Probablemente no tardaría en aparecer el coche de policía que habría enviado. Después de varias semanas en el bosque del Chequamegon, Edgar estaba convencido de que en buen estado físico podían eludir a cualquier perseguidor. Pero con *Candil* cojo y con tanto campo abierto a su alrededor les sería imposible huir, a menos que partieran con mucha ventaja.

Ésa era una posibilidad, desde luego. Podían ponerse en marcha en ese mismo instante. La herida de *Candil* volvería más lento su avance, pero no los detendría. La noche anterior había cargado a *Candil* en brazos más de un kilómetro. También era cierto que todavía le dolía la espalda por el esfuerzo, pero podía hacerlo de nuevo si era necesario. ¿Y qué, si sólo podían recorrer un par de kilómetros al día? Si se alejaban un kilómetro y medio de la casa de Henry, siguiendo las vías, sería prácticamente como estar en otro condado, y en cuanto llegaran a un lago, podrían hacer un alto durante mucho tiempo. Hasta ese momento no habían dependido de nadie; ése era el único plan que les había funcionado.

Edgar llamó con una palmada a *Tesis* y a *Babú* y los condujo al interior de la casa. Abrió el grifo de la ducha y se desnudó. Mientras el pequeño espejo del lavabo empezaba a empañarse, se miró: estaba flaco como una ave rapaz, tenía la cara plagada de picaduras de mosquito y el pelo descolorido le colgaba sobre los ojos azules. Las semanas de supervivencia habían quemado en él todo rastro de blandura; parecía un lebrel, tenso y anguloso.

Además, estaba mugriento. La roña del cuello curtido por la intemperie le llegaba hasta los hombros. Después de un rato ajustando la temperatura del agua, se metió en la ducha, corrió la cortina blanca de plástico y se enjabonó. Dejó que el agua humeante le recorriera el cuerpo. Pese a las dosis diarias de Off, era como si cada centímetro cuadrado de su piel hubiera servido de banquete a algún mosquito, tábano o nigua. Cuando se acabó el agua caliente, abrió la cortina. *Tesis* y *Babú* lo observaban con curiosidad desde el pasillo. Él sonrió, cogió una toalla y la agitó ante ellos como un torero.

Después de vestirse, llenó un cuenco con cereales Wheaties, leche y miel, y se lo llevó consigo mientras daba una vuelta por la casa. Las paredes del pasillo estaban cubiertas de fotografías: una pareja mayor, posando sobre un fondo de estudio (los padres de Henry, supuso); unos niños en pijama, cargados de juguetes, junto a un reluciente arbolito de Navidad; un Henry más joven, en el vestíbulo de un edificio grande, con expresión dubitativa, al lado de sus padres... Sobre la mesa esquinera, Edgar reparó en el retrato de una mujer de aspecto angelical, dedicado con florida caligrafía: «Con amor, Belva.» El televisor siguió muerto cuando Edgar intentó encenderlo, pero había un tocadiscos que funcionaba. En la librería encontró una pila de manuales de reparación de automóviles y varias guías de la Bell System. Parecía que Henry trabajaba para la compañía de teléfonos.

La puerta del dormitorio estaba cerrada. Consideró la posibilidad de abrirla, pero todo en la casa parecía cortado por el mismo patrón, y Edgar podía imaginar fácilmente la cama sencilla, las sábanas desarregladas pero no demasiado arrugadas, y el albornoz de cuadros tirado en el suelo. Habría una cómoda, un armario y más retratos de familia en las paredes. Que no entrara en el dormitorio era lo único que le había pedido Henry. Ni siquiera le había pedido que no le robara, aunque Edgar ya lo había hecho, con glotonería y sin una pizca de remordimiento.

El chico volvió a la cocina y se puso a registrarla. Echó en un bol el contenido de cuatro latas de guiso de carne, para *Tesis* y *Babú*, y abrió dos latas de pavo con ravioli para *Candil* y las vació en otro bol. Puso los dos recipientes fuera y, mientras los perros comían, se despegó la tirita del dedo y se examinó la herida. Era fea y profunda, pero la incisión era limpia. Empezó a quitarle el calcetín de la pata a *Candil*. Volvió a ver mentalmente al perro tumbado de espaldas, con la cuña de vidrio atravesada en la pata, y deseó que su imaginación hubiera empeorado la herida y que le pareciera mucho menos grave al verla a la luz del día.

No fue así. En el vendaje se había formado una mancha marrón. *Candil* tiró de las vendas y las lamió mientras Edgar se las quitaba. Con dificultad, hizo rodar al perro de costado y le levantó la pata. La almohadilla se le había hinchado al doble de su tamaño normal. Se obligó a abrir la herida y el premio de su esfuerzo fue la visión escalofriante de la carne rosa y gris, además del atisbo de una especie de cuerda blanca que parecía contraerse. Después, tuvo que parar, en parte porque le daba vueltas la cabeza, pero también porque *Candil* gimió y retiró violentamente la pata, que empezó a lamer con largos y lentos lengüetazos, mientras miraba a Edgar con ojos cargados de reproche.

La jofaina blanca estaba sobre la encimera. La llenó de agua tibia y le añadió cuatro gotas de detergente. *Candil* amenazó con rebelarse cuando Edgar puso el recipiente en el suelo, pero el chico le rodeó el hocico con la mano y lo miró a los ojos.

«Vas a tener que acostumbrarte –signó–. Lo haremos con frecuencia.»

Desde lo alto de la cuesta, en el campo, Edgar vio el coche de Henry detenerse junto al buzón y subir por el sendero. Eran las últimas horas de la tarde, y los perros y él se habían retirado al lugar donde habían dormido la tarde anterior, la mejor solución intermedia que había podido encontrar entre marcharse y quedarse. Aunque *Candil* no podía apoyar ni el más leve peso sobre la pata, se había agitado tanto cuando Edgar había intentado levantarlo en brazos, que el chico lo había dejado en seguida en el suelo, temeroso de que saltara y empeorara aún más la herida. A su pesar, dejó que el perro recorriera solo la línea de la alambrada, aunque tardó más de media hora en completar el trayecto. Sin embargo, en cuanto estuvieron instalados se sintió mucho mejor. Esa mañana se había arriesgado; había ordenado a los perros que se quedaran quietos, mientras él corría por las vías para recuperar la caña Zebco y la bolsa abandonadas en el terraplén. Ahora, todo el equipo de pesca estaba escondido entre los girasoles y, en pocos segundos, también ellos podían esconderse entre las flores, incluso *Candil*.

Abajo, junto a la casa, Henry se apeó del coche, con una bolsa de supermercado bajo el brazo y la fiambrera en la mano. Llamó en voz alta, abrió la puerta trasera y desapareció en el interior. Habían dejado la puerta abierta y la casa vacía, sin una nota de agradecimiento siquiera. Había sido una descortesía, pero Edgar no podía dejar pruebas de haber estado allí con sus perros en caso de que Henry llegara acompañado por..., por quienquiera que pudiera acudir con él o llegara unos minutos después.

Henry volvió a salir al porche, con una cerveza en la mano, y miró a su alrededor. Edgar se agachó y, cuando volvió a levantarse, vio que Henry había salido a la carretera y estaba mirando a lo lejos mientras meneaba la cabeza. Después, sacó del establo una barbacoa y la arrastró hasta el porche. Fue a buscar una bolsa de briquetas y una lata de líquido combustible y, al poco tiempo, las llamas saltaban sobre la semiesfera negra y las ondas de calor reverberaban encima.

Poco después, Henry sacó dos sillas de la cocina y una mesa plegable, que instaló sobre la hierba. Puso platos a los lados de la mesa y ocupó el centro con una bolsa de panecillos de centeno, frascos de ketchup y de mostaza, y una fuente con algo que parecía ensalada de pasta o de patata. Colocó un vaso encima de una pequeña pila de papeles, para que no se volaran, y dejó caer al lado un par de lápices amarillos. Después, abrió un paquete de lo que sólo podían ser bratwurst frescos, dispuso las salchichas sobre la parrilla y colocó al lado una lata abierta de judías guisadas, para que se calentara. Cuando todo se estuvo cociendo satisfactoriamente y una columna de humo se levantaba sobre la barbacoa, Henry se sentó en una de las sillas y desplegó un periódico.

Mientras observaba la escena, Edgar no pudo reprimir una sonrisa. Si los había descubierto, Henry podría haberlos llamado, en lugar de montar todo ese espectáculo. Sin embargo, era probable que Henry no supiera que estaban cerca, ni mucho menos observándolo. Era un interesante acto de fe, viniendo de un hombre que se declaraba irreflexivo e impredecible. En cualquier caso, Edgar lo encontraba increíblemente formal y cumplidor, al verlo preparar la cena e invitar a su mesa a unos huéspedes que ni siquiera estaba seguro de que existieran.

Aunque detestaba admitirlo, el plan de Henry estaba funcionando. Después de la orgiástica comida del día anterior, Edgar había pensado que no volvería a comer en toda la semana, pero se le estaba haciendo la boca agua. Cada vez que miraba, algo nuevo había aparecido en la mesa: pepinillos, agua de cebada, un paquete envuelto en papel de carnicería, algo que parecía tarta de merengue y limón... Sin embargo, no podían bajar al jardín. Excepto esperar, no había ninguna otra forma de asegurarse de que el hombre no había acordado con el sheriff el envío de una patrulla, por ejemplo, a las nueve de la noche, cuando pudiera estar seguro de que estarían en su casa.

Cuando los bratwurst estuvieron listos, Henry cogió con un guante de horno la lata caliente de judías guisadas y la vació en una fuente. Apiló las salchichas en un plato, lo depositó en la mesa plegable y se sirvió los bratwurst con gesto despreocupado, junto con una pila de ensalada de patata y un par de cucharadas de judías guisadas. Después, dobló en cuatro el periódico en una conmoción de pliegues y solapas, cogió uno de los lápices que había sobre la mesa y se puso a resolver el crucigrama. Quizá fuera la imaginación de Edgar, pero el chico estaba convencido de percibir el aroma especiado de las salchichas asadas, que llegaba hasta él desde el pie de la cuesta. No obstante, *Babú* ciertamente podía percibirlo. Se situó junto a Edgar y empezó a jadearle ansiosamente en la oreja. El chico pasó la mano con gesto ausente sobre el lomo del perro.

Había caído la penumbra. Un puñado de estrellas acababa de aparecer en un cielo azul que aún conservaba cierta claridad. Edgar se puso de pie y dio un golpe seco con las palmas para llamar a *Tesis*. Al ver que la perra no aparecía a su lado, comprendió de pronto que *Babú* no había estado jadeando para pedirle comida. Se volvió y batió palmas con mayor vigor. Cuando miró hacia la casa, *Tesis* ya estaba entrando en el círculo de la luz del porche, con la cola cortando hermosamente el aire y las patas delanteras describiendo elegantes círculos, como si corriera al encuentro de un amigo que llevara mucho tiempo sin ver. Henry bajó el periódico mientras *Tesis* terminaba su carrera y se sentaba en posición perfecta, a unos diez centímetros de él.

—¡Hola! ¡Mira quién está aquí! —dijo Henry recostándose en el respaldo de la silla.

Su voz subió la cuesta, transportada por el aire tranquilo de la tarde. Incluso desde lejos, Edgar distinguía la mirada pedigüeña de *Tesis*, la postura impecable, las orejas erguidas y el balanceo de la cola.

Babú, de pie junto al chico, empezó a gemir y a golpear el suelo con las patas.

«Siéntate», signó él.

Con un gruñido amargo, el perro se sentó y después se inclinó a la izquierda para ver mejor. Al cabo de un momento, *Candil* se reunió cojeando con ellos. Los dos olfateaban el aire y sus cabezas subían y bajaban como las de dos marionetas cada vez que Henry hablaba.

«Ahora ya da lo mismo», pensó Edgar. Fue hacia *Candil* y se arrodilló.

«No vas a correr hasta allí abajo con esa pata», le signó.

Lo hizo ponerse de pie, le pasó los brazos por debajo y lo miró a los ojos. Cuando se hubieron entendido, permitió que *Babú* se alejara, afirmó un brazo bajo el vientre de *Candil* y el otro debajo del pecho y se incorporó. *Candil* pesaba mucho, pero su peso se le estaba volviendo familiar, y Edgar bajó la cuesta con pasos lentos y cuidadosos.

Henry bebió un trago de cerveza mientras los observaba acercarse. En los últimos quince metros, *Babú* descartó todo vestigio de discreción y echó a correr hasta sentarse al lado de *Tesis*. Los dos perros miraban alternativamente a Edgar y a Henry. Por fin, *Tesis* se levantó para ir al encuentro de Edgar y *Candil*, sin prestar atención a la mirada de reprobación del chico y moviendo la cabeza como si los estuviera acompañando a una fiesta que se celebrara por su propia iniciativa.

Candil había sido paciente durante el trayecto, pero en ese momento empezó a agitarse en los brazos de Edgar. El chico lo bajó al suelo y el perro cruzó el hocico con *Tesis* y siguió andando a saltitos por la hierba. Al cabo de un instante, los perros rodeaban a Henry. Después de ver todos los preparativos, Edgar esperaba que el hombre lo invitara alegremente a sentarse a la mesa, pero todavía no lo conocía bien.

—Creí que te habías marchado —gruñó Henry, mirándolo por encima de las cabezas de los perros. Después, señaló con un gesto la comida—. Sírvete un bratwurst. Se me han quemado, pero supongo que son mejor que nada.

Cuando Edgar tuvo una salchicha metida en un panecillo y un montón de ensalada de patata en el plato, Henry le señaló el paquete blanco sobre la mesa. El chico lo abrió y encontró tres huesos grandes para hacer caldo, con restos de carne roja cruda pegada y mucho tuétano.

—El tipo de la carnicería me aseguró que son buenos para los perros —dijo.

Edgar asintió. Le dio el paquete a Henry para que él distribuyera los huesos, pero el hombre rechazó la oferta.

—Te lo agradezco, pero tengo pensado usar todos mis dedos mañana —dijo.

Para entonces, los perros habían olido los huesos y estaban esperando. Cuando Edgar se agachó junto a la silla, corrieron a arrebatarle el botín y se alejaron a rechinar los dientes contra los huesos y a imaginar, con la mirada desenfocada, el animal al que debían de haber pertenecido.

Después, como si la llegada de Edgar no revistiera el menor interés, Henry volvió a enfrascarse en su crucigrama. De vez en cuando se recostaba en la silla, daba golpecitos con el lápiz y fijaba la vista en la oscuridad, tan perdido en sus pensamientos como los perros.

Finalmente, dejó el lápiz y abrió otra botella de cerveza.

—Maldita sea —dijo—. Necesito una palabra de once letras que signifique «mariposa». Empieza por «L».

Edgar miró al hombre, cogió un lápiz, escribió «lepidóptero» y empujó el papel a través de la mesa.

Henry miró las casillas del crucigrama.

—¡Bien! —dijo—. ¿Y qué me dices de..., vamos a ver..., una palabra de tres letras que significa «resonancia»?

Edgar pensó un momento y, debajo de la palabra anterior, escribió «eco».

—Sí, sí. También va bien —asintió Henry—. ¡Ajá! ¡«Lenteja»! —exclamó mientras rellenaba otra fila—. Uno horizontal. Palabra de siete letras que significa «celestial, divino». Empieza por «E» y acaba en «O».

Edgar negó con la cabeza.

—Bueno, no importa. He estado cerca. Gracias por la ayuda.

Dejó el periódico, cortó la tarta en seis trozos, le dio uno a Edgar y se sirvió otro para él. Señaló con el tenedor a *Candil*, que estaba muy ocupado royendo el hueso.

—¿Cómo sigue la pata del chucho? —preguntó.

«Mal —escribió Edgar—. Hinchada.»

—El principal peligro es la infección. Lo sabes, ¿no?

«Sí.»

—¿Has vuelto a lavarlo hoy?

Edgar le enseñó cuatro dedos.

Henry asintió.

—No te estoy diciendo nada que no sepas, ¿verdad?

Edgar se encogió de hombros; no quería parecer desagradecido.

El hombre se llevó a la boca el trozo de tarta que tenía en el tenedor y lo miró.

—No quiero inmiscuirme —dijo—, pero las cosas serían un poco más fáciles si me dijeras cómo te llamas.

Edgar estuvo un rato pensando, mortificado, mientras Henry terminaba su trozo de tarta. Pese a todo lo que había pensado y planeado durante el día, ese pequeño detalle no le había pasado por la mente. No podía escribir su nombre verdadero. Después de tantos años poniendo nombres a los cachorros, pensó que debería serle fácil inventarse uno para sí. Pero no disponía de días ni de semanas para pensarlo. Intentó disimular su confusión sirviéndose un segundo trozo de tarta. Miró a los perros y entonces se le ocurrió una idea. Garabateó un nombre en el papel y se lo pasó a Henry.

—¿Nathoo? —dijo él, en tono dubitativo—. No tienes cara de Nathoo. ¿Es un nombre indio o qué?

«Llámame Nat», escribió Edgar.

Henry lo miró.

—¿Cómo se llaman tus perros?

Las palabras «Tesis», «Babú» y «Candil» aparecieron en el papel. Henry las repitió, señalando cada vez a uno de los perros.

«Sí.»

Entonces para apartar a Henry del tema de los nombres, Edgar decidió que había llegado el momento de lavar otra vez la pata de *Candil*. Llenó de agua jabonosa la jofaina esmaltada y la acercó al perro.

—¿Te va a llevar tanto tiempo como anoche? —preguntó Henry.

Edgar asintió.

—Entonces me voy adentro. Ponte cómodo cuando hayas terminado.

El hombre recogió los restos de la cena, la mesa plegable y las sillas. Cuando Edgar acabó de vendar la pata de *Candil*, Henry ya se había retirado a su habitación. Dejó entrar a los perros y los hizo acostar en la alfombra del cuarto de estar.

Esperaba que no se repitiera la experiencia de la noche anterior, pero en cuanto se acostó en el sofá, se dio cuenta de que había perdido la capacidad de dormir sobre una superficie mullida y tapizada, algo que tiempo antes no habría considerado una habilidad. Solamente unas semanas antes, había dormido con frecuencia en una cama, con sábanas y mantas, con un techo sobre la cabeza y una sola ventana pequeña para ver la noche. Pero ahora su cuerpo insistía en sentirse como si estuviera en una celda. Los ruidos de la noche le llegaban a través de la ventana entreabierta, como si sonaran al otro lado de una larga tubería. Los cojines del sofá le parecían demasiado blandos. Estaba mucho más cómodo que entre ramas que le pinchaban el costado y bichos que le picaban, pero en el bosque dormía sintiendo a los perros; si uno de ellos se movía, los otros lo notaban en seguida. Ahora, si quería tocarlos, tenía que estirar el brazo y, aun así, sólo los rozaba con las yemas de los dedos. Además, cualquiera podía ir a mirar por la ventana sin que él se diera cuenta.

Finalmente, se levantó envuelto en la manta y atravesó con los perros la cocina hasta la llana extensión del porche. Se acostaron en una maraña de extremidades perrunas y humanas, con la casa confortablemente a un lado, y cuatro pares de ojos y de oídos atentos a la noche. Uno a uno, los perros dejaron escapar profundos suspiros. Sobre sus cabezas, frías estrellas blancas seguían su curva trayectoria por un cielo negro. La luna y la fina corona que la rodeaba resplandecían. El espectáculo le pareció empíreo –divino, celestial–, la palabra de siete letras que habría completado el crucigrama de Henry. ¿Por qué no había querido decírsela? Estuvo reflexionando al respecto mientras los ruidos de la noche formaban remolinos a su alrededor, pero antes de dar con la respuesta, se quedó dormido.

Corriente

Cantos de pájaros. Aroma de café haciéndose. Henry empujó la puerta de malla metálica, vio a Edgar y a los perros, que yacían acurrucados unos encima de otros, y meneó la cabeza, como si fuera el espectáculo más triste que hubiera visto en su vida. *Babú* fue el primero en levantarse; estiró las patas delanteras y se dirigió hacia Henry, todavía borracho de sueño. Edgar estrechó con mayor fuerza a *Candil* y a *Tesis*, pero los perros ya estaban despiertos y jadeando. Sonó el agua por las tuberías de la casa y empezó a sisear la ducha. Edgar se levantó, fue a la cocina, se sirvió una taza de café y la sacó al porche. *Tesis* recordó su hueso de caldo, lo que también se lo recordó a los otros perros, por lo que el cielo empezó a clarear mientras rechinaban tres juegos de dientes sobre los huesos de la cena. Casi no levantaron la vista cuando Henry salió con la fiambrera en la mano. El hombre dejó caer un par de guantes de trabajo junto a Edgar, en el porche.

—Ven conmigo —dijo.

Fue hasta el cobertizo, levantó la aldabilla y abrió la doble puerta.

—El trato es el siguiente. Quiero meter ese coche —dijo señalando la mole oxidada sobre los bloques de hormigón— en este cobertizo.

Visto desde fuera, el cobertizo de Henry no tenía nada de particular, aunque parecía un poco destartalado. De unos cinco metros de ancho y quizá el doble de largo, era una pequeña estructura sin ventanas, con techo a dos aguas y pintura blanca descolorida por el sol. Pero dentro, era un vertedero en miniatura. Edgar tardó unos minutos antes de poder fijar la vista en cualquiera de los objetos. Las paredes estaban cubiertas de tapacubos, rollos de alambre, placas de matrícula, crucetas para desmontar neumáticos, serruchos, rastrillos, azadas, guadañas, sierras circulares y un bestiario de antiguas herramientas de hierro, extrañas y oxidadas. Había cadenas enrolladas en espiral por todo el perímetro del recinto, como serpientes petrificadas; un trozo de canalón arrugado y plegado, y un espejo sin enmarcar, detrás de varios paneles de vidrio rajados y polvorientos. Había una pila de cubos oxidados, rebosantes de toda clase de chismes y piezas de recambio. A un lado se erguía una inestable pirámide de ladrillos rojos, coronada por una gruesa soga de la que se desprendían zarcillos fibrosos. Había planchas de contrachapado, deshojadas como libros de estampas rescatados de un estanque, y había también montañas de neumáticos, pilas de periódicos medio deshechos, jofainas amontonadas al azar con el esmalte agrietado como la tierra del desierto, y un rechoncho yunque marrón. Al fondo asomaban el cilindro de una lavadora antigua y algo que podía ser un extintor o una pieza de la transmisión de un camión.

Y todo eso estaba en los bordes del recinto. En el centro se erguía (o más bien se inclinaba) un antiguo carro del heno, semejante a un animal con el espinazo roto que se hubiera desplomado por el peso de su carga. Tres de las ruedas se habían desprendido y yacían a los lados, como expresiones de asombro o exasperación. El eje frontal estaba combado y hacía que la cuarta rueda se escorara hacia adentro, y la plataforma medio podrida se venía abajo en diagonal de atrás para adelante, bajo una montaña de leña, tablas, marcos de puerta, rollos de alambre de espino y puntales rojos de óxido. Si el carro hubiera estado aún sobre las ruedas, los trastos no podrían haber pasado por la puerta.

–¿Ves cuál es mi problema? –dijo Henry.

Edgar asintió. Miró el coche en ruinas sobre los bloques y pensó que, evidentemente, el cobertizo era su sitio. Entonces Henry le expuso su plan: le dijo lo que había que hacer primero y lo que prefería que Edgar no hiciera mientras él no estuviera en casa. Le llevó mucho tiempo explicarlo; había mucho que hacer, y dio al chico instrucciones detalladas.

–Hay un montón de tela protectora en el armario, para cuando llegues a esas cosas que pinchan –dijo señalando con un gesto el alambre de espino.

Después llevó a Edgar al establo y le enseñó dónde podía encontrar alicates y una carretilla. Cuando volvieron a la casa, Edgar garabateó un mensaje para pedirle vendas, y el hombre le dio una sábana blanca vieja. Hicieron una lista de las cosas que necesitaban del pueblo y Henry se marchó.

Babú y *Tesis* los habían seguido al cobertizo y para entonces estaban asomados a la cocina, mirando a través de la puerta de malla metálica. *Candil* se les había unido, andando sobre tres patas. El perro le devolvió la mirada a Edgar con un destello de desafío. Con esa mirada quería decirle que había decidido empezar a moverse, y que lo haría a menos que el chico quisiera sujetarlo con sus propias manos.

«Antes tenemos que limpiar esa pata», signó él.

La herida de *Candil* rezumaba un pus gris verdoso que no olía, pero aun así resultaba inquietante. Con sólo verlo, perlas de sudor le brotaron a Edgar por todo el cuero cabelludo. Presionó el dorso de la mano sobre la pata lesionada. No estaba demasiado caliente. Empezó a moverla en el agua con cierta brusquedad y *Candil* gimió y la retiró con una sacudida.

«Lo siento —signó Edgar—, pero todavía no podemos parar.»

Se quedó esperando con la mano tendida. Al cabo de un momento, *Candil* le ofreció a Edgar la pata mojada y, en el siguiente intento, el chico lo hizo con mayor suavidad. Después lavó las vendas viejas en el fregadero y las puso a secar en el tendedero. *Candil* se puso a mordisquear las vendas nuevas.

«Deja eso», le signó Edgar mientras le ponía delante el hueso y regresaba al tendedero. Por el rabillo del ojo vio que el perro volvía a ensañarse con el vendaje, y entonces regresó a su lado y le indicó otra vez que se estuviera quieto.

«Podemos seguir así todo el día si quieres», signó.

Contó mentalmente. Hacía tres días que no practicaba ejercicios de adiestramiento con los perros. Los hizo colocarse en fila sobre la hierba, detrás del cobertizo. Estuvieron practicando llamadas y recuperaciones al sol de la mañana, y a continuación hicieron ejercicios de buscar, quedarse en el lugar y vigilar un objeto. Edgar supuso que les recordaría a su casa, pero cuando lo hacían entonces sólo repetían movimientos y respondían a preguntas de escolar, de las que no dependía nada importante. Perseguían un objeto. Se sentaban completamente inmóviles. Olían el objetivo de su búsqueda. Ahora, los mismos actos estrechaban los lazos que los unían y los fortalecían, como si estuvieran creando todo un mundo a partir de la nada. Con su trabajo, ponían el cielo sobre sus cabezas y los árboles en el campo. Inventaban los colores, el aire, los olores y la gravedad. La risa y la tristeza. Descubrían la verdad, las mentiras y las medias verdades. Incluso entonces, *Tesis* le hizo la broma más vieja que podía hacerle, y en lugar de devolverle el palo pasó de largo por su lado, como si fuera invisible, inclinándose a un costado y moviendo el palo en la boca, como diciendo: «En realidad, todo es juego, ¿no? ¿Qué otra cosa importa, mientras podamos hacer esto?»

La primera parte del plan de Henry era simple. Había que sacarlo todo, ponerlo sobre la tierra o la hierba y clasificarlo en tres montones: basura para quemar, basura para tirar y trastos para guardar. La madera vieja iría a la hoguera, lo mismo que los periódicos y las revistas, mientras que la silla y los puntales tendrían que ir a parar al vertedero o a algún otro sitio. En cuanto a la categoría de «trastos para guardar», Henry le había explicado que era meramente hipotética. Por otro lado, aunque Henry no sabía de ningún animal que viviera en el cobertizo, era difícil imaginar que no hubiera al menos una rata instalada en algún rincón. Edgar cogió un palo con la idea de aporrear cada objeto antes de moverlo. Después de un rato trabajando, una solitaria culebra rayada había salido de detrás del contrachapado, pero nada más.

Al poco tiempo tuvo todos los puntales apilados desordenadamente sobre la grava y una montaña de basura junto al barril donde la iban a quemar. Uno tras otro, los perros se acercaron trotando para oler lo que Edgar había sacado. *Babú* y *Tesis* se apresuraron a marcar el asiento del coche viejo; cuando *Candil* lo intentó, se le planteó un problema de equilibrio, ya que sólo tenía tres patas buenas. Edgar hizo ademán de impedirlo, pero después se dijo que daba lo mismo.

A mediodía, distribuyó entre los perros restos de comida y volvió a lavarle la pata a *Candil* y se la envolvió con las vendas secas que retiró del tendedero. Se oyó el ruido de un coche que pasaba por la carretera. Por costumbre, Edgar levantó la vista para localizar a los perros, pero no había motivo de preocupación. *Babú* y *Candil* estaban durmiendo a la sombra, y *Tesis* había elegido un lugar al sol, desde donde podía seguir sus progresos. Todos estaban ocultos detrás de la casa. Por un instante consideró una vez más la idea de volver a recorrer la vía, pero la rechazó en seguida. Además de la dificultad de desplazarse con *Candil*, y de que necesitaban el agua oxigenada y los otros suministros que Henry les llevaría esa noche, Edgar había hecho un trato con el hombre y ya empezaba a sentir algo más que un aguijonazo de remordimiento por haberle robado. No quería fallarle. Limpiarle el cobertizo le parecía una compensación pequeña a cambio de lo que le daba.

Volvió al cobertizo, dejando vagar los pensamientos mientras trabajaba. Cada vez que rescataba algo interesante (un globo terráqueo abollado y mohoso, o una prensa para manzanas con el mango de madera roto), le daba vueltas entre las manos mientras le quitaba el polvo, la suciedad y las telarañas. Se preguntó quién habría construido la casa y durante cuántos veranos habría enganchado la prensa a la mesa de la cocina y habría manipulado el mango roto, aplastando una manzana tras otra, para luego retirar la pulpa del cilindro y tamizar el zumo a través de una gasa. ¿Olería la casa a zumo de manzana a la mañana siguiente? ¿Se llenaría de avispones la malla metálica de la puerta mientras trabajaba?

No podría haber señalado el momento exacto en que supo que ya no estaba solo. Había estado trabajando lentamente, entrando y saliendo de sus ensoñaciones, cuando el pelo de la nuca se le empezó a erizar, como si en ese punto del cuello la brisa le hubiera reducido a sal un pequeño riachuelo de sudor. Al principio, la sensación no significó nada para él. La segunda vez que sucedió, vio por el rabillo del ojo una figura de pie al fondo del cobertizo, y entonces salió andando de espaldas hacia el sol y se quedó mirando la ciénaga gris de la penumbra.

Miró a los perros, tumbados en el patio. Rodeó caminando todo el cobertizo, manteniéndose a cierta distancia. No había ventanas por las que pudiera mirar, y lo único que podía hacer era seguir las tablas de las paredes, con la pintura descascarada que se desprendía como trozos finos e irregulares de corteza de abedul. Cuando completó la vuelta, se situó delante de la puerta, se hizo pantalla delante de los ojos con la mano y miró al interior. Vio los contornos del carro viejo y la pila de trastos amontonados encima, pero nada más. Había apoyado el palo en un rincón, al lado de la puerta, de modo que se inclinó, lo recogió y descargó un golpe en el marco de madera. Al cabo de un momento, volvió a entrar y se puso a aporrear la pila de puntales hasta que una nube de polvo rojo herrumbre llenó el cobertizo. Todo lo demás permanecía inerte. Se quedó quieto, asintiendo para sus adentros. Cuando se volvió, los perros estaban alineados en la puerta, mirándolo.

«Buena idea —signó—. Al suelo. Vigiladme.»

Cuando los perros se echaron, Edgar volvió cautelosamente al trabajo. La siguiente vez que sintió el cosquilleo en la nuca, se obligó a mirar primero a los perros. Sólo *Babú* seguía despierto, jadeando tranquilo a la luz del sol. Edgar dejó que su mirada flotara a la deriva hacia el fondo del cobertizo.

Vista por el rabillo del ojo, la figura estaba allí; pero si volvía la cara para mirarla de frente, desaparecía.

A trozos, Edgar consiguió componer su imagen. Era un viejo de hombros encorvados, con unos robustos brazos de granjero y el vientre abultado. Vestía pantalones vaqueros y camiseta manchada de grasa, y una gorra publicitaria de una tienda de piensos le cubría la densa cabellera gris. Cuando el hombre finalmente habló, lo hizo en voz baja, casi en un susurro, pronunciando las palabras con un acento que Edgar reconoció, porque era el mismo que había escuchado muchas veces a los granjeros viejos que acudían a la tienda de piensos.

—Era la mujer —dijo el hombre—. No podía tirar nada; tenía que guardarlo todo.

Precavido por lo que había sucedido la última vez que había mirado, Edgar se obligó a concentrarse en soltar un par de ruedas del carro.

—Tenía que guardar cada condenado cacharro, por si acaso, por si algún día servía para algo —prosiguió el hombre—. Yo le habría dado mejor uso a este cobertizo, te lo aseguro. Al final, tenía que llevarle toda la maquinaria buena al vecino, para que me la guardara.

Edgar puso las ruedas una encima de otra, se arrodilló y empezó a clasificar los objetos más pequeños para no apartar la vista de las manos.

—Esa caldera de carbón, por ejemplo.

Edgar echó una mirada a la mole de metal que asomaba detrás del carro. No se atrevió a examinarla más de cerca, porque sentía que la mirada se le iba hacia el viejo granjero, pero era cierto que parecía una caldera. Hasta ese momento sólo había visto algo cilíndrico, de metal y con remaches.

—La instalamos en el sótano antes de colocar las tablas del suelo. ¡Dios santo, qué grande era! ¡Tres personas trabajando toda la mañana para instalarla! Y, mientras tanto, llovía a cántaros. Pero eso no fue lo peor. Lo peor fue sacarla. Tuvimos que partirla en trozos con una almádena.

»—No vayas a tirarla —dijo ella—. Por si acaso.

Por el rabillo del ojo, Edgar vio que el hombre meneaba la cabeza.

—No sabes cuántas toneladas de carbón llegué a meter en ese artefacto. Al final, hasta le tomé cariño y todo. Lo llamaba *Carl*. «Tengo que alimentar a *Carl*», decía yo cuando empezaba a hacer frío. O «*Carl* va a tener un trabajo de mil demonios esta noche», cuando se avecinaba una ventisca.

«¿Cuánto tiempo viviste aquí?», signó Edgar.

Pero se permitió mirar y, una vez más, vio que no había nadie. Llevó un volante al jardín y se concentró en el trabajo, hasta que el pelo de la nuca se le volvió a erizar.

—Treinta y siete años —dijo el hombre—. Al cabo de unos quince años, no cabía nada más en el cobertizo. Entonces ella me dejó que me deshiciera de algunas cosas. No hacía más que retorcerse las manos todo el tiempo. ¡Ah, no debería ser tan duro con ella! Era muy cariñosa y quería a nuestros hijos con locura. Cuando murió, encontré una caja de zapatos llena de las tiras de alambre que cierran las bolsas de pan de molde. ¡Miles! Probablemente, todas las que entraron alguna vez en esta casa. ¿Para qué pensaría que íbamos a usarlas?

Edgar no intentó responder. Desvió la vista y eligió una caja de cartón llena de frascos rotos de conserva para llevar al montón de cosas para tirar. Después sacó unos alicates del bolsillo trasero y empezó a cortar una maraña de alambre de espino y postes de alambrado, enderezando los hilos y amontonando los trozos, como tallos de rosas de hierro.

—Cuando murió —prosiguió el viejo granjero—, pensé que ya podría limpiar el cobertizo. Salí, abrí las puertas y pensé: «No, no puedo. Treinta y siete años metiendo cosas. Ahora no puedo empezar a sacarlas.» Habría sido como enterrarla dos veces, de modo que lo vendí todo y me mudé al pueblo. Cuando hicimos la subasta, dije que cedía todo lo que había en el cobertizo por veinte pavos, a quien lo vaciara. Nadie aceptó mi oferta.

Pese a sus esfuerzos, la mirada de Edgar se dirigió hacia el hombre, que se desvaneció nuevamente. El chico siguió trabajando y esperó. Pasó la tarde y llegó Henry, con comida para los perros y otras provisiones que le había pedido Edgar, además de brochas y varias latas de pintura. Traía también algo más: discos para el fonógrafo, que insistió en sacar de inmediato del coche para que no se derritieran con el calor del sol.

Los perros empezaron a correr nerviosamente por el patio, bostezando sonoramente para calmarse, hasta que Henry volvió a salir de la casa. Edgar ordenó a *Candil* que se quedara quieto y el perro le respondió con un gemido sofocado. Los otros dos se acercaron a Henry. El hombre no estaba acostumbrado a tratar con perros, eso era evidente. Se los quedó mirando con los brazos levantados, como si estuviera atravesando a pie un estanque. Cuando *Babú* se le sentó delante, en lugar de rascarle detrás de las orejas o de acariciarle el cuello, para sorpresa de todos, lo agarró por el hocico y se lo sacudió como si fuera una mano. El gesto era bienintencionado, y posiblemente Henry pensó incluso que al perro le había gustado, pero *Babú* bajó la cabeza con tolerante paciencia y le echó a Edgar una mirada oblicua. Al ver el trato que recibía *Babú*, *Tesis* se alejó saltando como una loca cuando le llegó el turno. Por último, Henry se acercó a *Candil* y le palmoteó la cabeza con la mano abierta, como aplastando un bucle rebelde. Midió con la mirada las pilas de basura, que habían crecido de forma impresionante a lo largo del día, y fue a ver el interior del cobertizo.

—¡Dios santo! —exclamó—. Queda tanto aquí dentro como cuando empezaste.

Era exactamente la impresión que tenía Edgar, y sintió alivio de que Henry se la confirmara. Empezó a ponerse otra vez los guantes de trabajo, pero el hombre lo interrumpió.

—Es suficiente por hoy —dijo—. Si sigues trabajando, me sentiré obligado a ayudar.

Edgar cerró las puertas del cobertizo y dejó caer de nuevo la aldabilla. Caminaron juntos hasta el coche de Henry y el hombre recogió dos cajas de seis botellas frías de cerveza cada una del lado del acompañante. En el asiento trasero había una bolsa de veinte kilos de comida para perro. Edgar se la echó al hombro y la llevó al porche, donde se sentó y dio de comer a los perros directamente de la bolsa, sacando el pienso en el hueco de las manos.

Esa noche cenaron como dos trabajadores. Henry se sentó a la mesa de la cocina y se puso a leer el periódico mientras comía salchichas recalentadas y ensalada de patata. Le indicó con un gesto a Edgar que se sirviera y echó una mirada a los perros, como si esperara que fueran a abalanzarse sobre la comida. Empezó a decirle al chico que los llevara afuera, pero después pareció cambiar de idea. En lugar de eso, plegó el periódico en cuatro y se puso a estudiar el crucigrama, golpeteando sobre la mesa con el lápiz y resolviendo las pistas más fáciles. De pronto, soltó una exclamación y se fue al cuarto de estar. Los altavoces del fonógrafo cobraron vida con un cálido «pop» y una música de piano inundó la casa.

—Esto se llama *La variación Goldberg* —dijo al volver. Llevaba en una mano la maltrecha cubierta de un álbum. Volvió a mirarla y, con deliberada precisión, se corrigió—: *Las variaciones*.

Volvió a enfrascarse en el crucigrama, pero moviéndose, cambiando de posición y tocándose la frente con los dedos, como si el sonido del piano le molestara. Vació el vaso de cerveza, se inclinó hasta el frigorífico y sacó otra botella, que procedió a verter en la curva de cristal, donde serpentinas de burbujas se levantaron hacia la superficie.

—Eh, lee alguna cosa, ¿quieres? —dijo—. Si te quedas ahí sentado sin más, me cuesta concentrarme. —No parecía enfadado, sino únicamente un poco deprimido—. Hay libros y revistas en el cuarto de estar.

Edgar se llevó a los perros afuera y se puso a cepillarles el pelo con el cepillo de alambre que había comprado Henry. Era un cepillo barato con la base de plástico, pero era mejor que intentar cepillarlos con los dedos, que era lo único que había tenido en las últimas semanas. Los perros tenían el manto interior terriblemente enredado. La luz del crepúsculo ya se había apagado, pero la ventana de la cocina era suficiente iluminación. Le cepilló la cola a *Tesis*, hasta que la perra empezó a impacientarse; después, pasó a *Candil* y a *Babú*, y finalmente volvió con *Tesis*. La música de piano se colaba a través de la puerta de malla metálica. Cuando paró con un chirrido, Edgar oyó los pasos de Henry por el cuarto de estar. En un instante empezó otra melodía. Henry salió al porche, con el periódico y el lápiz en una mano y el vaso de cerveza en la otra, y se sentó con la espalda apoyada en las tablas blancas de la pared. *Babú* se le acercó. Tentativamente, el hombre le hundió los dedos entre el pelo de debajo de la mandíbula, tratando de rascarlo sin llenarse la mano de baba. *Babú* lo soportó un momento y después volvió la cabeza para que la mano de Henry se le deslizara detrás de la oreja, y entonces empezó a empujar contra sus dedos.

—Nat —dijo Henry—. ¿Qué palabra de diez letras es algo que «sirve para ver de lejos»? Empieza por «T».

Le pasó el periódico a Edgar.

—La veintitrés vertical.

El chico echó un vistazo al crucigrama, dejó a un lado el cepillo, escribió «telescopio» y le devolvió el periódico.

—Ya —dijo Henry—. Debería haberla sabido. —Levantó la cerveza a la luz del porche y miró a través del vaso—. Telescopio —repitió pensativo, como si la palabra se le acabara de ocurrir a él.

Echó atrás la cabeza y la apoyó contra la pared. Cuando dejó de rascar a *Babú*, el perro le buscó la mano con el hocico y le apoyó una pata sobre la pierna.

«Cuidado», le signó Edgar a *Babú*.

El perro retiró la pata.

—¿Sabes? —dijo Henry—. Quizá no lo hayas notado, pero nunca he tenido un perro. Ni siquiera cuando era niño. Muchos gatos, hasta tres o cuatro a la vez. Mi mejor amigo de la escuela tenía un perrito manchado que se llamaba *Bouncer*. No pesaba más de diez kilos. Muy listo. Sabía sujetar cosas en equilibrio sobre la nariz. Lo seguía a todas partes. Pero estos perros tuyos..., estos perros tienen algo especial. Lo digo por la forma que tienen de mirar y todo eso.

Permanecieron un rato en silencio. La luz de la cocina caía inclinada sobre las tablas del porche.

—¿Los tienes desde que nacieron?

«Sí.»

—¿Los has adiestrado tú?

«Sí.»

—¿Qué tal está... *Candil*? ¿Cómo sigue su pata?

Edgar estaba desenredando la miríada de nudos de la cola de *Tesis* y ella no lo estaba pasando nada bien. El chico dejó a un lado el cepillo y le indicó a la perra que ya podía moverse. *Tesis* dio un salto y se puso a girar en círculos, examinando su valioso apéndice, y después se acercó a Henry y a *Babú*, a los que saludó tocándolos con la nariz. Edgar se reunió con ellos. Le quitó el vendaje a *Candil* y levantó la pata a la luz.

Henry se apresuró a acercarse.

—¡Uf! —exclamó—. Ya me lo imaginaba, por lo que vi la otra noche.

Edgar fue a buscar los trapos, la jofaina y un frasco de agua oxigenada.

—Es el frasco más grande que encontré. Probablemente te durará más si mojas el trapo y se lo aplicas sobre la herida —dijo Henry.

Edgar asintió y alargó la mano hacia el periódico.

«¿Por qué has plantado girasoles?», escribió en un margen.

Empapó el trapo en agua oxigenada, como le había sugerido Henry. Los bordes de la herida de *Candil* estaban rojos y rezumaban, y el agua oxigenada burbujeó bajo el paño.

—Ajá. Bueno, es una pregunta interesante —dijo el hombre. Luego guardó silencio un rato mientras miraba el campo—. Llámalo experimento. Normalmente, planto maíz, pero este año quería hacer algo distinto, algo fuera de lo corriente, y se me ocurrió esta idea. Más al sur, los girasoles son bastante comunes, pero por aquí no se ven mucho.

Cuando *Candil* tuvo la pata tan limpia como fue posible, Edgar retiró las andrajosas vendas del tendedero.

«¿Se venden mejor que el maíz?», escribió.

—No, al contrario —respondió Henry—. Pero no me importa. Cincuenta centavos por medio kilo de semillas. Podría ganar más con el maíz, pero no mucho más. —Miró al campo y frunció el ceño—. Sin embargo, no sé con seguridad cómo vamos a cosecharlo. A mano, tardaríamos toda la vida. El hombre que vino a cosechar el maíz el año pasado dice que podría conseguir un accesorio especial para su máquina. Pero puede que los deje tal como están, si me parece que quedan bonitos. Depende. Por otro lado, no hay nada más deprimente que un campo lleno de girasoles marchitos. —Bebió la cerveza y levantó la vista a las estrellas—. Hace mucho que no puedes hablar, ¿verdad? Tienes que hablar por signos, con las manos.

Edgar asintió.

—¿Fue un accidente o algo, si no te importa que pregunte?

«Nací así —escribió Edgar—. Los médicos no saben por qué.»

Se encogió de hombros y después escribió: «Gracias por la comida para perro.»

Henry miró las pilas de trastos y basura.

—¡Qué revoltijo tan espantoso! —dijo, y volvió la mirada hacia el coche sobre los bloques de hormigón—. Te agradezco la ayuda. Tengo que proteger ese trozo de chatarra de la lluvia antes de que se lo coma la herrumbre. En realidad, debería venderlo, ¿sabes?

Sin dejar de mirar el coche, sacó otra botella de cerveza de algún sitio.

—Pero no puedo deshacerme de él —añadió.

Edgar asintió. Le puso a *Candil* un calcetín limpio en la pata y se lo ató mientras le advertía con el índice que no se lo mordiera. *Candil* empezó a jadear, como sorprendido de que Edgar le hubiera leído el pensamiento.

—Nat —dijo Henry—. ¿Alguna vez te han dicho que eras «corriente»?

Edgar lo miró.

—Ya sabes..., corriente, simplemente corriente. Apuesto a que nadie te ha acusado nunca de eso.

«No —Edgar lo miró—, no que yo recuerde.»

—Ya me lo imaginaba, ya que vas por ahí con perros adiestrados de circo o lo que sean. ¡Dios santo! ¿Quieres saber algo ridículo? A mí sí me lo han dicho. Mi novia, o mejor dicho, mi ex novia. Íbamos a casarnos en marzo y, de pronto, sin que viniera a cuento, canceló la boda. Dijo que todavía me quería, pero que me encontraba demasiado corriente, y que eso acabaría por destruir nuestro matrimonio con los años. «¿Quieres decir que tengo un aspecto demasiado corriente?», le pregunté. «No, sólo que eres corriente en todo», dijo ella. «Eres corriente en la forma de hacer las cosas, en lo que ves, en lo que piensas y en lo que dices. Corriente en todo.» Dijo que, en cuanto se le ocurrió esa idea, ya no pudo quitársela de la cabeza, que cada vez que me miraba sentía amor por mí, pero también veía lo muy corriente que yo era.»

Henry dio un largo trago de cerveza.

—¿Tú le encuentras sentido?

Edgar negó con la cabeza. Era cierto, no se lo encontraba. A él le encantaban las cosas corrientes: los días normales y el trabajo de todos los días. Incluso mientras Henry hablaba, sentía nostalgia por la rutina de la perrera. ¿Y qué otra cosa podría haber sido más corriente? Además, aunque no le parecía que Henry se apartara mucho de lo corriente en ningún aspecto, tampoco creía que eso fuera un defecto. Por otra parte, ¿qué podía significar que a uno lo llamaran «corriente»?

—¡Claro que no tiene ningún maldito sentido! —exclamó Henry en un repentino estallido de indignación—. Aunque, en realidad, ella tiene parte de razón. ¿Qué he hecho yo alguna vez que se salga de lo corriente? Todos los días voy a la oficina y vuelvo al final de la jornada. Tengo una casa como todo el mundo. Planto un campo y recojo la cosecha en otoño. Tengo un coche sobre bloques de hormigón y me entretengo trasteando con él. Me gusta pescar. ¿Hay algo en todo eso que no sea corriente?

«¿Ella es corriente?», escribió Edgar.

Henry lo miró, como si fuera la primera vez que se lo planteaba.

—Bueno, supongo que Belva no destacaría andando por la calle entre una multitud, pero cuando la conoces más de cerca, ves que se sale bastante de lo común. Para empezar, tiene un ojo azul y el otro marrón, y eso ya de entrada la diferencia del resto. Además, es atea. Dice que, si Dios existiera, ella tendría los dos ojos del mismo color. Yo creo en Dios, pero no me apetece perder toda una mañana en la iglesia. Imagino que a Dios no le importa que lo adores en la iglesia o en el coche, cuando vas a trabajar. Belva dice que eso no cuenta para ser ateo, ni para ser creyente; dice que es sólo pereza.

«¿Crees en los espíritus?»

—No me sorprendería que los hubiera —dijo Henry, dando a entender que eso confirmaría sus más oscuras sospechas.

Pero quería hablar de Belva; era como si pudiera imaginársela allí mismo, delante de ellos.

—Deberías ver sus tobillos: preciosos, delicados, como los de las estatuas. Estuvimos prometidos dos años. —Dejó escapar un suspiro—. Ahora está saliendo con un tipo del banco.

«¿Nunca te ha pasado nada fuera de lo común?»

—Que yo sepa, no —dijo Henry, o más bien lo gimió. Después chasqueó los dedos—. ¡No, espera! ¿Quieres saber lo más raro que me ha pasado? Una vez, el año pasado, fui al supermercado. Era pleno día y casi no había nadie. Voy recorriendo los pasillos, comprando leche, sopa de sobre y patatas, y de pronto recuerdo que me falta pan. Entonces, me dirijo a la sección del pan. Veo cantidad de hogazas y bolsas de pan de molde en las estanterías, en la otra punta del pasillo. Empiezo a empujar el carro hacia allí. ¿Y qué crees que pasa?

Edgar se encogió de hombros.

—Así es, no te lo puedes imaginar —dijo Henry—, porque no es algo corriente. Lo que sucede es que, antes de llegar a la otra punta del pasillo, uno de los panes de molde se descuelga por sí solo y cae al suelo. Nadie lo tocó, simplemente se estiró como un acordeón y cayó. ¡Plaf! Lo levanto y lo vuelvo a poner en el estante. Después, sigo con el carro hasta las especias. Y ahora viene lo asombroso. Cuando ya me voy hacia la caja, paso otra vez por la sección del pan, ¿y qué crees que oigo detrás de mí?

Henry lanzó a Edgar una mirada cargada de intención.

«¿Qué?», signó Edgar, aunque probablemente ya lo había adivinado.

—¡Plaf! —dijo Henry—. Así es. Me vuelvo y el mismo pan de molde está tirado en el suelo.

«¿Qué hiciste?»

—No soy tonto. Lo compré, claro. Devolví a la estantería la marca que compro siempre y me llevé ése.

«¿Era mejor?»

—Más o menos igual —respondió Henry, encogiéndose de hombros—. Volví a comprar la marca de siempre a la semana siguiente. —Dio un largo trago de cerveza—. Ahí lo tienes. Ahí tienes la cumbre, el ápice, el apogeo. Ésa es la vida exótica que Belva rechazó.

«Esas cosas no le pasan a cualquiera», escribió Edgar.

Henry se encogió de hombros.

—Sería fantástico ver un ovni, pero no creo que vaya a pasarme.

Entonces, la música de piano empezó a saltar y Henry entró para arreglar el disco. *Babú* fue hacia la puerta y miró a través de la malla metálica. Parecía como si *Babú* hubiera tomado una decisión respecto a Henry. Edgar llevaba toda la noche notándolo. Cuando Henry volvió a sentarse, el perro se sentó a su lado, mirándolo a los ojos, y esperó a que el hombre se diera cuenta de que necesitaba que lo rascara debajo de la barbilla, o en lo alto de la cabeza, o en el lomo, justo delante de la cola. Es probable que ni siquiera sobrio Henry hubiera notado con cuánto descaro el perro le conducía la mano hasta el punto donde quería que le rascara.

Henry apoyó otra vez la cabeza contra las tablas de la pared y, al cabo de un rato, se quedó dormido, mascullando algo entre dientes. Edgar y los perros se quedaron mirando la noche de verano. La música le recordó al chico la Nochevieja de hacía mucho tiempo, cuando había bailado con su madre, y su padre los había interrumpido, y los dos se habían quedado bailando lentamente a la luz del arbolito de Navidad, mientras él iba a la cocina a robar una caja de quesitos para celebrarlo con esos mismos perros. Pensó que en aquel entonces los conocía muy poco.

Cuando la música de piano terminó, Henry se despertó sobresaltado.

—¿Y si me alistara en la marina? —dijo como respondiendo a algún argumento oído en sueños—. Zarparía hacia algún sitio. Birmania, por ejemplo. Al cabo de un tiempo, dejaría de ser corriente. Sí, pero ¿cómo haría para que Belva se enterara? Ése es el problema. Tengo que dejar de ser corriente aquí mismo, en Lute.

Se inclinó hacia delante y miró a Edgar. Entonces debió de comprender lo que había sucedido, porque se puso de pie y emitió un largo y sonoro bostezo.

—Bueno —dijo—. Ya está, me voy a la cama.

Edgar y los perros lo siguieron al interior de la casa. Puede que a Henry le hubiera hecho gracia encontrarlos una mañana durmiendo en el porche, pero Edgar no quería abusar de su paciencia. Cuando entró en el cuarto de estar, los perros ya se habían acurrucado sobre la alfombra. Apagó la luz de la mesa esquinera, dejó colgar el brazo por el borde del sofá y apoyó la mano sobre *Candil*. En la oscuridad, se puso a pensar en el viejo del cobertizo. Comprobó que la manta no se le hubiera enredado en las piernas. En todos los días de su fuga por el Chequamegon, ni siquiera una vez había olvidado mirar si se le había colado una araña en los pantalones, pero en su primera noche dentro de una casa, se había dejado derrotar por una manta.

Notó que algo había cambiado. Acostado en el sofá, no sentía en absoluto la sensación de estar atrapado que lo había atormentado la noche anterior, y supuso que una parte de él había decidido confiar en Henry y convencerse de que estaban en un lugar donde podían dormir en paz toda la noche. Quizá le había pasado hacía sólo unos minutos, tal vez mientras estaba mirando a *Babú*.

Entonces, la parte de su mente que calculaba empezó su letanía: tres días en un mismo lugar, principios de agosto, ¿con cuánta rapidez tendrían que moverse cuando a *Candil* se le curara la pata? ¿Cuánto tiempo más podrían quedarse? ¿Hasta dónde podrían llegar antes de que empezara el frío? Finalmente, Edgar bajó del sofá, apartó con el codo a uno de los perros y se acomodó entre un coro de suspiros y gruñidos, para estar en contacto con los tres a la vez.

«Por favor —se dijo, en algo que fue medio advertencia y medio plegaria—, no te acostumbres a esto.»

Locomotora n.º 6.615

Edgar llevaba seis días trabajando en el cobertizo de Henry. Por las mañanas, le lavaba la pata a *Candil* y se la vendaba. Las vendas ya no salían manchadas de pus, pero si le limpiaba la herida con demasiado ahínco, el agua se teñía de rosa. Pese a sus intentos de mantener a *Candil* tranquilo y echado o acostado, cada vez que *Tesis* y *Babú* jugaban a pelear en el patio, *Candil* se les acercaba cojeando, con la pata metida en un calcetín cada vez más gris. A veces gemía y rodaba por el suelo, pero rápidamente volvía a levantarse. Por las noches escuchaban los discos chirriantes que Henry sacaba de la biblioteca, música compuesta por generales rusos: Chaikovski, Rimski-Korsakov, Shostakovich... Durante la cena, Henry maldecía con el crucigrama, mientras Edgar leía las carátulas de los discos. Después, el chico le curaba la pata a *Candil* y le enseñaba a Henry a signar.

Henry había salido a media mañana del sábado con una lista de recados. Dijo que esperaba volver a primera hora de la tarde, pero que con su suerte no le habría extrañado que se le hiciera de noche. Cuando se marchó, Edgar estaba en el cobertizo, intentando decidir qué hacer primero. Ya había despojado las paredes de herramientas oxidadas y hojas de sierra. El carro en proceso de desintegración ya estaba medio fuera. Mientras luchaba con un espejo ovalado de pared, milagrosamente intacto, sintió el cosquilleo del sudor evaporándose en la nuca, señal de que el viejo granjero había aparecido en los rincones más alejados del cobertizo.

—Ese espejo... Ése sí que me duele perderlo. Fue de mi hija desde que era pequeña hasta que se hizo mayor. Probablemente debió de verla más veces que yo, todo el tiempo, desde que era un bebé hasta los veinte años. A veces me pregunto si todo eso seguirá ahí dentro. Debe dejar huella en una cosa, eso de reflejar a la misma persona todos los días.

Edgar le pasó un paño al espejo y miró. La superficie estaba polvorienta y la plata estaba carcomida por islas negras. Esperó a que empezaran a formarse imágenes fantasmagóricas: un bebé en brazos de su madre, una niña cepillándose el pelo, una jovencita contoneándose alegremente con el vestido de la fiesta de fin de curso... Pero lo único que vio fue su propio reflejo inclinado hacia él.

«Ahí dentro no hay nadie», replicó.

—Ah, bueno —dijo el hombre—. Pensé que podía ser.

La mejor estrategia para que siguiera hablando, según había aprendido Edgar, era quedarse quieto y esperar. Volvió a apoyar el espejo contra el carro y empezó a recoger la porcelana rota que había a su alrededor y a tirar los trozos dentro de una cazuela de loza desportillada.

—Pasé años bastante malos aquí —dijo el viejo—, sobre todo al final de los cincuenta. La época de Eisenhower. Malos tiempos.

«¿Eres granjero?»

—Así es.

«¿No te gustaba el trabajo del campo?»

—¡Dios santo, supongo que algunas veces llegué a odiarlo! ¿Sabes a qué hora tienes que levantarte para ordeñar a las vacas? Si llegas tarde, intentan pisarte los pies. Si te ven con la butaca y el cubo a las diez de la mañana, procura no alejarte del centro del pasillo, porque en cualquier momento te puede caer encima una pezuña de cinco kilos. Y si tienen ocasión, son capaces de soltarte una patada directamente a los huevos. Conozco a un tipo al que le pasó. Dejó la granja y se fue a Chicago en cuanto pudo volver a caminar.

Edgar se quedó pensando.

«¿No se llamaría Schultz, por casualidad?»

—No, era uno de los chicos de Krauss —dijo el viejo—. En cualquier caso, aunque sólo sea por miedo, te levantas cuando está oscuro como boca de lobo y ellas todavía están durmiendo. Las ordeñas hasta que te duelen las manos. Después, limpias las casillas del establo con la pala, lo que tampoco tiene mucha gracia. Siempre me sorprendió la cantidad de mierda que puede salir de una vaca. Entra un poco de heno y salen unas plastas enormes. ¿Cómo es posible?

«No sé mucho de vacas», signó Edgar después de una larga pausa.

—Y eso es sólo el trabajo de antes del desayuno —prosiguió el hombre—. También hay que sembrar y cosechar, reparar lo que se rompe y atender a los terneros que nacen dentro de grandes placentas azules, con venas gruesas como tus dedos. Mastitis, gusanos... ¿Has visto alguna vez un imán para vacas? Son increíbles. Son como una bala metálica gigante. Le metes uno a la vaca por la garganta y, uno o dos años después, sale por el otro lado, cubierto de clavos, tuercas y trozos de alambre. Sé de un hombre que recuperó de ese modo su reloj. Cortábamos forraje todo el tiempo, hasta las primeras nevadas, preguntándonos si no mataríamos a todos los animales por guardarlo húmedo. También estaban las vallas rotas, las vacas que se escapaban al bosque... Algunas noches volvía a casa tan cansado que no sabía si tendría fuerzas para llevarme el tenedor a la boca.

«Si no te gustaba, ¿por qué no lo dejaste?»

—¿Y qué iba a hacer? No sabía hacer nada mejor que el trabajo de la granja. Tenía esa maldición; ése era mi problema. Que no me gustara no quería decir que no lo hiciera bien. Sabía predecir el tiempo, además. En primavera, por ejemplo, salía afuera y pensaba: «Ya podemos plantar.» Iba a la tienda de piensos y semillas, y me decían: «George, se te va a helar todo. Te estás adelantando demasiado y ya verás cómo pierdes las tres cuartas partes de lo que has sembrado.» Pero yo tenía un sexto sentido. No me equivocaba nunca; aunque nevara, nunca era más que un poco de polvo. Los granjeros de por aquí empezaban a plantar en cuanto se enteraban de que yo había comprado semillas.

«A mí eso no me parece una maldición.»

—Lo es, sólo que tú eres demasiado joven para entender ese tipo de cosas. ¿Ser muy bueno en algo que no te gusta? Ni siquiera es insólito. Muchos médicos detestan la medicina. La mayoría de los comerciantes pierden el apetito con sólo ver una factura. Es frecuente. El viejo Bert, el del pueblo, detesta esa frutería suya. Dice que la rutina lo aburre hasta volverlo loco: siempre arreglando la tienda, ordenando y preocupándose de que el género no se le eche a perder. Un día me contó que sueña con tomates más que con su mujer.

«¿A qué te habrías dedicado si hubieras podido dejarlo?»

—Habría sido maquinista de tren, el mejor trabajo del mundo. Giras una manivela y diez mil toneladas de carga empiezan a moverse. ¿Has estado alguna vez dentro de una locomotora?

«No.»

—Yo estuve una vez en Duluth y fui a los apartaderos del ferrocarril sólo para ver las locomotoras. Estuve hablando con un tipo que conocía a uno de los maquinistas que había por allí, y el tipo va y le dice: «¡Eh, Lem, ven aquí!» Y entonces el hombre, que va vestido con mono y gorra de visera, como en la televisión, viene hacia nosotros. Y el tipo le dice: «Mira, este señor no ha visto nunca una locomotora por dentro.» «¿Es eso cierto?», pregunta Lem, y entonces va hasta el teléfono y llama a alguien, no sé a quién, tal vez al jefe de estación, y luego cuelga. «Bueno, vamos», me dice. Echamos a andar por el andén, junto a los vagones tolva, los coches cisterna y los furgones de cola, y entonces se vuelve y me dice por encima del hombro: «¿Qué prefiere ver? ¿Vapor o diésel?» «Vapor», contesto yo, y él me lleva hasta la locomotora número seis-seis-uno-cinco. El número estaba pintado en grandes caracteres, sobre un costado. Era una de las grandes, con un botaganado que parecía un bigote muy poblado, remaches grandes como tu cabeza y barras de tracción gruesas como tus piernas. Era negra, como tallada en un bloque macizo de carbón. El hombre señala las cosas y me dice cómo se llaman. Depósito de aire. Cilindro. Depósito de arena. Colector de vapor. Inyectores. Rueda motriz. Después, se encarama por una escalerilla, me hace señas para que lo siga y entramos los dos en la cabina. Sigue enseñándome cómo se llama todo. Boca del horno. Inversor de marcha. Regulador. Estrangulador. Aquella locomotora estaba fría y muerta mientras estuvimos allí (Lem dijo que estaba en reparación), pero aun así, cualquiera podría haber sentido su potencia.

La voz del hombre se tiñó de nostalgia.

—Si alguna vez estuve tentado de marcharme y dejarlo todo, fue en ese instante. Mil novecientos cincuenta y cinco. Tenía cincuenta años. Me quedé un rato sin decir nada, absorbiéndolo todo. Después, Lem me dijo que me acomodara en el asiento del maquinista y que sacara la cabeza por la ventana. «Tendría que ponerse gorra y gafas protectoras si de verdad estuviéramos en marcha», me dice. «Habría una corriente de ceniza ardiente pasando junto a la ventanilla. ¿Sabe qué sucede cuando uno comete la estupidez de asomar la cabeza sin protección?», dice. Y entonces se agacha y me enseña el lado derecho de la cara. Lo tiene acribillado de pequeñas cicatrices de quemaduras, como antiguos cráteres abiertos en la piel. «Esto es lo que pasa», dice. Pero lo dice sonriendo. No me habría extrañado ver ceniza pegada en sus dientes. Por la expresión de su cara, pude ver que era uno de los afortunados, una de esas personas que están a gusto con lo que hacen. No es frecuente. Cuando lo ves en una persona, es inconfundible.

Con mucha cautela, Edgar deslizó la mirada hasta ver aparecer al viejo granjero por el rabillo del ojo. Estaba de pie con la barbilla caída sobre el pecho, perdido en sus pensamientos.

—Ahora viene lo curioso —dijo el hombre al cabo de un buen rato—. Mientras estaba ahí sentado, asomado por la ventanilla bajo la lluvia, imaginando que ese torrente de ceniza caliente me pasaba junto a la cara como un río de luciérnagas mientras veía acercarse un puente, lo que era el sueño de mi vida, ¿sabes en qué me puse a pensar?

«¿En tu granja?»

—Justo. Estaba sentado en una locomotora de vapor, una de las máquinas más hermosas que se han construido jamás, magnífica, grande y pesada, como un gigante que se hubiera acostado a dormir. Desde que era pequeño había pensado que conducir un tren tenía que ser lo más grandioso del mundo, sobre todo en campo abierto, con el estrangulador abierto a más no poder y el mundo entero partido por esas dos vías por las que te precipitas a toda máquina. Podía sentirlo, incluso en esa locomotora fría y muerta, podía sentir cómo sería. Pero cuando me asomé bajo la lluvia y el maquinista me habló de las cenizas voladoras y me mostró las cicatrices de la cara, sólo pude pensar en el barro que se estaba formando en el campo y en lo irritables que estarían las vacas si no las sacaba esa mañana al prado. Y en las goteras del altillo del heno.

»Si eso no es una maldición —añadió el hombre—, ya me dirás qué es.

Antes de responder, Edgar oyó el coche de Henry que subía por el sendero. Se quitó los guantes y salió al sol. Tuvo que arrodillarse junto a *Candil* y sujetarlo por el pecho mientras Henry se apeaba del coche. Los dos se quedaron mirando mientras *Tesis* y *Babú* corrían en círculos a su alrededor y saltaban.

Esa noche, Henry les propuso llevarlos al pueblo. Edgar dijo que no. Pero hacía tiempo que Henry había llegado a la conclusión de que el chico no quería que lo vieran, y señaló que podían desplazarse con relativa seguridad cuando hubiera oscurecido. La idea pilló a Edgar por sorpresa. Estaba tan habituado a caminar de día y dormir por la noche que no se le había ocurrido, ni siquiera cuando estuvo considerando la posibilidad de llevarse el coche hallado junto al lago Scotia. Cuando cayó la noche, aceptó. Cargaron a los perros en el coche de Henry, un sedán marrón con un asiento trasero espacioso pero resbaladizo. Edgar hizo que *Candil* se sentara en el suelo, a los pies del asiento delantero, mientras *Babú* y *Tesis* intentaban mantener el equilibrio en el asiento de atrás.

—¿Cuánto hace que no montas en un coche? —preguntó Henry mientras bajaban por el sendero—. ¡Espera un momento! —añadió en seguida, con cara de preocupación—. ¿Cuánto hace que los perros no montan en un coche? No irán a vomitar, ¿verdad?

Edgar se encogió de hombros, sonriendo.

—Fantástico —dijo Henry—. Si vomitan, limpias tú, ¿de acuerdo? De lo contrario, doy media vuelta ahora mismo.

Antes de que pudiera seguir refunfuñando, *Babú* se asomó hacia delante desde el asiento trasero y le babeó la oreja.

—¡Oh, no! —dijo Henry—. No soporto que hagan eso.

Pero no era cierto que no lo soportara. Edgar lo veía claramente. Cualquiera lo habría visto.

Una vez en la carretera, pusieron rumbo al pueblo. Los faros iluminaban dientes de león que asomaban entre las grietas del asfalto. Pasaron junto a una boca de desagüe que vertía en un riachuelo, donde el reflejo de la luna temblaba entre las espadañas.

Lute era un pueblo surgido en una encrucijada, y su única intersección estaba regida por un semáforo suspendido de unos cables que se balanceaba como un farolillo. En cada esquina del cruce se levantaban edificios idénticos de ladrillos rojos, de dos plantas, como cuatro veteranos reunidos en torno a un guiso de judías: una farmacia de la cadena Rexall, el bar de Mike, la ferretería True Value y la tienda de alimentación.

—Cerrados después de la cinco —dijo Henry señalando con un gesto los comercios—. La vida social empieza a las seis y media, cuando Mike abre el bar.

Esa noche, la vida social se reducía a los tres coches del pequeño aparcamiento de la taberna, iluminados por el resplandor ultraterreno del rótulo de cerveza Pabst Blue Ribbon («la mejor que se sirve en el mundo»), suspendido sobre la puerta.

Al otro lado del pueblo, el pálido corazón abovedado del depósito de agua de Lute se erguía contra el cielo nocturno, unido al suelo por cuatro patas metálicas y el tronco central del tubo de drenaje. Una vez en el campo, empezaron a rodar sin rumbo fijo a donde se le ocurría ir a Henry, y Henry quería ir al norte. Le gustaba conducir a prisa, algo que sorprendió a Edgar, pero también le gustó. Había olvidado el peso de la aceleración. Recorrieron un laberinto de carreteras secundarias. *Tesis* y *Babú* resbalaban sobre el asiento trasero cada vez que Henry tomaba una curva. Ciénagas, bosques y lagos pasaban fugaces a los lados. *Candil* alargaba el cuello para mirar por la ventana. Los faros de los otros coches se acercaban como esferas de fuego blanco. Su velocidad comprimía el olor de la noche en un denso perfume de algas que rugía por las ventanas. Henry recorrió el dial en busca de emisoras de radio de lugares distantes: Chicago, Minneapolis o Little Rock. La señal crepitaba con los relámpagos que se encendían sobre el lago Superior.

En las afueras de Ashland, con su centro iluminado y sus coches de policía, Henry dirigió el vehículo hacia el arcén y se alejó de la ciudad por una ruta completamente diferente, a través de los barrios pobres más alejados de la carretera principal. Hizo un alto junto a un pantano, que desprendió un brillo espectral cuando apagaron los faros delanteros. Cuando finalmente llegaron a las vías del tren, Edgar vio el barranco a su derecha y comprendió que habían dado una vuelta en redondo. Se sentaron en un par de tumbonas. Henry bebió una cerveza y después otra, y a continuación fue hacia el coche en ruinas junto al cobertizo.

–¿Quieres saber un secreto? –dijo–. Este coche estaba aquí cuando vine. Puede que comprara la casa sólo para que fuera mío.

La idea sorprendió a Edgar, que llevaba días pasando junto al vehículo sin considerarlo digno de mayor atención. Tenía el capó ancho y unos arcos exagerados hacían sombra a los faros. El guardabarros delantero describía una larga curva descendente hacia la rueda trasera, compensada por un surco que terminaba en la aleta de cola. Pero la elegancia que alguna vez hubiera podido tener el vehículo había desaparecido. La chapa estaba tan abollada que parecía como si alguien se hubiera dedicado a aporrearla salvajemente con su propia cruceta. El óxido había dibujado vastos continentes en los paneles traseros. El acabado cromado del complejo parachoques delantero en dos niveles brillaba menos que un trozo de carbón, y, por supuesto, el vehículo carecía de neumáticos. Levitaba sobre la grava apoyado en cuatro sombríos bloques de hormigón. En general, el coche daba la impresión de un animal que se hubiera arrastrado hasta escasos centímetros de su madriguera antes de expirar.

–El vehículo que ahora estás..., ejem..., contemplando –dijo Henry haciendo un amplio gesto con el brazo, como si hablara ante una multitud boquiabierta de admiración– es un Ford Fairlane Skyliner de mil novecientos cincuenta y siete, el primer descapotable con techo rígido retráctil que se fabricó en Estados Unidos. No ha habido ningún coche como éste, ni antes ni después. Incluso el del cincuenta y ocho es diferente. Los de Ford estropearon este maravilloso parachoques y esta rejilla sin razón alguna. Como éste, no hay dos.

Henry palmoteó con orgullo el espejo retrovisor, que se desprendió y cayó al suelo.

–Maldita sea –masculló mientras lo recogía y volvía a meter los tornillos en los corroídos orificios.

–Está un poco estropeado –añadió–, pero mira esto.

Abrió la puerta del lado del conductor, tiró de una palanca y el maletero se abrió solo, articulado hacia atrás, cerca del parachoques trasero. Luego tiró hacia arriba de la cubierta del maletero, primero con aparente indiferencia y después con mayor fuerza, gruñendo y resbalando con los pies sobre la grava. Dio una vuelta alrededor del coche, soltando seguros, y consiguió que el techo metálico se separara del cuerpo del vehículo. Cuando ya se había plegado hasta la mitad en el interior del maletero, se atascó.

–Se supone que esto es eléctrico –explicó por encima del hombro–, pero no hay batería.

Después, alargó la mano hacia el asiento trasero, cogió un martillo y se puso a golpear despiadadamente una bisagra. El techo cayó en la cavidad del maletero con un último chirrido metálico, que por un momento hizo callar a las aves nocturnas. Henry cerró el maletero de un golpe y se volvió hacia Edgar, en actitud triunfal pero jadeando.

–Ahora ya ves por qué no puedo vender este coche. Tiene demasiado potencial. Un tipo quiso comprármelo para aprovechar las piezas, pero no podía permitir que lo desmontara. Se lo expliqué a Belva, pero a ella no le causó la menor impresión. Dijo que el coche era un adefesio, y reconozco que sí, que ahora lo es. Pero, desde luego, no es corriente. No creo que nadie pueda decir que es corriente.

Henry se había entusiasmado hablando del Skyliner, pero de pronto sacudió la cabeza como para apartar la idea.

–No sé a quién intento engañar –dijo.

«¡No! –signó Edgar–. Tienes razón. No es nada corriente.»

Henry lo miró y dedujo el significado de los signos.

–¿De verdad lo crees?

Edgar asintió.

—Ya ni siquiera lo distingo —dijo—. Cuando bajo la guardia, se me olvida y vuelvo a ser corriente, pero ni siquiera lo noto.

Volvieron a las tumbonas y se quedaron contemplando juntos el Skyliner.

—He estado a punto de llevarte a la policía esta noche, Nat —dijo—. Creo que deberías saberlo.

Edgar negó con la cabeza y sonrió.

«No, no es verdad.»

—Sí, sí que lo es. Hubo un momento en que pensé: «Lo único que tengo que hacer es girar a la derecha en el próximo cruce y estaremos en la comisaría de Ashland.»

«El cobertizo no está terminado.»

—Sí, eso te salvó —dijo Henry—. Por esta vez. Pero será mejor que encuentres alguna otra manera de alargar tu estancia aquí. Es el consejo que te doy.

Habían llegado al límite de la capacidad de Henry para entender los signos, de modo que Edgar cogió el periódico.

«No habrías conseguido llevarnos a la policía. Habríamos huido.»

—¿Cómo ibais a correr, con *Candil*?

Edgar no supo qué responder a eso. No se habría montado en el coche con Henry si no hubiese confiado en él. A veces, Edgar comprendía a Henry mejor que él mismo. Lo que el hombre no podía ver era que, fuera corriente o no, era digno de confianza. Eso estaba claro como la luz del día.

El domingo trabajaron juntos en el cobertizo, moviendo las cosas que sólo se podían transportar entre dos, como la lavadora o la caldera vieja. Henry conectó una manguera al grifo del patio y encendió un fuego en el barril de quemar basura. Lo alimentaron con periódicos viejos y resquebrajados postes grises de alambrada, que aún tenían trozos de alambre de espino enganchado, que se calentaron al rojo. También echaron a la hoguera unas sillas rotas de madera. Henry cortó en dos con un hacha el eje del carro y metió las dos mitades en el barril, con las partes metálicas y todo. Una burbuja de ceniza anaranjada se formó en el aire. Cuando el fuego se consumió, se había hecho bastante tarde. Se sentaron en el porche, comiendo patatas fritas y mirando el resto de los desperdicios.

–Sé de un remolque que podríamos usar para llevarnos esa chatarra –dijo Henry–. Quizá pueda conseguirlo para el próximo fin de semana.

«Tu coche no tiene enganche», escribió Edgar en el periódico, pero antes de devolvérselo a Henry completó el catorce vertical del crucigrama: una palabra de diez letras que significaba «movimiento breve que conecta entre sí las partes principales de una composición». La segunda letra era una «N» y la última, una «O».

Henry miró la palabra que Edgar había escrito: «Intermezzo.» Miró al chico bizqueando.

–¿Alguna vez has pensado en presentarte a un concurso o algo?

Edgar negó con la cabeza.

–Pues deberías. Y has de saber que los enganches se pueden alquilar.

Candil se les acercó cojeando. Era fácil conseguir comida de Henry, y en cuanto *Candil* tuvo su patata, también *Babú* fue hacia él. Al final, Edgar tuvo que decirles que pararan. Estaba surgiendo una relación entre Henry, *Babú* y *Candil*. Sólo *Tesis* se mantenía aparte. Pero no era que Henry le cayera mal, sino simplemente que ella era así. Con *Tesis*, más que con cualquier otro perro que Edgar hubiera conocido, la confianza era algo que había que ganarse.

Esa semana, Edgar lijó las paredes de los lados del establo para quitar la pintura descascarada y rellenó los huecos con masilla. Henry había comprado pintura roja para el exterior. Por dentro, pensaba encalarlo. Aplicar la cal fue un trabajo solitario, ya que el viejo granjero había dejado de aparecer cuando sacaron los últimos trastos. Los días eran calurosos y el cielo se poblaba de nubes monumentales. Al final de cada tarde, Henry aparcaba el sedán en el sendero. Cuando se bajaba del coche, se agachaba y dejaba que los perros le lavaran la cara, y a continuación inspeccionaba los progresos de Edgar.

–El color es bonito –dijo cuando el chico terminó de pintar el exterior–, pero hace que la casa desmerezca.

Por la noche salían a correr por la carretera. Henry conducía con semblante adusto, acelerando en las curvas, mientras los troncos de los árboles pasaban como iluminados por luz estroboscópica y los perros resbalaban en el asiento trasero. Cuando volvían, Henry abría una cerveza y gravitaba hacia el Skyliner. Con frecuencia acababa sentado al volante. Entonces *Candil* se le acercaba cojeando y trepaba al asiento a su lado.

En algún momento, entre los crucigramas, los discos de la biblioteca y la cerveza, Henry le pidió a Edgar que le enseñara a trabajar con los perros. Salieron después de la cena y el chico le enseñó varios signos. Después, le hizo una demostración con un ejercicio simple: recuperaciones guiadas. Puso dos palos en el suelo y le indicó a *Tesis* que fuera hacia ellos. Era una variación de los ejercicios de seguir la mirada del instructor, y todos los perros sabían cómo funcionaba. Cuando *Tesis* llegó a los palos, se volvió para mirar a Edgar, y al ver que él dirigía la vista al palo de la izquierda, lo recogió y se lo llevó agitando la cola. Edgar cogió el palo y le paso la mano a *Tesis* por la mejilla. Después de una demostración más con *Babú*, le llegó el turno a Henry, que eligió a *Candil* para trabajar. Fue una buena elección. La lesión que había sufrido y la convalecencia forzosa le habían aportado al perro un dosis extra de paciencia, que realmente necesitó, porque al principio Henry fue un desastre. Aun así, *Candil* perseveró, como si hubiera decidido hacer de Henry su proyecto personal. En ocasiones, llegó a olvidarse incluso de su pata y dio algunos pasos sin cojear.

Para empezar, el signo de Henry fue confuso: ni una llamada, ni un permiso para marcharse, ni una señal para ir a un punto determinado; pero *Candil* captó la idea y fue andando hasta donde estaban los palos. No hacía falta ninguna habilidad especial para el siguiente paso, pero Henry se las arregló para desconcertar al perro, que con mucha paciencia se abstuvo de recoger nada y se quedó esperando. Después, por alguna razón, Henry volvió a dar la orden de ir hacia allá. *Candil* bajó las orejas, sin comprender. Henry se adelantó y estaba a punto de ponerle el palo en la boca a *Candil*, por pura desesperación, cuando Edgar intervino y dio la orden correctamente, mirando el palo de la derecha. *Candil* lo recogió del suelo al instante.

Con gesto severo, Edgar puso dos dedos en horquilla y señaló con ellos los ojos de Henry.

«Tú mira el palo. Ellos sabrán cuál quieres.»

−De acuerdo, de acuerdo.

Henry cogió el palo que *Candil* llevaba en la boca y lo dejó en el suelo, pero olvidó darle las gracias. Edgar decidió no prestar atención a esa pequeña falta de protocolo y lo dejó hacer. Cuando Henry empezó a signarle al perro que ya podía marcharse, en lugar de ordenarle que fuera hacia los palos, Edgar le agarró las manos y se las movió hasta hacerle formar correctamente el signo. Henry se sonrojó, pero a la vez siguiente signó la orden a la perfección. Sin la menor vacilación, *Candil* atravesó cojeando el campo, miró a Henry y le llevó el palo que le pedía.

En ese momento, Henry lo entendió. Comprendió cuál era la diferencia entre dar órdenes a *Candil* y trabajar con él. Cuando Henry había signado aquella orden, había mirado a *Candil* y no sus manos, y cuando *Candil* se había dado la vuelta para mirarlo, había confiado en que el perro sería capaz de leerle la expresión. Entonces comenzó la cascada de revelaciones, tal como le había sucedido a Edgar, que lo notó en la expresión de Henry. Edgar pensó en todas aquellas cartas entre Brooks y su abuelo; en el debate interminable sobre animales de compañía y de trabajo; en los argumentos de su abuelo, diciendo que en realidad no había ninguna diferencia, y en la exasperación de Brooks, que se había negado a seguir discutiendo. También pensó en la pregunta que le había planteado su madre hacía millones de años: ¿qué era lo que vendían, si no eran perros?

Y ahí estaba Henry Lamb, resplandeciente. Hasta ese momento, Edgar nunca había visto al hombre sonreír sin cierta reserva fatalista, como de quien sabe que al final todas las bromas se vuelven contra él. Y si bien Edgar no estaba más cerca que antes de expresarlo con palabras, por primera vez estuvo seguro de conocer la respuesta a la pregunta de su madre.

—¿Hacia dónde te dirigías, si no es indiscreción? —dijo Henry esa noche, cuando estaban sentados a la mesa de la cocina—. No quiero inmiscuirme. No me respondas si no quieres.

«No importa», signó Edgar.

Garabateó «colonia del Hijo de las Estrellas» en un papel y se lo tendió a Henry. Curiosamente, hasta que aparecieron las palabras en el papel, ni siquiera él mismo estaba seguro de cuál sería la respuesta, o al menos no creía que hubiera una respuesta tan directa. Pero era indudable que siempre se había dirigido al noroeste, para llegar a la punta del lago Superior y, a partir de ahí, seguir la orilla hasta la frontera con Canadá y después tratar de encontrar el lugar de algún modo. Ése había sido el plan. Alexandra Honeywell había dicho que necesitaban gente, gente dispuesta a trabajar, y él estaba dispuesto. Por eso iban hacia allí.

Henry dejó escapar un silbido.

—¿El sitio que sale en las noticias? ¿El de Alexandra No-sé-qué? ¿Cerca de Thunder Bay?

Edgar asintió.

—¿Conoces a alguien allí?

«No.»

—¿Alguien te espera?

«No.»

Henry meneó la cabeza.

—Debe de haber unos trescientos kilómetros hasta allí. ¿Qué pensabas hacer? ¿Ir andando?

Edgar se encogió de hombros.

—Supongo que podrías. No sé hasta qué extremos puede llegar una persona para comer.

Edgar movió nerviosamente los pies al recordar el saqueo de la cocina de Henry.

—¿Podrá *Candil* recorrer toda esa distancia a pie?

Ésa era la cuestión. *Candil* ya no llevaba la pata vendada, pero por las mañanas cojeaba penosamente. Edgar no sabía cuándo estaría listo para emprender la marcha, si es que alguna vez lo estaba.

Se encogió de hombros. No había más respuesta que intentarlo.

El viernes, Henry llegó a casa con un remolque enganchado al sedán. Se apeó, se arrodilló y, sonriendo a Edgar, dejó que los perros se le acercaran. Señaló con un ademán el remolque, donde había cuatro neumáticos hinchados.

—He encargado unos neumáticos recauchutados para las ruedas del Skyliner. Mañana, rodará por primera vez en..., eeeh..., quince años. —Sacó una bolsa del supermercado del asiento del acompañante—. Pollo para asar y ensalada de patata —dijo—. ¿Corriente o fuera de lo común?

«Corriente —signó Edgar—, pero bueno.»

Encendieron la barbacoa, pusieron el pollo a asar y se sentaron en las tumbonas, mirando las pilas de basura.

—Casi me había acostumbrado a ver por aquí toda esa chatarra —dijo Henry—. Guardar el Skyliner en el cobertizo: ¿corriente o fuera de lo común?

«Fuera de lo común.»

—Sólo por saberlo —dijo Henry mientras resolvía un crucigrama—. Palabra de seis letras que significa «iniciar un proceso». Empieza por «X».

Edgar lo miró.

«No lo sé.»

—¡Te he pillado! —dijo Henry—. Era broma. Empieza por «I».

Le entregó el periódico a Edgar.

«Incoar», escribió Edgar en el periódico, y se lo devolvió.

—¡Dios santo! —exclamó Henry—. Empiezas a darme miedo.

Al día siguiente levantaron el Skyliner con el gato, montaron los neumáticos y retiraron los bloques de hormigón.

—¡Mira eso! —dijo Henry—. ¡Míralo! ¡Un momento, espera un segundo!

Corrió al establo, regresó con un martillo y volvió a plegar el techo del descapotable en el interior del maletero. Cuando terminó, hizo subir a los tres perros al asiento delantero. Tardó prácticamente una hora, maniobrando trabajosamente el coche hacia adelante y hacia atrás para alinearlo con el cobertizo. Hacía tiempo que los perros habían abandonado el barco.

—¡Volved! —les había gritado Henry cuando huyeron—. Esto es un honor.

Después empujaron el coche dentro del cobertizo. Henry corrió a ponerse delante para que no chocara contra la pared, ya que los frenos no funcionaban.

—Con cuidado —dijo—. Sólo... un poco... más...

Y el Skyliner entró. Cerraron las puertas, que para entonces eran de un rojo vivo, y Henry dejó caer la aldabilla.

Fue a buscar una cerveza y empezó a andar entre los montones de trastos y chatarra dispersos por el patio, rascándose la cabeza. Se detuvo junto al espejo y los puntales.

—¡Qué pena desprenderse de estas cosas! —dijo.

Al ver un lavabo de porcelana roto, suspiró:

—¡Vaya! ¿Qué habrá podido pasarle a esto?

Fue hasta el porche y se sentó.

—No puedo —dijo.

«¿Qué es lo que no puedes?»

—Llevarme esos chismes. Estaban aquí antes que yo. —Dio un largo trago a la botella y la levantó a la luz—. Devolverlos al cobertizo: ¿corriente o fuera de lo común?

Edgar lo miró.

«No lo sé.»

Henry tomó la decisión.

Trabajaron como posesos. No todo pudo regresar a su sitio, pero volvieron a colgar de las paredes los tapacubos y las herramientas antiguas. Encontraron espacio sobre las vigas para guardar los paneles aprovechables de contrachapado. Edgar le pasó a Henry el lavabo roto y las tijeras de podar, y entre los dos apoyaron dos de los puntales en un rincón. Cuando terminaron, el espejo adornaba la pared frontal del cobertizo, desde donde reflejaba el ancho parachoques del Skyliner, y dos ruedas del carro reposaban contra la fachada como festivas coronas de madera gris. El cobertizo estaba atestado de cosas. El Skyliner podía salir rodando, pero con escasos centímetros de margen.

—Ya está —dijo Henry retrocediendo para apreciar lo que habían hecho—. Ahora ya me parece bien.

A Edgar también se lo pareció. Se quedó mirando a los perros, que olfateaban las ruedas del carro mientras Henry hacía retroceder el remolque por la cuesta de grava. Cargaron dentro la vieja caldera, la transmisión del camión y la lavadora antigua.

—¿Qué te parece si lo celebramos con un paseo? —dijo Henry.

Edgar negó con la cabeza: «A la luz del día, no.»

—¡Vamos, alegra esa cara! No va a pasar nada malo.

Quizá fuera la idea de Henry Lamb pidiéndole que alegrara la cara lo que hizo que le pareciera razonable.

«Muy bien —signó—. De acuerdo.»

Desengancharon el remolque, se apiñaron en el coche y partieron a toda velocidad entre las ondas de calor que se levantaban del asfalto. Henry los llevó en audaz recorrido por el centro de Ashland, y Edgar se sintió, si no del todo despreocupado, al menos un poco más alegre de lo que se había sentido en mucho tiempo. Ya iban de regreso hacia la carretera cuando la luz del paso a nivel empezó a lanzar destellos y cayeron las barreras. Henry detuvo el sedán y un torrente de adrenalina invadió a Edgar, que se deslizó en el asiento hasta quedar oculto de los coches que lo rodeaban. Pensó que no corría peligro. No era raro ver a un hombre con tres perros en el coche. El tren empezó a pasar pesadamente. Las luces del paso a nivel parpadearon y sonaron las campanillas. Edgar levantó la cabeza para ver si ya había pasado el furgón de cola, y después se atrevió a mirar alrededor.

En el coche de al lado había una mujer joven.

Edgar le dio a Henry unos golpecitos con el dedo en el brazo y señaló.

—¡Dios santo —dijo Henry—, es Belva! Actúa con naturalidad.

Edgar no supo muy bien qué había querido decir con eso. Él estaba actuando con naturalidad y los perros también. Henry, en cambio, había abandonado al instante toda conducta natural. Enderezó la espalda como si llevara un palo entre los omóplatos y se puso a silbar un tonillo nervioso («tu-tu-tú») y a tamborilear con los dedos sobre el volante, como si por la radio estuviera sonando un estridente tema de rock and roll, en lugar de la previsión del tiempo.

«Parcialmente nuboso en el día de hoy —anunció el locutor—, con riesgo de tormentas fuertes para mañana.»

«Tiempo de cosecha», pensó Edgar.

La mujer debía de haber mirado y haber visto a Henry, porque cuando Edgar levantó la cabeza para mirar de nuevo, ella también tenía la cara vuelta hacia delante, con la vista fija en el parabrisas. El tren seguía pasando, vagón tras vagón. Tenían tiempo de sobra para leer las letras y los números de los costados. Finalmente, la mujer se inclinó a un lado, bajó la ventanilla del acompañante y gritó:

—¡Henry!

Henry se volvió hacia ella, sin dejar de silbar: «Tu-tu-tú.»

—¡Belva! —gritó él.

—¡Pensaba llamarte!

—¿De verdad? —dijo Henry mientras miraba a Edgar y le hacía un guiño—. ¡Supongo que habrás visto los girasoles!

—¿Qué?

—¡Los girasoles! ¡Supongo que habrás visto los girasoles!

—¿Qué girasoles?

—Nada —respondió él—. Olvídalo.

—Me marcho —gritó ella.

—¿Qué?

—Que me marcho. Me voy a vivir a Madison.

—¿Cómo es eso?

—¿Por qué vas con todos esos perros? —gritó ella en lugar de responder a su pregunta.

—Bueno, no sé... —dijo él débilmente mientras golpeaba el volante con el puño y miraba a Edgar, agachado tras la ventanilla.

«Corriente», le signó Edgar desde abajo.

—De acuerdo —masculló Henry, y se volvió hacia Belva—. Decidí que quería tener un perro..., hum..., tres perros.

—¡Vaya, son preciosos! —dijo ella.

«Muy corriente», signó Edgar levantando los ojos al cielo.

—En realidad, son de mi sobrino —se corrigió—. Yo sólo los cuido.

Ella volvió a reír.

—Tú no tienes sobrinos, Henry. ¡Eres hijo único!

Henry pareció desconcertado por un momento.

—¿Qué dices? ¿Sobrino? No, no he dicho «sobrino». He dicho «amigo». Los perros son de mi amigo Nathoo. Ven, Nathoo, saluda —añadió, haciendo un gesto a Edgar para que se levantara del suelo.

El chico negó con la cabeza.

—Ven —dijo Henry entre dientes—. Tienes que ayudarme.

«No.»

—¿Con quién hablas? —gritó Belva.

—Con nadie; sólo con los perros —dijo él—. ¿Por qué te vas a vivir a Madison?

Hubo una larga pausa, durante la cual Edgar pudo oír el traqueteo de las juntas entre los vagones del tren, el campanilleo del paso a nivel e incluso, débilmente, el ruido de las radios encendidas en los coches a su alrededor. *Babú* parecía particularmente interesado en Belva. Asomó la cabeza por la ventanilla del lado del conductor para verla mejor.

—Porque se va Joe —gritó ella por fin.

—¿Joe?

—Mi prometido.

—Ah —dijo Henry—. Ah. Oh. Ajá.

—Ya sabías que estoy prometida, ¿verdad?

—¡Sí, claro!

—¡Salió en el periódico!

—¡Sí, ahí fue donde lo vi! —dijo él—. Seguro que el tipo es un tarado.

—¿Qué has dicho?

—Que encontrarás Madison muy animado.

—De verdad, Henry, ¿quién está contigo en el coche?

Henry miró a Edgar. Gotas de sudor le perlaban la frente.

—Por favor —susurró—. Sólo por esta vez.

Entonces, el furgón de cola pasó traqueteando y Edgar pensó que probablemente podía correr ese riesgo, sólo por esa vez, ya que las barreras del paso a nivel se estaban levantando y pronto podrían seguir viaje. Pensó que era una tontería quedarse escondido bajo el salpicadero.

Se sentó y saludó a Belva con la mano.

Fue entonces, al mirar por el cristal trasero del sedán de Henry, cuando vio el coche de la policía del estado.

Glen Papineau

Glen Papineau suponía que estaba de luto. Había usado antes esa palabra e incluso creía entender su significado, pero en realidad no era así. Por un lado, el luto parecía una formalidad, una fase por la que obligatoriamente debía pasar una persona (ponerse un traje negro y asistir a un funeral), pero el luto auténtico no terminaba el día del funeral, ni a la semana siguiente, ni incluso al mes siguiente. Hacía casi dos meses que su padre había muerto, y a veces Glen se sentía como si acabara de recibir la llamada.

Distinguía entre la sensación del día y la sensación de la noche. La sensación del día solía apoderarse de él antes del almuerzo; era una manta caliente de entumecimiento, tan sofocante que le hacía palpitar las sienes. Se arrastraba entre sus obligaciones como moviéndose contra un viento huracanado. Todo le llevaba una eternidad. Todo estaba plagado de laboriosos detalles, y Glen detestaba los detalles. Él estaba hecho para los grandes gestos; bastaba con mirarle las manos para saberlo. Un hombre con las manos de Glen podía hacer algunas cosas, pero tenía que dejar las otras para los demás. Nunca sería pianista, por ejemplo, ni cirujano veterinario. No es que él lo quisiera así, pero últimamente se había estado mirando mucho las manos, y veía que no estaban hechas para ocuparse de los detalles.

La sensación del día era mala, sin duda, pero la sensación de la noche era la auténtica asesina: un lóbrego mazazo al alma, como si un desconocido le hubiera susurrado un secreto horrible al oído, y ese secreto fuera que la muerte no tiene sentido y es inevitable. Ese conocimiento le impedía dormir. Se quedaba viendo la televisión y, cuando no quería estar solo, se iba a las tabernas. Quizá no fuera lo más correcto que un agente de la ley bebiera en público, pero la gente lo comprendía. A veces incluso lo invitaban a cervezas y le contaban historias de su padre.

Había momentos de aceptación. Después de todo, su padre se estaba haciendo mayor y Glen había considerado su muerte más de una vez, aunque la había imaginado como un proceso largo y lento, algo relacionado con el cáncer, una decadencia innombrable. Pero nunca había esperado que la visita de la muerte fuera a ser tan repentina. Su padre había sido un día un hombre vigoroso de sesenta y siete años, que dirigía la clínica, coqueteaba con las dependientas de las pastelerías y contaba anécdotas de sus vacaciones en Florida a todo el que quisiera escucharlo, y al día siguiente estaba muerto al pie de la escalera del establo de los Sawtelle.

Al ser hijo único, Glen había tenido que hacerse cargo de los arreglos para el funeral. Su padre había dejado un testamento detallado, donde especificaba que quería ser sepultado junto a la madre de Glen, en Park City. En el despacho, como su padre llamaba a la clínica veterinaria, Glen había guardado en cajas el contenido del escritorio, los libros y las chaquetas colgadas del perchero. Jeannie había llamado a todos los clientes y los había remitido al doctor Howe, en Ashland. El testamento indicaba que había que ponerse en contacto con la facultad de veterinaria de Madison, para vender la clínica en su totalidad, en lugar de sacarla a subasta. Sin embargo, nadie parecía muy interesado en una consulta perdida en un pueblucho, y Glen no había recibido ninguna oferta seria. El despacho estaba oscuro y silencioso, con la farmacia cerrada y fundas de plástico sobre los muebles, como si fuera una morgue. Glen pensaba que tarde o temprano alguien se colaría para robar; de hecho, ya habían roto de una pedrada una de las ventanas traseras, pero no faltaba nada.

Tenía, entonces, la sensación del día y la sensación de la noche, y las dos eran malas y le estaban haciendo beber un poco más de lo habitual; pero Glen pensaba que podía sobrellevarlo, aunque no se sintiera muy bien, hasta que Claude lo llamó y le dijo que quería hablar. Glen se ofreció para ir a casa de los Sawtelle, pero Claude le propuso encontrarse en la taberna Kettle, al sur del pueblo. Cuando entró, había un partido de los Brewers en la televisión. Claude lo saludó desde la punta de la barra. Adam, el barman, le sirvió una Leinenkugel y Glen se sentó al lado de Claude.

Estuvieron viendo el partido y hablando del padre de Glen y de cómo

Claude lo recordaba saliendo de la perrera, cuando era niño. Claude dijo muchas cosas bonitas de su padre. Dijo que se consideraba lo más cercano a alguien de la familia que tenía su padre, aparte de Glen. Dijo que lo veía como a un tío y que eso significaba mucho para él, porque los Sawtelle eran una familia pequeña.

Sólo mucho más tarde empezaron a hablar del motivo de la llamada de Claude. En su opinión, el doctor Howe era un incompetente. Hasta que habían encontrado otro veterinario, el propio Claude se había ocupado de erradicar las lombrices de los cachorros, tratar las mastitis y ese tipo de cosas. Había sido paramédico en la marina y sabía usar los productos farmacéuticos. Glen sabía que su padre había llegado a un acuerdo con los Sawtelle para ahorrarse visitas, ya que no era práctico ir a verlos cinco veces a la semana sólo para recetar penicilina. Así pues, habían instalado un botiquín en el establo con los suministros que normalmente su padre tenía bajo llave en su consulta. Ahora, Glen quería saber si estaría dispuesto a venderle algunos de los productos guardados en la farmacia de la consulta, teniendo en cuenta que no parecía que hubiera ningún comprador llamando a la puerta.

Para entonces iban por la cuarta o quinta cerveza, lo que no era mucho para alguien de la corpulencia de Glen, aunque ya había bebido una o dos antes de salir. Vieron a los Brewers perder otra carrera. Adam soltó una blasfemia contra el televisor, para contentar a los clientes.

—¿Sabes lo que me viene a la cabeza cada vez que pienso en tu padre? —dijo Claude—. La escabechina de patos de la mezcla asfáltica en caliente.

Glen se echó a reír.

—Sí. Aquella primera lluvia... ¿Recuerdas a los patos que alborotaban alrededor de la consulta?

Cuando Glen tenía ocho años, el estado había reasfaltado la calle principal y había puesto farolas. Había sido la primera mejora importante de Mellen en su larga decadencia hacia el olvido, desde los días lejanos de la prosperidad maderera, bajo el gobierno de Truman. Las calles estaban en tal mal estado que los chicos del pueblo solían jugar a recorrerlas en bicicleta sin caer en ningún bache. No era fácil. En algunos sitios, era directamente imposible.

Pero en lugar del pavimento pedregoso de betún y grava que antes cubría la calle, la cuadrilla enviada por el estado había llevado una nueva variedad de asfalto, que era negra y tenía consistencia de humeante goma arábiga cuando se aplicaba y quedaba perfectamente lisa y suave cuando se endurecía. La llamaban «mezcla asfáltica en caliente», quizá porque la vertían desde una enorme caldera sobre ruedas. La caldera de la mezcla en caliente apestó a rayos durante las tres semanas que duraron las obras; pero mereció la pena, porque después, la calle principal de Mellen, antes plagada de baches, quedó convertida en una cinta de liso pavimento negro.

Todo fue a pedir de boca hasta la primera racha lluviosa. Una noche, una pareja de patos sobrevoló la zona, buscando un sitio donde posarse en el río Bad. Con las nuevas farolas encendidas sobre el asfalto reluciente por la lluvia, la calle principal debió de parecerles una plácida corriente rebosante de peces, mucho más atractiva de lo que nunca había sido el río Bad. Los dos primeros patos bajaron para posarse en el agua, graznando como locos, y con la fuerza del impacto se partieron el cuello. Después, apareció sobre los árboles el grueso de la bandada y sus pequeños cerebros de ave fueron incapaces de deducir por qué sus congéneres tenían un aspecto tan raro sobre el agua. El resultado fue lo que más tarde se conocería como «la escabechina de patos de la mezcla asfáltica en caliente».

Las aves más afortunadas se dieron un testarazo, sacudieron los picos desconcertadas y salieron volando, pero al menos media docena se convirtieron en la cena de varios observadores de reflejos rápidos. Las demás sufrieron toda clase de lesiones. El restaurante se vació y se produjo a continuación una captura sistemática de aves heridas. La gente metía a los patos cojos y aturdidos en cajas, los atrapaba arrojándoles mantas encima e incluso los ahuyentaba hacia el interior de los coches. Llegaron en caravana a la consulta del padre de Glen.

—Al final, todos los patos iban cojeando detrás de papá, adondequiera que él fuera —dijo Glen.

Claude había olvidado algunos detalles, pero mientras bebían y hablaban, los recuerdos de Glen le habían hecho pasar de la sonrisa a las carcajadas.

—Sí, es cierto. Lo que recuerdo mejor es cuando los ponía encima del mostrador de la recepcionista —dijo Claude— y hablaba a la gente como si no los viera. «¿Qué pato?», les decía. Yo me partía de risa cada vez que lo hacía.

Glen también lo recordaba. Eso había sido cuando Claude trabajaba en la consulta, haciendo recados. Glen recordaba que entonces Claude le parecía todo un personaje y que también era un poco un héroe para él.

Para empezar, era atlético. Todavía tenía buen aspecto para sus..., ¿cuántos?, ¿cuarenta años? Además, Claude siempre parecía tener novia, lo que incluso entonces, cuando tenía ocho años, le hacía pensar a Glen que quizá pudiera acarrearle problemas.

—¿Te he contado alguna vez lo que hizo en el restaurante?

—No, ¿qué hizo?

—Una vez, cuando les retiró los entablillados y sabía que esos patos harían cualquier cosa por él, metió a uno en un maletín viejo de médico y lo llevó al restaurante para comer. Puso el maletín en el asiento y esperó. El pato no hizo ningún ruido. Papá fue el primero en hacer el pedido y, cuando la camarera estaba tomando el mío, alargó la mano, abrió el maletín y entonces el pato sacó la cabeza.

—¡No! —exclamó Claude, riendo.

—Cuando yo terminé, le dijo a la camarera: «¿No vas a tomar su pedido?» Entonces la chica vio al pato y soltó un grito.

—¡No me lo creo!

—¡Sí! ¡Hasta se le cayó el bloc de las manos! ¿Y sabes qué hizo el pato?

—¿Qué?

—Salió de un salto del maletín y la persiguió hasta la cocina, graznando sobre sus talones. La chica hizo todo el camino chillando.

Claude se estaba sacudiendo de risa, agarrado al borde de la barra para no caerse de la silla.

—Papá le gritó que su amigo tomaría trucha.

—¡Dios mío, no!

—Le dijo que no volvería a meter al pato en el maletín hasta que terminara de comer y que todos, incluso los patos, tenían derecho a un almuerzo decente. Sobre todo en Mellen.

—¡Para! —le suplicó Claude—. ¡Para, por favor!

Estaba llorando de risa.

A Glen le gustaba ser capaz de hacer reír de ese modo a Claude. No se había dado cuenta de lo graciosa que era la anécdota, pero Claude se estaba muriendo de risa y a Glen le resultaba difícil no sumarse a las carcajadas. Cuando finalmente Claude se enjugó los ojos, pidió otra ronda y los dos entrechocaron las copas.

—Por Page.

—Por mi padre.

—¿Qué fue de esos patos?

–No lo recuerdo –confesó Glen–. Nunca volvieron a volar. Creo que papá se los regaló a un granjero de Prentice.

Miraron un rato más el partido y entonces Glen compró una caja de seis cervezas para llevar y se pusieron en camino hacia la consulta. Claude lo siguió en su Impala. Glen fue andando hasta la puerta de la fachada en la oscuridad, sacó un juego de llaves y, con la torpeza de la bebida, probó una tras otra. Una vez dentro, accionó un interruptor y una sucesión de fluorescentes de aspecto ultraterreno parpadearon y entraron en funcionamiento sobre su cabeza. La farmacia no era más que un pequeño trastero pulcramente organizado, junto al despacho de su padre. Glen abrió la cerradura, tiró de la puerta y retrocedió unos pasos.

–¿Qué necesitas?

Claude entró y se puso a examinar con atención las estanterías de frascos y botellas, deteniéndose un par de veces para observar de cerca las etiquetas, como si estuviera mirando escaparates en lugar de buscar simplemente un poco de penicilina. Cuando terminó su detallado escrutinio del contenido de la farmacia, sacó tres paquetes de los estantes.

–Esto –dijo mientras le pasaba uno a Glen–. Esto también, y esto otro. –Salió y dejó que Glen cerrara la puerta–. Si sabes dónde están los recibos, te daré un poco más de lo que han costado –dijo.

–Llévatelos. Me costaría más explicárselo al abogado que dártelo directamente.

–Te lo agradezco –replicó Claude–. Espero encontrar alguna manera de compensarte.

–No hace falta –dijo Glen haciendo un amplio ademán–. Olvídalo.

Salieron, cerraron con llave y se dirigieron hacia los coches. Glen alargó la mano hacia el asiento trasero, sacó dos cervezas y ambos se quedaron mirando el cielo nocturno. Al cabo de un momento, el silencio se volvió incómodo. Glen sabía que Claude tenía algo más en mente, aparte de las medicinas. De hecho, había mantenido un contacto muy estrecho con Claude y Trudy en los últimos dos meses. La noche de la muerte de su padre, Edgar se había escapado de casa con dos o tres perros. Ver morir a dos hombres en la misma habitación había sido demasiado para el chico. Al principio, creyeron que estaría escondido en el bosque. Después pensaron que lo encontrarían haciendo autoestop. Así era como encontraban a la mayoría de los chicos que se fugaban de casa. Todas las mañanas, la policía estatal difundía una lista de niños fugados recogidos en la carretera, pero nunca había ninguno que coincidiera con las señas de Edgar.

Lógicamente, Glen había investigado en los alrededores de Mellen. Walt Graves, el cartero rural, se había comprometido a hablar con todos los destinatarios de su ruta, y en la central telefónica, Glen había insinuado a las operadoras que quizá pudieran hacer una denuncia anónima si oían alguna conversación interesante. El Servicio Forestal había contribuido brevemente a la búsqueda con una avioneta. Pero, en definitiva, Edgar era uno de tantos niños fugados, y no había mucho más que hacer excepto esperar a que apareciera y, entonces, enviarlo a casa.

Por eso, sin que Claude se lo preguntara, Glen dijo:

—Ya sabes que os llamaría inmediatamente si me enterara de algo.

Claude dio un sorbo a su cerveza en silencio, con gesto pensativo.

—La mayoría de los niños que se escapan de casa, al menos los que no intentan huir de una situación desagradable, vuelven por su propia voluntad cuando empieza el frío. Si no lo encontramos, él sólo volverá.

—Sí, supongo que sí —dijo Claude, y al cabo de un rato añadió—: Sin embargo, entre tú y yo, no estoy seguro de que eso fuera a ser lo mejor. Quizá sea preferible que no esté en casa. No te imaginas el tormento que ha sido ese chico para Trudy en los últimos nueve meses. Tiene algo..., no sé..., salvaje.

—Está en la edad. Además, debió de quedar muy impresionado con lo de Gar. Cuando hablé con él, apenas podía recordar lo sucedido.

Eso pareció interesar a Claude.

—Trudy también me lo comentó —dijo—. ¿Cómo fue exactamente? ¿Recordaba algunas cosas o se le había borrado el día entero de la memoria?

—Recordaba muchas cosas: lo que estaba haciendo con los perros, lo que había tomado para desayunar... Pero cuanto más nos acercábamos al momento en que encontró a Gar, más vagos se volvían sus recuerdos.

—Ajá —dijo Claude, que para entonces observaba a Glen con atención—. Siempre me resultó un poco rara esa forma de... «encontrarlo». No he querido preguntar a Trudy al respecto, para no alimentar malos sentimientos, pero ¿me dices que no oyó nada en absoluto? ¿Ni a Gar pidiendo auxilio, ni a los perros ladrando, ni nada de nada?

—Eso me dijo cuando hablamos, que fue al día siguiente. Técnicamente, debería haberlo interrogado de inmediato, pero papá se enfadó un poco conmigo cuando lo sugerí. Me dijo que las formalidades podían esperar, y yo también me di cuenta de que el chico estaba destrozado. —Glen se encogió de hombros y bebió otro sorbo de cerveza—. Pero quizá ahora sea diferente. A veces la gente recuerda cosas al cabo de un tiempo.

—Supongo que sí —dijo Claude—. Pero ¿cómo saben que los recuerdos son auténticos, si los recuperan varios meses después?

Glen pensó en lo que Claude había dicho respecto al lado salvaje de Edgar. Lo miró.

—Si no recuerdo mal los rumores, tú también tenías un carácter bastante salvaje en tus tiempos. Quizá sea cosa de familia.

Claude asintió.

—Tuve mis momentos. No tanto a su edad, pero entiendo lo que dices. No le critico su carácter. Con Edgar, es otra cosa.

Glen lo miró.

—¿Qué quieres decir?

—No sé, yo era salvaje como la mayor parte de los chicos. Quería cambiarlo todo. Pensaba que hacía falta cambiarlo todo. Pero nunca le hice daño a nadie. Con Edgar, sin embargo..., no sé..., no siempre consigue dominar su temperamento.

Entonces, Claude se interrumpió. Parecía como si le costara encontrar las palabras. Dio un largo trago de cerveza.

—No sé cómo decirte esto —prosiguió— pero, por otro lado, tampoco me gusta tener secretos.

—Decirme ¿qué?

—Sobre tu padre.

—¿Qué pasa con mi padre? ¿Vas a decirme que también tenía un lado salvaje?

La idea hizo reír a Glen. Si su padre no hubiera sido veterinario, habría sido maestro de escuela, o mejor aún, director de colegio. Le gustaba ser una autoridad, alguien que dijera a la gente lo que tenía que hacer.

—No, nada de eso —dijo Claude—. Ten en cuenta que yo sólo sé de oídas lo que voy a contarte. No estaba presente cuando sucedió, ¿lo entiendes? Yo estaba en la casa y lo primero que vi con mis propios ojos, cuando entré en el establo, fue a Page tendido en el suelo.

Entonces, aunque era una noche calurosa de verano, Glen sintió un escalofrío.

—Verás, después de que Edgar se fugó, me enteré por Trudy de que Page no se cayó simplemente. Parece ser que se cayó por la escalera porque Edgar se le echó encima.

Se hizo un largo silencio, durante el cual Glen sintió que la sangre empezaba a palpitarle en los oídos.

—Se le echó encima...

—Así es.

—¿Quieres decir que se le echó encima para atacarlo?

—Sí, eso es lo que quiero decir.

—¿Por qué iba a hacer una cosa así?

—Es lo que no podemos entender. Después de la muerte de Gar, se cerró como una almeja. Y cuando Edgar se cierra, nadie puede hacer nada. Esa noche, estábamos hablando con un criador interesado en abrir una sucursal de nuestro criadero. El hombre tenía algunas ideas interesantes para convencer a la gente del catálogo Carruthers, pero todo eso alteró mucho a Edgar. Abrió esa puerta enorme de la fachada del henil, arrastró a Trudy hasta sacarle medio cuerpo afuera y estuvo a punto de empujarla. No sé lo que habría pasado si no se hubiera parado a tiempo. Tampoco estaba muy contento de que yo pasara tanto tiempo en la casa, y supongo que eso puedo entenderlo. De hecho, casi todas las noches se iba a dormir al altillo del heno, como si su lugar estuviera allí, y no en la casa.

—Claude —dijo Glen—, por el amor de Dios...

—No lo sé, Glen. Puede que Trudy se equivoque. No me corresponde a mí decirlo. Le he dado mil vueltas en la cabeza y, lo mires por donde lo mires, fue un accidente tonto. Coge mañana el *Milwaukee Journal* y lee las esquelas fúnebres; te apuesto cincuenta dólares a que encuentras a alguien que ha muerto por un estúpido accidente. ¿Recuerdas cuando Odin Kunkler se cayó del manzano porque intentaba hacer bajar a un puerco espín sacudiendo una rama? Podría haberse partido el cuello, en lugar de romperse los dos brazos. ¿Quién puede saber por qué pasó una cosa y no otra? Aunque Trudy no se equivoque, Edgar no tocó a tu padre. Solamente corrió hacia él y Page cayó.

—Pero no deja de ser homicidio —dijo Glen.

—Además...

—Además, ¿qué?

—Bueno, no sé si sentías mucho apego por tu padre. Hay quien se alegra cuando el viejo se va al otro barrio.

—¡Maldita sea, Claude! ¿Qué dices? ¡Mierda, Claude! Claro que teníamos nuestras discusiones de vez en cuando. ¿Y quién no? ¡Pero era mi padre!

Glen miró a Claude tratando de averiguar si había hablado así para provocarlo, pero parecía sincero y, en todo caso, un poco desconcertado por la vehemencia de su reacción.

—Ya. Bueno, no siempre es así. Entre padre e hijo, quiero decir. No estaba seguro.

—Pues ahora ya lo estás.

—No he querido ofenderte; sólo pretendía pedirte que hablaras con sinceridad. Creo que una persona debe poner todas las cartas sobre la mesa —dijo Claude—. Mira, Glen, si tú quisieras, podrías llevarnos a juicio. Después de todo, tu padre estaba en nuestra finca y se cayó de nuestra escalera. Probablemente daría igual que se hubiera caído porque Edgar lo asustó o por otra causa; un buen abogado nos acusaría de no haber tenido algo que deberíamos haber tenido, como un buen pasamanos o algo así, aunque de hecho tenemos pasamanos...

—No digas tonterías.

—Puede que sean tonterías, pero a lo que voy es que en un caso como éste, donde nada es blanco o negro, somos nosotros quienes debemos decidir lo que es justo y correcto. No estoy hablando de tribunales, sino de decidir por nosotros mismos. Claro que, si tú quieres tribunales, ahí los tienes. Podrías cerrarnos el criadero si quisieras. Se acabarían los perros sawtelle por siempre jamás. Si es tu decisión, por mí está bien. No puedo hablar por Trudy, lógicamente. Esos perros significan muchísimo para ella, sobre todo desde que Edgar se escapó de casa. Cada vez que coloco uno, tengo una discusión con ella.

—Yo no quiero eso y tú lo sabes.

—¿No? Espera y verás. Quizá mañana te despiertes desalentado y deprimido. Así funcionan estas cosas. No sentirás rabia, sino sólo cansancio, como si te hubieran quitado todo el viento de las velas. Pero al día siguiente, o al otro, puede que te despiertes, te vistas y, sin pensarlo, vayas a casa de tu padre, salgas por la puerta y ya estés bajando la calle cuando de pronto recuerdes que ya no está, que se ha ido para siempre. Entonces sucederá. En ese momento sentirás rabia. La sentirás por algún detalle menor y sin importancia. Así que no me digas qué clase de justicia quieres, Glen, porque no podrás mantener tu promesa.

—Lo que puedo decirte es que no voy a llevaros a juicio a Trudy y a ti por algo que ha hecho Edgar.

—¿Y por qué demonios no ibas a hacerlo? —replicó Claude—. Es un menor. Trudy es su madre y yo soy su tío. Trudy lo ha criado. Debe de haberse equivocado en algo, porque de lo contrario no se le habría echado encima a Page.

—No, las cosas no son así. O quizá sí, no lo sé. Mírame a mí, por ejemplo. De mí puedes decir que he tenido cosas buenas y cosas malas, en el mejor de los casos. Pero papá no pudo hacerlo mejor. Siempre me estaba diciendo cómo tenía que..., y por qué debía...

Entonces Glen notó que estaba llorando. Era muy embarazoso, pero las lágrimas habían brotado sin darse cuenta y no podía pararlas. En ese momento comprendió que aún seguía de luto, y que quizá no había hecho más que empezar. Cuando una persona ha dejado atrás el luto, no se echa a llorar cuando bebe cerveza.

—Yo he sido un desastre, no sé si lo recuerdas —dijo cuando consiguió hablar sin tartamudear—. Quizá no sepas lo que significa saber positivamente que no te conviene hacer algo y, sin embargo, hacerlo. Como si no pudieras controlarlo. Pero yo sí sé lo que es eso. Papá me apoyó y estuvo a mi lado un montón de veces, cuando yo pensaba que iba a acabar en el reformatorio.

Claude dio un sorbo a su cerveza y asintió.

—Es bastante irónico haber acabado de policía en el pueblo, ¿no crees?

—Creo que encaja contigo. Haces un buen trabajo.

—Gracias —replicó Glen—, lo intento.

Había alguna otra cosa que quería decir, algún aspecto que quería señalar, pero las cervezas se habían ido añadiendo y ya no lo recordaba. La cabeza le habría dado vueltas incluso aunque hubiese estado sobrio, y Claude tenía una manera muy particular de hacer que todo pareciera confuso y complejo.

—¿Sabes qué? —dijo Claude por fin.

Glen lo notó alterado por toda la situación, quizá más que él mismo.

—Todo está en tus manos —prosiguió Claude—. Tú lo sabes, yo lo sé, y no tiene sentido fingir que no es así ni tampoco pensar que ya sabes, en este instante, lo que quieres hacer al respecto. Pronto llegará el día en que sientas rabia. Cuando llegue, lo único que puedo ofrecerte es que me llames, y entonces encontraremos un lugar donde sentarnos, beber unas cervezas y hablar de lo que conviene hacer. Es lo menos que puedo ofrecerte: escuchar lo que tengas que decir.

Glen lo miró. Parecía como si Claude estuviera a punto de echarse a llorar también.

—Antes, en otro tiempo, los viejos sabían todas las respuestas —dijo Claude—. Tu padre... Mi padre...

—Así es.

—Ahora los viejos somos nosotros. Tenemos que saber las respuestas.

—Todavía no han muerto todos.

—No, pero la mayoría.

—Ida Paine sigue ahí.

Claude se estremeció.

—Ida Paine siempre ha estado ahí —dijo—, y seguirá ahí mucho después de que tú y yo nos hayamos ido.

—La semana pasada fui a la tienda. Si en algo ha cambiado, ha sido para volverse todavía más espeluznante.

—¿Te lo dijo? —preguntó Claude, y no hizo falta que le explicara a Glen a qué se refería—. ¿Te miró a través de esas gafas de culo de botella y te lo dijo?

—Ah, sí. «¿Nada más?» —graznó Glen en una imitación bastante acertada de la voz ronca de Ida—. «¿Alguna cosa más?»

Era divertido, pero ninguno de los dos rió. Ida Paine no daba risa.

Claude se incorporó y se dirigió hacia el Impala.

—Recuerda lo que te he dicho.

Glen le respondió con un saludo de borracho:

—De acuerdo. Diez-cuatro. Roger. Cambio y fuera.

Entonces Claude se alejó y las luces traseras de su vehículo se tambalearon cuando subió al pavimento de la carretera, al sur del pueblo. A Glen no le apetecía marcharse todavía. Se apoyó en el maletero del coche, bamboleándose a la luz de la luna, y se puso a contemplar los contornos oscuros de la consulta de su padre. Era una placentera noche de verano; los insectos a su alrededor componían una agradable melodía, y el cielo sobre su cabeza era una festiva procesión de estrellas y galaxias. Cuando estuvo seguro de que no lo veía nadie haciendo algo tan sensiblero, Glen Papineau levantó al cielo la botella de Leiney's y dejó que volvieran a fluir las lágrimas.

—Por ti, papá —susurró—. Por ti.

Viento

Un único y paralizador vistazo por el cristal trasero del sedán había sido suficiente para comprender que su estancia en casa de Henry había finalizado. En cuanto pasó el tren y el coche de la policía estatal se desvió por una calle lateral, Edgar saltó al asiento trasero y, durante el resto del trayecto, mantuvo acostados a *Candil* y a *Babú*, con la cabeza baja y con la esperanza de que *Tesis*, sentada junto a Henry en el asiento delantero, no llamara la atención. Nunca debería haber aceptado un paseo a plena luz del día. Si el oficial de policía se hubiera fijado un poco más en él, si hubiera estado un poco menos distraído o le hubieran recordado esa mañana el curioso boletín acerca del niño fugado con tres perros, entonces las luces del techo del coche patrulla habrían empezado a girar y allí mismo habría acabado todo.

Cuando llegaron al sendero de la casa, Edgar ya había decidido marcharse de inmediato, pero Henry lo entretuvo con un mapa, calculando la distancia entre Lute y Thunder Bay, que resultó ser de más de trescientos kilómetros, y le señaló la imposibilidad de que *Candil* caminara tanto con la pata a medio curar.

—Y eso es sólo si atraviesas el lago Superior. ¿Cómo piensas hacerlo, si te preocupa tanto que te descubran?

«No lo sé —escribió Edgar—. Ya se nos ocurrirá algo.»

—Mira —dijo Henry—, si ya lo tienes decidido, deja que te lleve hasta la frontera. Conozco las carreteras secundarias. Podemos evitar las vías principales. Incluso podría rodear el lago Superior. A partir de ahí, es todo recto por la carretera North Shore.

«Enséñame el mapa», signó Edgar.

Trazó por sí mismo la ruta, pero no había mucho que decidir. Henry podía hacerlos avanzar varias semanas en un solo día. Cuando estuvieran cerca de la frontera, podrían elegir un lugar adecuado desde el que seguir a pie. A partir de ahí, los dos estuvieron de acuerdo en que faltarían unos cinco días de marcha para llegar a Thunder Bay, o quizá diez, teniendo en cuenta el estado de *Candil*. De hecho, aceptar la oferta de Henry parecía la única manera de llegar a la colonia del Hijo de las Estrellas.

«Muy bien —signó Edgar—. Pero nos vamos mañana.»

Esa noche esperó a que Henry estuviera dormido y entonces fue al cobertizo y abrió las puertas. Pasó con dificultad por el estrecho espacio junto al guardabarros del Skyliner, pasó por encima de la puerta para instalarse en el asiento del conductor y apoyó las manos en el aro acanalado del volante. En la oscuridad, apenas distinguía sus propias manos.

«¿Estás ahí?», signó.

Esperó. Hubo un largo silencio. Al cabo de un momento pensó que era inútil y se dispuso a volver a la casa. Después se dijo que no perdía nada con intentarlo de nuevo y levantó las manos en la oscuridad.

«¿Lo viste en mí? —signó—. ¿Viste eso que es tan poco frecuente?»

Por la mañana, Edgar calmó a los perros practicando ejercicios en el patio: recuperaciones, llamadas y seguimientos. Habían pasado tanto tiempo con Henry que habían perdido un poco el hábito de mantenerse junto a él, y ahora que volvían a ponerse en camino necesitarían recuperarlo. Henry llamó al trabajo para decir que estaba enfermo, tosiendo débilmente en el auricular mientras le sonreía a Edgar. Salieron poco después de las diez, cuando Henry suponía que el tráfico sería menos intenso. *Candil* se sentó delante, pero Edgar se quedó en el asiento de atrás con *Tesis* y *Babú*, junto a unas mantas, tratando de controlar el nerviosismo. Hizo acostar a los perros para echarles las mantas por encima cada vez que apareciera un coche. Henry guardaba silencio. Pasó el brazo sobre el asiento delantero y apoyó una mano sobre la clavícula de *Candil*.

Una hora después estaban al oeste de Brule. Henry atravesó la carretera 2. Dijo que había pensado en un sitio donde podrían parar y dar un descanso a los perros, una pequeña cala que Belva y él habían descubierto mientras exploraban la costa del lago.

«Sigue adelante —signó Edgar—. No lo necesitan.»

—¿Estás de broma? —replicó Henry—. Los perros son máquinas de mear. No quiero averiguar cómo será limpiar orina de perro de los pliegues y hendiduras de mis elegantes asientos de vinilo.

Tesis pareció adivinar una oportunidad. Miró a Edgar a los ojos y se puso a respirar ansiosamente.

«Basta —signó él—. Nos vas a meter en problemas.»

Cuando habían dejado atrás el pequeño valle de Henry, el sol brillaba entre unas pocas nubes dispersas; pero al acercarse al lago Superior, las nubes se fundieron en la masa continua y azul de un frente tormentoso. Cuando Henry llegó al desvío planeado y apagó el motor, el sol había sido eclipsado por la tormenta inminente.

Henry salió del coche, pero Edgar se quedó en el asiento trasero, mirando a un lado y a otro de la carretera, por si se aproximaba algún vehículo.

—Relájate —dijo Henry—. ¿No quieres ver el lago? Sal y mira. No hay nadie.

Tenía razón, pero a Edgar lo ponía nervioso la idea de salir a campo abierto con los tres perros. Ya había consumido toda la suerte que pudiera tener. Por otro lado, el tiempo estaba empeorando, por lo que no iban a quedarse mucho tiempo, y, además, no iba a serles fácil sacar a los perros más adelante, cuando empezara a llover.

—Mira —dijo Henry—. No hay nadie en varios kilómetros a la redonda. Te gustará. Sígueme.

Henry condujo a Edgar y a los perros a través de bosquecillos de arces y pinos de Virginia, por una senda apenas marcada. Los árboles estaban cubiertos de musgo verde y el suelo resbaladizo se volvía particularmente traicionero por las rachas de viento tormentoso que azotaban los matorrales. El olor del lago llenaba el aire. Antes de ver el agua, Edgar oyó el batir de las olas sobre la orilla.

Salieron del bosque en una cala apartada, no mucho más grande que el patio de Henry. Al fondo había una pared de roca desnuda, de unos setenta u ochenta metros de alto, que describía una curva irregular cubierta de grises cornisas y llena de huecos tallados por la erosión, algunos tan grandes como cuevas. Una colonia de aves acuáticas graznaba y aleteaba cerca de la cima, de cuyo borde sobresalía una maraña de hierba y raíces.

Edgar comprendió en seguida por qué le gustaba a Henry el lugar. En un día soleado, debía de parecer aislado y acogedor, un lugar donde Edgar podría haber descansado y contemplado el horizonte llano y acuoso sin miedo a que lo descubrieran. Lo único que veía por la costa, arriba y abajo, eran árboles y acantilados rocosos. No había casas, ni carreteras, ni tan siquiera embarcaciones en el agua.

Mientras Edgar y Henry recorrían los últimos metros de sendero, los perros saltaron a la playa cubierta de ramas y maderos arrastrados por las olas. La superficie del lago, bajo la tormenta, se había vuelto negra y agitada. La hebra de un relámpago parpadeó entre el cielo y el agua.

Cuando *Candil* se detuvo para levantar la pata contra una de las ramas más grandes dispersas por la playa, Henry le dedicó a Edgar una de sus miradas llenas de intención. El perro no hacía más que marcar el lugar con su olor, pero Henry lo tomó como una confirmación de que los animales necesitaban descansar.

—Te lo dije. No lo tomes a mal, pero tienes que aprender a entenderlos —dijo con modestia—. Si te quedaras más tiempo, podría enseñarte cómo me doy cuenta de estas cosas. La gente cree que hace falta un talento especial, pero yo les digo que...

En ese momento se interrumpió, boquiabierto, y levantó la mano para señalar. Algo pasaba en el lago. En el tiempo que habían tardado en llegar a la playa, el frente tormentoso había bajado, se había ennegrecido y empezaba a girar sobre sí mismo. Algo semejante a un penacho de vapor saltó del agua, desapareció y volvió a formarse.

—Un tornado —dijo Henry—. Mejor dicho, una manga de agua. ¡Santo Dios, mira eso!

Edgar se volvió y al instante quedó fascinado por el espectáculo. A medida que el embudo de aire extraía agua del lago, girando de abajo hacia arriba, dejaba de ser translúcido para volverse blanco y finalmente gris. Aparecieron otros dos vórtices detrás del primero, como tubos de lana que cayeran de las nubes. Sintieron entonces un retumbo que les sacudió el pecho. Los perros levantaron la vista con el pelo erizado.

—Esto no es bueno —dijo Henry—. No me gusta.

Por alguna razón, parecía como si las tres mangas se mantuvieran inmóviles sobre el agua y avanzaran a la vez. Edgar no sentía ningún impulso de huir, ni de buscar refugio, ni de hacer ninguna otra cosa, aparte de mirar. El más distante de los tres vórtices era apenas una hebra sinuosa enrollada sobre el agua. El más cercano a la orilla, quizá a un kilómetro y medio de distancia, había crecido hasta formar un robusto embudo que se estrechaba hasta reducirse a un punto sobre la superficie del agua. Los tres se desplazaban hacia el este, a través del lago; si mantenían el rumbo, pasarían delante de la cala, pero no muy lejos. Edgar se puso a pensar si la tormenta que había arrancado las tablas del techo de su establo habría producido tornados como los que estaba viendo.

Henry no compartía la fascinación de Edgar. Se volvió hacia la empinada senda que conducía de regreso al bosque, recorrió unos cuantos metros trotando, resbaló, se puso de pie y finalmente se volvió.

—¡No, no! Tenemos que encontrar un refugio. Si vienen hacia aquí, será mejor que no nos encuentren dentro del coche —observó—. Dicen que lo mejor es meterse en una tubería, cuando es posible. —Se puso a estudiar los alrededores y la curva pared rocosa que se erguía tras ellos—. Vayamos a una de esas cuevas —dijo—. No tenemos tiempo para nada más.

La manga central se levantó del lago. Estaba tan cerca que al volver a caer sobre el agua sonó como un portazo. Apenas unos instantes antes parecía dispersa y lenta, pero de pronto se había vuelto más compacta, como recogida sobre sí misma; giraba con mayor rapidez y el ruido que hacía se volvió repentinamente estruendoso.

—¿Nat? —dijo Henry—. ¿Nat? ¿Me oyes? ¡Tenemos que ponernos a cubierto ahora mismo!

A su pesar, Edgar desvió la mirada del agua. Con una palmada, llamó a los perros mientras la primera racha de viento realmente fuerte lo embestía de plano por la espalda. Trastabilló y estuvo a punto de caer hacia delante. Cuando consiguió reunir a los perros, Henry lo estaba esperando de pie junto a la pared rocosa.

—Aquí y allí —dijo Henry, señalando y levantando la voz por encima del rugido del viento—. Tenemos que separarnos. No hay nada suficientemente grande para todos.

Henry había localizado dos cavidades, ambas a pocos metros del suelo, simples oquedades labradas en la piedra por miles de años de oleaje. Ninguna era muy profunda, no más de metro y medio de fondo. Había otras cuevas más profundas, pero eran demasiado estrechas o estaban a demasiada altura y era imposible alcanzarlas sin un arduo esfuerzo de escalada.

Edgar asintió y Henry echó a correr, seguido de cerca por *Babú*, y por *Tesis* y *Candil* a mayor distancia. Había unos doce metros entre las dos cuevas, o incluso más. La de la izquierda era más grande, pero también estaba más arriba y era de más difícil acceso. Edgar la eligió para él y dos de los perros.

Le indicó a *Candil* que fuera con Henry y se volvió hacia *Babú*.

«¡Arriba!»

El perro lo miró, intentando asegurarse de lo que Edgar le pedía.

«¡Sí! —signó el chico—. ¡Arriba!»

Entonces *Babú* tomó impulso y saltó hasta la cornisa. En cuanto aterrizó, Edgar se volvió hacia *Tesis*, que estaba retrocediendo en dirección al agua.

«Ven —le signó—. ¡Arriba!»

Tesis se sacudió y volvió a retroceder, y Edgar echó a correr tras ella.

«Nada de juegos ahora —signó—. ¡Ven!»

Le pasó las manos por debajo del vientre y la hizo avanzar como una carretilla. Ella se retorció, le mordisqueó los brazos y se soltó, pero al final saltó hasta la cornisa con *Babú*, y los dos perros se quedaron quietos, uno junto a otro, mirándolo. Detrás de ellos, el techo de la cueva estaba negro de hollín, por el fuego que alguien habría encendido dentro alguna vez. El viento y el agua habían barrido el suelo, que a Edgar le quedaba al nivel de los ojos. El chico retrocedió, sosteniendo la mirada de los perros, y se volvió hacia Henry y *Candil*, que estaban juntos en la arena.

—No me deja que lo levante —dijo Henry—. Se niega a saltar y no hay ninguna otra forma de subir.

Edgar miró la cavidad vacía en la roca. Tenía el tamaño justo para acomodar a un hombre y un perro. Y Henry tenía razón; debajo de la abertura, no había ninguna cornisa en la pared rocosa. *Candil* no podía subir.

Edgar se acercó al perro y le cogió la cabeza entre las manos.

«Vas a tener que intentarlo.»

Henry trepó hasta la abertura mientras Edgar llevaba a *Candil* unos pasos más atrás. Entonces el chico corrió hacia delante y golpeó la roca con la mano.

—¡Vamos, *Candil*! —gritó Henry—. ¡No querrás que la tormenta nos mate a todos!

Al principio, el perro se quedó simplemente donde estaba, jadeando y mirando por encima del hombro las mangas que rugían sobre el lago. Para entonces, el ruido parecía proceder de todas las direcciones, porque la pared rocosa lo recogía y lo reflejaba en dirección al agua. Por dos veces, animado por Edgar y Henry y por los ladridos de los otros perros,

Candil avanzó con paso inseguro, pero en cada ocasión se detuvo poco antes de saltar, agachó las orejas y miró a Edgar.

Entonces, *Tesis* y *Babú* bajaron de un salto de la cornisa y acudieron corriendo por la arena. Edgar atrapó a *Tesis* con las dos manos cuando pasó por su lado, pero *Babú* siguió corriendo. Cuando llegó junto a *Candil*, le tocó la nariz con el hocico y entonces, sin demora, giró sobre sí mismo y corrió hacia la pared rocosa. *Candil* no se movió. *Babú* volvió sobre sus pasos, le ladró y volvió a tocarle el hocico. Esta vez, los dos perros echaron a correr juntos, con *Candil* cojeando ostensiblemente.

Cuando llegaron a la pared rocosa, *Candil* se lanzó por el aire con un movimiento extraño, gimiendo al despegarse del suelo y agitando las patas. Se dio un golpe al aterrizar, con una pata trasera casi fuera de la cueva y levantando arena por el aire; pero Henry lo había atrapado por las patas delanteras y consiguió tirar de él hacia adentro. *Babú* había surcado el aire con él, pero no había sitio para los tres en la estrecha cavidad, por lo que en seguida tuvo que saltar al suelo.

Sintiendo el rugido del lago en cada centímetro de su cuerpo, Edgar dirigió a *Tesis* y a *Babú* hacia la otra cueva, y los dos perros saltaron sin vacilaciones. Edgar trepó tras ellos.

—¿Nat? —se oyó el grito de Henry.

Edgar miró a través de la pared rocosa. Henry estaba arrodillado al borde de la otra cueva, con las manos ahuecadas en torno a la boca.

—Habrá una crecida del lago. Quédate en la cueva.

Después no hubo nada más que decir, ni nada que Edgar hubiese podido oír por encima del estruendo del viento. Se volvió hacia los perros.

Estaban en una oquedad baja y llana que se estrechaba rápidamente hasta convertirse en una cavidad ovalada. Edgar había pensado que quizá podría bloquear la entrada con el cuerpo, pero de inmediato comprendió que sería imposible; en el mejor de los casos, podría cubrir la mitad de la abertura. Se deslizó hacia atrás, rozando con la cabeza el techo manchado de hollín, y volvió la mirada hacia el lago. Le indicó a *Babú* que se tumbara en el suelo y lo sujetó con las dos piernas; después, le dio la misma orden a *Tesis* (que, para su sorpresa, obedeció) y la rodeó con los brazos. Era todo cuanto podía hacer. Si los invadía el pánico, podría sujetarlos, al menos por un momento, quizá el tiempo suficiente para que se calmaran.

Entonces, apiñados en la cueva, esperaron con la mirada puesta en el lago. Dos de los vórtices estaban próximos y su sonido se volvía más agudo y atronador a medida que avanzaban a través de la atmósfera. El más cercano se encontraba a unos cuatrocientos metros, semejante a un cable que uniera las nubes con la esfera de vapor formada sobre la superficie del lago. Un fragmento de nube giró alrededor de la columna y se desvaneció. Escupitajos de agua salpicaban la roca, extraídos del lago Superior y arrojados hacia la tierra.

Edgar recordó a su padre y volvió a verlo de pie delante de la puerta del establo durante las tormentas, contemplando el cielo. Incluso mientras trataba de empujar a los perros más al fondo de la cueva, se preguntó si su padre habría hecho lo mismo en ese momento.

Tal como Henry había pronosticado, el nivel del agua empezó a subir. El lugar donde habían avistado por primera vez los tornados ya había quedado sumergido por las olas que batían la orilla. El viento le entraba a Edgar por la nariz y la boca, le hinchaba las mejillas e intentaba levantarle los párpados. La arena y la grava lo golpeaban como proyectiles. Pensaba que el ruido y el viento asustarían a los perros, pero no fue así. Los animales permitían que los sujetara, pero en ningún momento se apretaron contra él en busca de protección. Un madero gris empezó a rodar por la playa como si hubiera cobrado vida y estuviera huyendo para salvarla. Los perros giraron los hocicos para seguirlo.

Entonces, la más pequeña de las mangas se deslizó junto a ellos, con su esfera de agua rozando la superficie del lago como una rosa invertida. Una línea entrecortada de luz bajó serpenteando, atraída por un árbol cercano a la orilla. El ruido que siguió fue más de explosión que de trueno, pero se desvaneció en seguida tragado por los aullidos del viento. Cuando Edgar volvió a mirar el lago, sólo quedaba la más grande de las mangas, tan achaparrada y negra que parecía el nexo de unión entre el cielo y la tierra.

Lo que pasó a continuación duró quizá unos diez segundos. El nudoso tornado que acababa de salir de su campo visual reapareció, saltando y retorciéndose a través del agua como un tentáculo y retrocediendo sobre la misma línea de su trayectoria. La sinuosa hebra gris que formaba el cuerpo del vórtice fue atraída entonces por la manga más grande. Se separaron un momento y después se entrelazaron, con la tromba más pequeña girando en espiral en torno a la mayor, hasta que se consumó la unión. O casi. Una serpentina giratoria se separó de la columna y se agitó sobre el lago, bajando hasta medio camino del agua, antes de evaporarse. Al mismo tiempo, la manga más grande cambió el color ceniza por un blanco fantasmagórico y se irguió pálida sobre la cala, avanzando y retrocediendo.

«Increíble», pensó Edgar mientras el viento los azotaba. Lo que estaba viendo era increíble.

Sin embargo —se dijo—, ya había visto cosas increíbles antes. Y había huido de ellas.

En ese momento, *Tesis* decidió saltar. En un instante, Edgar la tenía agarrada con los dos brazos en torno al pecho y, al minuto siguiente, la perra se había soltado de su abrazo con tan poco esfuerzo como si estuviera untada de grasa. Salió corriendo a través de la playa, con el viento acortando sus zancadas. *Babú* ladró y agitó las patas traseras sobre la roca desnuda; pero Edgar se dobló por la cintura, le echó los brazos encima y le rodeó el hocico con una mano para que dejara de agitarse. Se dio cuenta casi en seguida de que *Babú* no tenía intención de seguir a *Tesis*. No sentía la atracción ni la compulsión que impelía a la perra a correr al encuentro de la columna que rugía hacia ellos desde el agua. Sólo intentaba llamar a *Tesis* para que regresara.

El embudo blanco iba dando bandazos hacia la costa. Estaba a unos doscientos metros de la orilla o menos, aproximadamente la distancia entre la casa de los Sawtelle y el campo del sur, cuando se detuvo por un momento y se quedó balanceándose sobre el lago. *Tesis* le hacía frente, ladrando y gruñendo, con la cola caída como una cimitarra. Cuando se volvía de lado, la fuerza del viento le hacía perder el apoyo de las patas traseras, y en dos ocasiones la hizo rodar por tierra. Pero se puso de pie y volvió a enfrentar al viento, con más cuidado para no caerse.

Algo se estrelló contra la playa, delante de las rocas, y un rocío de sangre tiñó de rosa el aire. Era un pez enorme, con las entrañas reventadas y desperdigadas por el suelo pedregoso.

Entonces, *Tesis* intentó avanzar. Cada vez que separaba una pata de la arena, su cuerpo se tambaleaba al viento con inquietante precariedad. Finalmente, la galerna la derribó. Se quedó tumbada en el suelo, con las orejas gachas, el hocico arrugado y las patas estiradas como el jeroglífico de un perro. A Edgar le pareció como si el rugido del viento la hubiera reducido a su esencia, trastornada y fiel a un tiempo. El viento amainó por un instante y entonces a *Tesis* se le erizó el pelo, pero en seguida volvió a soplar con mayor fuerza que antes. Los árboles junto a la orilla se sacudían, se doblaban y volvían a enderezarse, y las ramas sonaban como disparos de escopeta cuando se partían.

«Debería ir con ella –pensó Edgar–. Se va a matar. Pero si voy, *Babú* vendrá detrás.»

Tuvo tiempo de debatirlo mentalmente y de sopesar una pérdida comparada con la otra, y entonces supo que no podía decidir. La propia *Tesis* había tomado su decisión. Ella había elegido, tal como siempre había querido su abuelo, como tantas veces lo había expresado en sus cartas. Así pues, al final, Edgar se quedó tumbado en el suelo de la cueva, mientras el viento les arrojaba pedradas que parecían balazos. Sujetó a *Babú* con redoblada fuerza y se puso a mirar entre los dedos cómo el viento empujaba a *Tesis* hacia la línea de los árboles, y cómo la perra, agazapada, tenía que retroceder. La veía mover el hocico pero no distinguía ningún sonido.

En ese momento pensó que todo era inútil. «Nunca llegaré suficientemente lejos –pensó–. Habría dado lo mismo que me hubiera quedado.»

En el lago, algo cambió entonces. El vórtice se detuvo, se estrechó, empezó a volverse cada vez más blanco y se separó del agua. El vapor de la base cayó a la superficie como si se hubiera roto un encantamiento. La columna se contorsionó en el aire sobre ellos, como una serpiente suspendida de las nubes. El viento amainó y el estruendo se redujo. Empezaron a distinguir tenuemente los ladridos de *Tesis*, y *Babú* comenzó a ladrar para responderle. Edgar oyó que *Candil* hacía lo mismo desde el otro lado de la cala.

En lo alto, el tubo de viento se deslizó de forma enfermiza por el aire, preparándose para estrellarse de nuevo, esta vez sobre la orilla; pero, sin hacer siquiera una pausa, subió girando entre las nubes y desapareció, como yendo en pos de algún enemigo. Una oleada de espumosa agua negra avanzó desde el lago hasta casi tocar la pared rocosa y después se retiró, llevándose consigo la mitad del agua que inundaba la cala. Se desvaneció el estruendo de tren de mercancías, hubo otra racha de viento y después llegó la calma. A partir de entonces, sólo se oyó el ruido de las olas batiendo en la orilla.

En el instante en que Edgar lo soltó, *Babú* saltó de la cornisa y corrió a reunirse con *Tesis*, que ya estaba trotando con paso triunfal hacia las olas en retirada. *Babú* la acompañó unos cuantos metros y después se volvió y saltó hasta las rocas donde se habían refugiado *Candil* y Henry. Se quedó allí, dando vueltas y esperando.

Bajar a *Candil* no fue fácil. Las rocas estaban mojadas y resbaladizas, y el animal se resistía a que lo cargaran. Henry lo cogió en brazos y lo deslizó hacia abajo, concentrando todo su esfuerzo en no soltarlo y arañándose la espalda contra la pared rocosa en el proceso. Cuando lo depositó sobre la arena mojada, el perro se acercó cojeando al pez que el viento había arrojado a la playa y se puso a olerlo. Empezaron a caer gotas de lluvia, pero para entonces era lluvia real, y no agua levantada del lago. Gran cantidad de ramas y troncos flotaban en la superficie como los restos enmarañados de un velero que hubieran subido a flote desde el fondo.

Encontraron el coche de Henry empapelado de hojas verdes. En la ventana del lado del acompañante había una larga raja blanca. Hicieron entrar a los perros y se quedaron un buen rato sentados, respirando y escuchando el golpeteo desordenado de la lluvia sobre el techo.

—A esa perra le falla algo —dijo Henry—. Lo que ha hecho no ha sido en absoluto razonable.

Edgar asintió. «Pero ¿cómo podemos saberlo?», pensó. Cerró los ojos y la imagen de Ida Paine, inclinada hacia él por encima del mostrador, llenó sus pensamientos.

«Si te vas —había susurrado ella—, no vuelvas, pase lo que pase. No dejes que el viento te haga cambiar de idea. Es sólo viento. No significa nada.»

No significaba nada. Intentó repetírselo.

Cogió el papel y el lápiz que yacían sobre el asiento.

«Regresemos», escribió.

—Ahora sí te doy la razón —dijo Henry. Giró la llave en el contacto y condujo el coche hasta la carretera, mirando en la dirección por la que habían venido—. Al menos uno de vosotros piensa con la cabeza.

Edgar sonrió tristemente, con la mirada puesta en la lluvia y los árboles que pasaban. Pensó que si Henry hubiese sabido cuál era la alternativa, le habría gustado aún menos.

En el camino de vuelta, Henry no encendió la radio. Condujo sin hablar, excepto una vez, cuando meneó la cabeza y, sin que viniera a cuento, murmuró:

—Mierda de día.

Hacía un calor agobiante la siguiente tarde de agosto mientras el coche de Henry rodaba por el camino forestal cerca del lago Scotia, donde Edgar y los perros habían pasado la fiesta del Cuatro de Julio, durante una época que ahora le parecía un tiempo de vagabundeo sin rumbo. El agua quedaba oculta por los árboles y el follaje. Desde el interior del coche, nada le resultaba familiar. Pasaron de largo delante del sendero, antes de que Edgar viera la pequeña casita roja, que para entonces estaba clausurada hasta el verano siguiente.

«Espera —signó—. Era ahí.»

—¿Estás seguro?

El chico volvió a mirar y asintió. Reconoció las orlas blancas, la puerta delantera y la ventana por la que se había colado. Recordaba el sabor de la chocolatina que había robado y cómo se le había derretido en el bolsillo trasero del pantalón mientras desmenuzaba una barra de mantequilla entre los dedos para dársela de comer a los perros.

Henry subió con el sedán por el sendero invadido por la maleza y apagó el motor.

—Voy a decírtelo por última vez —dijo—. Puedo llevarte hasta donde sea que quieras ir. Lo haría con gusto.

«Gracias —signó Edgar—, pero no.»

Sabía que Henry habría querido que se explicara un poco más, pero lo que quería hacer en el lago (a quién esperaba encontrar y el resultado que esperaba del encuentro) requería que fuera a pie. No se le ocurría ninguna palabra para expresar su esperanza, como tampoco su madre había encontrado palabras para describir el valor de los perros. Se apearon del coche y Edgar sacó del maletero la caña Zebco y la bolsa de pesca, que se colgó del hombro. Los perros olfatearon los alrededores hasta satisfacer su curiosidad y volvieron trotando al coche, primero *Candil*, que salió cojeando de entre los matorrales, y después *Babú* y *Tesis*. Edgar se arrodilló delante de *Candil* y le acarició el hocico. Le levantó por última vez la pata herida y le pasó los dedos por la almohadilla surcada por una cicatriz. La hinchazón había disminuido, pero el segundo dedo seguía desviado. Dejó la pata en el suelo, pero *Candil* la levantó y se la volvió a ofrecer.

«Quieto», signó.

Lo hizo por costumbre e inmediatamente deseó retirar la orden, porque no era lo que quería decirle. Empezó a incorporarse, pero se volvió a arrodillar.

«Cuida a Henry. Todavía no sabe mucho.»

Entonces se puso de pie y le tendió la mano a Henry, que se la estrechó.

–Ya sabes que sólo tienes que volver y pedírmelo –dijo–. Mientras tanto, lo cuidaré bien.

«No, es tuyo. Él ha elegido.»

Era cierto. Edgar lo notaba, al ver a *Candil* con los ojos brillantes, jadeando y ligeramente apoyado en la pierna de Henry. Lo había notado en el coche, mientras regresaban del lago Superior, y más tarde esa noche, en casa de Henry. Era como si *Candil* aún estuviera saltando hacia la cueva para reunirse con él. De una forma u otra, lo seguiría haciendo durante el resto de su vida.

Edgar se volvió y echó a andar por el sendero de la cabaña, con *Babú* y *Tesis* a su lado. Sólo una vez se permitió volver la vista atrás. Henry y *Candil* estaban junto al coche, mirando cómo se marchaban. Cuando llegaron al lago, *Babú* se dio cuenta de que *Candil* no iba con ellos. Miró a Edgar y entonces dio media vuelta y se dirigió trotando hacia el coche. A mitad de camino se detuvo. Edgar se volvió y se dio una palmada en la pierna. *Babú* avanzó unos pasos hacia él, pero después giró la cabeza para mirar a Henry y *Candil*, que estaban junto al coche. Gimió contrariado y se sentó.

Edgar se quedó un momento mirando al perro. Volvió sobre sus pasos y se arrodilló delante de él.

«Tienes que estar seguro», signó.

Babú le sostuvo la mirada, jadeando, y después miró a *Tesis* por encima del hombro de Edgar. Al cabo de un rato, *Babú* se puso de pie y los dos se encaminaron juntos hacia el coche. El perro cubrió los últimos cinco o seis metros de un salto y se encaramó al asiento trasero, junto a *Candil*.

–No es por mí, ¿verdad? –dijo Henry–. Es porque no puede separarse de *Candil*.

«No, no puede.»

–¿Crees que seré capaz de cuidar bien de los dos?

Edgar asintió.

–Por mí, está bien. ¡Diantre, está más que bien! –dijo Henry.

Edgar se quedó un buen rato mirando a los perros, intentando fijar el recuerdo de ambos en la memoria. Entonces *Tesis* se acercó trotando y *Babú* dio un salto para salir a su encuentro. Estuvieron dando vueltas, oliéndose mutuamente, como si llevaran mucho tiempo sin verse, y al final *Babú* apoyó el hocico sobre el cuello de ella.

Edgar se volvió y echó a andar por el sendero. No los llamó ni impartió ninguna orden. No podría haberse vuelto para mirar. Las ramas bajas le azotaban la cara, pero él casi no lo notaba por encima del tambor que retumbaba en su cabeza. Apretó los ojos hasta que no fueron más que dos hendiduras, pero aun así se le escaparon las lágrimas. Al final, *Tesis* apareció a su lado. Después, dio un par de brincos y desapareció entre la espesura.

No volvería a dar órdenes, pensó, nunca más. *Tesis* sabía tan bien como él adónde iban y podía correr tanto como quisiera.

A sus espaldas, el coche de Henry cobró vida con un rugido. A su pesar, Edgar siguió mentalmente el sonido mientras se desplazaba por la carretera, hasta que incluso quedándose completamente inmóvil sólo pudo distinguir los ruidos del bosque.

El regreso

Pasaron esa noche en la pequeña península donde habían presenciado los fuegos artificiales consumidos por su propio reflejo y donde los aullidos de los perros habían hecho que otro observador se manifestara. Al día siguiente recorrieron el perímetro del lago por prados sombríos, campos de espadañas y vastas extensiones de nenúfares. Por todas partes, ranas leopardo saltaban al agua a su paso. Había mucha pesca y pocos turistas. La mayoría de las cabañas, cerradas hasta el año siguiente, tenían las ventanas clausuradas con tablones y no había manera de forzar la entrada. Henry lo había abastecido de cerillas, anzuelos y una pequeña navaja de nudoso mango marrón con incrustaciones de marfil.

En cada una de las tres noches siguientes desplazaron el campamento un poco más lejos, hacia las colinas al norte del lago Scotia. *Tesis* se adaptó a la vida solitaria más a prisa de lo que Edgar esperaba. Por la noche dormían apretados, uno junto a otro, para combatir el frío. La perra entendía que estaban esperando algo o a alguien. A veces se paraba, iba y venía, buscando en el aire el olor de sus perdidos compañeros de camada. Los días se habían vuelto más breves. En agosto, el crepúsculo empezaba hacia las siete, y una hora después caía la noche.

A última hora, la cuarta noche, cuando de su pequeña hoguera sólo quedaban las ascuas, dos ojos brillaron entre los matorrales. No eran de ciervo ni de mapache, cuyos ojos reflejan en verde la luz anaranjada del fuego. El reflejo que devolvían esos ojos era rojo cuando las llamas lo eran, y amarillo cuando eran amarillas, y a ratos desaparecía y volvía a aparecer. El dueño de los ojos se había aproximado andando contra el viento, un hábito adquirido —según supuso Edgar— por haber pasado mucho tiempo en el bosque. El chico apoyó un brazo sobre el lomo de *Tesis*. Había guardado un poco de pescado, que en ese momento recogió y lanzó por encima del fuego.

Forte salió de las sombras. Avanzó con paso silencioso y fue a oler el ofrecimiento. Cuando *Tesis* lo vio, se le tensó el cuerpo, pero Edgar le pidió que se quedara quieta con la presión de la mano. No fue una orden. Sentía que ya no tenía derecho, que lo había perdido hacía tiempo, pero sólo recientemente lo había comprendido. Los colores del vagabundo eran tal como Edgar los recordaba: ámbar y negro sobre el lomo, y rubio en el ancho pecho. Una de las orejas le colgaba, desgarrada, por alguna pelea pasada. Pero había ganado peso y tenía las patas gruesas y sólidas.

Tesis profirió una advertencia gutural y *Forte* se retiró a la oscuridad. Edgar estuvo cuidando el fuego hasta bien entrada la noche, inclinado sobre las brasas como un viejo marchito y cansado, aunque prácticamente no habían hecho nada en todo el día. Por la mañana, también *Tesis* se había ido. Regresó a mediodía, jadeando y cubierta de abrojos. Edgar había atrapado gran cantidad de peces. Los asó ensartados en un palo y se hartaron de comer. Cuando *Tesis* giró el hocico, la instó a seguir comiendo de todos modos, porque era importante que más adelante no pasara hambre. Pescó un poco más, asó el pescado mientras recordaba a Henry, sentado a la mesa plegable detrás de la casa, preparando bratwurst en la barbacoa, mientras los perros y él estaban escondidos entre los girasoles.

El anochecer azul se reflejaba en el agua. Cirros translúcidos dejaban ver las estrellas. *Forte* volvió a aparecer más tarde esa noche, y esa vez *Tesis* salió trotando a su encuentro y comenzó a olerle los flancos mientras él esperaba en actitud rígida. Después le llegó a ella el turno de esperar. Cuando *Forte* se marchó, mucho más tarde, la pila de pescado reservada por Edgar había desaparecido.

Empezó a pescar otra vez en cuanto se despertó al día siguiente. Asó el pescado y lo dejó a la vista. En el bosque, a su alrededor, sonaban gritos de animales. Cuando terminaron de comer, guardó en la bolsa el pescado sobrante, dejó la caña Zebco tirada en el suelo y se pusieron en camino. Para entonces, viajar era fácil. No entendía por qué le había llevado tanto tiempo cubrir una distancia tan breve en el camino de ida. En un solo día recorrieron la cuarta parte del camino de vuelta. De vez en cuando, el chico dejaba caer un trozo de pescado en el suelo a modo de rastro. Se preguntaba si sería capaz de reconocer la ruta que habían seguido tantas semanas antes. Lo fue.

Tesis desaparecía a veces durante una hora o más, pero él nunca dejaba de avanzar. Al cabo de un tiempo se agitaban los matorrales y entonces ella irrumpía en el claro y corría hacia él, barriendo el aire con la cola. Al anochecer llegaron a un lago conocido y Edgar encendió una pequeña hoguera. Durmió junto a las ascuas agonizantes, cambiándolas por sueños.

Estaba seguro de que *Forte* los seguía, tal como sólo la segunda noche se había atrevido a desear. Caminaron todo el día, comiendo el pescado que llevaban: un trocito para él, otro para *Tesis* y otro al suelo. *Tesis* buscaba huevos de tortuga, pero la temporada ya había pasado. Unas pocas moras colgaban de los matorrales, resecas dentro de su propia piel. Hicieron un alto a mediodía junto a un lago, donde Edgar se desnudó y se internó en el agua, hasta que la piel se le enfrió y las picaduras nuevas de mosquito dejaron de picarle. Una garceta levantó el vuelo desde los juncos cerca del borde del lago, blanca y arcaica. Se deslizó a través del agua, se posó cerca de la orilla, a una distancia prudencial, y desde allí voceó su objeción a que Edgar espantara a los peces. Pero se equivocaba. Edgar sólo comía el pescado que llevaba en la bolsa, recalentado al fuego. ¡Qué harto estaba de comer pescado!

Puso el resto de su botín cerca del fuego, aunque sospechaba que no sería buena idea. Para entonces, la bolsa estaba engrasada por el aceite del pescado, y era probable que hasta el último oso de la región supiera dónde estaban. Pero también lo sabría *Forte*, y eso a Edgar le parecía bien. Cuando se despertó por la mañana, el vagabundo levantó el hocico y lo miró por encima de las resplandecientes brasas del fuego. No se movió. *Tesis* se levantó, fue hacia él y los dos perros se olisquearon mutuamente, formando un círculo. Después, *Forte* alargó el cuello y lo olfateó a él, con las patas temblorosas. Edgar acarició a *Tesis* bajo la barbilla y a continuación dejó que la mano derivara hacia *Forte*.

Cuando se puso de pie, el perro retrocedió. Con la oreja desgarrada, tenía un aspecto cómico y a la vez reservado. Edgar le dio la espalda para recoger sus cosas. Cuando volvió a mirar, *Forte* se había marchado. Y también *Tesis*.

Para entonces, *Almondine* ocupaba todos sus pensamientos. Hacía dos meses o más que no la veía, y de pronto sentía como si le hubieran seccionado algo fundamental de su ser. Al final del día siguiente o tal vez del otro, volverían a reunirse. Quizá ella hubiera olvidado sus crímenes, que él deseaba más que nada poder expiar. Todo lo sucedido desde que se había marchado le hacía pensar en ella. Otros soñaban con hallar en el mundo a una persona cuya alma fuera reflejo de la propia, pero Edgar y ella habían sido concebidos casi a la vez, habían crecido juntos y, por extraño que pudiera parecer, ella era su reflejo. Merecía la pena sufrir mucho por algo así. Edgar también sabía que la perra estaba vieja y que él había derrochado parte de su tiempo vagando por el bosque, ciego y confuso, parando y caminando con sólo una vaga noción de lo que quería hacer. De no haber sido por la intercesión más rara imaginable, quizá no habría vuelto a verla. Tal vez sólo cuando fuera viejo se daría cuenta de lo mucho que lo había limitado esa decisión, de lo mucho que se había marchitado lejos de ella.

Se había ido confuso, pero su regreso era esclarecedor. Ahora le parecía evidente gran parte de lo que le resultaba oscuro cuando miraba en la otra dirección. En cuanto había salido de aquella playa junto al lago, la necesidad de volver lo había invadido. Comprendía que la decisión de *Candil*, y de *Babú*, había sido correcta. Henry era una persona inestable, llena de preocupaciones y de dudas, pero también era fiel. Edgar se preguntó qué habría sido de ellos si *Candil* se hubiera herido la pata un par de kilómetros más adelante. ¡Cuántas cosas en el mundo dependían del azar! Si hubieran salido de la casa de Henry un día antes, en ese mismo instante podrían haber estado en Canadá, quizá incluso en la colonia del Hijo de las Estrellas. La vida era un enjambre de accidentes que aguardaban en las copas de los árboles y se precipitaban sobre cualquier ser vivo que pasara debajo, listos para comérselo vivo. Todos nadaban en un río de azares y coincidencias. Había que agarrarse a las coincidencias felices y dejar pasar el resto. Había conocido a un hombre bueno, a quien confiar el cuidado de un perro. Había mirado a su alrededor y había visto la cosa más inusual del mundo sentada enfrente, mirándolo. Algunas cosas eran seguras porque ya habían pasado, pero el futuro no se podía adivinar. Quizá Ida Paine pudiera. Para todos los demás, el futuro no era un aliado. Una persona no tenía más moneda de cambio que su vida. Así se sentía Edgar. Podía perderse en la colonia del Hijo de las Estrellas o cambiar lo que tenía por algo que realmente le importara. Esa cosa inusual. De un modo u otro, su vida se agotaría.

Ésos eran sus pensamientos mientras andaba por el borde de un claro pantanoso. Al otro lado del camino, *Tesis* dio un salto, se volvió y le dio un mordisco a *Forte*, que la siguió, asumiendo de pronto una actitud torpe, como de cachorro. Al final, por la ineptitud y la torpeza de *Forte*, estalló una pelea entre ambos. Pero fue una batalla fingida, y al cabo de un momento *Tesis* fue correteando hacia Edgar, sin prestar atención al patán.

Durmieron lejos del agua y de toda referencia familiar. Edgar encendió un fuego para calentarse y dejó que se asentara. *Forte* yacía en el suelo, mirando, acurrucado bajo un castaño joven. Esa noche, Edgar salió del círculo iluminado para sentarse junto al vagabundo y quitarle los abrojos del pelo. Cuando terminó, le acarició los lados de la cara. *Forte* le olió la muñeca. Edgar recordó aquellas noches en el huerto, cuando la luz de la luna teñía a *Forte* de plata y el animal temblaba bajo su mano. Volvió entonces a su lado de la hoguera. Su último pensamiento, antes de quedarse dormido, fue que se alegraba de no comer pescado, aunque eso significara pasar hambre.

A la mañana siguiente se pusieron en camino hacia el este, remontando una y otra vez las sombras hasta su lugar de origen. *Tesis* y *Forte* desaparecieron. Cuando volvió a ver a *Tesis*, la perra llevaba el hocico manchado de sangre fresca. Se arrodilló a su lado y le pasó los dedos por las encías, el cuello y la patas, pero la sangre no era suya. *Forte* no se veía por ninguna parte.

Llegaron al claro lleno de árboles calcinados donde se habían detenido la primera noche, donde las lechuzas habían vuelto sus cabezas para mirarlos. Edgar echó a correr. Los zumaques se habían tornado rojizos allí donde antes se erguían como verdes parasoles. Cuando bajó la vista, *Tesis* estaba a su lado.

Apareció la vieja senda de leñadores. Llegaron a la alambrada tendida en medio del riachuelo. La corriente no era más que un hilo y el poste que él había arrancado yacía inclinado en el fango. Se metió en el agua y levantó el alambre de espino. *Tesis* pasó por debajo, casi sin alterar el ritmo de la marcha. Una vez al otro lado, se sacudió sin necesidad y esperó. El agua del riachuelo se deslizaba sobre la arena y las piedras. Edgar también se quedó esperando a *Forte*. Al cabo de un rato, pensó que ya encontraría el perro la forma de atravesar la corriente, si quería atravesarla. Empujó el poste y pasó por encima de los alambres, sin preocuparse por devolverlos a su sitio, mientras entraba en sus tierras.

Almondine

Si no estaba durmiendo ya, se quedaba tumbada a la sombra y esperaba a que el sueño regresara. Cuando dormía, todo volvía a ser como antes, cuando estaban todos juntos y él corría a su lado, sonrosado, pequeño y torpe. Aquellas noches, las vigas de la casa respiraban para ellos y ella aún no sentía arena en las articulaciones. No era necesario buscarlo. En los sueños, él siempre estaba allí, agitando flores de aciano para que ella las oliera o hallando cosas extrañas que ella se veía obligada a arrebatarle de las manos, por miedo a que encontrara algo peligroso. No era lo mismo el mundo de la vigilia, que sólo contenía una búsqueda interminable.

En toda su vida, ella siempre había encontrado lo que le pedían que buscara, y siempre había sido una sola cosa. Ahora él estaba perdido, desaparecido, transportado quizá a otro mundo, alguna tierra desconocida para ella, de la que no podía regresar. El armario estaba tan desconcertado como ella, y la cama no respondía a sus preguntas. No descartaba que él hubiera aprendido el secreto del vuelo, y sabía que la ventana no era lo bastante pequeña para contenerlo. Allí, durmiendo por la noche en su cama, sería la primera en verlo cuando regresara. Aunque era vieja, aún tenía preguntas que hacerle y cosas que mostrarle. Se preocupaba por él. Necesitaba encontrarlo, igual o cambiado, pero en cualquier caso lo reconocería y sentiría el sabor de la sal en su cuello.

En la vida había aprendido que el tiempo vivía en el interior de cada uno, que cada uno era el tiempo y que lo respiraba. Cuando era joven, había tenido un apetito insaciable, había querido más, sin saber por qué. Ahora albergaba en su interior una cacofonía de tiempos, que últimamente ahogaban el ruido del mundo exterior. Todavía era agradable tumbarse junto al manzano. La mata de peonías también era buena, por su fragancia. Cuando paseaba por el bosque (cada vez menos), se abría paso por el sendero, dejando espacio para que el niño que llevaba en su interior saliera corriendo delante. A veces era difícil decantarse por el tiempo interior por encima del exterior. Todavía había trabajo que hacer, por supuesto. Los jóvenes del establo sabían muy poco y ella ya había enseñado a muchos. No le parecía que mereciese la pena cuando se lo pedían, pero lo hacía de todos modos.

Se volvió más lenta. La granja danzaba a su alrededor. Los manzanos discutían con el viento y se oponían a él entrecruzando las ramas, mientras mirlos, gorriones, búhos y herrerillos orlaban las copas. El huerto aullaba su verde olor infantil, una mezcla inventada por los ciervos, o quizá fuera a la inversa, ahora que lo pensaba mejor. El establo barría el patio con su sombra veloz, sujetándola suavemente por las negras muñecas y dejándola girar, girar y estirarse en el correr de la tarde, sin soltarla nunca. Cada vez más rápidamente se movía todo a su alrededor, cuando cerraba los ojos. Las nubes retumbaban por el cielo y ella yacía debajo, y en la sucesión de sombras y luz solar amarilla, la casa murmuraba secretos a la camioneta, la viajera, que escuchaba sólo un momento, hasta que su devoto empirismo la obligaba a marcharse con los ojos desorbitados por el pánico, a poner a prueba esas ideas entre sus semejantes. El arce tendía las ramas a la luz, desde el fregadero, en tono de súplica, y sólo recibía fundas amarillas (llamas ardientes) al caer el día, como única respuesta. El buzón montaba guardia junto a la carretera, donde día tras día capturaba a un hombre para después volver a soltarlo.

Entre todos, pasaba la mujer, sin prestar atención a nada, dirigiendo a los cachorros una vez más en la repetición de lo que seguramente ya deberían haber aprendido, los tontos cachorros que hacían que todos se pararan para mirarlos, tan grande era su poder. *Almondine* los miraba y entonces, de pronto, sentía al chico sentado a su lado, con uno de sus brazos apoyado en el lomo. Los cachorros tenían tan poco tiempo en su interior que les costaba permanecer agarrados al suelo. Suponía que ella habría sido igual. Entonces, giraba la cabeza, miraba y Edgar volvía a estar ausente. ¿De verdad había estado a su lado? ¿O habría sido sólo un trozo de tiempo en su interior?

La respuesta le importaba cada vez más, a medida que perdía la capacidad de encontrarlo. Se habían modelado mutuamente al calor de un sol más brillante cuya luz se había marchado del mundo en silencio. Los pinos enormes del frente de la casa lo sabían; se habían ahogado una noche, cuando una niebla oceánica había inundado el patio delantero, aunque sólo ella lo notó. Había permanecido tres días bajo sus copas, guardando el luto, mientras las ardillas, que no respetaban nada, saqueaban los restos. Las noches se volvieron más oscuras bajo las estrellas distraídas. Ella dormía junto a su cama porque allí regresaría él, si es que regresaba. El chico había conseguido engañarla. ¡Con cuánta habilidad se había escondido! ¡Cómo sería su encuentro, cuando por fin saliera de su escondite! ¡Cómo se reirían! ¡Cuánta dicha habría! ¡El mayor engaño de todos, por fin revelado! ¡El chico había estado allí todo el tiempo, mirándola, mientras ella buscaba! ¡Todo el tiempo! La idea fue tan sorprendente que *Almondine* se levantó jadeando y sacudió la cabeza. Había muchos sitios donde merecía la pena echar otro vistazo. Pero todos estaban vacíos y todos ahondaron su tristeza, impasibles, indiferentes, despreocupados.

Entonces, a media mañana de un día en que el cielo resonaba sobre su cabeza, tomó una decisión. Se levantó del lugar donde dormía en el cuarto de estar. En la cocina, apoyó la barbilla larga y suave sobre la pierna de la mujer e intentó expresarle con claridad que tenía que ir a buscar a otro sitio. La mujer la acarició con gesto ausente: una mano familiar sobre los flancos y detrás de las orejas. *Almondine* se lo agradeció. La puerta no estaba cerrada con llave y ella aún tenía fuerzas para abrirla de un tirón. Subió andando entre las hileras de árboles la larga cuesta del huerto y esperó junto al árbol más alto.

Quizá él estuviera viajando. Ahora ella también viajaría.

A lo lejos, oyó que venía el viajero. Desde que tenía memoria, habían pasado junto al patio los congéneres de la camioneta, mercaderes de lo empírico, lo fáctico, lo matemático, comerciantes de sumas imposibles de conocer. Longitudes y azimuts. Secantes y triangulaciones. En su juventud, los había creído intrusos, pero había aprendido a no prestarles atención porque sabía que era tonto alarmarse. Eran benignos y se desplazaban por razones propias. Eran ruidosos, anchos y estúpidos, pero veían mucho mundo.

El viajero se acercaba por la ladera opuesta de la colina; su nube de polvo llenaba el aire entre los árboles. Apareció el destello de su cara frontal. *Almondine* no tuvo miedo. Había que probar cosas nuevas. Guardaba en su interior la imagen del chico aquella primera mañana, en los brazos dormidos de su madre. Había pensado que lo iniciado entonces no acabaría nunca. Sin embargo, hacía demasiado tiempo que él estaba ausente para que las cosas estuvieran del todo bien. Nada en el patio sabía nada de él. Nada en la casa. Todas las cosas lo estaban olvidando, lenta, muy lentamente –ella lo sentía–, y nadie podía durar mucho tiempo separado de su esencia.

En esas circunstancias, aguardaba siempre una pesquisa.

El viajero ya casi había llegado. Si no sabía nada, preguntaría al siguiente y, si no, al otro. Alguno sabría algo. Se lo había preguntado a la camioneta, pero ella con el silencio había confesado su ignorancia. Últimamente no lo había llevado en su interior, aunque no negaba haberlo llevado antes muchas veces. Hasta esa mañana, *Almondine* no había pensado nunca en preguntar a los otros viajeros. La idea le había surgido como un susurro.

Pisó la grava roja de la carretera. Casi no estaba donde estaba, por lo absorta que se encontraba en sus pensamientos. Había un tiempo en su interior en que él se había caído de un manzano, un árbol del que ella acababa de alejarse. El chico había caído de espaldas con un golpe seco. Había otro tiempo, en invierno, en que él le había amontonado nieve sobre la cara hasta que todo el mundo se había vuelto blanco y ella había tenido que cavar en busca de su mano enguantada. Había en su interior incontables mañanas en que había notado el temblor de sus párpados poco antes de despertarse. Por encima de todo, recordaba el lenguaje que los dos habían inventado, una lengua en la que era posible decirse todo lo importante. No sabía cómo preguntar al viajero lo que necesitaba preguntarle, ni qué forma adoptaría su respuesta. Pero para entonces, lo tenía casi encima, colérico y precipitado, y en poco tiempo lo sabría. Una flor de polvo, como una nube de tormenta, lo venía persiguiendo cuesta abajo.

De perfil en medio de la carretera, *Almondine* volvió la cabeza y formuló su pregunta.

Preguntó si había visto a su chico. A su esencia. A su alma.

Pero si el viajero oyó su pregunta, no dio muestras de entenderla.

Quinta parte
VENENO

Edgar

Anduvieron por el manto de sombra arbolada que se extendía sobre el campo del oeste. Al frente, la pared roja del establo resplandecía fosforescente en la tibieza del crepúsculo. Un par de ciervas saltaron la valla por el lado norte del campo (dos saltos cada una, largos y despreocupados, cayendo al final al suelo casi sin proponérselo) y se perdieron entre los avellanos y los zumaques. El aire estaba quieto y caliente, y la hierba seca le raspaba las piernas a Edgar. Tallos de maíz silvestre jalonaban el campo, con las hojas deshilachadas y carcomidas hasta la caña; la lobelia estaba parda y marchita por el calor, quebradiza y desmenuzada como picadura de tabaco.

Cuando Edgar llegó al montón de piedras, *Tesis* ya había atravesado el patio, despertando un frenesí entre los perros del criadero. El chico se apostó en un peñasco y prestó atención. La añoranza y el miedo lo invadieron a partes iguales, aunque le resultó agradable el alboroto de los perros, como a un viejo le habría agradado una canción de cuna. Separó las voces de cada uno y les puso nombre. Desde donde estaba, sólo veía el tejado de la casa, como una mancha oscura suspendida sobre el patio. Esperó a que apareciera alguna figura humana, pero no veía más que el destello del cuerpo de *Tesis*, bajo y alargado, atravesando la hierba mientras daba otra vuelta alrededor de la casa.

Se puso de pie y anduvo el resto del camino. La casa estaba a oscuras. El Impala estaba aparcado en la hierba. En el huerto, vio la extensión verde del cuadro de los pepinos y las plantas de calabaza, y más allá, cerca del bosque, media docena de girasoles con la cabeza inclinada sobre el conjunto. Miró por las ventanas del cuarto de estar con la esperanza de ver a *Almondine,* a sabiendas de que si la perra hubiera estado en casa ya habría encontrado la manera de salir a su encuentro.

Cuando entró en el establo, los perros apoyaron las patas sobre las puertas de los cubículos y lo recibieron con gemidos, gruñidos y aullidos. Fue de corral en corral, dejándolos que saltaran y le arañaran la camisa, riendo ante sus locas carreras, sus fingidas reverencias y sus vueltas por el suelo. Dejó a *Puchero, Pinzón, Ágata* y *Umbra* para el final. Se arrodilló y les susurró sus nombres en las orejas, y ellos le lavaron la cara con la lengua. Cuando se tranquilizaron, fue a buscar una lata de café y le sirvió a *Tesis* una pila de pienso. La perra empezó a comer delicadamente y de pronto se puso a devorar, como si de repente hubiera recordado lo que era la comida.

Dos cachorros lo saludaron en el corral paridero; sólo dos, de la camada de ocho que había nacido justo antes de su partida. Ya habían sido destetados y estaban gordos; sacudían la barriga y movían la cola. Edgar se agachó y les rascó la barbilla.

«¿Qué nombres os han puesto? ¿Dónde están los demás?»

Fue hasta el taller y miró los archivadores y los libros alineados encima. El *Nuevo diccionario enciclopédico Webster de la lengua inglesa* casi no le pesaba en las manos, y sus páginas olían a polvo de la carretera. Se recostó contra la pared y pensó en su abuelo y en las interminables reconvenciones de Brooks, y pensó también en *Hachiko.* Entre el revoltijo de correspondencia, encontró la carta de Tokio y sacó la fotografía arrugada que había escondido en el sobre. Miró un momento a Claude y a *Forte* entre la telaraña de grietas abiertas en la emulsión y después se guardó la foto en el bolsillo.

Cerró la perrera y fue hasta la casa. La llave de la puerta de la cocina estaba colgada de un clavo en el sótano. Comió directamente del frigorífico, con la neblina del interior derramándose sobre sus pies. Pan, queso y pollo asado. Después recorrió la casa con un envase de cinco litros de helado de vainilla bajo el brazo, comiendo a cucharadas y mirando a su alrededor. El reloj de la cocina. Los fogones. La luz del velador. El mobiliario del cuarto de estar, petrificado y monstruoso en la penumbra. La ropa colgada en el armario de su madre. Subió la escalera y se sentó en su cama. Una nube de polvo se levantó en el aire. Dispersas por las tablas del suelo, había moscas muertas, cascarones resecos azules y verdes, con alas de celofán. No había imaginado que no habría nadie. No había imaginado saludar a la casa antes de ver a su madre, ni mucho menos antes de ver a *Almondine*. Había imaginado, en cambio, que volvía a dormir en esa cama, pero al verla de nuevo, no entendió cómo había podido.

Guardó el helado en el congelador y dejó la cuchara en el fregadero. *Tesis* se puso a rascar la puerta del porche y él abrió y la dejó corretear por la casa y repetir la inspección que acababa de hacer. Cuando la perra volvió, lo encontró sentado a la mesa, en el lugar de su padre. Estuvo sentado mucho rato, esperando. Le resultaba difícil no pensar en cómo podrían haber sido las cosas. Al final, decidió lavarse. Cuando levantó la cara de la toalla, en el cuarto de baño, vio la tortuga de jabón verde en el alféizar de la ventana, completa y perfecta, salvo una pata trasera, arrugada y encogida.

Fue a la cocina y encontró un lápiz y una hoja; rozó el papel con la mina del lápiz, pero se detuvo y miró por las ventanas de la cocina. Unos topes las mantenían abiertas y la brisa nocturna, caliente como la exhalación de un animal, hacía ondular las cortinas de cretona. Oscuras manzanas maduras colgaban de las ramas, al otro lado de la ventana. Volvió a apoyar el lápiz en el papel. «Comí mientras estabais fuera –escribió–. Volveré mañana.» Después sacó del bolsillo la foto de Claude y *Forte* y la depositó junto a la nota.

Dejó que *Tesis* eligiera entre quedarse o acompañarlo. La perra bajó los peldaños del porche, tranquila y con la curiosidad satisfecha. Edgar se guardó la llave en el bolsillo y se detuvo un momento mientras decidía dónde dormir. El altillo del heno, en una noche tan calurosa, podía ser sofocante. En la caseta de la leche encontró una pila de sacos de arpillera. Se internaron por el campo. Para entonces era noche cerrada, pero la luz tenue del patio proyectaba delante la sombra de su cuerpo. En el extremo estrecho de la arboleda, junto a la roca en forma de ballena, sacudió los sacos para quitarles el polvo y los tendió en el suelo. *Tesis* dio un sinfín de vueltas sobre sí misma, hasta resolver una vez más el perenne enigma de acostarse a dormir. Se echó dándole la espalda, con el hocico metido bajo una pata. Sobre sus cabezas, la aurora boreal pintaba cortinas de neón. Edgar se concentró en la semilla suspendida de la luz del patio, que parpadeaba entre la hierba, y respiró el olor a polen y decadencia que impregnaba la noche.

Llevaban un rato durmiendo cuando la camioneta coronó la colina. La luna estaba alta en el cielo. El campo a su alrededor era de sal y de plata. Edgar se sentó sobre la arpillera y vio cómo la camioneta retrocedía y se detenía delante del porche, mientras los perros del criadero estallaban en frenéticos ladridos para saludarla. *Tesis* se puso de pie y gimió. Edgar le apoyó una mano en la grupa. Ella le acercó un momento el hocico y se volvió otra vez para mirar.

La camioneta expulsó las figuras de Claude y de su madre. Claude levantó la puerta del compartimento superior y sacó dos bolsas de supermercado, mientras su madre hacía una pausa para calmar a los perros. La puerta del porche chirrió y se cerró de un golpe. La luz de la cocina se difundió tenuemente a través de las anchas ventanas del cuarto de estar. Otras dos veces más, Claude recorrió el camino entre el porche trasero y la camioneta. En su último viaje se quedó un momento mirando el patio; después cerró la camioneta, fue hasta el porche y apagó la luz.

Sentado bajo las estrellas y el cielo, Edgar esperó ver a *Almondine*. La perra no había saltado de la plataforma de carga de la camioneta. Él había estado mirando. «No la habré visto», se dijo. Cerró los ojos para visualizar otra vez la escena. Pero ella lo habría olido en seguida. Se sentía atraído y repelido, ansioso por acabar con esa parte de su vida y deseoso a la vez de que no terminara nunca, pues sabía que lo que viniera a continuación, fuera lo que fuese, no haría más que reducir lo ya sucedido a un recuerdo, una historia erosionada, un sueño vagamente rememorado.

Si ella no estaba en casa, debía de haber ido al pueblo con ellos. Era una cosa o la otra. Una u otra.

Edgar miró el bosquecillo de abedules, aislado en el centro del campo. Era mediados de agosto y, cuando se puso de pie, la hierba timotea le llegó casi a la cintura. Avanzó a trompicones entre la hierba, apartando las espiguillas a manotazos. Los troncos de los abedules se inclinaron y se volvieron borrosos, mientras las hojas se estremecían blancuzcas en sus copas. Llegó entonces al ancho círculo de hierba segada, al pie de los árboles. Vio la conocida cruz blanca del niño nacido muerto y la más nueva, de su padre. Y a su lado, todavía sin ninguna leyenda, una mancha alargada de tierra fresca removida.

Se quedó sin aliento, sintiéndose como una marioneta a la que hubieran cortado los hilos. Se tumbó con la frente apretada contra el suelo, con el olor a hierro y a humus llenándole las fosas nasales, y agarró un puñado de tierra y lo dejó correr entre los dedos. Un rugido oceánico le llenaba la cabeza. Toda su memoria, todo su pasado se levantó para engullirlo. Imágenes de *Almondine*, de cómo le gustaba la mantequilla de cacahuetes pero no los cacahuetes, de cómo prefería las judías pallares al maíz, pero rechazaba los guisantes, de cómo apreciaba la miel más que ninguna otra cosa y de cualquier forma que pudiera conseguirla, lamiéndola de sus dedos, de sus labios o de la punta de la nariz; de cómo le gustaba arrebatarle cosas de las manos y permitirle después que las recuperara; de cómo, si él le ponía la mano debajo de la barbilla, ella bajaba la cabeza y seguía bajándola hasta el suelo, sólo para mantener el contacto; de lo distinto que era acariciarla con la palma de la mano y con la punta de los dedos; de cómo podía apoyarle una mano en el costado mientras dormía y ella no abría los ojos, pero aun así comprendía y su respiración cambiaba.

Recordó un tiempo en que él era pequeño y *Almondine* era joven e impetuosa, más un potro salvaje que un perro para él, un tiempo en que ella podía atravesar el patio más veloz que una golondrina y alcanzarlo corriendo en medio del campo. A él le gustaba escaparse y obligarla a perseguirlo, verla volar. Cuando lo alcanzaba, daban la vuelta y corrían por el campo, hacia las matas de frambuesas, un lugar que a él le gustaba sólo porque era suficientemente pequeño para atravesarlo sin hacerse daño. Pero una vez, al llegar, encontraron algo, un animal que Edgar no había visto nunca, de cara ancha, hocico puntiagudo y grandes garras negras y lisas. Llegaron corriendo a toda velocidad y lo sorprendieron, y entonces la cosa se volvió y les hizo frente con una tos ronca, siseando y golpeando el suelo con las patas, porque había confundido su carrera con un ataque. Grumos de tierra se esparcieron por el aire detrás de su grupa. Edgar intentó retroceder, pero la cosa avanzó en la misma medida, atada a él por alguna fuerza invisible, mientras lo miraba fijamente con unos ojos como dos canicas negras, como si estuviera observando a un monstruo, jadeando ásperamente y volviéndose para hacer restallar las patas traseras y volver a mirarlos, con una barba de espuma gris debajo de la barbilla.

No sabía cuánto tiempo *Almondine* se había quedado paralizada a su lado al ver que la cosa avanzaba un poco más por cada paso que Edgar retrocedía. Pero entonces se había deslizado para interponerse entre ambos, le había bloqueado la vista a Edgar con el cuerpo y le había dado un empujón tan fuerte con la grupa que había estado a punto de derribarlo. No corrió a interponerse, ni usó ninguno de los trucos que empleaba para jugar. Ninguna habilidad especial, ningún don de elegancia. Simplemente se había situado entre los dos, con la cola baja. Después, se volvió y le lamió la cara, y Edgar se sorprendió cuando entendió lo que estaba haciendo. Si se movía, lo exponía a él al peligro; por tanto, no pensaba moverse. Le estaba pidiendo a Edgar que se marchara, diciéndole que de ese modo podría salvarla a ella, y no a la inversa. *Almondine* ni siquiera se arriesgaría a pelear con la cosa. Sólo se marcharía cuando Edgar se hubiese ido, y sólo si lo hacía de tal manera que la cosa no lo persiguiera. Sólo en ese momento le quitó los ojos de encima a la bestia y sólo lo hizo para explicar lo que pretendía.

Él estuvo mirando el mayor tiempo posible cómo se quedaba allí de pie mientras él retrocedía. En cuanto llegó al establo, ella se agachó, saltó y se materializó a su lado. Recordó entonces que al día siguiente habían visto a la cosa aplastada en la carretera, muerta y rodeada de moscas.

Vio a *Almondine* jugando a su juego de la cuna, bailando para él, ligera como una mota de polvo.

Pensó en su padre, de pie en la puerta del establo, mirando al cielo mientras se aproximaba una tormenta y su madre gritaba: «¡Entra, Gar, por el amor de Dios!»

Así sucedía a veces. Uno se ponía delante de la cosa y esperaba a lo que fuera a pasar. Y eso era todo. Tenía miedo, pero daba lo mismo. Había que hacerle frente. No había posibilidad de engaño. Cuando *Almondine* había estado juguetona, lo había estado aun sabiendo todo eso, tan desafiante como delante de la bestia encolerizada. No era un pensamiento morboso, sino simplemente el mundo tal cual era. A veces uno miraba a la cosa a los ojos y ella se marchaba. Otras veces, no. El tornado podría haberse llevado a *Tesis* en el lago, pero no se la llevó, y no había nada de particular al respecto, excepto su certeza de que había sido ella quien lo había ahuyentado.

Tenía planeado entrar en la casa por la mañana. No sabía lo que pasaría entonces. Claude había encontrado su nota, era evidente. Si la hubiera encontrado su madre, habría salido corriendo de la casa, gritando su nombre. Pero la casa estaba a oscuras y nadie había salido corriendo de ella.

Apoyó una mano sobre el lomo de *Tesis* mientras los dos miraban al patio. Se sentía hueco como una calabaza. Sabía que esa noche no iba a poder dormir más. La luz del farol resplandecía alta y brillante sobre su poste, encima del huerto, con un fulgor que envolvía la casa y el patio, más allá de la oscuridad y de la negrura del cielo. Al cabo de un momento, Claude bajó los peldaños del porche y echó a andar por el sendero. Una franja de luz apareció detrás de la puerta trasera del establo. Unos minutos después, la franja se apagó y Claude cruzó el patio hasta la casa, subió los escalones del porche y, sin una pausa, lo devoraron las sombras.

Trudy

Trudy estaba en la cama, medio dormida, pensando en los perros, en la peculiar nota de agitación que había distinguido en sus voces cuando había bajado de la camioneta. No estaban exactamente frenéticos, pero casi, lo suficiente para que ella se detuviera y mirara por todo el patio. No había visto ninguna de las causas habituales de alarma: ningún ciervo robando en el huerto, ni una mofeta escabulléndose entre las sombras, ni tampoco un mapache observándolos con ojos rojos desde un manzano. De hecho, en cuanto les había hecho el signo de «silencio», los perros se habían calmado. Supuso que el alboroto se debía a lo tardío de su llegada, o al espectáculo de la luna llena suspendida sobre las copas de los árboles. Aun así, el nerviosismo que notó en sus voces aún la preocupaba. Y quizá también preocupara a Claude, porque mientras ella tenía esos pensamientos, él se levantó y empezó a vestirse, a la luz azulada de la luna que se derramaba por la ventana.

—Voy a ver cómo están esos cachorros —susurró.

—Voy contigo.

—No. Quédate y duerme. Estaré de vuelta antes de que te des cuenta.

El muelle de la puerta del porche soltó un bostezo de hierro y ella se quedó sola. Sospechaba que los perros no eran la única razón de que Claude se hubiera levantado. Por motivos que no comprendía, Claude parecía avergonzarse de su insomnio y se volvía lacónico hasta el mutismo cuando por la mañana ella le preguntaba por el tiempo que había estado despierto. Las primeras veces que se había despertado y no lo había encontrado a su lado, había salido sigilosamente y lo había visto ir y venir por el patio, con la cabeza gacha y las manos en los bolsillos, hasta que el ritmo obstinado de las zancadas, paso a paso, le quitaba de la cabeza lo que fuera que tenía dentro. Pero sobre todo eran las noches de lluvia lo que atormentaba a Claude. Entonces se sentaba en el porche y pasaba la punta de la navaja por una pastilla de jabón, hasta que aparecía en sus manos la figura de algo, que después tallaba hasta convertir en otra cosa más pequeña y a continuación en algo más pequeño todavía, hasta finalmente hacerlo desaparecer por completo. Los restos de jabón que Trudy encontraba en la basura a la mañana siguiente hablaba con mayor elocuencia que nada del tiempo que Claude pasaba sentado en la oscuridad.

Trudy tenía una razón propia para querer salir. Habría sido una oportunidad, aunque tardía, de pararse junto al granero y hacerle a Edgar la señal de cada noche para decirle que no había peligro y que ya podía volver a casa. Se había hecho tarde; cuando aparcaron la camioneta y descargaron la compra, ya era noche cerrada. Aun así, si hubiera encontrado una razón discreta para salir, lo habría intentado.

El trato entre Edgar y ella era uno de los pocos aspectos de aquella noche en el henil que le había ocultado a Claude, dejando que creyera, lo mismo que Glen y todos los demás, que Edgar había huido presa del pánico al ver a Page tumbado en el suelo, cerca del sitio donde había muerto Gar. ¿Por qué había guardado ese secreto, si le había contado a Claude casi todo lo demás? No habría podido decirlo. Quizá porque pensó que el engaño no duraría mucho. Esa misma noche fue hasta las hierbas altas y se quedó de pie de cara al crepúsculo, esperando ver salir a Edgar del bosque, como había visto a Gar mucho tiempo antes, cobrando forma como un candil entre los álamos. Al final, por miedo a que Claude le preguntara qué estaba haciendo, volvió a la casa sin prestar atención al susurro que le decía que Edgar estaba allí, mirándola, pero sin creerse su señal.

Lo mismo había sucedido la tarde siguiente. Y todas las tardes que vinieron después.

¿Cómo había podido decirle a Edgar que se marchara? Casi al instante había comprendido que era una tontería inútil, pero él ya no estaba. Esperar de pie detrás del granero se había convertido en su penitencia diaria por aquel error, aunque no le sirviera de nada para aliviar su conciencia. Su único consuelo era pensar que los perros que habían seguido a Edgar no habían regresado, lo que significaba que aún seguía por ahí, lo que significaba que estaba a salvo. Hizo una inspiración desgarrada, pensándolo; él era todo lo que quedaba de su familia, y estaba en alguna parte.

Pero a veces Trudy no podía evitar imaginar que Edgar había regresado, solamente una vez, una de esas noches en que ella no había encontrado ninguna excusa para salir, y que entonces había perdido la esperanza y se había marchado para siempre. Lo que veía entonces en su mente era la imagen de una semilla negra que ya había crecido hasta convertirse en enredadera, con tallos y hojas perfectamente negros, una imagen de hacía mucho tiempo, de los días posteriores a su último embarazo fracasado.

(La noche era calurosa. Sus pensamientos habían empezado a deslizarse hacia un plano intermedio entre las fantasías y el sueño, y formaban círculos y remolinos. Se entregó a ellos, convertida en lúcida pasajera de su propia mente.)

¡Gar y ella estaban tan seguros de que el bebé nacería bien! Después, le había quedado un vacío, un núcleo desnudo y curtido por el sol, algo atroz que le mascullaba lo sencillo que sería dejarse caer simplemente por la escalera, o encontrar un lugar tranquilo en el río y adentrarse en la corriente. Comer había sido como echarse arena a la boca. Dormir, como ahogarse. El único alivio era mirar hacia adentro y abrazar ese lugar interior. Era una decisión cargada de indulgencia y autocompasión, sí, pero de ese modo el tiempo pasaba con tranquilizadora rapidez. Cuando abría los ojos, era por la mañana y Gar le estaba tendiendo una taza de café. Cuando él se marchaba, ella cerraba los ojos y entonces volvía a ser por la mañana y había pasado otro día.

Cada hora así transcurrida la envenenaba –pensaba ella–, pero la sensación era irresistible, cautivadora, dividida por igual entre el temor y el deseo. Finalmente se había arrancado de su estado movida por una preocupación perversamente egoísta por Gar, porque una retirada al negro centro de su ser no le habría proporcionado ninguna paz si también lo arrastraba a él. Se había obligado a levantarse de la cama y había bajado la escalera. Al verla, Gar se había quedado casi aturdido. La había dejado sola en el porche y había vuelto acunando aquel cachorro salvaje, tan frío que casi no respiraba, negro, gris y castaño en sus manos, con los ojos brillantes y las patas agitándose contra su palma. Había sido lo primero que la había conmovido, la primera cosa tangible que la había emocionado desde el parto del niño muerto. Desde el instante en que tocó al cachorro, supo que no sobreviviría, pero también supo, con la misma certeza, que tenían que intentarlo.

La cuna llevaba varias semanas lista. Viviera o muriera, ella quería que el cachorro lo decidiera allí, para que los preparativos hubieran servido para algo. Cuando *Almondine* la despertó esa noche, ella se inclinó sobre los barrotes de madera, llevó al cachorro a la mecedora y lo depositó entre los pliegues de su bata. Mientras se mecía, lo estuvo mirando. Se preguntó si él también tendría su lugar negro interior. No estaba herido. ¿Podría decidirse simplemente por la vida? Y si prefería morir, ¿por qué luchaba tanto? Siguió con un dedo las líneas de sus costillas y el pelo ralo de su vientre. De algún modo, llegaron a un trato. Trudy no sabía bien cómo, sino únicamente que había sido así. Entonces, el cachorro cerró los ojos y exhaló un último suspiro infinitesimal.

Una cosa era vivir en un mundo donde la muerte era una figura lejana y otra muy distinta sostenerla entre las manos, y Trudy la estaba sosteniendo por segunda vez en un mes. Pensó que esa noche había hecho un pacto con la propia muerte: podía quedarse, si permitía que también la muerte se quedara. Al elegir la vida, asumía la contradicción. Pasó la noche. Cuando Gar los encontró, a la mañana siguiente, una gran marea de dolor se había levantado en ella y se había retirado, y a su paso, el lugar negro interior había quedado reducido a un grano minúsculo.

Después, había derramado su vida sobre los pocos que tenía a su alrededor: Gar, *Almondine*, los perros y su adiestramiento. Apartó de sí esa partícula reseca, dejó de prestarle atención y la sumergió bajo un trabajo febril. Pasaron los años. Nació Edgar, aparentemente, un misterio inabarcable para todos ellos, excepto para los perros. Trudy casi nunca pensaba en aquella noche. Llegó a creer que el lugar negro la había abandonado y que recordar con toda la fuerza de su imaginación no haría más que traerlo de vuelta.

Se había equivocado. Después del funeral de Gar, cuando la neumonía alcanzó su apogeo, aquella semilla diminuta volvió a aparecer en sus sueños. La cáscara se agrietó y, de la fisura, brotó un tallo delicado como la seda. A la mañana siguiente, desapareció como un animal inquieto. Pero los sueños más hondos de la fiebre aún estaban por llegar y, en ellos, el tallo siguió brotando. Le rodeó las caderas, la cintura y el pecho. Se le enredó en el pelo y le atravesó la cara hasta amarrarla por completo con su negrura aterciopelada, que al principio fue un consuelo. Pero una mañana despertó y descubrió que los tallos y los zarcillos se habían convertido en jaula. Tuvo un momento de pánico, hasta que recordó cómo era; inspiró profundamente y le hizo frente.

Había tomado algunas decisiones a partir de entonces, decisiones malas, posiblemente. Se había convencido de que el resentimiento de Edgar hacia Claude se aplacaría. Ahora se preguntaba si no habría pesado ese resentimiento en la decisión de Edgar de no regresar. No podía mirar directamente esa idea, ni tampoco la idea de que quizá Edgar no volviera nunca. Sólo en la periferia de su mente podía considerar esas cosas. Eran las contradicciones con las que había aprendido a vivir. En julio, Claude organizó la colocación de dos perras de la camada de Edgar (*Ágata* y *Umbra*, «las gemelas», como las llamaba el chico); sin embargo, cuando llegó el momento, Trudy se opuso. De hecho, se había puesto histérica, incapaz de admitir ninguna disminución de la presencia de su hijo. Las colocaciones se cancelaron. Para apaciguar a todos los interesados, permitió que en su lugar fueran dos cachorros, algo que no habían hecho nunca.

(En el dormitorio, Claude había regresado. Se sentó al borde del colchón mientras se desabrochaba la camisa. Ella suspiró y se dio media vuelta.)

Durante varias semanas después de la neumonía, se había obligado a ir a la perrera, fingiendo que estaba mejor. No, no fingía. Físicamente se estaba recuperando. Por las mañanas, cuando Edgar se iba en el autobús de la escuela, el silencio del establo era intolerable. Poner música era todavía peor. *Almondine* la buscaba y se echaba a dormir a su lado. Era un consuelo, pero la cama la llamaba con tanta fuerza y el peso de su carga era tan grande que la mayor parte de los días, a media mañana, estaba en la casa, agotada y dormida.

Un día, poco después de mediodía, el Impala de Claude apareció al final del sendero. Trudy lo miró desde el porche mientras él abría la puerta del establo y entraba. Se quedó un rato esperando en el cuarto de estar, pero al final fue al establo. Se lo encontró pesando a un cachorro y tomando notas. Él la miró, pero no dijo nada. La primera semana transcurrió casi sin palabras entre ellos, excepto pequeñas preguntas sobre problemas inmediatos. Trudy no agradecía la presencia de Claude y no podía disimularlo; habría querido decirle que se marchara, pero sabía que necesitaba su ayuda. Todos los días, antes de que Edgar volviera a casa, Claude se metía en su coche y se iba, a veces sin nada más que un saludo mascullado por la comisura de la boca. En dos ocasiones, cuando Trudy levantó la vista, simplemente se había ido.

Ese sábado, cuando Claude no apareció, lo único que sintió fue alivio. A media tarde del domingo, se sorprendió mirando por la ventana. El Impala volvió a aparecer a última hora de la mañana del lunes. Trudy estaba en la cama, incapaz de levantarse. Después, sintió rabia. ¿Qué quería Claude? Callado o no, seguía yendo a la casa, por algún motivo. Pero ella necesitaba que la dejaran en paz. La poca energía que podía reunir se le agotaba ocupándose del trabajo diario y cuidando de Edgar. Fue hasta el establo. Claude estaba de rodillas en el cuarto de las medicinas. Tenía abiertos todos los cajones y los armarios, y estaba rodeado de frascos de pastillas, tijeras de acero inoxidable, paquetes de vendas y botes de mercromina y antiséptico. Trudy pensaba decirle que se fuera, pero en lugar de eso le hizo una pregunta:

—Dime, ¿lo echas de menos?

Claude se puso de pie, la miró y se pasó la lengua por los labios. Hizo una inspiración tan profunda que se le levantaron los hombros.

—No —respondió, y después de una pausa añadió—: Pero lo recuerdo. Lo recuerdo tal como era.

Ella había esperado alguna mentira superficial. Había confiado en que le mintiera, porque de ese modo le habría sido más fácil echarlo. Pero Claude había articulado esas palabras como si le estuviera haciendo un regalo, como una reparación. En el silencio que siguió, Trudy pensó incluso que iba a disculparse por su respuesta (lo que también habría sido falso), pero Claude se limitó a esperar. Su postura y su mirada le decían que estaba dispuesto a marcharse si ella se lo pedía. Ella seguía sin entender lo que pretendía, pero al menos no intentaba imponerle su presencia. Pensó que iba al criadero por algún motivo propio, para aquietar algún recuerdo o sentimiento vinculado con Gar. O quizá era el castigo que se había impuesto por no lamentar la muerte de su hermano.

—Si vas a seguir viniendo, al menos podrías preguntarme qué tareas hay pendientes —dijo ella.

—¿Qué hay que hacer?

Lo primero que se le ocurrió fue que el cuarto de las medicinas era un desastre y que era preciso limpiarlo a fondo, tirar los medicamentos caducados y reorganizarlo. Pero estaban justo en medio del cuarto, y él estaba ocupándose precisamente de eso.

—Uno de los neumáticos de *Alice* se deshinchó a lo largo del invierno —dijo.

—De acuerdo. ¿Algo más?

—Nada. Todo.

—Deja los corrales por la mañana —dijo él—. Yo los limpiaré cuando venga.

492

Lo que sucedió fue lo siguiente: cuando Trudy se sentía más frágil que nunca, vio en Claude la posibilidad de agarrarse a algo, para no seguir la progresión cuesta abajo que ella sola no era capaz de detener. Le pidió algún recuerdo de Gar.

—¿Qué quieres saber?

—Cualquier cosa. Cuéntame lo primero que recuerdas de él. Tu recuerdo más antiguo.

Claude parpadeó brevemente y desvió la mirada.

—Quizá no te guste —dijo—. Yo conocí a un Gar diferente del que conociste tú.

—No importa —replicó ella—. Cuéntame.

Pero, por dentro, estaba pensando: «Eso espero, porque si tú has conocido al mismo Gar que yo, entonces los dos estamos perdidos.»

—Si de verdad quieres saberlo, lo que recuerdo es una tormenta de nieve —dijo Claude—; el comienzo de una ventisca, la primera que veía en mi vida. Yo no debía de tener más de tres años, porque me impresionó ver caer tanta nieve. Estábamos de pie en el cuarto de estar, mirando por la ventana, a través del patio y en dirección al campo. Todo empezó a desaparecer: primero, los árboles al fondo del campo; después, el campo entero, y al final, también el establo. Se me ocurrió pensar que el mundo había cambiado para siempre. Me entusiasmé tanto que quería salir. Recuerdo que quería contar cuántos copos de nieve me cabían en la mano, y ver si podía seguir uno de esos copos hasta que se posara en el suelo. Quería averiguar a qué sabían. No sabía que iba a pasar frío y no entendía por qué Gar me impedía que saliera. Ahora que lo pienso, creo que a él no le preocupaba que yo pasara frío. Sólo quería...

—...que nadie dejara huellas en la nieve —susurró ella.

Claude pareció sorprendido y asintió.

—Así es. Me dijo que, si esperábamos hasta la mañana, nos despertaríamos y sería asombroso. La camioneta habría desaparecido y el establo sería un iglú, pero sólo si no pisábamos la nieve mientras estaba cayendo. Sin embargo, yo estaba empeñado en que no era normal lo que estaba sucediendo, en que una fuerza poderosa andaba suelta y todo habría vuelto a la normalidad por la mañana. Entonces eché a correr. Lo siguiente fue que él se interpuso delante de la puerta de la cocina y empezó a empujarme y a gritarme.

«Sí –pensó Trudy–, todas aquellas tormentas con Gar en la puerta del establo, mirando al cielo.» Se aflojó un nudo en su interior. Claude no había conocido a un Gar diferente, sino sólo más joven. Se echó a reír. Increíblemente, pudo reír. Después lloró, claro, tal como llora una persona cuando finalmente le aplican pomada antiséptica sobre una quemadura. Y, lo más milagroso de todo, esa noche descansó por primera vez desde la muerte de Gar.

Al día siguiente llamó a Claude desde la puerta del porche y le sirvió café. Le preguntó si al final habían salido a la nieve o si habían esperado hasta la mañana siguiente. Sentía que estaba pisando terreno peligroso y que, si tiraba con demasiada fuerza (ya que su instinto era aferrar el hilo de la historia de Claude y tirar de él con todas sus fuerzas), lo haría callar. Comenzó un juego de seducción. Sí, un juego sexual. Él lo deseaba más que ella, pero ella tampoco se negaba. No era exactamente un intercambio, aunque a veces, cuando ella se quedaba sin preguntas, se daba cuenta de que lo estaba llevando al dormitorio, y siempre había un elemento de gratitud en el acto. Por otro lado, también había egoísmo. Y por la noche dormía. Tenía la dicha de poder dormir.

Irónicamente, cuanto más la liberaban a ella de su tormento los recuerdos de Gar que Claude conservaba, más atrapaban éstos al propio Claude. Escuchando sus historias, Trudy pudo finalmente decir adiós: adiós al Gar niño, al Gar adolescente y al Gar que no había conocido pero que de algún modo había esperado conocer. Claude hablaba de su hermano mayor en un tono agudo y sin sentimentalismos. Trudy se enteró de cosas que sólo un hermano podía saber, en particular un hermano menor que había crecido a la sombra de Gar, estudiándolo, imitándolo, adorándolo y peleando terriblemente con él.

¿Cómo podría haberle explicado todo eso a Edgar? ¿Cómo decirle que necesitaba a Claude porque Claude conocía a Gar y no había sido destruido por su muerte? ¿Cómo podía decirle que, cuando más echaba de menos a Gar, entonces hablaba con Claude y él le contaba historias que por un momento la hacían recordar –recordar de verdad– que Gar había existido? ¿Cómo podía explicarle que sólo podía levantarse de la cama por la mañana si había una posibilidad de volver a tocar a Gar?

Poco a poco fue conociendo a Claude. El rey de la distracción. Encontraba un placer casi maligno en tentar a los perros mientras Trudy los adiestraba. Un día, mientras ella los estaba poniendo a prueba para ver cómo respondían a sus llamadas, él cruzó el patio con una caja de cartón llena de ardillas, aunque ella en ese momento no lo sabía. Cuando los perros estaban a medio camino para reunirse con ella, él abrió la tapa de la caja y tres rayas grises atravesaron veloces el patio. Los perros giraron sobre sí mismos y salieron en su persecución.

—Muy bien —dijo ella riendo—. ¿Cómo lo has hecho?

—¡Ah, antiguo *secleto* chino! —respondió él.

El don de Claude (si es que podía llamársele así) era particularmente desconcertante por el poco esfuerzo que le exigía. Parecía estar al tanto de toda diversión humana a un día de viaje por carretera. Sin que él lo buscara, la gente le informaba de todo tipo de celebraciones, grandes y pequeñas: todo, desde el plan de los viejos de la tienda de piensos y semillas de ir al restaurante a probar el nuevo pastel de carne, hasta un combate de boxeo clandestino. Esa misma noche habían ido a hacer la compra en Park City y habían acabado nada más y nada menos que en la fiesta de una boda, en el jardín de la casa de alguien que resultó ser amigo de un primo de un hombre que Claude había conocido una vez en The Hollow. Claude había prometido que no se quedarían más de una hora, pero ya era pasada la medianoche cuando salieron de vuelta a casa. Por ser una huérfana que había pasado por media docena de familias antes de cumplir los doce años, Trudy era capaz de adoptar una autosuficiencia casi insular, pero le resultaba encantador que un grupo de gente casi desconocida le abriera las puertas de su casa, sobre todo tratándose de personas a cuyo lado vivía desde hacía años y con quienes sin embargo no había llegado a trabar ningún tipo de relación. ¿Cómo era posible?

Sabía que no era buena idea comparar a Claude con Gar, pero en ese aspecto eran totalmente opuestos. Por encima de todo, Gar rechazaba las emociones fuertes, incluso las dichosas, a causa de su pasión por el orden. Esos registros del criadero, esos cajones llenos de diarios, fotografías, notas y pedigrís..., Gar los adoraba. Creía en la selección y la crianza tan fervientemente como ella en el adiestramiento. Estaba convencido de que no había nada en el carácter de un perro que no se pudiera adaptar al trabajo útil, que no era preciso cambiar nada, sino únicamente ajustar y, en último término, transformar. Eso era lo que la gente no entendía. A menos que hubieran trabajado en ello durante años y con mucho empeño, creían que adiestrar significaba imponer al perro la voluntad del entrenador. O que para ser un buen adiestrador era preciso estar en posesión de un don mágico. Las dos ideas eran erróneas. El adiestramiento auténtico significaba mirar, escuchar y reconducir la exuberancia natural del perro, y en ningún caso suprimirla. No era posible convertir un río en mar, pero sí trazar un canal para hacerlo fluir por otro curso. Era un debate que Gar y ella mantenían alegremente, sin llegar a concluir nunca. Gar sostenía que el éxito de Trudy en el adiestramiento era la prueba de que sus registros, correctamente interpretados, hacían posible que cada nueva generación de cachorros se acercara cada vez más a un supuesto ideal, aunque no fuera capaz de expresar ese ideal con palabras. Trudy sabía que eso no era cierto. Si algo había cambiado en el adiestramiento, era que se había vuelto más difícil con los años.

Pero Claude prestaba poca atención a los archivos. Para él, no eran más que un medio para conseguir un fin. Su mayor interés era captar la atención de la gente del catálogo Carruthers, después del fracaso de la negociación para abrir una filial del criadero, tras la retirada de Benson, el hombre de Texas que había pasado del entusiasmo a la aprensión por haber visto demasiado la noche en que Edgar se dio a la fuga.

Quizá las distracciones no fueran fruto del azar. Cada vez que ella empezaba a preocuparse, Claude prácticamente se le echaba encima para llevársela a otra parte, hacia un lugar con vino y música, algo inmediato y sin complicaciones, como una película en Ashland, o un paseo por carreteras secundarias entre bosques y claros, o una caminata junto a las cascadas donde el río Bad se precipitaba con un rugido envolvente a través de las compuertas de granito. Ella había aceptado más de una vez esa última propuesta. De pie sobre la pasarela que salvaba el abismo gris, Claude sacaba una botella de brandy y los dos se quedaban mirando cómo el agua cerraba el puño en el aire y lo dejaba caer. Después de echar un par de tragos, él murmuraba: «En medio de las rocas danzantes, para siempre, / lanzose el sacro río. Cinco millas de sierpe, como en un laberinto, / siguió el sagrado río por valles y collados, / hacia aquellas cavernas que no ha medido el hombre, / y hundiose con fragor en una mar sin vida.»

Había trasladado el viejo tocadiscos del taller a la casa. Le gustaba la música, todo tipo de música: el jazz de big band, Elvis, los Rolling Stones... Sólo la música clásica lo aburría con su orden estéril. Lo que más le gustaba eran las voces (llorosas, suplicantes o risueñas), y sus favoritos eran los grandes cantantes melódicos, ya irradiaran un anhelo sin límites o sensual indiferencia. Apreciaba a Frank Sinatra por su fuerza bruta y a Eydie Gormé por su brillo intocable (*Blame it on the bossa nova* lo entusiasmaba hasta extremos ridículos); pero sus preferidos eran los cantantes más melosos, como Perry Como, por ejemplo, o Mel Tormé, que a Trudy le parecían insoportables. Cada vez que dejaba caer la aguja del tocadiscos sobre un álbum de Mel Tormé, Claude anunciaba en voz baja: «¡La rana aterciopelada!», y miraba a Trudy con los ojos muy abiertos, como si los dos se encontraran atrapados en una escena de una película de terror.

Así era Claude. La obligaba a reír precisamente cuando ella menos se lo proponía. Entonces ella se enfadaba un poco, aunque acababa deseando que lo hiciera de nuevo, como una niña que aplaudiera a un mago y le pidiera a gritos que volviera a sacarse una paloma de la manga. Sólo que con Claude, la paloma parecía salirle a ella de dentro.

(Trudy estaba en ese estado de semiinconsciencia en que las ideas se resquebrajan y se van a la deriva como témpanos. Claude estaba acostado a su lado, sólido, pesado y caliente. Se alegraba de que hubiera ido a ver la perrera. Lo primero que tendría que decirle a Edgar sería lo de *Almondine*. ¡Cuánto lo afectaría! Debía llamar a Glen Papineau al día siguiente. Pero si hubiese tenido alguna noticia, Glen se habría acercado en su coche para dársela personalmente. Además, tenía que actuar con cautela, porque cada vez que preguntaba se arriesgaba a fortalecer en la mente de Glen la conexión entre Edgar y el accidente de Page.)

Edgar

Sentado junto a la tumba de *Almondine*, miraba la casa y el establo enorme, preguntándose si todo lo que estaba sucediendo era fruto de su imaginación, aunque sabía que no era así, del mismo modo que aquella noche bajo la lluvia había sabido distinguir perfectamente lo real de lo imaginario. Pensó en la primera noche que Claude había pasado en la casa, cuando *Almondine* y él se habían ido al establo y lo habían encontrado dormido en el henil, pero no dormido del todo, sino mirando las vigas del techo.

«Está exactamente como lo recordaba —le había dicho—. Tu padre y yo conocíamos todos los rincones y recovecos de este lugar. Escondíamos cigarrillos aquí arriba, e incluso alcohol; solíamos escabullirnos hasta aquí para echar un trago en los días de verano. El viejo sabía que lo teníamos por aquí, en alguna parte, pero era demasiado orgulloso para ponerse a buscar.»

Una vez, habían abierto una pared de la casa y habían descubierto dentro la caligrafía de Schultz. Otra vez, Edgar había encontrado una tabla suelta en el suelo, cerca del frente del henil, y la había levantado. Debajo había espacio suficiente para una cajetilla de cigarrillos o una petaca de whisky, pero sólo había encontrado telarañas y el tapón de un frasco y, en ese momento, no había pensado nada más al respecto.

El tapón de un frasco.

Alguien había escondido alguna vez un frasco en aquel hueco.

«Mi abuela es como yo. ¿Sabes lo que dice mi abuela?»

Intentó recordar si había vuelto a mirar debajo de la tabla después de aquella primera extraña conversación con Claude.

«¿Crees que puedes encontrar el frasco? Tienes que buscarlo, porque si no lo encuentras, tendrás que irte. Ésa es la sustancia.»

Se puso de pie. La luna había salido tarde y, rodeada de un halo, atenuaba la luz de las estrellas cercanas. *Tesis* se había alejado trotando para explorar el campo iluminado por la luna, pero él ya no la veía y entonces echó a andar. Cuando estuvo cerca del establo, dos perros empezaron a ladrar. El ruido no le preocupaba, mientras fuera breve. Incluso sintió cierta oscura emoción al saber que esa noche no era un ciervo de paseo por el huerto el motivo de sus ladridos, ni una lechuza que cayera sobre un conejo entre las hierbas altas.

Abrió las puertas traseras del establo. Un rectángulo de luz de luna cayó sesgado a través del pasillo y de su sombra proyectada en el suelo. Antes de su huida, podría haber entrado en el establo en medio de la noche sin que los perros emitieran ningún sonido, pero esa vez estaban al borde de la barahúnda. Edgar se dirigió sin hacer ruido al cuarto de las medicinas y sintió que las pupilas se le encogían cuando accionó el interruptor de la luz. Recorrió todo el pasillo, agachándose delante de los cubículos y tocando a los perros, mirando la luz reflejada en sus ojos y signándoles que se quedaran quietos y en silencio. Cuando se calmaron, encontró una linterna en el taller y apagó la luz del cuarto de las medicinas. Se quedó un momento en la doble puerta trasera esperando a *Tesis* pero no la vio por ninguna parte, de modo que la cerró.

En la oscuridad, oyó un seco zumbido electromecánico. Recorrió el pasillo con el haz de la linterna hasta encontrar un teléfono montado sobre uno de los gruesos pilares. Habían instalado un supletorio en el establo, pero en la línea seguía habiendo las mismas interferencias que antes. Se llevó el auricular al oído y, por debajo del tono de línea libre, oyó tenuemente una conversación entre dos voces extrañas, entre un hombre y una mujer.

Fue al taller y subió la escalera, obligándose a pasar junto al lugar donde había quedado tendido el doctor Papineau. El henil aún conservaba el calor del día. Al fondo había una buena provisión de paja fresca, apilada en fardos que llegaban hasta las vigas del techo. El olor le habría parecido maravilloso en otras circunstancias. Le recordaba todo el tiempo que había pasado allí, con los fardos dispuestos en improvisados corrales, haciendo rodar a los cachorros por el suelo y enseñándoles a estarse quietos mientras les cepillaba el pelo, les cortaba las uñas o buscaba nombres en las páginas del diccionario.

Empezó a buscar cerca de la puerta del vestíbulo, describiendo arcos orientados hacia el suelo con el haz de la linterna y apartando paja con los pies, hasta localizar, cerca de la esquina frontal más alejada, el trozo de tabla que recordaba, con el borde astillado por la inserción de un destornillador o un cuchillo. Se agachó, abrió la navaja de Henry y metió la hoja en la hendidura antes de ver los clavos hincados en cada extremo y las marcas de martillazos en la madera. Encontró una palanca en el taller. La tabla se levantó medio centímetro antes de que la madera vieja cediera y la palanca se soltara. Fue suficiente para levantar las cabezas de los clavos.

Lo que había debajo de la tabla seguía tal como Edgar lo recordaba (unos diez o doce centímetros de espacio libre sobre una de las traviesas principales del establo, en cuya madera había un hueco tallado), y seguía tan vacío como cuando lo había descubierto. Pero el tapón del frasco y las telarañas no estaban. Y había algo más: una serie de marcas nuevas de cincel ensanchaban la cavidad original unos tres centímetros a cada lado. A diferencia del hueco más antiguo, tallado con cuidado y con la superficie lisa y los bordes rectos, las nuevas oquedades parecían mordidas en la madera. Edgar pasó los dedos por las muescas. Unas cuantas astillas de color ámbar yacían dispersas sobre la vieja viga.

Intentó recordar el aspecto del frasco que tenían aferrado entre Ida Paine y él: la cruda esfera de vidrio del tapón; la cinta, con su leyenda indescifrable, y el contenido aceitoso que parecía lamer el interior. Se miró la palma de la mano y sopesó la sensación que le producían las marcas del cincel. Se echó hacia atrás e iluminó con la linterna la pared de fardos amontonados. Briznas de paja flotaban a la deriva por el haz de luz. Con la escoba, apartó la paja de la pared delantera y recorrió el suelo, golpeando las tablas. Docenas de escondites, había dicho Claude. Podía trabajar hasta el alba y aun así no los habría investigado todos.

Los perros de los últimos corrales soltaron una andanada de ladridos. Edgar entreabrió la puerta del henil, se asomó y vio a *Tesis*, que pasaba trotando. Bajó corriendo la escalera, abrió la doble puerta del fondo y la llamó golpeando las palmas hasta que salió de la oscuridad. Después, la llevó al cubículo de *Pinzón* y *Puchero* y le abrió la puerta. Antes de signarle nada, la perra entró en el cubículo y se acomodó en la paja con sus dos compañeros.

En el cuarto de las medicinas, Edgar lavó una lata de café, tiró la suciedad por el desagüe, volvió a llenar el recipiente y se lo llevó al henil, después de echar un trago. Dejó la tabla floja en su sitio, sin los clavos, y removió la paja suelta hasta que pareció que no la hubiera barrido. Las pilas de la linterna empezaban a fallar. La apagó, la sacudió, esperó un momento y volvió a empujar el interruptor con el pulgar. El filamento se encendió con una luz amarilla, pero no tardó en atenuarse con un tono anaranjado. Tenía luz suficiente para encaramarse a la pared de fardos. Una vez arriba, metió la linterna en el intersticio de una viga y movió los fardos hasta dejar un espacio libre donde pudo instalarse. Entonces apagó la linterna. En la oscuridad, el calor acumulado en las vigas del techo pareció coagularse a su alrededor. Tuvo que obligarse a respirar.

Al cabo de mucho tiempo, las golondrinas empezaron a piar en sus nidos de los aleros, y las primeras cigarras, a gritar su lamento. A lo lejos, la puerta del porche chirrió y dos perros ladraron. La doble puerta delantera del establo se abrió con un traqueteo. Después, la voz de Claude resonó en el criadero. Edgar se preguntó cuánto tiempo tardaría en descubrir a *Tesis*. Cuando empezó a clarear entre las grietas de debajo de los aleros, se llevó la lata de café a la boca. El agua le supo a hierro, polvo y sangre. Finalmente se quedó dormido, pero no fue un sueño reparador. Cada sonido lo sobresaltaba. Las briznas de paja lo cubrían como ceniza. Cada movimiento suponía un nuevo rasguño o pinchazo, y él entraba y salía del estado de inconsciencia sin saber qué hacer aparte de esperar.

Glen Papineau

No había sucedido exactamente tal como Claude lo había previsto, pero una vez sembrada la semilla de la idea, Glen acabó pensando obsesivamente en Edgar Sawtelle.

A Claude le preocupaba que quisiera llevarlos a juicio, pero nada podría haber estado más lejos de la intención de Glen. De hecho, en los últimos meses, Claude se había revelado como un tipo bastante bueno, como un buen amigo. Llevarlos a los tribunales no le habría parecido correcto. Trudy y él habían quedado casi tan abrumados como él mismo por la muerte de su padre y, además, tenían la preocupación del niño fugado. Todo lo malo que alguien pudiera desearles ya les había ocurrido, e incluso cosas peores.

No, lo que él pensaba era otra cosa. ¿Y si Edgar aparecía? ¿Y si Glen llegaba una mañana a su despacho y se encontraba con que había recibido una descripción del muchacho por telégrafo? ¿Llamaría de inmediato a los Sawtelle? ¿O comprobaría primero la veracidad de la información? Esto último le parecía lo más considerado: verificar los datos antes de alimentar falsas esperanzas. Todo dependía del lugar donde Edgar fuera hallado, naturalmente. Muchos niños fugitivos aparecían asombrosamente cerca de sus casas, lo que en el caso de Edgar significaba Ashland, Superior, Eau Claire o uno de los muchos pueblos pequeños de los alrededores. Habría sido fácil ir a buscarlo. Glen podía imaginar incluso ir hasta Madison, aunque si el chico había llegado mucho más lejos, lo mismo podía estar en California.

Pero... ¿y si aparecía cerca? ¿Y si el oficial que lo llamaba era el sheriff de un pueblo pequeño, igual que Glen, y entonces él simplemente podía ir y decirle: «Sí, es él»? Eso sería lo más correcto: identificar al chico personalmente, antes de hacer ninguna llamada, evitar cualquier confusión y una falsa alarma que habría sido muy perjudicial para Trudy. Charlaría un poco con el oficial de cosas intrascendentes, firmaría los documentos de la custodia y, a partir de ahí, estarían solos Edgar y él en el coche patrulla. Naturalmente, lo dejaría sano y salvo en su casa, pero eso no le impediría parar un momento para hacerle un par de preguntas, hablar de lo sucedido en el henil y averiguarlo todo, de un modo u otro.

Para Glen era natural imaginar que la conversación tenía lugar en el coche patrulla, porque era allí donde solía pensar mejor. Detrás del volante, con los árboles y las casas deslizándose a través del parabrisas, le gustaba dar rienda suelta a sus pensamientos. Algo que le molestaba bastante era saber que otros oficiales (palabra que utilizaba con cierta ironía porque implicaba una dignidad y un honor que no todos poseían) se burlaban de él. Tenía un apodo, lo sabía. Le había quedado desde la infancia. Lo llamaban *Buey*. Detestaba que lo llamaran así. Cuando terminó los estudios en el instituto de secundaria de Mellen, pensó que lo había dejado atrás pero, de alguna manera, sus compañeros de la academia de Madison se habían enterado. Su aspecto no ayudaba. La gente le echaba un vistazo y pensaba: «Ése debe de ser al que apodan *Buey*.» Prácticamente lo decían en voz alta cuando lo veían. Al poco tiempo, alguien lo vio con su uniforme azul y eso selló su destino, al establecer una memorable pero tenue conexión con Paul Bunyan, el legendario gigante del cuento, y su bestia de carga: *Babe*, el buey azul.

El mote no le molestaba tanto como la implicación de que era torpe o estúpido. Pero la mayoría de la gente veía lo que quería ver. Los tipos pequeños y delgaduchos eran listos, mientras que los tipos grandes parecían tontos. Incluso los oficiales de policía, entrenados para ver más allá de las apariencias, caían en esa trampa. Cuando veían venir a *Babe*, el buey azul, veían a un tipo lerdo, y cualquier pequeño error confirmaba sus sospechas.

Por ejemplo, el interrogatorio del chico. En una reunión del cuerpo técnico en Ashland, se le había escapado que Trudy había interpretado las respuestas de Edgar, en lugar de que el chico las escribiera, y todos los presentes se habían llevado literalmente las manos a la boca para no soltar una carcajada, como diciendo: «Ya está otra vez el *Buey* Papineau, haciendo la mayor tontería que te puedas imaginar.» Lo que no sabían era que su padre había pasado esa noche en casa de los Sawtelle y que esa misma mañana, antes de la entrevista, había ido a su oficina y le había dicho, sin la menor ambigüedad, que liquidara los trámites cuanto antes porque Trudy y su hijo estaban destrozados y casi no se tenían en pie. No tenía sentido obligar a Edgar a revivir la experiencia, e incluso podría haberle hecho daño. Por eso, Glen había prometido que el interrogatorio sería lo más breve posible.

Además, la noche anterior, la caldera se había estropeado y él había dedicado cada minuto libre de esa mañana para convencerla de que funcionara. Cuando llegó la hora del interrogatorio, quizá no estaba tan preparado como habría querido estarlo. Le había pedido a Annie que mecanografiara la declaración y se la leyera a Edgar y a su madre, que la habían firmado; pero eso no impidió a los idiotas de Ashland representar la escena, con uno de ellos haciendo de policía, otro agitando los brazos como respuesta y un tercero interpretando los signos de la manera más peregrina. Las cosas habían llegado tan lejos que cada vez que él hacía una pregunta, todos se ponían a agitar los brazos imitando la lengua de signos, mientras algún listo se inclinaba hacia él y le susurraba: «Dice que no ha hecho nada.» Y todos se reían del estúpido de *Babe*, el buey azul.

Por eso, cada vez que pensaba en volver a interrogar a Edgar se le levantaba el ánimo, pero no de una manera del todo benigna. Cuando salía a patrullar, sin mucho más en que pensar, imaginaba que miraba por el espejo retrovisor y veía al chico sentado detrás. Entonces le preguntaba:

—¿Qué pasó realmente en ese henil, Edgar? Estamos hablando de mi padre. Tengo derecho a saber. Es lo único que quiero: saber qué pasó.

Entonces, en la imaginación de Glen, Edgar Sawtelle hacía algo que nunca antes había hecho: respondía en voz alta.

—Lo siento —le decía.

Sólo eso. Sólo «Lo siento».

En la imaginación de Glen, la voz del muchacho era áspera como la de un viejo, porque nunca la había usado. Lo más gratificante era que Edgar se había decidido a decirle sus primeras palabras a Glen porque sabía que había contribuido a la muerte de su padre, si no la había causado. Era la prueba de un auténtico remordimiento.

En cuanto Glen empezó a proyectar mentalmente esa película, ya no pudo desprenderse de ella. La ensayaba en todas partes. A veces, estaban solos en una carretera secundaria, sin una granja ni un coche en varios kilómetros a la redonda; otras, acababa de aparcar el coche patrulla delante del ayuntamiento y era una de esas escenas de «te daré una última oportunidad antes de entrar». Otras veces estaban atrapados en un atasco de tráfico, en Ashland. Pero fuera donde fuese, Glen siempre levantaba la vista al retrovisor y formulaba su pregunta, y siempre, Edgar Sawtelle le respondía en voz alta.

Incluso había empezado a decir su parte en alto mientras conducía.

—¿Qué demonios pasó allí arriba, Edgar? Te lo pregunto porque soy su hijo y tengo derecho a saber.

La primera vez que lo hizo, se sintió como un estúpido y se sonrojó. A su pesar, comprobó si por alguna causa extraña llevaría abierto el micrófono y estaría transmitiendo. (Podía imaginar lo mucho que habrían representado esa escena en los vestuarios de la policía de Ashland.) Pero todo estaba en orden y la experiencia había sido completamente privada. Y catártica. Volvió a hacerlo. Incluso cogió el micrófono, hizo como que lo abría y formuló su pregunta, fijando una mirada implacable en el espejo retrovisor. A veces hacía hincapié en la palabra «hijo» y otras en «saber». Finalmente se decantó por una versión que ponía énfasis en las dos, aunque un poco más en «hijo», para que quedara claro que hablaba en calidad de miembro de la familia y no de oficial de policía.

Todo eso le resultaba muy satisfactorio.

Menos satisfactorio, en cambio, era no recibir respuesta.

Así estuvieron las cosas durante un par de semanas. Después, como si se hubiera despertado de un sueño, se dio cuenta de que estaba actuando de manera compulsiva y rara y tuvo que parar. Lo que estaba haciendo se parecía demasiado a otras actividades que podría haber mencionado. Uno no debe entregarse a ellas, aunque le proporcionen placer. No hace falta esperar a que nadie se lo diga a uno. Ya se ve que no son saludables.

Para purgarse el organismo, había decidido hablar con Claude. Esa vez, Claude había ido a casa de Glen. Se sentaron en el cuarto de estar y hablaron hasta la madrugada. Después de una cantidad suficiente de cerveza (y «suficiente», para Glen, había llegado a significar una docena —había dejado de frecuentar The Kettle y The Hollow e incluso había empezado a trasladarse hasta Ashland para abastecerse—), le explicó tartamudeando los aspectos básicos de su pequeña fantasía.

Confiar en Claude había sido una buena decisión. Claude le dijo dos cosas. En primer lugar, estaba empezando a pensar que Edgar no iba a volver. Si había estado ausente tanto tiempo (casi dos meses), debía de estar bastante convencido de que no debía regresar. Para entonces podía haber llegado a Canadá, a México o a cualquiera de los dos océanos. En segundo lugar, y más importante aún, consideraba totalmente razonable la reacción de Glen. Después de todo, ¿quería él hacerle daño a Edgar? No, ciertamente no. Sólo pretendía hacerle una pregunta, ¿o no? ¿Acaso no habían perdido los dos a su padre en el transcurso del último año? ¿No querría Edgar hacer la misma pregunta si alguien supiera lo que le había pasado a su padre? ¡Claro que querría! Visto de ese modo, ni siquiera el propio Edgar podría reprocharle a Glen que le hiciera una sola maldita pregunta, si se ponía en su lugar. De hecho, cuanto más hablaban, más le parecía a Glen que si Edgar finalmente aparecía, Claude no pondría ninguna objeción a que se llevara al chico a dar una vuelta antes de devolverlo a casa. Si le era posible organizarlo. Y parecía bastante probable que así fuera, porque si el chico volvía a casa, lo más normal era que lo hiciera acompañado de un policía.

—Aunque también podría ser que volviera en autoestop —había dicho Glen.

Pero Claude pensaba que también en ese caso sería posible organizar algo. Claude podía llamar a Glen y decirle que Edgar se había presentado. Ese verano habían instalado un supletorio en el establo. Podía llamarlo desde allí. Y una noche, cuando Trudy no estuviera en casa, Glen podía presentarse. Claude miraría para otro lado. Convinieron en que no sería lo ideal; lo mejor sería que Glen le hiciera la pregunta a Edgar antes de que el chico volviera a casa. (Porque —pensaba Glen—, ¿qué pasaría si la respuesta era algo más que «lo siento»? Entonces tendrían que ir a la central de Ashland y pasar por todo el lamentable proceso de la justicia de menores, que, por otra parte, le permitiría salir limpio a los dieciocho años, sin importar cuál hubiera sido su delito. Y eso a alguna gente le parecía bastante injusto.)

A Glen le preocupaban los aspectos logísticos. ¿Cómo haría para meter al chico en su coche si ya estaba en casa? No creía que pudiera convencerlo simplemente de ir a dar un paseo con él. De hecho, lo más probable era que luchara como un jabato para evitarlo, y pelear con un niño no formaba parte de la película que tenía en mente. Porque lo que esos idiotas de Ashland no entendían era que el *Buey* Papineau valoraba la sutileza muy por encima de la fuerza. Incluso en sus tiempos de luchador, cuando embestía a moles de ciento cincuenta kilos que lo enganchaban por el cuello, la sutileza siempre vencía a la fuerza bruta. Si conseguía hacer un nudo de sus oponentes, era gracias a la sutileza. Y no había perdido esa habilidad. De hecho, la había utilizado pocos días antes, cuando

Mack Holgren había vuelto a pelearse con su mujer y después la había tomado con él.

Además, en la imaginación de Glen, una de las razones por las que el chico estaba dispuesto a hablar sin tapujos (o simplemente hablar) era el hecho de que estar en el coche le dejaba claro que podría volver a casa, siempre y cuando se sincerara. Glen no lo diría de ese modo, lógicamente. Ahí residía su sutileza.

Pero si el chico ya estaba en casa...

Estaba reflexionando en voz alta acerca de todo eso cuando Claude esbozó una sonrisita maligna y divertida y le tendió una botella de cerveza recién destapada. Algo en su gesto hizo que Glen se sintiera a gusto, porque si había algo que Claude Sawtelle entendiera a la perfección, era la naturaleza de la camaradería. Claude se recostó en su silla, echó un largo trago de cerveza y lo miró.

—¿Alguna vez te he hablado del Prestone?

Cuando Claude llamó esa noche, lo único que dijo fue que Edgar había dejado una nota en la mesa de la cocina. Claude no sabía si el chico había robado un coche o qué. Lo más probable era que hubiera vuelto a casa en autoestop y que estuviera escondido en el bosque, en alguna parte. La nota decía que volvería al día siguiente, de modo que si Glen quería hacerle su pregunta, tal como habían acordado, tenía que ponerse en marcha.

Entonces se encontró de frente con su fantasía, con todas las veces que había imaginado a Edgar sentado en el asiento trasero del coche patrulla, de día, en el campo o en el pueblo. Pero ahora parecía que sería en el campo y por la noche.

Lo sería, si es que por fin hacía algo al respecto, porque ahora que tenía la oportunidad delante, mirándolo a la cara, ya no le parecía que la idea fuera tan buena. Claude le había leído el pensamiento.

—Parece una cosa un poco tonta de hacer, ¿no?

—Sí —reconoció Glen—. Un poco extraña, como mínimo.

—Bueno, nadie te culpará si no haces nada —dijo Claude—. Después de todo, eres tú el que tiene que vivir con eso. Es sólo que he estado pensando y no veo la forma de que puedas hacerlo una vez que él esté en casa. No sé si habrás visto alguna vez a Trudy irritada...

—Hum, sí...

—Entonces ya sabes lo que pasaría. Cuando hablamos, creo que teníamos la impresión de que podías venir y llevártelo, pero ahora pienso que fuimos poco realistas. Si quieres hablar con él, puede que ésta sea tu única oportunidad.

Glen reconoció que probablemente también tenía razón.

—¿Qué piensas hacer entonces? —preguntó Claude.

Glen guardó silencio un buen rato.

—¿Dijo adónde pensaba ir?

—No. Sólo esto: «Comí mientras estabais fuera. Volveré mañana.» Ahora mismo tengo la nota delante.

—¿Qué le has dicho a Trudy?

—¿Tú qué crees que le he dicho?

—Bueno, supongo que un pequeño paseo no haría ningún daño.

Entonces Claude colgó y Glen se quedó con el auricular en la mano, hasta que empezó a sonar el tono que indicaba que el teléfono estaba descolgado. Pensó en el truco con el Prestone que le había explicado Claude, algo completamente nuevo para él, aunque claro, el Prestone era casi éter puro. Además, Glen sabía dónde abastecerse de éter del bueno, de uso médico. No pudo evitar una sonrisa porque le gustaba la idea de ir un poco más allá que Claude. En algún momento de los últimos meses, Glen había adquirido una petaca de whisky, una petaca de tamaño bastante respetable, con tapón de presión. Se la guardó en el bolsillo y se dirigió a la puerta.

Aparcó el coche patrulla en la hierba, detrás de la clínica de su padre, abrió con llave la puerta lateral y pasó junto a las camillas y los muebles cubiertos con fundas, sin mirarlos. Abrió entonces el pequeño armario donde estaba la farmacia. No tuvo que buscar, porque mentalmente ya había localizado lo que quería. En el estante superior había tres latas alineadas, cada una con una tapa en forma de seta. Las etiquetas estaban impresas en tonos crema y castaños:

Éter Squibb

Para anestesia, según normas USP

100 g

TÓXICO

Debajo, en unas anchas letras verdes, había otra inscripción: «¡Protegido con cobre!» A Glen le había sorprendido un poco que Claude no hiciera ningún comentario acerca de las latas la noche que había estado examinando la farmacia. Eran una rareza, desde luego, y Claude no solía pasar nada por alto. Pero él no había crecido con un veterinario en casa, y quizá no había sabido reconocer lo que estaba viendo.

Glen sacó una lata del estante, se aprovisionó de algunas cosas más, lo llevó todo afuera y cerró la puerta con llave. La sustancia era potente y era mejor no manipularla en un espacio cerrado, a menos que los equipos de ventilación estuvieran rugiendo, o de lo contrario uno podía acabar transportado al espacio exterior. Sacó la petaca de licor del bolsillo trasero, le quitó el tapón, pinchó la tapa del éter con la llave del coche patrulla y empezó a verterlo en la petaca. El líquido cayó y se derramó por los bordes, borboteando, plateado y transparente como el agua. Glen dejó la lata y ensanchó el agujero, pero incluso así, sin un embudo, tardó mucho tiempo en trasvasarlo.

No era tan tonto para pensar que la petaca no perdería vapor, pero se sabía un truco que había aprendido de su padre. Antes de salir, había cogido un guante quirúrgico de goma, que estiró sobre la boca de la petaca antes de ajustar con fuerza el tapón. Después, cortó lo que sobraba del guante hasta que sólo quedó un pequeño faldón de goma por debajo del tapón.

Se pasó la petaca por delante de la nariz. Lo bueno del éter era que cualquier fuga se olía inmediatamente. Pero su sello improvisado con el guante de goma funcionaba a la perfección. Sólo percibió un olor muy tenue, vestigio de una sola gota derramada que se estaba evaporando rápidamente sobre el metal caliente. Era un olor generoso a petróleo, que se le extendió con un cosquilleo por el fondo de los senos nasales. Arrojó al bosque la lata de éter, se llevó al coche patrulla la petaca, cogida entre dos dedos, y la colocó en el lado del acompañante del ancho asiento delantero.

Glen conocía bien las carreteras secundarias. Si prestaba atención, quizá pudiera encontrar al chico andando por el arcén o tomando un atajo a través del campo. También podía recorrer los caminos cercanos a la casa, en busca de vehículos sospechosos aparcados. Si no había dentro una pareja de adolescentes magreándose, quizá encontrara a Edgar durmiendo en un coche robado.

Probó primero en las carreteras del sur, pero no vio al chico por ninguna parte, ni tampoco encontró coches estacionados en ninguno de los pequeños claros donde solían aparcar los cazadores. En la colina próxima a la casa de los Sawtelle, Glen dio media vuelta, puso rumbo a la carretera principal y después volvió a acercarse por el norte. Lo único que vio fue la camioneta de Jasper Dillon, averiada cerca del cementerio de Mellen, donde llevaba al menos dos semanas. Se detuvo, recorrió con la linterna la polvorienta plataforma de carga del vehículo y dirigió el haz a través de la ventana, por si Edgar la estaba usando como refugio para pasar la noche; pero lo único que había en la camioneta era una grasienta caja de herramientas y dos cajetillas arrugadas de Marlboro. Volvió al coche patrulla y se alejó del lugar. Al poco tiempo estuvo lo bastante cerca de la casa de los Sawtelle para distinguir la luz en lo alto del huerto. Aparcó a unos cincuenta metros del límite del bosque, se guardó la petaca en un bolsillo, junto con un par de trapos y una linterna, y se puso en marcha.

Bordeó el patio a lo largo, por el lado más alejado del camino de grava. Había un perro suelto que corría en silencio alrededor del establo. Antes de que el animal lo viera, se volvió y siguió la línea de la alambrada, al norte de la casa. Cuando llegó al fondo del huerto encontró un pequeño sendero abierto en el bosque. La luna tardía iluminaba el campo abierto, pero en cuanto se adentró en la espesura, Glen tuvo que pulsar el interruptor de la linterna y mover el haz de luz entre la maraña de follaje oscuro para ver por dónde iba.

No había recorrido treinta metros cuando comprendió que era inútil. Si Edgar estaba escondido en el bosque, Glen jamás lo encontraría armado con una linterna. O quizá sí, si estaba profundamente dormido junto a un fuego. Pero ¿por qué iba a hacer algo así, si tenía planeado volver al día siguiente? ¿Por qué no regresaba directamente y se ahorraba todo el trabajo? E incluso suponiendo que estuviera en el bosque, ¿qué tamaño tenía la finca de los Sawtelle? ¿Treinta y cinco hectáreas? ¿Cuarenta? Podía buscar una semana entera a plena luz del día y aun así no lo encontraría.

Volvió sobre sus pasos. Cuando llegó de nuevo a la carretera, se quedó mirando la casa. «O está en ese establo —pensó—, o está a muchos kilómetros de aquí.» Y no había manera de entrar en el establo sin que los perros montaran un alboroto. Era imposible.

Caminó haciendo crujir la grava del camino en dirección al coche patrulla. Algo le decía que no debía pasar por delante de la casa de los Sawtelle después de tomarse tanto trabajo para rodearla. Con los faros apagados, giró en redondo y puso rumbo a Mellen, con la idea de patrullar quizá unas cuantas carreteras secundarias más, de camino a casa.

La luna brillaba en el cielo. Los matorrales se inclinaban hacia la carretera, verdes e hipnóticos a medida que los recorría la luz de los faros. Unos ojos rojos le devolvían de vez en cuando la mirada desde la espesura, con suficiente frecuencia para romper la monotonía y mantenerlo alerta. Sólo después de aquietársele la respiración, se dio cuenta de que había estado jadeando de ansiedad. Para dejar de hacerlo, se obligó a suspirar.

Cuando llegó al asfalto, el coche patrulla alcanzó suficiente velocidad para volar sobre los baches y surcar la noche flotando. Zarcillos de niebla se extendían pálidos a través de la carretera y se condensaban sobre el cristal, como una especie de escritura onírica que Glen dejaba acumularse, para después borrarla con las aspas del limpiaparabrisas. Todo eso lo tranquilizó. Después de un rato, no pudo reprimir una mirada al espejo retrovisor.

Con suma seriedad y casi con timidez, Glen se permitió hacer su pregunta en voz alta por última vez.

Edgar

Siguió la rutina matinal de la perrera por el sonido, desde su escondite en lo alto del henil. El sol de agosto azotaba el techo del establo y la atmósfera en las proximidades de las vigas del techo le exprimía perlas de sudor de la piel. Para pasar el rato, se puso a contar las puntas de los clavos hincados en las tablas nuevas del techo y recordó que en otros tiempos solía contar los puntos de luz que marcaban los orificios de las tablas viejas. La luz se filtraba por los bordes de la puerta del henil y llenaba el espacio de un amanecer diluido y perpetuo. A media mañana, su madre había trabajado con los dos cachorros, después con los perros de seis meses y finalmente había vuelto con los pequeños. Edgar podía cerrar los ojos y oírla alabar a los animales en voz baja y monótona, verla practicar la marcha con los pequeños y pedir a los mayores que le devolvieran un objeto, siempre probando, verificando y preguntando lo que significaban y lo que no significaban órdenes como «quieto», «vigila», «busca» o «sigue». Se sumió en un semisueño, acunado por esos sonidos, como si él mismo hubiera crecido hasta englobar el altillo del heno, el establo y todo el patio. Oyó el golpe de la puerta del porche al entrar Claude; los tintineos gemelos de los teléfonos, uno en el propio establo y otro en la cocina; los grajos discutiendo en los árboles, y un coche que pasaba al ralentí por el camino, haciendo crujir la grava bajo los neumáticos mientras bordeaba la línea de los árboles junto al huerto.

Hacia el mediodía se oyó un discreto ruido de pasos en la escalera del altillo, pero Edgar no se despertó del todo hasta que se abrió la puerta del vestíbulo. Aplastó el cuerpo en el hueco entre los fardos mientras el sudor le caía a chorros por la cara. Hubo un largo silencio. Después la puerta se cerró y se oyeron pasos que bajaban. Abajo, las puertas correderas se cerraron con estruendo, para dejar fuera a los perros mientras Claude limpiaba los cubículos. Edgar se sentó y bebió de la lata, resistiéndose a echarse el agua por la cara, como le pedía el cuerpo. Después de un rato se arrastró hasta el lugar donde las tablas del techo convergían con las paredes, en un rincón; se puso de rodillas, dejó escapar un torrente de orina y lo vio desaparecer entre la paja.

Cuando ya no pudo soportar el calor ni la estrechez, bajó por el acantilado de fardos, atravesando capas de aire cada vez más frescas, con las piernas temblando por miedo a hacer ruido y por llevar tanto tiempo abrasándose. En cuanto tocó el suelo, se dejó caer sobre un fardo. Aún sentía el calor del que había escapado, que lo esperaba en las vigas como una enorme bestia acorralada. Se llenó los pulmones del aire fresco y habitable que lo rodeaba y dejó que el sudor se le secara en la piel. Pero antes de que hubiera pasado un minuto, empezó a convencerse de que había revelado de alguna forma su presencia y de que Claude debía de estar en el piso de abajo, mirando al techo y escuchando.

«Sólo hasta que se ponga el sol», se dijo.

Se pasó el pegajoso antebrazo por la cara y volvió a trepar al horno.

Por la tarde se abrió la puerta del vestíbulo y Claude entró en el espacio abierto al frente del henil.

—¿Edgar? —llamó en voz baja—. ¿Edgar? —repitió después de una larga pausa.

El chico se acurrucó más aún en el hueco entre los fardos y contuvo la respiración. Cuando ya no pudo soportar más la palpitación en la cabeza, se permitió exhalar el aire de forma tan contenida que temió ahogarse. Se oyeron pasos sobre la paja del suelo y un temblor sacudió el montón de fardos. Algo pesado cayó al suelo con un golpe seco. Los fardos volvieron a agitarse y se oyó otro golpe. Durante un prolongado instante, Edgar tuvo la certeza de que Claude había empezado a derribar el muro de paja para encontrarlo.

Las sacudidas y los golpes continuaron con un ritmo uniforme. Aunque casi no había espacio entre los fardos y las vigas, Edgar se abrió paso reptando en el hueco. Claude estaba trabajando a lo largo de la pared oeste, con la cabeza unos dos metros por debajo de la suya. Llevaba puestos unos guantes protectores de lona y sacaba un fardo tras otro y los dejaba caer al suelo. No era fácil, ya que los fardos estaban apilados alternativamente a lo largo y a lo ancho, para que ninguna columna pudiera desmoronarse sola. Ya había abierto una cavidad semicircular, más profunda en la base que en lo alto, y el sudor le oscurecía la camisa hasta la mitad de la espalda. Edgar lo oía jadear por el calor. Cuando hubo treinta o cuarenta fardos tirados por el suelo, se detuvo, se quitó los guantes, recogió un martillo del piso y se arrodilló en la cavidad que acababa de abrir, medio oculto de la vista de Edgar. Se oyó el chirrido de un clavo arrancado de la madera seca y el traqueteo de una tabla. Claude se echó hacia atrás y se frotó las manos, como reflexionando, y a continuación volvió a ponerse los guantes y se los ajustó bien, entrecruzando los dedos.

La idea de dejarle caer encima uno de los fardos le pasó a Edgar por la mente. Veinte o veinticinco kilos de paja densamente comprimida, arrojados desde esa altura, podrían derribarlo. Pero ¿qué conseguiría con eso? Claude no iba a quedarse tumbado en el suelo. Además, no hacía más que echar miradas nerviosas a la puerta del vestíbulo. En un lugar tan estrecho, mucho antes de que Edgar lograra empujar un fardo hasta el borde, Claude lo oiría y levantaría la vista.

De pronto, Claude se apartó de los fardos de paja y apoyó en el suelo algo pequeño y reluciente. Era un frasco, una botellita antigua con una cruda esfera de vidrio por tapón y una cinta alrededor del cuello con una leyenda en tinta negra. Claude se quedó mirando el frasco, tan hipnotizado como Edgar. Después, lo colocó contra la pared del henil con una mano enguantada, lo cubrió con un montón de paja suelta y empezó a apilar nuevamente los fardos. Edgar retrocedió. Al poco rato oyó pasos en el suelo del henil, el chasquido del pasador de la puerta del vestíbulo y más pasos en la escalera. Esperó a oír el ruido de las botas de Claude en el sendero, pero lo único que distinguió fue la voz de su madre, animando a los cachorros en el patio. Avanzó, apoyado sobre los codos. Claude no se había molestado en devolver a su lugar los fardos más altos. Cerca del suelo sobresalían bultos de paja en lo que antes había sido una pulcra escalera amarilla. En el lugar donde Claude había dejado momentáneamente el frasco, cubierto con paja, Edgar no vio más que tablas desnudas.

Se llevó la lata de café a los labios y bajó, sintiendo el cuerpo aceitoso de sudor. Apartó los fardos que había movido Claude arrastrándolos por el suelo. La madera estaba astillada en los puntos donde habían sido arrancados los clavos. Insertó la punta de la navaja de Henry en la grieta e hizo palanca. No sabía lo que esperaba encontrar. El hueco estaba seco y vacío, como el que había descubierto la noche anterior, pero era más profundo. Podría haber albergado fácilmente el frasco que había apartado Claude. No eran imaginaciones suyas. Ni tampoco de Ida Paine.

Existía. Edgar lo había visto a plena luz del día, aunque sólo por un momento.

Fue hasta la pared delantera, entreabrió la puerta del henil y acercó un ojo a la hendidura, parpadeando ante el brillo deslumbrante del mediodía. El aire limpio le bañó la cara, caliente por el sol de agosto pero deliciosamente fresco, después de lo que había padecido entre las vigas. Las bisagras de la puerta del henil estaban del lado más cercano a la casa, por lo que Edgar sólo podía ver el campo, donde los saltamontes brincaban como petardos disparados por los rayos del sol.

Entonces sonaron los pasos de Claude sobre la grava. La camioneta arrancó, avanzó a lo largo del establo y volvió a detenerse. La madre de Edgar llamó a los cachorros. No iba a dejar que pasaran mucho más tiempo fuera, con tanto calor. El chico escuchó un momento y después cerró la puerta del henil y se dirigió a la escalera.

Trudy

Cuando Trudy llegó a la sombra del establo, se volvió, se arrodilló y llamó a los cachorros, y después los hizo entrar por el largo pasillo de hormigón. Eran demasiado mayores para dormir en los cubículos del corral paridero, pero no era mala idea que permanecieran allí durante los calores de agosto, aunque ya tuvieran cuatro meses. Los cachorros de esa edad aún no regulaban bien la temperatura corporal y no siempre tenían la sensatez de ponerse a la sombra. Los cubículos del corral paridero, aislados del exterior, solían ser la parte más fresca de la perrera.

Les estaba cerrando la puerta del corral cuando sintió que él la abrazaba. Dejó escapar la nota aguda de un llanto, antes de que una mano le tapara la boca y otra se le pusiera delante de la cara y empezara a signar a la velocidad del rayo.

«Silencio. Habla sólo por signos. ¿De acuerdo?»

Ella asintió. Entonces él la soltó y ella retrocedió un paso y se volvió para ver a Edgar.

Tenía un dedo apoyado sobre los labios. Los pómulos le sobresalían de la cara y la línea de la mandíbula le caía con tanta brusquedad hacia la garganta que todo él parecía hecho solamente de huesos y tendones. Sobre la frente le colgaba el pelo enmarañado, apelmazado y descolorido por el sol, y su ropa andrajosa apestaba como si hubiera pasado varios días en el establo. Pero sus ojos eran de una claridad sorprendente y casi sobrenatural, y le sostenían la mirada desde un rostro sucio y surcado de líneas de sudor. La visión de Edgar fue para Trudy mucho más veloz que sus pensamientos, y sólo al cabo de un instante pudo condensarla en sentimientos diferenciados y con nombre, como si su mente hubiese tardado demasiado en adaptarse al fulgor de una luz deslumbrante: un alivio indescriptible por saber que su hijo estaba a salvo; rabia por su prolongada y dolorosa ausencia, y perplejidad por su aspecto, que hacía pensar en un viaje largo y arduo. Antes de que pudiera destilar ninguno de esos pensamientos en palabras, él ya estaba mirando más allá de ella, a través de la puerta del corral paridero y hacia la perrera principal.

«¿Dónde está Claude?», signó.

«Le está cambiando el aceite a la camioneta. ¿Dónde has estado? ¿Te encuentras bien?»

Él alargó la mano y cerró la puerta.

«No iba a volver. Estuve a punto de no hacerlo.»

«Pero ¿por qué? Te hice la señal al día siguiente. Les dije que habías huido porque estabas alterado después de lo que le había pasado a tu padre.»

«Me estaban buscando.»

«¡Claro que sí! Eras un menor fugado de casa. Pero ahora no importa. Les dije que había sido un accidente. —Trudy hizo una pausa y se corrigió—: Fue un accidente.»

«¿Encontraste mi nota?»

«¿Qué nota?»

«No estabais en casa anoche, cuando llegué. Dejé una nota sobre la mesa.»

«No había ninguna nota.»

«Entonces Claude la encontró.»

Ella tuvo que pararse un minuto a pensar lo que eso podía significar.

«Necesito que hagas algo», signó él.

«Ven y entra en casa. No vuelvas a irte nunca más.»

«Si haces lo que te pido, prometo quedarme. Pero necesito pasar la noche aquí fuera, solo. Cuando caiga la noche, tienes que conseguir que Claude no salga de casa, pase lo que pase.»

«¿Por qué?»

«Porque tiene algo escondido aquí.»

«¿Claude?»

«Sí.»

«¿Y qué iba a esconder?»

Él la miró fijamente, como queriendo adivinar algo.

«¿Qué? ¿Qué hay?»

«¿Lo has visto?»

«¿A Claude?»

«No. En la lluvia. ¿Lo has visto?»

Ella parpadeó sin entender de qué hablaba Edgar. Negó con la cabeza. Todo aquel tiempo había imaginado que él regresaba y que todo volvía a ser como antes; sin embargo, *Almondine* ya no estaba, y tenía a Edgar delante y era evidente que no estaba bien. Nada bien. Estaba famélico y se había vuelto loco.

«Ven, entra en casa.»

«No quiero que él sepa que he estado aquí.»

«Has dicho que ya lo sabe.»

«Sí, pero no sabe que he estado aquí en el establo.»

«Muy bien.»

«No te pongas a llorar. Respira.»

«De acuerdo.»

«No puedes decírselo. Si se lo dices, me iré otra vez. Te lo juro. No volveré nunca; no volverás a verme nunca más.»

«No, no», signó ella, negando con la cabeza.

«Sabes que lo haré.»

«Sí.»

«¿Harás que no salga de casa cuando oscurezca?»

«Podría decirle que me apetece salir por la noche. Podríamos ir al pueblo.»

«No. Haz que se quede en casa.»

«¿Y si no puedo?»

«Tienes que poder. Si no puedes, enciende la luz del porche. Enciéndela para que yo sepa que tengo que mantenerme alejado.»

«Muy bien.»

«Cuando haya terminado, volveré para quedarme, te lo prometo.»

«De acuerdo.»

Después se oyó el ruido de la puerta de la camioneta al cerrarse y los pasos de Claude por el pasillo de la perrera. Edgar se metió en el cubículo más cercano del corral paridero y se apretó contra la pared. Los cachorros empezaron a chillar y a saltar.

—¿Todo en orden ahí dentro? —gritó Claude.

—Nada grave —dijo Trudy tras tomar aliento, intentando hablar en tono despreocupado—. Sólo que no es fácil enseñar a estos salvajes a estarse quietos mientras los cepillo.

—¿Necesitas ayuda?

–No; ya te llamaré si te necesito.

–Muy bien. La camioneta estará lista dentro de unos veinte minutos –dijo él.

Trudy lo oyó recoger algo en el taller y volver a salir.

Edgar salió del cubículo.

«Regresaré cuando haya anochecido –signó–. Recuerda: si la luz del porche está encendida, me mantendré alejado hasta mañana.»

«Edgar, tengo que decirte una cosa. Algo malo.»

Él volvió a mirarla.

«Ya lo sé. Anoche estuve en el bosquecillo de abedules.»

«Lo siento mucho, Edgar.»

Él sacudió la cabeza, se enjugó toscamente los ojos y pasó junto a ella mientras echaba un vistazo al pasillo del establo.

«He puesto a *Tesis* con *Puchero* y *Pinzón*.»

«¿Qué?»

«Está en el corral con *Puchero* y *Pinzón*. Claude debió de encontrarla esta mañana, cuando les dio de comer.»

«No. Me lo habría dicho.»

«Espera que vuelva a marcharme.»

Antes de que pudiera preguntarle nada más, Edgar se deslizó por su lado y salió apresuradamente por la puerta trasera. Trudy lo siguió hasta el umbral y se quedó mirando cómo atravesaba el campo y se perdía entre los matorrales sin alterar el ritmo de la zancada. Cuando volvió a entrar, se detuvo delante de uno de los cubículos y golpeó con los nudillos en el marco de madera de la puerta. *Pinzón y Puchero* entraron desde el corral exterior. Un instante después, *Tesis* apareció tras ellos. También los perros habían estado mirando a Edgar mientras se alejaba.

Edgar

Cuando llegó al riachuelo se quitó la camisa, se sumergió en el agua fresca y poco profunda y se limpió el sudor y las briznas de paja de la piel. Hacía calor, mucho calor; el aire estaba húmedo y pegajoso, y él se quedó esperando a que las gotas de agua se evaporaran. Después fue andando hasta el enorme roble moribundo en el extremo más alejado de la finca, con la esperanza de encontrar a *Forte*. El árbol estaba negro y sin hojas, excepto en alguna de las ramas más altas. En el instante en que se sentó con la espalda apoyada contra las raíces nudosas, comprendió por qué antes le gustaba tanto ese lugar al vagabundo. Desde allí se dominaba la senda en los dos sentidos. No se veían el riachuelo ni la carretera, pero cualquiera que se aproximara desde cualquier dirección resultaría claramente visible, y el tronco del roble era suficientemente grueso para esconderse detrás. Sin embargo, no creía que tuviera que preocuparse al respecto. Claude no tendría ninguna razón para buscarlo en ese lugar y no en cualquier otro. Nunca los había acompañado cuando Edgar y su padre recorrían la línea de la alambrada, e ignoraba la importancia del árbol.

Edgar se recostó y se puso a observar el mosaico del cielo que pasaba entre las ramas desnudas. En su mente no dejaba de aparecer la imagen del doctor Papineau, descoyuntado y moribundo al pie de la escalera del henil. Después de todo lo que había sucedido, le parecía excesivo desear que el doctor Papineau no hubiera caído ni hubiera muerto, pero pensó que le gustaría mucho hablar con Glen. Sentía que sólo si hablaba con él podría quedarse, pero no sabía cómo expresar con palabras sus sentimientos. Decir que lo lamentaba habría sido demasiado simple. Hablar de «aflicción» habría sido quizá más adecuado. Pero era una aflicción mezclada con rabia y no sabía cómo llamarla. En cualquier caso, tampoco eso era correcto.

Se puso a pensar en lo que le había dicho a su madre y también en lo que no le había dicho. Era importante que creyera su amenaza de volver a marcharse si no lo ayudaba, y por eso le había ocultado lo que ella más habría deseado oír: que se había alegrado inmensamente de verla, y que el sólo hecho de tocarla lo había abrumado de felicidad. El recuerdo que tenía de ella se había vuelto abstracto mientras había estado fuera. Los detalles de su cara, el perfume que desprendía y el aura vasta y carismática que la rodeaba. Deseaba desesperadamente contarle lo que había aprendido viviendo, trabajando y corriendo día y noche con los perros, hablarle de Henry Lamb, de *Candil* y *Babú*, de los girasoles, de los fuegos artificiales y del viejo que le hablaba desde el fondo del cobertizo de Henry. La tentación de volver a casa con ella había sido tan fuerte que al final había tenido que salir corriendo antes de que su resolución se desmoronara bajo el peso de su soledad.

La soledad era una parte importante de todo. Su proximidad a la casa y el hecho de saber que *Almondine* se había ido para siempre le habían instilado una desolación como nunca había conocido. Pensó en la correspondencia entre Brooks y su abuelo, en todos los debates acerca de los perros y lo que podían llegar a ser, en lo que Brooks había dicho respecto a que sería mejor imaginar cómo adecuar el hombre a los perros y no a la inversa.

Después de pasar casi toda la noche anterior en vela por el calor, ni el sol de la tarde ni el parloteo de las ardillas pudieron mantenerlo mucho rato despierto. Estaba pensando en Brooks y en los perros cuando el cansancio y la pena se combinaron para arrastrarlo a la inconsciencia. El sol de agosto lo derribó. Las cigarras interrumpieron su chirrido monótono cuando una nube ocultó el sol. Al poco tiempo, el cielo se despejó y empezaron de nuevo.

Se despertó cuando oyó un fuerte cascabeleo que se acercaba entre los matorrales, a lo largo del riachuelo. Antes de que tuviera ocasión de moverse, *Tesis* apareció en el claro, corrió hacia él, jadeando, y se puso a olerlo frenéticamente. Alguien le había puesto un collar y, cerca de la hebilla, parte del collar estaba toscamente envuelto con cinta aislante gris.

Edgar hizo sentar a *Tesis*, le quitó el collar y arrancó la cinta aislante. Allí, doblada en tres, encontró la fotografía que había dejado sobre la mesa de la cocina, junto a su nota: la foto de Claude con *Forte* en los brazos. Dentro había tres billetes de cien dólares, uno de veinte y otro de diez.

Y la llave del Impala.

Glen Papineau

A última hora de la tarde, Claude llamó a la oficina del sheriff, lo que incomodó a Glen. No era bueno tener ese tipo de conversaciones en el trabajo, pero no tuvo tiempo de oponerse. El tono de Claude era tan obviamente apremiante que en seguida comprendió que la conversación no iba a durar más de unos segundos.

—¿Qué pasó anoche?

—Nada. No había ningún coche aparcado en los alrededores de vuestra casa. El patio estaba vacío. Seguí un momento la alambrada, pero me di cuenta de que era inútil.

—No ha aparecido por aquí.

—Apuesto a que está en ese establo, Claude. ¿No decías que solía dormir en el altillo del heno antes de huir?

—Quizá estuvo allí anoche, pero ahora no. De día hace un calor del demonio allí dentro.

—¿Crees que volverá?

—Sí.

—¿Al establo o a la casa?

—No lo sé. Tengo la impresión de que está pensando huir con el Impala. Acabo de descubrir que la llave de repuesto ha desaparecido.

Glen estuvo pensando un segundo. Así, todo se volvía más sencillo.

Podía perseguirlo con el coche patrulla y decir que había reconocido el vehículo, pero no al conductor.

—Muy bien. Saldré a patrullar esta noche.

—Espera a que oscurezca. Nos quedaremos dentro de la casa. Puede que incluso intente llevarme a Trudy a Ashland. En cualquier caso, si ves luz en el establo, es Edgar.

–¿Y si se presenta en la casa?

–Entonces encenderé la luz del porche. Si ves la luz del porche encendida, olvídalo. Ya encontraremos otra manera.

–¿La luz del porche encendida significa que está en casa?

–Eso es. Y si piensas que está en el establo, acércate por el campo del sur y entra por ese lado. Es menos probable que te vean los perros.

Y ése había sido el fin de la conversación. Cuando dieron las cinco, Glen volvió a su casa. El día había sido bochornoso y al atardecer no refrescó mucho. Para un tipo del tamaño de Glen, no era fácil mantenerse fresco. Se sentó en la cocina y bebió primero una cerveza y después otra. Vio la petaca de whisky en medio de la mesa de la cocina. La noche anterior, había tirado el éter a la hierba nada más llegar; era sumamente inflamable y no quería tenerlo en la casa, sobre todo en un recipiente mal sellado. El lugar donde lo había tirado ya estaba marcado con una mancha parda en forma de riñón.

Poco antes de que empezara a ponerse el sol, fue en el coche patrulla a la clínica de su padre. Cogió una lata de éter, lo mismo que la noche anterior, pero esa vez no se molestó en abrirla; la dejó simplemente en el asiento del coche y se dirigió a la carretera de Town Line. Dejó el coche aparcado entre la maleza, al otro lado de la colina de la casa de los Sawtelle. Se guardó en el bolsillo el trapo y la lata, cogió el resto del material (un abridor y un paquete de seis botellas de cerveza, con la lata de éter metida en medio) y echó a andar por el camino. Frente a la finca de los Sawtelle se levantaba un terraplén natural en lo alto de la colina. Glen trepó por las rocas y se instaló en un lugar desde el cual dominaba la casa y la enorme construcción antigua del establo.

La escena que se ofrecía a sus ojos era tremendamente hermosa. Veía el patio allá abajo y las colinas que se extendían al oeste. Quienquiera que hubiera decidido construir una granja allí había tomado una decisión muy sabia –pensó–, al situarla en un valle como ése, protegida del viento pero flanqueada por el campo por dos de sus lados. Tanto la camioneta como el Impala estaban aparcados en el patio. La luz del porche estaba apagada, lo que significaba que Edgar no estaba en la casa. Allí sentado, se sentía como en un operativo de vigilancia policial. Nunca había participado en uno; no eran muy necesarios en Mellen y sus alrededores. La idea le hizo gracia. Abrió una botella de Leiney's mientras el crepúsculo se escurría por el horizonte de poniente y las estrellas empezaban a aparecer en sus puestos en el cielo nocturno.

Durante mucho tiempo miró el campo y no vio nada, excepto la crea-
ción. Ensayó mentalmente la manera de formularle la pregunta a Edgar y
de subrayar que se la hacía como único hijo de su padre y no como repre-
sentante de la ley. A sus espaldas había suficiente luz de luna para ver estremecerse las hojas en el alargado bosquecillo de arces que se adentraba
por el campo, como un fino dedo de bosque que apuntaba al lugar donde
habían enterrado a Gar, una isla de abedules en medio de un reverberan-
te mar de heno.

Pensó en lo que iba a pasar. En cuanto Edgar estuviera aturdido, lo
llevaría a su coche. No podía pesar más de cincuenta o sesenta kilos, y
Glen era capaz de correr a campo traviesa con ese peso al hombro. Cuando el muchacho volviera en sí, estarían recorriendo alguna carretera secundaria.

Distinguió vagamente la silueta gris de alguien que avanzaba a través
del heno, a medio camino entre la carretera y el bosque que se extendía al
fondo. Lo acompañaba un perro. Hicieron una pausa junto a los abedules. Glen agarró la lata de éter, bajó por el terraplén y cruzó la carretera
con la mirada fija en la pareja. En realidad no albergaba ninguna duda
respecto a su identidad, pero tenía que actuar con cautela. Esperó a ver si
se encendía una luz en el establo o si de pronto el motor del Impala cobraba vida con un rugido. La figura desapareció en la oscuridad, detrás
del establo. Hubo una breve andanada de ladridos, y después, silencio.

Sólo cuando Glen se llevó la mano al bolsillo trasero para sacar la
petaca de whisky, recordó que la había dejado en el suelo, en lo alto del
terraplén. La lata de éter era demasiado ancha para caber en el bolsillo.
Miró la botella de cerveza que tenía en la mano. La vació de un trago,
pinchó la tapa del éter y unió las bocas de los dos recipientes. El vapor
formó rizados zarcillos a los lados de la botella y se derramó en olas plateadas sobre sus dedos, antes de disiparse en el aire de la noche. Cuando
terminó de verterlo, metió una esquina del trapo dentro de la botella y se
pasó el conjunto por debajo de la nariz. Ni siquiera sintió un cosquilleo
en las fosas nasales. Tampoco le preocupaba que hubiera un pequeña
fuga de éter. Se necesitaba mucho de cualquier cosa para hacerle algún
efecto al *Buey* Papineau. Raramente, muy de vez en cuando, su tamaño
era una ventaja.

Se guardó la botella de cerveza en el bolsillo trasero y consultó la hora.

Se dijo que si la luz del porche no se encendía en los cincos minutos siguientes, entonces Edgar Sawtelle iría con él a dar una vuelta en el coche.

Edgar

Se acercaron siguiendo la alambrada del sur y avanzaron por el campo a través del mar de heno. Por una vez, *Tesis* parecía decidida a no apartarse de su lado. La hierba seca le acariciaba las piernas mientras andaba. Se detuvieron junto a los abedules y miraron el patio. La camioneta estaba aparcada junto a la caseta de la leche, y el Impala, en el recodo junto al porche. La luz del patio proyectaba un fulgor amarillo sobre el rechoncho obelisco del establo, dejando en la sombra la doble puerta trasera. No distinguió ninguna franja de luz entre los batientes de la puerta, ni tampoco debajo. Y lo más importante de todo era que la luz del porche estaba apagada, lo que significaba que Claude estaba en casa.

Cuando llegaron al establo, se detuvo y levantó el pasador de la puerta trasera. Dentro, todo estaba oscuro, y el olor almizclado de los perros parecía más intenso por el calor y el encierro. Dos de los animales ladraron un saludo, pero antes de que pudieran continuar, Edgar y *Tesis* entraron. El chico encendió las luces del pasillo y recorrió los cubículos, tranquilizando a los perros; cuando terminó, fue al corral donde estaban *Pinzón* y *Puchero* y abrió la puerta para que entrara *Tesis*. La perra olfateó a sus compañeros de camada y se volvió hacia Edgar, que se arrodilló delante de la puerta del cubículo.

«Es la última vez —signó—. Falta muy poco.»

Cogió un cubo del taller y fue colocándolo invertido en el suelo del pasillo, desde las puertas delanteras hasta el fondo, y se fue subiendo encima para desenroscar las bombillas, excepto la última y más cercana a la puerta trasera. Tenía que lamerse los dedos para no sentir el calor. El acto le resultaba familiar, pues ya lo había hecho aquellas noches en que su madre había estado confinada en casa con neumonía y él se había quedado a dormir en la cama improvisada de fardos de paja. Mientras recorría el pasillo, planificó la búsqueda. No tenía sentido buscar en el altillo del heno. Claude había pensado que no era un lugar seguro para el frasco, por lo que era poco probable que hubiera vuelto a dejarlo allí. Podía estar en el taller, en el cuarto de las medicinas o detrás de alguna tabla floja. En el Impala no podía haber nada importante, sobre todo desde que *Tesis* había aparecido con la llave. Después de ver a Claude frotarse las manos y ponerse guantes antes de tocar el frasco, Edgar tampoco creía que estuviera en la casa. Era evidente que no quería tenerlo más cerca de lo estrictamente necesario. Pero Edgar estaba igualmente seguro de que Claude no se desharía del frasco ni de su contenido. Podría haberlo hecho meses antes, pero algo en su forma de manipularlo sugería fascinación y a la vez temor.

Empezó por el cuarto de las medicinas. Había media docena de armarios blancos esmaltados colgados de la pared del fondo. Sólo dos contenían medicinas; en los otros había pilas de toallas, básculas y artículos diversos que rara vez se utilizaban. Edgar estudió detenidamente cada uno de los armarios, abriendo las puertas, mirando dentro, retirando el contenido y poniéndolo nuevamente en su lugar antes de seguir mirando. Se obligó a proceder con lentitud y mirar dos veces, pese a su impulso de actuar con rapidez. No quería que las dudas lo obligaran a comprobar todo de nuevo. Cuando terminó con los armarios, se puso a revolver los cajones debajo de la encimera y descubrió sobre la marcha que podía pasar las manos por el contenido de cada cajón sin sacar las cosas y, aun así, estar seguro de no haber pasado por alto nada del tamaño de un frasco.

Allí no estaba, al menos en los sitios más evidentes. Para buscar en las grietas y las tablas sueltas necesitaba una linterna. Fue al taller y entonces recordó que la linterna seguía en el henil, donde la había dejado. Subió la escalera y, guiándose casi exclusivamente por el tacto, se encaramó a los fardos de paja. El filamento de la linterna se encendió con el brillo de una ascua cuando pulsó el interruptor, pero en seguida se apagó. Entonces localizó un juego nuevo de pilas en uno de los cajones del armario de la pared del fondo del taller.

Volvió al cuarto de las medicinas, pensando en cómo llegar a las tablas entre las vigas del techo. Podía golpearlas una por una para ver si había alguna floja. Una posibilidad era traer la escalera de mano de la caseta de la leche, y otra, golpearlas desde el suelo con el mango de un rastrillo. Sin prestar mucha atención, vio que todos los perros se habían acercado a las puertas de sus cubículos, nerviosos por sus idas y venidas, pero guardaban silencio, como les había pedido. Después de todo, no era tan raro que él trabajara por la noche en el establo. Pronto se calmarían.

Entró en el cuarto de las medicinas absorto aún en sus pensamientos. Tuvo el tiempo justo de percibir una bocanada de algo aromático; por el rabillo del ojo vio la figura de un hombre de pie, a un costado. Después, el establo empezó a girar a su alrededor. Una mano grande y sólida como un chuletón le apretó un trapo mojado sobre la cara. Al instante, los ojos le empezaron a lagrimear. Sintió que se sofocaba y entonces, a su pesar, inhaló. Fue como hundir la cara en un lecho de flores podridas.

El olor era inconfundible.

Prestone. Éter.

La linterna cayó al suelo con un traqueteo. Edgar hincó los dedos de las dos manos en la mano que le cubría la cara, pero la muñeca y el brazo que la mantenían en su sitio eran gruesos y de músculos fibrosos, y no consiguió desplazarlos ni siquiera una fracción de centímetro. El dueño de la mano no se movió. Simplemente se quedó quieto, con el trapo apretado contra la cara de Edgar mientras él se agitaba.

—Espera —dijo el hombre—. Será sólo un minuto.

No le sorprendió oír la voz de Glen Papineau. Sólo Glen tenía las manos tan grandes. Edgar renunció a tratar de arrancarse el trapo de la cara y, en lugar de eso, empezó a lanzar puñetazos hacia atrás, pero todo fue en vano. Glen simplemente le inmovilizó los brazos, rodeándole el pecho con uno de los suyos. Sostenía en la mano una botella de cerveza, que tapaba con el dedo pulgar.

Edgar contuvo el aliento mientras contaba los acelerados latidos de su corazón.

—Cuanto más esperes, más profundamente inspirarás —dijo Glen mientras aumentaba la presión sobre su cara.

Tenía razón, claro. Al cabo de un momento (un instante imposiblemente breve), Edgar empezó a sofocarse y tuvo que inhalar de nuevo la sustancia nauseabunda. Entonces, como los pulmones seguían quemándole, tuvo que hacerlo otra vez, y otra vez más.

Se hizo el silencio. Se quedaron un momento de pie, sin que Edgar oyera nada más que el resoplido de su propia respiración. Empezaba a marearse, tal como había imaginado que se marearía cualquiera que mirara fijamente el reloj de bolsillo que le habían regalado por Navidad, sólo que el reloj no funcionaba y eso sí, y no era el balanceo de la cadena, sino el ritmo de su respiración. La indiferencia se apoderó de él, aunque era evidente que se estaba ahogando entre flores. Dejó de luchar y empezó a flotar a cierta distancia de su cuerpo, a un palmo o dos por encima de sí mismo. El olor a éter fue disminuyendo poco a poco. A partir de cierto punto, siguió flotando, pero ya no se alejó más.

Las paredes de la habitación comenzaron a moverse. Sintió que las plantas de los pies se le arrastraban por el suelo. En la puerta del cuarto de las medicinas, Glen hizo una pausa, se agachó ligeramente y apretó el brazo para tener mejor agarrado a Edgar. Un momento después se estaban moviendo por el pasillo de la perrera. El chico volvió a entrar en su cuerpo. Uno de sus brazos se soltó y quedó colgando hacia el suelo como un peso muerto.

Cuando llegaron a la doble puerta trasera, aún cerrada con pasador, Glen lo dejó en el suelo de hormigón. El trapo se apartó momentáneamente de su cara y apareció la mano de Glen, con la botella de cerveza; levantó el pulgar e invirtió la botella sobre el trapo.

A Edgar le resultaba difícil dirigir los ojos a donde quería, e incluso enfocar la mirada. Dejó de mirar las manos de Glen y uno de sus ojos decidió cerrarse por su propia iniciativa. Con el otro, vio un montón de bolsas marrones achatadas, como manchas borrosas. Después el trapo volvió a apretarse contra su cara.

Glen lo agarró con mayor firmeza para volver a ponerse de pie. Las manchas borrosas resultaron ser bolsas de cal, apiladas junto a la puerta trasera. La lata de café vacía que usaban para esparcir la cal viva por el suelo sobresalía a través de una abertura de la bolsa más alta.

A Edgar se le hundieron la costillas cuando el hombre lo levantó para agarrarlo mejor y entonces se encontró subiendo por el aire. Vio que su mano se adelantaba. Rozó con los dedos el borde de la lata de café, irregular y cortante allí donde el abrelatas se había hundido en el metal; después, no sintió más que polvo contra la palma de la mano, seco como una roca lunar. Lo había intentado y había fallado. Sin embargo, cuando logró enfocar la vista, tenía la lata atrapada entre los dedos, como si la mano hubiera corregido el error por su cuenta.

Glen estaba alargando la mano hacia el pasador de la puerta. Edgar cerró los ojos y sostuvo con todas sus fuerzas el borde de la lata de café. Estaba sólo medio llena, pero era pesada como un yunque. Lo único que consiguió hacer fue levantarla con una sacudida espástica. Después, la mano volvió a caer y la lata de café se precipitó al suelo con estruendo.

Una gruesa capa de cal viva se le derramó sobre la cabeza y los hombros. Había recordado cerrar los ojos con fuerza, pero debía de tener la boca abierta, quizá por el esfuerzo o por el efecto del éter. Al instante, la lengua y la garganta se le recubrieron de una pasta amarga, y cuando involuntariamente tragó, el calor que sintió en la boca le provocó arcadas.

También Glen empezó a toser. El brazo aflojó la presión sobre el pecho de Edgar y se apartó. Durante un rato muy largo, Edgar quedó suspendido en el aire sin nada que lo sujetara. Sabía que era importante poner los pies debajo, pero antes de que pudiera intentar nada, todo el establo empezó a dar vueltas como una peonza, con él en el centro, mientras el suelo se precipitaba hacia él y los fuegos artificiales del lago Scotia volvían a estallar una vez más detrás de sus ojos cerrados.

Lo despertó la sensación de ahogo. Antes incluso de abrir los ojos, oyó la voz de Glen Papineau, que susurraba su nombre:

—¿Edgar? Edgar, ¿estás ahí? —Entonces Glen masculló algo entre dientes—. Dios mío —dijo, y a continuación se oyó el ruido de algo que golpeaba el suelo.

El chico levantó una mano y, con mucho cuidado, se pasó los dedos por los párpados. Tenías las pestañas cubiertas de cal y necesitó toda su concentración para quitársela. Abrió trabajosamente un ojo hasta percibir una grieta de luz; después abrió el otro, y finalmente parpadeó y pudo mirar a través del suelo de hormigón de la perrera. Una nube de cal formaba remolinos por el aire y se posaba en todas partes. Glen se había tambaleado hacia atrás y había caído. Estaba tumbado de lado, con el pelo teñido de gris y la cara cubierta de una gruesa capa de polvo. Tenía los ojos cerrados y su expresión era una contraída mueca de dolor.

—¡Dios mío, Dios mío! —repetía Glen una y otra vez.

Se llevó las manos a la cara y se apretó con los dedos los ojos cerrados. Se le marcaron los tendones del cuello y dio una patada en el suelo: un golpe más. Después, sus manos empezaron a azotarle la cara con las palmas abiertas, como si estuvieran intentando apagar un incendio. Con gran esfuerzo, consiguió controlarlas y se quedó tumbado, jadeando.

—Edgar, ¿estás ahí? —repitió. Su voz era áspera pero espectralmente serena—. ¿Puedes traerme agua? Sólo quería hacerte una pregunta. No pensaba hacerte daño, te lo juro. Pero ahora mismo necesito agua para los ojos. ¡Dios mío! ¿Edgar?

Pero él estaba en otro mundo y lo veía todo como por el lado malo de unos prismáticos. Cuando intentó levantar la cabeza, el dolor lo invadió de inmediato y a continuación las náuseas. Para entonces, el olor floral del éter estaba en todas partes, casi tan intenso como cuando tenía el trapo presionado contra la cara. Miró por el suelo y divisó la botella de cerveza, tirada y rota, con éter líquido derramado alrededor formando charcos plateados. Por encima reverberaba el vapor en el aire.

Edgar consiguió ponerse de rodillas. Tenía la puerta trasera del establo al alcance del brazo. Intentó ponerse de pie, pero volvió a caerse y se arrastró hacia la doble hoja, hasta que logró meter los dedos en la argolla metálica del pasador. Cuando el batiente izquierdo se abrió bruscamente, salió tambaleándose a la noche como un borracho.

Lo primero que hizo fue golpear la puerta con la palma de la mano.

Glen se volvió en dirección al sonido y se puso a cuatro patas.

—¡Dios mío, Dios mío, Dios mío! —susurraba.

Se arrastró hacia delante y se detuvo para enjugarse la cara y los ojos. Edgar volvió a golpear la puerta y Glen empezó a moverse, pero se detuvo por segunda vez para golpearse los ojos con la base de las dos manos. Profirió un grito agudo e incongruente, y entonces bajó la cara y empezó a frotársela contra el suelo, gritando cada vez con mayor fuerza a medida que avanzaba.

—¡Dios mío, cómo quema! ¡Dame lo que sea, por favor! ¡Santo Dios! ¡Cualquier cosa!

Edgar soltó la puerta e intentó apartarse, pero se tambaleó y cayó entre la maleza. La masa oscura del establo se cernía sobre él, como una gran franja negra cortada en un cielo estrellado. Se sentó y sacudió la cabeza; fue un error, porque el dolor estuvo a punto de hacerle perder nuevamente el sentido. Pero el aire fresco de la noche lo estaba despertando del éter, y pudo mantener los ojos enfocados. Necesitaba sólo unos minutos para conseguir ponerse de pie.

Los perros estaban dentro de sus cubículos, con la mirada fija en el espectáculo de Glen Papineau arrastrándose a cuatro patas por el pasillo. Era lo último que Edgar quería ver; quería que los perros estuvieran fuera, lejos de esos vapores. Cuando Glen llegó al umbral, pasó los dedos por la base de la puerta y después se levantó, moviendo la cara a uno y otro lado. Intentó una vez más abrir un párpado y entonces un espasmo le recorrió el cuerpo y dejó escapar otro grito áspero y sin palabras. Pasó tambaleándose junto a Edgar en una carrera precipitada y sin rumbo.

Entonces Edgar vio cumplido su deseo, porque los perros giraron sobre sí mismos y salieron a los corrales exteriores. Se quedó mirando mientras desaparecían bajo las portezuelas de lona, hasta que lo único que quedó dentro del establo fueron los vapores del éter, ondulando y ascendiendo bajo la única bombilla encendida.

Una vez fuera, los perros empezaron a ladrar. Glen Papineau trazó un amplio círculo en el campo del sur e ingresó en la zona iluminada del patio como un actor que entrara en un escenario: enorme, corpulento, con la cabeza y los hombros cubiertos de polvo y surcados de lágrimas, con una mano pegada a la cara como si quisiera arrancarse una máscara y la otra azotando el aire delante de él. Fue tambaleándose hasta *Alice*, aparcada junto al establo. Cuando sus gruesos dedos tocaron el radiador, se detuvo y empezó a seguir los rebordes de la rejilla y la pintura descascarada de la dirección. Cayó de rodillas y apoyó la frente sobre los neumáticos delanteros.

—¡Oh, Dios! —exclamó—. No veo dónde estoy. ¿Es eso una luz? ¿Alguien me oye? ¡Claude! ¡Claude! ¡Ni siquiera puedo abrirlos! ¡Por favor, que alguien me dé agua para los ojos! ¡Por favor!

Entonces Edgar oyó la voz de su madre, que llamaba desde el porche trasero.

—¿Glen? ¡Glen! ¿Qué estás haciendo?

El chico miró hacia el establo. Todos los corrales delanteros estaban vacíos, pero algunos de los perros de los corrales traseros, que no veían a Glen ni a la madre de Edgar pero oían sus voces, habían vuelto a entrar. Edgar se puso de pie, comprobando su equilibrio. Su madre estaba corriendo a través del patio.

Edgar se volvió y bajó trastabillando por la pendiente detrás del establo mientras batía las palmas con tanta fuerza como podía. Cuando llegó a las puertas de los corrales se puso a golpear con las manos desnudas sobre las tablas y los alambres, haciendo tanto ruido como era capaz para que los perros salieran. Uno por uno, fueron saliendo a través de las portezuelas de lona y se le acercaron trotando.

Estaba recorriendo la fila y ordenando a los perros que se quedaran quietos cuando vio un destello de luz, brillante y azul, al otro lado de la puerta trasera del establo. Por un instante, una luz gélida iluminó los abedules del campo del sur y proyectó tras ellos su sombra, sobre las olas que formaba el heno. Entonces, Edgar sintió una presión en los tímpanos que lentamente se convirtió en sonido, como si alguien hubiera agarrado el cielo sobre su cabeza por las esquinas y lo hubiera sacudido.

Trudy

Estaba acostada, prestando atención por si oía el ruido de los pasos de Edgar en el porche. No sabía lo que el chico buscaba en el establo, ni le importaba. Estaba dispuesta a complacerlo en todo lo que fuera preciso para conseguir que volviera a casa. Hacía mucho que había oscurecido y ya casi estaría a punto de terminar su búsqueda. Pensó en lo flaco y demacrado que estaba y en la expresión de su rostro cuando le mencionó a *Almondine*.

Los perros empezaron a ladrar. Entonces, entre los ladridos, se oyó una voz de hombre, que gemía y chillaba. Se incorporó en la cama como impulsada por un resorte.

—¿Qué es eso? —dijo—. ¿Quién anda ahí?

Pensaba que Claude estaría durmiendo, pero al oír los ladridos, se había sobresaltado como si lo hubieran pinchado, y ahora también estaba sentado en la cama. Parecía completamente despierto. Su expresión era de desconcierto pero parecía fingida y, por debajo del desconcierto, se adivinaba cierta alarma.

—No te levantes —dijo—. Yo iré a ver.

Ya se estaba vistiendo. Volvió a oírse la voz del hombre; provenía del patio trasero. Trudy no llegaba a distinguir las palabras, pero había en el tono una nota inconfundible de miedo y dolor.

—Parece Glen —dijo.

—¡Santo Dios! Borracho como una cuba, supongo. Últimamente empina bastante el codo. La semana pasada me lo encontré por la tarde y ya iba cocido. Le dije que viniera a vernos si necesitaba hablar, pero nunca pensé que fuera a hacerlo en medio de la noche.

Trudy se vistió apresuradamente y corrió al porche trasero. Claude estaba de pie en la puerta, mirando al patio. La camioneta estaba aparcada donde él la había dejado la noche anterior, detrás del tractor. Los perros iban y venían en sus corrales, ladrando y mirando en dirección al campo del sur. Al principio, Trudy no vio nada fuera de lo común, pero después, la imagen le caló en la mente: era Glen. Estaba de rodillas delante del tractor, con la frente apoyada contra uno de los neumáticos delanteros, en actitud suplicante.

Claude parecía haber echado raíces en el porche. Trudy pasó por su lado, apartándolo, y corrió por la hierba. Glen estaba llorando. Tenía el pelo, la cara y los hombros cubiertos de polvo blanco. Detrás, la sombra del porche estaba dividida por una luz parpadeante y en ella estaba Edgar. En el momento en que sus miradas se cruzaron, Edgar se volvió y se dirigió hacia la oscuridad con paso inseguro y tambaleante. Trudy se detuvo abruptamente, desgarrada en dos mitades: una le gritaba que fuera con Edgar y la otra sólo pensaba en distraer a Claude, a escasa distancia detrás de ella, para que no viera al muchacho. La idea de que su hijo pudiera marcharse otra vez la obsesionaba. Al principio, ni siquiera relacionó la presencia de Glen con la de Edgar. Sólo quería que todos le dieran la espalda al chico y miraran hacia la casa.

—Glen —dijo—. ¿Qué te pasa?

—Trudy, por favor, tráeme agua —dijo él—. Tengo que lavarme los ojos.

Le temblaba la voz. Alternativamente se agarraba al morro del tractor o se ponía las manos sobre la cara, como si tuviera que recurrir a una enorme fuerza de voluntad para no tocarse los ojos. Sorbió una bocanada de aire a través de los dientes. Surcos de lágrimas atravesaban el polvo blanco de sus mejillas. Para entonces, Claude estaba a su lado y se arrodilló junto a él.

—Muy bien, chicarrón —dijo—. Nos aseguraremos de que no bebas más esta noche.

Metió un hombro bajo el grueso brazo de Glen y empezó a ayudarlo a levantarse.

—No —intervino Trudy—. Espera.

Claude la miró, con una expresión de sorpresa cuidadosamente compuesta. Trudy le pasó a Glen la yema de un dedo por la mejilla y se la llevó a la boca. El horrendo sabor a tiza de la cal viva era inconfundible, lo mismo que la sensación quemante en cuanto se mojaba. Miró fijamente la cara enharinada de Glen.

–¿Qué estabas haciendo aquí?

–Pregúntaselo cuando lo hayamos llevado a casa –dijo Claude–. Eso blanco es cal viva.

–Ya sé lo que es –replicó ella–. Pero antes va a explicarnos lo que estaba haciendo aquí.

Las dos últimas palabras sonaron agudas, como un chillido.

–Sólo quería hacerle una pregunta –dijo Glen–. ¡Díselo, Claude! Era sólo una pregunta.

Ella se volvió hacia Claude, que negó con la cabeza y se encogió de hombros, como queriendo hacer ver que eran los desvaríos de un borracho.

–Mentiroso –dijo Trudy.

Entonces, antes de entender lo que estaba haciendo, enredó los dedos en el pelo de Glen y lo obligó a levantar la cara mientras con la otra mano lo agarraba por la mejilla. El contacto con otra piel fue agónico. Glen se tambaleó y estuvo a punto de derrumbarse, pero en lugar de eso empezó a gemir y a restregarse los ojos.

–Esperarás aquí –le dijo Trudy– hasta que esté segura de que mi hijo está a salvo.

Le soltó el pelo a Glen y se puso de pie. Los perros de los corrales delanteros se apiñaban contra las puertas de los cubículos, ladrando y gimiendo, ansiosos por ver lo que estaba pasando. Detrás de la perrera, Trudy oyó un traqueteo y unos golpes, y el ruido de las puertas de los cubículos al abrirse. Había dado solamente unos pasos en dirección al sonido cuando la primera burbuja azul de gas atravesó la doble puerta trasera y avanzó reptando por el aire, pasando del azul al amarillo a medida que se elevaba. La burbuja iluminó el campo y después desapareció, disolviéndose de abajo hacia arriba, a medio camino de los aleros. Se oyó el resoplido grave del vapor que se inflamaba, el sonido de una cerilla arrojada a una barbacoa impregnada de líquido para encender fuego. Después, un segundo eructo de llamas, más anaranjado que el anterior, salió disparado por la puerta, pero se consumió antes de elevarse. En el aire quieto de la noche, un hilo de humo empezó a filtrarse por la parte superior de la puerta, se elevó junto a las tablas rojas de la pared y empezó a acumularse bajo los aleros. Con enfermiza rapidez, se ensanchó hasta formar una cinta gris que abarcó toda la puerta.

Trudy se detuvo, desconcertada, con el pensamiento momentáneamente paralizado. Se estuvo agitando en un círculo, incapaz de decidir qué dirección tomar primero. Una vasta y sofocada explosión había hecho erupción en el establo. ¿Por qué? No guardaban en él ninguna sustancia inflamable. Glen había estado dentro y estaba cubierto de cal. ¿Se habría propuesto incendiarles el establo? ¿Habría regado el interior con gasolina? ¿Por qué? Claude lo había hecho ponerse de pie y lo llevaba andando hacia la casa, con uno de sus colosales brazos apoyado sobre los hombros. ¿No habría oído el ruido? Estaba hablando con Glen en tono perentorio, pero Trudy no distinguía sus palabras. Entonces Glen tropezó y arrastró a Claude consigo al suelo.

Sólo cuando *Ágata* dobló la esquina trasera del establo y pasó corriendo por su lado, Trudy tuvo la seguridad de que Edgar estaba bien: estaba soltando a los perros de los corrales. Entonces corrió hacia los corrales delanteros, retiró los pasadores y abrió las puertas, gritando:

—¡Fuera! ¡Salid todos! ¡Fuera de ahí!

Cuando hubo terminado, dos docenas de perros estaban sueltos, y otros doce o catorce venían rodeando el establo por detrás. Se formaban grupos, que se deshacían, se fusionaban, se dividían y volvían a formarse, mientras los perros corrían detrás del establo, a través del patio y alrededor de la casa y el huerto. Claude había conseguido volver a poner a Glen de pie y los dos hombres avanzaban entre el mar de perros a su alrededor.

—¡Fuera! —gritaba Claude a los perros—. ¡Vamos, vamos! —le decía a Glen.

—¡Llama a los bomberos! —chilló Trudy—. ¡Le ha prendido fuego al establo!

Claude se la quedó mirando un momento y después asintió y se volvió.

Con el brazo de Glen apoyado en los hombros, cubrió el resto del camino hasta los peldaños del porche; una vez allí, lo ayudó a sentarse en un escalón y entró corriendo en la casa.

Dos de los perros empezaron a gruñirse mutuamente. Trudy corrió hasta el que tenía más cerca, lo levantó por la cola y lo arrastró hacia atrás, mientras le gritaba al otro:

—¡Fuera! ¡Vete!

Le soltó la cola al primero y rápidamente se colocó delante de él y lo sacudió agarrándolo por la piel del cuello. Cuando levantó la vista vio un par de perros corriendo por el huerto, cerca de la carretera.

—¡Vosotros dos! —llamó—. ¡Aquí!

Los perros dieron la vuelta, pero en lugar de ir hacia ella, se unieron a uno de los grupos que circulaban por el patio. Trudy empezó a llamarlos sistemáticamente y a ordenarles uno por uno que se echaran mientras miraba por encima del hombro, esperando a que apareciera Edgar; cada vez que volvía a mirar, salía más humo del establo.

Teniendo en cuenta el caos del momento, le sorprendió que muchos de los perros mantuvieran la posición, aunque todos parecían dispuestos a abandonarla en cuanto ella les diera la espalda. Alargaban el cuello para mirar a los demás, que recorrían el campo, daban vueltas alrededor de la casa y cargaban contra los peldaños del porche, donde estaba sentado Glen Papineau con la cara hundida entre las manos.

Edgar

Catorce corrales se prolongaban en la alargada sombra nocturna del establo. Edgar los recorrió tambaleándose, levantando de un manotazo los aldabones de madera y abriendo de par en par las puertas sin esperar a que aparecieran los perros. La imagen persistente del destello de fuego quedó retorciéndose en el aire ante él, como una serpiente violeta. Cuando abrió el último corral, el más cercano al granero, tenía a su alrededor una marea de perros que se tanteaban unos a otros con las patas y daban repentinos saltos nerviosos. Después se oyó el eco de la voz de Glen Papineau en el patio delantero. *Ágata* y *Umbra* se pararon en seco, ladearon la cabeza, se volvieron juntas y echaron a correr a través del grupo de perros para rodear la barriga de piedra del granero.

«¡Sí! ¡Eso es! —signó Edgar a los demás, y agitó las manos para que empezaran a moverse—. ¡Fuera! ¡Fuera de aquí!»

Los perros volvieron la cabeza para verle las manos y entonces, uno tras otro, rodearon el granero y desaparecieron, hasta que sólo *Tesis* quedó a su lado, sentada en la hierba. Se estaba olfateando el suave pelaje del dorso de la pata trasera. Edgar se arrodilló, le apartó el hocico y pasó la mano por una mancha de pelo chamuscado, quebradizo y con tacto de alambre. Tenía una mancha parecida en la cola. La explosión debía de haberla sorprendido mientras salía —pensó—, pero las portezuelas de lona habrían atenuado sus efectos. Impacientemente, *Tesis* le apartó la mano con el hocico, se puso a mordisquearse la pata y después estornudó, para quitarse el olor de las fosas nasales. Se puso de pie con dificultad y se sacudió.

Edgar le señaló el granero.

«Tú también. Vete.»

Ella lo miró, parpadeando, y entonces se volvió y se dirigió hacia la luz pálida, como una sombra salida de la sombra, como una criatura hecha para moverse, con las orejas erguidas, los ojos muy abiertos y la mandíbula colgante, lobuna por primera vez a los ojos de Edgar.

El chico corrió a la parte trasera del establo. Una banda de humo se extendía a través del dintel, por encima de la doble puerta, y se elevaba hacia el cielo. ¿Cuánto tiempo había tardado en soltar a los perros? ¿Un minuto? ¿Dos? ¿Cómo era posible que saliera tanto humo del establo? Desde su privilegiado punto de observación, veía a Glen sentado en los peldaños del porche, con la cara entre las manos. Lo rodeaba un semicírculo de perros con las cabezas ladeadas. La madre de Edgar había conseguido que una docena o más se quedaran echados en inestable posición de obediencia, pero más o menos el doble seguían corriendo sin atender a órdenes, reuniéndose en jaurías, atravesando el huerto, dividiéndose y juntándose en caótica danza. Mientras miraba, su madre detuvo a uno de los perros llamándolo por su nombre, fue hacia él y lo obligó a echarse usando ambas manos. Después, al notar que los perros miraban, se volvió y comenzó con Edgar un intercambio simultáneo de signos.

«¿Están contigo los cachorros?»

«¿Estás bien?»

«No.»

«Sí.»

«Voy a buscarlos.»

Antes de que ella pudiera signar nada más, Edgar franqueó corriendo la doble puerta. En el interior del establo hacía un calor espectral. La bombilla que había dejado enroscada parpadeaba, mientras el humo formaba volutas a su alrededor y ascendía hacia el techo y el cielo nocturno. El aire olía a madera y a paja quemada. Edgar encontró los restos del trapo impregnado de éter de Glen, una masa carbonizada con los bordes anaranjados. En dos de los cubículos halló paja ardiendo aún, con llamas amarillas y dispersas. Abrió las puertas y pisoteó la paja hasta que las ascuas se oscurecieron, y entonces siguió buscando. Las paredes estaban chamuscadas en algunos sitios y los tabiques de los corrales se habían ennegrecido. Encontró pilas humeantes de paja a medio quemar en otros tres cubículos y extinguió el fuego a pisotones. Sobre su cabeza, las pesadas vigas del techo estaban cubiertas de hollín, pero no ardían. Sin embargo, el humo no se había disipado. Desde fuera le llegaba el sonido de una conversación a gritos entre su madre y Claude. Corrió por el pasillo buscando el origen del humo, pero lo único que vio fue un tenue fulgor anaranjado entre dos de las tablas del techo. Cuando volvió a mirar, también eso se había ennegrecido.

En el corral paridero sonaban un par de lamentos agudos. El aire en el interior del recinto era más claro, ya que las sólidas paredes de los cubículos habían impedido el paso de la humareda más densa, pero los dos cachorros estaban aterrorizados y casi histéricos. En cuanto les abrió la puerta, salieron atropellándose, doblaron la esquina con la grupa resbalando por el suelo y desaparecieron. Edgar los siguió al exterior. Ya no estaba aturdido por los efectos del éter, pero la cabeza le palpitaba. Una vez fuera se llenó de aire puro los pulmones y se llevó la mano al chichón que tenía en la cabeza, en el punto donde se había golpeado contra el suelo. Lo que sintió ni siquiera fue dolor, sino la negra mano de la inconsciencia pasando delante de sus ojos. Sintió que le cedían las rodillas y apartó la mano de inmediato.

El humo que salía por la puerta se había duplicado desde que él había salido y se había vuelto más negro. Atravesó el patio corriendo hasta donde estaba su madre entre los perros. Los dos cachorros estaban chillando y trastabillando a sus pies. Su madre le apoyó las manos sobre los hombros y después a los lados del rostro.

—¿Te encuentras bien?

Edgar asintió.

—¿Están fuera todos los perros?

«Sí.»

—Mantenlos alejados del establo, porque va a arder.

«No. He apagado todas las llamas que encontré. ¿Habéis llamado a los bomberos?»

Ella negó con la cabeza.

—No tenemos teléfono.

«¿Qué?»

—Cuando instalaron el supletorio en el establo, hicieron pasar la línea primero por ahí. Claude ha intentado llamar desde el teléfono de la cocina, pero los cables deben de estar quemados o cortados.

«No, no, imposible. La luz del establo está encendida. El teléfono de ahí dentro debe de funcionar.»

—No, Edgar, escúchame bien. Nadie va a entrar en el establo. Mira ese humo. ¡Míralo! El establo está perdido.

Al chico le bastó una mirada para comprender que su madre tenía razón. El humo había empezado a filtrarse a través de los aleros y se elevaba y oscurecía las estrellas en remolinos de ébano. Al verlo, se sintió aplastado por un peso tremendo. Sabía lo seca y quebradiza que era la madera del establo. Quizá había apagado todas las llamas que había podido encontrar, pero había algo más ardiendo bajo ese techo y entre esas paredes. Aunque llamaran en ese mismo instante, los bomberos voluntarios de Mellen tardarían un tiempo en llegar. Quizá media hora. Para entonces, todo el establo estaría envuelto en llamas.

De pronto, la imagen de su padre tirado en el suelo del taller surgió en su mente como en un destello, como nieve cayéndole encima. Su padre no había querido mirarlo. No había querido respirar. «Estos registros son la clave de todo —había dicho una vez—. Sin ellos, no sabríamos lo que significa cada perro.»

Cuando Edgar se volvió, su madre estaba mirando la casa. Glen estaba sentado en los peldaños del porche, con la espalda encorvada y una toalla apoyada contra la cara. Claude estaba de pie a su lado, hablándole en voz baja y en tono acuciante mientras intentaba retirarle la toalla para echarle agua en los ojos.

—¿Por qué haría Glen una cosa así? —dijo su madre—. ¡Maldito imbécil!

«Tenía éter. Yo hice que se le cayera de las manos.»

—¿Y para qué quería éter?

«Lo tenía en una botella. Me lo puso en la cara, con un trapo.»

—Tú le echaste cal viva encima.

«Sí.»

—Lo que estalló fueron los vapores del éter.

«Sí, supongo que el calor de la bombilla los hizo estallar.»

—¿Qué pretendía hacer?

«No lo sé.»

Trudy meneó la cabeza.

—No tiene sentido —dijo—. ¿Cómo podía saber que tú...?

Entonces, su voz se apagó. Pareció darse cuenta sólo entonces de que Glen Papineau no vestía uniforme. Llevaba puestos unos vaqueros y una camisa de cuadros, de manga corta, con un improvisado babero de cal viva. Claude lo había convencido para que apartara la cara de la toalla y, mientras miraban, le levantó los párpados y le echó agua sobre la ancha cara. Cuando el líquido le tocó los ojos, la espalda de Glen se arqueó. Se quitó de delante a Claude de un manotazo y volvió a encorvarse.

—¿Cómo lo sabía? —repitió Trudy.

Hizo una inspiración temblorosa. Se le derramaron lágrimas por las mejillas. Echó a andar hacia el porche, con las manos apretadas en un puño a los lados del cuerpo. Entonces, sus zancadas se alargaron y de pronto estaba corriendo, y su voz se convirtió en un grito que formulaba la misma pregunta una y otra vez.

Edgar se obligó a volver la espalda a la casa y a los perros vivos y reales que recorrían el terreno a sus pies. Podían cuidar de sí mismos durante los pocos minutos que tardara en hacer lo que tenía en mente. Corrió hasta la doble puerta delantera del establo, levantó la pesada barra de hierro y abrió la puerta de par en par. Lo envolvió una oleada de humo, cargada de olor a paja y a madera quemada. Dio un paso atrás. Al cabo de un minuto, el humo se niveló a un metro y medio por encima del suelo del establo.

Si se agachaba y se mantenía por debajo del techo de humo, podría llegar fácilmente a la puerta del taller. Le sería imposible mover los archivadores, pero podría trasladar las carpetas individuales. Los archivos más valiosos eran los más recientes, que cubrían las cinco últimas generaciones. ¿Cuántas veces podría entrar? ¿Cuántas carpetas podría cargar en cada viaje? Las desordenaría, pero ya tendría tiempo más adelante para ordenarlas. Se permitió echar un vistazo rápido hacia los peldaños del porche. Su madre estaba delante de Claude y Glen.

—¿Cómo lo sabías, Glen? —oyó que gritaba—. ¡Dime cómo sabías que Edgar estaba aquí!

Claude estaba de pie junto a Glen, sentado en un escalón. Se inclinó hacia Trudy y empezó a decir algo.

—¡Cállate, Claude! ¡Cállate! ¡Quiero que me lo diga Glen!

Pero Glen guardaba silencio y no hacía más que balancearse mientras se pasaba la toalla por la cara. Trudy se arrodilló, puso las manos a ambos lados de la enorme cabeza de Glen y la volvió hacia sí.

Edgar pensó que si seguía mirando la escena sólo un minuto más, correría hacia la casa y hacia Claude, y entonces ya no habría esperanza. Empezó a hacer inspiraciones tan profundas como pudo y, antes de que pudiera adueñarse de él la duda, entró corriendo en el establo ardiente.

El humo caliente se movía en oleadas sobre su espalda. La única bombilla encendida, en el extremo más alejado del establo, parpadeaba entre pliegues de humo. Andando normalmente, podría haber cubierto la distancia hasta el taller en unos segundos, pero con la cabeza gacha y mirando a su alrededor en busca de llamas, tardó mucho más. Tocó brevemente el picaporte de la puerta del taller y se frotó el pulgar contra el resto de los dedos, como un reventador de cajas fuertes, para tomarle la temperatura. Estaba caliente, pero no más que el resto del establo. Abrió la puerta. El humo fue absorbido por la oscuridad y el aire del pasillo se igualó con el del taller.

Empezaron a escocerle los ojos y un torrente de lágrimas le inundó la cara. Atravesó la puerta tambaleándose, pulsó el interruptor y la bombilla del techo se encendió. Dejó escapar un suspiro de alivio. Conocía tan bien la habitación que podía encontrar los archivadores en la más completa oscuridad, pero sólo al tacto no podría haber localizado los registros que buscaba y no tenía tiempo para encontrar una linterna.

Abrió el cajón superior del archivador de la derecha. Una masa sólida de papel con un centenar de divisiones se precipitó hacia él; tenía una larga joroba irregular en el centro, formada por las pestañas del lomo de las carpetas marrones, cada una con un nombre escrito a lápiz: *Aldogón. Vesta. Anillo. Rana.* Hundió las manos en la masa de papel y sacó torpemente un fajo de archivos, desparramando en el proceso notas, fotografías y recortes. Sin recogerlos, se volvió y salió por la puerta, pasillo abajo. Los papeles le pesaban y se deslizaban unos sobre otros en sus brazos. En seguida estuvo en el patio, al aire libre. En el extremo más alejado, se agachó y dejó caer los papeles sobre la hierba.

Por un brevísimo instante experimentó una sensación nueva, imposible y completamente fuera de lugar. Era una sensación de alborozo, como si de algún modo hubiera retrocedido en el tiempo hasta el momento en que su padre yacía en el suelo del taller y hubiera encontrado la manera de salvarlo. Después, con la misma rapidez, la sensación se desvaneció. Algo en su interior pidió sentirla de nuevo, cuanto antes. Corrió al establo, avanzó agitando las manos entre el humo y se cargó los brazos con otro montón de carpetas marrones y con todos los papeles y fotografías que contenían. Casi había llegado a la doble puerta cuando el suelo de hormigón ascendió repentinamente; lo vio subir hacia él, pero no tuvo tiempo de equilibrarse y se estrelló con el hombro contra las bisagras del batiente de la derecha, dando una patada en el aire mientras caía sujetando los papeles contra el pecho.

El golpe lo hizo volver en sí. Se quedó un momento tumbado, con medio cuerpo dentro y medio cuerpo fuera del establo. Después de inhalar aire fresco unas cuantas veces, se puso de pie y avanzó tambaleándose hacia la hierba. Cuando llegó a donde estaban las carpetas que ya había rescatado, se dobló por la cintura y dejó que los papeles que llevaba en los brazos cayeran al suelo en un revoloteo.

Recuérdame.

A lo lejos, oyó la voz de su madre:

—¡Edgar! ¡No entres!

Estaba de pie en el porche. Glen la tenía sujeta por la muñeca con su mano enorme, como si una tenaza agarrara una brizna de hierba. Edgar la miró y negó con la cabeza. No tenía tiempo para discutir. Ella no podía sentir ni oír lo que él sentía y oía. No podría haber entendido que estaba haciendo lo correcto. No había palabras para describir la sensación que lo había embargado.

Su madre habría querido correr para detenerlo, pero no pudo soltarse de la mano de Glen. Se volvió y empezó a pegarle a Glen en la cara con la mano libre, lo que hizo que el hombretón se pusiera de pie. Estaba confuso y terriblemente dolorido, y comenzó a mover la cabeza para esquivar los golpes. Para no desequilibrarse, tenía las piernas separadas y las rodillas medio flexionadas. Entonces, en un solo movimiento de barrido, pasó una de sus gruesas piernas por debajo del cuerpo de Trudy y la hizo caer en sus brazos. Ambos cayeron juntos al suelo. Cuando aterrizaron, Glen cubrió las dos piernas de Trudy con las suyas.

—¿Qué está pasando? —dijo él.

Había miedo y dolor en su voz, pero ni una sola nota que delatara el esfuerzo físico, como si todos esos reflejos de luchador se hubieran manifestado por voluntad propia, sin su intervención, para protegerlo.

—¿Por qué nadie me ayuda? —exclamó—. ¿No entendéis que estoy ciego?

Edgar hizo una inspiración y se volvió. Lo último que vio fueron las figuras entrelazadas de Glen Papineau y de su madre, mientras ella se retorcía para soltarse de sus brazos. Y a Claude, de pie en el porche, unos peldaños más arriba.

Entró en el taller a cuatro patas, con mucho cuidado para mantenerse por debajo de la nube de humo, conteniendo la respiración tanto como pudo, hasta que se vio obligado a soltar el aire. De ese modo, consiguió sacar los archivos que quedaban en el primer cajón. Al salir con los brazos llenos, le resultó mucho más difícil andar agachado. Tenía los ojos llenos de lágrimas y la luz del taller se había convertido en un aceitoso borrón amarillo y gris. Se esforzó para no inhalar el aire. El aturdimiento que lo había derribado en su último intento había sido una advertencia más que suficiente. Aun así, sentía que el humo le quemaba la tráquea y los pulmones. Una vez fuera, soltó los papeles y cayó de rodillas. Supuso que una persona normal estaría tosiendo, pero él sólo sentía un mareo extraño. Flexionó la cintura y se esforzó por imitar los movimientos de la tos, agitándose con la boca abierta para expulsar el humo de los pulmones.

Cuando levantó la vista, encontró delante a *Tesis*, que meneaba la cola con las orejas erguidas, en actitud de atenta concentración y con la mirada alegre y brillante. Era la misma expresión que le había visto cuando se había paseado por la cala después del tornado. Parecía dispuesta a seguirlo al interior del establo. Edgar la cogió por el pelo del cuello para darle una sacudida y echarla de allí, pero se detuvo. Entre ellos ya no podía haber órdenes. Le puso la mano bajo el vientre e hizo que lo mirara.

«Tienes que irte –signó, infundiendo en los gestos toda la fuerza que pudo reunir–. Sé que me entiendes. Sé que la decisión es tuya. Pero, por favor, vete.»

Tesis retrocedió un paso con los ojos fijos en él; después miró a los otros perros, que iban y venían bajo los manzanos, y finalmente volvió a mirar a Edgar, corcoveó un poco y le sostuvo la mirada.

«Sí –signó él–, sí.»

La perra dio un salto, le mojó la cara de un lametazo y se volvió para marcharse con el resto de los perros. Todos estaban corriendo, incluso los que su madre había dejado manteniendo la posición. Habría dado cualquier cosa por saber si *Tesis* lo había entendido, pero la única forma de estar seguro habría sido renunciar al rescate de los archivos y correr tras ella.

Volvió al establo. Ya casi había franqueado la ancha doble puerta, hacia el interior saturado de humo, cuando pensó en la caseta de la leche y en lo que había dentro. Fue hasta la parte delantera del establo y, cuando llegó a la caseta, abrió la puerta de par en par.

Se dijo que se detendría en cuanto viera fuego.

Claude

«Que se queme», pensó Claude.

Estaba en el peldaño más bajo del porche, contemplando el desastre e intentando decidir qué hacer. El desastre no era, ni mucho menos, que se quemara el establo. Después de todo, estaba asegurado y los perros estaban a salvo, aunque momentáneamente anduvieran sueltos. En el peor de los casos, perder el establo les complicaría la vida durante unos meses (deberían alojar a los perros en otro sitio, aunque no les resultaría difícil encontrar familias que los cuidaran), pero seguramente tendrían un establo mejor y más moderno antes de que cayeran las primeras nevadas. El desastre tampoco era lo sucedido a Glen. Aunque Claude le había lavado los ojos con abundante agua en cuanto llegaron a la casa, la cal viva ya había hecho estragos. Sin embargo, era difícil sentir pena por él. El hombre había usado suficiente Prestone para lanzar un cohete espacial. No era eso lo que Claude le había sugerido.

No, el desastre era que Edgar siguiera entrando en el establo para salvar los registros, que volviera una y otra vez al taller y abriera los archivadores mientras el humo se filtraba por los aleros. Incluso había ido a buscar la carretilla a la caseta de la leche y, mientras Claude miraba, había empezado a empujarla en un amplio arco hacia las puertas del establo.

Por si todo eso no hubiese sido suficientemente extraño, Glen había inmovilizado a Trudy en una especie de llave de lucha. Antes de que pasara mucho tiempo, Claude iba a tener que decir o hacer algo para que Glen la soltara, pero no sabía qué. El hombre había envuelto a Trudy con sus robustas extremidades y, de algún modo, su abrazo le recordaba a Claude las raíces de los árboles de Angkor Wat, que sofocaban lentamente los antiguos templos de piedra. Por el modo en que estaba actuando, era poco probable que Glen desistiera, a menos que estuviera inconsciente. Aun así, Claude no quería interponerse hasta estar seguro de que ya no se podía hacer nada por el establo. El establo tenía que ser una causa perdida, por eso le había dicho a Trudy que el teléfono estaba cortado, aunque para entonces era probable que verdaderamente lo estuviera.

Había algo fascinante en la visión del humo que ascendía del establo y borraba una ancha franja de estrellas, negro sobre negro. Le recordaba a Claude lo enorme que era el viejo establo. Cuando había vuelto a casa, le había sorprendido una vez más su tamaño; después, rápidamente, se había vuelto normal a sus ojos, como lo había sido en su infancia, cuando los establos de los demás le parecían construcciones en miniatura. El volumen de humo que escupía el techo volvía a situar las cosas en su correcta perspectiva y, una vez más, Claude se maravilló pensando en el hombre que lo había construido. ¿Qué planes tendría para construir un establo como ése?

Lo mejor era vigilar, pensó Claude. Se quedó mirando cómo escapaba el humo a través de las hendiduras en torno a la gran puerta frontal del altillo del heno, la puerta que Edgar había abierto la noche que había empujado al doctor Papineau por la escalera del henil, la misma puerta por la que habían izado seis carretadas de fardos de paja apenas dos semanas antes, en una larga jornada de sudoroso esfuerzo. Resultaba extraño ver todo ese humo escapando del establo, sin ningún ruido, ni el menor atisbo de fuego. Claude sabía lo suficiente de incendios para comprender que aquello era sólo una fase, y que el fuego, o lo que pronto sería un fuego, estaba consumiendo sin llamas las maderas viejas y probablemente la paja, explorando distintas rutas y atajos en busca de combustible y oxígeno. Volvió a levantar la vista al cielo. A la luz del cuarto creciente, no se veía una sola nube.

Edgar apareció entre el humo, empujando una carretilla cargada de papeles, y Claude sintió un escalofrío al verlo. Agitándose en vano, Trudy empezó a gritarle que se mantuviera alejado del establo. Pero Edgar no corría un peligro inmediato. El taller estaba sólo a unos pasos de la puerta del establo y, a menos que toda la estructura estallara repentinamente en llamas, era poco probable que quedara atrapado dentro. Hasta entonces, al menos en lo superficial, Edgar hacía bien en rescatar los archivos. Serían una ayuda más adelante. No era imprescindible tenerlos, pero sí conveniente.

El problema era el frasco. A decir verdad, Claude había perdido los nervios. El frasco estaba bien escondido en el henil y él lo sabía; pero cuando empezó a pensar que Edgar podía ir a curiosear por allí, se dejó llevar por el pánico y lo sacó de su escondite. Después de aquella noche con Benson y de aquella extraña representación con los perros, se había convencido de que Edgar debía de haberlo visto. Debería haberlo arrojado al riachuelo a la mañana siguiente, como tantas veces se había propuesto, pero no había sabido responderse a la pregunta de qué pasaría cuando lo hiciera. ¿Se hundiría el frasco en el fondo? ¿Desaparecería, o encontraría algún canal subterráneo para volver a la casa, al pozo y a él? Sin embargo, había otro aspecto más importante y más difícil de admitir. Cuando se deshiciera de lo que había en el interior del frasco, fuera lo que fuese, ya nunca más lo tendría. La idea de que esa sustancia podía solucionar sus peores problemas había llegado a ser parte de su naturaleza. Saberla allí le infundía confianza, del mismo modo que otros hombres se sentían seguros cuando tenían una buena suma en el banco o una pistola en la guantera del coche. En ocasiones había sido casi una presencia viva para él. «Existo por una razón.» Después venían la euforia y el desprecio por sí mismo, cuando le prestaba oídos. Pero si actuaba con cautela, ese frasco ardería en el incendio y con él ardería la peor parte de sí mismo.

Eso si actuaba con cautela, porque ya había cometido un error. Había sacado el frasco del henil y, nada más hacerlo, se había dado cuenta de que había muy pocos lugares seguros. No había tenido tiempo de estudiar la situación con detenimiento. Trudy podría haber entrado en cualquier momento, y ¿qué le habría dicho él, exactamente, si le hubiera preguntado para qué quería ese frasco con una cinta escrita en alfabeto hangul y un líquido dentro con aspecto de ser el más puro y destilado veneno? Esconderlo en la casa quedaba completamente descartado; le daba miedo tenerlo cerca. Apenas se atrevía a sostenerlo entre las manos con los guantes de trabajo puestos. Después de lo de Gar, se había duchado hasta vaciar el calentador de su pequeño apartamento alquilado y, cuando al cabo de un rato el calentador había vuelto a llenarse, lo había vuelto a vaciar.

Cuando sacó el frasco del henil, le quedaron pocas opciones. El cuarto de las medicinas era el sitio menos adecuado. A veces Trudy entraba allí; podía abrir un cajón, pensar «¿qué es esto?», desenroscar el tapón sellado con cera y llevarse el frasco a la nariz... Entonces tenía que ser el taller, que Trudy no pisaba casi nunca, excepto de paso, cuando subía al altillo del heno. Por un momento consideró dejarlo a la vista, en uno de los estantes, como si no tuviera ningún valor. Entre tantas cosas de usos y procedencias dispares, un frasco más no llamaría la atención. Pero sí llamaría la atención de alguien que lo estuviera buscando y, además, atraería constantemente su propia mirada. Al final, lo había envuelto en un trapo engrasado y lo había escondido debajo de un montón de cartas viejas, en el cajón más bajo del archivador más antiguo. Sólo a Edgar le interesaban los archivadores, pero ni siquiera el chico prestaría atención a un montón de cartas viejas. Estaba seguro de que debía de ser un buen sitio. Sin embargo, en cuanto el frasco estuvo bien escondido, lo asaltó otra preocupación. Fue al cuarto de las medicinas, sacó una jeringuilla de un armario y la disimuló entre los trapos que había junto al frasco.

Claude todavía estaba de pie en los peldaños del porche, contemplando la escena que se desarrollaba ante él. Glen tenía una pierna echada hacia delante, encima de las caderas de Trudy, y ambos estaban tumbados de lado mirando en dirección al establo. Claude apenas veía a Trudy detrás de los anchos hombros de Glen. Dejó escapar un suspiro y bajó del porche a la hierba. Trudy había dejado de debatirse y yacía ensimismada, murmurando algo como «no, no, ahora no», mientras veía a Edgar que salía corriendo del establo con otro montón de registros cargados en la carretilla. Los perros iban y venían por todas partes. Dos de ellos pasaron corriendo por su lado, se detuvieron un momento para olfatear a Trudy y a Glen, y después se alejaron de un salto. Claude se arrodilló detrás de Glen, le pasó un brazo por encima de los hombros e intentó destrabarle la enorme mano derecha, que tenía agarrada a la muñeca izquierda.

—Glen, ya basta —dijo, y la indiferencia de su voz lo asombró incluso a él—. Suelta a Trudy. No podemos ayudarte a menos que sueltes a Trudy.

Glen no respondió, pero al oír su nombre, Trudy empezó a agitarse. Aunque era ágil y fuerte, todo fue inútil. Era diminuta al lado de Glen, que encorvó los hombros y tensó los brazos hasta que ella paró. Trudy alargó el cuello para mirar a Claude. Estaba llorando.

—Por favor, Claude, detén a Edgar. Impide que siga entrando en el establo.

Él se limitó a asentir con la cabeza. No había nada que decir. Empezó a atravesar el patio con el cerebro funcionando a pleno rendimiento. No le gustaba tener que tomar decisiones de ese modo; necesitaba tiempo para reflexionar, pero no podía sentarse a pensar. Sí, desde luego que podía detener a Edgar, derribarlo de un golpe e inmovilizarlo como Glen estaba inmovilizando a Trudy, hasta que el incendio estuviera tan avanzado que nadie pudiera entrar. A los ojos de ella, habría salvado a Edgar de cometer una locura, mientras que dentro del establo el frasco se resquebrajaría y se fundiría, y su contenido herviría entre las llamas.

Pero aún tendría que explicar lo sucedido con Glen. El hombre estaba ciego, con los ojos como dos globos grabados al aguafuerte. Prueba de su fortaleza era que todavía conservaba el conocimiento, incluso estando fuera de sí de dolor. Más adelante, la ceguera lo abrumaría; después de sus conversaciones nocturnas, Claude no albergaba ninguna duda al respecto. Cuando eso sucediera, podría insistir en que Glen, en su dolor, había confundido un inocente consuelo por la muerte de Page con algo completamente distinto, y Trudy quizá le creyera. Después de todo, Glen había intentado secuestrar a Edgar. Y, por si eso no fuera suficiente para condenarlo, había reaccionado con esa extraña maniobra de luchador cuando Trudy le pegó, y desde entonces no había dejado de gemir y balancearse, negándose a soltarla.

Sin embargo, todavía quedaba Edgar. El chico (resultaba extraño referirse a él de ese modo, viéndolo alto, flaco como un palo y con el pelo gris por la cal) le lanzaría quizá algunas acusaciones, aunque para entonces todas las pruebas materiales se habrían evaporado entre las nubes. Por su parte, también Claude podía hacerle algunas preguntas. ¿Qué había pasado realmente con Page en el henil? Con suerte, quizá encontraran las llaves del Impala en el bolsillo de Edgar, junto con varios billetes de cien dólares. ¿Se asombraría alguien de que un muchacho que se había fugado de su casa estuviera planeando robar un coche?

Claude pensó que podía salirle bien. Lo único que tenía que hacer era detener a Edgar (salvarle la vida, a los ojos de Trudy) y esperar. Después vendría el alivio y un nuevo comienzo para todos ellos. El fuego y la reconstrucción lo cambiarían todo. Sería un punto de inflexión.

Se dirigía hacia el establo, pensando en todo eso, cuando sintió la presión de algo romo en el muslo. Bajó la vista. *Tesis* estaba ante él y le había apoyado el hocico contra la pierna, justo por encima de la rodilla. Por un momento, el corazón de Claude palpitó aceleradamente, porque creyó distinguir una jeringuilla entre los dientes del animal. Pero le había engañado la vista; la perra no tenía nada en la boca. Claude había estado pensando en la representación que Edgar había organizado aquella noche en la perrera. *Tesis* se había plantado delante de él y lo miraba fijamente, con la boca abierta y los ojos brillantes de malicia, como esperando de él la misma reacción que aquella noche. ¿Sería posible que el chico estuviera tan obsesionado que se hubiera propuesto repetir la misma actuación?

De pronto, la certidumbre de Claude se tambaleó. Se había equivocado. No iba a salirle bien, sobre todo si la mirada de un perro era lo único que hacía falta para que le temblaran las manos y la sangre le palpitara en la cabeza. Se estaba engañando. Una y otra vez tendría que soportar que Gar lo mirara de esa manera.

No, Gar no. Edgar.

¿Por qué había pensado eso? En cuanto se hizo la pregunta, supo la respuesta. Porque con el rostro despojado de la blandura de la infancia, iluminado de perfil por la luz del patio y con el pelo gris de cal, Edgar se parecía demasiado a su padre. Porque cuando cargaba los archivos en los brazos, el chico incluso caminaba con la espalda encorvada, lo mismo que Gar cuando sacaba a los cachorros del corral paridero. Porque algunas noches Claude no podía dormir, después de que el golpe de un insecto contra el cristal de la ventana lo despertara bruscamente, con un torrente de adrenalina en las venas y el corazón palpitando con tal frenesí que tenía que salir a caminar, y ni siquiera así podía acostarse cuando regresaba; tenía que sentarse a mirar la noche y dejar que viniera el sueño, si es que venía. Y porque la mirada de *Tesis* le hacía pensar en la mañana en que había levantado la vista del fregadero y había descubierto a Edgar al otro lado de la ventana, en el manzano, y al final había tenido que apartar la mirada.

Cuando bajó otra vez la vista, la perra se había marchado, para sumarse a una de las jaurías que recorrían el patio. Claude siguió andando hasta la doble puerta y entró, agachado. El aire era respirable hasta la altura de la cintura, pero le hacía daño en las fosas nasales y en los ojos. La visibilidad era de apenas un par de metros. Cuando llegó a la puerta del taller, distinguió la carretilla atravesada en el centro de la habitación, y a Edgar, que abría el cajón superior de uno de los archivadores y se erguía sólo un instante, apenas el tiempo necesario para sacar parte del contenido del cajón antes de volver a agacharse.

El chico miró por encima del hombro y vio a Claude en la puerta. Se detuvo un momento y ambos se miraron. Después, Edgar se volvió y extrajo otro montón de archivos del cajón abierto. Los cajones de los archivadores más cercanos a la puerta habían quedado medio abiertos y estaban vacíos. El muchacho había empezado por los archivos más recientes y había procedido hacia los más antiguos, lo que explicaba por qué no había salido aún al patio con el frasco en la mano.

Claude pasó junto a él y se dirigió al último archivador. Abrió el cajón superior y empezó a sacar archivos y a amontonarlos en la carretilla, llenándola con tanta rapidez como pudo, aunque ya casi estaba repleta. Edgar siguió trabajando en el cajón más bajo del archivador contiguo, volviéndose y apilando papeles. Algunos no llegaban a la carretilla y se dispersaban por el suelo, en dirección a la puerta. Finalmente, el chico se puso de pie, aferró los mangos de la carretilla y desapareció entre el humo.

Edgar

Se habría dado de puñetazos por no haber pensado antes en la carretilla. Con ella era posible rescatarlo todo, sacar toda la historia al exterior, perfectamente a salvo. Trabajando frenéticamente, ya había conseguido cargar el contenido completo de uno de los archivadores en la plataforma metálica. El humo del taller era áspero y denso, y tuvo que arrodillarse para inhalar el aire limpio más cercano al suelo.

Después, volvió a levantarse, hundió las manos en un cajón, se cargó los brazos de papeles y los echó en la carretilla. ¡Con qué rapidez le funcionaba la mente mientras trabajaba! ¡Qué eufórica era la sensación de liberación que sentía en el pecho! Sentía que había cerrado otro trato, como cuando miraba los manzanos en invierno, y trabajaba con gran intensidad. La parte de su ser que idolatraba el orden sufría al ver el salvajismo de su actuación y contemplar la rápida desorganización de la pulcra marcha de las generaciones. Pero no podía parar. Se había propuesto cargarlo todo en esa última carretillada, pero los papeles ya empezaban a desbordar la plataforma. Si la cargaba mucho más, las carpetas resbalarían y caerían cuando tomara la curva hacia el pasillo y se perderían entre el humo.

Había echado un vistazo a la puerta cuando apareció Claude, agachado y con los ojos entornados por la humareda. El rostro de Claude era de una inexpresividad absoluta, o quizá era una mezcla de expresiones, cada una fugaz, a medio formar y sin relación con la siguiente. Edgar pensó que otra persona, desde un punto de vista diferente, quizá vería en él preocupación o aprensión, o tal vez miedo, ambición o repulsión. Pero para Edgar, el resultado era incomprensible, imposible de interpretar, no implicaba nada ni conducía a nada. Así había sido siempre con Claude. Edgar no había olvidado en absoluto lo que había visto en el henil, ni aquella corriente de recuerdos que lo había atravesado bajo la lluvia. Nunca había tenido un verdadero plan para cuando volviera a casa, excepto decir lo que sabía que era cierto y repetirlo, sin pruebas materiales ni forma de demostrarlo.

Entonces, antes de que tuviera ocasión de hacer nada, Claude pasó por su lado, abrió el cajón más alto del último archivador y empezó a echar montones de papel en la carretilla. No le dijo nada y ni siquiera cruzó con él una mirada. Cuando Edgar comprendió lo que estaba haciendo, volvió a ocuparse de los archivos y los dos siguieron trabajando, codo con codo. Rápidamente, la carretilla estuvo llena a rebosar. No había tiempo para explicar nada, ni lengua que pudieran usar para entenderse. Edgar agarró simplemente los mangos de la carretilla y salió a toda prisa por la puerta. No era fácil mantenerse agachado para respirar aire limpio, y en dos ocasiones tuvo que detenerse para equilibrar la montaña de papeles.

En cuanto estuvo fuera, cayó de rodillas y forzó un nuevo acceso de tos, que esta vez le desgarró la garganta. Después se puso de pie, empujó la carretilla y la volcó en la hierba. Se quedó mirando cómo se dispersaban los papeles: hojas blancas y amarillas por todas partes, como escritas en todas las lenguas del mundo, algunas arcaicas y otras aún por inventar. Fotografías, pedigrís, notas y registros, dondequiera que mirara. La historia de cuarenta generaciones. O de cincuenta.

Miró hacia la casa. Su madre yacía atrapada entre los brazos de Glen Papineau. Cuando vio a Edgar, dejó de debatirse y volvió el rostro hacia él.

–¡Déjalo, Edgar! ¡Déjalo!

«No puedo –signó él–. Todavía no.»

Se volvió hacia el establo envuelto en humo. Los gritos de su madre, entremezclados con los gemidos de Glen, componían un dúo inquietante. La cinta de humo, antes estrecha, se había convertido en una masa opaca que expulsaba la mitad superior del pasillo de entrada del establo. Edgar se preguntó si la paja del altillo estaría ardiendo. No se veía ni el menor asomo de llamas, pero por la línea del tejado se filtraban densos penachos de humo negro.

Sabía lo que significaba volver al taller. No creía que Claude estuviera allí para ayudarlo. Sin embargo, cada archivo recuperado devolvía a la vida un trozo de un mundo que había creído perdido para siempre. Había vivido demasiado tiempo dividido, separado de su padre, de sí mismo y ahora de *Almondine*. Lo que se proponía hacer no era para él cuestión de sensatez o de necedad, ni de valentía o temeridad, de sabiduría o ignorancia. Era sólo que ya no podía dividirse como antes. No podía elegir entre dos imperativos. Entre la resurrección y la venganza, o entre la lucha y la huida.

Dentro había dos archivadores más, que contenían más carpetas, las cartas de Brooks, el libro maestro de registro de las camadas y el *Nuevo diccionario enciclopédico Webster de la lengua inglesa,* con el artículo de Alexander McQueen sobre la importancia de poner un nombre y un sinfín de notas, recordatorios de cada perro que Edgar había conocido. Empujó al trote la carretilla y, por última vez, franqueó la doble puerta para entrar en el establo. Si se daba prisa, podría entrar y salir en tres minutos. Y si necesitaba más tiempo, tenía una idea que quizá despejara el humo el tiempo necesario para rescatar todo lo que faltaba.

Era una idea que se le había ocurrido hacía mucho tiempo, en un sueño.

Claude

En el instante en que Edgar desapareció por la puerta del taller y se perdió entre el humo, Claude abrió el último cajón del archivador y sacó el bulto envuelto en trapos, oculto bajo la masa de cartas y recortes de periódico. La jeringuilla, metida entre los pliegues del paño engrasado, se soltó y cayó dentro del cajón. Claude tuvo que buscar a tientas entre el caos hasta sentir con los dedos el depósito cilíndrico de plástico. Retrocedió, entre fotografías y registros de pedigrí esparcidos por el suelo, que eran como la historia del criadero contada por un lunático. Cuando llegó a la mesa de trabajo, volvió la espalda a la habitación y se arrodilló.

Con la mano envuelta en el trapo, agarró el frasco, aflojó el tapón y, con mucho cuidado, lo apoyó en el suelo, lejos de sí, en un rincón apartado. Le quitó la funda a la aguja. Sus movimientos eran cuidadosos pero actuaba de prisa, y accidentalmente se hizo un ligero rasguño con la aguja en la palma de la mano derecha. Antes incluso de sentir el pinchazo, retiró bruscamente la mano. La herida era tan pequeña que no dejó escapar ni una sola gota de sangre, pero un infinitesimal capirote rojo coloreó la punta de la aguja.

Cuando Claude volvió a mirar el frasco, un riachuelo iridiscente había trepado por el cuello del recipiente. Puso la aguja sobre la boca del frasco. Ver irrumpir el líquido con tanta ansiedad en la diminuta arteria de acero le puso la carne de gallina. Sólo necesitaba una gota, pero antes de que pudiera apretar el émbolo con el pulgar, había medio centímetro cúbico en el depósito, e incluso entonces, la fuerza ascendente le produjo la impresión de una fiera intentando escapar de su jaula. Con esfuerzo, volvió a meter todo en el frasco, excepto una pequeña fracción. Cuando retiró la jeringuilla, un pequeño filamento quedó ondeando en el aire. Apoyó la punta de la aguja contra el cristal, la hizo girar y volvió a retirarla, dejando una gota de aceite transparente que tembló, se deshizo y bajó deslizándose por la curva interior del cuello del frasco. Dejó el frasco destapado y arrojó lejos el trapo. Se volvió, sosteniendo la jeringuilla con el brazo extendido, y esperó.

Los archivadores de la pared de enfrente se erguían borrosos y lejanos a través de la densa humareda. No estaba seguro de que Edgar fuera a volver, pero podía tirar al suelo la jeringuilla y salir del establo en cuestión de segundos si de repente se veía en peligro. Pensó que el fuego no avanzaba tan rápidamente. Miró la bombilla desnuda, encendida en el casquillo que colgaba del techo, y se preguntó cuánto tiempo pasaría antes de que el material aislante del cable se derritiera. El humo transportaba un desagradable olor a carne chamuscada. Pensó que habrían sucumbido unos ratones en su madriguera, o quizá un pájaro en los aleros. ¡Tanto humo y ni un solo ruido aún, ni una sola llama! Desde fuera, le llegaba la voz de Trudy, que lloraba y gritaba.

Entonces apareció Edgar, encorvado detrás de la carretilla vacía, tan profundamente inclinado sobre la plataforma que los soportes traseros venían arañando el suelo de hormigón. La metió en el hueco de debajo de la escalera del henil y se arrodilló. Abrió el cajón más bajo del archivador más viejo (el mismo donde había estado escondido el frasco) y empezó a sacar cartas y papeles. Claude se puso de pie. Recordó la caña afilada que había usado el viejo herborista y el temblor espasmódico que había agitado sus manos marchitas después. Ahora esa reacción le parecía leve, porque de pronto era consciente de todos los mecanismos de nervios, músculos y ligamentos que daban vida a sus dedos. La jeringuilla empezó a temblar en su mano. Con la otra, se oprimió la muñeca temblorosa hasta hacer que los huesos del interior se frotaran uno contra otro.

Atravesó el taller.

El acto propiamente dicho duró sólo un instante.

Cuando lo hubo consumado, retrocedió y buscó por detrás a tientas la puerta del taller, para cerrarla. De pronto empezaron a castañetearle los dientes y apretó con tanta fuerza las mandíbulas para detenerlos que se le escapó un gruñido. Pensó que tenía que controlarse. Lo único que necesitaba era mantener a Edgar dentro de la habitación y dejar correr el tiempo. Pero el corazón se le salía de las costillas y la sangre que corría impetuosa por sus venas le parecía pesada como el mercurio. Apoyó la espalda contra la puerta y se deslizó hasta el suelo de hormigón. En ese momento, advirtió por primera vez que aún tenía la jeringuilla en la mano. Con una sacudida convulsiva, la arrojó lejos de sí. Como había hecho con Gar.

Edgar seguía apilando archivos en la carretilla como si nada hubiera pasado. Entonces, abruptamente, se apoyó sobre los talones y miró hacia arriba y hacia atrás, por encima de los hombros, como si un ruido lo hubiera sorprendido. Se volvió hacia Claude pero casi no lo miró. Después, se incorporó y atravesó el taller, agarrándose a los estantes bajo la escalera, y se puso a buscar algo en un rincón, donde estaban guardadas desordenadamente las herramientas de mango largo.

Cuando se volvió nuevamente hacia él, tenía en la mano una horca.

«¡Dios mío!», pensó Claude.

Pero Edgar no lo estaba mirando. El muchacho fue hasta el centro del taller, con la espalda encorvada para evitar la densa nube de humo. Se agachó un momento, entornando los párpados y enjugándose las lágrimas que le bañaban los ojos, y se balanceó mientras localizaba la posición de alguna cosa situada cerca del cable de la bombilla, en el techo.

Después, se puso de pie e impulsó la horca hacia arriba, directamente hacia el humo.

Edgar

Lo primero que pensó fue que le había caído algo encima y le había tocado un nervio, como cuando uno se da un golpe en un codo. Una sensación fría en la nuca y nada más. Tuvo tiempo de llegar al cajón del archivador, de levantar otro montón de cartas y papeles y dejarlo caer en la carretilla. Después, una ola helada le recorrió la espalda hasta las piernas y se le instaló en las ingles, las rodillas, las axilas y las palmas de las manos. No había palabras para describir la sensación. Se tocó la nuca con la mano y se volvió. No había caído nada. Claude había cerrado la puerta del taller y estaba sentado con la espalda torpemente apoyada en el batiente, jadeando con aspecto atemorizado.

De pronto, sin ninguna causa evidente para Edgar, el humo se volvió tres veces más denso, hasta casi impedirle distinguir las paredes de la habitación. La luz del techo se encogió en una bola anaranjada, manchada de humo. Se dijo que tenía que toser y lo intentó, doblándose por la cintura y poniendo los codos sobre las rodillas, pero el resultado fue escaso. Debía limpiar de humo la habitación, porque de lo contrario perdería el sentido. Fue a buscar entre las herramientas apoyadas en el rincón. Había rastrillos y azadones. Cualquiera le habría servido, daba lo mismo. Lo primero que agarraron sus manos fue una horca.

Cuando se volvió, la habitación pareció girar a su alrededor. «Éter», pensó, porque se había apoderado de él la misma sensación de distanciamiento que cuando Glen le había apoyado el trapo contra la cara, la sensación de haber abandonado su cuerpo y de estar mirándose desde fuera. Pero esta vez era diferente, por la sensación de aturdimiento que lo había invadido. No podía dejar de pensar que le había caído algo encima. Se tocó la cabeza pero, al mirárselos, vio que tenía los dedos secos y sin sangre.

Fue hasta el centro del taller intentando mantener el equilibrio. Era imposible ver el techo a través del humo. Cada vez que hacía una inspiración, algo le rascaba el interior de los pulmones. Se obligó a concentrarse. Intentó ver mentalmente la posición de la trampilla del heno con respecto a la luz del techo. Por dos veces se inclinó hacia un lado y tuvo que bajar la vista para no caer.

Finalmente se arriesgó. Levantó la horca y la empujó hacia arriba. Los dientes del instrumento tocaron madera. Cuando empujó, la sensación fue de resistencia sólida e inflexible. Sacudió la horca, los dientes se soltaron y entonces volvió a empujarla, unos treinta centímetros más a la derecha. Esta vez, algo cedió. Sintió que la trampilla se levantaba unos centímetros y después volvía a caer, ligeramente inclinada. Se desplazó un poco más para hacer un último intento y sintió que la trampilla se levantaba completamente y caía sobre el suelo del henil, sobre su cabeza.

Entonces, la horca cayó con un traqueteo. Se encontró tumbado de espaldas, aunque no recordaba haberse caído. El aire a ras del suelo estaba deliciosamente limpio. El humo ascendía en remolinos a través de la trampilla del heno, en una marea que le recordaba el movimiento de un ser vivo. Todo había salido tal como esperaba, tal como había sucedido en su sueño, aquella primera mañana después de que su padre se le apareció bajo la lluvia. Verlo lo llenó de exaltación y tristeza. El humo que subía al altillo se estiraba al llegar a la trampilla y después se derramaba hacia los lados. No veía nada dentro del henil, ni la pared de fardos de paja, ni las vigas, ni el material de adiestramiento, ni las bombillas en el techo; sólo un millar de estratos grises en ascenso. Pensó que quizá vería llamas, pero no había nada de eso. Sólo el fluido movimiento del humo.

Tenía pensado hacer algo cuando hubiera sacado del establo esa última carretilla cargada de archivos, algo importante. No culpaba a Glen Papineau por lo que había hecho. Le había dicho que sólo quería hacerle una pregunta. Pero Edgar tenía algo que decirle a Glen, de modo que cerró los ojos y se lo imaginó de pie, delante de él, y se imaginó a sí mismo diciendo las palabras, para que Glen pudiera oírlas.

—Lo siento —dijo. Lo imaginó con todas sus fuerzas y con todo el poder de su mente—. Siento mucho lo de tu padre.

Sintió que algo retrocedía en su interior y que las barreras disminuían.

560

Se tumbó y miró el humo que se arrastraba por el techo. Al cabo de un rato, *Almondine* salió de algún lugar oculto, cerca de los archivadores. Fue hacia él, lo miró desde arriba y le lamió la cara.

—Levántate —dijo—. Date prisa.

Estaba jadeando. Tenía las orejas erguidas e inclinadas hacia adelante, como cuando estaba más inquieta, pero sus movimientos eran serenos y controlados. Edgar no se sorprendió de oír su voz. Sonaba tal como la había oído mentalmente toda su vida.

«Pensaba que nunca volvería a verte», signó él.

—Estabas perdido.

«Sí, perdido.»

—No era preciso que volvieras. Te habría encontrado.

«Sí que lo era. Entendí algunas cosas mientras estaba fuera.»

—Y sentiste que tenías que volver.

«Sí.»

—¿Qué entendiste?

«Lo que hacía mi abuelo. Por qué la gente quiere tener perros sawtelle. Quién debería tenerlos. Lo que vendrá.»

—Ya habías entendido todo eso antes de irte.

«No, no del mismo modo.»

Estuvieron un rato mirándose, sin hablar.

«¡Han pasado tantas cosas!», signó él.

—Sí.

«Siéntate aquí, a mi lado. Quiero hablarte de alguien. Se llama Henry.»

—Levántate —dijo ella—. Ven afuera.

«Le dije que me llamaba Nathoo.»

Se rió un poco mientras lo decía, porque sabía que ella lo entendería.

—¿El nombre humano de Mowgli?

«Sí.»

—¿Fue mejor así?

Edgar reflexionó antes de responder.

«Al principio. Después, ya no importó. Me habría gustado decírselo, pero no tuve ocasión.»

Almondine lo miró con el ceño fruncido y los ojos como madera de cerezo pulida, brillante como el cristal. Entonces se le ocurrió una idea completamente nueva; pensó que Nathoo no era su nombre ni dejaba de serlo, y que incluso «Edgar» era diferente de su nombre verdadero, el que le había puesto *Almondine* en un pasado distante, mucho antes de que aprendiera a transportar las ideas en el tiempo como recuerdos, y que ese nombre, fuera cual fuese, no tenía expresión en las palabras ni en los gestos humanos, y no podía existir más allá de la curvatura y el ángulo de la cara de *Almondine*, del fulgor de sus ojos y de la forma de su boca cuando lo miraba.

«*Babú* y *Candil* se quedaron con Henry.»

—Sí.

«No debería haberte dado la espalda cuando te vi con Claude aquel día. No sé qué me pasó.»

—Estabas perdido.

«Estaba perdido.»

—Levántate —dijo ella por última vez.

«Ven —replicó él—. Acuéstate aquí conmigo.»

Almondine se acomodó y apoyó el pecho contra el costado de Edgar. Tenía la cara cerca de la suya; lo miró y siguió la dirección de su mirada, hacia el techo.

Él cerró los ojos y volvió a abrirlos sobresaltado, temeroso de que *Almondine* se hubiese marchado; pero no había nada de que preocuparse. Estaban acostados en el suelo y veían subir el humo, que formaba volutas en el techo. Ya no parecía tanto una humareda, sino más bien un río, ancho y plácido, que no nacía en ningún sitio, ni se dirigía a ninguna parte, ni dejaba nunca de fluir. Los dos yacían a orillas de ese río, cuya corriente pasaba impetuosa junto a ellos, como el riachuelo en época de crecida. Quizá también ese río había estado dividido alguna vez por una valla. Pero ya no.

Al otro lado apareció una figura distante pero reconocible, de alguien a quien había deseado ver infinidad de veces desde aquella noche en que los perros aullaron bajo la lluvia y el mundo empezó a girar en torno a un eje nuevo y terrible. Aquella noche había querido decir algo, una cosa que ahora le parecía la más importante de todas; pero cuando llegó el momento se había acobardado y había perdido la oportunidad, y después se había arrepentido.

Hundió los dedos en el pelaje del cuello de *Almondine*. Sintió cómo iba y venía el aire que respiraba. Cerró los ojos durante no supo cuánto tiempo. Cuando volvió a abrirlos, el río seguía igual, pero de algún modo el hombre lo había atravesado para reunirse con ellos. O quizá habían sido ellos quienes lo habían cruzado. No estaba seguro, pero en cualquier caso fue feliz. Por primera vez sintió que tenía una voz en su interior y que con ella podía expresar lo que siempre había querido decir. El hombre estaba cerca. No hacía falta gritarle las palabras. Incluso podía susurrarlas si quería.

Sonrió.

—Te quiero —dijo Edgar Sawtelle.

Claude

Estaba sentado con la espalda contra la puerta del taller, esperando y contando, mientras observaba a Edgar acostado en el suelo delante de él. Un vórtice de humo ascendía hacia el oscuro rectángulo en lo alto. Durante un momento terrible había pensado «no funciona», pero estaba equivocado. En lugar de atacarlo, el muchacho había usado la horca para abrir la trampilla del henil. Cuando cayó al suelo, se había quedado mirando el altillo y moviendo las manos sobre el pecho, en un torrente de signos que Claude ni siquiera podía soñar con interpretar. Había seguido así durante cierto tiempo, y después, como si hubiera tomado algún tipo de decisión, había apoyado una mano sobre el pecho y la otra en el suelo, junto a la pierna, y desde entonces no se había movido.

Claude pensó en aquel callejón empapado de lluvia en Pusán, en cómo había observado a aquel viejo mientras dejaba caer la punta aguzada de la caña sobre la cruz del perro cojo, en la suavidad del movimiento y en cómo el perro había dejado de lamer el cuenco de sopa, había levantado la cabeza y se había desmoronado. Había sido casi instantáneo. Parecía como si el contenido del frasco no actuara dos veces de la misma manera. Quizá había perdido la potencia con el paso del tiempo. O tal vez afectaba de forma diferente a cada persona. Le habría gustado volver atrás y pedirle al viejo que se lo explicara. El frasco estaba al otro lado de la habitación, al pie de la mesa de trabajo. Tuvo que reprimir el deseo de acercarse a gatas y enroscar con fuerza el tapón para sellarlo otra vez, al menos durante el tiempo que tuviera que permanecer encerrado con él en la misma habitación. Sólo la aprensión que le producía la sustancia lo detuvo. Además, si lo tocaba de nuevo, no podía estar seguro de que fuera a dejarlo atrás.

Se preguntó si debía sacar el cuerpo de Edgar. Podía echárselo al hombro, como un bombero, y salir tambaleándose al patio. Pensó que eso sería mejor para Trudy y, además, habría hecho lo que ella le había pedido. O también podía decirle a Trudy que el chico se había mareado y en su confusión se había dirigido al centro del establo, que él lo había buscado mucho rato pero al final había tenido que salir por la gran cantidad de humo, convencido de que el muchacho habría encontrado para entonces la otra puerta. Sería mejor así, pero sólo si parecía que había pasado mucho tiempo buscando, tanto como fuera humanamente posible. Un tiempo peligrosamente largo. Se obligó a quedarse sentado un minuto más. Se concentró en tratar de parar el temblor de las rodillas. No le costaba nada esperar, excepto tener que respirar un poco de humo y ver al chico tirado en el suelo. No podía fijar mucho tiempo la vista en Edgar sin sentir un estremecimiento en las entrañas, pero eso era una tontería. El chico parecía tranquilo y en paz.

Entonces, del henil le llegó un ruido, un gruñido que se fue volviendo más agudo hasta convertirse en un aullido, como el de la sierra de cortar metales. Levantó la vista. El carácter del humo no había cambiado y no se veían llamas a través de la trampilla abierta, pero de pronto le pareció peligroso quedarse en el establo, aunque sólo fuera un segundo más. El chico había acertado en una cosa; abrir la trampilla había despejado la mayor parte del humo del taller. Sin embargo, Claude empezaba a pensar que la idea no había sido buena por otros motivos, y cuanto más pensaba al respecto, menos aconsejable le parecía quedarse en el establo. El humo negro y fluido que se colaba por debajo de la puerta había empezado a arrastrarse a sus costados.

Cuando se puso de pie, sintió una oleada de vértigo. Se apartó de la puerta, con cuidado para evitar el cuerpo del chico. Con las manos apoyadas en las rodillas, inhaló varias bocanadas de aire limpio, y giró el picaporte de la puerta del taller. Fue como si hubiera derribado un dique. El humo acre que entró a borbotones le desgarró la garganta y lo empujó hasta un rincón. Se arrodilló, tosió y, cuando volvió a levantar la vista, el humo estaba irrumpiendo por la trampilla abierta del henil. No subía simplemente, sino que irrumpía con fuerza. Y por primera vez, a través de la cortina gris, vio encendido el interior del altillo con un fulgor anaranjado.

Un fulgor cada vez más brillante.

Salió al pasillo del establo con las manos apoyadas en el suelo. El aire bullía a su alrededor. Había llegado a la doble puerta y se disponía a franquearla cuando algo lo hizo detenerse y pasarse los nudillos por los ojos doloridos. Precisamente allí donde el humo envolvía la luz de la lámpara exterior, vio la figura de un hombre de pie. Mientras estaba mirando, la figura se desdibujó y desapareció. Claude cerró los ojos. Cuando volvió a abrirlos, la figura había regresado, y no parecía envuelta en humo, sino hecha de humo. A través de la humareda, Claude vio los papeles que Edgar había recuperado, dispersos sobre la hierba.

«Glen», fue lo primero que pensó, pero la voz de Glen le llegaba desde el patio. Incluso de un vistazo, Claude reconoció la figura de su hermano.

Tenía que ser la hipoxia, una alucinación, el efecto del humo, lo que les sucedía a los buzos cuando les faltaba oxígeno. Se arrodilló y apoyó la cara contra el hormigón del suelo para llenarse los pulmones de aire limpio. Cuando volvió a ponerse de pie, se apagó la última bombilla del techo del pasillo. Fuera, la lámpara de la puerta proyectó su luz apenas el tiempo suficiente para que Claude viera con claridad que la figura era Gar, más allá de toda duda.

Después se hizo la oscuridad. Se puso de pie un momento, obligándose a avanzar, pero al final se volvió para mirar el interior del establo. Otra doble puerta esperaba al otro lado. Podía recorrer el pasillo y llegar al aire límpido de la noche de verano solamente en unos pocos segundos si se daba prisa.

Se desplazó orientándose en la oscuridad, imaginando la disposición de los corrales de la perrera a sus costados, el pasillo largo y recto, la puerta del corral paridero más adelante y las vigas que sostenían el altillo, pasando una por una sobre su cabeza. No echó a correr hasta que la madera empezó a aullar en lo alto del edificio, esta vez con un grito retorcido que lo convenció de que toda la estructura estaba a punto de desmoronarse. Y, sin embargo, no podía ser cierto. ¡Si casi no había visto llamas!

Levantó la vista en dirección al sonido. A través de un hueco en el humo, vio un par de delgadas líneas anaranjadas. Sintió calor en la cara.

No había dado más que un par de zancadas de auténtica huida cuando una neblina blanca y sin forma floreció y se disipó delante de él. Acto seguido se encontró sentado en el suelo de hormigón. Le llevó un momento percibir el dolor y comprender que había chocado contra una de las columnas que flanqueaban el pasillo. Alargó la mano y la tocó, caliente y cubierta de hollín, aunque no podía verla. La garganta le quemaba como si hubiera tragado ácido. Cuando volvió a ponerse de pie, un acceso de tos estuvo a punto de tumbarlo de nuevo en el suelo.

La colisión lo había trastocado. Al principio no pudo distinguir en qué dirección había estado moviéndose. Entre el ruido de la madera, creyó oír que alguien lo llamaba por su nombre.

—¿Qué ha sido eso? —gritó—. ¿Quién eres?

Pero no hubo respuesta; sólo su voz, devuelta por el eco a través del humo. Volvió a gritar. Algo en la forma del eco hizo que volviera a orientarse. A su izquierda distinguió un tenue rectángulo de luz a través del humo. Una puerta, pero ¿sería la delantera o la trasera? Le dio la espalda y echó a andar, con las manos por delante, procurando avanzar en línea recta.

Con las yemas de los dedos tocó primero madera, después una bisagra y finalmente la malla de alambre de la puerta de un cubículo. Retrocedió y corrigió el rumbo hacia la derecha. Sólo tenía que seguir la línea perfectamente recta del pasillo para encontrar la doble puerta trasera. Debería ser simple. Dio otro paso hacia la oscuridad. Varias veces más, sus manos toparon con alambre donde no debería haber habido más que espacio vacío. El pasillo parecía girar a la izquierda, pero cuando él giraba a la izquierda, el pasillo parecía torcer a la derecha, como si el sonido en sus oídos no fuera el ruido de la madera ardiendo al partirse, sino la agonía de las vigas mayores retorciéndose.

Finalmente, un viento empezó a soplar por el pasillo, arrastrando una humareda que le golpeó la cara como un torrente de seda caliente. Para entonces tenía motivos para sentir pánico; sin embargo, para su sorpresa, la sensación era deliciosa, como si toda su vida hubiera estado esperando ese momento. Se detuvo. Incluso el ruido de la madera se aquietó entonces y sólo persistió el rugido hueco del viento. Se puso de pie en la oscuridad, con los ojos cerrados, dejándose acariciar por el humo. Después levantó las manos y tendió los dedos hacia la tibia malla de alambre, que estaba seguro encontraría delante, esperándolo.

Trudy

Durante un tiempo interminable, ni Claude ni Edgar aparecieron por la puerta del establo. Trudy los llamó hasta desgañitarse, con la voz convertida en un lamento agudo y sin palabras, y el cuerpo vapuleado y retorcido en la jaula de los brazos de Glen. Al cabo de un rato, dejó de gritar. Empezó a pensar que no era Glen quien la sujetaba, sino la hiedra negra, que se había vuelto gruesa y fuerte, y hundía las raíces en el suelo para estrechar contra su cuerpo la tierra y empujarla hacia afuera, en todas direcciones, de tal manera que los zarcillos atrapaban al tiempo mismo, y el tiempo, como un telón de fondo lentamente desplegado, se enredaba, y la hiedra negra echaba abajo ese telón y lo dejaba tirado, sin ganchos ni corchetes, bajo un gran proscenio donde yacían desperdigados todo tipo de máquinas e instrumentos sin nombre que nunca nadie había visto.

Ahí Trudy se vio incapaz de desviar la mirada de todas las cosas que se había esforzado tanto por no ver. Cuando hubo visto el telón el tiempo suficiente, de modo que ninguna de sus partes le quedó oculta ni hubo ninguna que pudiera malinterpretar, entonces la hiedra negra aflojó su abrazo y el tiempo volvió a enroscarse en torno a sus ruecas, siguió transcurriendo, y Trudy se encontró una vez más tumbada sobre la hierba del patio. Poco a poco, muy lentamente, fue volviendo la cara, hasta que la luz del mundo presente resplandeció en la lúnula vidriosa de sus ojos.

Mientras miraba, las llamas empezaron a devorar el alargado tejado del establo. Ya no eran las diminutas lenguas anaranjadas que tan terriblemente habían orlado los aleros, sino fuego auténtico, fuego vivo que estallaba en el aire, desaparecía y volvía a entrar en erupción, como abalanzándose desesperadamente para agarrar la noche y atraerla hacia sí.

Una bola de fuego surgió en un destello en lo alto del tejado del establo, retorciéndose dentro de una columna de humo, como una rosa escarlata que floreció y se desvaneció. Del interior del coloso salió un gruñido grave y prolongado. La viga central del tejado empezó a combarse. Después, la serpenteante masa de humo se estremeció y se retiró al interior del establo, como si la estructura hubiera hecho su primera inspiración, y entonces empezó el infierno. Así de rápidamente. Una masa de humo en un instante y, al minuto siguiente, todo en llamas. Trudy sintió que se le abrasaba la cara. La luz que arrojaba el incendio pintó de rojo el campo y el bosque a su alrededor.

Cuando los envolvió el calor, Glen Papineau la soltó, se puso de pie, alzó las manos al aire y empezó a darse palmadas en la cara, el pecho y el pelo, levantando un halo de cal viva a su alrededor.

—¿Me estoy quemando? —gritó—. ¡Dios mío! ¿Me he prendido fuego?

Pero Trudy no se movió ni tampoco respondió. No estaba allí. No sabía que ya la había soltado. Glen Papineau se alejó con paso vacilante, orientándose por los meridianos del calor. Trudy se quedó acostada en la hierba, con los ojos fijos en las puertas abiertas del establo y en las llamas que salían de su interior, como miembros incandescentes.

Glen Papineau atravesó el patio como un toro ciego, tropezando, cayendo y volviendo a levantarse, sin dejar de aullar:

—¿Qué ha pasado? ¿Qué ha pasado? ¡Por Dios santo! ¿Qué ha pasado?

Los perros sawtelle

Habían medido su vida por la proximidad a esa criatura silenciosa e introvertida, a ese chico de pelo oscuro y ojos celestes que les pasaba las manos suaves por los flancos, las patas, el cuello y el hocico, un chico al que observaban desde el momento en que nacían, que aparecía todas las mañanas con agua y comida, y todas las tardes con un cepillo. Que les ponía nombres hallados en las páginas de un libro. Ellos le habían enseñado a él, mientras lo observaban, y habían aprendido escuchando a *Almondine*. Y aunque muy pocas veces habían visto el fuego, conocían su significado. Vieron las llamas que ascendían al cielo nocturno, las chispas que brotaban de la madera y subían cada vez más alto y los murciélagos que se adentraban aleteando en el humo y caían derribados, y supieron que se habían quedado sin hogar.

Dieron vueltas en torno al fuego, hasta que se les abombó el pecho y les colgó la lengua de la boca. Cayeron brasas sobre los papeles que había apilado el chico y algunos empezaron a rizarse y a levantarse por el aire, ardiendo. Por el viento o por simpatía, las llamas saltaron a los árboles del huerto, hasta que delante de ellos sólo quedaron la casa, el arce joven y el viejo manzano que rozaba la casa con los dedos. Rayos rojos atravesaban los árboles. En el campo del sur, los abedules y las cruces blancas resplandecían como rubíes. Las sombras de los perros, proyectadas desde la cima de la colina, oscurecían el bosque. Grandes trozos de alquitrán salieron crepitando por el techo del establo hasta que toda la estructura se volvió transparente, con las costillas incandescentes al descubierto. La malla de alambre de los cubículos formó charcos como el agua y se evaporó. La cubierta de fibra de vidrio de la camioneta se arrugó, empezó a echar humo y se encogió hacia adentro, mientras vomitaba una nacarada nube amarilla. Los cables tendidos entre la casa y el establo yacían por el suelo, retorcidos y humeantes. Al cabo de un rato, los neumáticos de la camioneta se hincharon y estallaron con estruendo de escopetazos y el vehículo se inclinó hacia las llamas, sin juicio suficiente para salvarse. A lo lejos, en la cornisa distante del mundo, un frente tormentoso refulgía respondiendo a la llamada del fuego; pero si esas nubes llegaban, no podrían hacer nada, excepto inspeccionar los huesos chamuscados y las ascuas aún ardientes.

La mujer yacía con las piernas y los brazos abiertos sobre la hierba rizada por el calor, entre la casa y el incendio, sorda a los gritos del ciego que se cernía sobre ella, ignorante e insensible, como si se hubiera separado de su cuerpo y lo hubiera dejado flotando a orillas del mundo. Los que entendían comprendieron que el tiempo en su interior se había evaporado al calor del incendio y, en todo caso, pensaban que quizá se levantara convertida en cisne o en paloma.

El calor fue en aumento. Los empujó primero en dirección a la casa y después hacia el jardín detrás del arce. El fuego despertaba ecos entre el huerto, para entonces incandescente, y el agrietado pedestal de piedra del establo. No todos los perros eran igual de buenos; algunos peleaban, otros metían el rabo entre las patas y otros describían trayectorias estúpidas alrededor del espectáculo y acosaban al hombre ciego mientras éste arrastraba a la mujer por la hierba. Sin embargo, eran testigos, todos y cada uno de ellos, adiestrados y criados para vigilar, enseñados por sus madres a usar los ojos y por el chico a aguardar un gesto que confiriera significado a un mundo donde no existía ninguno. Entre todos, los dos cachorros lloriqueaban, gemían y se apretaban contra cualquiera que no les enseñara los dientes. De una manera u otra, todos acababan orientados a la semiesfera de fuego. Algunos volvían la cara hacia la noche, y otros se echaban y apoyaban la mandíbula sobre las patas delanteras y se quedaban mirando las llamas, como esfinges contemplando el crepúsculo.

Tesis bajó entonces al campo. Unos cuantos perros la siguieron, entre ellos sus compañeros de camada y también los dos cachorros, que cerraban la marcha, lentos y confusos. Cuando llegó al montón de piedras, *Tesis* esperó hasta que todos se pararon junto a ella y entonces volvió al patio, rechazando con gruñidos a cualquiera que intentara seguirla. La esperaron, inquietos. Al cabo de un rato volvió a aparecer, con otra media docena de perros detrás, ya que los demás se habían resistido a alejarse de la aureola de calor. Pasó trotando entre la jauría y recorrió el borde del campo, con el lomo enrojecido por el resplandor de las llamas. Cuando llegaron a la vieja senda de leñadores, *Tesis* pasó de largo junto a los abedules y salió del campo cerca de la esquina suroccidental para atravesar el bosque. Una vez allí, el grupo ralentizó la marcha. Los perros se dispersaron por detrás de *Tesis* y a sus costados.

Atravesaron valla tras valla. Algunos perros se separaron de la jauría, perdidos o desalentados, pero ella no se detuvo ni se volvió para buscarlos. Si querían, podían seguirla; sólo les había ofrecido esa posibilidad. Las aves nocturnas graznaban a su paso. Unos ciervos se levantaron sobresaltados del lugar donde dormían. *Tesis* los guiaba, procurando no apartarse del camino, aunque la senda estaba tan claramente marcada que algunos la adelantaban. De pronto se dio cuenta de que habían perdido a los cachorros, y entonces sí se paró y volvió sobre sus pasos. Los encontró acurrucados cerca de un árbol caído, gimiendo y temblando a la luz de la luna. Bajó el hocico y ellos le lamieron la cara y agitaron el rabo entre los helechos mientras ella les mordisqueaba el cuello y les pasaba la nariz por los flancos, las patas y la barriga. Después se volvió y se alejó trotando, y ellos volvieron a seguirla.

El bosque pasaba a sus costados. La noche transcurría. Recorrieron pantanos y atravesaron riachuelos, hasta que la bóveda oscura del firmamento adquirió un sombrío fulgor anaranjado, como encendida por lo que habían dejado atrás. De pronto, *Tesis* emergió del bosque. Ante ella se extendía en suave cuesta un campo que llevaba muchas temporadas en barbecho, con unos pocos pinos achaparrados aquí y allá. Las hierbas altas se doblegaban, cargadas de humedad en la mañana tranquila. Detrás, *Tesis* oyó el bronco alboroto de la diáspora, que salía de la espesura. Cuando el sol superó la línea de los árboles, todo ante ella resplandeció.

Al oeste, al otro lado del campo, *Forte* iba y venía junto al límite del bosque, su silueta recortándose sobre la fina neblina adherida al suelo. Al este, donde el campo alcanzaba la cota más baja, luces dispersas parpadeaban entre los árboles y en algunos puntos se divisaba el tejado inclinado de una casa. *Tesis* oía la tierra respirando a su alrededor. De no haber sido por el campanario blanco que se elevaba por encima de las copas de los árboles y por las luces de los coches que aparecían y desaparecían en una carretera lejana, podría haber estado contemplando una escena del comienzo del mundo. Algo como una canción o un poema le sonó en los oídos. Ahí estaba *Forte*. Y ahí estaba la aldea. Uno a uno, los perros sawtelle salieron trotando de entre los troncos de los árboles y bordearon el límite del bosque, hasta que todos estuvieron reunidos: *Pinzón, Ágata, Umbra, Puchero,* los dos cachorros sin nombre y todos los demás que habían seguido a *Tesis* durante toda la noche. Siguieron su mirada a través del campo, primero al este y luego al oeste; entonces se acercaron a ella y le lamieron el hocico para expresar cuál era su deseo, y después esperaron.

Tesis dio un paso en la hierba. Se quedó quieta, con una pata recogida contra el pecho y el hocico levantado para olfatear el aire, observando. Por un instante, mientras la luz de la mañana se volvía más intensa, el campo entero se quedó inmóvil. *Tesis* volvió la vista atrás por última vez, hacia el bosque y el camino por el que habían llegado, y cuando estuvo segura de que todos estaban reunidos y de que ya no aparecería ninguno más, se volvió, tomó una decisión y empezó a cruzar.

Agradecimientos

Me ha llevado mucho tiempo escribir este libro y por tanto tengo una deuda de gratitud con mucha gente. Eleanor Jackson, mi agente literaria, ha sido una generosa defensora, consejera y amiga; es una idealista, de las más eruditas. Lee Boudreaux, mi editora en Ecco, trabajó como una dinamo para mejorar este libro, poniendo en tela de juicio cada línea, cada palabra y cada idea preconcebida, pero logrando de alguna forma que me riera durante el proceso. El resultado es infinitamente mejor gracias a sus esfuerzos y tiene por ello mi más profunda gratitud. Abigail Holstein, también de Ecco, vio varias versiones del original y aportó consejos sabios y oportunos.

Quiero dar las gracias también a mis profesores del Master Warren Wilson para Escritores —Ehud Havazelet, Joan Silber, Margot Livesey, Richard Russo y Wilton Barnhardt, así como al resto de los integrantes de su excelente departamento—, por la confluencia de ideas y talento que llevan a Swannanoa todos los meses de enero y julio. Richard Russo ha sido especialmente generoso con su tiempo y atenciones. Agradezco asimismo a Robert Boswell su inspirador taller en Aspen y los amables consejos que siguieron. Gracias también a Robert McBrearty, profesor en la Universidad de Colorado y en una serie de talleres e infinidad de almuerzos, por sus indispensables consejos sobre la literatura y la vida. Por último, quiero agradecer al Vermont Studio Center que me concediera una beca de autor, durante la cual escribí algunas secciones de la tercera parte del presente libro.

Las siguientes personas leyeron borradores de la novela y me ofrecieron a cambio el gran regalo de sus puntos de vista: Barbara Bohen, Carol

575

Engelhardt, Charlene Finn, Nickole Ingram, Karen Lehmann, Cherie McCandless, Tim McCandless, Brad Reeves, Nancy Sullivan, Audrey Vernick y Karen Wolfe. Me señalaron gentilmente las debilidades de cada borrador, lo que me permitió mejorar el libro, y sus puntos fuertes, lo que me aportó confianza. Ningún escritor podría pedir un panel de asesores mejor que el que yo he tenido.

Los datos técnicos me fueron ofrecidos por Maura Quinn-Jones, del hospital Saint Joseph de Marshfield, Wisconsin, sobre los aspectos básicos de las patologías del habla; Peter Knox, de la Universidad de Colorado, sobre latín; Jim Barnett, sobre japonés; Rob Oberbreckling, sobre el comportamiento de las estructuras en los incendios; Roger Sopher y el doctor William Burton, sobre las propiedades del éter, y Lisa Sabichi, que soportó estoicamente las que seguramente han sido algunas de las preguntas más extrañas jamás formuladas a un veterinario. Le agradezco sus pacientes respuestas, así como la extraordinaria atención que ha prodigado a dos perros que tengo el privilegio de conocer. Para servir a mis propósitos he podido tergiversar todos los datos que me han aportado, por lo que cualquier error o inexactitud es exclusivamente responsabilidad mía.

Hay una bibliografía enorme sobre biología y psicología caninas, y sobre métodos de adiestramiento. La lista de las obras consultadas sería demasiado larga para esta nota final e inevitablemente incompleta, pero cualquier persona interesada en las técnicas de adiestramiento adaptadas a la ficción de los Sawtelle puede empezar por el artículo «How to say "Fetch!"», de Vicki Hearne, y seguir adelante a partir de ahí. También he leído con gusto *A journey into Mellen*, recopilación de un siglo de artículos periodísticos, seleccionados y resumidos por un comité de voluntarios y editados por Joe Barabe. Por último, pido perdón a Elliot Humphrey y Lucien Warner, los dos verdaderos autores de *Working dogs* [*Perros de trabajo*], por haber inventado un coautor. John Sawtelle necesitaba un amigo que comprendiera su proyecto y del que pudiera aprender las lecciones derivadas del trabajo en Fortunate Fields.

Por encima de todo, este libro debe su existencia a Kimberly McClintock, una artista extraordinaria, una compañera amante y generosa, mi más feroz defensora y mi primera, última y más exigente lectora. Su aliento y su sensatez impregnan cada página de esta novela.